Mittsommerhochzeit

MIRA®

MIRA® TASCHENBUCH
Band 25441
2. Auflage: Mai 2010

MIRA® TASCHENBÜCHER
erscheinen in der Cora Verlag GmbH & Co. KG,
Valentinskamp 24, 20350 Hamburg

Originalausgabe

Konzeption/Reihengestaltung: fredebold&partner gmbh, Köln
Umschlaggestaltung: pecher und soiron, Köln
Redaktion: Stefanie Kruschandl
Titelabbildung: mauritius images, Mittenwald; pecher und soiron, Köln
Satz: Buch-Werkstatt GmbH, Bad Aibling
Druck und Bindearbeiten: CPI – Ebner & Spiegel, Ulm
Printed in Germany
Dieses Buch wurde auf FSC-zertifiziertem Papier gedruckt
ISBN 978-3-89941-724-1

www.mira-taschenbuch.de

Pia Engström

Wie Rosenblätter im Wind

Roman

MIRA®

PROLOG

Damals

Leuchtend hob sich die zartgelbe Fassade von Kronborg Slott, dem Wohnsitz der schwedischen Königsfamilie, gegen den makellos blauen Himmel ab. An den dreigeschossigen Mittelteil schlossen sich zwei niedrigere Seitenflügel an, deren äußere Enden hohe Dachkuppeln krönten, die im Sonnenlicht blassgrün glänzten. Auf der großen Doppeltreppe vor dem Schloss standen ein Mann und eine Frau in Festkleidung, beide etwa Ende zwanzig. Ernst blickte sie den attraktiven Mann an ihrer Seite an, der mit dem streng zurückgekämmten Haar und in seinem schwarzen Smoking sehr beeindruckend aussah.

Immer wenn die vierzehnjährige Milla Rosenblad diese Fotografie ihrer Eltern vom Hochzeitstag des schwedischen Königspaars vor vielen Jahren anschaute, fragte sie sich, wie man sich freiwillig auf diesen ganzen Zirkus einlassen konnte. Sie jedenfalls wollte damit nichts zu tun haben.

Niemals!

Rasch schob sie das Foto zurück in ihren Rucksack. Sie würde es später noch brauchen, aber jetzt musste sie ihre beiden jüngeren Schwestern – Noelle, die Mittlere, und Lotte, das Nesthäkchen der Familie – antreiben, etwas schneller zu rudern.

Das dunkelblaue Wasser glitzerte im Sonnenlicht wie ein Meer aus Edelsteinen. Dahinter erstreckte sich das Forsjö-Tal mit seinen endlosen dunkelgrünen Wäldern, in denen Rehe und Elche, aber auch Wölfe und Luchse lebten.

Es war noch sehr früh am Tag. Milla hatte ihre Schwestern bereits im Morgengrauen aus den Betten gescheucht. Die beiden wussten noch nicht, worum es ging. Aber heute, an Millas

Geburtstag, hielten sie ihre neugierigen Fragen erst einmal zurück. Doch als sie schließlich am anderen Ufer des Sees angelangten und zu einer Stelle im Wald gingen, wo sie gestern bereits am Fuße einer alte Eiche ein Loch ausgehoben und eine kleine Metallkiste bereitgestellt hatte, war es mit der Zurückhaltung vorbei.

„Ich schlage vor", erklärte Milla ihren Schwestern, „dass wir alle an unserem vierzehnten Geburtstag hier einen feierlichen Schwur ablegen und als Symbol dafür einen Gegenstand in diese Kiste legen, der für das steht, was wir in unserem Leben auf keinen Fall wollen. Und ich fange hiermit an", erklärte sie feierlich.

Sie legte die alte Fotografie ihrer Eltern hinein und schwor sich, dass sie sich niemals mit dem Königshof einlassen würde. Das war in ihren Augen eine total veraltete und spießige Institution. Damit wollte sie nichts zu tun haben. Sie träumte davon, eines Tages aus Schweden wegzugehen, irgendwohin, wo man wirklich etwas erleben konnte.

Dass ihr Leben in vollkommen anderen Bahnen verlaufen sollte, ahnte sie zu diesem Zeitpunkt noch nicht …

1. KAPITEL

Vierzehn Jahre später.

Das Sonnenlicht zauberte goldene Glanzlichter auf die spiegelglatte Oberfläche des Mälarsees. Reglos wie eine Marmorstatue stand Mårten Nylund am Bug des Fährdampfers, nur sein dunkler Mantel flatterte leicht im Fahrtwind.

Es war ein herrlicher Spätnachmittag, wie geschaffen für einen Ausflug ins Grüne. Am wolkenlosen Himmel zogen Möwen langsam ihre Kreise, ihre Schreie vermischten sich mit dem Lachen der Kinder, die ausgelassen zwischen den Sitzbänken herumtollten.

Die Temperaturen waren für Mitte April ungewöhnlich mild. Es schien, als wäre die Natur rund um Stockholm nach einem langen, klirrend kalten Winter endlich aus ihrem Dornröschenschlaf erwacht. Bunte Frühlingsblumen säumten die Ufer der zahllosen Inseln des Sees, und die ersten zarten Triebe der Bäume schlugen aus. Sanftes Grün und tiefes Blau, so weit das Auge reichte.

Doch Mårtens Miene blieb ernst, beinahe ausdruckslos. Einen Moment wünschte er sich, er könnte die unberührte Schönheit seiner Umgebung einfach nur genießen, die Atmosphäre der Unbeschwertheit in sich aufnehmen und die Erinnerungen hinter sich lassen. Aber die Gefühle, die ihn antrieben, waren zu stark, um sie einfach abzuschütteln.

Wut. Hass.

Was bildete sich Milla eigentlich ein? Glaubte sie wirklich, sie könnte nach all den Jahren plötzlich auftauchen und so tun, als sei alles in bester Ordnung? Erwartete sie ernsthaft, dass er so tat, als wäre nichts geschehen? Ohne Frage verdiente sie für ihr unverschämtes Verhalten eine Lektion. Aber war es seine Aufgabe, ihr diese zu erteilen?

Was hast du überhaupt hier zu suchen? Warum tust du dir das an? Fahr wieder nach Hause und versuche zu vergessen, dass du eine junge Frau namens Milla Rosenblad jemals kanntest.

Es war nicht das erste Mal seit seiner Abreise, dass er sich diese Fragen stellte. Er befand sich auf dem Weg nach Kronborg Slott, der Residenz der schwedischen Königsfamilie, die auf der Insel Lovö nahe Stockholm im See Mälaren lag. Hier würden am 19. Juni, also in gut zwei Monaten, die Feierlichkeiten anlässlich der Hochzeit der Kronprinzessin mit ihrem ehemaligen Tanzlehrer und Inhaber einiger Tanzstudios mit Niederlassungen in Stockholm und Umgebung stattfinden. Doch damit hatte Mårten nichts zu tun, er folgte lediglich der Einladung zu einer Spendengala.

Ausgerechnet er, der sich bereits vor zwei Jahren aus der Öffentlichkeit zurückgezogen hatte.

Das Ganze war, wenn man es genau betrachtete, vollkommen absurd. Abgesehen vom alten Thorbjörn, der schon seit einer gefühlten Ewigkeit für ihn arbeitete und sich im Laufe der Zeit zu einem väterlichen Freund entwickelt hatte, vermied er den Kontakt zu anderen Menschen völlig. Schon jetzt wünschte er sich zurück zu der alten Mühle, ein paar Kilometer außerhalb von Stockholm, die er damals, auf dem Höhepunkt seiner Karriere, gekauft und aufwendig restauriert hatte.

Nein, er wollte nicht hier sein, ganz gewiss nicht. Die Einladung war von allerhöchster Stelle gekommen, und trotzdem hätte er sie normalerweise einfach ignoriert. Den Ausschlag für seine Entscheidung, ihr schließlich dennoch Folge zu leisten, hatte auch nicht die Tatsache gegeben, dass es sich um die Spendengala einer gemeinnützigen Organisation handelte, für die er sich bereits seit vielen Jahren engagierte. Jedenfalls nicht ausschließlich. Es lag vor allem an dem Namen, der unter dem Einladungsschreiben stand, das ihm vor etwas mehr als zwei Wochen ins Haus geflattert war.

Ein Name, der einige lang verdrängte, unliebsame Erinnerungen in ihm hervorgerufen hatte.

Milla Rosenblad.

Wie konnte sie es wagen, sich nach allem, was zwischen ihnen vorgefallen war, an ihn zu wenden? Hinzu kam, dass alle Welt wusste, dass er nichts mehr mit dem Musikgeschäft zu tun hatte! Die Zeiten, in denen er eine Person des öffentlichen Lebens gewesen war, lagen weit hinter ihm – auch wenn einige Vertreter der Presse das noch immer nicht zu begreifen schienen.

Er würde Milla gewiss nicht den Gefallen tun und den blendend gelaunten Entertainer spielen. Dieser Teil von ihm war vor fast auf den Tag genau zweieinhalb Jahren gestorben. Damals, als …

Er schüttelte den Kopf, wie um die Geister der Vergangenheit zu vertreiben, die ständig in seiner Nähe lauerten. Sie warteten nur auf einen Augenblick der Schwäche, um über ihn herzufallen. Doch dies war weder der richtige Ort noch der passende Zeitpunkt, und so schob er die Erinnerungen so weit wie möglich fort – wohl wissend, dass er ihnen immer nur für kurze Zeit entkommen konnte.

Stattdessen schürte er seine Wut auf Milla, die ihm auf gewisse Weise sogar half, denn sie lenkte ihn von den Geschehnissen ab, die sein Leben nun schon seit geraumer Zeit überschatteten. Wieder und wieder tauchten die Bilder vor seinem geistigen Auge auf, die Bilder von dem Augenblick, als …

Nein, nicht schon wieder! Angespannt fuhr er sich mit der Hand durch sein dichtes schwarzbraunes Haar und zwang sich, wieder in die Gegenwart zurückzukehren. Er musste endlich damit aufhören, ständig über die Vergangenheit nachzugrübeln. Was passiert war, konnte nichts und niemand auf der Welt mehr ändern. Besser, er akzeptierte die Dinge so, wie sie nun einmal lagen.

Überrascht stellte er fest, dass der Dampfer die Insel Lovö

fast erreicht hatte. An ihrem Nordostufer hob sich die hellgelbe Barockfassade von Schloss Kronborg prächtig gegen den strahlend blauen Frühlingshimmel ab. Die lange Front des dreistöckigen Hauptgebäudes mit ihren zahllosen Fenstern, Erkern und Torbögen spiegelte sich im Wasser des Sees. Oben auf dem Dach, dessen Schindeln grünlich im Sonnenlicht schimmerten, flatterte an einem Fahnenmast die schwedische Nationalflagge – das Zeichen dafür, dass die königliche Familie anwesend war.

Wie ein Schloss aus den Geschichten seiner Kindheit wirkte es auf Mårten. *Es war einmal vor langer, langer Zeit …*

Doch die Tage, in denen sein Leben an ein Märchen erinnert hatte, waren längst vorüber. Besser, er fand sich endlich damit ab.

Er würde Milla sagen, was er von ihrer Einladung hielt, und anschließend auf schnellstem Wege wieder nach Hause zurückkehren.

Als das Schiff am Pier anlegte, atmete er noch einmal tief durch und straffte die Schultern.

Dann ging er von Bord.

Zur selben Zeit stand Milla Rosenblad inmitten prachtvoll blühender Blumenrabatten vor Kina Slott, dem chinesischen Pavillon inmitten der idyllischen Parkanlage von Kronborg Slott, und wartete auf Mårten. Obwohl sie nun schon seit mehr als vier Monaten am schwedischen Königshof arbeitete, geriet sie beim Anblick des kleinen, im asiatischen Stil errichteten Lustschlösschens noch immer ins Schwärmen.

Die Fassade erstrahlte in einem leuchtenden Rosarot, goldene Ornamente umfassten die hohen Fenster und Türme, während das geschwungene Dach, das in seiner Form an einen asiatischen Tempel erinnerte, in einem zarten Grün schimmerte. Welches kleine Mädchen träumte nicht von einem Märchenschloss und dem dazugehörigen Märchenprinzen?

Und sie lebten glücklich und zufrieden bis in alle Ewigkeit …

Milla schüttelte den Kopf. Sie war jetzt achtundzwanzig und damit längst aus dem Alter heraus, in dem man an solche Dinge glaubte. Sie wartete nicht mehr auf den Ritter in glänzender Rüstung, der mit seinem weißen Pferd kam, um sie zu sich in seine perfekte Welt zu holen, in der weder Sorgen noch enttäuschte Hoffnungen oder zerschlagene Träume existierten. Das Leben hatte sie gelehrt, dass ein solcher Ort nicht existierte – wenigstens nicht in der Welt, die sie kannte.

Reiß dich zusammen, rief sie sich selbst zur Ordnung. Worüber beschwerst du dich eigentlich?

Im Grunde gab es für sie wirklich kaum Anlass, sich zu beklagen. Leider war sie gezwungen gewesen, ihren großen Traum aufzugeben und ihre Stelle als Sängerin an der Stockholmer Oper aufzugeben, als sie von ihrer Schwangerschaft erfuhr. Doch Millas kleine Eventagentur, die sie nach Jannas Geburt gegründet hatte, lief inzwischen recht gut. Damals hatte ihr, abgesehen von ihren beiden Schwestern, niemand zugetraut, dass sie es allein schaffen würde – nicht einmal ihre eigenen Eltern. Zwar konnte sie sich von den Einnahmen auch heute noch keine großen Sprünge erlauben, aber es reichte, um sie und Janna zu ernähren.

Bei dem Gedanken an ihre Tochter huschte ein Lächeln über ihr Gesicht. Janna war ihr Ein und Alles. Jede Minute, die sie von der Vierjährigen getrennt war, kam ihr wie eine Ewigkeit vor. Es fiel ihr unendlich schwer, die Kleine immer wieder in die Obhut eines Kindermädchens geben zu müssen. Doch alles, was sie tat, machte sie nur für Janna. Zugleich fürchtete sie, einen großen Fehler zu begehen. Das Risiko, das am Ende alles aufflog und sie nicht nur ihren Job, sondern im schlimmsten Fall auch Janna verlor, war nicht gänzlich wegzuleugnen. Und dennoch! Wenn sie es jetzt nicht schaffte, würde sie ihren großen Traum niemals verwirklichen.

Schon seit Langem war es ihr großes Ziel, Schweden endlich den Rücken kehren und woanders noch einmal ganz neu anfangen zu können. Milla benutzte stets zwei Worte, um ihr Heimatland zu beschreiben: konservativ und altmodisch. Das beste Beispiel hierfür stellten ihre eigenen Eltern dar. Sie hatten sich einfach nicht vorstellen können, dass Milla als alleinerziehende Mutter einer kleinen Tochter in der Lage sein würde, ihr Leben zu meistern, und deshalb zu einer sehr drastischen Maßnahme gegriffen.

Doch darüber wollte sie jetzt lieber nicht nachdenken.

Allerdings war genau das einer der Gründe, warum sie Schweden unbedingt verlassen musste. Außerdem träumte sie davon, Janna die beste Ausbildung auf einer englischen Privatschule zu ermöglichen. Doch wenn sie im Ausland nicht wieder bei Null beginnen wollte, brauchte sie vor allem eines: positive Publicity für ihre kleine Eventagentur und ein solides finanzielles Polster, mit dem sie in der Lage war, mögliche Anfangsschwierigkeiten aufzufangen. Jetzt stand sie ganz dicht davor, das alles auf einen Schlag zu erreichen. Das Einzige, was sie dafür tun musste, war das Unmögliche möglich zu machen. Und um dieses Ziel zu erreichen, war sie bereit, einiges an Unannehmlichkeiten auf sich zu nehmen – sogar ein Treffen mit Mårten Nylund.

Drinnen, im gelben Saal des Chinaschlösschens, fand eine Spendengala statt, zu der die Kronprinzessin, die zugleich auch Herzogin von Västergötland war, geladen hatte. Und Milla zeichnete sich verantwortlich dafür, dass auch Mårten auf der Gästeliste stand.

Mårten.

Der Gedanke an ihn löste die unterschiedlichsten Gefühle in ihr aus: Enttäuschung darüber, wie es damals zwischen ihnen zu Ende gegangen war, und zu ihrer eigenen Überraschung auch einen Anflug von Sehnsucht. Die Zeit mit ihm gehörte zur glücklichsten ihres Lebens, doch die Erinnerungen machten sie stets auch wehmütig und melancholisch. Daher vermied sie es, an ihn zu denken.

Um sich abzulenken, warf Milla einen Blick auf ihre Armbanduhr. Es war bereits kurz nach fünf. Wo Mårten bloß blieb? Sie wartete nun schon seit über einer halben Stunde auf ihn. Er würde doch hoffentlich kommen?

Falls nicht, steckte sie in ernsthaften Schwierigkeiten.

„Mensch, hier hast du dich versteckt!“ Eine dunkelhaarige junge Frau in tadelloser Kellnerlivree war hinter ihr durch die Tür getreten. Noelle, ihre ein Jahr jüngere Schwester, arbeitete zurzeit ebenfalls bei Hofe – im Gegensatz zu Milla jedoch in der Küche. „Ich habe mitbekommen, dass ein paar Leute nach dir gefragt haben. Du solltest besser wieder reinkommen.“

„Danke.“ Mit einem Seufzen wandte sie sich um und eilte die geschwungene Doppeltreppe zur Eingangstür des Pavillons hinauf. Noelle hatte recht, sie konnte wirklich nicht länger warten. Der musikalische Ablauf des heutigen Abends lag in ihrer Verantwortung, und so wichtig die Angelegenheit mit Mårten sein mochte, sie durfte auch ihre übrigen Aufgaben nicht vernachlässigen.

Die Spendengala war bereits in vollem Gange und versprach ein echter Erfolg zu werden. Alles, was in der schwedischen Society Rang und Namen hatte, stand auf der Gästeliste, und man zeigte sich großzügig. Es herrschte eine ausgelassene, ungezwungene Atmosphäre, wie man sie bei Veranstaltungen dieser Art nur selten antraf. Musik erfüllte die Luft. Die Besucher tanzten, lachten und hielten gepflegten Small Talk. Ein Buffet mit feinsten Delikatessen stand bereit, livrierte Kellner eilten mit voll beladenen Tabletts umher und reichten Champagner und andere Erfrischungen.

Doch Milla war nicht hier, um sich zu amüsieren. Sie hatte

einen Job zu erledigen. Glücklicherweise schien bis jetzt alles nach Plan abzulaufen. Die von ihr engagierten Musiker leisteten hervorragende Arbeit, und das Duo, bestehend aus einer Cellistin und einem Pianisten, das später am Abend auftreten sollte, wurde von der Kritik in den höchsten Tönen gelobt.

Doch die wahre Herausforderung lag noch vor ihr und bestand darin, Mårten zu überzeugen, mit ihr zusammenzuarbeiten.

Milla atmete tief durch, ordnete ihr langes honigblondes Haar und strich den Rock ihres Etuikleids aus schimmernder grüner Seide glatt. Dann ließ sie ihren Blick suchend durch den Saal schweifen, der mit seinen kunstvollen Lackarbeiten und Chinoiserien ein wahres Prunkstück der Innenarchitektur im Rokokostil darstellte.

Eine brünette Frau, die ein traumhaftes Kleid aus saphirblauem Taft trug, trat von der Seite her zu ihr. Es war Frederika Norling, eine gute Freundin der Kronprinzessin von Schweden. Frederika und ihr Verlobter würden bei der Hochzeit im Juni die Trauzeugen sein.

„Wer ist dieser Mann?“, fragte Frederika. „Er kommt mir bekannt vor, aber ich kann sein Gesicht nicht zuordnen.“

Milla blickte in die Richtung, in die die junge Frau deutete. Obwohl sich knapp einhundert geladene Gäste im gelben Saal des Chinaschlösschens aufhielten, wusste sie auf Anhieb, wen Frederika meinte. Nur ein Mann kam dafür infrage: groß, dunkel und athletisch, besaß er eine überwältigende Ausstrahlung, die jeden anderen in seiner Nähe förmlich verblassen ließ. Und die Wirkung, die er auf Milla ausübte, erwies sich auch nach all den Jahren noch als verheerend.

Es war Mårten – der Mann, auf den sie gewartet hatte.

Sie räusperte sich angestrengt, denn ihre Kehle fühlte sich mit einem Mal wie ausgetrocknet an. „Das ist Mårten Nylund“, erklärte sie und versuchte, ihre Stimme möglichst unberührt klingen zu lassen, was jedoch gründlich misslang. „Sie kennen ihn sicher. Er war ein international gefeierter Pianist und Komponist, bevor er sich vor ein paar Jahren überraschend aus dem Musikgeschäft zurückzog."

„Nylund?" Die attraktive Brünette neigte nachdenklich den Kopf, dann nickte sie. „Ja, ich erinnere mich an den Namen. War er nicht gerade erst vor Kurzem wegen einer Affäre mit einem englischen Mannequin in den Schlagzeilen?"

„Davon ist mir nichts bekannt", schwindelte Milla. Natürlich wusste sie davon, schließlich hatte sie in den vergangenen Jahren jeden einzelnen Artikel, in dem Mårtens Name auch nur erwähnt worden war, geradezu verschlungen. Mehr noch, sie bewahrte die Zeitungsausschnitte alle in einer kleinen, mit hübschen Schnitzereien verzierten Kiste auf, versteckt unter ihrem Bett. Nicht für sich selbst, sondern für Janna. Die kleine süße Janna, die eines Tages anfangen würde, Fragen zu stellen, und dann …

„Was er hier wohl will?", riss Frederika sie aus ihren Gedanken.

„Er wurde auf persönlichen Wunsch der Herzogin von Västergötland eingeladen", erklärte Milla und zwang sich zu einem Lächeln. „Sie entschuldigen mich?"

Sie bahnte sich einen Weg durch die Menge der Feiernden, ohne Mårten dabei aus den Augen zu lassen. Es war ein merkwürdiges Gefühl, ihn nach all den Jahren wiederzusehen. Sein Anblick erschien ihr fremd und vertraut zugleich. Und zu ihrem Entsetzen hatte er seit ihrer letzten Begegnung nichts von seiner Macht über sie verloren.

Wie gut er aussah! Irgendwie gelang es ihm, in dem dunklen Abendanzug elegant und gleichermaßen zwanglos zu wirken. Und obwohl Konventionen ihn offenbar noch immer nicht besonders interessierten – sein volles schwarzbraunes Haar, das im sanften Licht der kristallenen Kronleuchter geheimnisvoll schimmerte, war ein deutliches Stück länger als üblich, und er trug einen gepflegten Dreitagebart –, brachte er es dennoch irgendwie fertig, all die anderen perfekt frisierten und rasierten Männer in seiner Umgebung in den Schatten zu stellen. So war es schon immer gewesen: Wenn Mårten auftauchte, stand er wie von selbst im Mittelpunkt, ganz ohne es zu wollen.

Die düstere Aura aber, die ihn umgab, war neu. Allerdings tat sie seiner Attraktivität keinen Abbruch – ganz im Gegenteil!

Die Aufmerksamkeit der meisten weiblichen Gäste, die sich in seiner Nähe aufhielten, richtete sich augenblicklich allein auf ihn, was er offensichtlich nicht einmal bemerkte. Wahrscheinlich empfand er es als völlig normal, von schönen Frauen umschwärmt zu werden. Was Milla viel mehr wunderte war, dass dieser Gedanke ihr einen eifersüchtigen Stich versetzte.

Lass den Unsinn, ermahnte sie sich selbst. Mårten ist tabu für dich. Was ihn und dich verbindet, ist eine rein geschäftliche Angelegenheit. Der Rest gehört der Vergangenheit an.

Sie holte noch einmal tief Luft und trat auf ihn zu. Als er sie direkt anblickte, stockte ihr der Atem. Sie hatte vollkommen vergessen, welch unglaubliche Wirkung seine Augen, dunkelblau und tief wie das Meer, auf sie ausübten. Einen Moment musterten sie sie fragend, dann spiegelte sich plötzlich Erkennen in ihnen wieder, und seine Miene verfinsterte sich schlagartig.

„*Hej*, Mårten. Ich hoffe, du hattest eine angenehme Anreise?“, sagte sie, um das unbehagliche Schweigen, das aufgekommen war, zu überbrücken. Die Luft zwischen ihnen knisterte förmlich vor Spannung, wie bei einem Gewitter, unmittelbar bevor sich die aufgestaute Energie in einem Blitz entlud. Und Milla spürte deutlich, dass es auch zwischen ihnen, wenn sie sich nicht sehr geschickt anstellte, kaum ohne Blitz und Donner ablaufen würde.

„Was soll das alles?“, fragte er kühl. Nur ein leichtes Beben in seiner Stimme verriet seinen inneren Aufruhr. „Wie kommst du dazu, mich zu dieser Gala einzuladen?"

Milla atmete tief durch und zwang sich zu einem Lächeln. „Nein, nicht ich habe dich eingeladen, sondern die Kronprinzessin. Sie lässt dir ausrichten, dass sie eine große Verehrerin deiner Kunst ist und dich gern persönlich kennenlernen würde."

Er verschränkte die Arme vor der Brust. Seine ganze Haltung drückte Ablehnung aus. „Lassen wir den Small Talk. Du allein trägst die Verantwortung dafür, dass ich heute hier bin. Also, was willst du nun von mir?"

Milla durfte sich von ihm nicht provozieren lassen, wenn sie es schaffen wollte, ihr Ziel zu erreichen. Und sie durfte nicht versagen. Ihre ganze Zukunft hing davon ab, dass es ihr gelang, Mårten zu überzeugen.

Ihre eigene Zukunft, aber vor allem auch die ihrer Tochter.

Wenn sie daran dachte, dass ihre derzeitige Position bei Hofe im Grunde lediglich auf einem Irrtum beruhte, den sie absichtlich nicht aufgeklärt hatte, spürte Milla eine leichte Übelkeit in sich aufsteigen.

Doch jetzt war nicht der richtige Zeitpunkt, sich darüber Gedanken zu machen. Sie musste sich auf ihre Aufgabe konzentrieren.

„Du hast recht mit deiner Vermutung, dass ich dich um etwas bitten möchte", erwiderte sie behutsam. „Ich weiß, dass du vermutlich keine Veranlassung dazu siehst, mir einen Gefallen zu tun, aber was ich dir anzubieten habe, dürfte auch für dich von Interesse sein."

Sein Blick blieb eisig. „Komm zum Punkt, ich habe nicht ewig Zeit."

„Es geht um die bevorstehende Heirat der Prinzessin mit ihrem Verlobten", erklärte Milla. „Ich bin für die musikalische Organisation der Feierlichkeiten verantwortlich."

„Ach, wirklich? Früher warst du gegen alles, was mit dem Königshaus zu tun hatte. Altmodisch, spießig und bieder lauteten deine exakten Worte, wenn ich mich recht erinnere."

„Das ist lange her", entgegnete Milla ausweichend, denn sie wusste sehr wohl, dass Mårten recht hatte. Noch vor Kurzem wäre ihr nicht einmal im Traum eingefallen, für die königliche Familie zu arbeiten, aber jetzt ... „Vielleicht habe ich meine Meinung einfach nur geändert."

Ein ironisches Lächeln umspielte Mårtens Mundwinkel, doch es erreichte seine Augen nicht. „Eigentlich sollte mich das wohl nicht einmal besonders wundern. Du warst schon immer eine Opportunistin und hast deine Meinungen und Ansichten bedenkenlos an die jeweiligen Umstände angepasst, um deine Vorteile zu wahren. Ich frage mich allerdings, was du dir von diesem Arrangement versprichst."

Gerade aus seinem Munde fand Milla eine solche Anspielung alles andere als angebracht, doch sie sagte nichts. „Willst du dir nun anhören, was ich zu sagen habe?"

Er schien kurz darüber nachzudenken, dann schüttelte er den Kopf. „Nein, eigentlich nicht."

Als er sich abwandte und Anstalten machte zu gehen, spielte Milla verzweifelt ihren letzten Trumpf aus. „Du solltest es dir wirklich noch einmal überlegen", rief sie ihm nach. „Ich weiß, dass du in ziemlichen Schwierigkeiten steckst. Und ich kann dir helfen!"

Abrupt blieb Mårten stehen.

2. KAPITEL

Was willst du damit sagen?" Mårten verspürte eine irritierende Mischung aus Zorn und Argwohn, und als er sich zu Milla umdrehte, war sein Blick eisig. „Wie kannst du annehmen, dass du *irgendetwas* von mir weißt?"

Wütend fuhr er mit der Hand durch sein dunkles Haar. Angesichts der Tatsache, wie es damals zwischen ihnen zu Ende gegangen war, zeugte ihr gesamtes Verhalten von einer geradezu unglaublichen Unverfrorenheit. Und nun versuchte sie auch noch, ihn unter Druck zu setzen! Er fragte sich, ob sie vielleicht tatsächlich etwas ahnte. Aber nein, das konnte unmöglich sein! Niemand, abgesehen von Thorbjörn, kannte die ganze Geschichte. Vermutlich hatte sie einfach irgendetwas gesagt, um ihn vom Gehen abzuhalten – doch er musste sicherstellen, dass sie wirklich nichts wusste.

„Komm, lass uns hinausgehen", sagte Milla und versuchte sich an einem aufmunternden Lächeln, was gründlich misslang. „An der frischen Luft redet es sich viel besser."

Sie verließen den Saal und traten hinaus in den weitläufigen Park, der Kronborg Slott umgab. Ohne ein Wort zu sprechen, gingen sie eine Weile nebeneinander her. Mårten seufzte leise. Offenbar war ihm die düstere Stimmung, in der er sich befand, deutlich anzusehen. Denn die Blicke der Gäste, die die letzten Sonnenstrahlen des frühen Aprilabends nutzten, um die prachtvollen Gärten und Parkanlagen von Kronborg Slott zu erkunden, sprachen Bände. Ein Mann im eleganten Abendanzug, der an einem herrlichen Tag wie diesem mit finsterer Miene durch einen der schönsten Parks von ganz Schweden flanierte, fiel nun einmal auf. Besonders, wenn er sich in Begleitung einer wunderschönen Frau befand.

Vor einer Bank im Schatten einer hohen Kastanie am Ufer

eines Ententeichs blieb Milla stehen. Das grünlich schimmernde Wasser war fast zur Hälfte von Seerosenblättern bedeckt, deren Blüten hübsche Farbtupfer in Rosa und Hellgelb abgaben.

Mårten setzte sich, lehnte sich zurück und atmete tief durch.

Warum warf ihn die Begegnung mit Milla eigentlich so aus der Bahn? Die Sache mit ihr lag nun schon so lange zurück, und in der Zwischenzeit hatten sich einige Dinge zugetragen, die ihn zu einem anderen Menschen gemacht hatten. Sollte er also nicht längst über diese alte Geschichte hinweg sein?

Wie es aussah, war dies jedoch nicht der Fall – und das verstärkte seinen Zorn auf sie sogar noch. Er hatte schon genug Probleme, auch ohne dass sie auftauchte und sein Leben noch mehr durcheinander wirbelte. Zugleich brauchte er bloß die Augen zu schließen, um ihr Bild vor sich zu sehen. Das lange honigblonde Haar, das im Schein der sinkenden Sonne wie Gold schimmerte. Ihre klaren Augen, so blau wie der Himmel an einem Sommertag, und die verführerisch geschwungenen Lippen, die förmlich zum Küssen einluden und …

Besser, du verschwindest so schnell wie möglich von hier, ehe du noch eine Dummheit begehst, die du zum Schluss nur bereuen würdest.

„Also, was willst du von mir?“, fragte er barsch.

Milla holte tief Luft. „Die Prinzessin ist mit einem besonderen Musikwunsch an mich herangetreten.“ Nervös fuhr sie sich mit der Hand durchs Haar. „Wie ich ja bereits sagte, ist sie ein großer Anhänger dei…“

„Wenn du mich fragen willst, ob ich bereit bin, bei den Hochzeitsfeierlichkeiten aufzutreten, brauchen wir nicht weiter zu sprechen“, fiel er ihr ins Wort. „Was glaubst du, warum ich seit zwei Jahren auf keiner Bühne mehr gestanden habe? Ich trete nicht mehr auf – und ich werde auch für die königliche Familie keine Ausnahme machen.“

„Als ich vorhin sagte, dass ich über deine Schwierigkeiten Bescheid weiß, war das nicht gelogen“, entgegnete Milla. „Ich weiß aus sicherer Quelle, dass deine Plattenfirma plant, dich zur Zahlung einer hohen Konventionalstrafe zu verpflichten, weil du die vertraglich vereinbarte Anzahl an Alben nicht erfüllst.“

Gott sei dank. Mårten unterdrückte ein erleichtertes Aufatmen. Milla wusste überhaupt nichts – jedenfalls nichts, was in irgendeiner Weise relevant wäre. Er hatte schon befürchtet, dass sie durch einen unglücklichen Zufall irgendwie auf die Geschichte mit Sören gestoßen sein könnte. Wenn es nach ihm ginge, würde sie nie etwas davon erfahren.

„Habe ich dir meinen Standpunkt denn nicht klar und deutlich zu verstehen gegeben?“ Er schüttelte den Kopf. „Ich bin nicht interessiert. Was auch immer du mir vorschlagen willst, vergiss es.“

„Aber siehst du denn nicht, was für eine einmalige Chance ich dir anbiete? Überleg doch mal! Ein Engagement durch das Königshaus könnte dich auf einen Schlag wieder nach ganz oben katapultieren. Alles, was du dafür tun musst, ist, mit mir zusammenzuarbeiten.“

Er seufzte. Warum konnte sie nicht einfach gehen und ihn in Ruhe lassen? Am liebsten wollte er, wenn der nächste Fährdampfer in einer halben Stunde anlegte, einfach an Bord steigen und versuchen zu vergessen, dass er jemals hier gewesen war. Mårten bereute es längst bitter, überhaupt hergekommen zu sein. Was war bloß aus seinem Vorhaben, ihr die Meinung zu sagen, geworden? Doch zumindest stand fest, dass Milla mit diesem lächerlichen Versuch, ihn zu einer Zusammenarbeit zu bewegen, keinen Erfolg haben würde – und zwar aus einem ganz einfachen Grund: Er wäre nämlich nicht einmal in der Lage, ihrer Bitte nachzukommen, wenn er es gewollt hätte.

„Lass uns bitte noch einmal in Ruhe über alles reden." Unaufgefordert setzte Milla sich auf den freien Platz neben ihm. „Sollten unsere persönlichen Differenzen der Grund dafür sein, dass du …"

Ihre Nähe versetzte ihn augenblicklich in Unruhe, sein Puls beschleunigte sich, und seine Handinnenflächen wurden feucht. Hastig sprang er auf und trat ans Ufer des Sees, wo er mit dem Rücken zu Milla stehen blieb.

„Du nimmst dich selbst zu wichtig." Er bückte sich und nahm eine Handvoll Kieselsteine vom Boden auf. „Es geht hier nicht um dich", sagte er und schleuderte einen Stein im hohen Bogen ins Wasser. „Oder um mich." Der zweite Stein folgte nur ein paar Meter entfernt. „Oder um sonst jemanden. Ich trete einfach nicht mehr auf. Punkt." Wie um das letzte Wort zu unterstreichen, warf er die restlichen Kiesel und drehte sich zu ihr um. „Ist das so schwer zu verstehen?"

Solange er sie nicht ansehen musste, war es nicht schwer für ihn gewesen, sich hart und unnachgiebig zu zeigen. Doch die Verzweiflung, die aus ihrem Blick sprach – und für die er keine rechte Erklärung fand –, ließ ihn kurz zögern. Aber dann erinnerte er sich daran, dass sie ihn schon einmal mit ihrer mädchenhaft unschuldigen Art um den Finger gewickelt hatte. Und auf keinen Fall würde er zweimal denselben Fehler begehen. Wie konnte er, nach allem, was zwischen ihnen vorgefallen war, noch Mitleid für sie empfinden?

„Es ist eine einmalige Gelegenheit, siehst du das denn nicht?" Milla hatte den Versuch, ihn zu überreden, offensichtlich noch nicht aufgegeben. „Komm schon, ich kenne dich doch. Die Musik war stets dein Leben. Ich kann mir nicht vorstellen, dass es dir mit dem Entschluss, dich für immer aus dem Geschäft zurückzuziehen, wirklich ernst ist."

Mårten lachte leise. Wenn sie auch nur die leiseste Ahnung hätte, was in den vergangenen Jahren passiert war, würde sie so etwas nicht sagen. „Weißt du, damit machst du nur deutlich, dass du mich im Grunde gar nicht kennst. Du kennst mich überhaupt nicht.“ Er warf einen Blick auf die Uhr. „Und jetzt entschuldige bitte, ich möchte lieber wieder zur Feier zurück. Die Leute fangen immer so schnell an zu reden, und ich möchte nicht, dass sie beginnen, irgendwelche wilden Spekulationen über uns anzustellen.“

Und was nun?

Ratlos schaute Milla ihm hinterher, bis er aus ihrem Blickfeld verschwunden war. Sie hatte sich ja denken können, dass Mårten ihr gegenüber eine eher ablehnende Haltung einnehmen würde. Ganz offensichtlich gab er ihr die Schuld am Scheitern ihrer Beziehung vor fünf Jahren. Doch die Nachdrücklichkeit seines Neins überraschte sie. Wusste er denn nicht längst, warum ihr keine andere Wahl geblieben war, als ihn zu verlassen?

Ganz davon abgesehen stimmte es, was er sagte: Sie kannte seine Gründe, sich aus dem Musikgeschäft zurückzuziehen, nicht. Doch insgeheim war sie immer davon ausgegangen, dass er diese Entscheidung nicht aus freien Stücken getroffen hatte. Differenzen mit der Plattenfirma, Streit mit dem Manager, etwas in der Art. Es passte nicht zu dem Mårten aus ihrer Erinnerung, das aufzugeben, was er am meisten auf der Welt liebte: die Musik.

Damit lag sie offenbar falsch. Er war nicht mehr der Mann, den sie von früher kannte, und langsam erkannte sie, dass ihr schöner Plan sich als so gut wie unmöglich erwies. Wegen dieses Irrtums steckte sie plötzlich in einer reichlich verzwickten Situation. Sie musste sich etwas einfallen lassen, sonst platzte ihr großer Traum, noch ehe er richtig begonnen hatte.

Inzwischen bereute sie, dass sie das Missverständnis, dem sie ihre Position als Verantwortliche für die musikalische Organisation der Hochzeit verdankte, nicht gleich aufgeklärt hatte. Irgendwie war der Kronprinzessin zu Ohren gekommen, dass Mårten und sie sich von früher kannten. Darum hatte sie wohl angenommen, Milla sei genau die richtige Person, um Mårten für einen Auftritt auf der Hochzeit zu gewinnen. Es wäre wohl besser gewesen, gleich mit der Wahrheit herauszurücken. Doch Milla hatte ihre große Chance gesehen und geschwiegen.

Ein Fehler, wie sich nun herausstellte.

Denk nach!

Das Klingeln ihres Handys riss Milla aus ihren Gedanken. Sie öffnete die winzige paillettenbesetzte Handtasche und nahm das Gerät heraus. Beim Blick auf das Display entfuhr ihr ein unterdrücktes Stöhnen. Christer Brandt – der hatte ihr gerade noch gefehlt!

Sicher bereitete es dem königlichen Musikhofmeister – ihrem Vorgesetzten – eine geradezu diebische Freude, sich an ihrer Verzweiflung zu weiden. Er wusste vielleicht nichts Genaues, doch zumindest ahnte er, dass sie in Schwierigkeiten steckte. Kein Wunder, schließlich war allgemein bekannt, dass sie den Auftrag, die musikalische Organisation der bevorstehenden Hochzeit der Kronprinzessin zu leiten, nur bekommen hatte, weil Mårten ein alter Bekannter von ihr war.

Kurz spielte sie mit dem Gedanken, den Anruf zu ignorieren, doch sie ahnte, dass Christer einen Weg finden würde, das gegen sie zu verwenden. Seit man ihr die Aufgabe übertragen hatte, die musikalische Organisation der königlichen Hochzeit zu leiten, machte Christer ihr das Leben schwer, weil er diese Position für sich selbst beanspruchte und nicht akzeptieren konnte, einfach übergangen worden zu sein. Aber die Kronprinzessin hatte nun einmal so entschieden, und er konnte nicht offen dagegen vorgehen – was ihn allerdings nicht daran hinderte, Milla Steine in den Weg zu legen, wo es nur ging.

Also atmete sie noch einmal tief durch und meldete sich mit einem, wie sie hoffte, einigermaßen zuversichtlich klingendem: „*Hej.*“

„Na, wo steckt denn nun Ihr gefeierter Wunderpianist?“, begann Christer, charmant wie immer, ohne jegliche Einleitung. „Die Kronprinzessin wartet bereits ungeduldig.“

Milla biss sich auf die Unterlippe. Sie bezweifelte ernsthaft, dass sie Mårten dazu bringen würde, ihr zuliebe Small Talk mit der Kronprinzessin zu halten. Schlimmer noch: Wenn er ihr gegenüber auch nur ein falsches Wort sagte, konnte er damit all ihre Hoffnungen auf einen Schlag zunichte machen. Das durfte auf keinen Fall passieren.

„Ich werde sehen, was ich tun kann“, erwiderte sie hastig, und sie wusste, wie unverbindlich ihre Worte klangen.

Für einen Moment herrschte Schweigen, dann fragte Christer: „Er hat Sie abblitzen lassen, habe ich recht?“

„Nein, selbstverständlich nicht!“, protestierte Milla hastig. „Ich habe alles unter Kontrolle.“

„Ach tatsächlich?“ In Christers Stimme schwang eine gehörige Portion Skepsis mit. „Sind Sie davon überzeugt?“

„Ja“, bekräftigte Milla. „Alles läuft nach Plan.“

Dann beendete sie das Gespräch, sank mit einem schweren Seufzen auf die Bank zurück und barg das Gesicht in den Händen. Auf was hatte sie sich da bloß eingelassen? Immer tiefer verstrickte sie sich in ein Netz aus Lügen, während ihr gleichzeitig mehr und mehr die Kontrolle entglitt. Wie sollte sie da jemals wieder herauskommen?

Es gab nur einen Weg: Sie musste Mårten überzeugen, sonst würde diese Sache in einer furchtbaren Blamage für sie enden. Wenn herauskam, dass sie nicht mit offenen Karten gespielt hatte, konnte das das Ende ihrer Karriere bedeuten. Mårten musste zustimmen.

Fragte sich nur – wie?

Nun, jedenfalls nicht, indem du noch länger tatenlos herumsitzt und die Hände in den Schoß legst!

Eilig kehrte Milla zum Pavillon zurück.

Äußerst widerwillig mischte Mårten sich erneut unter die Gäste der Spendengala. Am liebsten wäre er einfach auf die nächste Fähre gestiegen und hätte sich auf den Heimweg gemacht. Doch es ging hier immerhin um einen guten Zweck, und außerdem sollte Milla nicht glauben, dass er sich so leicht von ihr in die Flucht schlagen ließ.

Unglaublich, er war nur gekommen, um ihr zu sagen, was er von ihr hielt – und nun das! Wie schaffte sie es bloß immer wieder, ihn in die Defensive zu drängen, wo doch sie diejenige war, die sich schämen sollte!

Seine Stimmung lag also auf einem absoluten Tiefpunkt. Und sie besserte sich auch nicht, als eine dunkelhaarige Schönheit auf ihn zukam.

Die persönliche Assistentin der Kronprinzessin.

„Mårten Nylund! Wie schön, dass Sie es einrichten konnten!"

Mårten atmete tief durch und deutete eine Verbeugung an. „Es ist mir eine Ehre, hier sein zu dürfen."

Ihr Lächeln war warm und herzlich. „Ganz im Gegenteil, wir fühlen uns geehrt. Wissen Sie, dass die Kronprinzessin schon seit vielen Jahren eine große Anhängerin Ihrer Kunst ist? Leider ergab sich bisher keine Gelegenheit für sie, Sie persönlich kennenzulernen. Umso mehr freue ich mich, dass es heute endlich so weit ist. Sie werden ihr doch nachher den Gefallen tun und an ihrem Tisch speisen? Milla ist natürlich ebenfalls herzlich eingeladen." Suchend blickte sie sich um. „Da wir gerade von ihr sprechen – ist sie denn nicht bei Ihnen? Nun, ich hoffe, sie kommt gleich. Ich kann es nämlich gar nicht erwarten, mich mit Ihnen beiden über die Details für die bevorstehenden Hochzeitsfeierlichkeiten zu unterhalten."

Ganz offensichtlich hatte Milla alle Welt glauben lassen, sie sei in der Lage, ihn zu einer Zusammenarbeit zu bewegen. Höchste Zeit, dieses Missverständnis aufzuklären!

„Ich fürchte, ich …"

„Er will sagen, dass es in diesem Stadium noch zu früh ist, konkret etwas zu besprechen", wurde er von Milla unterbrochen, die unbemerkt hinter ihm den Saal betreten hatte. „Die Hochzeit findet zwar bereits im Juni statt, dennoch sollten wir ihm ein wenig Zeit lassen, über alles nachzudenken. Immerhin habe ich ihn gerade erst mit Ihrer Bitte überfallen."

Trotz ihres strahlenden Lächelns erkannte Mårten sofort, wie nervös sie in Wahrheit war. Ganz offensichtlich fürchtete sie, er würde ihr kleines Kartenhaus aus Lügen zum Einsturz bringen. Zu Recht, denn er dachte gar nicht daran, bei diesem Spielchen mitzuspielen.

Die Assistentin der Kronprinzessin schien von alledem nichts zu bemerken. „Natürlich", sagte sie an Mårten gewandt. „Lassen Sie sich ruhig ein paar Tage Zeit. Wir werden in den kommenden Wochen sicherlich noch ausreichend Gelegenheit haben, alles zu besprechen. Ich muss mich ohnehin dafür entschuldigen, dass wir erst so spät an Sie herantreten. Das Ganze war eine spontane Idee der Kronprinzessin. Als sie erfahren hat, dass Sie und Milla einander kennen, bat sie Milla, bei Ihnen ein gutes Wort für sie einzulegen."

In diesem Moment spielte eine Tanzkapelle auf, und ein Leuchten glitt über die Miene der Assistentin. „Bei diesem Lied habe ich zum ersten Mal mit meinem Freund getanzt! Bitte entschuldigen Sie mich, dieser Versuchung kann ich unmöglich widerstehen. Wollen Sie mir nicht die Freude bereiten und ebenfalls tanzen? Sie geben so ein hübsches Paar ab!"

Sie nickte ihnen noch einmal lächelnd zu, dann verschwand sie in der Menge, um nach ihrem Freund zu suchen.

„Was ist?", fragte Mårten, ohne groß darüber nachzudenken. „Möchtest du tanzen?"

Milla wirkte überrascht. „Ist das dein Ernst?"

Dieselbe Frage stellte er sich selbst. Warum eigentlich nicht? Wenn er heute Abend nach Hause fuhr, wollte er die Erinnerung an Milla für immer hinter sich zurücklassen. Es sprach also nichts dagegen, noch einmal das Gefühl zu genießen, ihren warmen, weichen Körper in den Armen zu halten.

„Komm", forderte er sie auf. „Oder fürchtest du dich etwa davor, dich wieder in mich zu verlieben?"

Ihre Augen funkelten. Im Licht der Kronleuchter schimmerte ihr Haar wie flüssiges Gold. „Oh nein", erwiderte sie kämpferisch. „Bilde dir bloß nichts ein, Mårten Nylund. Die Zeiten, in denen du mich mit einem Lächeln um den Finger wickeln konntest, sind längst vorbei."

„Ist das so?" Er hob eine Braue. „Wir werden es ja sehen."

Die Welt um Milla verblasste, als Mårten sie in seine Arme zog und sich mit ihr im Takt der Musik bewegte. Es war ein sehr vertrautes Gefühl, und zugleich aufregend und neu. Sie fühlte sich wie in einem Strudel, in dem Raum und Zeit keine Bedeutung hatten. Vergangenheit und Gegenwart verschmolzen miteinander. Mårten und sie gehörten zusammen, so war es immer gewesen, und so würde es auch immer sein.

Als sie ihn ansah, ertrank sie im tiefen Blau seiner Augen. Ihr Platz war an seiner Seite und …

„Nein!" Hastig machte sie sich von ihm los, taumelte einen Schritt zurück und fuhr sich mit der Hand über die Augen. Die anderen Paare tanzten einfach um sie herum und schienen Millas Aufruhr gar nicht zu bemerken.

Was war bloß in sie gefahren? So sehr hatte sie nicht mehr die Kontrolle über sich verloren, seit … ja, seit die Sache mit Mårten damals so unschön zu Ende gegangen war.

„Ist alles in Ordnung?", fragte er sanft und legte ihr eine

Hand auf die Schulter. Seine Berührung jagte Wellen der Erregung durch ihren Körper. Rasch wandte sie sich ab, damit er nicht sah, was in ihr vorging.

Sie wollte nicht so empfinden. Es machte ihr Angst, dass Mårten nach all den Jahren noch immer eine derart verheerende Wirkung auf sie ausübte.

„Es geht schon wieder“, brachte sie heiser hervor. „Mir ist nur ein wenig schwindelig, das ist alles.“

„Bist du sicher?“

Sie nickte. „Hör zu, vielleicht können wir noch einmal in Ruhe über alles reden.“

„Nicht jetzt“, wehrte er ab. „Dafür bist du nicht in der richtigen Verfassung.“

Insgeheim konnte Milla ihm nur zustimmen. Aber wenn nicht jetzt – wann dann?

Mårten schien ihre Verzweiflung zu bemerken. „Also gut.“ Er seufzte leise „Du erinnerst dich noch an das kleine Restaurant in Mariefred? Wir treffen uns dort morgen Abend um Punkt sieben Uhr. Ich werde nicht auf dich warten, wenn du zu spät kommst, hörst du?“

„Ich danke dir! Und du wirst deine Entscheidung nicht bereuen, das verspreche ich.“ Die Worte sprudelten förmlich aus ihr heraus. „Ich werde pünktlich sein.“

Grenzenlose Erleichterung durchströmte sie. Wie sehr hatte sie gehofft, dass er doch noch Vernunft annehmen würde. Was sie ihm bot, war eine einmalige Chance, noch einmal ganz neu durchzustarten. Die Öffentlichkeit hatte das Interesse an ihm noch nicht verloren, das bewiesen die Artikel in der Boulevardpresse, die regelmäßig über ihn erschienen. Wenn er einwilligte, ein Stück für die Hochzeitsfeierlichkeiten der Kronprinzessin zu komponieren und dieses während der Zeremonie in der Storkyrkan – der St. Nikolaikirche – selbst spielte, würde ihn das mit einem Schlag in der gesamten westlichen Welt bekannt machen. Zwar blieben ihm nur noch etwa acht Wochen, doch sie wusste, dass einige von Mårtens besten Kompositionen in noch kürzeren Zeiträumen entstanden waren.

Eine solche Gelegenheit konnte sich kein Musiker einfach so entgehen lassen. Nicht einmal ein Mann wie Mårten Nylund.

Warum gelang es ihr dann trotzdem nicht, das Gefühl abzuschütteln, dass es nicht leicht werden würde?

3. KAPITEL

„Du siehst hübsch aus, *Mamma*!" Ehrfürchtig strich Janna mit ihren kleinen Händen über den mit bunten Blüten bedruckten Stoff des locker geschnittenen Sommerkleids, das Milla bis knapp über die Knie reichte. „So hübsch wie die Blumenwiese hinterm Haus."

Ein Lächeln erhellte Millas Gesicht. Zärtlich strich sie ihrer kleinen Tochter übers Haar, das so dicht und dunkel war wie das ihres Vaters. Und auch darüber hinaus ähnelte sie ihm in vielen Dingen. Vielleicht war es Milla deshalb all die Jahre so schwergefallen, ihn zu vergessen.

Kein Mensch auf der Welt wusste, dass Mårten der Vater ihrer Tochter war. Nicht einmal ihren Eltern und Geschwistern hatte sie damals die Wahrheit gesagt, auch wenn sie vermutete, dass zumindest ihre jüngste Schwester Lotte etwas ahnte.

Natürlich war sie sich darüber im Klaren, dass Janna früher oder später anfangen würde, Fragen zu stellen. Ihre Tochter anzulügen, kam für Milla nicht infrage. Janna hatte das Recht, ihre Herkunft zu kennen. Ebenso wie man Mårten vermutlich auch das Recht zubilligen würde, zu erfahren, dass er vor vier Jahren Vater geworden war. Aber er hatte ihr damals ja praktisch keine andere Wahl gelassen, als er diese andere Frau …

Nein, darüber wollte sie jetzt nicht nachdenken. Sie schob den Gedanken weit von sich und beugte sich stattdessen lächelnd zu Janna hinunter. „Was meinst du, welche Schuhe soll ich dazu tragen?"

Die Augen der Vierjährigen fingen an zu leuchten. „Ich darf aussuchen?"

Milla nickte. „Wenn du mir versprichst, heute Abend ein braves Mädchen zu sein und schön auf das zu hören, was Tante Lotte sagt?"

Das war nicht viel verlangt, denn Janna vergötterte ihre

Tante. Die sechsundzwanzigjährige Lotte wiederum verwöhnte Janna nach Strich und Faden. Die beiden kamen bestens miteinander aus, und so hielt sich Millas schlechtes Gewissen dafür, dass sie ihre Schwester schon wieder um Hilfe bitten musste, in Grenzen. Normalerweise kümmerte sich Annika, das Kindermädchen, um Janna, wenn Milla nicht da war. Doch so kurzfristig hatte Annika ihren freien Abend nicht mehr verschieben können.

Als es klingelte, eilte Milla in den Flur und betätigte den Türöffner. Sie wohnte für die Dauer ihrer Anstellung bei Hofe kostenlos in einem kleinen Apartment im Dachgeschoss eines Hauses in der Gamla Stan, der Altstadt Stockholms, die sich über drei Inseln – Stadsholmen, Riddarholmen und Helgeandsholmen – erstreckte.

Kurz darauf erschien Lotte auf dem Treppenabsatz ein Stockwerk tiefer.

„So schön ich deine Wohnung auch finde“, stöhnte sie schwer atmend, „im Erdgeschoss würde sie mir noch besser gefallen.“

Lachend schloss Milla sie in die Arme, als sie es endlich bis nach ganz oben geschafft hatte. „Für die herrliche Aussicht von meiner Dachterrasse aus nehme ich die paar Treppen gern in Kauf. *Hej*, wie geht es dir?“

„Blendend“, erwiderte Lotte und fuhr sich mit der Hand durch ihr kinnlanges rotblondes Haar, das sie zurzeit zu einem Pagenschnitt frisiert trug. Manche Frauen hatten einen Schuhtick, Lottes Spleen waren ihre ständig wechselnden Frisuren und Haarfarben. „Dir scheint es allerdings auch nicht gerade schlecht zu gehen“, stellte sie fest, wobei sie Milla von oben bis unten musterte. „Hast du dich für deinen Mårten so schick gemacht?“

„Erstens ist er nicht *mein* Mårten“, stellte Milla sofort klar. „Und zweitens gehe ich grundsätzlich nicht in Sack und Asche zu geschäftlichen Verabredungen.“

„Geschäftliche Verabredungen, so so …" Lotte schmunzelte. „Na ja, wie du meinst. Ich wünsche dir auf jeden Fall viel Spaß – Janna und ich werden unseren ganz gewiss haben, was Kleines?"

Nachdem Milla sich vergewissert hatte, dass Lotte und Janna mit allem versorgt waren, was sie benötigten, musste sie sich wirklich beeilen. Es war bereits viertel vor sechs. Wenn sie pünktlich zu ihrer Verabredung mit Mårten erscheinen wollte, wurde es höchste Zeit.

Rasch zog sie die Schuhe an, die Janna für sie ausgesucht hatte – hochhackige Peeptoes aus cremefarbenem Wildleder, die glücklicherweise hervorragend zu ihrem Kleid passten. Gleich darauf eilte sie das schmale Treppenhaus hinunter, so schnell es mit den hohen Absätzen ging, und trat auf die Straße.

Keine fünf Minuten später überquerte sie mit ihrem Wagen auf der Centralbron den Fluss Riddarfjärden und fuhr dann den Söder Mälarstrand entlang in Richtung Mariefred. Das kleine Städtchen lag etwa siebzig Kilometer von Stockholm entfernt am Mälarsee. Milla war nicht mehr in Mariefred gewesen, seit sie dort mit Mårten ein herrliches Wochenende verbracht hatte. Das schien eine Ewigkeit her zu sein.

Die Fahrt führte sie am südlichen Ufer des Mälaren entlang. Das Wasser des Sees glitzerte im Licht der bereits tief stehenden Sonne. Auf der anderen Straßenseite erstreckten sich leuchtend gelbe Rapsfelder und saftige grüne Wiesen, auf denen Kühe im Schatten blühender Obstbäume grasten.

Nach etwas mehr als einer Stunde erreichte sie die ersten Ausläufer der Ortschaft. Farbenprächtige Häuser, die meisten im typischen Rostrot – dem *Faluröd* –, andere in leuchtendem Blau, sanftem Lindgrün oder strahlendem Sonnengelb gestrichen, standen direkt an der Wassergrenze. In den Vorgärten blühten Osterglocken und die ersten Maiglöckchen.

Sie passierte den Bahnhof von Mariefred, ein hellgelb getünchtes Holzgebäude mit weißen Dachgauben und einer historischen Eisenbahn, und erreichte schließlich das Restaurant, in dem sie mit Mårten verabredet war. Es lag direkt am Ufer des Mälaren und bot eine fantastische Aussicht auf die imposante Backsteinfassade von Schloss Gripsholm mit seinen zahlreichen Türmen und Kuppeln, das auf einer Halbinsel im See lag.

Der Anblick weckte Erinnerungen in ihr, an die sie lieber nicht zurückdenken wollte. Erinnerungen an eine wunderschöne Zeit mit Mårten, in der sie so glücklich gewesen war wie nie zuvor in ihrem Leben. Doch das Wissen, dass Mårten lediglich mit ihren Gefühlen gespielt hatte, versetzte ihnen einen schalen Nachgeschmack.

Milla stellte ihren Wagen neben dem Haus ab und betrat das Restaurant. Sie sah Mårten schon vom Eingang aus. Er saß draußen auf der Terrasse und plauderte angeregt mit einer wasserstoffblonden Kellnerin. Milla wusste selbst nicht, was sie an dem Anblick so sehr störte. Sie war doch nicht etwa eifersüchtig?

„*Hej*, Mårten“, begrüßte sie ihn, als sie hinaus auf die Terrasse trat. An der Miene der Bedienung ließ sich deutlich ablesen, dass sich ihre Begeisterung über Millas Auftauchen in Grenzen hielt.

„Du bist spät dran.“ Demonstrativ warf er einen Blick auf seine Armbanduhr.

„Wie es scheint, bist du ja recht gut ohne mich zurechtgekommen“, erwiderte sie und setzte sich zu ihm an den Tisch. „Hast du schon bestellt?“

Er schüttelte den Kopf. „Nein, noch nicht.“ Er wandte sich an die Kellnerin. „Inga, wären Sie so freundlich, eine weitere Speisekarte zu bringen?“

„Inga?“, raunte Milla ihm zu, als die Blondine außer Hörweite war, und hob fragend eine Braue.

„Ich wüsste nicht, was dich das anginge.“

Die Bedienung kehrte mit der gewünschten Speisekarte zurück, und Milla blätterte gedankenverloren darin, ohne den Inhalt wirklich aufzunehmen. Schließlich gab sie es auf, klappte die Karte zu und legte sie auf den Tisch.

„Du hast dich schon entschieden?", fragte Mårten erstaunt. „Früher brauchtest du immer eine Ewigkeit, um ein Menü auszuwählen."

„Um ehrlich zu sein, ich habe keinen allzu großen Appetit. Ich werde es bei einem gemischten Salat belassen."

„Wie du meinst, es ist deine Entscheidung." Er winkte Inga heran und schenkte ihr ein strahlendes Lächeln, bevor er fragte: „Können Sie das *Älgstek* empfehlen?"

„Der Elchbraten ist eine Spezialität unseres Kochs", erwiderte die Kellnerin strahlend. „Besonders beliebt bei unseren Gästen ist sein *Älgstek med svamp och äppelen.*"

Mårten nickte. „Elchbraten mit Pilzen und Äpfeln klingt ganz hervorragend – das nehme ich. Und dazu bitte ein Glas Rotwein."

„Gerne. Darf es sonst noch etwas sein?"

„Ja", meldete Milla sich zu Wort, die mehr und mehr den Eindruck gewann, dass ihre Anwesenheit bei Tisch vollkommen in Vergessenheit geraten war. „Ich hätte gern einen Salat und ein Glas Mineralwasser, wenn es Ihnen nichts ausmacht."

„Salat", wiederholte die Kellnerin knapp. „Wird sofort gebracht."

„Kommen wir dann endlich zur Sache?", fragte Milla ein wenig verstimmt, nachdem die Bedienung mit der Bestellung in der Küche verschwunden war. „Ich bin nicht den ganzen weiten Weg hier heraus gefahren, um dir dabei zuzusehen, wie du mit einer anderen flirtest."

„Sollte ich stattdessen lieber mit dir flirten?"

„Nein", entgegnete Milla scharf. „So war das nicht gemeint, und das weißt du ganz genau. Also, was ist jetzt? Hast du es dir noch einmal überlegt? Ich habe mir bereits ein paar Gedanken über die bevorstehenden Hochzeitsfeierlichkeiten gemacht, und auch um die Rolle, die du dabei spielen sollst und …"

„Lass uns bitte nach dem Essen darüber sprechen", fiel er ihr ins Wort und schenkte Inga ein warmes Lächeln, als diese die Getränke an den Tisch brachte.

Manchmal konnte Mårten den Mann, zu dem er sich im Lauf der letzten Jahre entwickelt hatte, selbst nicht ausstehen.

Dies war einer solcher Momente.

Er wusste, dass er sich falsch verhielt, indem er versuchte, Milla mit der hübschen Kellnerin eifersüchtig zu machen. Nicht, weil sie es nicht verdiente. Er fand nur keine logische Erklärung dafür, warum er das eigentlich wollte. Fest stand nur, dass er es einfach nicht schaffte, damit aufzuhören. Zugleich fiel es ihm erstaunlich schwer, ihr gegenüber kühl und herablassend zu bleiben.

Das geblümte Sommerkleid, das sie trug, schmeichelte ihrer schlanken, aber dennoch weiblichen Figur, und die hellen Seidenstrümpfe ließen ihre Beine verführerisch schimmern. Das honigblonde Haar fiel offen bis über die Schultern herab, und ein Hauch von Make-up perfektionierte den ohnehin schon so gut wie makellosen Teint. In all den Jahren seit ihrem überraschenden Verschwinden hatte sie nichts von der Anziehungskraft eingebüßt, die sie auf ihn ausübte.

Mårten war beinahe erleichtert, als das Essen gebracht wurde, schließlich lenkte es ihn zumindest für eine Weile von den irritierenden Gefühlen ab, die er in Millas Nähe empfand. Gefühle, die er längst vergessen und überwunden geglaubt hatte …

Bist du wirklich bereit, die Vergangenheit so schnell zu vergessen?

Nein, das war er definitiv nicht. Ihr Zauber ließ ihn einfach nicht los. Es schien fast, als wäre nie etwas zwischen ihnen vorgefallen. So, als hätten sie sich nicht vor mehreren Jahre, sondern erst vor ein paar Stunden zum letzten Mal gesehen.

Reiß dich zusammen und halte dich an deinen Plan, rief er sich selbst zur Ordnung. Nur so wird es dir gelingen, endgültig von ihr loszukommen.

Genau darum ging es ihm. Er wollte sie ein für allemal aus seinen Gedanken verbannen. Aber das ging nicht, solange er noch diese alte Rechnung mit ihr offen hatte. Darum würde er es ihr nun mit gleicher Münze heimzahlen, indem er zuerst Hoffnungen in ihr erweckte und diese dann gnadenlos zerstörte.

Ganz genau so, wie sie es damals mit ihm gemacht hatte.

„Und? Was hast du in den letzten Jahren getrieben?", fragte er, nachdem er bereits über die Hälfte seines Älgsteks gegessen hatte, ohne wirklich etwas davon zu schmecken. „Dein Engagement bei der Stockholmer Oper hast du ja ziemlich überstürzt abgebrochen."

Das alles wusste er deshalb so genau, weil er nach ihrem Verschwinden wochenlang versucht hatte, sie wiederzufinden. Nur um festzustellen, dass sie gar nicht gefunden werden wollte: Von ihrer Familie, die einen Gutshof in der südlichsten schwedischen Provinz Skåne besaß, ließ sie sich verleugnen, ihre kleine möblierte Wohnung hatte sie verlassen, ihre Stellung aufgegeben.

„Ich habe mir eine kleine Eventagentur in Stockholm aufgebaut", erwiderte Milla, ohne auf die Spitze einzugehen. „Hauptsächlich betreue ich musikalische Veranstaltungen, aber man kann mich auch für jede andere Gelegenheit buchen."

„Seltsam", meinte er mit einem schiefen Lächeln. „Ich habe dich auch immer für eine Vollblutmusikerin gehalten. Wenn mir damals jemand gesagt hätte, dass du das Singen eines Tages aufgeben würdest …"

„Mir blieb kaum eine andere Wahl!", entgegnete sie so energisch, dass Mårten überrascht eine Braue hob.

„Das klingt vorwurfsvoll", stellte er fest. „Die Entscheidung, deine Karriere als Sängerin hinzuwerfen, kannst du mir ja wohl kaum anlasten."

Sie senkte den Blick. „Nein, natürlich nicht."

Etwas an der Art und Weise, wie sie es sagte, gefiel Mårten nicht. Es klang, als würde sie etwas vor ihm verbergen. Als hätte sie bereits zu viel gesagt und hoffte nun, dass er nicht weiter nachhakte. Doch wenn sie glaubte, dass er sie so leicht davonkommen ließ, täuschte sie sich. Er …

„Kann ich Ihnen vielleicht noch ein Dessert bringen?"

Irritiert schaute Mårten auf. Inga sah ihn erwartungsvoll an. Er winkte ab. „Nein, jetzt nicht. Wir melden uns, wenn wir noch etwas wünschen."

Der enttäuschte Blick der jungen Frau entging ihm nicht, doch im Augenblick hatte er andere Sorgen.

„Das war aber ziemlich unhöflich", stellte Milla fest, und insgeheim dachte sie: Er hat sich wirklich überhaupt nicht verändert – noch immer der unverbesserliche Frauenheld, der sich in Wahrheit für niemand anderen interessiert als für sich selbst.

„Ich glaube kaum, dass du dir darüber ein Urteil erlauben kannst", entgegnete Mårten scharf. Er schob seinen Teller von sich. „Oder wie würdest du das Verhalten bezeichnen, das du vor fünf Jahren an den Tag gelegt hast?"

Abwehrend verschränkte Milla die Arme vor der Brust. „Ich hatte meine Gründe."

„Ja, das kann ich mir denken. Graf Bergholm ist nicht zufällig einer davon?"

Jetzt war sie wirklich überrascht. „Gregor?" Sie schüttelte den Kopf. „Ich weiß nicht, wie du darauf kommst, aber es geht dich wohl auch kaum etwas an." Sie dachte nur ungern an Gregor Bengtsson – Graf Bergholm – zurück. Die Erinnerung schmerzte noch immer. Nicht etwa, weil sie sich geliebt hätten, sondern weil die Beteiligung ihrer Eltern an diesem Fiasko ihr einmal mehr verdeutlicht hatte, wie wenig sie ihr zutrauten. Sie seufzte. „Hör zu, ich bin nicht hier, um mit dir zu streiten. Vielleicht könnten wir jetzt endlich zum Thema kommen? Ich nahm an, dass du dich mit mir verabredet hast, weil du noch einmal über mein Angebot nachgedacht hast."

„Du hast recht", erwiderte er. „Ich habe mir alles noch einmal ganz genau durch den Kopf gehen lassen und bin bereit, noch mal über deinen Vorschlag nachzudenken – unter einer Bedingung."

„Alles, was du willst." Erleichtert atmete Milla auf. „Also, was verlangst du?"

„Nicht viel." Er verzog keine Miene. „Nur, dass du für die Dauer unserer Zusammenarbeit jederzeit für mich zur Verfügung stehst."

„Das ist kein Problem, ich bin ..."

„Und außerdem möchte ich", fiel er ihr ins Wort, „dass du für die nächste Zeit zusammen mit mir in der alten Mühle wohnst. Sie liegt nur etwas mehr als eine halbe Autostunde von Kronborg Slott entfernt, kaum mehr, als du von deiner Wohnung in Stockholm aus benötigst."

Vor Schreck und Überraschung riss Milla die Augen auf. „Du willst – was?"

„Du hast richtig gehört. Und wenn ich zusammen sage, dann meine ich es auch so: Wir werden unter einem Dach wohnen, gemeinsam essen und arbeiten. Es wird wieder sein wie damals, vor fünf Jahren."

4. KAPITEL

„Das kann unmöglich dein Ernst sein!“ Energisch schüttelte Milla den Kopf. „Tut mir leid, aber du verlangst zu viel. Das mit uns ist schon so lange vorbei, wir sollten es dabei belassen.“

„Schade, dass du es so siehst.“ Er stand auf. „Dann haben wir uns nichts weiter zu sagen. Ich wünsche dir viel Erfolg und …“

„Warte!“ Ihre Gedanken rasten. Verzweifelt rang sie die Hände. Was sollte sie jetzt bloß tun? Sie dachte an Janna, an all ihre Träume und den brennenden Wunsch, Schweden den Rücken zu kehren. Und nicht zuletzt auch daran, was ihre Eltern sagen würden, wenn sie jetzt versagte. Sie wusste nicht, ob sie ein *Wir haben es dir doch gleich gesagt* aus dem Mund ihrer Mutter ertragen konnte. Mårtens Bedingungen mochten unverfroren, ja dreist sein – doch konnte sie es sich wirklich erlauben, abzulehnen? Es wurde allgemein von ihr erwartet, dass sie ihn für die königliche Hochzeit gewann, weil sie ihn kannte und in gutem Kontakt zu ihm stand. Und sie hatte nichts unternommen, um diese Annahme zu korrigieren.

Milla zwang sich zur Ruhe.

Denk nach! Wie weit bist du bereit, für die Erfüllung deiner Träume zu gehen?

Allein der Gedanke, für längere Zeit mit Mårten in dessen Haus außerhalb Stockholms zu verbringen, war schlimm genug. Doch er verlangte weit mehr als das von ihr: Was er wollte, war die Karikatur ihrer früheren Beziehung, und Milla wusste nicht, wie sie das durchstehen sollte. Konnte sie es für einige Zeit in seiner Nähe aushalten und wie eine Geliebte mit ihm zusammenleben? Mit diesem Mann, der ihre Liebe einst mit Füßen getreten hatte?

Wenn sie daran zurückdachte, machte es sie noch immer

zornig. Sie war so sicher gewesen, dass er ihre Gefühle erwiderte. Dabei hätte sie es besser wissen müssen. Mårten gehörte einfach nicht zu den Männern, die treu sein konnten.

Doch leider hatte sie das erst viel zu spät erkannt.

Dennoch. Es gab nur zwei Möglichkeiten: Entweder sie versuchte es, oder sie gab auf. Eine weitere Alternative stand ihr nicht zur Verfügung. Wenn sie nicht auf seine Forderung einging, konnte sie ihren Traum von einem Leben in England zumindest für die nächsten Jahre vergessen.

„Was ist?", fragte Mårten ungeduldig, als sie nicht weitersprach. „Hast du es dir doch anders überlegt?"

„Mir bleibt wohl kaum eine andere Wahl, oder?"

Er lachte leise und setzte sich wieder zu ihr an den Tisch. „Man hat immer eine Wahl, das weißt du ebenso gut wie ich. Die Frage ist: Wie lautet deine?"

Obwohl die Stimme der Vernunft ihr sagte, dass sie einen folgenschweren Fehler beging, nickte sie. „Gut, ich bin mit deinen Bedingungen einverstanden. Aber ich brauche ein paar Tage, um alles vorzubereiten."

„Du solltest dich besser beeilen", erwiderte Mårten. „Immerhin findet die Hochzeit schon in zwei Monaten statt, und wenn ich ein Stück komponieren und einüben soll, brauche ich dazu länger als ein oder zwei Wochen. Also, ich gebe dir Zeit bis übermorgen, einverstanden? Ich hole dich um Punkt acht Uhr zu Hause ab. Wo wohnst du im Augenblick?"

Kurz spielte Milla mit dem Gedanken, ihm die Adresse zu geben, entschied sich dann aber dagegen. Sie musste um jeden Preis verhindern, dass Janna und er einander begegneten. Mårten hatte sich in all den Jahren kaum verändert. Er war immer noch ein unverbesserlicher Frauenheld, der sich für niemand anderen auf der Welt interessierte als für sich selbst. Später, wenn Janna alt genug war, um zu begreifen, würde Milla ihr die Wahrheit sagen. Dann konnte ihre Tochter selbst entscheiden, ob sie ihren leiblichen Vater kennenlernen wollte oder nicht. Doch im Moment war ihre zarte Kinderseele einfach noch zu verletzlich.

„Ich werde an der Riddarholm-Kirche auf dich warten", erklärte sie deshalb, ohne auf seine Frage einzugehen. Sie winkte die Kellnerin heran, um zu zahlen, doch Mårten kam ihr zuvor.

„Das ist nicht nötig", protestierte sie. „Ich bin durchaus in der Lage, für mich selbst zu sorgen."

„Schon möglich, aber so lange du mit mir zusammen bist, werde ich sämtliche Rechnungen übernehmen, verstanden?"

Milla schluckte die scharfe Entgegnung, die ihr auf der Zunge lag, hinunter und nickte widerwillig. „Wir sehen uns dann übermorgen."

„Ich kann es kaum erwarten."

„Versprich dir nicht zu viel, Mårten. Du kannst mich vielleicht zwingen, zu dir zu ziehen, aber ich werde mich gewiss nicht wieder auf dich einlassen."

Er blickte sie ernst an. „Wie kommst du darauf, dass ich daran interessiert sein könnte?"

Ohne ein weiteres Wort wandte Milla sich ab und ging davon. Sie brauchte sich nicht umzudrehen, um zu wissen, dass er sie noch immer beobachtete. Erst als sie durch die Eingangstür ins Freie trat, atmete sie auf. Doch der Augenblick der Erleichterung hielt nicht lange an – dann wurde ihr klar, auf was sie sich soeben eingelassen hatte.

Auf der Rückfahrt von Mariefred gingen Mårten eine Menge Dinge durch den Kopf. Vor allem fragte er sich immer wieder, wie er auf die verrückte Idee gekommen war, Milla zu sich in die alte Mühle zu holen.

Es war absurd – und gefährlich. Die Anziehungskraft zwischen ihnen war noch immer da, er spürte es jedes Mal, wenn sie sich in seiner Nähe aufhielt. Mit ihr zusammenzuleben wie damals, als sie noch ein Liebespaar gewesen waren, und sei es nur für kurze Zeit, grenzte an Wahnsinn.

Auf der anderen Seite stellte es vielleicht die einzige Möglichkeit dar, sich endlich von Milla zu lösen und ihr zudem noch eine Lektion zu erteilen. Sie sollte am eigenen Leibe erfahren, wie es sich anfühlte, benutzt zu werden. Denn nichts anderes hatte sie mit ihm gemacht: mit seinen Gefühlen gespielt, ihn glauben lassen, dass sie ihn liebte, nur um ihn dann ohne ein Wort der Erklärung zu verlassen – für einen anderen Mann, der ihr mehr bieten konnte als er.

Als er die alte Mühle erreichte, in der er seit etwas mehr als drei Jahren lebte, war es schon fast zehn Uhr, doch im Küchenfenster brannte noch Licht.

Stirnrunzelnd parkte Mårten den Wagen vor dem Schuppen neben dem Haus. Thorbjörn ging für gewöhnlich spätestens um neun zu Bett. Dass er noch auf war, konnte nur bedeuten, dass er auf ihn gewartet hatte. Und das tat der alte Matrose gewiss nicht ohne Grund.

„*Hej*", sagte Mårten und legte den Schlüssel auf die Anrichte. „Du bist so spät noch auf?"

Thorbjörn seufzte. „Komm, ich brühe uns erst einmal eine Tasse Tee." Er machte Anstalten aufzustehen, doch Mårten winkte ab.

„Nicht nötig. Was ist los? Du hast doch etwas auf dem Herzen."

„Es geht um deinen Manager, diesen Hallström", erwiderte Thorbjörn ernst. „Er hat vorhin wieder angerufen und wollte dich unbedingt sprechen. Ich habe ihm gesagt, dass du nicht hier bist, aber ich kann mir nicht vorstellen, dass er mir geglaubt hat. Er wird sich wieder melden."

„Und?", fragte Mårten desinteressiert. „Was geht mich das an?"

„Denkst du nicht, dass es langsam an der Zeit ist, die Angelegenheit ein für alle Mal zu klären? Es ist doch jetzt schon fast zwei Jahre her."

„Hallström soll sich zum Teufel scheren! Ich habe ihm bereits alles gesagt, was es zu sagen gibt. Warum lässt dieser Blutsauger mich nicht endlich in Ruhe?"

Im Grunde kannte Mårten die Antwort natürlich selbst: Er hatte einen Vertrag mit seiner Plattenfirma geschlossen, in dem er sich zur Produktion einer bestimmten Anzahl von Alben verpflichtete, und dieser Verpflichtung kam er nun schon seit zwei Jahren nicht nach. Bisher hatte man große Geduld mit ihm gezeigt, doch mittlerweile spitzte sich die Lage immer mehr zu. Kein Wunder, dass sein Manager langsam nervös wurde!

„Aber es hat doch keinen Sinn, die Sache totzuschweigen! Warum erklärst du ihm und den Leuten von der Plattenfirma nicht, was wirklich mit dir los ist? Wenn sie erfahren, was ..."

„Keiner wird davon erfahren, hörst du?", fiel Mårten ihm brüsk ins Wort. Allein die Erinnerung an jene Tragödie, die sein Leben vor beinahe zwei Jahren bis in die Grundfesten erschüttert hatte, hielt er kaum aus. Sein Vater war tot – und er trug dafür die Verantwortung. Schlimmer noch, er hatte ihn und sich selbst der Möglichkeit beraubt, einander richtig kennenzulernen. Die Schuld lastete wie ein tonnenschweres Gewicht auf seinen Schultern und hatte ihm die Fähigkeit genommen, das zu tun, was er auf der Welt am meisten liebte: Musik zu machen.

Sicher war es durchaus möglich, dass es stimmte, was Thorbjörn sagte. Vielleicht würden sein Manager und die Plattenbosse tatsächlich verständnisvoll reagieren, wenn sie die Wahrheit erfuhren. Doch er konnte einfach nicht darüber reden, und darum musste er mit den Konsequenzen leben.

Etwas ruhiger fuhr er nun fort: „Ich will es nicht, respektier das bitte endlich. Du meinst es nur gut, das weiß ich ja, aber misch dich nicht ein." Er zwang sich zu einem Lächeln. „Ach, ehe ich es vergesse: Wir werden in der nächsten Zeit einen Besucher im Haus haben."

„Wirklich?", fragte der alte Matrose verblüfft. Mårten lud nicht gerade oft Gäste ein. „Wer kommt denn?"

„Milla."

„Milla Rosenblad? Wolltest du dich nicht heute mit ihr treffen, um ihr zu erklären, dass du ihr nicht helfen kannst?" Thorbjörns Miene verfinsterte sich. „Was hast du vor? Du planst doch etwas, das sehe ich dir an."

„Allerdings." Mårten nickte. „Ich werde das Kapitel Milla endgültig zu einem Abschluss bringen."

„Das gefällt mir nicht." Der alte Matrose schüttelte den Kopf. „Es gefällt mir ganz und gar nicht. Aber vermutlich steht es mir nicht zu, darüber zu urteilen." Er warf Mårten noch einen Blick zu, der zu sagen schien: *Hoffentlich weißt du, was du tust*, dann brummte er ein knappes „*God Natt*" und schlurfte zur Tür.

Nachdenklich blickte Mårten seinem väterlichen Freund noch einen Moment hinterher, ehe auch er die Küche verließ und die enge Wendeltreppe nach oben in die erste Etage der Mühle stieg, wo sowohl sein Schlaf- als auch das Musikzimmer lagen.

Vor der Tür des letzteren blieb er kurz stehen. Mit einer Mischung aus Sehnsucht und Schwermut strich er über das dunkle Eichenholz, dann wandte er sich rasch ab. Es machte keinen Sinn, Dingen nachzutrauern, die man ohnehin nicht ändern konnte. Aber das Herz war ein sehr eigenwilliger kleiner Muskel – und manchmal weigerte es sich einfach auf das zu hören, was der Verstand und die Logik ihm sagten.

Nervös betrat Milla am Morgen des übernächsten Tags den Vorplatz der im neugotischen Stil errichteten Riddarsholmkyrkan. Der neunzig Meter hohe spitz zulaufende Turm der Kirche überragte die meisten Gebäude der kleinen Altstadtinsel, nach der das Gotteshaus benannt war. Nicht zum ersten Mal warf Milla einen nervösen Blick auf ihre Armbanduhr. Es war bereits kurz vor halb neun, und mit jeder Minute, die verstrich, wuchs ihre Aufregung.

Es sah Mårten gar nicht ähnlich, zu spät zu kommen. Ob er es sich im letzten Augenblick noch anders überlegt hatte?

Ein Teil von ihr hoffte sogar, dass er nicht mehr kommen würde. Die Aussicht, die nächste Zeit mit ihm zu verbringen, jagte ihr schreckliche Angst ein. Trotzdem kam ein Rückzieher für sie nicht infrage. Von ihrem Erfolg in dieser Sache hing einfach zu viel ab.

Milla hatte bei Hofe erklärt, dass sie bereits erste Vorbereitungen mit Mårten treffen wollte. Ihr war klar, dass sie sich damit womöglich in noch größere Schwierigkeiten brachte, denn sie tat ja so, als ob seine Mitwirkung bei der königlichen Hochzeit praktisch feststand. Sie verstrickte sich immer tiefer in ihre eigene Lügengeschichte, was ihren Erfolg umso wichtiger machte. Das bedeutete jedoch nicht, dass ihr dieses Spielchen gefiel. Normalerweise hasste sie nichts mehr als Unehrlichkeiten, und daher plagte sie auch ein furchtbar schlechtes Gewissen.

Aber Milla war nun einmal fest entschlossen, für ihren Traum zu kämpfen. Und wenn dies der Preis dafür war, würde sie ihn zahlen. Für sich – und für Janna.

Der Gedanke an ihre Tochter, die sie vorübergehend in Lottes Obhut zurücklassen musste – sie konnte sich noch immer nicht überwinden, Mårten die Wahrheit über seine Vaterschaft zu sagen –, machte sie erneut unruhig. So lange am Stück war sie noch nie von Janna getrennt gewesen. Natürlich würde sie so oft wie möglich nach ihr sehen. Doch das machte es für Milla nicht gerade leichter. Ständig würde sie von den schlimmsten Sorgen und Befürchtungen darüber heimgesucht werden, was während ihrer Abwesenheit alles passieren könnte.

Nichts wird geschehen – überhaupt nichts. Du weißt doch, dass auf Lotte Verlass ist. Und im Notfall ist Annika ja auch zur Stelle!

Der Klang einer Autohupe riss Milla aus ihren Gedanken. Mårtens dunkelblauer Volvo hielt am Rand des Platzes. Rasch nahm sie ihre kleine Reisetasche auf und eilte zu ihm. In der Zwischenzeit stieg Mårten aus und öffnete den Kofferraum.

„Du bist spät dran", sagte Milla, die sich einen kleinen Seitenhieb einfach nicht verkneifen konnte.

Mårten würdigte ihre Anspielung keines Wortes. „Bist du so weit?", fragte er stattdessen. „Solltest du etwas vergessen haben, ist das nicht so schlimm. Du kannst natürlich jederzeit nach Stockholm fahren, sei es aus beruflichen oder privaten Gründen. Betrachte dich einfach als mein Gast, nicht als meine Gefangene."

Nachdem ihre Reisetasche im Wagen verstaut war, fuhren sie los. Die nächste halbe Stunde verbrachte Milla damit, schweigend aus dem Fenster zu schauen. Die Landschaft, die an ihr vorüberzog, wurde immer ländlicher, je weiter sie sich von Stockholm entfernten. Rostrot und taubenblau getünchte Bauernhäuser inmitten wogender Weizenfelder, lichte Birkenwäldchen, durch die ab und an das dunkle Blau der Ostsee durchblitzte. Wunderschön – und doch konnte Milla die ganze Zeit über nur an Mårten denken.

Auch ohne ihn anzusehen, war sie sich seiner Nähe mehr als deutlich bewusst, und die spannungsgeladene Atmosphäre im Innern des Wagens wurde mit jeder Sekunde, die verstrich, unerträglicher für sie.

„Hast du dir eigentlich schon Gedanken über deinen Auftritt während der Hochzeitsfeierlichkeiten gemacht?", brach sie schließlich das Schweigen, als sie es einfach nicht mehr aushielt. „Ich meine, willst du für die Kirche ein vollkommen neues

Stück komponieren? Immerhin wird die Hochzeit ja live im Fernsehen übertragen, daher denke ich …"

„Hör zu", unterbrach Mårten sie. „Ich schlage vor, wir klammern das Thema Arbeit erst einmal aus. Wir sollten zunächst schauen, wie wir miteinander zurechtkommen. Alles andere klären wir dann später."

Milla blinzelte irritiert, nickte aber. „Wie du willst", sagte sie. „Du bist der Boss." Dabei missfiel ihr, dass er einfach so über sie bestimmte. Doch was blieb ihr anderes übrig, als gute Miene zum bösen Spiel zu machen? Mårten hatte seine Entscheidung noch nicht getroffen, und sie musste alles tun, um ihn davon zu überzeugen, dass sie zu ihren Gunsten ausfiel.

Kurze Zeit später erreichten sie die alte Mühle.

Warum Mårten es vorzog, hier draußen zu leben, verstand Milla sofort. Die Landschaft, die das Anwesen umgab, war einfach nur wunderschön. Obgleich Stockholm nur eine halbe Autostunde entfernt lag, erinnerte hier draußen nichts an den Stress und die Hektik einer Großstadt. Saftige grüne Wiesen wechselten sich ab mit leuchtend gelben Rapsfeldern. Ein kleiner Bachlauf führte dicht an der Mühle entlang und floss sprudelnd und schäumend über die im Laufe der Jahre rund geschliffenen Steine. Ein feiner Wasserschleier lag in der Luft, der im hellen Sonnenschein in allen Farben des Regenbogens erstrahlte.

Genau so stellte sie sich den Garten Eden vor.

Dem Gebäude selbst konnte man von außen betrachtet kaum ansehen, dass es nicht mehr seinen ursprünglichen Zweck erfüllte. Beim Umbau war offenbar viel Wert darauf gelegt worden, den Charakter der Mühle zu bewahren. Und so drehten sich die großen Flügel auch heute noch immer im Wind. Nur die Blumenkästen an den Fenstern ließen erahnen, dass hier schon längst kein Korn mehr gemahlen wurde.

Als Mårten mit seinem Volvo vor der Mühle vorfuhr, trat

ein älterer Mann aus einem Nebengebäude.

„Thorbjörn", erklärte Mårten einsilbig. „Er arbeitet für mich."

Der Mann zog sich seine marineblaue Kapitänsmütze vom Kopf, als er Milla erblickte. *„Hjärtligt välkomna"*, sagte er und fuhr sich nervös durch sein silbergraues Haar. „Sie müssen Milla sein. Es freut mich sehr, Sie kennenzulernen. Mårten hat mir schon viel von Ihnen er..."

„Lass sie doch erst einmal zu Atem kommen", unterbrach Mårten ihn lächelnd. „Ihr werdet schon genug Gelegenheit bekommen, euch miteinander bekannt zu machen."

Doch der ältere Mann, der Milla auf Anhieb sympathisch war, dachte gar nicht daran, seine Willkommenszeremonie abzukürzen. Er maß Mårten mit einem tadelnden Blick und fuhr einfach fort, so als habe dieser gar nichts gesagt. „Mein Name ist Thorbjörn", erklärte er, griff nach Millas Hand und schüttelte sie. Dann wandte er sich an Mårten. „Trag doch das Gepäck deines Gasts schon einmal hinein, ich werde uns in der Zwischenzeit in der Küche einen Kaffee aufbrühen. Und dazu gibt es ein Stück Blaubeerkuchen, den ich heute Morgen gebacken habe. Es ist wirklich schön, mal Besuch im Haus zu haben und ..." Noch immer redend verschwand er im Innern der Mühle.

„Thorbjörn ist früher zur See gefahren", sagte Mårten, so als würde das alles erklären.

„Er ist dein Angestellter?"

Seufzend zuckte er mit den Schultern. „Um ehrlich zu sein, manchmal weiß ich selbst nicht so genau, was er für mich ist. Ein Freund, schätze ich. Ein guter Freund, der für mich da war, als ich ihn brauchte."

Milla nickte. Sie wusste genau, was er meinte, denn ihr hatten vor allem ihre beiden Schwestern den Rücken gestärkt, als sie nach der Trennung von Mårten in den ersten Monaten ihrer Schwangerschaft in eine tiefe Depression gestürzt war. Was mochte ihm zugestoßen sein, das ihn zu dem Mann gemacht hatte, der er heute war? Denn daran, dass er sich in den fünf Jahren seit ihrer letzten Begegnung verändert hatte, bestand kein Zweifel.

Sie wagte es nicht, ihn danach zu fragen. Die Kluft zwischen ihnen war noch immer zu groß. Aber vielleicht später, eines Tages ...

Kaum merklich schüttelte sie den Kopf. Eigentlich sollte es sie nicht einmal interessieren, was sich nach der Zeit mit ihr in seinem Leben zugetragen hatte. Es ging sie nichts an und half ihr auch nicht dabei, das Ziel zu erreichen, das der einzige Grund gewesen war, überhaupt auf Mårtens Bedingungen einzugehen.

So schön es hier draußen auch sein mag, du solltest nie vergessen, warum du hier bist. Es geht darum, dein Ziel zu erreichen. Nichts anderes ist wichtig!

„Komm", sagte Mårten und riss sie damit aus ihren Gedanken. „Wir wollen Thorbjörn nicht warten lassen." Er nahm ihren Koffer aus dem Wagen und trug ihn zur Mühle herüber.

Milla atmete noch einmal tief durch und folgte ihm. Zu ihrer eigenen Überraschung stellte sie fest, dass ihre Furcht davor, die nächste Zeit an diesem Ort zu verbringen, sich scheinbar in Luft aufgelöst hatte. Doch an ihre Stelle war etwas anderes getreten, das ihr mindestens ebenso zu schaffen machte.

Die Angst davor, ihren gemeinsamen Aufenthalt mit Mårten in der alten Mühle vielleicht zu sehr zu genießen.

5. KAPITEL

Am nächsten Morgen wurde Milla vom Gesang eines Sperlings geweckt, der auf ihrem Fensterbrett saß und sein braunschwarzes Gefieder putzte. Verschlafen setzte sie sich auf und streckte sich. Hinter ihr lag eine überraschend ruhige und erholsame Nacht. Normalerweise schlief sie nur ungern außer Haus, weil sie in fremder Umgebung sehr schwer oder gar nicht einschlafen konnte.

Die alte Mühle wirkte jedoch beruhigend auf sie.

Rasch schüttelte sie den Kopf. Was spielte das für eine Rolle? Immerhin war sie nicht hier, um sich zu erholen. Das durfte sie nicht vergessen.

Seufzend stand sie auf, trat ans Fenster und öffnete es. Der Vogel ließ sich von ihr gar nicht stören. Nur einmal schaute er kurz in ihre Richtung, hielt sie aber offenbar für nicht interessant genug, um sich durch sie von seiner Beschäftigung abhalten zu lassen.

Die wunderbare Aussicht von dem kleinen Gästezimmer aus zauberte ein Lächeln auf ihr Gesicht. Was für ein herrlicher Morgen! Hell stand die Sonne am strahlend blauen Himmel, an dem sich nur ein paar bauschige Wolken tummelten. Auf den Wiesen rund um die Mühle, die mit bunten Wildblumen und Kräutern übersät waren, glitzerte der Morgentau im Sonnenlicht. Es versprach ein Tag wie aus dem Märchenbuch zu werden, und normalerweise hätte sie sich darüber gefreut.

Doch dann dachte sie an Mårten und daran, warum sie eigentlich hier war, und ihr Lächeln verblasste.

Vergiss nie, mit wem du es zu tun hast.

Sie band sich ihr Haar zu einem strengen Zopf zurück, zog sich einen Morgenmantel über und verließ ihr gemütliches Zimmer. Milla ging den Korridor hinunter, an dessen Ende das winzige Bad des zweiten Stockwerks lag.

Hier oben gab es keine Dusche, sondern nur ein Waschbecken mit kaltem Wasser. Für viel Luxus war in der obersten Etage der Mühle nicht genug Platz, doch das störte Milla nicht. Die Erfrischung tat ihr gut.

Während sie sich das Gesicht abtrocknete, betrachtete sie einen Moment nachdenklich ihr Spiegelbild. Mårten war nicht ihr Freund. Wenn sie recht darüber nachdachte, war er das auch nie gewesen. So bezaubernd es hier draußen in der alten Mühle auch sein mochte, sie musste sich stets vor Augen halten, dass es nicht darum ging, ein paar schöne Tage mit einem attraktiven Mann zu verbringen. Ihre Zukunft stand auf dem Spiel.

Ihre – und die ihrer Tochter.

Alles hing davon ab, dass es ihr gelang, Mårten davon zu überzeugen, mit ihr zusammenzuarbeiten. Seine Bereitschaft, eine solche Kooperation überhaupt in Erwägung zu ziehen, kam ihr nach seiner anfänglich so vehementen Ablehnung bereits wie ein gewaltiger Durchbruch vor.

Doch sie spürte deutlich, dass da noch etwas war, das wie ein Damoklesschwert über ihrem Kopf hing und jederzeit alle bisherigen Fortschritte zunichte machen konnte.

Es betraf etwas in Mårtens Vergangenheit. Etwas, das ihn bis zum heutigen Tag verfolgte und Millas Pläne gefährdete.

Aber so lange sie nichts Genaueres darüber wusste, gab es kaum eine Möglichkeit, auf angemessene Weise darauf zu reagieren.

Sie kehrte in ihr Zimmer zurück, zog den Morgenmantel aus und schlüpfte in eine verblichene Jeans und eine weiße Bluse. Dazu wählte sie ein Paar schlichter Turnschuhe. Bei Hof und in der Agentur trug sie für gewöhnlich elegante Businessmode, doch hier draußen auf dem Land erschien ihr das wenig angebracht.

Als sie die steile Wendeltreppe ins Erdgeschoss der Mühle hinunterstieg, hörte sie schon von Weitem das Klappern von

Geschirr. Der Geruch von frischem Kaffee und warmen Milchbrötchen erfüllte die Luft.

„Guten Morgen“, sagte Milla, als sie die Küche betrat, die von einem gewaltigen Herd und einem schweren Eichentisch beherrscht wurde, um den herum ein paar ebenso massive Stühle standen.

Thorbjörn, der gerade in einer riesigen Gusspfanne Blaubeerpfannkuchen briet, blickte zu ihr herüber und schenkte ihr ein freundliches Lächeln.

„Nanu, Sie sind aber früh auf den Beinen, *fröken*“, stellte er überrascht fest. „Haben Sie nicht gut geschlafen?“

„Doch, sogar sehr gut!“, sagte sie. „Ich bin einfach keine Langschläferin. Aber wollen Sie nicht einfach Milla zu mir sagen? Alles andere ist so schrecklich förmlich.“

Wieder lächelte er. Es war ein einnehmendes, freundliches Lächeln, das einem das Herz erwärmte. Milla konnte gut verstehen, warum Mårten so blendend mit dem älteren Mann auskam.

Sie rückte einen Stuhl zurecht und setzte sich, nachdem sie Thorbjörn ihre Hilfe angeboten hatte, die dieser freundlich, aber bestimmt abgelehnt hatte.

„Ich hörte, Sie sind früher zur See gefahren?“, erkundigte sie sich.

Er nickte. „Ganz recht. Ich war erster Maat an Bord der *Oxenstierna*. Bin eine Menge in der Welt herumgekommen, aber am Ende hat’s mich doch immer wieder nach Hause verschlagen.“ Lächelnd schaute er sie an. „Und was ist mit Ihnen? Wie ich gehört habe, waren Mårten und Sie früher einmal ...“ Er legte den Pfannenwender zur Seite, zog seine Mütze ab und fuhr sich verlegen durchs silbergraue, für sein Alter erstaunlich dichte Haar. „Entschuldigung, Sie müssen darauf natürlich nicht antworten. Es geht mich ja im Grunde auch gar nichts an.“ Er ging dazu über, seine Mütze zwischen den großen Händen zu zerknautschen. „Möchten Sie vielleicht vorab schon einen Kaffee?"

„Danke, das wäre wirklich toll", lächelte sie. Nachdem Thorbjörn eine große Tasse gefüllt und vor ihr auf den Tisch gestellt hatte, lehnte Milla sich seufzend zurück. „Wissen Sie, es ist ja kein Geheimnis. Mårten und ich hatten vor vielen Jahren einmal eine kurze Affäre miteinander. Das Ganze dauerte ungefähr ein halbes Jahr, danach trennten sich unsere Wege."

„Warum?" Thorbjörn nahm die Pfanne vom Herd und setzte sich Milla gegenüber an den Tisch. „Vielleicht ist meine Frage zu aufdringlich, aber ich meine, Sie beide geben doch ein hübsches Paar ab."

Ja, dachte Milla mit einer Traurigkeit, die sie selbst überraschte, das habe ich früher auch gedacht. Und ich wäre bereit gewesen, den Rest meines Lebens mit ihm zu teilen, wenn er mich nicht so furchtbar enttäuscht hätte.

Ihr war erst klar geworden, wie lange sie schon davon träumte, eine große glückliche Familie mit Mårten zu gründen, als sie erfahren hatte, dass sie schwanger war. Damals sah sie ihre Zukunft bereits vor sich: drei Kinder oder mehr, ein Haus im Grünen, umgeben von einem weißen Gartenzaun, ein wuscheliger Mischlingshund.

Doch alles kam ganz anders.

Sie zwang sich, ihre Gedanken wieder in die Gegenwart zu lenken. Die Vergangenheit lag hinter ihr. Was jetzt zählte, war einzig und allein die Zukunft. Und wenn sie nicht bald damit anfing, ihren Plan ein wenig energischer zu verfolgen, konnte sie den Traum, mit Janna im nächsten Jahr nach England zu gehen, gleich aufgeben.

„Es hat einfach nicht funktioniert", antwortete sie schließlich ausweichend. „Mårten und ich sind zu verschieden. Wir passten nicht zueinander."

„Schade", entgegnete der alte Matrose. „Ich hoffe, Sie nehmen mir meine Forschheit nicht übel, aber ich finde, Sie sind eine bodenständige Person."

Sein Kompliment brachte Milla zum Lachen. „So hat mich allerdings noch nie jemand genannt."

Thorbjörns Gesicht überzog sich mit einer leichten Röte. „Ich meinte damit, dass Sie auf mich einen sehr vernünftigen Eindruck machen. Außerdem sind Sie jung und hübsch, und ich wette zehn Kronen darauf, dass Sie auch eine gute Zuhörerin sind." Er seufzte. „Jemanden wie Sie hätte Mårten damals brauchen können, als ..." Er verstummte abrupt und merkte offenbar erst jetzt, dass er bereits zu viel gesagt hatte.

Doch Millas Neugier war geweckt. „Was ist Mårten zugestoßen?", fragte sie geradeheraus. „Er hat sich verändert, seit ich ihn zum letzten Mal gesehen habe. Was ist mit ihm passiert?"

„Es ist nichts", wiegelte er ab, stand auf und drehte ihr den Rücken zu. Offensichtlich versuchte er, etwas vor ihr zu verbergen. Aber was?

„Bitte, Thorbjörn, es geht mir nicht darum, irgendwelche Familiengeheimnisse zu erfahren. Ich möchte nur verstehen, was mit Mårten los ist. Er ist nicht der Mann, den ich früher einmal kannte."

„Er hat viel durchgemacht", entgegnete Thorbjörn leise. „Manch einer wäre daran zugrunde gegangen, doch ihn hat es nur härter gemacht. Er ..."

„*God morgon!*", erklang plötzlich Mårtens Stimme im Türrahmen. „Ist das Frühstück schon fertig?"

Ohne ihn anzusehen, verteilte Thorbjörn eine große Portion Pfannkuchen auf zwei Teller, füllte eine weitere Tasse Kaffee und stellte beides vor Mårten und Milla auf den Tisch. Dann murmelte er eine Entschuldigung und verließ beinahe fluchtartig die Küche.

„Was ist denn mit dem los?", fragte Mårten irritiert.

Milla zwang sich zu einem Lächeln und zuckte mit den Schultern, obgleich sie sehr wohl wusste, was in diesem Moment in dem alten Mann vorgehen musste. Wahrscheinlich machte er sich die schwersten Vorwürfe, weil er das Geheimnis seines Freunds beinahe preisgegeben hätte.

Doch das konnte sie schlecht sagen, denn sie wollte weder Thorbjörn schaden noch bei Mårten den Eindruck erwecken, dass sie in seiner Vergangenheit herumschnüffelte. Stattdessen fragte sie: „Möchtest du Milch zu deinem Kaffee?"

„Nein", antwortete er. „Ich trinke ihn schwarz. Wie früher."

Wie früher. Milla nickte. Auch sie trank ihren Kaffee schwarz, trat jetzt aber trotzdem an die Küchenanrichte – einfach, um Mårten nicht ansehen zu müssen. Sie fürchtete, dass er ihr schlechtes Gewissen sofort bemerken würde.

Am späten Vormittag saß Milla auf ihrem Bett im Gästezimmer der alten Mühle und versuchte, ihre Gedanken auf das Buch zu lenken, das sie im Salon auf einem Regal entdeckt hatte. Dass sie sich nur sehr schwer auf die Handlung des Romans konzentrieren konnte, lag gewiss nicht an den Fähigkeiten der Autorin, sondern an Mårten. Der Gedanke daran, dass er eine Etage unter ihr in seinem Zimmer saß, machte sie einfach nervös. Außerdem hatte sie das Gefühl, bisher keinen Schritt vorangekommen zu sein, was sie zusätzlich frustrierte.

Allzu viel Zeit stand ihr nicht zur Verfügung, um Mårten für sich zu gewinnen, das wusste sie. Schon bald sollte sie einen ersten Zwischenbericht bei Hofe abgeben, zudem war die Zeit bis zur Hochzeit ohnehin nicht mehr lang – und für sie gab es noch eine Menge anderer Dinge zu erledigen.

Irgendwie musste es ihr also möglichst rasch gelingen, Mårten zu überzeugen. Sie wollte die Kronprinzessin nicht enttäuschen, deren sehnlichster Wunsch es war, dass Mårten auf ihrer Hochzeit spielte. Gleichzeitig fürchtete sie, ihre Eltern würden ihr nie zutrauen, auf eigenen Beinen zu stehen, wenn sie jetzt versagte. Sie liebte die beiden, doch sie hatte ihnen die Sache mit Gregor nie so ganz verziehen. Vielleicht lag es daran, dass ihre Mutter und ihr Vater bis heute keinerlei Bereitschaft zeigten, ihren Fehler einzugestehen. Ganz im Gegenteil! Sie vertraten noch immer die Ansicht, dass eine Frau sich ohne einen Mann an ihrer Seite in dieser Welt nicht zurechtfinden konnte. In ihren Augen hatten sie lediglich versucht, ihrem Glück ein wenig auf die Sprünge zu helfen. Dass ihre Tochter alles andere als begeistert reagierte, als sie es herausfand, stieß bei ihnen bis heute auf Unverständnis.

Wenn Milla ihnen also beweisen wollte, dass sie auch auf Dauer sehr gut ohne einen Mann zurechtkommen konnte, blieb ihr nichts anderes übrig, als Mårten für eine Zusammenarbeit zu gewinnen. Doch wie sollte sie das anstellen, wenn er sich beharrlich weigerte, überhaupt mit ihr über die königliche Hochzeit zu sprechen?

Es klopfte an der Tür, kurz darauf hörte sie Mårten, der ihren Namen rief.

Wenn man vom Teufel spricht …

„Einen Moment", erwiderte sie mit klopfendem Herzen und stand vom Bett auf. „Ich komme sofort."

Es war wie immer, wenn er ihr gegenüberstand: Herzrasen, feuchte Hände und weiche Knie. So sehr sie sich auch dagegen wehrte, ihr Körper reagierte auf seine ureigenste Weise auf Mårten, ob es ihr nun gefiel oder nicht.

„Ich dachte, du hättest vielleicht Lust auf einen kleinen Spaziergang", sagte er und deutete auf einen abgedeckten Weidenkorb in seiner Linken. Sein Lächeln machte es für Milla noch schwerer, sich auf die wirklich wichtigen Dinge zu konzentrieren.

„Ich weiß nicht", erwiderte sie unschlüssig. „Sollten wir uns nicht lieber langsam über die Planung für die kö…"

„Still!“ Mårten legte ihr einen Finger auf die Lippen. „Haben wir nicht vereinbart, dieses Thema vorerst nicht anzuschneiden?“

Das war deine Entscheidung, nicht meine, dachte Milla ärgerlich, doch sie sprach es nicht aus. Ein falsches Wort, und ihre große Chance auf einen Neuanfang in England war möglicherweise dahin. Das durfte sie nicht riskieren, also nickte sie nur.

„Komm, ich zeige dir die Umgebung.“ Er nahm ihre Hand, als wäre es das Normalste auf der Welt. Ahnte er denn gar nicht, was für ein Gefühlschaos er damit in ihr anrichtete? Ihre Haut prickelte, und ihr Herz hämmerte so laut, dass sie sicher war, er müsse es hören.

Was hatte dieser Mann nur an sich, dass es sie dermaßen die Fassung verlieren ließ? Ausgerechnet er, für den sie von allen Männern auf der Welt am wenigsten Gefühle entwickeln wollte?

Entwickeln? Hör auf, dir selbst etwas vorzumachen. Du empfindest noch immer etwas für ihn. Im Grunde hast du nie damit aufgehört!

Es stimmte, so ungern sie es sich auch eingestehen mochte. Doch das durfte sie nicht davon abbringen, ihr Vorhaben umzusetzen. Mårten hatte sie schon einmal enttäuscht, und er würde es wieder tun, wenn sie es zuließ.

Noch immer Hand in Hand traten sie aus der alten Mühle. Milla war sich fast sicher, dass Thorbjörn an irgendeinem der zahlreichen Fenster stand und sie mit einem wohlwollenden Lächeln beobachtete. Als sie sich aber einmal kurz umdrehte, war niemand zu sehen.

Mårten schlug einen Weg ein, der geradewegs durch die Wiesen und Felder führte. Eine Weile gingen sie am Bach entlang, der murmelnd durch sein Bett aus blank polierten Kieselsteinen floss. Braunweiß gescheckte Kühe standen auf der Weide und taten sich am saftigen Gras und den leuchtend gelben Butterblumen, die überall wild wuchsen, gütlich. In den Bäumen zwitscherten Vögel, und Schmetterlinge flatterten von einer Blüte zur nächsten.

Es war wie im Paradies.

Milla spürte, wie alle Last von ihr abfiel, und zum ersten Mal seit Langem fühlte sie sich einfach nur frei. Alle Sorgen und Probleme schienen ganz weit weg, es gab nur noch Mårten, sie und die traumhafte Landschaft Schwedens.

Als sie zu einem lichten Birkenwäldchen gelangten, das am Ufer des Bachs wuchs, breitete Mårten im weichen Gras eine Decke aus. Außerdem zauberte er aus seinem Korb eine Flasche Wein, einen Laib Brot, Käse, Schinken und Erdbeeren hervor.

„Ein Picknick!", stieß Milla entzückt aus. „Ich kann gar nicht sagen, wann ich zum letzten Mal im Freien gegessen habe."

„Dann gefällt es dir?"

„Und wie!"

Es entsprach der Wahrheit. Seit Ewigkeiten hatte sie sich nicht mehr so wohl gefühlt wie an diesem sonnigen Frühlingsvormittag zusammen mit Mårten. Von der Feindseligkeit, die er ihr gegenüber nach ihrer ersten Begegnung auf Kronborg Slott gezeigt hatte, war nichts mehr zu spüren. Er verhielt sich charmant und aufmerksam, beinahe freundschaftlich. Doch sie durfte sich vom äußeren Anschein nicht blenden lassen. Mårten war immer noch derselbe Mann wie vor fünf Jahren. Oder?

Milla stutzte. Merkwürdig, wie all die Wut, die sich im Laufe der Zeit in ihr aufgestaut hatte, so plötzlich verschwinden konnte. Mit einem Mal war es wieder wie früher. An dieses Knistern, das zwischen ihnen in der Luft lag und es ihr immer schwerer machte, klar zu denken, erinnerte sie sich nur zu gut.

Plötzlich spürte sie, wie er sie anschaute. Der Blick seiner dunkelblauen Augen machte sie nervös. Aber nein, das beschrieb das, was in ihr vorging, nur unzureichend. Er brachte längst verloren geglaubte Saiten in ihr zum Klingen.

Genug, ermahnte sie sich selbst. Es war gefährlich, so zu denken. Und gefährlich, so zu empfinden.

Um sich abzulenken, griff sie nach dem Schälchen mit Erdbeeren, das zwischen ihnen auf der Decke stand. Im selben Moment streckte auch Mårten die Hand danach aus, und ihre Finger berührten sich.

Ein Kribbeln durchlief ihren Körper.

Milla schluckte. Ihre Kehle fühlte sich mit einem Mal ganz rau an. Alle Geräusche um sie herum, das Zwitschern der Vögel und das Plätschern des Bachs, wurden zurückgedrängt, bis sie nur noch ihr eigenes Blut in den Ohren rauschen hörte.

Langsam, fast schlafwandlerisch, beugte Mårten sich über sie, während sie sich zurücksinken ließ. Seine Lippen, nur noch Zentimeter von ihrem Mund entfernt, senkten sich herab.

Wie sehr sie sich danach sehnte, von ihm geküsst zu werden! Sie schloss die Augen. Wie sehr sie ihn wollte und …

„Nein!“, keuchte sie atemlos, riss die Augen wieder auf und drehte sich abrupt von ihm weg. „Das hier war nicht Teil unserer Abmachung! Wenn es das ist, was du willst, dann wirst du mir dafür schon etwas mehr bieten müssen als lediglich eine vage Möglichkeit!“

Einen Moment sah Mårten sie an, als habe er eine Fremde vor sich. Dann verfinsterte sich seine Miene. „Ich verstehe“, sagte er, stand auf und begann, die Sachen wieder in den Korb zu packen. „Ich denke, wir sollten jetzt besser gehen.“

Kurz darauf machten sie sich schweigend auf den Weg zurück zur Mühle.

Nachdenklich saß Milla ein paar Stunden später am Fenster des Gästezimmers und betrachtete den Sonnenuntergang.

Nach der Rückkehr vom Picknick war Mårtens Stimmung alles andere als gut gewesen, und sie konnte es ihm nicht einmal verübeln. Was sie gesagt hatte, musste in seinen Ohren ganz furchtbar geklungen haben. Als wäre ihr Kuss eine Ware, die sie ihm im Austausch für seine Zusammenarbeit anbot – was natürlich nicht stimmte. Sie hatte ihn lediglich davon abbringen wollen, etwas zu tun, das sie beide hinterher bereuen würden.

Milla stand auf und lief im Zimmer auf und ab. Sie fühlte sich von einer seltsamen Ruhelosigkeit erfüllt, für die sie einfach keine Erklärung fand. Hielt Mårten sie wirklich für eine Frau ohne Prinzipien? Aber warum interessiert es sie überhaupt, was er von ihr dachte? Was kümmerte es sie, solange er am Ende nur das tat, was sie von ihm wollte?

Seufzend fuhr sie sich durchs Haar. Nein, es ging ihr längst nicht mehr nur um ihr eigentliches Ziel. Sie konnte es sich selbst nicht erklären, doch der Gedanke, dass Mårten sie für eine Person hielt, die bereit war, alles zu tun, um den eigenen Vorteil zu wahren, schmerzte sie mehr, als sie jemals für möglich gehalten hätte.

Plötzlich kam ihr die Luft in ihrem Zimmer mit den hübschen Birkenholzmöbeln, den weiß getünchten Wänden und den gesteiften Gardinen vor den Fenstern schrecklich stickig vor, und sie hatte das Gefühl, nicht mehr atmen zu können.

Hastig verließ sie den kleinen Raum und trat hinaus auf den Korridor, in dem bereits schummriges Zwielicht herrschte. Kurz spielte sie mit dem Gedanken, nach Thorbjörn zu suchen. Doch dann entschied sie sich, lieber einen Streifzug durch das alte Gebäude zu machen. Vielleicht stieß sie ja in einem der Räume auf etwas, das ihr half, Mårten zu verstehen. Denn sie spürte, dass sie erst seine Beweggründe begreifen musste, um ihn davon zu überzeugen, mit ihr zusammenzuarbeiten.

Warum trat er nun schon seit fast zwei Jahren nicht mehr auf? Die Musik hatte ihm immer alles bedeutet. Es musste einfach eine Erklärung für diese Veränderung geben. Die Zeitungen hatten damals alle möglichen Spekulationen aufgestellt, doch keine davon erschien Milla wirklich logisch. Jedenfalls war Mårten ganz gewiss nicht schwer krank, und sie konnte sich auch nicht vorstellen, dass es an einer unglücklichen Romanze lag. Sie musste unbedingt herausfinden, was hinter seinem Verhalten steckte. Denn wenn sie es nicht tat, konnte sie auch gleich wieder nach Kronborg Slott zurückkehren und der Kronprinzessin gestehen, versagt zu haben.

Im zweiten Stockwerk der Mühle befand sich, abgesehen vom Gästezimmer, nur noch ein weiterer Raum, der als Abstellkammer diente. Große Schrankkoffer standen hier, ordentlich an der Wand aufeinandergestapelt. Nichts, was für Milla irgendwie von Interesse sein könnte.

Sie stieg die Wendeltreppe ins erste Obergeschoss hinunter. Bei dem Raum, der die gesamte Südseite der Mühle einnahm, handelte es sich um Mårtens Schlafkammer. Das Zimmer auf der Nordseite hatte sie bisher noch nicht betreten. Eine schwere Eichentür versperrte den Weg. Probeweise drückte sie die messingfarbene Klinke hinunter.

Die Tür schwang auf, und Milla riss überrascht die Augen auf. Abgesehen von Regalen mit Notenbüchern gab es hier nur einen prachtvollen schwarzen Orchesterflügel, der den ganzen Raum dominierte.

Wie magisch angezogen von dem Flügel betrat sie das Zimmer. Ihre Finger strichen ehrfürchtig über den glänzenden Klavierlack. Um dieses kostbare, aber auch sperrige und schwere Instrument ins erste Stockwerk der Mühle zu transportieren, waren mit Sicherheit einige Arbeiter und ein Kran notwendig gewesen. Sie setzte sich auf den Hocker und hob den Tastendeckel an.

Wie von selbst legten sich Millas Hände auf die Tasten. Sie hatte zwar eine klassische Ausbildung zur Sängerin genossen, aber auch viele Stunden Klavierunterricht absolviert. Schon als junges Mädchen war es ihr Traum gewesen, eines Tages von der Musik leben zu können. Beinahe hätte sie es geschafft. Doch die Verantwortung für ein kleines Kind ließ sich nur schwer mit einer Karriere als Sängerin bei der Stockholmer Oper vereinbaren.

Mit geschlossenen Augen fing sie an zu spielen.

Es war, als würde die Musik direkt aus ihr hinausströmen. Ihre Finger flogen bei den ersten Takten eines schwedischen Volkslieds regelrecht über die Tasten. Sie spürte ein Glücksgefühl in sich aufsteigen, wie sie es schon lange nicht mehr erlebt hatte. Sie …

„Was, zum Teufel, tust du da?"

Milla zuckte unter Mårtens wütendem Aufschrei so heftig zusammen, dass sie ihr Spiel mit einem schrecklich missklingenden Ton beendete.

„Mårten!", stieß sie heiser aus. „Was …?"

„Verschwinde!" In seinem wilden Blick bündelte sich aller Schmerz und Zorn der Welt. „Pack deine Sachen und verlass auf der Stelle mein Haus!"

6. KAPITEL

Mårten!" Milla sprang von ihrem Platz hinter dem Flügel auf. „Bitte, was habe ich denn getan?"

Doch er achtete gar nicht auf sie. Polternd lief er die enge Wendeltreppe hinunter, und dann hörte Milla, wie in der Etage unter ihr eine Tür zuschlug.

Und was jetzt?

Ihr Herz klopfte so heftig, dass sie das Gefühl hatte, es müsste zerspringen.

Sie ging auf ihr Zimmer, setzte sich auf den Rand des Betts und zwang sich, tief durchzuatmen, doch auch das half nicht.

Was nun?

Sie hatte versagt. Endgültig, unwiderruflich versagt.

Aber warum? Und vor allem: wie? Sie verstand einfach nicht, was hier gerade passiert war. Mårten hatte einen regelrechten Wutanfall bekommen, nur weil sie ein bisschen auf seinem Flügel gespielt hatte. Das zu erklären, ging über ihren Verstand.

Doch das änderte nichts an der Tatsache, dass er sie hinausgeworfen hatte. Seine Worte waren unmissverständlich gewesen. Sie musste gehen.

Alles aus. Ihre Träume, ihre Wünsche, ihre Hoffnungen.

Nun würde sie es nie schaffen, mit Janna nach England zu gehen. Stattdessen musste sie nach Kronborg Slott zurückkehren und eingestehen, versagt zu haben. Und ihre Eltern würden ihr Scheitern als Beweis dafür ansehen, dass sie mit ihren altmodischen Ansichten richtig lagen.

Die erhoffte positive Publicity für die Agentur konnte sie damit ebenso vergessen wie den finanziellen Bonus, den die Kronprinzessin allen Mitarbeitern in Aussicht gestellt hatte, die direkt mit der Organisation der Hochzeitsfeierlichkeiten betraut waren. An Christer Brandts Triumph über ihr Versagen mochte sie gar nicht denken. Schließlich wartete er nur auf eine Gelegenheit, um sie zu demütigen.

Milla kämpfte die Tränen zurück, die ihr in die Augen stiegen. Nein, sie wollte nicht weinen, und sie würde auch nicht aufgeben. Morgen sah die Welt vielleicht schon wieder ganz anders aus. Noch blieb ihr ein wenig Zeit. Und wenn es einen Weg gab, Mårten doch noch zu überzeugen, dann würde sie ihn finden. Das schwor sie sich.

Sie stand auf, holte ihre Reisetasche aus dem Schrank und wollte gerade anfangen zu packen, als es an der Tür klopfte.

Hastig strich sie ihr Haar glatt und atmete tief durch, ehe sie öffnete.

Es war Mårten.

„Darf ich hereinkommen?", fragte er. Seine Stimme war jetzt viel ruhiger als vorhin, beinahe sanft.

Milla räusperte sich. „Natürlich. Es ist schließlich dein Haus."

Er trat ein und schloss die Tür hinter sich. „Was tust du da?", wollte er wissen und deutete auf den Koffer auf dem Bett.

„Das, was du von mir verlangt hast: Ich packe. Ich bin in einer halben Stunde abreisebereit", fügte sie hinzu. „Vielleicht ist Thorbjörn so freundlich, mich zum nächsten Bahnhof zu fahren und ..."

„Bitte bleib."

„Wie?" Überrascht sah sie ihn an. „Was sagst du da?"

Er erwiderte ihren Blick. „Ich bitte dich zu bleiben", wiederholte er. „Was ich vorhin gesagt habe, war dumm. Ich habe wohl einfach die Beherrschung verloren, als ich dich spielen hörte. Niemand außer mir hat diesen Flügel angefasst, seit ... seit ich zum letzten Mal aufgetreten bin. Aber ich hätte mich dir gegenüber nicht so aufführen dürfen. Es tut mir leid."

„Schon gut, ich habe mich auch nicht ganz korrekt verhalten", räumte Milla ein. „Es ist dein Haus, und ich hätte wahrscheinlich nicht einmal einfach ungefragt das Zimmer betreten sollen. Dass ich mich dann auch noch an den Flügel gesetzt und gespielt habe, war wirklich nicht ganz in Ordnung." Sie seufzte. „Was soll ich sagen? Ich konnte einfach nicht widerstehen."

„Dann bleibst du also?"

Sie nickte. Was blieb ihr auch anderes übrig, wenn sie nicht mit leeren Händen nach Kronborg Slott zurückkehren wollte? Das bedeutete jedoch nicht, dass sie ihm die fadenscheinige Erklärung für seinen Wutanfall vorhin abnahm. Da steckte eindeutig mehr dahinter, davon war sie überzeugt.

Und ich will nicht mehr Milla Rosenblad heißen, wenn ich nicht herausfinde, um was es sich handelt!

„Also gut", sagte sie laut. „Ich bleibe – unter einer Bedingung."

„Und die wäre?"

„Du weißt, es bleibt nicht mehr viel Zeit bis zur königlichen Hochzeit, und ich kann noch keinerlei konkrete Erfolge vorweisen. Ich brauche etwas, mit dem ich auch die größten Zweifler überzeugen kann."

Seine Miene verfinsterte sich. „Was genau hast du dir vorgestellt?"

Dass sie ein großes Risiko einging, indem sie ihn unter Druck setzte, wusste Milla. Mårten war kein Mann, der sich gern in die Ecke drängen ließ. Dieses Spiel konnte entweder zu ihren Gunsten ausgehen oder in einer Katastrophe enden.

Doch sie musste es wenigstens versuchen. So wie bisher kam sie jedenfalls nicht weiter.

„Mein Vorschlag hört sich so an: Triff bis spätestens Sonntag deine Entscheidung. Ich verspreche dir, dass ich dich bis dahin nicht mehr mit diesem Thema behelligen werde. Aber solltest du dich zu einer Zusammenarbeit mit mir entschließen, was ich sehr hoffe, dann bitte ich dich, mir bis dahin auch eine kleine Kostprobe zu liefern."

„Du bist ja wahnsinnig!" Mårten trat ans Fenster. „Erwartest du im Ernst von mir, dass ich bis Sonntag einen Hochzeitsmarsch für dich komponiere? Das wäre selbst dann zu viel verlangt, wenn ich mich bereits entschieden hätte zuzusagen."

„Nein, so meinte ich das nicht", beschwichtigte sie und wollte ihm eine Hand auf die Schulter legen, zögerte aber im letzten Moment. Sie wusste, welch verheerende Wirkung er auf sie ausübte, und konnte es sich im Augenblick wirklich nicht leisten, abgelenkt zu werden. „Ich bitte dich lediglich um eine kleine Kostprobe. Ein Leitthema, einen Anfang, was dir gerade einfällt. Niemand erwartet, dass es perfekt ausgearbeitet ist, aber ich möchte etwas in der Hand haben, wenn ich Anfang nächster Woche nach Kronborg Slott zurückkehre, um einen Zwischenbericht für die Kronprinzessin abzuliefern."

Auf einmal war Mårten ihr so nah, dass es Milla fast den Atem raubte. Sie wollte zurückweichen, doch ihre Beine gehorchten nicht.

Seine Macht über sie war ihr regelrecht unheimlich. Wie konnte jemand – noch dazu ausgerechnet ein Mann, der schon einmal ihr Herz gebrochen hatte – sie mit einem einzigen Blick völlig aus der Fassung bringen?

Als er die Hand hob und sanft mit den Fingern die Konturen ihres Gesichts nachzeichnete, ließ sie ihn gewähren.

„So schön …", murmelte er gedankenverloren. „So wunderschön …"

„Mårten, das ist keine gute Idee, ich …", begann sie, sträubte sich aber nicht. Ganz im Gegenteil! Als er sie in seine Arme schloss, drückte sie sich an ihn. Ihr Herz klopfte wie verrückt, und heiße Wellen durchliefen ihren Körper.

In diesem Augenblick wurde ihr eines klar: Sie begehrte ihn noch immer, hatte nie aufgehört, ihn zu begehren, und sie sehnte sich so sehr nach ihm, dass es schon beinahe schmerzte.

Denk daran, wen du vor dir hast, warnte sie eine innere

Stimme. Er hat dich schon einmal enttäuscht. Hast du denn aus der Vergangenheit gar nichts gelernt?

Doch es war zu spät. Als seine Lippen sich langsam ihrem Mund näherten, wusste sie, dass sie unwiderruflich verloren war. Es ...

„Milla?"

Thorbjörns Rufen und Klopfen riss sie in die Realität zurück. Schnell machte sie sich von Mårten los, der ebenso irritiert wirkte wie sie selbst, strich ihr T-Shirt glatt und ging zur Tür.

„*Hej*", sagte sie beim Öffnen und schaffte es sogar irgendwie, ein Lächeln auf ihre Lippen zu zaubern.

Thorbjörn strahlte. „Ich wollte nur fragen, ob Sie alles haben, was Sie ben..." Er verstummte, als er Mårten erblickte. „Oh, ich hoffe, ich habe nicht gestört!"

„Nein", versicherte Milla ihm rasch. „Mårten und ich haben unsere Besprechung ohnehin gerade beendet, nicht wahr, Mårten?"

„Ja", entgegnete dieser heiser. Dann murmelte er ein hastiges *God natt* und drängte sich an Thorbjörn und ihr vorbei.

„Kann ich noch etwas für Sie tun?", fragte der alte Matrose.

„Vielen Dank, Sie haben bereits genug getan."

Wenn er ihre Antwort merkwürdig fand, ließ er es sich nicht anmerken. Er tippte an seine Mütze, wünschte Milla eine gute Nacht und stieg die Wendeltreppe hinunter.

Milla schloss die Tür und lehnte die Stirn an das kühle Holz. Soweit es sie betraf, konnte sie Thorbjörn gar nicht genug danken. Er hatte sie davor bewahrt, eine gewaltige Dummheit zu begehen.

Helles Mondlicht sickerte durch das hohe Fenster des Musikzimmers und fiel über den geöffneten Deckel des Flügels. Absolute Stille lag über dem Haus. Nichts regte sich. Nur das

Ticken der altmodischen Wanduhr zeigte, dass die Zeit nicht einfach stehengeblieben war.

Die Zeiger zeigten kurz nach drei an. Noch war der nachtschwarze Himmel mit Sternen übersät, doch schon in ein paar Stunden würde die Sonne am Horizont aufgehen und mit feurigem Rot und Orange den neuen Tag ankündigen.

Mårten saß auf dem Klavierhocker und betrachtete gedankenverloren die Tasten vor sich. Weiß, weiß, schwarz, weiß, schwarz ... Er brauchte sie nicht zu berühren, er fühlte die Töne, die jede einzelne von ihnen hervorbrachte, tief in seinem Inneren.

Das letzte Mal, das er hier gesessen und gespielt hatte, lag lange zurück. So lange, dass es ihm schon fast unwirklich erschien. Und doch konnte er die Magie, die in diesem wunderbaren Instrument steckte, noch immer spüren. Es war, als hätte es die ganze Zeit darauf gewartet, dass er zurückkehren würde, um ...

Nein!

Energisch klappte er die Tastenabdeckung herunter und sprang auf, doch es war zu spät. Sein Herz hämmerte wild. Bilder aus der Vergangenheit stürmten auf ihn ein. Er sah seinen Vater vor sich, bleich und reglos, und er sah sich selbst, am Flügel sitzend. Fühlte noch einmal die eigene Machtlosigkeit, während seine Finger sich wie von allein weiter über die Tasten bewegten. Spielten, so wie sie noch nie zuvor gespielt hatten.

Das Konzert seines Lebens. Was für eine Ironie des Schicksals, dass das einzige Publikum, das den grandiosesten seiner Auftritte miterlebte, ein paar Bühnenarbeiter und die Sanitäter waren, die verzweifelt versuchten, seinen Vater zu retten.

Aufhören!

Angespannt raufte Mårten sich das Haar. So heftig war es schon lange nicht mehr gewesen. Wahrscheinlich lag es an Milla. Ihre Anwesenheit im Haus ließ die Erinnerungen wieder aufleben. Es wäre besser gewesen, er hätte sie gehen lassen. Ihre Nähe machte ihn verwundbar, und er hasste das Gefühl, langsam, aber sicher die Kontrolle zu verlieren.

Sie zu sich in die alte Mühle zu holen war keine besonders gute Idee gewesen. Er hatte gehofft, so endgültig von ihr loszukommen und sich gleichzeitig an ihr zu rächen, weil sie ihn damals ohne ein Wort der Erklärung verlassen hatte.

Doch nichts davon war ihm bisher gelungen. Ganz im Gegenteil sogar! Er fühlte sich mehr denn je zu ihr hingezogen. Vorhin im Gästezimmer hätte er sie sogar beinahe geküsst.

Ich muss den Verstand verloren haben!

Vielleicht würde er eines Tages wieder bereit sein, einer Frau zu vertrauen. Doch eines stand fest: Milla war ganz gewiss nicht die Richtige, um einen Neuanfang zu wagen.

Sie gehörte einfach nicht hierher! Sie war ein Teil seiner Vergangenheit, den er schon seit Langem zu vergessen suchte.

Doch es schien kein Vergessen zu geben für diejenigen, die Schuld auf sich geladen hatten, so wie er.

Und auch Milla.

Ob sie auch so schlecht schlief? Quälte sie ihr Gewissen?

Nein, beantwortete er sich die Fragen selbst. Nicht Milla. Sie gehörte zu den beneidenswerten Menschen, die sich keine Gedanken darüber machten, welche Konsequenzen ihr Handeln für andere haben mochte. Wahrscheinlich kam sie nicht einmal auf den Gedanken, dass er ihr noch etwas nachtragen könnte.

Wenn er jetzt in sich hineinhorchte, war es aber nicht der Rachedurst gewesen, der ihn dazu gebracht hatte, sich bei ihr für seinen Wutausbruch zu entschuldigen. Sicher, es stimmte schon: Wenn sie jetzt ging, verlor er auch die Möglichkeit, es ihr heimzuzahlen.

Aber wollte er das überhaupt noch?

Mårten wusste es nicht. Die Wahrheit war, dass er Schwierigkeiten hatte, seine eigenen Beweggründe zu verstehen.

Vielleicht sollte er Milla einfach sagen, dass aus dem Auftritt bei der königlichen Hochzeit auf keinen Fall etwas werden konnte. Doch dann würde sie sofort abreisen, und eines wusste Mårten mit Sicherheit: Sie durfte nicht gehen, solange er nicht herausgefunden hatte, was er eigentlich für sie empfand.

Ein paar Tage nur, sagte er zu sich selbst. Wem schadet das schon?

Milla hatte ihm ein Ultimatum gesetzt. Am Sonntag wollte sie seine Entscheidung wissen. Ihm blieb also noch bis zum Ende der Woche, um sich darüber klar zu werden, was diese irritierenden Gefühle bedeuteten, die sie in ihm auslöste.

Er würde die Zeit zu nutzen wissen.

„Kommt Mårten denn heute gar nicht zum Frühstück?“, fragte Milla, als sie am nächsten Morgen mit Thorbjörn in der Küche am Esstisch saß.

Der alte Matrose seufzte. „Um ehrlich zu sein, glaube ich nicht, dass wir ihn heute so bald zu Gesicht bekommen werden. Ich habe heute Nacht von meinem Fenster aus Licht im Musikzimmer gesehen.“

Milla blinzelte überrascht. „Ja, und?“

„Sie können es nicht wissen, aber Mårten betritt diesen Raum nur noch sehr selten, und wenn er es tut, dann ist er danach oft tagelang nachdenklich und vergräbt sich zumeist in seinem Zimmer.“

„Aber warum denn? Thorbjörn, bitte sagen Sie mir: Was ist mit ihm passiert, nachdem wir uns damals getrennt haben?“

Der alte Mann zögerte. „Wussten Sie, dass Mårten ohne Vater aufgewachsen ist?“, fragte er schließlich.

„Ja.“ Sie nickte. „Seine Mutter hat ihn großgezogen. Ich habe sie nie kennengelernt, aber soweit ich weiß, war sie eine recht dominante Person.“

„So kann man es auch ausdrücken. Ich bin sicher, dass sie Mårten sehr liebte, aber sie hat ihn in dem Glauben aufwachsen lassen, dass sein Vater sie verlassen hätte, weil er keine Kinder wollte."

„Stimmte das denn nicht?" Fragend sah sie ihn an, doch Thorbjörn schüttelte den Kopf.

„Mehr kann ich Ihnen dazu beim besten Willen nicht sagen."

Grübelnd kehrte Milla kurze Zeit später auf ihr Zimmer zurück. Es war vielleicht ganz gut, dass Mårten sie heute nicht für sich in Anspruch nahm, denn sie musste ein paar Dinge erledigen, bei denen sie lieber ungestört sein wollte. Sie hatte lange genug tatenlos abgewartet, jetzt war es an der Zeit zu handeln.

Entschlossen nahm sie ihr Handy vom Nachttisch und wählte die Nummer ihrer Schwester Lotte, die sich bereits nach dem zweiten Klingeln meldete.

„Milla, *hej*, das ist ja eine Überraschung! Wie geht's dir?"

„Bei mir ist alles in Ordnung", erwiderte sie. „Und wie läuft es bei euch? Was macht Janna?"

Lotte lachte. „Deine Tochter ist ein richtiges Engelchen. Ehrlich, so ein liebes kleines Mädchen möchte ich eines Tages auch einmal haben. Ich würde sie dir ja gern an den Apparat holen, aber sie ist gerade mit Annika auf dem Markt. Die beiden wollen frische Tomaten kaufen."

„Schade", seufzte Milla. „Na ja, das nächste Mal vielleicht. Ich rufe ohnehin aus einem ganz anderen Grund an. Es geht um Mårten."

„Das hab ich mir schon fast gedacht. Wie läuft es denn zwischen euch?"

„Ganz gut eigentlich, aber ..." Sie zögerte. „Irgendwas stimmt mit ihm nicht", erklärte sie dann. „Ich weiß nicht genau, was es ist, aber es muss irgendwie mit seiner jüngsten Vergangenheit zu tun haben. Und hier kommst du ins Spiel."

„Ich?“ Lotte klang überrascht. „Aber ich kenne Mårten doch kaum. Ich weiß wirklich nicht, wie ich dir helfen könnte.“

„Du hast doch einen Schlüssel zu meiner Wohnung. Geh bitte dorthin. Unter meinem Bett steht ein kleines Holzkästchen, darin bewahre ich Artikel über Mårten auf, die ich aus Zeitungen ausgeschnitten habe.“

„Ist das dein Ernst?“ Lotte lachte leise. „Na, so was, das hätte ich nun wirklich nicht für möglich gehalten.“

„Schau die Sachen bitte durch und notier dir alles, was irgendwie mit dem Ende von Mårtens Karriere zusammenhängen könnte.“ Milla runzelte die Stirn, als ihr plötzlich etwas einfiel. „Warte mal“, meinte sie nachdenklich. „Wenn ich nicht völlig falsch liege, wurde in einem Artikel vom Tod eines Bühnenarbeiters berichtet.“

„Daran kann ich mich nicht erinnern.“

„Ich aber. Ja, ich bin mir ganz sicher, dass es da einen Zwischenfall gab.“

„Und du meinst, da könnte ein Zusammenhang bestehen?“

„Vielleicht. Aber genau weiß ich es auch nicht. Versuch einfach, so viel wie möglich für mich herauszufinden.“

„Also gut. Aber versprich dir nicht allzu viel davon, ja? Ich kann mir ehrlich gesagt nicht vorstellen, dass es da irgendein düsteres Geheimnis in der Vergangenheit von deinem Mårten gibt.“

Empört schnappte Milla nach Luft. „Er ist nicht *mein* Mårten!“

„Jetzt tu doch nicht so. Mir kannst du ohnehin nichts vormachen. Ich weiß genau, dass du nie wirklich über ihn hinweggekommen bist.“

„Das siehst du falsch!“, widersprach Milla heftig.

Für einen Moment herrschte Schweigen am anderen Ende der Leitung, dann räusperte Lotte sich. „Tut mir leid, ich wollte dir nicht zu nahe treten.“

Sie beendeten das Gespräch, und Milla legte das Handy zurück auf den Nachttisch. Dann stand sie auf, öffnete das Fenster und sog die klare frische Luft tief in ihre Lungen.

Das Geräusch eines Wagens erweckte ihre Aufmerksamkeit. Neugierig hielt sie nach ihm Ausschau und entdeckte einen dunkelblauen Porsche älterer Bauart, der gerade die Auffahrt zur Mühle hinauffuhr und direkt neben dem Gebäude stehen blieb.

Den Mann, der kurz darauf ausstieg, kannte Milla nicht, doch er war ihr auf Anhieb unsympathisch. Vielleicht lag es an der Art und Weise, wie er sich bewegte, oder auch einfach nur an seinem Aussehen. Sie schätzte ihn auf etwa Ende vierzig, er war schlank, fast schon hager, und trug teure Designerkleidung. Wer das wohl war?

Milla trat zurück und schloss das Fenster. Es ging sie nichts an, wen Mårten in seinem Haus empfing und warum.

Knapp zwanzig Minuten später stieg sie die enge Wendeltreppe der Mühle hinunter, um Thorbjörn zu fragen, ob er Hilfe beim Vorbereiten des Mittagessens benötigte. Sie war gerade auf der Höhe von Mårtens Zimmer, als sie plötzlich innehielt, weil sie zwei Männer miteinander streiten hörte.

Das geht dich nichts an, ermahnte sie sich selbst und wollte weitergehen, da sagte Mårten plötzlich laut und deutlich: „Zu deiner Information: Ganz gleich, was für Gerüchte du gehört haben willst – ich werde niemals wieder eine Bühne betreten. Weder für die Plattenfirma noch für dich, meinen Manager, und ganz gewiss auch nicht für die königliche Familie!"

7. KAPITEL

Was Milla da gerade gehört hatte, konnte – durfte! – einfach nicht wahr sein. Denn wenn es tatsächlich stimmte, waren all ihre Bemühungen, Mårten zu überzeugen, vollkommen umsonst gewesen.

Dann hatte er sich schon längst entschieden!

Wie betäubt kehrte sie auf ihr Zimmer zurück. Sie schloss die Tür hinter sich, ließ sich auf ihr Bett fallen und barg das Gesicht in den Händen.

Was für ein Spiel spielst du, Mårten?

Wenn Mårten das wirklich ernst gemeint hatte, steckte sie in großen Schwierigkeiten. Am Königshof ging man davon aus, dass bereits eine spruchreife Vereinbarung mit Mårten existierte, und Milla hatte sowohl die Kronprinzessin als auch alle anderen in diesem Glauben gelassen. Dass bislang noch keine offizielle Bekanntmachung erfolgt war, lag allein daran, dass Milla als Verantwortliche für die musikalische Organisation darüber zu entscheiden hatte, wann Informationen an die Presse gegeben wurden und in welcher Form. Das half ihr allerdings auch nicht, wenn Mårten ihr nun eine Absage erteilte. Sie konnte nicht begreifen, warum er sie so lange auf seine Entscheidung warten ließ, wenn er ohnehin schon wusste, dass er nicht mit ihr zusammenarbeiten wollte.

Du darfst jetzt nicht die Nerven verlieren, ermahnte sie sich. Vielleicht handelte es sich ja auch nur um ein Missverständnis. Mårtens Worte waren nicht für sie bestimmt gewesen, sie hatte sie nur ganz zufällig aufgeschnappt und ihre eigenen Schlüsse daraus gezogen – aber die mochten auch falsch sein.

Möglicherweise wollte er seinen Manager einfach noch nicht in seine Pläne einweihen, versuchte sie sich zu beruhigen. Doch es half nichts, sie musste mit Mårten sprechen. Nur er konnte ihr Klarheit verschaffen.

Sie hörte, wie der Wagen von Mårtens Manager wegfuhr, und wollte gerade ihr Zimmer verlassen, als ihr Handy klingelte.

Zuerst wollte sie es einfach klingeln lassen, aber dann zögerte sie. Wenn es nun wichtig war?

Also ging sie zurück zum Nachttisch, griff nach dem Telefon und nahm das Gespräch an.

„*Hej*“, meldete sie sich.

„Milla? Verdammt, da sind Sie ja endlich! Warum hat das so lange gedauert?“

Christer? Verblüfft runzelte sie die Stirn. Ein Anruf des Musikhofmeisters war so ziemlich das Letzte, womit sie gerechnet hatte. Ihre Miene verfinsterte sich, doch sie zwang sich zur Ruhe. „Was gibt es denn so Dringendes, dass es nicht auch bis Montag warten kann? Sie wissen doch genau, dass ich unterwegs bin, um noch einige Details mit Mårten Nylund zu klären und …“

„Dann klären Sie sie besser schnell“, fiel der Musikhofmeister ihr ins Wort. „Ich habe für das Wochenende einige Fototermine anberaumt, die …“

„Moment mal, wovon sprechen Sie eigentlich? Was für Fototermine?“

„Na, für Ihren großen Star natürlich. Die Kronprinzessin wünscht, dass wir für Nylund die Werbetrommel rühren, damit sein Comeback rechtzeitig zur Hochzeit in aller Munde ist. Ich habe bereits eine Pressemitteilung verfasst, jetzt fehlen nur noch die Fotos und …“

„Sie haben – was?“, unterbrach Milla ihn verärgert. „Wie konnten Sie das über meinen Kopf hinweg bestimmen? Es war vereinbart, dass ohne meine Zustimmung nichts offiziell verlautbart wird! Hören Sie, ich weiß, dass Sie genau genommen mein Vorgesetzter sind. Aber soweit es die musikalische Organisation für die königliche Hochzeit betrifft, habe ich das Sagen. Und ich entscheide hiermit, dass es vorerst weder einen

Fototermin noch eine Pressemitteilung geben wird. Ich hoffe, ich habe mich verständlich ausgedrückt."

Für einen Moment herrschte eisiges Schweigen am anderen Ende der Leitung. Dann sagte Christer: „Was ist eigentlich Ihr Problem? Wenn Sie, wie Sie behaupten, so einen guten Draht zu Mårten Nylund haben und seine Zustimmung für ein Mitwirken an den Hochzeitsfeierlichkeiten eigentlich nur noch Formsache ist, dann dürfte ein kleiner Fototermin für Sie doch kein Anlass zur Aufregung sein, oder? Es sei denn, es läuft mit Nylund in Wahrheit nicht so gut, wie Sie alle glauben machen wollen, insbesondere die Kronprinzessin."

Milla schluckte. Woher konnte Christer das wissen?

Früher oder später musste es ja so kommen! Du hast versucht, schlauer zu sein als alle anderen. Aber es war nur eine Frage der Zeit, bis dir jemand auf die Schliche kommt!

Überhaupt nichts weiß er, schaltete sich die Stimme ihrer Vernunft ein. Die Sache mit dem Fototermin ist ganz sicher allein seine Idee gewesen, nicht die der Kronprinzessin. Er will dich nur nervös machen, und das gelingt ihm verteufelt gut!

„Tut mir leid, aber das ist reines Wunschdenken Ihrerseits", erwiderte sie schließlich. „Alles läuft genau wie geplant. Es ist besser, Sie finden sich endlich damit ab. *Adjö*!"

Mit diesen Worten beendete sie das Gespräch und ließ sich aufs Bett sinken. Verflixt, sie steckte in ganz schönen Schwierigkeiten! Aus der kleinen Notlüge, dass es ein Leichtes für sie wäre, ihren Freund Mårten Nylund für eine Zusammenarbeit mit dem Königshaus zu begeistern, war eine Katastrophe entstanden, die sie kaum mehr stoppen konnte.

Wenn Mårten tatsächlich zu dem Entschluss kam, nicht mit ihr zusammenzuarbeiten, hatte das Konsequenzen. Ein Versagen würde man ihr vielleicht sogar noch verzeihen. Doch wenn herauskam, dass sie von Anfang an nicht mit offenen Karten gespielt hatte ...

Auf was hatte sie sich da bloß eingelassen? Plötzlich geriet alles in Gefahr, für das sie all die Jahre so hart gearbeitet hatte: ihre Selbstständigkeit, die Agentur. Inzwischen ging es nicht mehr darum, ob es ihr gelang, ihren großen Traum zu verwirklichen und Schweden zu verlassen. Jetzt stand ihre Existenz auf dem Spiel!

Resigniert senkte sie den Kopf. Die Agentur war alles, was sie besaß. Abgesehen von ihren Schwestern hatte ihr niemand zugetraut, auf eigenen Beinen zu stehen. Ihre Eltern waren damals sogar so weit gegangen, einen verarmten Adeligen namens Gregor Bengtsson – Graf Bergholm – dafür zu bezahlen, ihr den Hof zu machen. Damit wollten sie sie vor dem, in ihren Augen, schlimmen Schicksal einer alleinerziehenden Mutter bewahren. Sie kamen nicht einmal auf den Gedanken, dass ihrer Tochter die Freiheit wichtiger war als ein gekaufter Ehemann!

Milla seufzte. Nach der Sache mit Gregor hatte sie sich geschworen, niemals wieder von einem anderen Menschen abhängig zu werden und es allen zu beweisen, die an ihr zweifelten. Doch was sollte sie tun, wenn sie die Agentur verlor?

Positive Publicity war in ihrer Branche äußerst wichtig, negative Schlagzeilen aber konnten den Untergang bedeuten. Und wenn sie auch nicht glaubte, dass die Kronprinzessin ihre Enttäuschung öffentlich kundtun würde, dann gab es da immer noch Christer Brandt. Ein paar, wie zufällig fallen gelassene Bemerkungen reichten möglicherweise schon, um alles zu zerstören, was sie sich aufgebaut hatte.

Nein, dazu durfte es nicht kommen. Ganz gleich, was Mårten vorhin zu seinem Manager gesagt hatte – sie würde ihn dazu bringen, es sich noch einmal anders zu überlegen, koste es, was es wolle.

Wütend ließ Mårten die Haustür hinter sich ins Schloss fallen, als er von einem kurzen Spaziergang zurückkehrte, der ihm eigentlich hatte helfen sollen, einen klaren Kopf zu bekommen.

Doch das war gründlich misslungen.

Angespannt fuhr er sich durchs Haar. Verdammt, warum ließ Hallström ihn nicht endlich in Ruhe? Mehr als ein Mal hatte er ihm inzwischen zu verstehen gegeben, dass er mit dem Musikbusiness endgültig nichts mehr zu tun haben wollte.

Doch sein Manager weigerte sich nach wie vor beharrlich, diese Tatsache zu akzeptieren. Und nachdem er irgendwie von Mårtens Besuch auf Kronborg Slott erfahren hatte und sich in der Branche das Gerücht verdichtete, dass er sein Comeback auf der Hochzeitsfeier der Königin plane, war er sofort aufgebrochen, um Mårten zur Rede zu stellen.

Mårten wurde aus seinen Gedanken gerissen, als jemand in die Küche kam. Es war Thorbjörn. Wahrscheinlich hatte er zumindest einen Teil des Streitgesprächs mitbekommen.

„Probleme?“ Freundschaftlich klopfte der alte Matrose ihm auf die Schulter.

„Das kannst du laut sagen. Das eben war Hallström, du kennst ihn ja inzwischen. Er lässt einfach nicht locker. Wie kann ich ihm bloß begreiflich machen, dass an mir nichts mehr zu verdienen ist?“

„Du weißt, wie ich darüber denke.“

Das wusste Mårten in der Tat, denn Thorbjörn und er unterhielten sich nicht zum ersten Mal über das Thema. Immer wieder riet sein väterlicher Freund ihm aufs Neue, seinem ehemaligen Manager und vor allem auch der Plattenfirma endlich die Wahrheit zu sagen.

Die Wahrheit über das, was vor zwei Jahren passiert war.

Aber das konnte er einfach nicht. Er konnte nicht über das sprechen, was jetzt schon so lange in seinem Inneren wütete.

„Ich kann das nicht“, beharrte Mårten laut.

„Aber dieses Versteckspiel kannst du auch nicht auf Dauer durchhalten. Was willst du tun, wenn deine Plattenfirma dich tatsächlich zur Zahlung einer Geldstrafe verpflichtet? Du könntest alles verlieren, ist dir das eigentlich klar?"

„Natürlich ist mir das klar!", erwiderte er eine Spur zu laut, sprach dann aber deutlich leiser weiter. Seine Wut an dem einzigen Freund, den er noch hatte, auszulassen, brachte gar nichts. „Aber ich bringe es trotzdem nicht fertig, mit jemandem darüber zu sprechen, verstehst du das nicht?"

„Mir hast du es doch auch erzählt."

„Das ist etwas anderes. Du bist mein Freund. Außerdem hast du meinen Vater gekannt. Ein Fremder könnte das alles nicht verstehen. Ich …" Mårten schüttelte den Kopf. „Lassen wir das. Ich glaube ohnehin nicht, dass es einen Unterschied machen würde. Der Plattenfirma geht es ausschließlich um Profit. Glaubst du wirklich, die interessieren die wahren Gründe dafür, warum ich meine vertraglich vereinbarten Leistungen nicht erbringe?"

Thorbjörn seufzte. „Und was willst du jetzt unternehmen?"

„Ich weiß es nicht. Vielleicht muss ich auch einfach mal wieder hier rauskommen. Eine kleine Tour ins Grüne oder ans Meer könnte mir helfen, einen klaren Kopf zu bekommen."

„Und was ist mit Milla?"

„Was soll mit mir sein?", ertönte eine Stimme hinter ihnen.

Mårten blickte sich um und entdeckte Milla, die auf der Treppe stand und zu ihnen herüberblickte. Misstrauisch kniff er die Augen zusammen. „Wie lange hörst du uns schon zu?"

„Lange genug, um zu wissen, dass ihr über mich sprecht. Also, was ist los?"

„Ich plane einen Ausflug und wollte dich bitten, mich zu begleiten."

„Einen Ausflug?" Überrascht sah sie ihn an. „Aber wohin denn?"

Darüber hatte Mårten sich selbst noch keine Gedanken gemacht. „Gotland", antwortete er aus einem spontanen Impuls heraus. „Wir waren mal zusammen dort, erinnerst du dich?"

Einen Moment schwieg sie. „Natürlich erinnere ich mich", erwiderte sie. „Wie könnte ich das vergessen? Aber wieso willst du dorthin? Ausgerechnet jetzt?" Sie schüttelte den Kopf. „Ich bin wirklich nicht sicher, ob das eine gute Idee ist. Du weißt genau, dass ich noch eine Menge mit den Vorbereitungen für die Hoch..."

„Hast du unsere Abmachung schon vergessen? Ich habe Zeit bis Sonntag, um mich zu entscheiden. Und wie meine Entscheidung ausfällt, hängt zu einem nicht zu unterschätzenden Teil von dir ab."

„Ach ja? Und warum werde ich dann das Gefühl nicht los, dass die Würfel längst gefallen sind?"

„Soll ich dir etwa deine Gefühle erklären?", fragte er zynisch.

Herausfordernd blickte sie ihn an. „Nein, aber du könntest mir erklären, was das Gespräch mit deinem Manager zu bedeuten hat."

„Du hast uns also belauscht", stellte er verärgert fest. Warum überraschte ihn das eigentlich? Kannte er Milla inzwischen nicht gut genug, um sich bei ihr über gar nichts mehr zu wundern?

„Ihr wart nicht zu überhören", korrigierte sie ihn energisch. „Und? Was hast du dazu zu sagen?"

„Ich sage dazu, dass dir wohl kaum eine andere Wahl bleibt, als es darauf ankommen zu lassen. Ich werde dir am Sonntagabend meinen Entschluss mitteilen – und nicht eine Sekunde früher. Also – begleitest du mich jetzt oder nicht?"

Mit der Autofähre setzten sie am frühen Vormittag des nächsten Tags von Nynäshamn nach Gotland über. Es versprach ein herrlicher Tag zu werden. Die Sonne stand hoch am strahlendblauen Himmel, den kein Wölkchen trübte, und die Luft war mild.

Milla stand an der Reling und schaute hinaus aufs Meer. Zuerst war die Insel, auf die sie wollten, kaum mehr als ein kleiner dunkler Fleck im Wasser gewesen, der immer weiter anwuchs, bis man schließlich die Kirchtürme der Sankta Maria Kyrka ausmachen konnte, die den Hafen der Inselhauptstadt Visby überragten.

„*Hej!*“, sagte Mårten, als er neben sie trat.

Sie würdigte ihn keines Blickes. „Was willst du?“

„Mich bei dir entschuldigen.“

„Ach, tatsächlich?“

Er seufzte. „Hör zu, das fällt mir wirklich nicht leicht.“

„*Das* glaube ich dir sogar“, erwiderte sie spitz.

„Milla, bitte!“

Er lächelte, und sofort begann ihr Herz schneller zu schlagen. Verflixt, wie schaffte er das bloß immer wieder? Bis gerade war sie noch fest entschlossen gewesen, den gemeinsamen Ausflug nach Gotland nach besten Kräften zu sabotieren. Aber jetzt …

„Ich weiß, dass ich mich daneben benommen habe. Es war falsch, dich unter Druck zu setzen, damit du mich begleitest. Wie es scheint, mache ich in letzter Zeit einen Fehler nach dem anderen.“

Sie sah ihn kurz prüfend an, dann lächelte sie. „Dir ist es tatsächlich ernst, nicht wahr? Also gut, ich nehme deine Entschuldigung an.“

Aus seinem Blick sprach ehrliche Erleichterung, und auch Milla fühlte sich wohler.

Die Fähre legte im Hafen von Visby an, und ein paar Minuten später fuhren sie mit Mårtens Volvo von Bord.

„Was möchtest du gerne unternehmen?“, erkundigte er sich, ohne den Blick von der Straße zu nehmen. „Als wir das letzte Mal hier waren, hatten wir nicht viel Gelegenheit, die Umgebung näher zu erkunden.“

Damit er nicht bemerkte, wie sie errötete, sah sie angestrengt zum Fenster hinaus. Als sie die Insel vor fünf Jahren besucht hatten, waren sie viel zu sehr mit sich selbst beschäftigt gewesen, um irgendetwas um sich herum zu bemerken.

„Eine Radtour“, erwiderte sie spontan, als sie an einem Fahrradverleih vorbeikamen.

„Was?“ Mårten musterte sie erstaunt. „Ich wusste gar nicht, dass du so sportlich veranlagt bist.“

Du weißt so einiges nicht von mir, dachte sie und lächelte geheimnisvoll.

Sie stellten Mårtens Wagen auf einem Parkplatz hinter der Stadtmauer ab und mieteten sich zwei Räder. Mårten beklagte sich lautstark darüber, dass er mit einem Damenrad vorliebnehmen musste. Doch alle Herrenräder waren bereits an eine Reisegruppe ausgeliehen worden, und so blieb ihm nichts anderes übrig, als sich in sein Schicksal zu fügen.

„Du bist schuld, wenn ich mich mit diesem Drahtesel vor aller Welt lächerlich mache!“, bemerkte er scherzhaft.

Milla verzichtete auf den Hinweis, dass kein Fahrrad der Welt das zu leisten vermochte. Dafür sprachen auch die verträumten Blicke der Frauen, an denen sie vorbeifuhren. Er schien das nicht einmal zu bemerken – Milla aber sehr wohl.

Durch das nördliche Tor der alten Stadtmauer, die aus dem Mittelalter stammte und gleich einem Ring die gesamte Altstadt umschloss, verließen sie Visby. Sie folgten der Straße, die durch sattgrüne Wiesen und Wacholderheiden führte, bis sie die ersten Ausläufer eines kleinen Orts erreichten. Dank des milden gotländischen Klimas blühten in den Vorgärten der meisten Häuser bereits Rosenbüsche in üppiger Pracht.

„Komm, lass uns eine kurze Pause einlegen“, schlug Mårten vor. „Dort hinten scheint ein Café mit Terrasse zu sein.“

Auf dem kleinen kopfsteingepflasterten Marktplatz stellten sie ihre Räder ab und setzten sich an einen der freien Tische im

Schatten einer gelb-weiß gestreiften Markise.

„Was kann ich Ihnen bringen?“, fragte die Kellnerin, eine rundlich gebaute Frau mit einnehmendem Lächeln.

„Einen Kaffee bitte“, bestellte Milla. „Und wenn Sie haben, ein Stück Blaubeerkuchen.“

„Mit Schlagsahne?“

Milla wollte ablehnen, doch Mårten kam ihr zuvor. „Natürlich“, erwiderte er fröhlich. „Ich nehme dasselbe, und ...“ Er winkte die Frau heran, die sich bereitwillig vorbeugte und sich etwas von Mårten ins Ohr flüstern ließ.

Sie lächelte und nickte. „Das dürfte kein Problem sein.“

„Was war denn das?“ Milla schaute ihn fragend an.

„Lass dich einfach überraschen.“

Kurz darauf brachte die Bedienung den Kaffee und zwei riesige Stücke Blaubeerkuchen mit Wolken aus dicker cremiger Sahne darauf.

„Das schaffe ich nie!“, stöhnte Milla, doch nachdem sie den ersten Bissen probiert hatte, war sie sich ihrer Sache gar nicht mehr so sicher. Der Kuchen schmeckte einfach köstlich.

Inzwischen war sie froh, Mårtens Einladung nach Gotland – wenn auch nicht ganz freiwillig – gefolgt zu sein. Sie fühlte sich so entspannt und gelassen wie schon lange nicht mehr. Alle Probleme und Sorgen der vergangenen Wochen und Monate fielen von ihr ab, wenn auch, wie sie wusste, nur für eine kurze Weile.

Denn spätestens heute Abend würden sie wieder nach Stockholm zurückkehren, was Milla fast ein wenig bedauerte.

„Du entschuldigst mich kurz?“ Mårten stand auf und riss sie damit aus ihren Tagträumen.

„Wo willst du denn hin?“, fragte sie, sah im selben Moment aber, dass die Kellnerin ihm aufgeregt zuwinkte. *Ach, so ist das.* Sie tat, als hätte sie nichts bemerkt.

„Du wirst es gleich erfahren. Hab noch ein bisschen Geduld." Mårten lächelte, und wie so oft raubte sein Lächeln ihr fast den Atem und ließ zudem eine Sehnsucht in ihr aufsteigen, die sie lieber nicht empfinden wollte. Was sollte sie nur dagegen tun? Wenn sie, wie jetzt, mit ihm zusammen war, erschien es ihr beinahe unwirklich, dass er sich damals wirklich so schäbig verhalten haben sollte.

Doch dann sah sie wieder diese Frau vor sich, die …

Milla verzog das Gesicht und drängte die Erinnerung ganz weit zurück, in den hintersten Winkel ihres Bewusstseins, wo sie für den Moment keinen Schaden anrichten konnte. Dieser Tag war einfach zu schön und kostbar, um ihn wegen etwas zu zerstören, das bereits Jahre zurücklag.

„Für dich!" Plötzlich stand Mårten neben ihr und überreichte ihr einen riesigen Strauß herrlich duftender roter Rosen. „Die Kellnerin war so freundlich, die Blumen für mich zu besorgen. Ich hoffe, sie gefallen dir."

Nachdem Milla den ersten Schreck überwunden hatte, breitete sich ein Lächeln auf ihrem Gesicht aus. „Sie sind einfach wunderschön!" Vorsichtig legte sie die Rosen auf einen freien Stuhl neben sich und stand auf, um Mårten zu danken. Sie wollte ihn auf die Wange küssen, doch im selben Moment drehte er sich ein Stück, und so küsste sie ihn direkt auf den Mund.

Für einen Augenblick war Milla wie erstarrt, dann schlang sie die Arme sehnsuchtsvoll um seinen Hals. Mårten erwiderte ihren Kuss voller Leidenschaft und zog sie besitzergreifend an sich. Erst das Geräusch einer Fahrradklingel ließ sie wieder zur Besinnung kommen.

Abrupt lösten sie sich voneinander.

Mit weichen Knien sank Milla auf ihren Stuhl zurück, ihr Herz hämmerte, und ihr Atem ging unregelmäßig. Sie vermied es, Mårten anzusehen, denn er sollte auf keinen Fall merken, wie sehr sie dieser Kuss – ein einziger, kleiner Kuss! – die Kontrolle hatte verlieren lassen.

Als ob er das nicht ohnehin wüsste!

„Lass uns weiterfahren", schlug sie schließlich vor, als sie sich wieder einigermaßen im Griff hatte. Während Mårten bei der Kellnerin bezahlte, verstaute Milla die herrlichen Rosen vorsichtig im Gepäckkorb ihres Fahrrads.

„Ich habe gerade den Tipp bekommen, dass es hier ganz in der Nähe eine Tropfsteinhöhle gibt, die einen Abstecher lohnt", erklärte Mårten, als er auf sein Rad stieg. „Die Lummelunda-grottan. Hast du Lust?"

Eine Tropfsteinhöhle? Warum eigentlich nicht? In einer feuchten, zugigen Höhle sollten mich zumindest keine unangebrachten romantischen Gefühle überkommen!

Zumindest hoffte Milla das.

8. KAPITEL

Etwa zehn Minuten später erreichten sie die Höhle. Überrascht sah Milla sich um, als sie das ausgedehnte Tunnelsystem, dessen Wege mit Seilen und Absperrgeländern gesichert waren, betraten.

„Ist das schön!“, stieß sie zutiefst beeindruckt aus. Ihr Blick wanderte über bizarr geformte Kalksteinsäulen und Gebilde, die wie Eiszapfen von der Höhlendecke herabragten. Wieder andere besaßen die Form von Schleiern oder Orgelpfeifen. Von hinten angestrahlt oder indirekt beleuchtet wirkte dieser Ort wie das Reich der Schneekönigin aus dem Märchen von Hans Christian Andersen.

„Siehst du diesen Stalagmiten?“, fragte Mårten und deutete auf eine der Säulen, die vom Boden aus der Decke entgegenstrebten. „Er sieht aus wie eine Madonnenfigur.“

Milla nickte. „Du hast recht – und dort hinten scheint es, als wäre ein Wasserfall mitten im Sturz zu Eis gefroren.“

Wie sehr sie sich doch getäuscht hatte. Eine feuchte, zugige Höhle? Nein, ganz im Gegenteil! Dies war einer der romantischsten Orte, die sie je gesehen hatte. Und als Mårten ihr irgendwann einen Arm um die Schulter legte und sie sanft an sich zog, ließ sie ihn gewähren. Es fühlte sich einfach zu gut an, ihm so nahe zu sein.

„Ich weiß nicht, warum“, sagte er unvermittelt, „aber ich kann einfach nicht aufhören, daran zu denken, wie gut es sich angefühlt hat, dich zu küssen.“

Milla schluckte. „Mårten, bitte!“

Plötzlich stand er vor ihr, die Hände auf ihren Hüften. Ihr Herz klopfte wild, als er sich langsam zu ihr beugte. Als sein Mund schon fast ihre Lippen berührte, drehte sie sich auf einmal weg.

„Nein, wir sollten das nicht tun!“, flüsterte sie heiser. „Bitte, lass uns gehen.“

Als sie die Höhle wieder verließen, war Milla, als hätte sie einen Blick in eine andere Welt werfen dürfen. Eine wunderschöne, fantastische und vollkommen andere Welt als die, die sie kannte.

„Wollen wir noch weiterfahren oder uns lieber auf den Rückweg machen?“ Mårten deutete zum Himmel, an dem sich graue Regenwolken zusammenballten. „Ich schlage vor, wir suchen uns in Visby ein hübsches Restaurant, in dem wir vor Wind und Wetter geschützt sind.“

„Gute Idee“, stimmte sie zu. „Wer zuletzt ankommt, zahlt die Rechnung!“

Sie hatten gerade die Hälfte der Strecke zwischen Lummelunda und Visby hinter sich gebracht, als die ersten Tropfen vom Himmel fielen. Milla entdeckte die kleine Hütte, die ein Stück abseits des Weges in einem Birkenwäldchen stand, zuerst.

„Was meinst du, ob der Besitzer damit einverstanden ist, wenn wir dort Zuflucht suchen?“, fragte sie.

Mårten nickte. „Ich glaube, uns steht ein richtiger Wolkenbruch bevor. Komm, bevor wir hinterher noch bis auf die Knochen durchnässt sind.“

Die Tür war nicht verschlossen. Die meisten Besitzer solcher Vorrats- oder Lagerhütten hatten nichts dagegen, wenn Wanderer sie für eine kurze Erholungspause oder ein Picknick nutzten.

Rasch betraten sie die Hütte, und sofort zog Mårten Jacke und Sweatshirt aus. Mit dem feuchten Pullover rieb er sich das Haar ab.

Wirklich trocken wurde aber nur Millas Mund beim Anblick seines nackten Oberkörpers.

„Ich mache uns den Kamin an“, sagte er und stapelte Holzscheite in der Feuerstelle am anderen Ende des Raums. Außer dem Kamin gab es noch einen grob gezimmerten Schrank, einen Tisch samt Stühlen und eine durchgesessene, aber bequem aussehende Couch. „Zum Glück sind die Sachen nur feucht. Über dem Feuer dürften sie in weniger als einer Stunde wieder trocken sein. Du solltest übrigens auch zusehen, dass du aus deinen Sachen herauskommst“, fuhr er fort, „am Körper trocknen sie viel langsamer.“

Sich ausziehen? Hier und jetzt? Milla schluckte. Abgesehen von ihrer dünnen Windjacke war auch ihr Oberteil nicht ganz trocken geblieben. Allein der Gedanke, nur in BH und Jeans vor Mårten zu stehen, ließ sie erschauern. Dabei war ihr gar nicht kalt. Ganz im Gegenteil! Sie hatte das Gefühl, als ob ihr Körper in Flammen stand.

Im Nu prasselte ein Feuer im Kamin. Mårten hängte seine Jacke und das Sweatshirt zum Trocknen auf.

„Was ist mit dir?“, fragte er. „Kannst du dir in deiner Position bei Hofe eine Erkältung erlauben? Ausgerechnet jetzt, so kurz vor der Hochzeit?“

„Dreh dich bitte um!“

„Wie bitte?“ Er lachte. „Und was soll das bringen? Wir haben keine Kleidung zum Wechseln hier, und am Strand hast du ja wohl auch keine Hemmungen, im Bikinioberteil herumzulaufen, oder?“

Milla spürte, wie sie errötete. Unsicher streifte sie die Jacke ab, zögerte dann aber wieder. Doch bevor sie sich versah, machte Mårten auch schon kurzen Prozess und zog ihr den feuchten Pullover über den Kopf. Aber anstatt ihn zu den anderen Sachen zum Trocknen aufzuhängen, blieb er einfach stehen und schaute sie an.

Ihr stockte der Atem.

„Du bist wunderschön“, flüsterte er heiser und hob die Hand. Langsam, wie in Zeitlupe, zeichnete er mit den Fingern die Konturen ihres Gesichts nach und raubte ihr damit fast den Verstand.

Er war so stark, so männlich. Seine dunkelblauen Augen

glänzten im flackernden Schein des Feuers, und sie glaubte, in ihnen dasselbe zu entdecken, das auch sie empfand: Verlangen. Brennendes, alles verzehrendes Verlangen.

Langsam näherten sich seine Lippen ihrem Mund. Milla stöhnte. Sie wusste, er würde sie küssen, genauso wie sie wusste, dass sie einen Fehler beging, wenn sie es ihm erlaubte.

Dennoch hielt sie ihn nicht davon ab, ganz einfach, weil sie sich mindestens ebenso sehr danach sehnte wie er.

Sein Kuss war zärtlich und zugleich voller Leidenschaft, und es lag eine Verzweiflung darin, die Milla lieber nicht ergründen wollte.

Stattdessen ließ sie sich einfach mitreißen vom Strudel der Lust, den Mårten in ihr entfachte. Sie erwiderte seinen Kuss und öffnete bereitwillig die Lippen. Ihre Zungen vereinigten sich zu einem erotischen Tanz, der alle Gedanken in Milla verdrängte, außer dem einen: was für wunderbare Gefühle dieser Mann in ihr weckte.

Er streichelte sie. Langsam, fast schon bedächtig, befreite er sie von ihrer Jeans. Es folgten Slip und BH, bis sie schließlich vollkommen nackt vor ihm stand. Zu ihrer eigenen Überraschung fühlte sie keine Scham, sondern vielmehr Stolz, denn aus seinem Blick sprachen Gefallen und Bewunderung.

Es war wie damals …

Er führte sie zur Couch und legte sie darauf. Langsam begann er, mit den Händen ihren Körper zu erforschen, ließ keinen Zentimeter aus und führte sie empor in neue Dimensionen der Lust, von deren Existenz sie bislang nicht einmal etwas geahnt hatte. Leidenschaftlich nahm er ihren Mund in Besitz, küsste sie heiß und umschloss eine Brust mit der Hand. Es war ein so herrliches Gefühl, dass Milla sich voller Lust an ihn drängte.

Sein Mund hinterließ eine Spur aus glühenden Küssen auf ihrer Schulter und ihrem Hals. Dann umschloss er die rosige

Knospe ihrer Brust mit den Lippen und strich federleicht mit der Zungenspitze darüber.

Sie hörte sich selbst leise seufzen und stöhnen. Ihr Begehren wuchs ins Unermessliche, und sie sehnte sich so sehr danach, ihn endlich ganz zu spüren, dass es beinahe schmerzte.

Doch noch immer hörte er nicht auf mit dieser süßen Qual. Er ließ die Hand forschend über ihren Körper wandern, strich über den flachen Bauch und die Hüften, bis hinab zu ihren Schenkeln. Aufstöhnend bog Milla sich ihm entgegen, als er das dunkle Dreieck zwischen ihren Schenkeln erreichte. Zitternd und bebend überließ sie sich ganz den wunderbaren Empfindungen, die er ihr schenkte. Währenddessen streichelte sie zuerst seinen Rücken und dann seinem festen Po.

Nun war es Mårten, der vor Lust aufstöhnte. Und jetzt, endlich, erlöste er ihre Qual und drang mit einer kraftvollen Bewegung in sie ein.

Während er Millas Mund wieder in Besitz nahm, bewegte er sich in ihr. Langsam und vorsichtig zunächst, doch dann beschleunigte sich das Tempo. Milla passte sich seinem Rhythmus an, die Finger fest in seiner Schulter vergraben.

Sie schaute ihm in die Augen und ließ sich einfach davontragen, in eine Welt, für die es keine Worte gab. Und dann zerbarst genau diese Welt in einem Funkenregen, als Wogen unvergleichlicher Lust ihren Körper erfassten.

Das Feuer im Kamin war heruntergebrannt, nur noch ein paar verkohlte Holzscheite glühten rot im Halbdunkel der Hütte. Mårten zog seinen Pullover und die Jacke über und trat ans Fenster.

„Es hat aufgehört zu regnen“, verkündete er Milla, die sich ebenfalls anzog. „Ich geh raus und trockne unsere Räder ab. Lass dir ruhig Zeit.“

Er fand einen alten Lappen und verließ die Hütte. Als er ins

Freie hinaustrat, atmete er tief durch. Die Luft roch nach Regen und frischer Erde, und das Licht, das durch die Kronen der Birken fiel, schimmerte grüngolden. Mårten fühlte sich seltsam unwirklich, fast, als würde er träumen.

Und das lag ganz allein an Milla.

Weil er in ihrer Nähe einfach nicht klar denken konnte, hatte er fluchtartig die Hütte verlassen. Noch immer konnte er sie kaum ansehen, ohne sich zu wünschen, sie in seine Arme zu ziehen und zu küssen.

Auch jetzt nicht, nachdem er gerade mit ihr geschlafen hatte.

Jetzt kannte er die Antwort auf die Frage, was er für Milla empfand: Er liebte sie. Das wurde ihm in diesem Moment mit aller Klarheit bewusst.

Seine Gefühle für sie hatten sich während der kurzen Dauer ihres Aufenthalts auf Gotland um hundertachtzig Grad gedreht. Er schaffte es einfach nicht mehr, wütend auf sie zu sein oder sie gar zu hassen. Damit war sein Plan, sich für die Demütigungen der Vergangenheit zu rächen, hinfällig. Er wollte ihr nicht mehr wehtun – das konnte er auch gar nicht mehr.

Ich muss ihr reinen Wein einschenken, bevor es zu spät ist.

Es war von Anfang an ein Fehler gewesen, ihr etwas vorzumachen. Nur ein Dummkopf kam auf die abwegige Idee, so zu tun, als würde er ernsthaft darüber nachdenken, auf ihren Vorschlag einzugehen, wenn sie seine Bedingungen erfüllte!

Die Wahrheit bot jetzt die einzige Chance, um zu retten, was noch zu retten war. Er durfte sie nicht länger hinhalten, auch wenn er fürchtete, Milla könnte ihn danach zum Teufel jagen.

Aber wenn sie dasselbe fühlte, was er für sie empfand, würde sie ihm zumindest zuhören. Und er hoffte von ganzem Herzen, dass sie ihm alles verzeihen würde, wenn sie erst einmal die ganze Geschichte kannte.

„Geht es dir gut?“, fragte Mårten, als sie knapp eine Stunde später nach Visby zurückkehrten.

Milla lauschte tief in sich hinein und erwartete Gefühle wie Scham, Reue oder Bedauern, doch da war nichts – nur tiefe Zufriedenheit und Euphorie. „Ich fühle mich wunderbar“, antwortete sie wahrheitsgemäß.

Dabei hatte sie keine Ahnung, wie es nun zwischen ihnen weitergehen sollte, denn es fiel ihr schwer einzuschätzen, was Mårten für sie empfand.

Eines wusste sie dafür aber ganz genau: dass sie ihn immer noch liebte.

Der Versuch, gegen ihre immer stärker werdenden Gefühle anzukämpfen, war vollkommen sinnlos gewesen. Gegen die Liebe konnte man sich nicht wehren, ganz gleich, was der Verstand einem sagte. Aber wenn es eine Chance für sie geben sollte, zusammen noch einmal ganz neu anzufangen, dann musste sie endlich ehrlich zu ihm sein.

Sie musste ihm von Janna erzählen.

Beim Fahrradverleih gaben sie die Räder zurück und brachten die Blumen zu Mårtens Wagen. Anschließend schlenderten sie Hand in Hand an der Stadtmauer entlang. Etwas später kehrten sie in einem malerischen Restaurant ein. Es lag in einem ehemaligen Gildehaus der Hanse, ganz in der Nähe des Jungfrauenturms. Der Sage nach war hier im Jungfrutornet einst die Tochter eines Goldschmieds eingemauert worden, weil sie aus Liebe zum verfeindeten Dänenkönig die Stadt verraten hatte.

Der Kellner, ein rundlicher Mann mit schütterem Haar, führte sie zu einem Tisch, von dem aus man einen herrlichen Blick in den üppig blühenden Garten des Gasthofs hatte. Auf der anderen Seite, an der Bar, hing ein Fernsehgerät an der Decke, in dem gerade eine Nachrichtensendung lief.

Milla studierte die Speisekarte, bestellte aber schließlich nur einen kleinen Salat.

„Was ist los?“, fragte Mårten erstaunt. „Hast du denn gar keinen Hunger?“

Jetzt, wo sie sich entschlossen hatte, ihm endlich die Wahrheit zu sagen, war sie so nervös, dass sie sicher keinen Bissen hinunter bekommen würde.

Sollte sie es wirklich tun?

Schließlich nahm sie all ihren Mut zusammen. „Mårten, ich muss unbedingt mit dir sprechen.“

„So? Was ist denn los?“

Sie atmete tief durch, bevor sie weitersprach: „Ich ... Also, ich weiß nicht genau, wie ich es dir sagen soll, aber ...“

„Na, jetzt aber raus mit der Sprache!“ Aufmunternd lächelte er ihr zu. „So schlimm wird es doch wohl nicht sein, oder? Also, was ...“ Plötzlich verstummte er, und Milla bemerkte, dass sein Blick starr auf den Fernseher über der Bar gerichtet war.

Sie drehte sich um – und versteifte sich. Nein, das konnte nicht sein! Es musste sich um ein Missverständnis handeln!

Doch an dem, was sie sah, gab es nicht viel falsch zu interpretieren: Auf dem Bildschirm prangte ein Bild von Mårten. Und darunter stand:

Die offizielle Bestätigung des Königshauses liegt vor: Pianist Mårten Nylund startet sein großes Comeback bei den Hochzeitsfeierlichkeiten der Kronprinzessin.

„Nein!“, brachte er hervor. Sein Blick war ungläubig und vorwurfsvoll zugleich. „Sag, dass das nicht wahr ist!“

„Ich weiß nicht, wie ...“

„Was soll das?“, fiel er ihr ins Wort. Seine Stimme klirrte wie Eis. „Sag mir sofort, was das zu bedeuten hat!“

„Es tut mir leid“, stammelte sie. „Davon habe ich nichts gewusst.“ Ihre Gedanken rasten. Sie ahnte, wem sie diese Katastrophe zu verdanken hatte: Nur Christer war es dank seiner hohen Position möglich, eine solche Pressemitteilung in Umlauf zu bringen. Und er wusste genau, dass Milla dem niemals zugestimmt hätte. Darum hatte er es ja getan. Weil er hoffte, sie damit in Schwierigkeiten zu bringen.

Mårten warf ihr einen vernichtenden Blick zu. „Und das soll ich dir glauben? Wo du doch für alles verantwortlich bist, was die musikalische Organisation der königlichen Hochzeit betrifft?"

„Ich kann dir das jetzt nicht erklären, aber ich habe damit wirklich nichts zu tun. So glaub mir doch!"

„Gar nichts glaube ich dir! Und ich sage dir noch was: Es war ein Fehler, mich wieder auf dich einzulassen. Der größte Fehler meines Lebens!"

Seine Worten trafen Milla wie ein Stich ins Herz. Tränen traten ihr in die Augen. Sie bemühte sich nicht einmal, sie zurückzuhalten.

„Was denkst du dir nur dabei?", fuhr Mårten fort. „Willst du, dass ich mich vor aller Welt lächerlich mache?" Er kniff die Augen zusammen. „Du musst das rückgängig machen", verlangte er.

„Rückgängig machen?" Fassungslos sah sie ihn an. „Wie stellst du dir das vor? Das ist unmöglich! Ich meine, du könntest natürlich alles dementieren, aber bis dahin hat die Nachricht von deinem Comeback längst überall ihre Runde gemacht. Das Ganze ist nicht mehr aufzuhalten, das muss dir doch klar sein." Sie holte Luft. „Aber vielleicht ist das auch gar nicht so schlimm", versuchte sie ihn zu beruhigen. „Denk doch mal nach: Diese ganze Publicity könnte dir von großem Nutzen sein, wenn …"

„Du verstehst das nicht", fiel er ihr ins Wort. „Wir müssen etwas unternehmen, ehe diese Geschichte sich zu einem Erdrutsch entwickelt, der sich nicht mehr aufhalten lässt."

„Ich fürchte, das ist bereits geschehen."

Er sah sie wütend an. „Wenn das so ist, dann haben wir uns nichts mehr zu sagen."

Als Mårten am späten Abend die alte Mühle erreichte, war er allein. Er hatte Milla in Stockholm vor der Wohnung ihrer Schwester abgesetzt. Denn der Gedanke, dass sie auch nur eine weitere Nacht unter seinem Dach verbrachte, war ihm unerträglich.

Thorbjörn wartete in der Küche auf ihn, als er die Mühle betrat. Der alte Matrose wirkte betroffen.

„Du hast es also bereits gesehen", schlussfolgerte Mårten.

„In den Acht-Uhr-Nachrichten." Thorbjörn schüttelte den Kopf. „Was hat das zu bedeuten, Mårten? Und wo ist Milla?"

„Milla geht mich nichts mehr an." Damit ließ er den älteren Mann einfach stehen und ging hinaus. Doch sein väterlicher Freund ließ sich nicht so leicht abschütteln, sondern folgte ihm.

„Wie lange willst du noch vor der Vergangenheit davonlaufen?", stellte er ihn zur Rede.

Mårten blieb stehen, atmete tief durch und zwang sich zur Ruhe. Im Augenblick hasste er die ganze Welt, sich selbst eingeschlossen. Doch er durfte seinen Ärger nicht an Thorbjörn auslassen. Er verdiente es nicht, ungerecht behandelt zu werden. Sein Zorn gebührte allein Milla.

Die Enttäuschung über ihren Verrat steckte wie ein Stachel in seinem Fleisch. Er konnte sich nicht erinnern, wann er das letzte Mal eine solche Wut auf einen anderen Menschen empfunden hatte. Doch er war selbst schuld. Er hätte wissen müssen, dass man Milla nicht vertrauen durfte. Im Grunde konnte er ihr nicht einmal einen Vorwurf machen – sie handelte nur so, wie es ihrem Wesen entsprach.

„Es tut mir leid", erwiderte er schließlich mit ruhiger Stimme. „Ich weiß, du meinst es nur gut mit mir. Himmel, wenn es jemand je gut mit mir meinte, dann du. Aber bitte versteh: Ich kann jetzt einfach nicht darüber reden. Wir unterhalten uns morgen früh."

Mit diesen Worten nickte er Thorbjörn noch einmal zu und

stieg dann die Wendeltreppe nach oben. In seinem Zimmer ließ er sich vollständig angezogen aufs Bett fallen und starrte gedankenverloren an die Decke. Eines stand fest: Er würde heute Nacht ganz sicher keinen Schlaf finden.

Schon allein, weil er fürchtete, Millas Gesicht zu sehen, sobald er die Augen schloss.

9. KAPITEL

Und er hat dich tatsächlich rausgeworfen?“, fragte Lotte entsetzt, als sie am nächsten Morgen zusammen beim Frühstück saßen. „Einfach so? Also, dein Mårten sollte sich wirklich schämen!“

Milla seufzte. Dass Mårten sie nach allem, was passiert war, nicht weiter bei sich in der alten Mühle haben wollte, konnte sie ihm nicht verübeln. Sie hatte ihn gebeten, sie bei Lotte abzusetzen, weil sie nicht wollte, dass er erfuhr, wo sie zurzeit wohnte. Ihre Sachen, die noch in der Mühle waren, würde sie in der nächsten Zeit abholen. Etwas Wichtiges befand sich ohnehin nicht darunter.

Natürlich war ihre Schwester neugierig und besorgt gewesen, doch Milla hatte sich einfach zu elend gefühlt, um sofort mit ihr darüber zu sprechen. Stattdessen hatte sie noch ein paar Minuten am Bett ihrer Tochter gestanden, die natürlich bereits tief und fest schlummerte, bevor sie selbst ins Bett ging. Schlafen konnte sie jedoch nicht.

„Er ist nicht *mein* Mårten“, widersprach sie jetzt beinahe automatisch. Nur dieses Mal wurde ihr die Bedeutung der Worte bewusst. Nein, er war nicht *ihr* Mårten – aber er hätte es vielleicht werden können. Aber nun nicht mehr. Sie hatte ihn verloren.

Verzweifelt kämpfte sie mit den Tränen.

„Du liebst ihn, nicht wahr?“, fragte Lotte sanft.

„Ja“, stieß sie schluchzend aus. Wie lange hatte sie sich gegen die Gefühle gewehrt! Ohne Erfolg, denn trotz allem, was vor fünf Jahren zwischen ihnen vorgefallen war, liebte sie ihn noch.

„Jetzt sag mir endlich, was passiert ist!“, forderte Lotte sie liebevoll auf, und Milla erzählte es ihr, ohne auch nur ein einziges Detail auszulassen.

„Und da ist noch etwas", gestand sie nach kurzem Zögern. „Janna ist ... Mårten ist ihr Vater."

Zu ihrem Erstaunen schien Lotte wenig überrascht zu sein. „Um ehrlich zu sein, das habe ich mir schon gedacht. Was ich hingegen nicht verstehe ist, warum du ihm damals den Laufpass gegeben hast, wenn du noch immer etwas für ihn empfindest. Und ihm einfach zu verschweigen, dass du von ihm schwanger bist ..." Missbilligend schüttelte sie den Kopf.

„Ich konnte es ihm damals nicht sagen", erwiderte Milla. „Und verlassen habe ich ihn, weil ich herausgefunden hatte, dass er mit einer anderen Frau ..." Ihre Stimme versagte. „Ich war vollkommen am Boden zerstört. Damals schwor ich mir, dass Mårten nie die Gelegenheit bekommen sollte, Janna so wehzutun wie mir."

„Und er wagt es, dir Vorwürfe zu machen?", stieß Lotte empört aus. „Dieser Schuft!"

„Ich kann ihn ja irgendwie verstehen, und vielleicht ist es an der Zeit, mit dieser alten Geschichte endgültig abzuschließen. Aber ich weiß wirklich nicht, wie es jetzt weitergehen soll." Sie seufzte. „Sowohl was die königliche Hochzeit betrifft als auch in Bezug auf Mårten und mich. Was soll ich nur tun? Ich habe versucht, ihn mir aus dem Herzen zu reißen, aber ich schaffe es einfach nicht."

„Im Grunde ist es ganz einfach: Wenn du ihn wirklich liebst und bereit bist, ihm alles zu verzeihen, was er dir in der Vergangenheit angetan hat, dann musst du zu ihm gehen."

„Aber Mårten will mich nicht mehr sehen!"

Lotte lächelte. „Na hör mal, das kann meine große Schwester doch wohl nicht davon abhalten zu erreichen, was sie sich in den Kopf gesetzt hat. Du bist immerhin eine Rosenblad. Eine Kämpferin!"

Dankbar nahm Milla das Taschentuch entgegen, das Lotte ihr reichte, und putzte sich die Nase. „Du hast recht", schniefte sie und spürte, wie neuer Mut sie erfüllte. „Ich werde für das kämpfen, was ich mir aufgebaut habe. Und nichts und niemand wird mich daran hindern können."

„Genau so will ich dich sehen!", entgegnete Lotte gerührt und wischte sich verstohlen eine Träne aus den Augenwinkeln. „Und jetzt entwerfen wir zusammen einen Schlachtplan. Es wäre doch gelacht, wenn wir das nicht irgendwie hinbekämen!"

„Hast du dir eigentlich die Artikel in dem Kästchen unter meinem Bett angesehen?"

Schuldbewusst senkte Lotte den Blick. „Tut mir leid, ich bin bisher nicht dazu gekommen. Deine Kleine hat mich ganz schön auf Trab gehalten."

„Mama?" Janna stand verschlafen im Türrahmen und rieb sich die Augen. „Bist du das?"

Ein Lächeln erhellte Millas Gesicht. „Ja, mein Liebling." Sie stand auf, ging zu ihrer Tochter und nahm sie auf den Arm. „Mama ist hier. Ich habe dich ganz furchtbar vermisst. Warst du denn auch schön brav zu Tante Lotte?"

Janna nickte. „Fahren wir jetzt nach Hause?"

„Noch nicht, Kleines." Sie streichelte der Vierjährigen die Wange. Wieder einmal fiel ihr die Ähnlichkeit mit Mårten auf. Das dunkle Haar, die großen blauen Augen. „Ich muss noch etwas erledigen, bevor ich dich abholen kann. Aber es dauert ganz bestimmt nicht mehr lange."

Ich muss nur deinen Papa dazu bringen, mir noch eine Chance zu geben!

Irgendwann im Laufe der frühen Morgenstunden war Mårten offenbar doch vom Schlaf übermannt worden, denn als er am frühen Mittag erwachte, schien ihm die Sonne direkt ins Gesicht, und die Vögel draußen zwitscherten munter.

Gequält verzog er das Gesicht und wandte den Blick ab.

Strahlendblauen Himmel und Sonnenschein konnte er im Moment nur schwer ertragen. Düstere Wolken, Nebel und Regen passten viel besser zu seiner augenblicklichen Stimmung.

Milla …

Er hatte von ihr geträumt. Nicht einmal im Schlaf ließ sie ihn in Frieden. Dabei wollte er doch nur noch eines: sie vergessen. Doch er zweifelte bereits jetzt daran, dass ihm das jemals gelingen würde.

Rasch stieg er unter die Dusche. Anschließend ging er nach unten, um das Gespräch mit Thorbjörn hinter sich zu bringen. Vielleicht wusste der alte Matrose ja Rat, auch wenn Mårten es bezweifelte. Seine Situation war so verfahren, dass es wohl keinen Weg gab, ohne Schaden wieder aus ihr herauszukommen.

Der Duft von Bratkartoffeln mit Speck empfing ihn, als er das Erdgeschoss erreichte. Schon von Weitem hörte er Thorbjörn in der Küche herumhantieren.

Plötzlich erstarrte er, als sich unter das Geklapper von Töpfen und Geschirr die Stimme einer Frau mischte, die Mårten sehr gut kannte.

Nein!

In diesem Moment kam Torbjörn ins Wohnzimmer. Er trug ein Tablett mit Geschirr und zwei großen Schüsseln und ging damit auf die Tür zu, von der aus man auf die rückwärtige Terrasse gelangte.

„Ich glaube Ihnen ja, dass es nicht Ihre Absicht war, ihn in Schwierigkeiten zu bringen“, hörte Mårten ihn sagen. „Allerdings dürfte es schwierig werden, ihn davon zu überz…“ Thorbjörn verstummte, als er Mårten erblickte.

„Sag, dass es nicht *sie* ist!“, zischte dieser.

„Also … Nun ja, es ist so … Ich dachte, es ist besser, wenn ihr zwei euch miteinander aussprecht und …“

Mårtens Miene verfinsterte sich noch mehr, als Milla aus der Küche trat. Sie trug einen einfachen Jeansrock, dazu flache Stiefel und einen schlichten blauen Pullover. Ihr blondes Haar hatte sie zu einem Zopf zusammengebunden.

Sie sah müde aus, stellte Mårten fest. Offenbar hatte sie eine lange, schlaflose Nacht hinter sich – genau wie er. Doch trotz der dunklen Ringe unter den Augen war sie wunderschön. Es irritierte ihn, dass er den heftigen Wunsch verspürte, sie in seine Arme zu schließen und nie wieder loszulassen. Wie konnte das sein?

„Verschwinde!", sagte er und wandte sich ab, um wieder zu gehen, doch Thorbjörn stellte sich ihm in den Weg.

„Du solltest wirklich mit ihr reden, Mårten."

„Wozu? Um mir noch mehr von ihren Lügen anzuhören?" Er schüttelte den Kopf. „Tut mir leid, aber davon habe ich ein für alle Mal genug." Dann drehte er sich zu Milla um. „Ich muss ein Volltrottel sein, dass ich mich gleich zweimal von deinem hübschen Gesicht habe blenden lassen. Aber ein drittes Mal wird mir dieser Fehler nicht passieren, das garantiere ich dir!"

Als er sah, wie sie erbleichte, verspürte er für einen kurzen Augenblick so etwas wie Genugtuung, die jedoch rasch verflog und nichts als einen üblen Nachgeschmack zurückließ.

Verdammt, wieso schaffte er es einfach nicht, wütend auf sie zu sein?

„Bitte, ich will nur kurz mit dir reden", bat sie mit einer beinahe flehentlichen Stimme. „Gib mir fünf Minuten. Wenn du danach immer noch willst, dass ich gehe, dann werde ich es tun."

Mårten zögerte. Ein Teil von ihm wollte sie am liebsten sofort zum Teufel jagen, doch etwas ließ ihn zögern. „Also gut", stimmte er schließlich seufzend zu. „Lass uns nach draußen gehen."

Schweigend verließen sie die Mühle und gingen zum Bach hinunter. Unter einer Weide, deren Äste sich tief über das rasch dahinfließende Wasser beugten, stand eine grobe Holzbank, die

Thorbjörn im letzten Jahr gezimmert hatte. Darauf setzte Mårten sich und wartete, bis Milla zu sprechen begann.

Sie stand am Bachufer, ihre Hände zupften unruhig am Saum ihres Pullovers. Die Sonne zauberte goldene Glanzlichter in ihr honigblondes Haar. Sie war so wunderschön, dass ihr Anblick Mårten fast schmerzte. Wie sollte er jemals von ihr loskommen, wenn sein Herz jedes Mal schneller schlug, sobald er auch nur an sie dachte?

„Mårten, es tut mir leid!“ Sie schaute ihn an, der Blick ihrer himmelblauen Augen war ernst. „Ich kann mir vorstellen, was für ein Schock es für dich gewesen sein muss, diese Pressemitteilung zu sehen.“ Mårten wollte etwas erwidern, doch sie hob die Hand und schüttelte den Kopf. „Nein, lass mich erst aussprechen. Ich wusste nichts davon, das musst du mir glauben. Es macht die Sache zwar nicht besser, denn ich trage die Verantwortung, aber ich möchte trotzdem, dass du es weißt. Diese Information ist gegen meinen Willen an die Presse weitergegeben worden.“

„Ach, tatsächlich?“ Er zwang sich zu einem Lächeln. „Und warum sollte ich dir das abkaufen?“

Sie senkte den Blick. „Weil ich dich liebe.“

Endlich war es heraus. Bevor sie zur alten Mühle hinausgefahren war, hatte sie sich mit Lotte beratschlagt, wie sie am besten vorgehen sollte, um sich mit Mårten zu versöhnen. Am Ende waren sie immer wieder zu demselben Ergebnis gekommen: Sie musste ihm die Wahrheit sagen und zu ihren Gefühle stehen.

Genau das hatte sie nun getan. Alles, was jetzt passierte, hing einzig und allein von ihm ab.

Mit klopfendem Herzen wartete sie auf seine Reaktion. Sie hatte mit allem Möglichen gerechnet. Dass er sie auslachte, wütend wurde – aber nichts von alledem geschah.

Es geschah überhaupt nichts!

„Mårten?"

Kopfschüttelnd stand er auf. Endlich sagte er etwas: „Du solltest so etwas nicht sagen, wenn du es nicht wirklich ernst meinst."

„Ich habe noch nie in meinem Leben etwas so ernst gemeint", erwiderte Milla mit zitternder Stimme. „Spürst du es denn nicht?" Sie trat zu ihm, nahm seine Hand und legte sie auf ihr Brustbein. „Hier. Fühlst du es jetzt?"

Hastig entzog er sich ihr. „Was sollen die Spielchen, Milla? Ich weiß genau, dass du dich nur für eines interessierst: nämlich für dich selbst. Gib es doch endlich zu! Wenn es nicht von mir abhinge, ob dein erster großer Einsatz bei Hofe zu einem Erfolg wird, wärst du überhaupt nicht hier."

„Wie kannst du so etwas sagen?" Millas Kehle fühlte sich an wie zugeschnürt. „Was habe ich getan, dass du so von mir denkst?"

„Das fragst du noch? Du hast mich schon einmal im Stich gelassen, als sich dir die Chance auf etwas Besseres bot. Oder willst du mir erzählen, dass es nicht die Aussicht auf die Ehe mit einem echten Grafen war, die dich von mir fortgetrieben hat."

„Nein!" Seine Vorwürfe trafen Milla mitten ins Herz. Hatte er wirklich all die Jahre so schlecht von ihr gedacht? Wusste er denn nicht, warum sie wirklich gegangen war? Sie holte tief Luft. „Ich habe dich geliebt, Mårten, mehr als mein eigenes Leben. Aber ich konnte nicht mit einem Mann zusammen sein, der mir nicht treu ist. Ich …"

„Nicht treu?", fiel er ihr ins Wort. Stirnrunzelnd sah er sie an. „Wovon sprichst du überhaupt?"

So schwer es ihr auch fiel, darüber zu sprechen, sie konnte es einfach nicht länger für sich behalten. „Wir waren damals auf einer Konzertreise mit der Stockholmer Oper. Ich wollte dich in deinem Hotelzimmer besuchen, um dir zu sagen, dass ich …“ Sie hielt inne. „Ich wollte dir etwas sehr Wichtiges erzählen, traf dich aber nicht an. Stattdessen empfing mich eine leicht bekleidete junge Frau, die dich offenbar bereits erwartete. Sie stellte sich als Gritt vor und sagte …“ Milla schluckte. „Sie behauptete, dass du schon seit Monaten mit ihr …“

„So ist das also!“, keuchte Mårten und setzte wieder. Er sah aus, als hätte er ein Gespenst gesehen.

Milla wischte die Tränen weg, die ihr über die Wangen strömten. „Ich wollte es nicht wahrhaben, aber … Wie sollte sie in dein Zimmer gekommen sein, wenn du nicht …“

Er nickte. „Jetzt verstehe ich endlich, was damals passiert ist. Warum hast du nicht zuerst mit mir gesprochen? Weshalb bist du einfach davongelaufen, ohne mir eine Chance zu geben, alles zu erklären?“

„Was gab es denn da noch zu erklären?“, fragte Milla tonlos.

„Eine ganze Menge. Hör zu, auch wenn du mir jetzt vielleicht nicht glaubst, aber ich kannte diese Gritt überhaupt nicht. Ich bin ihr das erste Mal begegnet, als ich an jenem Tag, an dem du aus meinem Leben verschwunden bist, mein Hotelzimmer betrat. Diese Frau war nichts weiter als ein aufdringlicher Fan. Ich musste am Ende den Sicherheitsdienst rufen, um sie loszuwerden.“

„Aber wie … wie ist sie in deine Suite gekommen?“

„Sie bewohnte das Zimmer gleich neben mir. Der Sicherheitsdienst vermutete, dass sie durch die offen stehende Balkontür hineingelangt ist. Und bevor du fragst, ich weiß nicht, warum sie behauptet hat, dass sie und ich eine Affäre miteinander hätten. Wahrscheinlich wollte sie sich einfach nur wichtig machen. Wie schon gesagt, sie war ein aufdringlicher Fan. Die tun manchmal Dinge, die man rational nicht erklären kann.“

Es war, als würde sie den Boden unter den Füßen verlieren. Sie konnte nicht fassen, was sie da hörte. Die ganzen Jahre voller Schmerz und Kummer sollten umsonst gewesen sein? Das war mehr, als sie verkraften konnte. Sie spürte, wie ihre Knie weich wurden, und hörte, wie Mårten ihren Namen rief. Im nächsten Moment fand sie sich in seinen starken Armen wieder.

„All die vergeudete Zeit“, flüsterte sie unter Tränen und barg den Kopf an seiner Schulter. „Ich war so dumm! Und ich fürchte, ich schulde dir noch eine Erklärung, was Gregor betrifft.“

Obwohl er sich versteifte, sprach sie weiter. „Du dachtest, ich hätte mich mit ihm verlobt, kurz nachdem das mit uns zu Ende war. Aber das stimmt nicht. Meine Eltern haben ihn dafür bezahlt, mir einen Heiratsantrag zu machen, weil sie fürchteten, dass ich allein nicht zurechtkomme. Ich hätte es dir schon viel eher sagen sollen, aber …“

Mårten trat einen Schritt zurück und hob ihr Gesicht an. Dann berührte sein Mund ihre Lippen, so leicht wie der Schlag eines Schmetterlingsflügels. Milla schloss die Augen und genoss die Wärme, die durch ihren Körper strömte. Wie sehr hatte sie sich danach gesehnt, ihm wieder so nah zu sein! Als er sich schließlich von ihr löste, fühlte sie sich seltsam verlassen und allein.

Erst als sie die Augen öffnete, bemerkte sie, dass er ans Bachufer getreten war und ihr den Rücken zuwandte.

„Was ist mit dir?“, fragte sie leise. „Dich bedrückt doch etwas.“

„Ich muss dir auch etwas sagen. Es hat mit der Hochzeit der Kronprinzessin zu tun und …“

Von hinten legte sie eine Hand auf Mårtens Schulter. „Nicht jetzt“, sagte sie sanft. „Das ist im Augenblick unwichtig.“

Er drehte sich zu ihr um. In seinem Blick lag eine Verzweiflung, die ihr Angst einjagte. „Nein, ich fürchte, das ist es nicht, denn ich habe dich angelogen. Und darum stecken wir beide jetzt in schrecklichen Schwierigkeiten. Es war ein Fehler, aber wer konnte denn ahnen, dass es sich zu einem solchen Bergrutsch entwickeln würde?“

Verwirrt schaute Milla ihn an. „Wie meinst du das? Ich verstehe nicht."

„Ich habe dir vorgemacht, über dein Angebot nachzudenken. Die Wahrheit ist, dass ich es nicht könnte, selbst wenn ich wollte. Ich werde auf keinen Fall bei der königlichen Hochzeit auftreten, weil ..." Er holte tief Luft. „Weil ich überhaupt nicht mehr spielen kann!"

Einen Moment schwieg sie, dann blinzelte sie irritiert. „Wie meinst du das, du kannst nicht mehr spielen? Ich meine, du bist schließlich ein gefeierter Pianist und Komponist! Die Kritiker überschlagen sich fast vor Lob und bezeichnen dich als großes Talent."

„Das war einmal. Ich habe seit zwei Jahren keine Note mehr zu Papier gebracht, und wenn ich mich an meinen Flügel setze ..." Er schloss die Augen und massierte sich die Schläfen. „Es ist wie verhext. Ich kann die Musik noch immer spüren. Sie ist hier, in meinem Kopf, aber ich schaffe es einfach nicht mehr, sie zum Leben zu erwecken."

Prüfend sah Milla ihn an. „Hat das vielleicht etwas mit dem Mann zu tun, der während deiner letzten Tournee gestorben ist?"

„Sören", erwiderte er leise.

Der Name weckte in ihr keinerlei Erinnerung. „Wer war dieser Mann, und was hatte er mit dir zu tun?"

Noch einmal holte Mårten tief Luft. „Er war mein Vater", sagte er dann. „Sören Olander war mein Vater."

10. KAPITEL

Mårten schaute Milla direkt an, und gleichzeitig durch sie hindurch. Es war ein merkwürdiges Gefühl. Seltsam, aber auch beruhigend.

„Ich wuchs in dem Glauben auf, dass mein Vater uns verlassen hatte, weil er keine Kinder wollte“, begann er. „Meine Mutter liebte mich so inbrünstig, wie sie ihn verabscheute. Und sie lehrte mich, ihn ebenso unbarmherzig zu hassen. Als sie starb, war ich Mitte zwanzig, und ihr einziges Vermächtnis an mich bestand im Hass auf meinen Vater, der uns im Stich gelassen hatte. Ich kam gar nicht auf den Gedanken, dass es womöglich noch eine andere Sicht der Dinge geben könnte. Die Sicht meines Vaters.“

„Was ist passiert?“, fragte Milla. „Wie seid ihr euch begegnet?“

Zu seiner eigenen Überraschung war Mårten jetzt tatsächlich bereit, sich ihr ganz zu öffnen. Es fiel ihm nicht einmal schwer – ganz im Gegenteil. Der Gedanke, die Schuldgefühle und die Trauer, die er schon seit so langer Zeit mit sich herumschleppte, mit jemandem teilen zu können, wirkte ungemein befreiend.

„Vor etwas mehr als zwei Jahren, ich hatte meine Schwedentournee gerade begonnen, stießen zwei neue Bühnenarbeiter – Sören und Thorbjörn – zum Team. Ich weiß nicht warum, aber die beiden waren mir sofort sympathisch. Besonders zu Sören fühlte ich mich auf eine unerklärliche Weise hingezogen. Es war, als würde ich ihn von irgendwoher kennen. Dabei wusste ich ganz sicher, dass ich ihn noch nie zuvor gesehen hatte. Als er sich mir ein paar Wochen später offenbarte, wurde mir klar, woher dieses Gefühl rührte.“

„Er sagte dir, dass er dein Vater ist?“

Mårten nickte. „Ich weiß nicht, warum er ausgerechnet diesen Moment wählte, aber von da an wollte ich nichts mehr mit ihm zu tun haben. Er versuchte immer wieder, mit mir zu sprechen, mir zu erklären, warum er meine Mutter und mich verlassen hatte, doch ich ließ es nicht zu, bis …" Er schluckte. „Bis zu jenem schrecklichen Tag, den ich wohl bis an mein Lebensende nicht vergessen werde."

Mårten schloss die Augen, und seine Gedanken wanderten zurück in die Vergangenheit …

„Was bildest du dir eigentlich ein? Dachtest du wirklich, du tauchst nach fast dreißig Jahren wieder auf, und ich schließe dich in die Arme, als wäre nichts geschehen?" Mit vor der Brust verschränkten Armen stand Mårten auf der Bühne und blickte wütend auf den Mann hinab, den er erst vor ein paar Wochen kennengelernt hatte: seinen Vater.

Sören schüttelte den Kopf. „Das erwarte ich doch gar nicht von dir, Junge. Aber willst du mir nicht wenigstens eine Chance geben, um zu erklären, warum …"

„Ich weiß alles, was ich wissen muss", unterbrach Mårten ihn barsch. „Du hast Mutter und mich noch vor meiner Geburt verlassen, weil du keine Familie wolltest. Sie hat mir alles erzählt. Ich weiß, dass du sie gedrängt hast, mich nicht zu bekommen. Aber darauf wollte sie sich nicht einlassen. Darum bist du gegangen!"

„Das stimmt so nicht", widersprach Sören energisch. „Ich wusste nicht einmal, dass sie schwanger war, als ich mich von ihr trennte." Er verzog kurz das Gesicht und fasste sich an die Brust, hatte sich aber rasch wieder unter Kontrolle. „Es stimmt, ich habe sie verlassen, weil sie zwanghaft immerzu versuchte, alles zu kontrollieren. Aber wenn ich gewusst hätte, dass sie schwanger ist …"

„Dann willst du mir wahrscheinlich auch erzählen, dass der Zeitpunkt deines plötzlichen Auftauchens völlig zufällig ist, was? Es hat nichts damit zu tun, dass ich Karriere gemacht habe und du gern ein Stück vom Kuchen abhaben würdest?"

Im Licht der Scheinwerfer sah Sören erschreckend bleich aus, und Mårten bemerkte, dass seine Hände leicht zitterten. Dass sein Vater, der in seiner Vorstellung stets ein harter, kaltherziger Mann gewesen war, Schwäche zeigen könnte, hatte er nicht erwartet. Dennoch fühlte er kein Mitleid.

„Ich interessiere mich nicht für dein Geld", erwiderte Sören. „Bis vor etwa einem halben Jahr bin ich zur See gefahren. Auf meinem letzten Schiff habe ich Thorbjörn kennengelernt, und als er in Stockholm von Bord ging, habe ich ihn begleitet, weil …" Er zögerte kurz. „Ich bin krank, Junge. Die Ärzte sagen, mir bleiben vielleicht noch ein paar Monate."

Mårten glaubte ihm kein Wort. „Das nehme ich dir nicht ab!"

„Aber es ist wahr!" Jetzt wirkte Sören richtig verzweifelt. „Im Krankenhaus sah ich zufällig einen Bericht über dich im Fernsehen. Eines der Bilder zeigte dich und deine Mutter. Ich kann es nicht erklären, aber ich wusste sofort, dass du mein Sohn bist. Zeitlich passte es auch. Thorbjörn half mir, aus der Klinik zu kommen, und besorgte uns die Jobs als Bühnenarbeiter. Ich wollte dich unbedingt kennenlernen, bevor ich …" Er verstummte, und sein Gesicht verzerrte sich zu einer Maske des Schmerzes. Im nächsten Augenblick brach er zusammen.

Einen Moment war Mårten wie erstarrt, dann sprang er von der Bühne und ging neben seinem Vater in die Knie.

„Vater!", stieß er erschrocken aus – das Wort war ihm wie von selbst über die Lippen gekommen.

Sören ergriff seine Hand und drückte sie. Sein Atem ging flach und unregelmäßig, und eine Schweißschicht bedeckte die Stirn. „Mårten, ich …" Er brach ab, fuhr sich mit der Zunge über die Lippen. „Es tut mir leid, dass wir keine Zeit hatten, uns besser kennenzulernen, aber … Du sollst wissen, dass ich dich liebe, Junge."

Die Intensität der Gefühle, die über ihn hereinbrachen wie eine Flutwelle, schockierte Mårten. Er empfand Angst, Sorge, aber auch eine unbändige Zuneigung für den Mann, der vor ihm auf dem nackten Betonboden lag.

„Nein, so darfst du nicht reden!“ Suchend blickte er sich um, doch es war niemand da, der ihm beistehen konnte. „Hilfe!“, rief er, so laut er konnte, und seine Stimme hallte von den Wänden des Saals als Echo wider. „Jemand muss einen Arzt rufen! Schnell!“

Schritte näherten sich. Es war Thorbjörn. Er erfasste die Situation sofort und lief los, um den Notarzt zu alarmieren. Doch Mårten spürte, dass es zu spät war. Sören wurde immer schwächer.

„Vater“, flüsterte er beschwörend. „Du musst durchhalten. Ich flehe dich an!“

„Spiel für mich.“ Sören sprach so leise, dass Mårten ihn kaum hörte.

„Ich soll – was? Aber doch nicht jetzt, dafür haben wir doch immer noch …“

„Bitte, Junge, erfüll mir diesen einen Wunsch!“

Mårten zögerte nur kurz, dann ließ er die Hand seines Vaters los und kletterte auf die Bühne.

Er hatte gerade zu spielen begonnen, als der Notarzt eintraf. Blind vor Tränen, die er nie vergoss, flogen seine Finger über die Tastatur. Melodien schwangen sich empor in ungeahnte Höhen, der Saal war erfüllt von Musik.

Er hörte erst auf zu spielen, als Thorbjörn zu ihm auf die Bühne kam. Er musste nichts sagen, Mårten konnte es vom Gesicht des alten Manns ablesen.

Sein Vater war tot.

„Seit damals bin ich wie blockiert, sobald ich mich an den Flügel setze“, schloss Mårten seine Geschichte. „Weiß Gott, dass ich es immer wieder versucht habe. Vergeblich."

Zitternd wischte Milla sich mit der Hand die Tränen von den Wangen. „Oh Mårten", sagte sie kopfschüttelnd. „Es tut mir so unendlich leid."

„Das muss es nicht." Er lehnte sich mit dem Rücken gegen den Stamm der alten Weide. „Ich allein trage die Verantwortung für das, was damals passiert ist. Und ich büße seitdem jeden Tag für meine Fehler."

„Nein!" Milla stand auf. „Gib nicht dir die Schuld. Dein Vater war krank, er wusste, dass er sterben würde. Es gab nichts, was du tun konntest, um das zu verhindern."

„Darum geht es nicht", erwiderte er. „Verstehst du denn nicht? Ich habe ihm nie eine Chance gegeben. Ich war so erfüllt von meinem Hass, dass ich erst begriff, was ich getan hatte, als es bereits zu spät war."

„Aber als er dich wirklich brauchte, da warst du für ihn da. Ich glaube, *du* bist es, der nicht versteht, Mårten. Du hast deinem Vater seinen letzten Wunsch erfüllt und für ihn gespielt. Ich bin sicher, er hätte nicht gewollt, dass du dir die Verantwortung für seinen Tod gibst."

Dann schloss sie ihn in die Arme und hielt ihn ganz fest, denn sie spürte, dass er das jetzt dringender brauchte als alles andere auf der Welt. Und genau das wollte Milla: Mårten für den Rest ihres Lebens das geben, was er brauchte.

„Ich kann nicht!"

Frustriert und wütend – vor allem auf sich selbst – schlug Mårten am Abend mit der flachen Hand auf die Tasten des Flügels, und der schrecklich schiefe Klang, den er dabei produzierte, hallte durch das Musikzimmer der alten Mühle.

Milla, die schon eine Weile neben ihm auf dem Klavierhocker saß und sich gut vorstellen konnte, was in ihm vorging, lächelte verständnisvoll.

„Hast du etwa erwartet, dass es einfach wird? Tut mir leid, aber ich fürchte, du wirst dich schon ein bisschen bemühen müssen. Es ist schließlich schon über zwei Jahre her, seit du der bezaubernden Lady hier," dabei klopfte sie mit der flachen Hand auf den Deckel des Flügels, „ein paar wohlklingende Töne entlockt hast."

„Ach, das hat doch alles keinen Sinn", widersprach er sofort und fuhr sich mit der Hand durch das dichte dunkle Haar. „Ich kann es einfach nicht mehr. Vielleicht sollte ich mich endlich mit den Tatsachen abfinden und der Realität ins Auge sehen."

„Nein, gib jetzt nicht auf", bat Milla ihn. „Ich weiß, dass du es kannst. Du hast selbst gesagt, dass du die Musik noch immer in dir spürst. Also dann! Jetzt musst du nur noch lernen, sie aus dir herauszulassen."

Plötzlich sprang Mårten vom Klavierhocker und funkelte sie wütend an. „Dir geht es doch nur darum, dass ich bei der königlichen Hochzeit spiele, alles andere interessiert dich überhaupt nicht!"

Verletzt zuckte Milla zusammen. „Wieso sagst du so etwas? Ich will dir helfen, weil ich dich liebe." Sie schaute zu ihm. „Ich spüre doch, dass die Musik dir fehlt."

„Es tut mir leid", sagte er leise. „Aber das ist im Moment einfach alles zu viel für mich!" Mit diesen Worten stürmte er aus dem Musikzimmer und warf die Tür hinter sich zu.

Seufzend stand Milla auf und trat ans Fenster. Es dämmerte bereits, und der Himmel hatte eine orangerote Färbung angenommen. Den ganzen Nachmittag hatte sie gemeinsam mit Mårten am Flügel verbracht und versucht, gegen die Blockade in seinem Kopf anzukämpfen.

Aber vielleicht stimmte es wirklich, und es war zwecklos. Womöglich hatte das traumatische Erlebnis durch den Tod des Vaters ihm tatsächlich die Fähigkeit geraubt, Musik zu machen.

Und wenn es so ist?

Ein Teil von ihr hoffte noch immer darauf, dass sich alles zum Guten wandte und Mårten auf der Hochzeit der Kronprinzessin spielen würde. Doch viel mehr ging es ihr inzwischen darum, ihn von den Schuldgefühlen zu befreien, die ihn schon seit mehr als zwei Jahren quälten.

Sie liebte Mårten und wollte ihn glücklich sehen, alles andere war zweitrangig. Doch um dieses Ziel zu erreichen, musste sie den Knoten zum Platzen bringen, der ihn nun schon so lange gefesselt hielt.

Aber wie?

Nachdenklich setzte Milla sich wieder hinter den Flügel, legte die Finger auf die Tasten und fing an zu spielen.

Mårten saß in seinem Zimmer auf dem Lehnstuhl und schaute aus dem Fenster. Es war ungemein befreiend gewesen, mit Milla über den Tod seines Vaters zu sprechen. Ein zentnerschweres Gewicht schien ihm von den Schultern genommen worden zu sein, und er konnte endlich wieder frei atmen.

Zugleich fühlte er sich aber auch enttäuscht und frustriert, denn an seiner Unfähigkeit zu spielen hatte sich nichts geändert.

Plötzlich hörte er Musik. Er kannte die Melodie gut. Ein altes schwedisches Volkslied, das er früher selbst oft und gern gespielt hatte. Heiter und melancholisch zugleich, so wie das Land, aus dem es stammte.

Kurz darauf fing Milla an zu singen, und auf einmal war die Luft wie von Magie erfüllt. Die Töne, die aus dem Musikzimmer zu ihm hinüberwehten, schienen tief aus seinem Inneren zu stammen.

Er schloss die Augen und spürte, wie endlich der Damm brach, der so lange alle Gefühle und Emotionen unterdrückt hatte.

Wieder sah er seinen Vater vor sich, doch die Erinnerung

war nicht mehr so schmerzhaft wie bisher, nur noch wehmütig. Sie hätten noch so viel Zeit gebraucht, um einander richtig kennenzulernen. Dennoch war er dankbar für jede Minute, die er mit Sören hatte verbringen dürfen. Die wenigen gemeinsamen Wochen waren ein Geschenk gewesen. Warum hatte er so lange gebraucht, um das zu begreifen?

Wie von selbst stand er auf und ging zur Tür. Die Musik zog ihn magisch an. Noch bevor ihm überhaupt klar wurde, was er tat, saß er neben Milla und stimmte in ihr Spiel mit ein.

Es war ein Gefühl vollkommener Freiheit. Und es war, als würden all der Schmerz und der Kummer aus ihm herausströmen und Platz für etwas anderes machen.

Für etwas Neues.

Für die Liebe.

Als die letzten Töne des Liedes verklangen, herrschte Stille. Er schaute Milla an, in deren Augen Tränen schimmerten. Sanft strich er ihr eine Strähne des honigblonden Haars aus dem Gesicht.

Dann beugte er sich zu ihr und küsste sie.

Es war ein unbeschreibliches Gefühl. Die Welt mochte sich weiterdrehen, doch für Milla und Mårten besaß Zeit keine Bedeutung mehr. Sie befanden sich in ihrem eigenen Universum, in dem es nur sie beide gab.

Milla erwiderte den Kuss voller Leidenschaft und Hingabe. Sie schmiegte sich an ihn, vergrub die Finger in seinem Haar und steigerte seine Erregung damit ins Unermessliche.

Zwischen zwei leidenschaftlichen Küssen gelangten sie in sein Schlafzimmer. Als er die Tür geschlossen hatte, entkleidete er sie langsam und genießerisch. Es bereitete ihm eine unbändige Freude, ihren nackten Körper zu betrachten.

Doch lange hielt er es nicht aus, sie einfach nur anzuschauen. Nur wenige Augenblicke später erforschte er ihren Körper mit den Lippen, bis sie vor Lust erschauerte.

Und jetzt lag Milla zwischen den kühlen Satinlaken des Betts, und er konnte es kaum abwarten, sie ganz zu spüren. Er sehnte sich so sehr danach, ihr wieder nah zu sein, dass jede Sekunde sich zu einer Ewigkeit zu dehnen schien. Aber es machte ihm nichts mehr aus zu warten, weil er wusste, dass er sie nie wieder gehen lassen würde.

Gleich am nächsten Morgen begannen sie mit der Arbeit. Mårten hatte sich entschlossen, für die königliche Hochzeit mit Milla zusammenzuarbeiten. Er spielte ihr voller Tatendrang einige Ideen vor, die ihm in der vergangenen Nacht gekommen waren.

„Nein", sagte Milla und schüttelte den Kopf. „Das gefällt mir so noch nicht. Es fehlt noch etwas – wenn ich nur wüsste, was!"

„Vielleicht in der Richtung?" Mårten spielte ein paar Takte auf dem Flügel an, und sie nickte strahlend.

„Ja, schon viel besser. Schreib das auf."

Er nahm einen Bleistift und notierte die Melodie auf einem Notenblatt. Als er ihn wieder hinlegte, grinste er. „Was meinst du, gönnen wir uns eine kleine Pause? Wir kommen doch recht gut voran, oder?"

„Ich weiß genau, worauf du es abgesehen hast, du Schwerenöter!", tadelte sie ihn lachend. „Aber es gibt noch eine Menge zu tun. Also – zuerst die Arbeit, dann das Vergnügen."

„Sklaventreiberin!", protestierte Mårten, doch er lächelte dabei. „Also gut, machen wir weiter. Hören wir doch mal, was wir bisher zustande bekommen haben." Er fing an zu spielen, und Milla sah ihm verträumt dabei zu.

Es war aufregend und spannend, mit ihm zusammenzuarbeiten. Kaum zu glauben, dass er vierundzwanzig Stunden zuvor noch fest davon überzeugt gewesen war, nie wieder Musik machen zu können. Und jetzt sah es so aus, als wäre er auf dem besten Wege, sein absolutes Meisterwerk zu komponieren.

Eigentlich sollte ich begeistert sein, dachte sie. Doch etwas trübte ihr Glück.

Der Gedanke an Janna.

Wie sollte sie Mårten nur beibringen, dass er eine Tochter hatte, von der er bisher nichts wusste? Und wann war der geeignete Zeitpunkt für das Geständnis, sofern es ihn überhaupt gab?

Sie wusste es nicht. Aber lange konnte sie nicht mehr so weitermachen, das stand fest. Mårten verdiente es, die Wahrheit zu erfahren. Je länger sie es hinauszögerte, umso schwieriger würde es werden, das wusste sie.

Doch die Angst vor seiner Reaktion ließ sie zögern.

Nur noch ein paar Tage, sagte sie zu sich selbst. Er ist gerade so glücklich, und ich will ihm das nicht kaputt machen. Aber machte sie sich damit nicht nur selbst etwas vor, um ihr Gewissen zu erleichtern?

„Was ist los?", riss seine Stimme sie aus ihren Gedanken. „Hat es dir nicht gefallen?"

Erst jetzt merkte Milla, dass er aufgehört hatte zu spielen. Sie drehte sich zu ihm um und zwang sich zu einem Lächeln. „Doch, es ist ganz wunderbar. Die Kronprinzessin wird begeistert sein!"

Mårten stand auf und schloss sie in seine Arme. „Offen gestanden, mir ist vollkommen egal, was die Kronprinzessin davon hält. Ich komponiere dieses Stück nur für dich, und für niemanden sonst!"

Er küsste sie zärtlich, und sie schmolz dahin – doch es dauerte nicht lange, und das schlechte Gewissen kehrte zurück. Sanft löste sie sich von ihm. „Komm schon, lass uns weitermachen", forderte sie ihn auf. „In weniger als einer Woche findet die erste Probe für die Hochzeit statt. Es wäre doch toll, wenn wir bis dahin zumindest den Einzugsmarsch präsentieren könnten, was meinst du?"

„Wenn es dir so wichtig ist“, erwiderte Mårten. „Für dich hole ich die Sterne vom Himmel, wenn du mich darum bittest.“

Wieder zog er sie in die Arme, und sie machte sich leise lachend los. „Du bist wirklich unersättlich, ich ...“

Es klopfte an der Tür, und einen Augenblick später streckte Thorbjörn den Kopf ins Arbeitszimmer. Er wirkte ungemein zufrieden, was Milla ihm gut nachfühlen konnte.

„Ein Anruf für dich“, sagte er.

Mårten nickte. „Ich komme sofort, es dauert nur einen Moment.“

„Nein, das Gespräch ist nicht für dich, sondern für Milla!“

„Für mich?“, fragte Milla erstaunt. Dann lächelte sie. „Das ist sicher meine Schwester Lotte, die wissen will, wie es zwischen uns gelaufen ist. Ich habe vergessen, mein Handy aufzuladen. Sie macht sich bestimmt schon Sorgen, weil sie mich nicht erreichen konnte.“

„Dann geh rasch zu ihr und richte ihr meinen herzlichsten Dank aus. Wer weiß, ob wir ohne ihren Zuspruch heute hier zusammensitzen würden!“

Milla folgte Thorbjörn ins Erdgeschoss. Das Telefon stand auf einer rustikalen Eichenkommode im Korridor.

„*Hej*, Lotte“, meldete sie sich fröhlich.

Am anderen Ende der Leitung erklang ein erleichtertes Seufzen. „Na, Gott sei Dank! Ihr habt euch ausgesprochen, nicht wahr? Du musst mir unbedingt alles erzählen, wenn du wieder zurück bist. Übrigens: Wann kommst du eigentlich? Janna wartet schon ganz ungeduldig auf ihre Mama.“

„Ich werde spätestens zu den ersten Proben wieder in Stockholm sein. Ach übrigens, die Kronprinzessin sagte, sie würde sich freuen, wenn Janna als Blumenmädchen an ihrer Hochzeit teilnehmen würde. Was meinst du, könnte das meiner Kleinen Spaß machen?“

„Spaß machen? Sie wird begeistert sein!“

Milla lachte. „Das denke ich auch. Die Anproben für die Kleider finden am Mittwoch auf Kronborg statt. Würdest du mit ihr hingehen?"

„Natürlich", antwortete Lotte. „Kann ich sonst noch was tun?"

„Ja – gib meiner kleinen Janna einen ganz dicken Kuss von mir und richte ihr aus, dass ich sie sehr lieb habe."

„Mach ich gern", sagte Lotte. *„Hejdå!"*

Mit einem glücklichen Lächeln auf den Lippen legte Milla den Hörer zurück auf die Gabel. Als sie sich umdrehte, erblickte sie Mårten, der im Türrahmen stand und sie musterte.

Ein eisiger Schreck durchfuhr sie.

„Wer ist Janna?", fragte er.

Millas Puls raste, und ihre Hände waren schweißnass.

Sag es ihm! Sag ihm die Wahrheit!

„Meine Nichte", antwortete sie. „Janna ist die Tochter meiner Schwester."

11. KAPITEL

Eine halbe Stunde später saß Milla bei einer Tasse Kaffee in der Küche und verstand sich selbst nicht mehr. Warum hatte sie Mårten angelogen? Sie musste ihm doch ohnehin die Wahrheit sagen, jede weitere Unaufrichtigkeit machte es nur noch schlimmer.

Warum es also nicht jetzt gleich hinter sich bringen?

Sie nahm all ihren Mut zusammen, ging nach oben und klopfte an Mårtens Zimmertür. Als er öffnete, sagte sie sofort: „Mårten, ich muss unbedingt mit dir reden."

Seine Reaktion überraschte sie. „Kann das noch ein bisschen warten?", fragte er, und erst jetzt bemerkte sie, wie angespannt er plötzlich wirkte.

„Stimmt etwas nicht?", fragte Milla und beschloss, ihr Vorhaben zu verschieben – zumindest so lange, bis sie wusste, was ihn bedrückte.

Er hielt ihr einen aufgerissenen Briefumschlag hin. „Ein Schreiben meiner Plattenfirma. Sie haben tatsächlich ernst gemacht und mich auf Zahlung einer Konventionalstrafe verklagt! Nun, ein Wunder ist es nicht, immerhin habe ich ihre Geduld reichlich überstrapaziert. Nach meiner jüngsten Absage war das Maß vermutlich einfach voll." Er seufzte. „Ich kann es ihnen nicht einmal verübeln. Seit zwei Jahren warten sie nun bereits auf etwas von mir, ohne dass ich je auch nur versucht hätte, die Verzögerung zu erklären. Aber ich konnte nicht mit irgendwelchen fremden Menschen über den Tod meines Vaters sprechen. Es ging ganz einfach nicht."

Nein, schoss es Milla durch den Kopf. Nicht ausgerechnet jetzt, wo gerade alles gut wird!

Für einen Augenblick wurde ihr schwarz vor Augen, doch dann hatte sie sich wieder im Griff. Es half niemandem, wenn sie jetzt die Nerven verlor.

„Wie viel?", fragte sie.

„Genug, um mich für alle Zukunft zu ruinieren." Resigniert schüttelte er den Kopf. „Fahr nach Hause, Milla, ich bitte dich. Das hat doch alles keinen Sinn mehr."

Fassungslos schaute sie ihn an. „Was soll das heißen? Wovon sprichst du eigentlich?"

„Mach es mir doch nicht noch schwerer, als es ohnehin schon ist." Er lächelte gequält. „Oder willst du dein Leben mit einem Mann verbringen, der nie in der Lage sein wird, dir etwas zu bieten? Mach dir doch mal klar, was diese Klage bedeutet! Ich werde alles verlieren, was ich besitze: die Mühle, mein Vermögen, sogar meinen Flügel!"

„Sag so etwas nicht!" Milla konnte nicht glauben, was er da sagte. „Versuchst du allen Ernstes, mich fortzuschicken?" Trotzig reckte sie das Kinn. „Tut mir leid, aber daraus wird nichts. Dafür liebe ich dich viel zu sehr."

„Und genau deshalb musst du gehen. Ich könnte es nicht ertragen, dich unglücklich zu machen. Und genau das würde geschehen, wenn du bei mir bliebest."

„Unsinn!", protestierte sie empört. „Ich werde dich auf keinen Fall im Stich lassen. Und überhaupt – wo ist eigentlich der Mårten von früher? Der hätte sich nicht einfach demütig in sein Schicksal gefügt. Er hätte für sein Glück gekämpft!"

Für einen Moment glaubte sie, ihn überzeugt zu haben, doch dann winkte er ab. „Das hat doch alles keinen Sinn mehr", wiederholte er. „Es ist zu spät."

„Zu spät für was denn? Verflixt, du hast endlich wieder angefangen zu arbeiten und bist gerade dabei, dein absolutes Meisterwerk zu komponieren! Glaubst du nicht, das dürfte auch die Leute von deiner Plattenfirma interessieren?"

Seine Miene blieb reglos, doch Milla wusste, dass es hinter seiner Stirn arbeitete. Als seine Mundwinkel sich schließlich zu einem Lächeln verzogen, atmete sie erleichtert auf.

Geschafft!

„Wo befindet sich der Sitz der Plattenfirma?", fragte sie schnell, bevor er es sich noch einmal anders überlegen konnte.

„In Göteborg", antwortete Mårten. „Und du meinst wirklich, ich sollte …"

„Worauf wartest du noch? Ruf an und bitte um einen Termin!"

„Nachdem ich die Leute von der Plattenfirma so lange hingehalten habe, hätte ich nicht gedacht, dass sich so rasch jemand Zeit für mich nimmt", sagte Mårten, während er der Uferstraße entlang des Göta Älv folgte, zu dessen beiden Seiten sich Göteborg erstreckte. „Ich hoffe, das ist ein gutes Zeichen."

Seit seinem Anruf bei der Plattenfirma waren gerade einmal zwei Tage vergangen, und es überraschte Milla auch ein wenig, dass alles so kurzfristig geklappt hatte. Denn diese plötzliche Eile konnte sowohl einen positiven als auch einen negativen Hintergrund haben. Entweder war man in Göteborg tatsächlich noch an einer Zusammenarbeit mit Mårten interessiert, oder man wollte die Angelegenheit einfach endlich zu einem Abschluss bringen.

Mårten stellte den Volvo auf einem Parkplatz in Hafennähe ab und warf einen Blick auf die Uhr. „Wir sollten uns besser beeilen", erklärte er dann. „Gustaf Jälking von der Plattenfirma erwartet uns im Café des Utkiken."

„Utkiken?"

Als Milla ihn fragend anschaute, deutete Mårten auf ein futuristisch anmutendes rot-weißes Hochhaus, das an der Uferpromenade in den Himmel ragte. Im Hintergrund lagen Segelboote, historische Schiffe und riesige Skandinavienfähren im Göta Älv vor Anker.

„Es ist eines der neueren Wahrzeichen der Stadt", erklärte Mårten. „Auf fast neunzig Metern Höhe gibt es eine Aussichtsplattform, von der aus man die ganze Stadt überblicken kann. Dort liegt das Café, in dem wir Jälking treffen sollen." Er ergriff Millas Hand. „Bringen wir es hinter uns."

Keine fünfzehn Minuten später saßen sie Gustaf Jälking an einem Tisch in einer ruhigen Nische des Cafés gegenüber. Der Vertreter der Plattenfirma war ein ernst aussehender Mann Ende fünfzig mit grauem Haar. Er wirkte trotz seines türkisblauen Polohemds und der sportlichen Cargohose eher wie ein Buchhalter und nicht wie jemand, der im Musikbusiness arbeitete. Außerdem war Mårtens Manager Jonas Hallström anwesend, den Milla bereits am vergangenen Abend telefonisch mit allen notwendigen Informationen versorgt hatte.

„Ich will offen sein", kam Jälking ohne jede Einleitung zur Sache. „Ich war gegen dieses Treffen und halte es noch immer für pure Zeitverschwendung. Sie hatten zwei Jahre, um Ihren vertraglichen Pflichten nachzukommen, und haben nichts dergleichen getan. Warum sollte sich ausgerechnet jetzt etwas daran geändert haben?"

„Es ist schwierig zu erklären, aber ich kann Ihnen versichern, dass es sich genau so verhält." Mårten erwiderte den skeptischen Blick des Mannes. „Persönliche Gründe haben mich in den letzten Monaten und Jahren daran gehindert, meinen Beruf so auszuüben, wie ich es gern getan hätte. Doch diese Probleme sind nun endgültig beseitigt. Ich spiele und komponiere wieder."

„Und was war der Grund für Ihr plötzliches Umdenken?" Jälking lächelte spöttisch. „Vielleicht der heilsame Schock beim Erhalt der Ankündigung der Schadenersatzklage?"

Milla hielt den Atem an, und auch Hallström wirkte entsetzt, doch Mårten blieb ruhig und ließ sich nicht provozieren. „Möglicherweise war es genau das", erwiderte er lächelnd. „Wahrscheinlich aber eher die Hilfe und Unterstützung einer Frau, die mir sehr viel bedeutet. Jedoch dürften meine Gründe für Sie eher zweitrangig sein."

„Das sehe ich anders. Schließlich hat Ihr Rückzug aus dem Musikgeschäft Ihrer Popularität erheblichen Schaden zugefügt. Ihr Name ist nicht mehr das, was er einmal war. Warum sollten wir überhaupt noch daran interessiert sein, mit Ihnen zusammenzuarbeiten?"

„Weil Mårten das Comeback des Jahres startet", mischte sich nun Milla ein, die es einfach nicht mehr aushielt, einfach nur still dazusitzen und nichts zu tun. „Er komponiert zurzeit auf persönlichen Wunsch der Kronprinzessin ein Stück für die königliche Hochzeit, das er nach der Zeremonie persönlich in der Kirche vortragen wird. Dieses Ereignis wird in die ganze Welt übertragen. Was das für Mårtens Karriere bedeutet, dürfte Ihnen klar sein."

Zum ersten Mal wirkte Jälking nicht mehr vollkommen ablehnend. „Und das ist wirklich wahr?", fragte er zweifelnd.

„Ja", meldete sich Mårtens Manager nun zu Wort. „Es stimmt. Und zu Ihrer Information: Diese junge Dame hier ist die verantwortliche Person für den musikalischen Ablauf der Hochzeit."

„Na, wenn das so ist!" Plötzlich strahlte Jälking übers ganze Gesicht. „Um ehrlich zu sein, ich hatte nicht damit gerechnet, dass dieses Treffen etwas bringen würde, aber Sie haben mich tatsächlich überzeugt." Er schüttelte den Kopf. „Ich kann es förmlich vor mir sehen: ausverkaufte Säle, Fernsehinterviews, Auftritte in Talkshows ..."

Jälking verstummte, als Mårten aufstand. „Tut mir leid, aber dafür stehe ich nicht zur Verfügung."

Dann wandte er sich ab und verließ das Restaurant ohne ein weiteres Wort durch die Tür zur Dachterrasse.

„Was ist denn bloß in ihn gefahren?" Hallström schaute Milla fassungslos an. Was sollte sie darauf antworten? Sie verstand ja selbst nicht, was gerade passiert war.

„Das war's dann wohl", sagte Jälking, der zugleich verwirrt und verärgert wirkte. „Meine Zeit ist zu kostbar für irgendwelche Spielchen."

Milla musste etwas unternehmen – irgendetwas! Sonst war Mårtens Chance, die Schadenersatzklage zu umgehen, endgültig verloren.

„Bitte warten Sie noch einen Moment", bat sie Jälking, der gerade aufstehen wollte. „Ich rede mit ihm. Sicher handelt es sich lediglich um ein Missverständnis."

„Zehn Minuten", antwortete er. „Und nicht eine Minute länger."

Sie nickte und eilte los. Mårten stand am Geländer der Aussichtsplattform und schaute in die Ferne. Sie trat neben ihn und lehnte sich an die Brüstung.

„Was ist los mit dir?", fragte sie. „Ich dachte, wir arbeiten zusammen. Warum boykottierst du plötzlich meine Versuche, dir zu helfen?"

„Ich will das nicht mehr", sagte er seufzend. „Weißt du, ich hatte fast vergessen, wie das früher war. Bevor ich mich vor zwei Jahren aus dem Musikgeschäft zurückzog, bin ich dauernd unterwegs gewesen und habe kaum jemals zwei Nächte hintereinander im selben Bett geschlafen. Die Presse verfolgte mich, ich konnte nichts tun, ohne dass es gleich am nächsten Tag in allen Zeitungen stand." Er schaute sie an. „Damals dachte ich, ein solches Leben sei vollkommen normal. Aber inzwischen liebe ich mein ruhiges Dasein in der alten Mühle. Ich bin nicht mehr derselbe Mensch, der ich einmal war. Ich kann nicht mehr zurück."

Milla atmete tief durch. „Also gut", nickte sie dann. „Komm mit."

„Was hast du vor?"

„Das wirst du schon sehen."

Gemeinsam kehrten sie in das Café zurück, wo Hallström

sich redlich bemühte, den Vertreter der Plattenfirma bei Laune zu halten – wenig erfolgreich, wie man von dessen Gesicht ablesen konnte.

„Und?", fragte Jälking ungeduldig. „Haben Sie endlich wieder Verstand angenommen?"

„Mårten ist bereit, weiterhin mit Ihrem Unternehmen zusammenzuarbeiten", erklärte Milla energisch. „Aber nur unter einer Bedingung."

Jälking lachte. „Bedingung? Das ist ja wohl ein schlechter Scherz!"

„Ganz im Gegenteil." Sie lächelte. „Ihnen dürfte klar sein, dass sich für Mårten nun, da sein Name bald wieder in aller Munde sein wird, auch andere Plattenfirmen interessieren werden. Es sollte ein Leichtes sein, Ihrer Schadenersatzforderung nachzukommen, wenn er erst einmal einen Vertrag bei einem anderen Label unterzeichnet hat."

Nach diesen Sätzen wirkte Jälking nicht mehr so selbstsicher. „Also gut, was verlangen Sie?", knurrte er. „Ich kann es mir ja wenigstens einmal anhören."

Milla nannte ihre Bedingungen.

„Ich kann es noch gar nicht fassen!", stieß Mårten kopfschüttelnd aus, als Jälking knapp eine halbe Stunde später gegangen war. „Wie hast du das bloß geschafft?"

„Ich bin ebenfalls tief beeindruckt", sagte Mårtens Manager. „Sie sollten sich wirklich überlegen, ob Sie nicht in meine Branche einsteigen wollen. Wie Sie mit diesem Jälking umgegangen sind, war wirklich außergewöhnlich. Ich hätte es nicht für möglich gehalten, dass er auf Ihre Forderungen eingeht." Er lachte leise. „Keine Tourneen, kein groß angelegter Medienzirkus. Es dürfte Jälking nicht leicht gefallen sein, diese bittere Pille zu schlucken."

„Aber am Ende siegte sein gesunder Menschenverstand."

Milla lächelte. „Er wusste genau, dass die Absätze von Mårtens Alben in die Höhe schnellen werden, wenn öffentlich bekannt wird, dass er an der königlichen Hochzeit mitwirkt. Auch ohne alle Nebeneinnahmen wird die Plattenfirma an ihm ein Vielfaches von dem verdienen, was die Schadenersatzklage ihnen einbringen würde. Es war also eine rein kaufmännische Entscheidung."

Nachdem Hallström sich verabschiedet hatte, nahm Mårten ihre Hand und drückte sie. „Danke", sagte er leise.

Sie lächelte. „Keine Ursache. Schließlich habe ich ja nicht ganz uneigennützig gehandelt. Es geht hier schließlich auch um meine Zukunft."

Hast du da nicht jemanden vergessen?

Janna. In der ganzen Aufregung hatte sie gar nicht mehr daran gedacht, dass Mårten noch immer nicht die Wahrheit kannte.

Sie musste es ihm sagen. Unbedingt. Und sie konnte nur hoffen, dass er bereit war, ihr zu verzeihen.

„Was ist los?", fragte er. „Du wirkst plötzlich so bedrückt. Freust du dich denn gar nicht?"

„Doch, natürlich", erwiderte sie. „Hör zu, ich will dir schon lange etwas sagen, das mir auf dem Herzen liegt. Aber ich weiß einfach nicht, wo ich anfangen soll."

Er lächelte. „Am besten ganz von vorn."

Millas Herz klopfte wie verrückt. Die nächsten Minuten waren womöglich entscheidend für ihr ganzes weiteres Leben. Und nicht nur für ihres, sondern auch für das von Janna und Mårten.

Sie räusperte sich. „Du erinnerst dich noch an Janna?"

„Die Tochter deiner Schwester, von der du mir erzählt hast? Natürlich erinnere ich mich an sie. Was ist mit ihr?"

Jetzt oder nie!

„Nun, Janna ist nicht …"

Das Klingeln seines Handys schnitt ihr das Wort ab. Er lächelte entschuldigend. „Tut mir leid, aber es könnte wichtig sein."

„Geh ruhig ran", sagte Milla, die fast ein schlechtes Gewissen bekam, weil die Unterbrechung sie so erleichterte.

Mårten telefonierte ein paar Minuten. „Das war Thorbjörn", erklärte er anschließend schmunzelnd. „Er wollte wissen, wie das Gespräch mit Jälking verlaufen ist."

„Er war sicher froh zu hören, dass endlich alles geklärt ist."

„Ja." Er nickte. „Und jetzt zurück zu dir. Du wolltest mir irgendetwas von deiner kleinen Nichte erzählen."

Tu es!

Sie winkte ab. „Nicht so wichtig", erwiderte sie und schaffte es, dabei nach außen hin gelassen zu wirken, obwohl sie innerlich vollkommen aufgewühlt war. „Wir unterhalten uns später darüber. Jetzt gibt es erst einmal wichtigere Dinge, um die wir uns kümmern müssen."

„Lass mich raten. Du redest von den Vorbereitungen für eine gewisse Hochzeit." Mårten seufzte. „Aber du hast ja recht. Es gibt noch viel zu tun, und uns läuft die Zeit davon. Wie heißt es doch so schön? Erst die Arbeit, dann das Vergnügen!"

Die Luft im großen Festsaal von Kronborg Slott vibrierte vor Spannung. Heute fand die erste offizielle Probe für die königliche Hochzeit statt, und jeder, der bei der kirchlichen Zeremonie eine Funktion erfüllte – und war sie noch so klein –, hatte sich eingefunden, um an der Übung teilzunehmen.

Milla stand im rückwärtigen Bereich des Saals in der Nähe der Eingangstür. Hinter Mårten und ihr lagen anstrengende Tage und Nächte mit viel Arbeit und wenig Schlaf. Doch am Ende zählte nur das Ergebnis. Und sie hatten das scheinbar Unmögliche tatsächlich geschafft: Der Hochzeitsmarsch war fertig – oder zumindest eine erste Fassung davon, die Mårten zwar noch ausarbeiten wollte, Milla aber auch so schon für sein absolutes Meisterwerk hielt.

Erschöpft, aber glücklich ließ sie den Blick durch den Saal schweifen. Sie entdeckte Christer, der ein wenig abseits stand und sich mit Frederika Norling, der Freundin der Kronprinzessin, unterhielt und immer wieder verärgert zu Milla herüberschaute. Obwohl er sich so große Mühe gegeben hatte, sie zu behindern, war er am Ende doch gescheitert. Und es fiel ihm sichtlich schwer, damit zurechtzukommen.

Die meisten Anwesenden trugen bereits ihre Festkleidung, und zwischen all den Frauen in herrlichen Roben kam sich Milla in ihrem schlichten Businesskostüm fast ein wenig fehl am Platze vor. Doch die meiste Aufmerksamkeit zog ohnehin Mårten auf sich, der im klassischen Smoking hinter einem weißen Flügel saß.

Obwohl er nach außen hin gelassen wirkte, merkte sie ihm seine Nervosität an. Es war die Art, wie er sich immer wieder durchs Haar fuhr und unruhig in ihre Richtung schaute. Doch als der Zeremonienmeister den Beginn der Proben verkündete, schien alle Anspannung von ihm abzufallen.

Es war wie Magie. Mårtens Finger flogen über die Tasten und die Musik, die den großen Saal erfüllte, drang geradewegs in die Herzen der Menschen. Milla bekam eine Gänsehaut, und ihre Augen wurden feucht, so sehr rührte sie die Melodie. Dabei hörte sie sie, im Gegensatz zu allen anderen, heute nicht zum ersten Mal.

„Er spielt wirklich wunderbar", hörte Milla plötzlich jemanden neben sich sagen. Sie drehte sich um und erblickte eine für ihr Alter von immerhin achtundfünfzig Jahren noch immer sehr attraktive Frau in grüner Seidenrobe. In ihrem hochgesteckten kastanienbraunen Haar funkelte ein silbernes Diadem. „Und er sieht ungemein gut aus. Ich muss sagen, ich kann verstehen, dass er dir gefällt."

„Mutter!", stieß sie überrascht aus. „Was tust du denn hier?"

Lydia Rosenblad lächelte. „Dein Vater und ich sind aus demselben Grund hier wie du – um an den Proben für die königliche Hochzeit teilzunehmen. Ist es nicht wunderbar, dass die Kronprinzessin sogar daran gedacht hat, den alten Studienkameraden ihres Vaters zu ihrer Vermählung einzuladen?" Sie zwinkerte ihrer Tochter verschwörerisch zu. „Übrigens hörte ich, dass du Mårten Nylund für die Feierlichkeiten gewinnen wolltest. Wie ich nun sehe, hast du es tatsächlich geschafft. Aber ich habe auch nichts anderes von dir erwartet. Du hast schon immer alles erreicht, was du dir in den Kopf gesetzt hast."

„Früher hast du nicht so geredet", entgegnete Milla und konnte nicht verhindern, dass in ihrer Stimme ein bitterer Unterton mitschwang. „Vater und du, ihr habt mir nie zugetraut, dass ich mein Leben allein meistern kann, sonst hättet ihr doch nicht …" Sie schüttelte den Kopf. „Ach, das ist doch zwecklos, du wirst nie verstehen, was in mir vorgeht. Außerdem gehört es nicht hierher."

Doch ihre Mutter sah das offenbar anders. „Du verübelst uns die Sache mit Gregor noch immer, nicht wahr?"

„Nein, so einfach ist es nicht. Ich liebe Vater und dich, aber indem ihr Gregor dafür bezahlt habt, mir einen Heiratsantrag zu machen, seid ihr einfach zu weit gegangen!"

Ihre Mutter senkte den Blick. „Bitte glaub mir, wir wollten immer nur das Beste – für dich, und für unsere Enkeltochter."

„Ich weiß", erwiderte Milla resigniert. „Aber das macht es nicht besser. Ihr dachtet, ich komme allein nicht zurecht, aber ihr habt mich unterschätzt. Meine Agentur wächst und gedeiht, und Janna ist mein ganzes Glück." Sie schaute ihre Mutter an. „Ich wusste, dass ich es schaffen kann. Warum habt ihr denn nur nicht an mich geglaubt?"

Zu ihrer Überraschung sah sie Tränen in den Augen ihrer

Mutter schimmern. „Denkst du das wirklich? Natürlich wollten wir dich schützen – allerdings nicht, weil wir nicht an deinen Mut, deine Kraft und deine Willensstärke geglaubt hätten. Es war ein Fehler, uns auf diese Weise in deine Angelegenheiten einzumischen, und ich wünschte wirklich, ich könnte die Zeit noch einmal zurückdrehen. Doch das vermag leider kein Mensch. Aber eines solltest du wissen: Wir sind sehr stolz auf dich, Kind."

Im ersten Moment konnte Milla nichts weiter tun, als einfach nur dazustehen und sie anzusehen. Es dauerte eine ganze Weile, bis sie die Sprache wiederfand. „Ist das wirklich wahr?", fragte sie dann heiser und fiel ihrer Mutter in die Arme. Tränen strömten ihr über die Wangen, doch dieses Mal keine Tränen des Kummers, sondern Tränen reinsten Glücks.

Als die letzten Takte des Hochzeitsmarsches verklangen, blickte Mårten zu Milla und sah sie in den Armen ihrer Mutter liegen. Er lächelte.

Ende gut, alles gut.

Er stand auf und verbeugte sich vor den anderen Teilnehmern der Probe, die ihm applaudierten. Auf dem Weg zu Milla schüttelte er Dutzende von Händen und empfing zahllose Glückwünsche.

Es war wieder wie früher, zu seinen besten Zeiten.

Unwillkürlich musste er an seinen Vater denken, doch die Erinnerungen an ihn schmerzten nicht länger. Schade, dass du jetzt nicht hier sein kannst, dachte er wehmütig. Ich würde dir gern Milla vorstellen. Sie hätte dir sicher gefallen.

„Bekomme ich ein Autogramm?", fragte ein junges Mädchen, das nervös mit dem Saum seines zartgelben Chiffonkleids spielte.

„Natürlich", antwortete Mårten, obwohl er es kaum abwarten konnte, endlich zu Milla zu gelangen. „Hast du vielleicht etwas, worauf ich unterschreiben kann?“

„Nehmen Sie das hier“, hörte er eine weibliche Stimme sagen, und jemand reichte ihm einen Briefbogen mit dem Wappen der Königsfamilie und einen Stift. „Damit sollte es doch gehen, oder nicht?“

„Danke“, murmelte er und setzte seine Unterschrift auf das Papier. Strahlend verschwand das Mädchen kurz darauf mit seinem Autogramm in der Menge.

Als er aufblickte, um sich bei seiner Helferin zu bedanken, stand die Assistentin der Kronprinzessin vor ihm. Sie schenkte ihm ein warmes Lächeln. „Ich bin froh, dass Sie es doch noch einrichten konnten. Die Hochzeitsfeier wäre ohne Sie nicht dieselbe, und das Stück, das Sie komponiert haben, ist einfach wunderschön.“ Dann bemerkte sie, dass sein Blick immer wieder in Millas Richtung wanderte. „Nun gehen Sie schon zu Milla“, meinte sie schmunzelnd. „Ich sehe doch, dass Sie es kaum noch aushalten ohne sie.“

„Sieht man es mir denn wirklich so deutlich an?“

Sie lachte leise. „Es steht Ihnen förmlich ins Gesicht geschrieben. Und nun machen Sie schon, dass Sie fortkommen!“

Das musste sie Mårten nicht zweimal sagen. Er bahnte sich einen Weg durch die Menge und ging geradewegs auf Milla zu, als eines der Blumenmädchen, ein besonders hübsches Kind mit langem dunklen Haar, an ihm vorüberflitzte und direkt in die Arme der Frau flog, die er liebte.

„Janna!“, rief Milla und wirbelte die Kleine im Kreis herum. „Ich hab dich ganz schrecklich vermisst, mein Schatz!“

Das Mädchen lachte glockenhell. „Ich dich auch. Aber jetzt bist du ja wieder da, Mama!“

12. KAPITEL

Milla hielt ihre Tochter fest im Arm, und ein tiefes Glücksgefühl durchströmte sie. In der ganzen Aufregung der vergangenen Tage hatte sie gar nicht mehr daran gedacht, dass Janna als Blumenmädchen an der Hochzeit der Prinzessin mitwirken sollte und deshalb auch an der Probe teilnahm. Ihr Herz floss über vor Liebe. Jetzt war wirklich alles gut. Sie hatte sich mit ihrer Mutter versöhnt, Mårten und sie waren wieder …

Mårten!

Über Jannas Schulter hinweg begegneten sich ihre Blicke. Ungläubig starrte er sie an. Fragend, aber auch vorwurfsvoll.

Er weiß es!

Sie stellte ihre Tochter zurück auf den Boden. „Wo ist deine Tante, Schätzchen?“, fragte sie und schaute in die Richtung, in die Janna deutete. Lotte stand mit ihren Eltern etwas abseits an der Wand des Saals. Als sie Milla erblickte, winkte sie ihr zu. „Sei ein braves Mädchen und lauf rasch zu Lotte zurück. Mama muss noch etwas Wichtiges erledigen.“

Nachdem Janna gegangen war, trat Milla auf Mårten zu.

„Warum hast du mich angelogen?“, fragte er, noch bevor sie etwas erklären konnte. „Sie ist gar nicht die Tochter deiner Schwester, sondern *deine* Tochter.“

„Ja, du hast recht. Und ich fürchte, das ist noch nicht alles.“ Sein Gesichtsausdruck verfinsterte sich, und sie fühlte sich plötzlich schrecklich müde. War all das Kämpfen umsonst gewesen?

„Wie alt ist sie?“

„Sie wird im Sommer fünf. Mårten, bitte lass mich erklären, ich …“

„Verdammt!“, fluchte Mårten und ballte die Hände zu Fäusten. „Ich habe es gewusst, in dem Moment, als ich sie sah und sie dich Mama nannte. Sie ist meine Tochter, nicht wahr?"

„Ja, das ist sie. Janna ist deine Tochter."

Für einen Moment herrschte Schweigen. Doch es war ein trügerischer Frieden, denn die Luft zwischen ihnen vibrierte förmlich vor Anspannung.

„Und ich habe dir vertraut", stieß er verbittert aus. Hastig wich er zurück, als sie seine Hand ergreifen wollte, und schüttelte den Kopf. „Wie furchtbar dumm ich doch war!"

Mit diesen Worten wandte er sich ruckartig von ihr ab und stürmte aus dem Saal.

„Mårten!", rief Milla ihm nach, doch er blieb nicht stehen. Aufschluchzend barg sie das Gesicht in den Händen. Ihre ganze Welt schien zusammenzubrechen. Es war fast wieder wie vor fünf Jahren, nur mit dem Unterschied, dass dieses Mal sie ganz allein die Verantwortung trug.

Auf einmal war Lotte bei ihr, legte die Arme um sie und führte sie aus dem Saal. „Hab ein wenig Geduld mit deinem Mårten", meinte sie einfühlsam. „Ein Mann erfährt schließlich nicht alle Tage, dass er Vater einer vierjährigen Tochter ist."

Mit dem Handrücken wischte Milla sich die Tränen aus dem Gesicht und reckte das Kinn. „Aber ich wollte immer nur das Beste für Janna!"

„So, wie unsere Eltern immer nur das Beste für dich wollten?" Als sie Millas überraschten Blick bemerkte, lachte sie leise. „Mutter hat mir gerade von eurer Aussprache erzählt. Du solltest dir ein Beispiel an ihr nehmen und Mårten suchen gehen. Sprich mit ihm, und wenn er dich wirklich liebt, wird er verstehen und dir verzeihen."

Milla atmete tief durch, dann nickte sie. „Danke!"

Mårten saß auf der Bank am Ententeich und schaute hinaus aufs Wasser. Äußerlich wirkte er völlig ruhig, doch in seinem Inneren herrschte ein heilloses Chaos widerstreitender Gefühle.

Wut, Enttäuschung, aber auch fassungsloses Staunen.

Ich habe eine Tochter!

Er konnte es noch immer nicht glauben. Dieses bezaubernde kleine Wesen mit den dunklen Locken und den strahlendblauen Augen – sie hatte *sein* Haar und Millas Augen – sollte tatsächlich sein eigen Fleisch und Blut sein?

„Ist neben dir noch ein Plätzchen für mich frei?"

Er würdigte Milla keines Blicks. „Ich werde dich kaum davon abhalten können, dich zu setzen. Also, was willst du?"

„Mit dir reden. Dir alles erklären."

Wie konnte sie glauben, dass ein paar Worte das wieder gutmachen könnten, was sie ihm angetan hatte?

„Ich wüsste nicht, was es da noch zu erklären gäbe", erwiderte er kühl. „Du hast es so viele Jahre lang nicht für nötig befunden, mich darüber zu informieren, dass ich eine Tochter habe. Ich frage mich, wie lange du noch damit warten wolltest?"

Milla senkte den Blick. „Es tut mir leid", flüsterte sie tonlos. „Ich wollte es dir schon ein paar Mal sagen, aber immer kam irgendetwas dazwischen. Aber wahrscheinlich war es eher so, dass ich jede Gelegenheit genutzt habe, es noch weiter hinauszuzögern. Weil ich Angst hatte. Ganz schreckliche Angst, dich wieder zu verlieren." Sie nahm seine Hand und sah ihm in die Augen. „Ich liebe dich, Mårten."

Er stand auf und trat ans Ufer des Teichs. Ohne sie anzusehen, stellte er die Frage, die ihm am meisten auf der Seele brannte. „Was hast du ihr von mir erzählt?"

„Nicht viel", erwiderte Milla nach kurzem Zögern. „Ich wollte warten, bis sie alt genug ist und von allein zu mir kommt. Dann hätte ich ihr das Holzkästchen gegeben, in dem ich alles aufbewahre, was ich von dir habe: alte Liebesbriefe, kleine Geschenke und viele Zeitungsberichte."

Mårten drehte sich um. „Wirklich?" Er war noch immer

misstrauisch. „Du hast ihr also nicht eingeredet, dass ihr Vater ein ganz furchtbarer Mann ist, der euch verlassen hat, weil er keine Kinder wollte?"

Empört riss sie die Augen auf. „Nein, natürlich nicht! Wie kommst du darauf, ich könnte …" Sie verstummte. „Das ist es, was deine Mutter getan hat, nicht wahr? Aber nicht alle Frauen sind so, Mårten. Ich habe Janna gegenüber niemals ein schlechtes Wort über dich gesagt. Das musst du mir glauben. Ich wollte nie, dass unsere Tochter dich hasst. Sie sollte eines Tages selbst entscheiden können, ob sie dich kennenlernen will oder nicht. Ich hätte sie ganz gewiss nicht davon abgehalten."

Es überraschte ihn selbst, aber er glaubte ihr. Milla war nicht wie seine Mutter. Sie hatte nur versucht, in einer schwierigen Situation die richtigen Entscheidungen zu treffen, die sich erst im Nachhinein als falsch herausgestellt hatten. Wer war er, über sie zu urteilen?

„Wie soll es jetzt weitergehen?", fragte Milla irgendwann.

„Ich weiß es nicht", antwortete Mårten wahrheitsgemäß. „Als Erstes möchte ich gern meine Tochter kennenlernen, wenn du nichts dagegen hast. Keine Angst, wir lassen es langsam angehen. Ich will sie einfach nur sehen."

„In Ordnung." Milla stand auf und ergriff seine Hand. „Lass uns gehen."

Die meisten Teilnehmer an der Probe für die königliche Hochzeit hatten den Festsaal schon längst verlassen, als Milla zusammen mit Mårten zurückkehrte. Lotte stand noch immer bei ihren Eltern und unterhielt sich angeregt mit Noelle, Millas anderer Schwester, die ebenfalls zur Familie gestoßen war.

Doch jemand fehlte.

„Wo ist Janna?", fragte Milla und blickte sich suchend um. „Janna!"

„Sie muss hier irgendwo sein", entgegnete Lotte erschrocken. „Sie war gerade noch hier."

„Ich habe sie auch vor ein paar Minuten noch gesehen", bestätigte Noelle. „Wahrscheinlich spielt sie nur Verstecken mit uns."

Gemeinsam suchten sie den gesamten Saal ab, entdeckten jedoch keine Spur von dem Mädchen. Und mit jeder Minute, die verstrich, wuchs Millas Sorge.

„Hat jemand ein kleines Mädchen gesehen?", rief Mårten mit erhobener Stimme, sodass jeder in der Nähe ihn hören konnte. „Es ist vier Jahre alt, hat dunkles Haar und blaue Augen und heißt Janna."

„Ich", antwortete ein älterer Mann mit silbergrauem Haar und eilte auf sie zu. „Ich habe ein Mädchen gesehen, auf das die Beschreibung passt." Er schaute Milla an. „Tut mir leid, ich wusste nicht, dass es Ihre Tochter ist, sonst hätte ich Sie natürlich informiert."

„Schon gut, Christer, Sie können nichts dafür. Wann haben Sie meine Kleine gesehen? Und wo?"

„Es ist etwa zehn Minuten her. Sie lief mit einer Gruppe von Leuten in den Park hinaus. Ich nahm an, dass sie dazugehört, aber ganz sicher bin ich mir jetzt nicht mehr. Es könnte das Mädchen sein, nach dem Sie suchen. Es trug ein weißes Kleidchen und Lackschühchen."

„Mein Gott, das war sie! Das war Janna!"

Ehe Mårten sie aufhalten konnte, stürmte Milla zur Terrassentür und lief in den Park hinaus. Auch er verspürte den brennenden Wunsch, einfach loszulaufen, um nach seiner Tochter zu suchen, doch er zügelte sich. Es half niemandem, wenn er jetzt den Kopf verlor. Die Fläche von Kronborg Slott war riesig. Hier ohne jeglichen Hinweis ein kleines Mädchen zu finden, bedeutete nach der sprichwörtlichen Nadel im Heuhaufen zu suchen.

Er atmete tief durch und wandte sich erneut an den Mann,

den Milla Christer genannt hatte. „Wissen Sie zufällig noch, in welche Richtung sie gelaufen ist?“

„Ja, ich glaube schon“, antwortete er und nickte. „In Richtung Englischer Garten.“

„Danke“, sagte Mårten und wollte gerade aufbrechen, als der Mann ihn zurückhielt.

„Brauchen Sie vielleicht Hilfe?“, fragte er. „Ich bin sicher, jeder hier ist gern bereit, Sie bei der Suche nach der Kleinen zu unterstützen.“

Mårten zögerte nur kurz. „Also gut“, sagte er. „Dann teilen wir uns am besten auf.“

„Mama? Mama, wo bist du?“

Suchend drehte Janna sich im Kreis, doch um sie herum waren nur Bäume. Wäre sie doch nur bei ihrer Tante geblieben! Aber sie hatte solche Sehnsucht nach ihrer Mama gehabt, und als sie aus dem Gespräch der Erwachsenen aufschnappte, dass ihre Mutter sich im Schlosspark aufhielt, war sie einfach losgerannt, um sie zu suchen. Im Park gab es weite Wiesen und Springbrunnen, aber auch Seen und richtige kleine Wälder. Und in einem davon hatte sie sich hoffnungslos verlaufen.

„Mama!“, rief sie erneut, und Tränen strömten ihr übers Gesicht. Hier im Wald war es dunkel und unheimlich. Durch die Kronen der hohen Eichen und Kastanien fiel nur spärliches Sonnenlicht. Hinzu kam, dass das Unterholz immer dichter wurde. An einem Dornenstrauch hatte sie sich den Ärmel ihres hübschen Kleidchens aufgerissen, das sie als Blumenmädchen auf der königlichen Hochzeit tragen sollte, und einer ihrer Spitzenhandschuhe war irgendwo verloren gegangen.

Bei dem Gedanken daran, dass sie in einem schmutzigen und kaputten Kleid vor die Prinzessin treten sollte, weinte sie noch bitterlicher.

Alle würden über sie lachen. Ganz besonders Hannes, der

Junge aus dem Kindergarten, der sich ohnehin immer über sie lustig machte, wenn sie sagte, dass sie keinen Papa habe.

„Jedes Kind hat einen Papa", behauptete Hannes stets. Und obwohl sie es eigentlich besser wusste, gab es Momente, in denen sie sich wünschte, dass er recht hatte.

Jetzt war einer dieser Momente ...

Erschrocken zuckte sie zusammen, als sie ganz in der Nähe ein lautes Knacken hörte. Kurz darauf sah sie einen Schatten, der durch das Unterholz huschte.

In Panik schrie sie auf und fing an zu laufen. Sie rannte, so schnell ihre kurzen Beine sie trugen. An einer Wurzel, die aus dem Boden ragte, strauchelte sie, rappelte sich aber sofort wieder auf und stolperte weiter.

Und dann lichtete sich der Wald endlich, und sie konnte sehen, dass sie das Ende fast erreicht hatte.

Noch einmal mobilisierte sie all ihre Kräfte.

Als ihr Fuß plötzlich ins Leere trat, stieß Janna einen erstickten Schrei aus.

Dann fiel sie in einen schwarzen bodenlosen Abgrund.

13. KAPITEL

Noch nie im Leben hatte Milla solche Ängste ausgestanden. Sie konnte nur an Janna denken, und die Sorge, dass ihr womöglich etwas zugestoßen sein könnte, schnürte ihr die Kehle zu.

Wo steckst du bloß, Kleines? Geht es dir gut? Fürchtest du dich, so ganz allein da draußen?

Da sie nicht wusste, wo sie mit der Suche beginnen sollte, war Milla einfach ihrem Instinkt gefolgt. Es gab zwei Orte im Park von Kronborg Slott, die Janna ganz besonders liebte: das Parterre d'Eau mit seinen Fontänen und Wasserkaskaden und den weitestgehend naturbelassenen Englischen Garten.

Milla hatte sich für die zweite Möglichkeit entschieden.

„Janna?", rief sie laut, in der Hoffnung, dass ihre Tochter sie vielleicht hörte. „Janna, bist du hier irgendwo? Sag doch etwas!"

Als sie keine Antwort erhielt, sank ihr Mut. Das alles war ganz allein ihre Schuld! Sie hätte Janna niemals so lange in der Obhut ihrer Schwester zurücklassen dürfen. Was war sie bloß für eine Mutter? Wenn Janna etwas zugestoßen war, würde sie sich das nie im Leben verzeihen!

Verzweifelt blickte sie sich um. Sie wusste einfach nicht, in welche Richtung sie sich wenden sollte. Allein der Gedanke, dass ihre Kleine vielleicht in höchster Gefahr schwebte, während sie völlig kopflos durch die Gegend lief, ließ Panik in ihr aufsteigen.

Warum war sie nicht bei Mårten geblieben? Er wusste sicher, was zu tun war. Außerdem wirkte seine Nähe tröstlich und beruhigend auf sie. Sie wünschte ihn sich so sehnlich an ihrer Seite, dass es beinahe weh tat.

„Janna!", versuchte sie es erneut. „Wo steckst du, mein kleines Mädchen? Ich …"

Sie verstummte, als sie im hohen Gras etwas Helles liegen sah. Als sie es aufhob, erkannte sie sofort Jannas Handschuh.

Ihr Herz klopfte heftiger. Ihre Tochter war offensichtlich irgendwo in der Nähe. Aber warum antwortete sie nicht?

Kurz hinter der Stelle, wo der Handschuh gelegen hatte, begann ein kleines Waldstück. Ohne lange nachzudenken, drang Milla in das gedämpfte Zwielicht ein, das unter den dichten Kronen der Bäume herrschte.

Wieder rief sie nach Janna, doch es blieb zunächst still. Doch dann glaubte sie ein schwaches Rufen zu hören.

„Mama!“

Sie atmete scharf ein. Es war Janna. Ganz sicher!

„Wo bist du?“, rief sie so laut sie konnte und blickte sich suchend um. Der Waldboden war von Gestrüpp und dornigen Büschen bedeckt, was ein Vorankommen sehr mühsam machte und auch die Sicht behinderte.

„Mama, komm schnell, ich habe solche Angst! Es ist so schrecklich dunkel hier unten!“

Unten? Millas Gedanken rasten.

„Ich bin gleich bei dir, mein Schatz“, rief sie. „Aber du musst dich weiter bemerkbar machen, hörst du?“

Es dauerte nur ein paar Minuten, dann hatte Milla den Rand der Grube erreicht, in die Janna gestürzt war. Ihre Tochter kauerte am Grund des etwa drei Meter tiefen Schachts und wirkte zwar verängstigt, schien aber nicht ernsthaft verletzt zu sein. Der Schacht besaß glatte Wände aus Stein, vermutlich handelte es sich um einen stillgelegten Brunnen.

„Bitte, Mama, hol mich ganz schnell hier raus!“, schluchzte die Kleine herzerweichend. „Ich hab furchtbar Angst!“

Milla ging am Grubenrand in die Knie. „Hier, nimm meine Hand!“ Sie streckte den Arm aus, konnte ihre Tochter aber nicht erreichen. Einen Fluch unterdrückend legte sie sich auf den Bauch und versuchte es erneut. Dieses Mal fehlten nur noch wenige Zentimeter. Sie schob sich noch ein Stück vor, lehnte sich tiefer nach unten, ihre Finger berührten die von Janna – und da passierte es: Milla rutschte ab und stürzte selbst in die Grube.

Sie schrie.

Seit knapp einer Stunde durchkämmten Mårten und seine Helfer nun schon den Schlosspark im Bereich rund um den Englischen Garten. Millas Schwestern bildeten zusammen einen Suchtrupp, ebenso wie ihre Eltern und einige andere Freiwillige. Doch bisher hatte noch niemand auch nur die kleinste Spur von Janna entdecken können.

Was Mårten zusätzlich Sorge bereitete, war, dass auch Milla wie vom Erdboden verschluckt war. Sie war doch höchstens zehn Minuten vor ihm und den anderen aufgebrochen! Wie konnte sie da einfach so verschwinden? Wenn ihr oder der Kleinen etwas zugestoßen war …

Diesen Gedanken wollte er nicht einmal zu Ende denken. Er hatte seine kleine Tochter gerade erst gefunden, es durfte nicht sein, dass er sie jetzt schon wieder verlor!

Und Milla wollte er ebenso wenig verlieren.

Er liebte sie, ganz gleich, was in der Vergangenheit zwischen ihnen vorgefallen sein mochte. Es war sinnlos, gegen diese Gefühle anzukämpfen, denn sie waren stärker als er. Trotzdem fragte er sich, warum Milla so lange gezögert hatte, ihm die Wahrheit zu sagen. Seine Mutter war damals von blindem Hass auf seinen Vater, von dem sie sich verraten glaubte, getrieben gewesen. Aber Milla? Sie mochte wütend auf ihn gewesen sein, weil sie annahm, dass er sie mit einer anderen Frau betrogen hatte, aber deshalb hätte sie ihm niemals seine Tochter vorenthalten – und Janna ihren Vater.

Nein, es musste einen anderen Grund geben. Nur welchen?

Und dann, ganz plötzlich, begriff er. Er musste aufhören,

die Situation objektiv zu betrachten, und stattdessen versuchen, sie aus dem Blickwinkel einer Mutter zu sehen. Milla war es vor allem darum gegangen, Janna zu schützen. Sie hatte in ihm eine Gefahr für sie gesehen und daraufhin so gehandelt, wie es wohl jede andere fürsorgliche Mutter ebenfalls getan hätte.

All die verschenkten Jahre – nur wegen eines dummen Missverständnisses.

Sie hatten beide Fehler gemacht. Mårten, weil er zu stolz und zu verletzt gewesen war, um auch nur zu versuchen, Millas Beweggründe zu verstehen. Und sie, weil sie einfach davongelaufen war, ohne ihm eine Chance zu geben, alles aufzuklären.

Doch das würde ihm niemals wieder passieren, das schwor er sich in diesem Moment. Wenn er Milla und Janna gesund zurückbekam, war er bereit, alles dafür zu geben, dass aus ihnen eine richtige Familie wurde.

Vater, Mutter, Kind.

Woher willst du wissen, dass du das wirklich kannst, fragte eine innere Stimme skeptisch. Hast du jemals erlebt, was es bedeutet, eine Familie zu haben?

Doch Mårten wischte alle Zweifel beiseite. Er spürte einfach, dass es funktionieren würde. Wenn er sie doch nur endlich finden würde!

„Janna!“, rief er. „Milla! Hört ihr mich?“

Nichts. Er versuchte es ein paar Meter weiter noch einmal und wollte gerade weitergehen, als er plötzlich ganz leise jemanden rufen hörte.

Wie angewurzelt blieb er stehen und lauschte angestrengt. Da! Da war es wieder, er hatte es sich also nicht bloß eingebildet. Er war davon überzeugt, dass es sich um Milla handelte. Sie musste irgendwo ganz in der Nähe sein. Aber wo?

Mårten blickte sich um und unterdrückte einen Fluch. Nichts zu sehen außer Bäumen, Gras und noch mal Bäumen. Dabei konnte sie nicht allzu weit entfernt sein.

„Milla?"

Er folgte ihren Rufen und trat in ein kleines Waldstück. Den Rand der Grube entdeckte er erst, als er direkt davor stand. Die Erleichterung, die er verspürte, als er Milla und Janna am Grund des Schachts erblickte, ließ sich mit Worten kaum beschreiben.

„Jetzt wird alles gut", rief er ihnen zu. „Ihr braucht keine Angst mehr zu haben!"

Milla hätte vor Glück weinen können, als Mårtens Gesicht plötzlich oben am Rand des Brunnenschachts auftauchte. „Sieh mal!", sagte sie und fuhr Janna, die sich fest an ihre Seite klammerte, beruhigend durchs Haar. „Es ist Hilfe da, mein Schatz. Jetzt kommen wir gleich hier raus."

„Geht es euch beiden gut?" Besorgt schaute Mårten zu ihnen hinunter.

„Wir sind mit dem Schrecken davongekommen", antwortete Milla. „Und außerdem heilfroh, dich zu sehen."

Er lächelte, und zu ihrem Erstaunen verfehlte sein Lächeln auch in dieser unerfreulichen Situation nicht seine Wirkung. „Das gilt auch umgekehrt. Aber ich fürchte, ich werde Hilfe brauchen, um euch da unten rauszubekommen."

„Bitte geh nicht weg!"

„Nein, keine Sorge." Er schüttelte den Kopf. „Ich bin sofort wieder bei dir. Ihr werdet Augen machen, wenn ihr seht, wie vielen Menschen euer Wohlergehen am Herzen liegt!"

Tatsächlich verschwand er nur kurz aus Millas Sichtfeld, und sie konnte ihn ein Stück entfernt nach Unterstützung rufen hören. Insgesamt war er vielleicht eine Minute fort, doch ihr kam es wie eine Ewigkeit vor. Und sie atmete erleichtert auf, als er zurückkehrte.

Wenig später erschienen weitere Menschen am Rand der Grube. Milla entdeckte ihre Schwestern und ihre Eltern, aber auch ein paar unbekannte Gesichter. Sie alle sprachen Janna und ihr Trost zu, doch die Person, nach der Milla sich am meisten sehnte, war Mårten.

Es dauerte noch ein paar Minuten, dann wurde ein Seil in den Schacht herabgelassen, und Mårten kam zu ihnen hinuntergeklettert. „Euch geht es wirklich gut?“, versicherte er sich noch einmal.

Milla, die Janna auf dem Arm hielt, nickte. „Wir sind okay.“

Fragend schaute er sie an. „Schaffst du es, allein hochzuklettern?“

„Ja, schon, aber …“

„Ich kümmere mich um Janna“, erwiderte er fest. „Vertraust du mir?“

Sie atmete einmal tief durch. „Ja“, sagte sie dann. „Janna ist das Kostbarste, was ich im Leben habe. Bitte pass gut auf sie auf.“

Zu ihrer Überraschung wehrte Janna sich nicht, als sie sie an Mårten weiterreichte. Stattdessen schaute die Vierjährige ihn aus großen Augen an. „Ich mag dich“, sagte sie ernsthaft. „Du hast Mama und mich gerettet. Willst du vielleicht mein Papa sein?“

Die Worte ihrer Tochter gingen Milla unter die Haut. Sie begegnete Mårtens Blick, in dessen Augen dieselbe Frage stand, die auch ihr durch den Kopf ging. Doch jetzt war nicht der richtige Moment, um darüber nachzudenken. Zuallererst mussten sie einmal aus dieser schrecklichen Grube heraus.

Milla brauchte zwei Anläufe, dann hatte sie es geschafft. Helfende Hände streckten sich ihr entgegen und zogen sie das letzte Stück über den Grubenrand. Dann waren Mårten und Janna an der Reihe. Milla atmete erst auf, als sich auch die beiden Menschen, die sie auf der Welt am meisten liebte, in Sicherheit befanden.

Tränen strömten ihr über die Wangen, doch als sie Mårten

nun gegenüberstand, fühlte sie sich plötzlich seltsam unsicher. Würde er ihr vergeben und ihr noch eine zweite Chance geben? Sie wusste es nicht, aber sie musste es wenigstens versuchen, sonst würde sie es für den Rest ihres Lebens bereuen. Ihr großer Plan, nach England zu gehen, erschien ihr plötzlich unwichtig, solange sie nur mit Mårten zusammen sein konnte. Ja, sie wusste nicht einmal, ob sie Schweden überhaupt noch verlassen wollte.

„Du hast gehört, was Janna vorhin gesagt hat", flüsterte Milla. Sie senkte den Blick. „Und genau dasselbe wünsche ich mir auch." Ihre Stimme wurde lauter, verzweifelter. „Ich liebe dich, Mårten. Ich weiß, dass ich Fehler gemacht habe. Unverzeihliche Fehler möglicherweise. Aber bitte, lass es uns noch einmal miteinander versuchen. Uns drei."

Mårten sah ihr tief in die Augen. „Ich könnte gar nicht anders, selbst wenn ich wollte", erwiderte er dann. „Dazu liebe ich meine beiden Frauen viel zu sehr."

Er zog Milla in die Arme und küsste sie so voller Leidenschaft, dass sie kaum noch mitbekam, wie ihre Familie und die anderen Helfer um sie herum lautstark applaudierten.

EPILOG

In einem bezaubernden weißen Kleid schritt die Kronprinzessin am Arm ihres Vaters den Mittelgang der Kirche hinunter und auf den Altar zu, wo ihr Verlobter sie bereits erwartete.

Obwohl sie natürlich wusste, dass es nur die Generalprobe für die königliche Hochzeit war, kämpfte Milla mit den Tränen, als sie sah, wie Janna, ein Körbchen mit Rosenblättern in der Hand, nun ebenfalls den langen Kirchgang hinunterging.

Meine Tochter, dachte sie stolz, nur um sich sofort zu korrigieren.

Unsere Tochter.

Die Klänge des Hochzeitsmarsches, den Mårten und sie zusammen komponiert hatten, erfüllten das Kirchenschiff der Storkyrkan, dem ältesten Gotteshaus Stockholms, das dem heiligen Nikolai geweiht war. Es war ein Moment, wie er auch bei der richtigen Hochzeit am 19. Juni kaum bewegender sein könnte.

„Ich bin froh, dass Sie sich durchgesetzt haben. Er ist wirklich der Beste."

Verstohlen wischte Milla sich die Augenwinkel, bevor sie sich zu Christer umwandte. Sie lächelte. Seit jenem Tag, an dem er so tatkräftig bei der Suche nach Janna mitgeholfen hatte, waren sämtliche Streitigkeiten zwischen ihnen vergessen. Christer war, wenn man sich die Mühe machte, ihn näher kennenzulernen, ein wirklich angenehmer und sympathischer Mensch.

Milla hatte sogar überlegt, ihn zu bitten, Pate für ihr nächstes Kind zu werden. Doch sie hütete sich davor, ihn zu fragen. Mårten sollte dieses Mal der Erste sein, der die frohe Botschaft erfuhr.

Als die Probe vorüber war, kam er mit Janna zu ihr herüber. Die kleine Hand der Vierjährigen lag in der großen ihres Vaters, und sie blickte so bewundernd zu ihm auf, dass Milla erneut die Tränen kamen.

„Na, wie waren wir?“, fragte Janna strahlend.

„Ganz toll, Kleines.“ Sie nahm die andere Hand ihrer Tochter. „Was meint ihr, wollen wir ein Stück spazieren gehen? Ich muss euch beiden etwas Wichtiges sagen.“

Mårten schaute sie verwundert an, sagte jedoch nichts.

Durch das gewaltige Kirchenportal traten sie ins Freie. Strahlend blauer Himmel und heller Sonnenschein erwarteten sie, als sie, Hand in Hand, das kurze Stück bis zum königlichen Schloss hinübergingen.

„Was wolltest du uns denn sagen?“, fragte Mårten ungeduldig, als sie den großen Barockbau mit den zahlreichen Türmen und Kuppeln erreichten. „Ist alles in Ordnung mit dir?“

Milla lachte. „Keine Sorge, es geht mir gut“, versicherte sie. „*Uns* geht es gut.“

„Uns?“ Er musterte sie verwirrt.

Sie nickte. „Mir und deinem Sohn – oder deiner Tochter.“

Mårtens Augen wurden groß. „Heißt das …?“

„Ja.“ Sie strahlte. „Genau das heißt es. Du wirst Vater!“

Janna zupfte an Millas Jacke. „Bekomme ich dann ein Geschwisterchen?“

„Würdest du dich denn darüber freuen?“

„Ja!“, rief Janna begeistert.

Mårten zog Milla in seine Arme.

„Ist es wirklich wahr?“, flüsterte er.

„Ja, es ist wahr“, antwortete sie. „Und dieses Mal werden wir alles richtig machen. Wir werden zusammen erleben, wie ein neues Leben in mir heranwächst und das Licht der Welt erblickt.“

Er lächelte. „Die ersten Schritte.“

„Das erste Wort.“

„Gemeinsam.“

Er küsste sie so sanft und zärtlich, dass Milla das Herz überquoll vor Liebe. „Weißt du, dass ich noch vor Kurzem unbedingt aus Schweden fort wollte?", fragte sie, nachdem sie sich voneinander gelöst hatten.

„Und das hat sich jetzt geändert?"

Milla lächelte. „Ich will dort sein, wo immer du bist", sagte sie. Dann nahm sie Jannas Hand. „Kommt, wir wollen Tante Noelle im Schloss besuchen und ihr ein bisschen bei der Arbeit zusehen. Ich habe gehört, sie hat Schwierigkeiten mit ihrem Vorgesetzten." Sie zwinkerte Mårten zu. „Vielleicht kann ich ihr ein paar Tipps geben. Mit schwierigen Männern kenne ich mich schließlich bestens aus."

– ENDE –

Pia Engström

Die Mitternachtsrose

Roman

MIRA®

PROLOG

Damals

Auf dem Titelbild der Zeitschrift stand die Kronprinzessin von Schweden neben ihrem Vater. Der König war ein großer Mann mit grau melierten Schläfen, der in seiner dunkelblauen Uniform sehr eindrucksvoll aussah. Voller Bewunderung blickte die Prinzessin, ein zierliches Mädchen mit dunkelblondem Haar, zu ihm auf. Ihr Lächeln wirkte ein wenig schüchtern. Es sah aus, als würde sie sich in dem förmlich wirkenden weißen Kostüm und dem großen breitkrempigen Hut fehl am Platze fühlen – was die vierzehnjährige Noelle Rosenblad nur allzu gut verstand.

Um keinen Preis der Welt wollte sie mit dem anderen Mädchen tauschen. Nach Noelles Meinung führte die Thronfolgerin ein Leben im goldenen Käfig. Sie hingegen würde sich nicht verbiegen, um irgendjemandem zu gefallen – niemals!

Sie faltete das Titelblatt wieder zusammen und steckte es zurück in die Hosentasche. Dann beeilte sie sich, zu ihrer älteren Schwester Milla und dem Nesthäkchen Lotte aufzuschließen.

Silberne Nebelschleier lagen über den Wiesen und Wäldern des nordschwedischen Forsjö-Tals. Der Tag war noch jung. Die Sonne verbarg sich hinter den schneebedeckten Gipfeln der Berge, die in der Morgendämmerung tiefrot erglühten. In aller Frühe waren die Rosenblad-Schwestern aus ihren Betten gekrochen, um zu jenem magischen Ort im Wald zu gehen, an dem sie sich vor ungefähr einem Jahr zuletzt versammelt hatten – an Millas vierzehntem Geburtstag.

In diesem Jahr war Noelle an der Reihe, den feierlichen Schwur abzulegen und einen symbolischen Gegenstand in die kleine Metallkiste zu legen, die vergraben unter der alten Eiche im Wald lag. Ein Symbol für das, was sie in ihrem Leben auf gar keinen Fall wollten.

Heute würde Noelle die Weichen für ihre Zukunft stellen – und in der gab es keinen Platz für irgendwelche Zwänge und Konventionen. Sie träumte davon, ein Leben in Freiheit und Unabhängigkeit zu führen, weit weg von der königlichen Familie und den damit verbundenen Verpflichtungen.

Sie ahnte ja nicht, dass das Schicksal ganz andere Pläne mit ihr hatte …

1. KAPITEL

Dreizehn Jahre später.

Die mit grüner Patina überzogenen Kupferdächer der drei Flügel von Kronborg Slott funkelten im klaren nordischen Sonnenschein. Der Himmel über Lovö, der Insel im Mälarsee vor den Toren Stockholms, strahlte so blau, dass es schon fast unwirklich erschien.

Näherte man sich dem Wohnsitz der schwedischen Königsfamilie über die Kronborgsbron – der Brücke, die die Insel mit dem Festland verband –, spiegelte sich die zartgelbe Barockfassade des Schlosses im tiefblauen Wasser, und die unzähligen Fenster glitzerten im Sonnenlicht.

Hinter einem dieser Fenster lag ein kleiner, schlicht eingerichteter Raum, in dem sich zwei Frauen aufhielten.

„Spieglein, Spieglein an der Wand, wer ist die Schönste im ganzen Land?“ Eva Tusmundsson, die kleinere der beiden, bedachte ihre Freundin Noelle mit einem fast schon ehrfürchtigen Blick.

Noelle Rosenblad, die in der Hofkonditorei arbeitete, drehte sich noch einmal vor dem riesigen Spiegel hin und her, der sich vom Boden bis fast hinauf zur Decke spannte. Der duftige lavendelfarbene Stoff des Kleids für eine der Brautjungfern, die am 19. Juni die Kronprinzessin von Schweden zum Traualtar begleiten würden, schwang bei jeder Bewegung mit. Für einen Moment konnte sie es selbst nicht glauben.

Bin das wirklich ich?

Sie trug das Kleid nur, weil ihre Freundin Eva, die als Schneiderin bei Hofe arbeitete, sie darum gebeten hatte. Eine der Brautjungfern war erkrankt. Da Noelle eine ähnliche Figur besaß, sprang sie nun für sie ein, damit Eva letzte Änderungen vornehmen konnte.

Die Korsage schmiegte sich eng an den Oberkörper und betonte Noelles schlanke Figur vorteilhaft. Der weite Rock ließ sie sehr weich und weiblich erscheinen. Zu dem Ensemble gehörte noch ein zarter, fast durchsichtiger und mit Perlen bestickter Schal, den Eva ihr um die Schultern drapiert hatte.

Noelle schüttelte den Kopf. Ihr war, als würde sie einer Fremden gegenüberstehen. Noch nie hatte sie sich für besonders schön gehalten. Hübsch anzusehen vielleicht – aber schön? Diese Beschreibung traf eher auf ihre ältere Schwester zu. Milla arbeitete ebenfalls für das schwedische Königshaus, hielt sich jedoch zurzeit auf Kungliga Slott, der offiziellen königlichen Residenz in Stockholm, auf. Ihr Teint war wie Milch und Honig, und um das seidige blonde Haar beneidete Noelle ihre große Schwester insgeheim schon seit ihrer Kindheit.

Von klein auf war Noelle die am praktischsten Veranlagte der drei Rosenblad-Schwestern gewesen, die Bluejeans jederzeit einem Rock vorzog. Statt Highheels trug sie Turnschuhe. Die störrischen dunkelbraunen Locken bändigte sie, indem sie morgens ein paarmal mit den Fingern hindurchfuhr und sie dann mit einem einfachen Band am Hinterkopf zusammenfasste.

Und jetzt das!

Diese Frau im Spiegel wirkte so unglaublich sinnlich und weiblich, dass es Noelle fast den Atem raubte. Ob die Sache mit Felix wohl auch so katastrophal verlaufen wäre, wenn …

Sie schüttelte den Kopf und drängte den Gedanken an ihren Exfreund zurück in den hintersten Winkel ihres Unterbewusstseins, wo er zumindest für den Moment keinen Schaden anrichten konnte. Doch sie wusste nur zu gut, dass sie diesen Erinnerungen auf Dauer nicht entkommen konnte. Obwohl es nun schon fast ein halbes Jahr zurücklag, tat es immer noch sehr weh. Dabei schmerzte ihr gebrochenes Herz weitaus weniger als ihr verletzter Stolz.

„Du siehst einfach umwerfend aus!“, erklärte Eva strahlend, dann seufzte sie. „Eine Schande eigentlich, dass eine andere das Kleid zur Hochzeit der Kronprinzessin tragen wird. Es ist wie für dich gemacht!“

Doch Noelle winkte ab. „Ist mir nur recht“, erwiderte sie. „Das hier ist für eine Märchenprinzessin gemacht, und ich bin, ganz gleich, was ich trage, einfach nur Noelle. Und jetzt beeil dich, ich hab nicht den ganzen Tag Zeit!“

Zuerst schien Eva noch etwas sagen zu wollen, dann aber nickte sie. „Also gut, fangen wir an.“ Sie griff nach einer Dose mit Stecknadeln und begann, einige Änderungen abzustecken. „Danke noch mal“, sagte sie nach einer Weile. „Es ist wirklich lieb von dir, dass du so spontan einspringst. Ohne deine Hilfe hätte ich jetzt ein Problem.“ Gerade als sie eine weitere Nadel aus der Dose nahm, flog die Tür zur königlichen Schneiderei auf und Jonas Bengtsdotter, einer der Küchengehilfen, stürmte hinein.

Als er Noelle erblickte, wurden seine Augen groß. „Wie siehst du denn aus?“ Ungläubig schüttelte er den Kopf. „Du musst sofort mitkommen!“

„Was ist los?“, fragte Noelle alarmiert.

„Ich hab vergessen, im Ofen nach den Böden für deine Limonencremetörtchen zu schauen.“ Er hob bedauernd die Schultern. „Jetzt sind sie allenfalls noch als Briketts zu gebrauchen!“

„Oh nein!“ Erschrocken schnappte Noelle nach Luft. „Die Törtchen sind für das Bankett heute Abend!“, rief sie verzweifelt.

Ohne weiter nachzudenken, lief sie los.

„Warte, du kannst doch nicht …“ Den Rest von Evas Worten hörte Noelle nicht mehr, weil sie bereits zur Tür hinaus war und den Gang entlang rannte. Sie musste unbedingt sofort zurück in die Küche, um zu retten, was noch zu retten war! Falls es dazu überhaupt noch irgendeine Möglichkeit gab.

Wie kann es sein, dass ausgerechnet bei mir immer alles schiefgeht?

Diese Frage stellte Noelle sich immer wieder, während sie den langen Korridor hinuntereilte. Um etwas Zeit zu sparen, verließ sie den Dienstbotentrakt des Schlosses und nahm die Abkürzung durch die Eingangshalle mit ihren prachtvollen Deckengemälden und den nördlichen Drabantensaal, der früher als Wachstube gedient hatte. Sie benutzte diesen Weg öfter, um Eva während ihrer Pausen einen Besuch abzustatten. Aber noch nie war er ihr so endlos erschienen wie heute.

Endlich trat sie durch eine schwere Eichentür und gelangte damit wieder in einen Bereich des Schlosses, der nicht für die Öffentlichkeit zugänglich war. Nervös fuhr sie sich mit der Hand durchs Haar. Wenn es stimmte, was Jonas gesagt hatte, war die Arbeit eines ganzen Vormittags dahin! Fridtjof Lundgren würde einen Wutanfall bekommen, wenn er davon erfuhr. Und der Hofkonditormeister war ohnehin nicht besonders gut auf sie zu sprechen …

Der Gang vor ihr zum Küchentrakt des Gebäudes machte einen scharfen Knick nach rechts. Noelle folgte ihm, ohne ihre Schritte zu verlangsamen, als sie plötzlich erkannte, dass ihr aus der anderen Richtung jemand entgegenkam.

„Vorsicht!“, rief sie und versuchte noch auszuweichen, doch es war zu spät. Sie hatte das Gefühl, gegen eine Wand zu prallen. Mit einem erstickten Aufschrei taumelte sie zurück und verlor das Gleichgewicht. Beinahe wäre sie gestürzt, wurde aber im letzten Moment zurückgerissen und fand sich in den starken Armen eines Mannes wieder, der sie um gute zwei Köpfe überragte.

Einen Moment war sie wie erstarrt. Ihr Atem ging stoßweise, und ihre Knie fühlten sich so schwach an, dass sie sich an die Schultern ihres Retters klammern musste, um nicht zu fallen. Aber waren das wirklich Folgen des Zusammenpralls, oder lag es nicht vielmehr an dem männlich herben Duft, der ihr in die Nase stieg?

Hastig befreite sie sich aus der unfreiwilligen Umarmung und trat zwei Schritte zurück.

„Ist bei Ihnen alles in Ordnung?", erkundigte der Fremde sich. Seine Stimme klang angenehm sanft und warm.

Als Noelle aufblickte, stockte ihr der Atem. Er war unglaublich attraktiv! Dichtes schwarzes Haar umrahmte ein Gesicht, dessen markante Züge auch die Büste einer griechischen Gottheit hätten zieren können. Unter dem eleganten Anzug erahnte Noelle eine muskulöse Figur. Am beeindruckendsten aber waren seine Augen, so blau und tief wie das Wasser des Mälarsees.

„... hoffentlich nicht verletzt?"

Sein fragender Blick holte Noelle in die Realität zurück. Sie schüttelte den Kopf, wie um sich von diesem seltsamen Bann zu befreien, in den er sie gezogen hatte. „Wie bitte?", erwiderte sie atemlos.

„Ah, Sie können ja doch noch sprechen. Ich habe mir schon Sorgen gemacht, Sie hätten bei unserem kleinen Zusammenstoß Ihre Stimme verloren." Er lächelte, und die Wirkung dieses Lächelns war einfach umwerfend. Noelles Herz begann zu flattern wie ein Vogel im Käfig, und in ihrem Bauch kribbelte es verdächtig.

Genug jetzt, ermahnte sie sich. Wenn du nicht aufhörst, ihn anzustarren, machst du dich noch komplett lächerlich!

Sie räusperte sich angestrengt. „Ich kann sprechen", bemerkte sie dann und hätte sich im nächsten Moment am liebsten selbst geohrfeigt. *Ich kann sprechen? Was für eine unglaublich geistreiche Erwiderung!*

„Freut mich, das zu hören." Er schmunzelte. „Mein Name ist übrigens Henrik Albrektson. Sind Sie eine der Brautjungfern für die bevorstehende Hochzeit?"

Es dauerte einen Moment, bis Noelle realisierte, was er da gerade gesagt hatte. Dann sah sie an sich hinab und unterdrückte ein Stöhnen. Oh nein, das durfte doch nicht wahr sein! Erst jetzt wurde ihr bewusst, dass sie immer noch das Kleid der Brautjungfer trug.

Ihre Stimme war kaum mehr als ein Flüstern, als sie erneut zu dem attraktiven Fremden aufsah. „Es tut mir leid, aber ich muss jetzt gehen."

In Windeseile raffte sie den Rock, wandte sich ab und eilte in die Richtung davon, aus der sie gekommen war. Bis zur nächsten Biegung des Korridors spürte sie noch seinen Blick in ihrem Rücken, dann atmete sie auf.

Doch ihre Erleichterung währte nur einen Moment, da er plötzlich rief. „Warten Sie!"

Noelle wartete nicht.

Als Henrik Albrektson – Graf Pilkvist – kurz nach der schönen Unbekannten um die Ecke bog, war sie fort. Der Korridor lag verlassen vor ihm. Nichts zeugte davon, dass vor wenigen Sekunden noch jemand hier entlanggelaufen war.

Unwillkürlich musste Henrik an die Märchen und Sagen denken, die sein Vater ihm früher erzählt hatte. Besonders eine Geschichte war ihm lebhaft in Erinnerung geblieben: Sie handelte von einer Fee, die sich immer dann in Luft auflöste, wenn ein Mann versuchte, ihr ins Feenreich zu folgen.

Feen, was für ein Unsinn! Henrik schüttelte über sich selbst den Kopf. Was waren das bloß für seltsame Gedanken? Wusste er nicht längst, dass es so etwas in Wirklichkeit nicht gab? Ebenso wenig wie die perfekte Frau?

Nachdenklich faltete er den lavendelfarbenen Schal, den er auf dem Boden gefunden hatte, zusammen und steckte ihn in seine Jackentasche.

Dabei dachte er an die schöne Unbekannte.

Sie war wirklich schön gewesen. Wunderschön sogar. Wenn er die Augen schloss, konnte er sie wieder vor sich sehen. Einige Strähnen der dunklen Lockenpracht hatten sich aus dem strengen Zopf in ihrem Nacken gelöst. Zart und weich umrahmten sie das herzförmige Gesicht mit den hohen Wangenknochen und den vollen, sanft geschwungenen Lippen. Ihr schüchternes Lächeln hatte ihn verzaubert. Und diese Augen, blauviolett wie Gletschereis, dabei aber voller Wärme und Sinnlichkeit, ließen sein Herz auch jetzt noch schneller schlagen.

Seltsam, er war in seinem Leben schon vielen attraktiven Frauen begegnet, doch keine hatte sein Innerstes so sehr in Aufruhr versetzt wie sie. Nicht einmal Ingrid war das gelungen, und das irritierte ihn sehr. Am liebsten hätte er sie noch stundenlang einfach nur festgehalten. Es erstaunte ihn selbst, wie wunderbar weich und anschmiegsam sich dieser schlanke Frauenkörper angefühlt hatte. Fast, als wäre er dafür gemacht, in seinen Armen zu liegen. Aber war er über diese Art von Empfindungen nicht schon lange hinaus?

So etwas passte eigentlich überhaupt nicht zu ihm. Es war lange her, dass er so intensive Gefühle für eine Frau empfunden hatte. So lange, dass er bis gerade eben überzeugt gewesen war, eine Immunität gegen jegliche Form weiblicher Reize entwickelt zu haben. Dass das nicht stimmte, erstaunte ihn ebenso sehr, wie es ihm missfiel.

Ein Mann, der sich Gefühle für eine Frau erlaubte, steuerte unweigerlich seinem eigenen Untergang entgegen. Zumindest hatten ihn das seine eigenen Erfahrungen in der Vergangenheit gelehrt. Und er war nicht bereit, sich auf irgendwelche Experimente einzulassen.

Außerdem gab es noch Matilda und das Baby, das sie unter dem Herzen trug. Auch die Verantwortung für das Benningklint Slotthotell – das Schlosshotel am See Storsjön im schwedischen Jämtland, das seine Familie nun schon in der vierten Generation führte – durfte er nicht vergessen.

Er schüttelte den Kopf. Trotzdem, er musste die schöne Unbekannte unbedingt wiedersehen. Und sei es nur, um sich zu beweisen, dass er seine Gefühle unter Kontrolle hatte.

Vorher, das spürte Henrik ganz deutlich, wäre er ohnehin nicht in der Lage, sich auf sein eigentliches Vorhaben zu konzentrieren.

Schwer atmend lehnte Noelle zur selben Zeit mit dem Rücken an der Tür des kleinen Abstellraums. In ihn war sie geflüchtet, als sie hörte, dass der attraktive Dunkelhaarige nach ihr rief.

Noch einmal Glück gehabt!

Nachdem sie gemerkt hatte, dass er ihr folgte, war sie in das nächstbeste unverschlossene Zimmer gelaufen. Fassungslos schaute sie jetzt an sich hinab. Unglaublich, dass sie noch immer das Kleid trug, das sie für Eva angezogen hatte. Wenn sie nun jemand darin gesehen hätte!

Es hat dich jemand darin gesehen, schon vergessen?

Nein, natürlich nicht. Wie sollte sie auch einen Mann wie Henrik Albrektson vergessen?

Ein Seufzen entrang sich ihrer Kehle, als sie an ihn dachte. Er sah so gut aus und war zudem noch unglaublich charmant – und dieses Lächeln! Sie war sicher, ihm noch nie zuvor begegnet zu sein. Zu den Dienstboten, die auf Kronborg Slott arbeiteten, gehörte er garantiert nicht. Also musste er ein Gast sein, der an einem der zahlreichen Banketts und Proben teilnahm, die im Vorfeld der Hochzeit der Kronprinzessin stattfanden.

Mit ein bisschen Glück siehst du ihn nie wieder. Und keiner wird je erfahren, dass du im Kleid einer Brautjungfer durch das Schloss gelaufen bist.

Warum verspürte sie bei dem Gedanken keine Erleichterung, sondern vielmehr ein leises Gefühl des Bedauerns?

Lag es daran, dass ihr Herz beim Blick in die dunkelblauen Augen sofort angefangen hatte, heftiger zu klopfen? Oder war es dieses umwerfende Lächeln, von dem sie weiche Knie bekam?

Energisch schüttelte sie den Kopf. Genau so hatte es bei Felix auch angefangen: Herzklopfen, Schmetterlinge im Bauch. Und wo hatte es geendet? Nein, ihr Bedarf an Beziehungskatastrophen war ein für alle Mal gedeckt! Sie musste Henrik Albrektson vergessen, ganz gleich, wie gut er aussah und wie nett sie ihn fand. Wenn sie das nicht tat, würde es nur wieder in Schmerz und Tränen enden. Außerdem war es für sie ungemein wichtig, dass sie sich voll und ganz auf ihre Arbeit konzentrierte, um …

Ein energisches Klopfen an der Tür riss sie aus ihren Gedanken. Erschrocken zuckte sie zusammen.

„Wer ist da?“, fragte sie zögernd.

„Noelle?“ Es war Evas Stimme. „Gott sei Dank, endlich hab ich dich gefunden!“

Erleichtert, dass es Eva war, öffnete Noelle die Tür und ließ ihre Freundin ein.

„Bist du verrückt geworden, einfach so in diesem Kleid aus der Schneiderei zu laufen?“, stellte Eva sie sofort zur Rede.

„Tut mir leid“, erwiderte Noelle zerknirscht. „Ich bin einfach in Panik geraten, als ich hörte, dass meine Törtchen für das Bankett heute Abend verbrannt sind. Du weißt ja, dass Lundgren nicht besonders gut auf mich zu sprechen ist – und jetzt das! Ich kann froh sein, wenn er mich nicht rauswirft.“ Sie seufzte. Nach der Begegnung mit Henrik hatte sie die verkohlten Tortenböden vollkommen vergessen, und jetzt war es definitiv zu spät, um noch irgendetwas zu retten.

„Ach, komm schon! Fridtjof Lundgren wickelst du doch mit links um den Finger. Und was das Kleid betrifft, scheint ja alles in bester Ordnung zu sein. Solange dich niemand darin gesehen hat …" Sie musterte Noelle forschend. „Es *hat* dich doch niemand gesehen, oder?"

Sofort dachte Noelle wieder an Henrik Albrektson und seine tollen blauen Augen. Für einen Moment spielte sie mit dem Gedanken, Eva die Wahrheit zu sagen. Doch dann schüttelte sie den Kopf. Ihre Freundin würde sich nur unnötig Sorgen machen, wenn sie von ihrer Begegnung auf dem Korridor erfuhr. „Nein, keine Angst."

Erleichtert atmete Eva auf. „Zum Glück bist du auf die Idee gekommen, dich hier zu verstecken, als du gemerkt hast, dass du das Kleid noch trägst! Wir hätten beide unsere Jobs verlieren können, ist dir das eigentlich klar? Kein Mensch hätte uns die Geschichte von der Anprobe abgekauft, nachdem du in dem Kleid durch das halbe Schloss gelaufen bist. Hier!" Sie warf Noelle ein Bündel zu – es waren ihre Sachen, die sie in der Schneiderei zurückgelassen hatte. Dann runzelte sie plötzlich die Stirn. „Wo ist er?"

Fragend zog Noelle die Brauen zusammen. „Wo ist wer?"

„Na, der Schal! Ich weiß genau, dass ich ihn dir umgelegt habe."

Panisch griff Noelle sich an den Hals und erstarrte. Ihre Gedanken rasten, und sehr schnell wurde ihr klar, dass es nur eine Möglichkeit gab, wo sie den Schal verloren haben konnte.

Oh nein, nur das nicht!

2. KAPITEL

Als Noelle zwei Stunden später wieder an ihrem Platz in der hofeigenen Konditorei stand, konnte sie selbst nicht fassen, was in der Zwischenzeit alles passiert war. Eine Weile hatte sie mit Eva nach dem verlorenen Schal gesucht – leider ohne jeden Erfolg. Er schien sich in Luft aufgelöst zu haben, wobei Noelle sich natürlich denken konnte, wer ihn hatte: Henrik Albrektson. Er musste den Schal aufgehoben haben, nachdem er bei ihrer überstürzten Flucht zu Boden gefallen war.

Eva, die verständlicherweise den Ärger ihrer Vorgesetzten fürchtete, hatte sich erst beruhigt, als Noelle ihr versprach, die Sache irgendwie in Ordnung zu bringen.

Wie genau sie das anstellen wollte, wusste Noelle allerdings selbst noch nicht.

Als sie dann in die Konditorei zurückkehrte, erwartete sie dort bereits Fridtjof Lundgren. Mittlerweile hatte ein anderer Mitarbeiter neue Tortenböden gebacken. Immer noch wutschnaubend, hielt der Hofkonditormeister Noelle eine lange Rede über Zuverlässigkeit und Pflichterfüllung und gab ihr dabei mehr als deutlich zu verstehen, dass er weitere Regelverstöße nicht dulden würde. Auch die Konsequenzen verschwieg er ihr nicht: Sollte sie sich noch irgendetwas zu Schulden kommen lassen, wären ihre Tage bei Hofe gezählt.

Aber zu ihrer Überraschung verblüffte er sie zum Ausgleich noch mit einer wunderbaren Nachricht. Zum ersten Mal, seit sie unter Lundgren arbeitete, übertrug er ihr eine wirklich verantwortungsvolle Aufgabe. Es ging um die Verlobungstorte für einen Gast des Königshauses. Da der Hofkonditormeister sich aus Zeitgründen nicht selbst darum kümmern konnte, fragte er Noelle, ob sie diese Aufgabe übernehmen wolle.

Natürlich wollte sie! Immerhin bedeutete das die Gelegenheit für sie, endlich ihrem Ziel einen Schritt näher zu kommen. Seit Jahren träumte Noelle davon, nach Frankreich zu gehen, um dort von ihrem großen Vorbild Michel Lejeune zu lernen.

Schon seit frühester Jugend wollte sie irgendwohin gehen, wo sie frei von Zwängen und steifen Konventionen leben könnte. Irgendwohin, wo man ihren Mut, neue Wege einzuschlagen, schätzte und nicht unterdrückte.

Kurz nach dem regulären Abschluss ihrer Lehre war sie durch einen Fernsehbericht zufällig auf den französischen Konditormeister aufmerksam geworden. Sein Spezialgebiet war das Herstellen feinster Zuckerdekorationen. Mit wenigen Handgriffen schuf er aus Zuckermasse Figuren von vollendeter Schönheit: Delfine, Schwäne, Orchideen …

Seitdem wünschte sie sich nichts sehnlicher, als für Lejeune zu arbeiten und von ihm lernen zu dürfen. Eines Tages wollte sie ihr eigenes Zuckerdesign-Studio eröffnen. Doch die Plätze in der Konditorei ihres großen Vorbilds waren rar und heiß begehrt. Lejeune nahm nur die besten Kandidaten bei sich auf, darunter vor allem solche, die sich in der Konditorzunft bereits einen Namen gemacht hatten.

Genau deshalb war die Arbeit bei Hofe für Noelle so wichtig. Sie wollte ihrem Lebenslauf etwas ganz Besonderes hinzufügen. Und was eignete sich dazu besser als das Mitwirken am Entwurf für die königliche Hochzeitstorte?

Leider konnte von einer Zusammenarbeit mit Fridtjof Lundgren zurzeit keine Rede sein – ganz im Gegenteil. Stattdessen beschäftigte ihr Vorgesetzter sie mit irgendwelchen Hilfsarbeiten. Ein paar Mal hatte sie sogar schon als Serviererin bei Banketts und Feiern ausgeholfen, obwohl das eigentlich nicht zu ihren Aufgaben gehörte. Und das alles nur, weil Lundgren nicht damit zurechtkam, dass ihre Ideen frischer und innovativer waren als seine eigenen. Zumindest vermutete Noelle insgeheim, dass er sie darum so geringschätzig behandelte. Aber vielleicht änderte sich das jetzt endlich, wenn es ihr gelang, ihn mit dem Design für die Verlobungstorte zu beeindrucken.

Auch am Ende dieses Arbeitstags war Noelle noch ganz aufgeregt bei der Aussicht, ihrem Ziel endlich etwas näher zu kommen. Wenn sie es geschickt anstellte, bot die Verlobungstorte ihr die Gelegenheit, auf die sie schon so lange gewartet hatte. Aber dafür musste es ihr zunächst einmal gelingen, etwas wirklich Außergewöhnliches zu erschaffen, um Lundgren endgültig von ihren Fähigkeiten zu überzeugen.

Noch immer hatte sie die Hoffnung nicht aufgegeben, an der Gestaltung der Torte für die königliche Hochzeit mitarbeiten zu dürfen. Auch wenn ihr bis zum Tag der Trauung nur noch drei Wochen blieben. Wenn alles so klappte, wie sie es sich vorstellte, bekam sie in letzter Minute vielleicht doch noch eine Chance!

Daher konnte sie es kaum erwarten, dass Lundgren sie mit dem Auftraggeber der Verlobungstorte bekannt machte. Sie platzte förmlich vor Ideen. Das war die Gelegenheit, all diejenigen, die sie gewarnt hatten, sich auf eine so exotische Fachrichtung der Konditorei zu spezialisieren, eines Besseren zu belehren. Ihre Eltern, ihre Freunde und die Leute aus der Berufsschule – und allen voran Felix.

Bei dem Gedanken an ihren Exfreund ballte sie die Hände zu Fäusten. Wie immer, wenn sie an ihn dachte, waren ihre Gefühle zwiespältig. Sie hatte einmal geglaubt, ihn zu lieben. Doch jetzt empfand sie nur noch Wut auf ihn. Aber so etwas wie die wahre Liebe gab es doch ohnehin nur in kitschigen Filmen – oder?

Ohne dass sie es verhindern konnte, wanderten ihre Gedanken zu Henrik Albrektson, mit dem sie heute im Korridor zusammengestoßen war. Augenblicklich bekam sie Herzklopfen, und die Schmetterlinge in ihrem Bauch regten sich wieder.

Das musste einfach aufhören! Energisch schüttelte sie den

Kopf. Das Thema Männer war nach Felix für sie erst einmal tabu. Außerdem kannte sie die eiserne Regel, die hier bei Hofe ebenso galt wie überall sonst: Vermische niemals Berufliches mit Privatem.

Sich in einen Gast der königlichen Familie zu verlieben, würde unweigerlich zu Schwierigkeiten führen. Warum dachte sie überhaupt an so etwas? Sie kannte diesen Mann ja nicht einmal. Außer seinem Namen wusste sie nichts von ihm.

Wenn er diesen verflixten Schal, den sie verloren hatte, einfach irgendwo abgab, würde sie ihn vermutlich nie wieder zu Gesicht bekommen. Ihr Verstand sagte ihr jedenfalls, dass dies das Beste wäre.

Doch ihr Herz behauptete etwas völlig anderes.

„Das ist doch wirklich eine gelungene Party, findest du nicht?" Matilda strich mit der Hand ein paar Strähnen ihres hellblonden Haars glatt, die sich aus dem Knoten in ihrem Nacken gelöst hatten. Sie trug ein wasserblaues Kleid, das ebenso wunderschön mit ihrem blassen Teint harmonierte wie mit den aquamarinfarbenen Seidentapeten des Festsaals, in dem das heutige Bankett stattfand.

In Henriks Augen ließ es sie nur noch mehr wie eine Eisprinzessin wirken.

Als er nicht antwortete, sah sie ihn fragend an. Aber was sollte er sagen? Die meisten der etwa einhundert Gäste des Galadiners zu Ehren der Kronprinzessin und ihres Verlobten standen in der Nähe der Tanzfläche und betrieben das, was man in diesen Kreisen gepflegte Konversation nannte.

Henrik fand, dass die Bezeichnung „gepflegte Langeweile" der Realität sehr viel näher kam. Er unterdrückte ein Gähnen und fragte sich zum wiederholten Mal, was er hier eigentlich verloren hatte. Anlässe wie dieser waren ihm zuwider. Im Grunde ging es für die meisten dabei doch nur um eines: sehen und gesehen werden. Sie standen da in ihren kostbaren Roben und Dinneranzügen, schlürften Champagner und setzten sich in Szene, während sie einander abschätzend musterten und ihre gehässigen Gedanken hinter einem Lächeln verbargen.

Seufzend fuhr er sich durchs Haar. Vielleicht war es nicht fair, all diese Leute zu verurteilen, obwohl er sie gar nicht kannte. Doch in Matildas Nähe fiel es ihm zunehmend schwerer, das Positive in seinen Mitmenschen zu sehen.

„Hast du die Talmqvist gesehen?“, raunte sie ihm gerade zu. „Du lieber Himmel, in ihrem Alter sollte sie wirklich nicht mehr so tief ausgeschnittene Dekolletés tragen!“

Ganz offensichtlich amüsierte Matilda sich prächtig, was ihn eigentlich nicht verwundern sollte – sie war schließlich genau in ihrem Element. Konnte er ihr das verübeln, nur weil er sich auf den Partys der High Society immer ein wenig unwohl fühlte? Matilda war in einer wohlhabenden Familie aufgewachsen und hatte von ihrem Vater stets alles bekommen, was sie sich wünschte. Besser, er gewöhnte sich rasch daran. Schließlich stand außer Frage, dass er Matilda heiraten würde. Das schuldete er dem Andenken an Kristian.

Die Erinnerung an seinen Cousin traf einen wunden Punkt, den Henrik lieber nicht anrühren wollte. Er zwang sich, seine Gedanken in eine andere Richtung zu lenken. Unwillkürlich wanderten sie zu der schönen Unbekannten, deren seidener Schal in der Tasche seines Jacketts steckte. Er wusste selbst nicht, warum er ihn auch jetzt noch bei sich trug. Vielleicht, weil er gehofft hatte, sie heute Abend auf der Feier wiederzusehen.

Unauffällig ließ er den Blick durch den Saal schweifen. Doch so sehr er sich auch bemühte – er konnte sie unter den Gästen des Banketts nicht ausmachen. Das Gefühl der Enttäuschung, das ihn deshalb unwillkürlich beschlich, irritierte ihn selbst. Er hatte diese Frau nur einmal ganz kurz gesehen. Trotzdem war es ihr gelungen, einen bleibenden Eindruck bei ihm zu hinterlassen. Schon die ganze Zeit über schlich sie sich immer wieder in seine Gedanken, und er schaffte es einfach nicht, sie sich aus dem Kopf zu schlagen.

Hör endlich auf damit, wies er sich selbst zurecht. Du solltest es wirklich besser wissen! Hast du aus der Geschichte mit Ingrid denn überhaupt nichts gelernt? Dein Verhalten ist für einen Mann deines Alters vollkommen unwürdig.

Es stimmte: Er musste sich zusammenreißen. Daher nahm er sich vor, für den Rest des Abends der perfekte Begleiter zu sein, den die Frau, die er bald heiraten würde, verdiente.

Doch leider ließ sich dieses Vorhaben alles andere als einfach in die Tat umsetzen, weil Matilda und er kaum etwas gemeinsam hatten. Endlos ließ sie sich über den Schmuck und die Kleidung der anwesenden Gäste aus – über Dinge also, die ihn absolut nicht interessierten. Bereits eine halbe Stunde später war Henrik nicht mehr in der Lage, ein Gähnen zu unterdrücken.

„Du bist wirklich unmöglich!“, zischte Matilda verärgert. „Da ich dich ja so offensichtlich langweile, werde ich mir wohl besser jemanden suchen, der meine Gesellschaft zu schätzen weiß!“

Mit diesen Worten ließ sie ihn einfach stehen. Er versuchte nicht, sie zurückzuhalten. Ganz davon abgesehen, dass man mit ihr einfach nicht reden konnte, wenn sie wütend war, wollte er es auch gar nicht. Im Grunde war er sogar froh, eine Weile allein zu sein.

Als Matilda kurz darauf Arm in Arm mit einem gut aussehenden jungen Mann auf die Tanzfläche trat, verschwand Henrik durch die offen stehende Gartentür ins Freie. Nach der stickigen Hitze des Ballsaals empfand er die kühle Nachtluft als Wohltat. Langsam schritt er die Doppeltreppe hinunter und trat an die Brüstung der Terrasse, die das gesamte Schloss umfasste und von der aus man über eine weitere breite Treppe in den Schlosspark gelangte. Dort blieb er stehen, atmete tief durch und ließ den Blick über den nächtlichen Barockgarten schweifen.

Der fast volle Mond tauchte das Gelände in seinen silbrigen Glanz, und am wolkenlosen Himmel glitzerten unzählige Sterne. Wie geschaffen für einen romantischen Spaziergang, dachte er.

Jedoch kreisten seine Gedanken dabei keineswegs um Matilda, sondern um die schöne Unbekannte.

Abermals schüttelte er über sich selbst den Kopf.

Hör endlich auf damit!

An der Heirat mit Matilda führte kein Weg vorbei. Und dabei ging es Henrik nicht nur darum, wieder gutzumachen, was Kristian durch seine Schuld zugestoßen war …

Er durfte auch das Schlosshotel, die vielen Mitarbeiter und deren Angehörige nicht vergessen. Das Familienunternehmen steckte in großen finanziellen Schwierigkeiten, und von Henrik wurde erwartet, dass er wieder alles ins Lot brachte. Doch das war nur mithilfe eines kurzfristigen Kredits möglich, den derzeit nur Matildas Vater beschaffen konnte. Als Vorstandsvorsitzender einer großen schwedischen Bank besaß er einigen Einfluss.

Die Verbindung mit Matilda wird uns allen zugutekommen, hatte seine Mutter gesagt. Womit sie recht hatte. Matilda zu heiraten würde gleich mehrere seiner Probleme auf einen Schlag lösen – und vielleicht auch seine Schuldgefühle ein wenig lindern.

Als Henrik gerade in den Festsaal zurückkehren wollte, erblickte er plötzlich *sie*, die schöne Unbekannte. Sie stand einfach nur da neben dem prachtvollen Herkulesbrunnen, dessen Wasserfontäne im Mondschein glitzerte. Die Augen geschlossen, das Gesicht zum Himmel gereckt, sah sie aus, als wollte sie im Sternenglanz baden. Ihr dunkelblaues Haar fiel ihr in weichen Wellen auf den Rücken und schimmerte geheimnisvoll im Mondlicht.

Hastig eilte er die letzten Stufen zum Schlossgarten hinunter, wobei er die Unbekannte nicht eine Sekunde aus den Augen ließ. Obwohl er wusste, dass er lieber Vernunft annehmen und auf der Stelle kehrtmachen sollte, tat er es nicht. Während er sich ihr näherte, wagte er kaum, einen Laut von sich zu geben, aus Sorge, sie könnte sich wieder in Luft auflösen. Endlich stand er direkt hinter ihr.

„Ich hoffte, dass wir uns wiedersehen würden", sagte er leise.

Noch bevor sie sich umdrehte, wusste Noelle, dass *er* es war, der hinter ihr stand. Eine Stimme wie seine gab es kein zweites Mal. Samtweich und sinnlich. Sofort rieselte ein Schauer durch ihren Körper.

Reiß dich zusammen, befahl sie sich. Du darfst dich nicht von seinem guten Aussehen und den vollendeten Manieren blenden lassen. Er ist ein Mann, und schon allein darum kann er dich nur in Schwierigkeiten bringen.

Sich in einen Gast der königlichen Familie zu verlieben, wäre außerdem der größte Fehler, den sie überhaupt machen konnte.

Eigentlich war sie nur in den Schlosspark gegangen, um vor ihrer Heimfahrt noch einmal in Ruhe darüber nachzudenken, was sie unternehmen könnte, um den Schal zurückzubekommen. Bis gerade eben hatte sie noch an den Entwürfen für die Verlobungstorte gearbeitet, denn das erste Treffen mit der Auftraggeberin war bereits für morgen angesetzt. Doch wenn es ihr nicht gelang, den Schal für Eva zurückzubekommen, waren all ihre Mühen womöglich umsonst. Noch war die Gefahr, dass sein Fehlen entdeckt wurde, zwar nicht akut, weil die nächste

Anprobe erst in ein paar Tagen stattfand, doch sie musste sich ihr weiteres Vorgehen gut überlegen.

Und nun dies!

Noelle zwang sich zu einem Lächeln. „Henrik …“ Sie tat so, als müsse sie kurz überlegen, bevor ihr sein Name wieder einfiel. Insgeheim bezweifelte sie, dass es ihr je gelingen würde, ihn zu vergessen, selbst in einhundert Jahren. Doch sie wollte auf keinen Fall, dass er seine verheerende Wirkung auf sie bemerkte. „Henrik Albrektson, nicht wahr?“

„Nur Henrik, bitte“, erwiderte er ebenfalls lächelnd. „Ich hatte gehofft, Sie heute Abend auf dem Bankett wiederzusehen.“

Gut, dachte Noelle erleichtert. Offenbar hielt er sie noch immer für einen Gast, und genau so sollte es auch bleiben. Wenn er herausfand, dass sie in Wahrheit nur eine kleine Angestellte bei Hofe war, konnte das für Eva und sie große Probleme bedeuten.

Im nächsten Moment fiel ihr auf, dass sie für ein festliches Bankett alles andere als passend gekleidet war. „Nein, ich … Ich wollte nur noch ein bisschen frische Luft schnappen, bevor ich zu Bett gehe.“

Um ihre flatternden Nerven zu beruhigen, atmete Noelle tief durch. Seine Gegenwart machte sie furchtbar nervös, ohne dass sie etwas dagegen tun konnte. Hoffentlich merkte man ihr das nicht zu deutlich an.

„Wenn ich mich nicht täusche, dann haben Sie etwas, das mir gehört“, fuhr sie fort. Alles, was sie von ihm wollte, war der Schal. Natürlich, was auch sonst?

Aber machte sie sich da nicht selbst etwas vor? So sehr sie sich auch dagegen wehrte, die Signale ihres Körpers ließen kaum einen Zweifel zu. Sie fühlte sich ungemein zu diesem vollkommen Fremden hingezogen.

„Wenn Sie Ihren Schal meinen, ich habe ihn hier bei mir“,

erwiderte er lächelnd und klopfte mit der flachen Hand auf die rechte Tasche seines Jacketts.

Bei seinem Lächeln stockte Noelles Atem. Dieser Mann konnte ihr ernsthaft gefährlich werden. Sie tat besser daran, ihn nicht zu nah an sich herankommen zu lassen.

„Dann geben Sie ihn mir“, bat sie heiser. „Bitte!“

Er schüttelte den Kopf. „Tut mir leid, aber das kann ich nicht. Jedenfalls nicht ohne Gegenleistung.“

„Aber der Schal gehört Ihnen nicht!“, protestierte sie. „Sie müssen ihn mir zurückgeben!“

„Das werde ich auch, keine Sorge. Aber dafür möchte ich etwas von Ihnen.“

Ruhig bleiben, ermahnte sie sich. Es half niemandem, wenn sie jetzt die Nerven verlor. „Also gut, was verlangen Sie?“

„Einen Tanz“, erwiderte er.

Ungläubig musterte sie ihn, um zu ergründen, ob er einen Scherz gemacht hatte. Doch seine Miene blieb völlig regungslos. Sie sollte mit ihm tanzen, um den Schal zurückzubekommen?

„Das ist doch vollkommen lächerlich!“, rief sie aus.

„Ganz und gar nicht. Es ist ein einfacher Tauschhandel. Ach, kommen Sie, was ist denn schon dabei? Die Musik aus dem Ballsaal dringt bis hierher. Wir brauchen nicht einmal hineinzugehen. Niemand wird uns zusammen sehen, wenn es das ist, was Sie befürchten.“

„Sie wollen *hier draußen* mit mir tanzen?“ Noelle zögerte noch immer. Dabei war es ganz leicht: Sie tanzte mit ihm, er gab ihr den Schal zurück, und danach musste sie ihn nie wiedersehen. Doch die Vorstellung, ihm so nah zu kommen, machte sie schrecklich nervös. Trotzdem nickte sie schließlich. „Also gut“, willigte sie ein.

Als er ihre Hand nahm, durchrieselte sie ein wohliger Schauer. Reiß dich zusammen, ermahnte sie sich selbst. Doch sie konnte nicht verhindern, dass ihr Körper wie von selbst auf Henrik reagierte.

Was auch immer sie so ungemein an ihm faszinierte, es war stärker als jede Vernunft. Aus dem Bankettsaal wehten die Klänge eines Evergreens zu ihnen herüber. Noelle, die diese Musik liebte, seufzte leise. Es war wie in einem Traum. Die Sterne über ihnen funkelten hell am samtig schwarzen Himmel, und der silbrige Schein des Mondes verlieh dem Moment etwas Magisches.

„Darf ich bitten?" Er schaute ihr tief in die Augen, und sie hatte das Gefühl, in den dunkelblauen Tiefen versinken zu müssen.

Als er seinen Arm um ihre Taille legte, klopfte ihr Herz so heftig, dass sie glaubte, es müsse jeden Augenblick zerspringen. Wie von selbst bewegte sie sich mit ihm im Takt der Musik. Es war ein so wunderbares Gefühl, in seinen starken Armen zu liegen, dass sie alles um sich herum vergaß und wünschte, dieser Moment möge niemals enden.

Sie fühlte sich wie in einem Märchen, und Henrik war ihr Prinz, der sie in das Land ewiger Glückseligkeit entführen würde.

Und sie lebten glücklich und zufrieden bis an ihr Lebensende.

In diesem Moment glaubte Noelle daran, dass es so etwas wirklich gab.

Sein Blick hielt den ihren gefangen, langsam näherten sich seine Lippen ihrem Mund und …

Da plötzlich schob er sie von sich fort. „Nein!", stieß er energisch aus. „Hören Sie auf! Sofort!"

Für einen Moment konnte Noelle ihn nur ungläubig anschauen, dann taumelte sie einen Schritt zurück, wirbelte herum und lief davon.

3. KAPITEL

So warten Sie doch!", rief Henrik der schönen Unbekannten hinterher. „Laufen Sie bitte nicht schon wieder weg!"

Aber es war zu spät. Ohne sich noch einmal zu ihm umzudrehen, lief Noelle den kiesbestreuten Weg zum Schloss zurück, eilte die Treppe hinauf und verschwand im östlichen der beiden von hohen Kuppeln gekrönten zweistöckigen Seitenflügel.

Henrik schüttelte den Kopf. Er hatte sich wie ein Idiot benommen und ihr praktisch unterstellt, dass sie sich an ihn herangemacht hätte – was natürlich nicht der Wahrheit entsprach. Dieser Beinahe-Kuss war schließlich ebenso von ihm ausgegangen wie von ihr!

Seufzend fuhr er sich durchs Haar. Was war bloß mit ihm los? Er wusste es selbst nicht. Aber ohne Frage fühlte er sich von dieser bezaubernden Frau geradezu magisch angezogen – und ein Teil von ihm wollte, dass es ihr ebenso erging. Und das, obwohl er genau wusste, dass er sie niemals haben konnte. Das lag zum einen an Matilda, zum anderen aber an ihm selbst.

Wieder einmal stieg heiße Wut in ihm auf, als die Erinnerungen an die Vergangenheit über ihn hereinbrachen. Es war fast genau fünf Jahre her, seit sein Arzt ihm am Telefon die schreckliche Nachricht übermittelt hatte. Damals war eine Welt für ihn zusammengebrochen – und wenn er ehrlich sein sollte, hatte er sich von diesem Schlag niemals wirklich erholt. Was weniger an der medizinischen Diagnose lag, die der Arzt ihm mitgeteilt hatte, als an der Reaktion seiner damaligen Verlobten.

Er hatte Ingrid heiraten und eine Familie mit ihr gründen wollen. Wahrscheinlich sollte er dem Himmel dafür danken, dass sie ihr wahres Gesicht gezeigt hatte, ehe es zu spät gewesen war. Ihr Verhalten hatte ihm den endgültigen Beweis dafür geliefert, dass so etwas wie wahre Liebe nicht existierte.

Verlangen, Lust und Begierde, ja – aber Liebe? Nein, das war nur etwas für Träumer und Fantasten.

Plötzlich zerriss das schrille Klingeln seines Handys die Stille im nächtlichen Schlossgarten. Henrik griff in die Jackentasche und holte das Telefon hervor. Ein Blick aufs Display verriet ihm, wer anrief: seine Mutter.

Leise seufzend nahm er das Gespräch an.

„Hast du schon mit Matildas Vater gesprochen?", kam Maja Albrektson, die auf Benningklint Slott geblieben war, um sich während seiner Abwesenheit um die Geschäfte zu kümmern, direkt zur Sache.

Henrik nickte. „Er hat mir über seine Sekretärin ausrichten lassen, dass er übermorgen in Stockholm eintreffen und bis zur Hochzeit der Kronprinzessin bleiben wird."

„Du weißt, wie viel davon abhängt, dass du erfolgreich bist", erinnerte sie ihn ernst. „Unsere gesamte Existenz steht auf dem Spiel. Wenn er uns den Kredit nicht bewilligt, verlieren wir Benningklint Slott. Und ich muss dir wohl nicht sagen, dass dein Vater das nicht überleben würde."

Als er an seinen Vater dachte, der vor nicht allzu langer Zeit einen Herzinfarkt erlitten hatte, von dem er sich nur langsam und mühevoll erholte, schloss Henrik die Augen. „Es ist nicht notwendig, mich noch zusätzlich unter Druck zu setzen, Mutter", entgegnete er verärgert. „Ich werde auch so alles tun, was in meiner Macht steht, um Benningklint Slott im Familienbesitz zu halten."

Er beendete das Gespräch, ohne Maja Albrektson noch einmal zu Wort kommen zu lassen, schaltete das Handy aus und steckte es zurück in seine Tasche. Aufgebracht schüttelte er den Kopf. Glaubte seine Mutter wirklich, dass er sich seiner großen Verantwortung nicht bewusst war?

Ihm bedeutete das Schloss mindestens ebenso viel wie dem

Rest der Familie. Und er wusste auch, was es für die Angestellten, die auf Benningklint Slott arbeiteten, heißen würde, wenn das Hotel in fremde Hände fiele. Die meisten kannte er bereits von Kindesbeinen an, mit einigen der jüngeren war er praktisch aufgewachsen. Wenn er versagte, würde das auch ihre Existenzen gefährden, und das durfte er auf keinen Fall zulassen.

Dabei lag es nicht an Henrik, dass das Hotel sich in einer so desolaten finanziellen Situation befand. Hätte sein Vater sich nicht …

Er atmete tief durch. Nein, es wäre nicht fair, seinem Vater alle Schuld zu geben. Er war dem Rat eines falschen Freunds gefolgt. Außerdem hatte er bereits genug gelitten. Der Herzinfarkt war eine Folge des Schocks, nachdem er erfahren musste, dass der größte Teil des Firmenkapitals bei der riskanten Börsenspekulation verloren gegangen war, zu der ihm ein vermeintlicher Experte geraten hatte. Beinahe über Nacht war Benningklint Slotthotell zu einem Fall für den Insolvenzberater geworden.

Als sein Vater so plötzlich ausfiel, sah Henrik sich gezwungen, die Leitung des Hotels zu übernehmen. Sofort nahm er Kontakt mit einigen großen Banken auf, die seine Kreditanträge jedoch alle ablehnten. Nach Jahren der erfolgreichen und für beide Seiten lukrativen Zusammenarbeit hielt man eine Investition in die Zukunft von Schloss Benningklint mit einem Mal für zu riskant. Dabei führte seine Familie das Schlosshotel nun bereits in der vierten Generation – und die meiste Zeit davon äußerst erfolgreich. Henriks Urgroßvater hatte es gegründet und in ganz Schweden bekannt gemacht. Unter seinem Großvater war es weiter gewachsen und im Laufe der Jahre zu einem Ort des Rückzugs und der Entspannung für die skandinavische High Society geworden. Noch immer stand der Name Benningklint Slotthotell für Ruhe und Erholsamkeit, gepaart mit Luxus und erstklassigem Service.

Henrik wusste, dass er das Unternehmen innerhalb kürzester Zeit wieder in die schwarzen Zahlen steuern konnte. Aber ohne die erforderlichen finanziellen Rücklagen war das unmöglich. Wie sollte er erfolgreich ein Hotel leiten, wenn ihm das Geld fehlte, um die Löhne der Angestellten und die Rechnungen der Lieferanten zu bezahlen?

So stellte nun ausgerechnet Matildas Vater die letzte Chance dar, um Benningklint Slott zu retten. Göran Gunvaldsson war Vorstandsvorsitzender eines privaten Geldinstituts und saß zudem in dessen Kreditausschuss. Wenn er seinen Einfluss geltend machte und der Kreditvergabe zustimmte, würde sich gewiss niemand gegen ihn stellen.

Allerdings hatte Gunvaldsson nur dann einen Grund, sich für Henrik einzusetzen, wenn der Matilda heiratete. Das hatte er ihm auch klar und deutlich zu verstehen gegeben. Er betrachtete das Ganze als Geschäft. Er gab Henrik und seiner Familie, was sie brauchten, im Gegenzug erhielt seine Tochter den Titel der Gräfin Pilkvist.

Die Vorstellung, eine Vernunftehe mit Matilda einzugehen, schreckte Henrik nicht besonders. Da er schon längst nicht mehr an die wahre Liebe glaubte, hatte er sich bereits damit arrangiert, den Rest seines Lebens allein zu verbringen. Was machte es da schon aus, wenn er eine Frau heiratete, mit der er aller Voraussicht nach nicht besonders viel zu tun hätte? Er würde sie also heiraten – nicht nur ihres Vaters wegen.

Wieder musste Henrik an seinen Cousin denken und daran, was er sich an dessen Grab geschworen hatte. Vor etwas mehr als zwei Monaten war Kristian bei einem Autounfall ums Leben gekommen. Einem tragischen Unglück, für das Henrik die Verantwortung trug.

Gedankenverloren fuhr er mit der rechten Hand über den zarten Stoff des Schals, den er nach wie vor in seinem Jackett trug. Sein gesunder Menschenverstand sagte ihm, dass es vernünftig wäre, ihn einfach bei einem der Bediensteten abzugeben und die Begegnung mit der bezaubernden jungen Frau zu vergessen. Alles andere würde nur Ärger mit sich bringen. Aber aus irgendeinem Grund konnte er sich dazu nicht durchringen. Also beschloss er, gleich morgen zur Hofschneiderei zu gehen. Da stammten die Kleider für die Brautjungfern schließlich her, das wusste er von Matilda.

Ruckartig wandte Matilda sich vom Fenster des Ballsaals ab, als sie sah, dass Henrik zum Schloss zurückkehrte. Nach außen hin mochte sie so kühl und gelassen wirken wie immer, aber innerlich schäumte sie vor Wut.

Was bildete er sich ein, sie so zu demütigen?

Sicher, er behandelte sie stets mit ausgesuchter Höflichkeit, doch zeigte er ihr gegenüber auch nur das geringste Interesse? Nicht einmal ihre Versuche, ihn eifersüchtig zu machen, bewirkten auch nur das Geringste. Ganz im Gegenteil! Kaum wandte sie ihm einmal den Rücken zu …

Sie zwang sich zur Ruhe. Henrik sollte auf keinen Fall merken, wie aufgebracht sie war. Ihr würde schon noch etwas einfallen, um ihn und seine kleine Freundin, mit der er vorhin im Mondlicht getanzt hatte, zu bestrafen.

Als er nun durch den Ballsaal auf sie zutrat, setzte sie ein strahlendes Lächeln auf. Na warte, dachte sie gleichzeitig zornig. Glaub bloß nicht, dass du damit durchkommst!

Als am nächsten Morgen die Sonne aufging, stand Noelle bereits auf dem Balkon ihrer Wohnung in der Stockholmer Altstadt, der Gamla Stan. Das kleine Einzimmerapartment im Dachgeschoss lag nicht weit vom Kungliga Slott und dem schwedischen Reichstagsgebäude entfernt. Wenn sie sich ein Stück weit über die Brüstung lehnte, konnte sie die rotbraune südliche Fassade der königlichen Residenz bereits erkennen.

Der Himmel über der Stadt erglühte in leuchtendem Rot und verwandelte das dunkelblaue Wasser des Riddarfjärdens in flüssiges Feuer. Es war ein wunderbares Naturschauspiel, an dem Noelle sich normalerweise gar nicht sattsehen konnte.

Heute jedoch fesselte sie nicht einmal der spektakuläre Sonnenaufgang über der Altstadt.

Die halbe Nacht hatte sie noch weiter an den Entwürfen für die Verlobungstorte gearbeitet, die andere Hälfte hatte sie sich schlaflos in ihrem Bett hin und her gewälzt. Einzig Henrik Albrektson, oder vielmehr sein lächelndes Gesicht, das sie jedes Mal vor sich sah, wenn sie die Augen schloss, waren schuld daran. Sie verstand sich selbst nicht mehr. Was war bloß in sie gefahren?

Mach dir doch nichts vor, du weißt verflixt gut, was los ist! Ebenso sicher wie du weißt, dass du dir diesen Mann besser aus dem Kopf schlagen solltest!

Noelle kannte dieses Kribbeln im Bauch und das Herzklopfen nur zu gut. Bei Felix war es ihr anfangs ebenso ergangen – wenn auch nicht so intensiv. Sie seufzte. Es hatte sich so unglaublich gut angefühlt, in Henriks Armen zu liegen. Der Mondschein, die funkelnden Sterne, die leise Musik …

Seufzend fuhr sie sich mit der Hand durch die dichten dunklen Locken. Es war lange her, seit sie sich zum letzten Mal so schön und begehrenswert gefühlt hatte wie in jenem kurzen Moment mit ihm. Sicher, Felix hatte ihr auch oft gesagt, wie attraktiv er sie fand. Doch bei ihm waren es nur Worte gewesen, leere Hülsen ohne Bedeutung.

Und du denkst, Henrik ist anders, spottete eine böse Stimme in ihrem Kopf.

Wohl kaum, beantwortete sie sich die Frage selbst. Sonst hätte er sie nicht plötzlich mit diesem entsetzten Gesichtsausdruck von sich gestoßen. Ihm war offensichtlich im letzten Moment klar geworden, auf was er sich da einließ. Wie sonst ließ sich sein Verhalten erklären?

Sie runzelte die Stirn. Im Grunde war es lächerlich, sich so stark von ihm angezogen zu fühlen. Sie kannte ihn doch gar nicht! Darum sollte sie lieber versuchen, ihn zu vergessen – schon um ihrer selbst willen. Denn wenn herauskäme, dass sie sich als Angestellte bei Hofe mit einem Gast der Königsfamilie eingelassen hatte, würde sie das ganz sicher ihren Job kosten. Außerdem passte ein Mann – ganz gleich, um wen es sich handelte – nicht in ihre Zukunftspläne.

Michel Lejeune hatte die Wahl aus einer großen Flut an Bewerbungen. Eine echte Chance besaß nur, wer sich irgendwie aus der Masse hervorhob. Ein internationaler Skandal mochte genau das bewirken, würde aber die Entscheidung gewiss nicht zu ihren Gunsten ausfallen lassen.

Konzentrier dich einfach auf deine Arbeit und vergiss Henrik Albrektson, sagte Noelle zu sich selbst. Du hättest schon einmal um ein Haar deine Träume für einen Mann geopfert. Lass dir die Sache mit Felix eine Lehre sein.

Sie straffte die Schultern und verließ den Balkon. Zeit, zur Arbeit zu gehen. Nach einem Blick in den großen Garderobenspiegel an der Wand gegenüber ihrem Bett nickte sie zufrieden. Die etwas blasse junge Frau mit dem herzförmigen Gesicht und den kaum zu bändigenden Locken war die echte Noelle Rosenblad, die schlichte Jeans und Pullover bevorzugte und sich aus Make-up und Schmuck nichts machte.

Die Noelle, die Henrik kennengelernt hatte, war nur ein Trugbild, sie existierte im Grunde überhaupt nicht.

Und es war besser, es dabei zu belassen.

Immer zwei Stufen auf einmal nehmend, eilte Noelle die Treppe hinunter. Wenn sie sich nicht beeilte, würde sie zu spät bei ihrer Arbeit erscheinen, und das konnte sie sich in ihrer augenblicklichen Situation wirklich nicht erlauben.

Sie durchquerte gerade den langen Korridor, der zur Straße

hinausführte, als sich am Ende des Gangs eine Wohnungstür öffnete. Es war Lisbet Östberg, Noelles Vermieterin. Obwohl sie erst seit ein paar Monaten hier wohnte, hatte Noelle bereits ein freundschaftliches, fast schon familiäres Verhältnis zu der älteren Dame entwickelt, die sie stark an die Haushälterin ihrer Eltern erinnerte.

„*Hej!* Warte bitte kurz einen Moment, Kindchen", rief Lisbet und winkte mit einem zartblauen Umschlag. „Hier, den hat der Postbote gestern wohl versehentlich in meinen Briefkasten geworfen." Sie lächelte geheimnisvoll. „Er kommt aus Frankreich."

Sofort fing Noelles Herz an, heftig zu klopfen. Sie kannte niemanden in Frankreich. Niemanden – außer Michel Lejeune.

Mit zitternden Fingern nahm sie den Umschlag entgegen und riss ihn auf. Das Schreiben stammte tatsächlich aus Lejeunes Büro. Von nervöser Unruhe ergriffen, überflog sie Zeile für Zeile.

„Und?", fragte Lisbet, die Noelles großen Traum kannte. „Ist es das, was ich denke?"

Noelle nickte strahlend. „Eine Einladung zu einem persönlichen Gespräch! Stell dir vor: Sie wollen mich kennenlernen! Ich soll in der Woche nach der königlichen Hochzeit nach Frankreich kommen."

Lisbet ergriff ihre Hände. „Oh, wie wunderbar! Ich freu mich so für dich, Kindchen!"

Auch Noelle freute sich – und wie! Sie konnte es kaum glauben. Endlich gelangte ihr großes Ziel in Reichweite!

Doch sie durfte sich nicht zu früh freuen. Sie musste Lejeune von ihren Fähigkeiten überzeugen, ihm beweisen, dass sie genau die Mitarbeiterin war, nach der er suchte.

Aber wie? Sie wusste, dass sie gut war. Große Erfolge konnte sie jedoch bislang nicht vorweisen. Wenn sie es aber schaffte, dass ihre Designvorschläge bei der Herstellung der königlichen Hochzeitstorte berücksichtig wurden ...

„Danke, Lisbet“, sagte sie, faltete den Brief säuberlich zusammen und steckte ihn in ihre Hosentasche.

Lachend winkte die ältere Frau ihr nach, als sie aus dem Haus stürmte und sich auf ihren Motorroller schwang.

Jetzt durfte einfach nichts mehr schiefgehen. Sie musste sich Henrik Albrektson aus dem Kopf schlagen – je eher, desto besser.

„Also, dann verbleiben wir so.“ Noelle atmete tief durch. „Ich werde meinen Entwurf Ihren Wünschen entsprechend umarbeiten, und wir treffen uns dann wieder, um das Ergebnis zu besprechen. Einverstanden?“

„In Ordnung.“ Matilda Gunvaldsson nickte. „Aber bitte, lassen Sie sich dieses Mal etwas wirklich Außergewöhnliches einfallen. Es geht hier schließlich um die Torte anlässlich meiner Verlobung mit einem echten Grafen. Ein derartiges gesellschaftliches Ereignis verdient einen angemessenen Rahmen. Ich kann nur hoffen, dass Sie die Erwartungen, die ich in Sie setze, erfüllen werden.“

Als Matilda knapp zwei Minuten später das Büro von Fridtjof Lundgren verließ, das dieser für die Besprechung zur Verfügung gestellt hatte, lehnte Noelle sich seufzend zurück. Was für ein Tag!

Zuerst dieser Brief aus Frankreich, mit dem sie ihrem großen Ziel einen Schritt näher gekommen war, und dann das erste Treffen mit der Kundin, für die sie die Verlobungstorte anfertigen sollte.

Sie war so zuversichtlich gewesen, dass ihre Skizzen und Vorschläge auf Gegenliebe stoßen würden – doch weit gefehlt.

Nach zwei Stunden, die sie gemeinsam mit Matilda Gunvaldsson im Büro von Fridtjof Lundgren verbracht hatte, wusste sie, dass es nicht leicht werden würde. Ihre Auftraggeberin war nicht nur ein schrecklicher Snob, sie ließ auch mehr als deutlich durchblicken, dass sie eine Vorzugsbehandlung erwartet hatte.

Trotz ihres Unmuts musste Noelle sich zusammenreißen, schon allein, um Fridtjof Lundgren zu beweisen, dass sie sich so leicht nicht entmutigen ließ. Inzwischen wunderte sie sich nicht mehr darüber, dass ihr Vorgesetzter ausgerechnet ihr diese verantwortungsvolle Aufgabe übertragen hatte. Er wollte sie loswerden, weil er eifersüchtig war, ganz klar! Deshalb hielt er sie nun schon seit ihrem Dienstbeginn bei Hofe mit irgendwelchen läppischen Hilfsarbeiten hin. Er wusste, dass seine altmodischen und biederen Tortenentwürfe nicht mit ihren frischen und jugendlichen mithalten konnten. Zwar hatte er nichts von ihr zu befürchten, schließlich war er ihr Vorgesetzter, doch es gefiel ihm trotzdem nicht, ständig damit konfrontiert zu werden, dass sie besser war als er.

Wahrscheinlich hoffte Lundgren, dass sie sich bei dieser schwierigen Kundin zu einer Dummheit hinreißen ließ. Doch den Gefallen würde sie ihm nicht tun. Sie würde sich von keinem Mann mehr ihre Zukunft verbauen lassen. Den Fehler hatte sie einmal begangen – bei Felix. Das würde ihr kein zweites Mal passieren.

Wie von selbst ballten sich Noelles Hände zu Fäusten, als ihre Gedanken zurück in die Vergangenheit wanderten. Sie hörte Felix' hämisches Lachen, als er sagte, dass sie es ohnehin niemals schaffen würde, ihren Traum wahrzumachen. Um ihn zu unterstützen und zu entlasten, als es darum ging, seine Karriere voranzutreiben, war sie gut genug für ihn gewesen. Aber danach …

Dies war kaum der richtige Zeitpunkt, um darüber nachzudenken. Jetzt, wo das erste Gespräch mit ihrer Kundin hinter ihr lag, fühlte Noelle sich erschöpft, aber auf eine seltsame Art und Weise auch befriedigt. Sicher, leicht war es nicht gewesen, mit Matilda Gunvaldsson umzugehen. Doch sie hatte es trotzdem geschafft, die Situation zu meistern. Zumindest wusste sie jetzt genau, wie ihre Kundin sich die gewünschte Verlobungstorte vorstellte. Mit diesen zusätzlichen Informationen konnte sie ein neues Konzept ausarbeiten. Was sollte also jetzt noch schiefgehen?

Ein zufriedenes Lächeln umspielte ihre Lippen, als sie das Büro verließ. Sie war voller Zuversicht und Tatendrang. Keine Sekunde zweifelte sie daran, dass sie die Erwartungen, die ihre Auftraggeberin in sie setzte, erfüllen, ja sogar noch übertreffen würde.

Gerade als sie in den Küchentrakt zurückkehren wollte, hörte sie, wie jemand ihren Namen rief. Sie drehte sich um und erblickte Eva, die übers ganze Gesicht strahlte und auf sie zugelaufen kam.

Erstaunt hob Noelle eine Braue. „Müsstest du um die Zeit nicht eigentlich in der Schneiderei sein?“

„Ja, schon, aber ich habe tolle Neuigkeiten, die ich einfach nicht bis zum Dienstschluss für mich behalten kann!“

„Du meine Güte, was ist denn passiert?“

„Der Schal! Er ist wieder aufgetaucht!“

Noelle brauchte einen Moment, um zu erfassen, wovon ihre Freundin sprach, dann riss sie die Augen auf. „Wirklich? Aber wie …?“

„Ein Mann hat ihn in die Schneiderei gebracht.“ Eva seufzte schwärmerisch. „Du lieber Himmel, der sah vielleicht gut aus! Groß, dunkelhaarig, mit umwerfenden blauen Augen. Er sagte, sein Name sei …“

„Albrektson“, vollendete Noelle den Satz für ihre Freundin. „Henrik Albrektson.“

„Richtig!“ Eva runzelte die Stirn. „Aber woher weißt du davon? Er ist doch gerade erst wieder bei uns weg. Er hat sich ziemlich neugierig nach der Frau erkundigt, die das Kleid auf der Hochzeit der Kronprinzessin tragen wird. Die Chefin wollte ihm den Namen nicht verraten, aber als sie ihm sagte, dass es sich um eine gute Freundin der Prinzessin handle, hat er ganz seltsam gelächelt, sich bedankt und ist gegangen."

Entsetzt sah Noelle ihre Freundin an. „Sag, dass das nicht wahr ist!", keuchte sie. Dann schloss sie die Augen. Ihr war, als hätte man ihr den Boden unter den Füßen weggezogen. Abgesehen davon, dass Henrik sie ohnehin bereits für einen Gast der königlichen Familie hielt, glaubte er nun auch noch, dass sie eine Freundin der Kronprinzessin sei!

Eines stand fest: Wenn die Wahrheit ans Licht kam, würde sie nicht nur ihren Job verlieren, sondern auch vor aller Welt als Hochstaplerin dastehen!

Am Abend desselben Tags saß Matilda, in grüblerische Gedanken versunken, auf einer Bank im Park von Kronborg Slott.

War sie es, oder war sie es nicht?

Diese Frage beschäftigte sie nun schon den ganzen Tag, doch sie war der Antwort bisher noch keinen Schritt näher gekommen. Handelte es sich bei der jungen Konditorin, die die Torte für ihre Verlobung entwerfen sollte, um dieselbe Frau, die gestern mit Henrik im Schlossgarten getanzt hatte?

Ihr war die Ähnlichkeit sofort aufgefallen, auch wenn sie die Frau in Henriks Armen nur aus der Entfernung gesehen hatte. Sicher konnte sie also nicht sein, aber sie würde die Wahrheit schon noch herausfinden.

Und sollte Noelle Rosenblad wirklich versuchen, ihr, Matilda Gunvaldsson, Konkurrenz zu machen, dann würde sie es schon bald bitter bereuen!

4. KAPITEL

Du siehst einfach umwerfend aus", sagte Eva, als sie am Abend des nächsten Tages zusammen mit Noelle vor dem Spiegel in deren Apartment stand.

„Findest du wirklich?" Zweifelnd schaute Noelle zuerst Eva und dann ihr Spiegelbild an. Sie trug ein hübsches lavendelfarbenes Kleid, das sie auf dem Nachhauseweg von der Arbeit spontan in einer kleinen Boutique gekauft hatte. Warum, wusste sie selbst nicht so genau, denn für gewöhnlich machte sie sich nicht viel aus Kleidung. Vielleicht hatte sie einfach nur mal etwas anderes ausprobieren wollen. Nein, das war gelogen – es lag natürlich an Henrik.

Zu erfahren, dass er sich in der königlichen Schneiderei nach ihrem Namen erkundigt hatte, war ein Schock für sie gewesen. Du lieber Himmel, jetzt hielt er sie für eine nahe Freundin der Kronprinzessin! Sie konnte die Sache unmöglich einfach so weiterlaufen lassen. Früher oder später würde er die Wahrheit herausfinden. Und Noelle mochte sich nicht einmal vorstellen, was dann passierte.

Den ganzen gestrigen Abend hatte sie damit verbracht, darüber nachzugrübeln, wie es ihr vielleicht noch gelingen könnte, die Katastrophe abzuwenden. Schließlich bat sie Eva um Rat, die ihren Ärger darüber, dass Noelle ihr verschwiegen hatte, dass sie doch im Kleid der Brautjungfer gesehen worden war, rasch vergaß. Gemeinsam überlegten sie hin und her, erwogen alle möglichen Alternativen und kamen doch immer wieder zu demselben Ergebnis: Noelle musste Henrik reinen Wein einschenken und darauf vertrauen, dass er ihr glaubte und Verständnis für sie aufbrachte.

Wenn sie ihn richtig einschätzte, würde er Eva und sie bestimmt nicht an ihre Vorgesetzten verraten. Was war denn auch schon Schreckliches passiert? Abgesehen von dem dummen

Missgeschick, dass sie in dem Kleid der Brautjungfer aus der Schneiderei gelaufen war, hatten sie beide nur ihre Pflicht getan – oder nicht?

Blieb nur zu hoffen, dass Henrik es auch so sah – aber das würde sie bald herausfinden. Da es ihr zu riskant erschienen war, sich irgendwo auf dem Schlossgelände mit ihm zu treffen – hier gab es einfach zu viele neugierige Augen und Ohren –, hatte sie ihm eine Nachricht zukommen lassen. Genauer gesagt, handelte es sich um eine Verabredung zum Abendessen in einem kleinen gemütlichen Restaurant in Gamla Stan. Unterzeichnet hatte sie das Schreiben mit „die Frau in Lavendel", da ihr richtiger Name ihm nichts sagen würde.

„Und wenn er nicht kommt?", fragte sie mit klopfendem Herzen.

„Unsinn", beruhigte Eva sie. „Er war sogar persönlich in der Schneiderei, um mehr über dich zu erfahren. Meiner Meinung nach kann kein Zweifel daran bestehen, dass dieser Henrik dich unbedingt wiedersehen will."

„Nein, nicht mich, sondern die gute Freundin der Kronprinzessin!"

„Ach, papperlapapp!", widersprach ihre Freundin energisch. „Wenn er tatsächlich so ein toller Mann ist, wie du sagst, wird er sich für das interessieren, was in dir steckt. Ob jemand ein gutes Herz hat, das ist es doch, was wirklich zählt." Sie lächelte. „Namen sind doch nur Schall und Rauch."

Prüfend betrachtete Noelle sich noch einmal im Spiegel, dann seufzte sie. Sie sah ganz passabel aus, wenn auch ungewohnt. Normalerweise fühlte sie sich in Hosen wesentlich wohler, doch für den heutigen Abend schien ihr ein wenig mehr weibliche Eleganz angemessen zu sein. Und sie musste zugeben, dass ihr das Kleid wirklich sehr gut stand.

Das ärmellose Oberteil war eng geschnitten und betonte ihre weiblichen Formen, der glockenförmige Rock endete knapp oberhalb der Knie. Dazu trug sie einen schwarzen Strickbolero und die hochhackigen schwarzen Lederstiefel, die sie einmal aus einer Laune heraus gekauft und seitdem nicht getragen hatte.

Sie sah aus wie eine ganz neue und viel femininere Noelle.

Warum gibst du dir eigentlich solche Mühe, fragte sie sich unwillkürlich. Dieses Treffen dient doch lediglich dazu, einige Dinge klarzustellen, schon vergessen?

Trotzdem wollte sie so schön wie möglich sein, wenn sie Henrik gegenübertrat. Wer konnte schon sagen, ob es nicht das letzte Mal war, dass sie sich begegneten?

Allein der Gedanke, ihn nie mehr wiederzusehen, trübte ihre Stimmung. Sie wusste selbst nicht genau, woran das lag, immerhin kannte sie Henrik ja kaum. Er sah gut aus, keine Frage, und sie fühlte sich zu ihm hingezogen. Aber reichte das, um einfach so ihre Prinzipien über Bord zu werfen? Keine Männergeschichten, das hatte sie sich nach der Katastrophe mit Felix fest vorgenommen. Und an die wahre Liebe glaubte sie seitdem ohnehin nicht mehr. Eigentlich sollte sie ihrem Exfreund sogar dankbar sein. Er hatte ihr die Augen dafür geöffnet, wie Männer wirklich waren. Sie interessierten sich nur so lange für eine Frau, wie sie ihren Nutzen daraus ziehen konnten. Und konnte sie mit Sicherheit sagen, dass Henrik nicht genauso war?

Als sie die Glocke der Riddarholmskirche sechs Mal schlagen hörte, erschrak sie. „So spät schon? Wenn ich mich nicht beeile, komme ich zu spät zu meiner Verabredung!"

Eva ergriff ihre Hände und drückte sie. „Na dann los, schnapp dir deinen Traumprinzen!"

„Oh nein, du denkst doch nicht etwa …" Energisch schüttelte Noelle den Kopf. „Es geht mir einzig und allein darum, dass wir nicht unsere Jobs verlieren. Davon abgesehen interessiert mich Henrik Albrektson nicht im Geringsten!"

Lächelnd zuckte Eva mit den Schultern. „Ganz wie du meinst."

Noelle nahm die Handtasche von der kleinen Kommode im Korridor, steckte ihre Schlüssel ein und verließ gemeinsam mit ihrer Freundin die Wohnung. Unten auf der Straße verabschiedete sie sich von Eva, die ihr noch einmal viel Glück wünschte.

Dann ging sie los.

Die klare, kühle Abendluft tat ihr gut, sogar ihre Nervosität ließ ein wenig nach. Die Altstadt Gamla Stan erstreckte sich über die Inseln Stadsholmen, Riddarholmen und Helgeandsholmen, die über zahlreiche Brücken untereinander und mit dem Festland verbunden waren.

Nicht umsonst wurde Stockholm auch das „Venedig des Nordens" genannt.

Noelles Weg führte sie durch schmale Gassen, vorbei an mittelalterlichen Bürgerhäusern in warmen Gelb- und Orangetönen. An nicht wenigen Fassaden flatterten entweder die schwedische Flagge oder Girlanden mit blaugelben Wimpeln im Wind, und unter den Fenstern hingen Pflanzkästen, in denen farbenfrohe Blumen blühten.

Auf den kleinen kopfsteingepflasterten Plätzen, die sie überquerte, saßen Einheimische und Touristen einträchtig nebeneinander an den Tischen der Cafés und Restaurants und genossen die milden Temperaturen. Es gab kleine Boutiquen und Kunstgalerien.

Solange sie ging, war Noelle ganz ruhig. Erst als sie das kleine Restaurant erreichte, das in einer Seitenstraße nahe des Stortorget – dem historischen Zentrum Stockholms – lag, ergriff die nervöse Unruhe wieder von ihr Besitz.

Unschlüssig blieb sie vor der Tür des ockerfarbenen Gebäudes mit dem Treppengiebel stehen. Jetzt, wo sie Henrik gleich gegenübertreten würde, bekam sie es mit der Angst zu tun. Mit einem Mal wurde ihr bewusst, wie haarsträubend ihre Geschichte klingen musste. Wenn er ihr nun nicht glaubte? Wenn er annahm, dass sie das Kleid unbefugt aus der Schneiderei genommen hatte, um es für private Zwecke – beispielsweise eine Verabredung mit einem Mann – zu nutzen? Klang das nicht viel wahrscheinlicher als die Wahrheit? Bei der Vorstellung, dass Henrik so etwas über sie denken könnte, wurde ihr beinahe übel. Doch ganz gleich, wie seine Reaktion auch aussehen mochte, ihr blieb kaum eine andere Wahl, als es darauf ankommen zu lassen.

Nach einem tiefen Atemzug betrat sie das Restaurant.

Zur selben Zeit stand Henrik am Fenster des Gästezimmers von Kronborg Slott und starrte gedankenverloren hinaus in den Schlossgarten. In seiner Hosentasche steckte die Nachricht, die er heute Morgen kurz nach dem Frühstück von einem Dienstboten erhalten hatte.

Er konnte schon gar nicht mehr zählen, wie oft er die wenigen handgeschriebenen Zeilen seitdem gelesen hatte.

Der Brief stammte von *ihr*, der schönen Unbekannten – oder der „Frau in Lavendel", wie sie sich selbst nannte. Wenn er auch noch immer nicht ihren Namen kannte, so wusste er inzwischen doch, dass sie eine gute Freundin der Kronprinzessin war. Ein Rätsel gab ihm hingegen die Tatsache auf, dass sie ihn in der Nachricht bat, sich in einem Restaurant in der Stockholmer Altstadt zu treffen. Bisher war sie ihm gegenüber sehr zurückhaltend, fast scheu gewesen. Woher rührte dieser plötzliche Sinneswandel?

Wie dem auch sei, er konnte der Einladung unmöglich folgen. Er schaffte es ohnehin kaum, die Fremde aus seinen Gedanken zu verbannen. Dabei war es so wichtig, dass er den Kopf für andere, wichtigere Dinge frei hatte. Sollte er vielleicht doch …

Als sich eine Hand von hinten auf seine Schulter legte, drehte er sich um. Vor ihm stand Matilda. Ihr langes weißblondes Haar fiel offen über die Schultern, und in ihren hellblauen Augen lag ein geheimnisvolles Glitzern.

„*Hej*", sagte sie, schenkte ihm ein verführerisches Lächeln und ergriff seine Hand. „Du hast doch heute Abend noch nichts vor, oder?"

Henrik hob eine Braue. „Wieso fragst du?"

„Ich finde, wir sollten uns endlich ein wenig Zeit nehmen, um uns besser kennenzulernen", antwortete sie mit einem lasziven Augenaufschlag. Sie stand jetzt ganz dicht vor ihm. Der süße Duft ihres Parfums umschwebte sie wie eine Wolke, und sie fing an, spielerisch an den Knöpfen seines Hemds zu nesteln. „Wir könnten etwas essen gehen und es uns anschließend hier gemütlich machen. Was hältst du davon?"

Mit einem herausfordernden Blick ließ sie ihre Hand unter sein Hemd gleiten.

Für einen Moment war er versucht, sich auf Matildas Annäherungsversuch einzulassen. Warum auch nicht? Immerhin war sie die Frau, die er zu heiraten gedachte.

Sie wertete sein Schweigen als Zustimmung. Mit einem Seufzen schlang sie die Arme um seinen Nacken und bedeckte seinen Hals mit Küssen.

Lass es einfach zu, riet ihm eine innere Stimme, als seine Libido sich regte. Er war schon so lange keiner Frau mehr so nah gekommen und …

„Nein!" Er umfasste ihre Oberarme und schob Matilda von sich. „Es geht nicht!", stieß er atemlos hervor. Sein Puls raste noch immer, doch er sah jetzt wieder klar – und wusste, dass er nicht so weitermachen konnte.

Zumindest nicht jetzt.

„Was ist denn mit dir?", fauchte Matilda und blitzte ihn aus schmalen Augen zornig an. „Bin ich dir nicht gut genug, oder wo liegt dein Problem?"

„Nein, das ist es nicht, ich …“, versuchte er zu erklären.

„Verschwinde!“, rief sie. „Hau doch ab, wenn du nicht mit mir zusammen sein willst!“

Beschwichtigend hob er die Hände. „Jetzt hör mich doch erst mal an!“ Doch er merkte schnell, dass Matilda genau das nicht wollte. Wenn sie in dieser Stimmung war, konnte man nicht mit ihr reden.

Also verließ Henrik das Gästezimmer und ging nach unten in den Schlossgarten. Unterwegs fragte er sich nicht zum ersten Mal, ob sein Vorhaben überhaupt Sinn machte. Matilda und er waren einfach zu unterschiedlich. Sie liebte den Jetset und hielt sich am liebsten immer dort auf, wo das pralle Leben tobte. Ganz im Gegensatz zu Henrik, der gesellschaftliche Großereignisse nur dann besuchte, wenn es sich nicht vermeiden ließ, und ansonsten die Ruhe und Abgeschiedenheit von Benningklint Slott bevorzugte.

War eine Verbindung zwischen zwei so verschiedenen Menschen nicht von vorneherein zum Scheitern verurteilt?

Henrik blieb nichts anderes übrig, als es zumindest zu versuchen. Er konnte nicht einfach so tun, als wäre nichts geschehen. Die Schuld, die er auf sich geladen hatte, lastete Tag für Tag schwer auf seinen Schultern. Wie immer, wenn er an jenen schicksalhaften Abend des Unfalls vor etwas mehr als zwei Monaten zurückdachte, schien sich eine eiserne Klammer um sein Herz zu legen.

Als Sohn von Henriks jung verstorbenem Onkel war Kristian auf Benningklint Slott aufgewachsen. Sie gingen zusammen zur Schule, verbrachten die Sommerferien gemeinsam im Schloss von Henriks Familie und fuhren mit dem Ruderboot auf den Storsjön hinaus, um zu fischen oder zu baden. Doch schon damals hatte sein Cousin ein untrügliches Talent dafür gehabt, sich selbst und jeden um sich herum in Schwierigkeiten zu bringen. Daran änderte sich auch in späteren Jahren nichts.

Ganz im Gegenteil, es wurde nur noch schlimmer. Und dann, eines stürmischen Frühlingsabends, kam Kristian stark angetrunken nach Benningklint Slott ...

Henrik schüttelte den Kopf. Nein, jetzt war nicht der richtige Moment, um über die Vergangenheit nachzugrübeln. Kristian war tot, und Henrik trug nun die Verantwortung für Matilda und ihr ungeborenes Kind. Und wenn es ihm noch so schwerfiel, er konnte und durfte sich der Verpflichtung nicht entziehen. Nicht nur wegen Matilda, sondern auch wegen seiner Familie, dem Hotel und den Angestellten.

Schlag dir die schöne Brautjungfer aus dem Kopf – endgültig! Selbst wenn es Matilda nicht gäbe, könntest du nicht mit ihr zusammen sein. Sie würde es auch gar nicht wollen, wenn sie die Wahrheit über dich wüsste. Denk an Ingrid! Bei ihr dachtest du auch, es sei die große Liebe – und was ist am Ende daraus geworden?

Doch die Stimme seiner Vernunft verhallte unbeachtet, und so kam es, dass er zwei Minuten später den Schlossgarten verließ und den ersten Dienstboten, der ihm über den Weg lief, bat, ihm ein Taxi zu rufen.

Keine zehn Minuten später war Henrik auf dem Kronborgsväg in Richtung Stockholm.

Gegen halb acht – Noelle hatte die Hoffnung, dass er noch kommen würde, bereits aufgegeben – betrat Henrik das Restaurant. Ihr Herz machte einen erfreuten Hüpfer, als sie ihn sah, und sofort fingen die Schmetterlinge in ihrem Bauch wieder an zu flattern.

Vergiss nicht, warum du hier bist, ermahnte sie sich selbst. Dies ist kein romantisches Tête-à-Tête mit dem Mann deiner Träume. Es geht um deine Zukunft!

„*Hej*", brachte sie heiser hervor, als sie sich endlich gegenüberstanden. Wie groß er war – und wie unsagbar männlich!

„Ich fürchtete schon, Sie kämen nicht mehr."

Er lächelte – und wie all die Male zuvor war die Wirkung auf Noelle umwerfend. Was hatte dieser Mann bloß an sich, dass er sie so mühelos die Kontrolle über sich selbst verlieren ließ?

„Um offen zu sein, ich wusste zunächst auch nicht, ob ich Ihrer Einladung wirklich folgen sollte", antwortete er. „Sie kam ein wenig überraschend. Bislang endeten unsere Begegnungen immer damit, dass Sie vor mir davongelaufen sind."

Der Kellner kam an den Tisch. Noelle war froh über die kurze Unterbrechung, weil sie ihr die Gelegenheit bot, sich ein wenig zu sammeln.

„Haben Sie bereits gewählt? Als Gericht des Tages kann ich das *Renstek med rödlok och lingon* wärmstens empfehlen."

„Rentierbraten mit roten Zwiebeln klingt hervorragend", nickte Henrik. Das nehme ich. Was ist mit Ihnen?"

„Für mich dasselbe, bitte", erwiderte Noelle, ohne einen Blick in die Speisekarte zu werfen. „Sie fragen sich sicher, warum ich Sie hergebeten habe", begann sie, als der Kellner fort war, doch Henrik schüttelte den Kopf.

„Wollen wir nicht nach dem Essen darüber reden? Wir haben doch noch den ganzen Abend Zeit. Erzählen Sie mir lieber etwas über sich."

„Über mich?", stieß Noelle überrascht aus. „Da gibt es nicht viel zu erzählen."

Er lachte. Es war ein ehrliches, mitreißendes Lachen. „Also, entweder sind Sie sehr bescheiden oder einfach nur diskret. Als Freundin der Kronprinzessin von Schweden könnten Sie doch bestimmt einiges aus dem Nähkästchen plaudern. Aber keine Sorge, ich interessiere mich nicht für irgendwelche Eskapaden der Thronfolgerin. Was mich interessiert, sind Sie. Fangen wir doch der Einfachheit halber bei Ihrem Namen an. Wie heißen Sie?"

„Noelle", antwortete sie nach kurzem Zögern. „Noelle Rosenblad. Aber ich glaube, ich muss da etwas klarstellen. Ich bin nicht …"

Sie wurde unterbrochen, als der Ober erneut an ihren Tisch trat, um die Getränke zu servieren. Mühsam unterdrückte sie einen Fluch. So konnte es nicht weitergehen! Mit jeder Minute, die sie ihr Geständnis weiter hinauszögerte, fiel es ihr schwerer, Henrik die Wahrheit zu sagen. Und doch führte kein Weg daran vorbei. Sie musste es einfach tun.

Doch als sie ihn anblickte, geriet ihr fester Vorsatz wieder ins Schwanken. Nervös griff sie nach dem Weinglas. Dabei streiften ihre Finger versehentlich seine Hand. Diese winzige Berührung, zart wie das Flattern eines Schmetterlingsflügels, raubte Noelle den Atem. Ihr Herz setzte für einen Schlag aus, dann klopfte es so heftig weiter, als wollte es jeden Moment zerspringen.

Wieder sah sie Henrik an und hatte das Gefühl, in den Tiefen seiner Augen, die so blau waren wie der weite Ozean, zu versinken. Und in seinem Blick glaubte sie dieselbe Sehnsucht zu erkennen, die auch sie empfand. Zum Glück kam in diesem Moment das Essen.

Es duftete verführerisch, trotzdem fiel es Noelle schwer, sich darauf zu konzentrieren. Henrik jedoch aß mit gesundem Appetit. Spürte er denn nicht, wie die Luft zwischen ihnen vor Spannung knisterte? Die Geräusche um sie herum, die gedämpften Unterhaltungen der anderen Gäste und das Klappern von Geschirr, schienen in den Hintergrund zu rücken, bis Noelle nur noch das Hämmern ihres eigenen Herzens hörte.

Was geschieht hier mit mir? So etwas war ihr noch nie im Leben passiert. Nicht einmal damals bei Felix, und ihn hatte sie wirklich zu lieben geglaubt. Henrik hingegen war für sie im Grunde ein wildfremder Mann. Abgesehen von seinem Namen wusste sie rein gar nichts über ihn – nur, dass er sie körperlich geradezu magisch anzog.

Bis heute hatte Noelle sich nie für einen besonders leidenschaftlichen Menschen gehalten. Natürlich liebte sie ihre Familie, ganz besonders ihre beiden Schwestern. Aber dass sie auf diese Weise etwas für einen Mann empfinden konnte, war eine vollkommen neue Erfahrung für sie. Mit siebenundzwanzig Jahren entdeckte Noelle nun plötzlich eine ganz neue Seite an sich – und das machte ihr ein wenig Angst.

Hastig zog sie die Hand weg und senkte den Blick. Das Atmen fiel ihr noch immer schwer, und sie glaubte nicht, dass ihre Beine sie getragen hätten, wenn sie jetzt aufgestanden wäre.

„Ist alles in Ordnung?“, hörte sie Henrik fragen.

Ein Laut, irgendwo zwischen einem Lachen und einem Schluchzen, entrang sich ihrer Kehle. „Gar nichts ist in Ordnung!“, erwiderte sie heiser und ohne ihn anzusehen, damit sie nicht wieder den Mut verlor. „Ich muss Ihnen unbedingt etwas erklären, Henrik. Ich bin nicht die, für die Sie mich halten. Ich …“

In diesem Moment betraten zwei Männer das Restaurant. Noelle stieß vor Schreck beinahe ihr Glas um. Hastig drehte sie sich so, dass sie vom Eingangsbereich aus nur schwer zu sehen war, und schloss verzweifelt die Augen.

Nein, das durfte einfach nicht wahr sein! So viel Pech konnte einfach kein Mensch haben!

Denn bei einem der Männer handelte es sich um niemand anderen als Fridtjof Lundgren, ihren Vorgesetzten!

5. KAPITEL

Was ist los mit Ihnen?" Henrik war nicht entgangen, wie angespannt Noelle plötzlich wirkte. „Fühlen Sie sich nicht wohl?"

Sie räusperte sich. „Das muss ziemlich merkwürdig für Sie klingen, aber ich würde jetzt gern gehen."

„Schon?" Irritiert hob er eine Braue. „Aber warum? Ist etwas nicht in Ordnung? Schmeckt Ihnen das Essen nicht, oder habe ich vielleicht ..."

„Es liegt nicht an Ihnen", fiel sie ihm ins Wort. „Ich habe nur gerade jemanden entdeckt, dem ich auf keinen Fall begegnen möchte. Ein ehemaliger ... Bekannter von mir, Sie verstehen? Bitte, ich möchte einfach nur von hier fort, ohne ihm über den Weg zu laufen."

„Hat er Sie belästigt? Soll ich ihn bitten zu gehen?"

Hastig schüttelte Noelle den Kopf. „Um Himmels willen, nein! Ich bitte Sie nur, unauffällig mit mir von hier zu verschwinden, und hoffe auf Ihr Verständnis."

Jetzt zögerte er nicht länger. „Keine Sorge", versprach er und winkte entschlossen den Kellner heran. „Ich erledige das. Vertrauen Sie mir einfach."

Dann ging alles ganz schnell. Henrik erfand für den Kellner die Geschichte von einem aufdringlichen Verehrer, zahlte die Rechnung und erkundigte sich nach einer Möglichkeit, ungesehen aus dem Restaurant zu gelangen. Zwei Minuten später traten sie durch den Hinterausgang nach draußen, wo Noelle erleichtert aufatmete.

„Danke!", stieß sie erleichtert aus, und einen Moment glaubte er schon, sie würde ihm um den Hals fallen. Doch dann beließ sie es dabei, ihn aus den blauen Augen ernst anzusehen. „Ich denke, ich schulde Ihnen eine Erklärung."

„Nein. Das ist nicht nötig. Ich kann verstehen, dass Sie öffentliches Aufsehen vermeiden wollen." Er schüttelte den Kopf. „Es tut mir leid, ich hätte nicht vorschlagen sollen, mir diesen Kerl vorzuknöpfen. Es ist nur so, dass ich nur eines noch mehr hasse als angelogen zu werden – und das sind Männer, die einfach nicht wissen, wann es genug ist."

Für einen winzigen Moment schaute sie ihn aus ihren veilchenblauen Augen an wie ein verschrecktes Rehkitz, und er musste dem Drang widerstehen, sie schützend in die Arme zu schließen.

„So", rief er, vor allem, um sich selbst abzulenken. „Und jetzt sollten wir unser verpatztes Abendessen nachholen. Ich sterbe vor Hunger." Fragend sah er sie an. „Irgendwelche Vorschläge?"

Ihre Antwort überraschte ihn. Er hatte damit gerechnet, dass sie ein Restaurant in Gamla Stan vorschlagen würde – vielleicht mit italienischer oder französischer Küche. Doch stattdessen sagte sie: „Fischbrötchen! Ich hätte wahnsinnige Lust auf ein Fischbrötchen."

Als Henrik lachte, errötete sie. Der Anblick ließ sein Herz schneller schlagen. Alles an ihr wirkte so frisch und unschuldig. Kaum zu glauben, dass sie in den gleichen Kreisen verkehrte wie Matilda und ihre Freundinnen.

Ein wenig schuldbewusst wurde ihm klar, dass er zum ersten Mal an diesem Abend überhaupt an Matilda dachte. Die Worte seiner Mutter kamen ihm in den Sinn. Es stimmte, die Existenz der ganzen Familie und auch die von gut zwei Dutzend Angestellten hing davon ab, dass er Matildas Vater überzeugte, ihm den Kredit für Benningklint Slott zu bewilligen. Und Göran Gunvaldsson wäre bestimmt nicht begeistert, wenn er Henrik jetzt sehen könnte. Schließlich ging er davon aus, dass seine Tochter schon bald in eine schwedische Adelsfamilie einheiratete. Wenn er erfuhr, dass sein zukünftiger Schwiegersohn sich mit einer anderen Frau herumtrieb …

Rasch schob Henrik den unangenehmen Gedanken beiseite. Es mochte unvernünftig sein, vielleicht sogar egoistisch, doch er wollte die Zeit, die er gemeinsam mit Noelle verbrachte, genießen und ausnahmsweise einmal nicht an die Zukunft denken.

„Wissen Sie was?“, erwiderte er schließlich. „Ich finde, das ist eine wirklich gute Idee. Aber wo bekommen wir um diese Zeit noch Fischbrötchen her?“

Die Röte auf ihren Wangen vertiefte sich. „Kennen Sie Gröna Lund?“

Gröna Lunds Tivoli war Schwedens ältester Freizeitpark. Er hatte in den Sommermonaten selbst an Wochentagen bis spät in die Nacht geöffnet und lag an der Südwestspitze der Stadtinsel Djurgården. Von der Stockholmer Altstadt fuhr eine Fähre dorthin.

Noelle lehnte an der Reling und schaute auf das nachtschwarze Wasser, in dem sich die hell beleuchteten Attraktionen spiegelten. Fröhliche Musik wehte zu ihnen herüber, und sofort ergriff aufgeregte Vorfreude von ihr Besitz.

Sie liebte Gröna Lund bei Nacht, mit den farbenfrohen Lichtern und dem bunten Allerlei von Gerüchen. Doch heute Abend hatten das Kribbeln in ihrem Bauch und das verräterische Herzklopfen noch einen anderen Grund – Henrik.

Er stand direkt neben ihr. Sie konnte die Wärme spüren, die von seinem Körper ausging, und ein Hauch seines Aftershaves stieg zu ihr herüber. Als er kaum merklich mit der Hand ihren Arm streifte, durchlief sie ein wohliger Schauer.

„Sie frieren ja“, missdeutete er die Signale ihres Körpers, zog sein Jackett aus und legte es ihr um die Schultern.

Der Duft seines Rasierwassers machte Noelle fast schwindelig vor Sehnsucht. Für einen Moment gab sie sich der Illusion hin, anstatt vom Stoff seines Jacketts von seinen starken Armen umfangen zu sein und …

Nein, daran durfte sie nicht einmal denken! Sie zwang sich, wieder in die Realität zurückzukehren, und in der existierte kein Traumprinz für Aschenputtel. So sehr sie sich auch körperlich von ihm angezogen fühlen mochte, es konnte für sie keine gemeinsame Zukunft geben. Sie passten ganz einfach nicht zusammen.

Außerdem durfte sie nicht zulassen, dass ihre Gefühle schon wieder ihre Zukunftspläne gefährdeten. Den Fehler hatte sie bereits damals bei Felix begangen und es später bitter bereut. Auch wenn Henrik sie sicher nicht so ausnutzen wollte wie ihr Exfreund, konnte allein die Tatsache, dass sie mit ihm zusammen war, ihren großen Traum zum Platzen bringen.

Auf der anderen Seite: Was machten ein paar Stunden mehr oder weniger schon aus? War es wirklich falsch, die gemeinsame Zeit mit ihm zu genießen, solange sie nicht aus den Augen verlor, dass dieser Abend alles war, was sie von ihm bekommen konnte?

Natürlich hätte sie ihm schon nach ihrer Flucht aus dem Restaurant die Wahrheit sagen müssen. Doch als er so zornig erklärt hatte, wie sehr er es verabscheute, angelogen zu werden, hatte sie schlichtweg der Mut verlassen.

Auf Dauer konnte sie dieses Spiel nicht weiterspielen. Er würde die Wahrheit früher oder später herausfinden – und sie dann für ihre Lügen verachten. Aber wem schadete es schon, wenn sie eine kurze Weile lang so tat, als würden sich Märchen doch erfüllen?

Ein paar Minuten später verließen sie die Fähre, und Henriks Hand schob sich wie von selbst in ihre. Es fühlte sich so gut, so richtig an, dass Noelle gar nicht daran dachte zu protestieren.

Nur für ein paar Stunden, sagte sie zu sich selbst. Dann ist ohnehin alles vorbei …

„Sie heißen also Noelle.“ Er lächelte. „Ein wirklich bezaubernder Name für eine noch bezauberndere Frau.“

„Jetzt hören Sie schon auf“, protestierte sie. „Sie machen mich ja ganz verlegen!“

Henrik bot ihr seinen Arm an, und sie schlenderten über die kopfsteingepflasterten Wege zwischen den verschiedenen Attraktionen, entlang an Verkaufsständen, die verführerisch duftende Zuckermandeln und köstliche *Pannkaka med blåbär* – Pfannkuchen mit Blaubeeren – anboten.

Wie von selbst schmiegte Noelle sich an ihn, als Henrik einen Arm um ihre Schulter legte. Sie fühlte sich, als würde sie auf Wolken schweben.

„Sehen Sie, Dosenwerfen!“ Er deutete mit der freien Hand auf einen Stand mit einer langen Theke voller Körbe mit Bällen. An der Rückwand waren in Schulterhöhe Bretter angebracht, auf denen Dosen sich pyramidenförmig übereinanderstapelten.

„Räumen Sie mit drei Wurf alle Dosen ab, und Ihre Begleiterin hat die freie Auswahl“, verkündete der Mann hinter dem Tresen, dem Henriks Interesse nicht entging. Er deutete auf eine Reihe von Stofftieren und Plüschkissen, die an Bändern von den Seitenwänden und der Unterseite des Daches herabhingen.

„Was davon möchten Sie gern haben?“, fragte Henrik lächelnd.

Sie lachte. „Nicht so voreilig! Zuerst einmal müssen Sie gewinnen!“

„Sie glauben wohl nicht, dass ich es schaffe?“ Er nickte entschlossen. „Na, dann lassen Sie sich mal überraschen. Ich war als Junge immer sehr gut in solchen Geschicklichkeitsübungen.“

Und tatsächlich gelang es Henrik schon beim zweiten Wurf, sämtliche Dosen abzuräumen. Noelle applaudierte ihm begeistert. Als er ihr den Gewinn überreichte, den er für sie ausgesucht hatte – ein großes Herz aus rotem Plüsch –, nahm sie es mit gesenktem Blick entgegen.

Es würde sie für immer an diesen wunderbaren Abend erinnern, selbst wenn Henrik schon längst nichts mehr mit ihr zu tun haben wollte, weil sie ihn angelogen hatte …

Energisch verdrängte sie diesen unangenehmen Gedanken und hakte sich bei Henrik unter. „Kommen Sie", sagte sie. „Zum Dank zeige ich Ihnen jetzt endlich, wo es die besten Fischbrötchen von ganz Stockholm gibt."

Dass einige Menschen behaupteten, Gröna Lund sei nur etwas für Kinder, verstand Noelle beim besten Willen nicht. Der Vergnügungspark mit seinen Achterbahnen, dem großen Kettenkarussell, der Geisterbahn und den vielen anderen Attraktionen zog sie heute immer noch genauso in seinen Bann wie früher. Sie liebte die Atmosphäre, die hier herrschte – besonders abends, wenn die zahllosen bunten und blinkenden Lichter die Dunkelheit erhellten, so wie jetzt.

Der Stand mit den Fischbrötchen lag direkt gegenüber vom Riesenrad. Während sie aßen, beobachteten sie, wie die runden Gondeln sich drehten.

„Haben Sie Lust?", fragte Noelle spontan, nachdem sie aufgegessen hatten.

Er folgte ihrem Blick und lachte. „Ich weiß nicht. Um ehrlich zu sein, ich bin in meinem ganzen Leben noch nie Riesenrad gefahren."

„Na, dann wird es aber höchste Zeit!", entgegnete sie bestimmt, nahm seine Hand und führte ihn zur Kasse, wo sie zwei Fahrkarten löste. Wenige Minuten später saßen sie zusammen in einer der Gondeln, und das Riesenrad trug sie langsam in den sternenklaren Himmel empor.

Zuerst fühlte Noelle sich ein wenig unbehaglich, aber schnell entspannte sie sich, als Henrik schützend den Arm um sie legte. Es war ein herrliches Gefühl, ihm so nah zu sein. Ohne einen

Gedanken an die möglichen Auswirkungen auf ihre Selbstbeherrschung zu verschwenden, kuschelte sie sich an ihn. Sie wagte kaum zu atmen, aus Angst, den Augenblick zu zerstören.

Ihr Herz klopfte heftig, während sie vorgab, die wunderbare Aussicht zu genießen. Glitzernd spiegelten sich die Lichter von Gröna Lund im dunklen Wasser des Kanals, der Mälarsee und die Ostsee miteinander verband. Im Hintergrund erhob sich die Silhouette von Stockholms Altstadt aus der Dunkelheit. Doch so herrlich der Blick von hier oben auch war, Noelle konnte nur an Henrik denken. All ihre Sinne waren aufs Äußerste geschärft, und als sie ihn anschaute und in seinem Blick dasselbe Verlangen entdeckte, das auch sie empfand, wusste sie, dass es kein Zurück mehr gab.

Zitternd hielt sie den Atem an und schloss die Augen, als Henrik mit den Fingern sanft die Konturen ihres Gesichts nachzeichnete. Eine tiefe Sehnsucht, wie sie sie noch nie zuvor erlebt hatte, erfüllte sie. Ihre Brust hob und senkte sich heftig. Und als sein Mund sich schließlich auf ihre Lippen legte, war es um sie geschehen.

Mit einem heiseren Seufzen vertiefte sie den Kuss, umspielte seine Zunge mit der ihren und gab sich ganz dem köstlichen Gefühl hin, das er in ihr wachrief.

Nur für ein paar Sekunden lösten sie sich voneinander, als Noelle sich auf seinen Schoß setzte und die Hände in seinem Haar vergrub, das so weich und glänzend war wie Seide. Sie konnte nicht mehr klar denken, vergaß die Welt um sich herum.

Und dann war es plötzlich vorbei.

Henrik schob sie von sich und rückte so weit von ihr ab, wie es die Enge der Gondel erlaubte. Als die Fahrt zu Ende war, verließ er das Riesenrad so schnell, dass sie sich beeilen musste, um zu ihm aufzuschließen.

„Was ist los?", fragte sie verwundert. Denn es war mehr als deutlich, dass ihn etwas bedrückte. Doch er schüttelte nur den

Kopf und wirkte plötzlich sehr abweisend. „Wir sollten uns jetzt besser auf den Rückweg machen“, erklärte er, ohne auf ihre Frage einzugehen. „Dieser Kuss … Wir hätten das nicht tun sollen.“

Irritiert sah sie ihn an, doch er wandte den Blick ab.

„Natürlich“, nickte sie dann. „Ganz wie Sie meinen.“

Während sie mit der Fähre nach Gamla Stan übersetzten, sprach keiner von beiden ein Wort.

Eine Stunde später stand Noelle auf dem Balkon ihres Apartments und schaute in den nächtlichen Himmel. Unwillkürlich fragte sie sich, ob Henrik in diesem Moment vielleicht auch zu den Sternen emporblickte.

Henrik. Als sie sich vorhin am Fähranleger Slussen im Süden der Gamla Stan voneinander verabschiedet hatten, war die Stimmung zwischen ihnen alles andere als unbefangen gewesen. Nicht ein Wort verloren sie über das, was vorgefallen war. Noelle spürte, dass Henrik den Kuss bereute. Darum hatte sie dankend abgelehnt, als er vorschlug, sie in seinem Taxi mitzunehmen, und sich damit herausgeredet, dass sie bei einer alten Freundin in Stockholm übernachten wolle.

Ob sie ihn jemals wiedersehen würde?

Seufzend fuhr sie mit der Hand durch ihr welliges dunkles Haar. Wie sollte es jetzt bloß weitergehen? Warum hatte sie ihm nicht die Wahrheit gesagt, als sich die Gelegenheit dazu bot? Jetzt war es zu spät und der geeignete Augenblick längst verstrichen. Es war nur noch eine Frage der Zeit, bis das Gebilde aus Lügen, das sie um sich herum errichtet hatte, in sich selbst zusammenfiel.

Und dann?

Was auch immer sie unternahm, am Ende konnte sie nur verlieren. Entweder ihren Job oder Henrik, im schlimmsten Fall sogar beides. Am meisten verunsicherte sie die Tatsache, dass sie längst nicht mehr eindeutig zu sagen vermochte, wo ihre Prioritäten lagen.

Auf der einen Seite war da ihr großer Traum, nach Frankreich zu gehen, um für Michel Lejeune zu arbeiten und es allen zu beweisen, die nicht an sie geglaubt hatten.

Auf der anderen Seite stand Henrik.

Die Stimme ihrer Vernunft sagte, dass sie einen Fehler beging, wenn sie ihr Herz zu sehr an ihn hängte. Sie spürte deutlich, dass er etwas vor ihr und dem Rest der Welt zu verbergen versuchte. Davon abgesehen, dass sie generell keinen Mann in ihrem Leben haben wollte, war so jemand das Letzte, was sie im Moment gebrauchen konnte. Aber kam diese Erkenntnis nicht längst zu spät?

Sie sollte sich auf ihre Arbeit konzentrieren, stattdessen ließ sie sich von Henrik ablenken. Dabei wusste sie doch, wohin das führte! Da brauchte sie nur an Felix zu denken.

Auch in ihn hatte sie sich Hals über Kopf verliebt. Es war ihr ganz selbstverständlich erschienen, die eigenen Wünsche und Zukunftspläne für ihn zurückzustellen. Sie begleitete ihn, als er beruflich für ein halbes Jahr nach Nordschweden ging, um dort übergangsweise die Leitung einer kleinen Konditoreifiliale zu übernehmen.

Natürlich half Noelle ihm, wo sie nur konnte, und es störte sie auch nicht, dass er ihre kreativen Ideen und Vorschläge als die seinen verkaufte. Was machte es für einen Unterschied? Sie liebte Felix, und er empfand dieselben Gefühle für sie.

Das zumindest hatte sie gedacht, was die Enttäuschung am Ende nur umso größer gemacht hatte.

Nun stand sie wieder vor derselben Wahl. Wie sollte sie dieses Mal entscheiden?

Noch vor wenigen Tagen hätte sie voller Überzeugung behauptet, die Antwort auf diese Frage zu kennen. Doch inzwischen war sie sich da längst nicht mehr so sicher.

Leise schloss Henrik die Tür des Zimmer hinter sich, in dem er und Matilda für die Dauer ihres Aufenthalts auf Schloss Kronborg untergebracht waren. Der Raum war dunkel, nur durch das geöffnete Fenster fiel silbriger Mondschein. Vermutlich war Matilda bereits zu Bett gegangen, oder sie amüsierte sich – was er für noch wahrscheinlicher hielt – gemeinsam mit alten Freunden in Stockholm.

Jede dieser Alternativen war ihm recht, solange er sie nur heute Abend nicht mehr sehen musste. Er fürchtete nämlich, dass sie ihm das schlechte Gewissen sofort ansehen würde.

Mit einem lautlosen Seufzen schüttelte er den Kopf. Er hätte es niemals so weit mit Noelle kommen lassen dürfen. Sie am Abend des Banketts im Schlosspark beinahe zu küssen, war ein gewaltiger Fehler gewesen.

Dafür, dass er es vorhin auf dem Rummelplatz tatsächlich getan hatte, gab es nur ein Wort: unverzeihlich. Und zwar nicht nur, weil er Matilda heiraten würde.

Hatte er sich nach der Sache mit Ingrid nicht geschworen, nie wieder zuzulassen, dass sich eine Frau in sein Herz schlich? Die Demütigung von damals reichte für ein ganzes Leben. Dabei war er sich ihrer Liebe so sicher gewesen.

Was bewies, dass er sich auf seine Menschenkenntnis einfach nicht verlassen konnte.

„Wo zum Teufel hast du den ganzen Abend gesteckt? Ich warte schon seit Stunden auf dich."

Henrik blinzelte, als plötzlich das Licht der Stehlampe aufflammte. Matilda saß auf dem geschnitzten Rokokostuhl, der neben dem Bett stand, und musterte ihn kühl.

„Ich habe mich mit einem ehemaligen Kommilitonen getroffen", erwiderte er rasch. Bei dieser Lüge fühlte er sich zwar alles andere als wohl, doch was blieb ihm anderes übrig? Die Wahrheit erschien ihm jedenfalls wenig angebracht.

„Wenn du deine Zeit lieber mit alten Studienkollegen verbringst als mit deiner zukünftigen Frau …“

„Du warst es doch, die mich praktisch vor die Tür gesetzt hat!“, warf er ein.

Scheinbar gleichgültig zuckte sie mit den Schultern. „Nun, vielleicht interessiert es dich ja, dass deine Mutter vorhin angerufen hat.“

„Mutter?“ Er dachte an das letzte Telefongespräch mit ihr und verzog das Gesicht. Vermutlich zielte ihr erneuter Anruf nur darauf ab, ihn noch weiter unter Druck zu setzen – das konnte er im Augenblick wahrhaftig nicht gebrauchen. Trotzdem fragte er: „Was wollte sie denn?“

„Es ging um deinen Vater“, erklärte Matilda so lapidar, als würde sie über den Wetterbericht sprechen. „Er hat einen Schwächeanfall erlitten und wurde ins Krankenhaus eingeliefert.“

Eisige Kälte breitete sich in Henrik aus. „Ich muss sofort zu ihm!“, erklärte er mit bebender Stimme.

Aber Matilda schüttelte den Kopf. „Deine Mutter hält es für besser, wenn du hier bei mir auf Kronborg Slott bleibst.“

Zuerst wollte Henrik empört protestieren, doch dann zwang er sich nachzudenken. Das Verhältnis zwischen seiner Mutter und ihm mochte nicht immer das allerbeste sein, doch sie würde ihn nie aus eigennützigen Gründen davon abhalten, ans Krankenbett seines Vaters zu eilen.

Daher konnte ihre Bitte nur einen Grund haben: Sie wollte, dass er seine Aufgabe hier in Stockholm zu einem erfolgreichen Abschluss brachte. Alles andere würde Konrad Albrektson in seinem ohnehin geschwächten Zustand einfach nicht verkraften.

In diesem Moment sah er seine Zukunft ganz deutlich vor sich. Er würde Matilda heiraten und mit ihr den Rest seines Lebens verbringen. Daran gab es jetzt nichts mehr zu rütteln. Denn wenn er es nicht tat und Menschen, die er liebte, durch seine Schuld zu Schaden kamen, könnte er sich das niemals verzeihen.

6. KAPITEL

„Du lieber Himmel, du weinst ja! Was ist denn bloß los?“

Noelle saß in ihrer Mittagspause auf einer Bank im Schlosspark, als sie Evas Stimme hinter sich hörte. Hastig wischte sie sich mit den Handrücken über die tränennassen Wangen. „Es ist nichts“, erwiderte sie. „Es geht mir gut.“

Sie spürte den zweifelnden Blick ihrer Freundin und zwang sich zu einem Lächeln. „Wirklich.“

Das entsprach natürlich ganz und gar nicht der Wahrheit. Den ganzen Vormittag bemühte sie sich nun schon, ihrem ersten Versuch für die Verlobungstorte von Matilda Gunvaldsson den letzten Schliff zu geben. Doch ihm fehlte einfach noch das gewisse Etwas. Was allerdings nicht der Hauptgrund für ihren Kummer war.

Vor allem weil sie nur noch an Henrik denken konnte, ging es ihr schlecht.

Seit sie auseinandergegangen waren, fand Noelle keinen Schlaf mehr, hatte keinen Hunger, und auch sonst fehlte ihr jeglicher Elan. Vor allem, was ihre Arbeit betraf.

Sie war einfach nicht in der Lage, sich zu konzentrieren. Wie sollte sie auch, wenn sie jedes Mal, wenn sie auch nur für eine Sekunde die Augen schloss, Henriks lächelndes Gesicht vor sich sah?

Und dann dieser Kuss, der ihr nicht aus dem Kopf ging. Was war bloß mit ihr los? Sie verstand sich selbst nicht mehr! Ihr ganzes Leben schien völlig aus den Fugen geraten zu sein, und das war einzig und allein Henriks Schuld.

Sie wusste nicht, wie er es anstellte, aber eines stand fest: So wie im Moment konnte es unmöglich weitergehen.

„Du denkst an deinen Henrik, nicht wahr? Wie war denn euer Treffen? Ich habe gestern Abend noch versucht, dich zu erreichen, aber ohne Erfolg. Hat er die Tatsache, dass du kein Gast der Königsfamilie bist, gut verkraftet?"

„Erstens ist er nicht *mein* Henrik", protestierte Noelle heftiger als beabsichtigt. „Und zweitens habe ich es ihm noch nicht gesagt."

Tadelnd schnalzte Eva mit der Zunge. „Das ist nicht gut, Süße. Du solltest ehrlich zu ihm sein, sonst kann das mit euch nicht funktionieren."

„Das soll es doch auch gar nicht! Henrik interessiert mich nicht – ich will nur keine Schwierigkeiten, das ist alles."

„Also gut, demnach redest du dir also immer noch ein, dass du nichts für diesen Mann empfindest."

„So einfach ist das nicht!" Noelle seufzte. „Henrik ist ein Gast der königlichen Familie, und du weißt genau, was passiert, wenn herauskommt, dass ich mich heimlich außerhalb des Schlosses mit ihm treffe. Außerdem hält er mich schon seit unserer ersten Begegnung für jemanden, der ich gar nicht bin. Und ganz davon abgesehen brauche ich keinen Mann, der mein Leben noch komplizierter macht, als es ohnehin schon ist."

Lächelnd setzte Eva sich neben sie und nahm ihre Hand. „Du denkst zu viel nach, Noelle. Es geht hier nicht um das, was du willst, sondern darum, was dein Herz dir befiehlt. Sehnst du dich nach diesem Mann?"

Noelle zögerte kurz, dann nickte sie. Was machte es schon für einen Sinn, das Offensichtliche zu verleugnen? Sie sehnte sich so sehr nach Henrik, dass es wehtat. Doch sie durfte diesem Verlangen nicht nachgeben. Er war tabu für sie, und das sagte sie Eva auch.

Ihre Freundin schien das jedoch ein wenig anders zu sehen. „Vergiss doch einmal für einen Augenblick, wer er ist", meinte sie, „und was alles dagegen spricht, dass es mit euch funktionieren kann. Und dann beantworte mir eine einzige, einfache Frage: Willst du ihn wiedersehen?"

„Ja", platzte Noelle heraus und überraschte sich damit selbst. „Ja, das will ich!"

„Dann geh und hol ihn dir. Du hast doch heute deinen freien Nachmittag, oder? Unternehmt etwas zusammen. Lern ihn richtig kennen. Danach weißt du dann vielleicht, ob ihr zusammen passt – aber nicht vorher." Eva warf Noelle einen eindringlichen Blick zu. „Und sag ihm endlich, wer du wirklich bist, hörst du?"

Ein Lächeln stahl sich auf Noelles Lippen. Vielleicht hatte ihre Freundin tatsächlich recht, und sie sollte einfach einmal spontan sein.

„Also gut", stimmte sie zu. „Ich werde es versuchen. Was habe ich schon zu verlieren?"

Ihren Job, ihren großen Traum – die Liste ließe sich noch endlos weiter fortsetzen. Trotzdem wusste Noelle, dass sie es einfach tun musste. Und sei es nur, um sich darüber klar zu werden, was sie wirklich für Henrik empfand.

Vielleicht würden ihr ein paar Stunden mit ihm dabei helfen, endlich den Zauberbann zu brechen, mit dem er sie belegt hatte.

„Wenn es Ihnen passt, könnten wir uns heute Abend in Ihrem Hotel in Stockholm treffen", sagte Henrik ins Telefon. Er stand am Fenster des Gästezimmers auf Kronborg Slott und schaute hinaus in den Schlosspark, ohne die Schönheit der Natur wirklich wahrzunehmen. Dazu war er innerlich viel zu angespannt, denn er sprach mit niemand anderem als Göran Gunvaldsson – Matildas Vater. „Ich würde gern mit Ihnen über den Kredit …"

„Das wird nicht nötig sein. Wir treffen uns ja ohnehin demnächst auf dem Schloss." Gunvaldsson seufzte. „Wissen Sie, was meine Tochter vorhat? Ich weiß, dass sie die halbe Familie zum Nachmittagskaffee eingeladen hat, aber niemandem verraten wollte, was der Anlass dafür ist."

Henrik verneinte. „Sie sagt, es sei eine Überraschung. Aber

hören Sie, wir könnten uns doch vielleicht morgen ..."

„Tut mir leid, aber mein Terminkalender ist vollkommen ausgebucht. Was das Geld betrifft, sollten Sie sich aber keine Sorgen machen. Ich werde in Kürze alles in die Wege leiten. Dafür, dass meine Tochter in naher Zukunft einen echten schwedischen Adelstitel tragen wird, bin ich gern bereit, meine Beziehungen ein wenig spielen zu lassen. Außerdem kann ich schließlich nicht zulassen, dass sich der Lebensstandard meines kleinen Mädchens nach der Heirat verschlechtert, nicht wahr?" Der einflussreiche Bankier lachte schallend und beendete das Gespräch, bevor Henrik etwas erwidern konnte.

Ärgerlich schleuderte Henrik das Handy aufs Bett. Trotz all der Demütigungen musste er gute Miene zum bösen Spiel machen. Die Zukunft seiner Familie und das Leben seines Vaters hingen davon ab.

Eigentlich sollte er zufrieden sein. Gunvaldssons mündliche Zusage bedeutete so viel wie ein Vertrag. Er würde das Geld bekommen, das er so dringend benötigte, um den Fortbestand des Schlosshotels zu sichern. Also, warum fühlte er sich dann so miserabel?

Es lag an Noelle. Trotz des festen Vorsatzes, sie sich aus dem Kopf zu schlagen, konnte er sie einfach nicht vergessen. Dabei kannte er seine Prioritäten!

Doch sie hatte ihm erst richtig bewusst gemacht, auf was er sich einließ, wenn er Matilda tatsächlich heiratete. Und das, obwohl er wusste, dass es keine gemeinsame Zukunft für Noelle und ihn geben konnte. Wenn sie erst einmal die ganze Wahrheit kannte, würde sie es wahrscheinlich auch gar nicht mehr wollen.

Es blieb dabei: Matilda zu heiraten, war das einzig Vernünftige. Seufzend fuhr Henrik sich durchs Haar. Früher oder später würden diese irritierenden Gefühle für Noelle von selbst verschwinden. Das hoffte er wenigstens. Und bis es so weit war, musste er sich immer wieder vor Augen halten, welche Verantwortung auf seinen Schultern lastete.

Im Grunde verhielt es sich doch ganz unkompliziert: Er heiratete Matilda, ihr Vater gewährte ihm den Kredit für das Schlosshotel, und alle wären glücklich und zufrieden. Im Vergleich dazu war das Opfer, das er brachte, eigentlich recht gering. Er sollte froh sein, seiner Familie diesen Dienst erweisen zu dürfen. Damit wäre allen geholfen – sogar ihm selbst. Wenn nicht Noelle so plötzlich und unerwartet in sein Leben getreten wäre …

Noelle, immer wieder Noelle!

Und dann sah er sie plötzlich. Sie kam durch den Park auf das Schloss zu, blieb einmal kurz stehen, um ein paar Worte mit einer jungen Frau zu wechseln, und ging dann weiter.

Henrik hielt die Luft an. Nervös wippte er auf den Fußspitzen. Sein Verstand sagte ihm, dass er sich besser abwenden und um seine eigenen Angelegenheiten kümmern sollte. Noelle war nicht gut für ihn. In ihrer Gegenwart verlor er viel zu leicht die Kontrolle.

Doch es war nicht mehr die Stimme der Vernunft, die sein Handeln bestimmte. Kurz entschlossen nahm er das Jackett vom Garderobenhaken, verließ das Gästezimmer und eilte nach unten. Als er ein paar Minuten später durch das rückwärtige Portal des Schlosses trat, kam Noelle gerade die Treppe hinauf. Sie sah ihn und blieb wie angewurzelt stehen.

Es war genau wie bei ihrer ersten Begegnung: Henrik stockte der Atem, als er sie betrachtete. Sie war so wunderschön, dass es ihm fast das Herz zerriss. Der Blick ihrer blauvioletten Augen hielt den seinen gefangen. Er wagte kaum zu blinzeln, aus Angst, sie könnte wieder verschwunden sein, sobald er die Lider auch nur einen winzigen Moment lang schloss.

Verschwunden wie die Fee aus dem Märchen …

Es war Noelle, die das Schweigen brach. „*Hej*“, war alles, was sie hervorbrachte.

Er lächelte. „Ich habe viel an dich denken müssen. Ich war mir nicht sicher, ob ich dich jemals wiedersehen würde."

Wie von selbst war er zum vertraulichen „du" übergegangen. Es erschien ihm viel richtiger, viel natürlicher, und auch Noelle störte sich offenbar nicht daran.

„Wolltest du das denn?", fragte sie zaghaft. „Mich wiedersehen?"

Stumm nickte er. Mit Worten konnte er nicht ausdrücken, welch innerer Kampf nun schon seit Tagen in ihm wütete. Wie sehr er sich hin- und hergerissen fühlte zwischen Pflichtgefühl und Verlangen. Zwischen dem Wissen, dass man keiner Frau wirklich jemals voll und ganz vertrauen konnte, und dem brennenden Wunsch, Noelle endlich wieder in die Arme zu schließen.

„Das ist alles schon ziemlich merkwürdig, findest du nicht?" Sie lächelte scheu. „Ich meine, ich kenne dich kaum, weiß im Grunde so gut wie gar nichts über dich. Und trotzdem fühle ich mich geradezu magisch von dir angezogen. Ich habe so etwas noch nie zuvor erlebt. Und ich weiß ehrlich gesagt auch nicht, ob es mir gefällt."

Fragend sah er sie an. „Wäre es dir lieber, wenn ich dich in Zukunft in Ruhe lasse?"

„Nein." Sie schüttelte den Kopf. „Ich wollte eigentlich ohnehin zur dir, um dich zu fragen, ob du heute schon etwas vorhast. Ich habe nämlich heute Nachmittag keine weiteren Verpflichtungen und ... Wir könnten ..." Seufzend zuckte sie mit den Achseln. „Ach, ich weiß auch nicht. Wahrscheinlich war es eine dumme Idee."

Er ergriff ihre Hand und drückte sie sanft. „Das finde ich gar nicht."

„Heißt das ..." Erwartungsvoll sah sie ihn an.

„Ja, das heißt es. Ich würde sogar sehr gern etwas Zeit mit dir verbringen. Also – was schlägst du vor?"

„Was wollen Sie damit sagen, Sie übernehmen solche Fälle nicht?", herrschte Matilda zur selben Zeit ihren Gesprächspartner am anderen Ende der Telefonleitung an. Dann atmete sie tief durch und zwang sich zur Ruhe. „Hören Sie, Karlsson, ich weiß, dass Sie regelmäßig mit der Bank meines Vaters zusammenarbeiten. Alles, was ich von Ihnen erwarte, ist, dass Sie für mich herausfinden, was mein zukünftiger Verlobter den lieben langen Tag so treibt. Ich zahle gut, wenn es das ist, was Ihnen Sorge bereitet."

„Sie missverstehen mich", erwiderte Anders Karlsson freundlich, aber bestimmt. „Ich bin Wirtschaftsdetektiv und spezialisiert auf frisierte Bilanzen, Steuerhinterziehung und Veruntreuung. Wenn es Ihnen wirklich ernst ist, kann ich Ihnen die Telefonnummer eines Kollegen geben, der …"

Er kam nicht mehr dazu, den Satz zu vollenden, da Matilda bereits wutentbrannt die Leitung unterbrochen und das Handy aufs Bett geworfen hatte. Was bildete sich dieser unverschämte Kerl eigentlich ein? Wenn sie ihren Vater darüber informierte, konnte er sich demnächst einen neuen Auftraggeber suchen. Doch bei aller Genugtuung über diese Vorstellung verlor sie keineswegs ihr eigentliches Ansinnen aus den Augen.

Sie wollte herausfinden, wer diese Frau war, die Henrik ihr vorzog. Und wenn Karlsson ihr nicht helfen wollte, dann musste sie eben jemand anderen finden.

Aufgeben kam für Matilda nicht infrage. Sollte sich herausstellen, dass es sich bei ihrer Nebenbuhlerin tatsächlich um Noelle Rosenblad handelte, würde sie der kleinen Konditorin die Hölle auf Erden bereiten, so viel stand fest.

Doch jetzt war nicht der richtige Zeitpunkt, um sich darüber den Kopf zu zerbrechen. Nun wollte sie sich erst einmal den angenehmen Seiten des Lebens widmen.

Ein Lächeln huschte über Matildas Lippen, als sie ihre Segeltuchtasche über die Schulter warf und das Gästezimmer von Kronborg Slott verließ.

„Ist das nicht einfach herrlich?“ Lachend stemmte Noelle sich gegen den Wind, der kräftig von Osten her blies. Ihre Wangen waren leicht gerötet, und die dunklen Locken flatterten um ihren Kopf. Sie fühlte sich so glücklich und ausgelassen wie seit Langem nicht mehr. Am liebsten wollte sie diesen Moment für immer festhalten. Doch keine Kamera der Welt vermochte auf Zelluloid zu bannen, was diesen Augenblick ausmachte.

Vor zwei Stunden hatten sie sich im Hafen von Stockholm ein Segelboot gemietet. Von Henrik wusste sie inzwischen, dass er früher gern und häufig gesegelt war, ihm aber in jüngster Zeit einfach die Zeit dazu fehlte. Noelle wusste genau, was er meinte. Auch ihr Job bedeutete häufig genug Zehn-Stunden-Schichten. Da Fridtjof Lundgren ihr allerdings, seit sie bei Hofe arbeitete, kaum verantwortungsvolle Aufgaben übertrug, konnte sie sich momentan nicht über mangelnde Freizeit beklagen. Dennoch genoss sie das Gefühl unbändiger Freiheit, das in ihr aufstieg, als sie nun gemeinsam mit Henrik die wilde Schärenlandschaft der Ostsee vor den Toren Stockholms erkundete.

Hier draußen gab es nichts als Henrik und sie, den Wind, die Wellen und die Inseln. Einige von ihnen waren kaum mehr als kleine Felserhebungen, andere wiederum so groß, dass sie ganze Ortschaften beherbergten.

Noelle atmete tief durch, und alle Anspannung fiel von ihr ab. Sie schmeckte das Salz des Meers auf ihren Lippen, der Wind streichelte ihr durchs Haar. Es war ein wunderbarer Tag, wie geschaffen für einen Ausflug. Die Sonne stand strahlend am schon fast unwirklich blauen Himmel, und das Wasser glitzerte wie ein Meer aus Diamanten. Es schien ewig her, dass sie so entspannt und gelöst gewesen war.

Wenn sie ganz ehrlich war, lag ihr letzter wirklich guter Tag schon sehr weit zurück. Um genau zu sein, bevor Felix sich völlig überraschend von ihr getrennt hatte. Nein, nicht einfach nur getrennt. Er hatte sie regelrecht fallen lassen, nachdem er dank ihrer Hilfe im Ansehen seines direkten Vorgesetzten so weit aufgestiegen war, dass er ihm eine verantwortungsvolle Stelle in Göteborg überlassen hatte. Doch seine Dankbarkeit hielt sich in Grenzen, wie Noelle kurz darauf feststellen musste, als er …

Wie um die Erinnerungen abzustreifen, schüttelte sie den Kopf. Einen so schönen Tag sollte man nicht verderben, indem man über die Vergangenheit nachgrübelte, sagte sie sich selbst. Trotzdem durfte sie die Realität nicht aus den Augen verlieren. Es war sicher nicht falsch, die Zeit mit Henrik zu genießen, solange sie sich dabei nicht der Illusion hingab, dass mehr daraus entstehen könnte.

„Schau mal, dort hinten", rief Henrik und riss sie damit aus ihren Gedanken. Er deutete mit ausgestrecktem Arm auf eine flache, mit Birken bewachsene Schäreninsel. Farbenfrohe Blumen säumten das Ufer, das ganz eben war, bis es sanft zum Wasser hin abfiel. Ein Steg reichte bis weit ins Wasser hinein. „Dieser Platz ist wie geschaffen für ein Picknick, findest du nicht?"

Nach dem Anlegen half Henrik ihr von Bord und trug den schweren Picknickkorb an Land. Am Ufer breiteten sie gemeinsam eine große rot-weiß karierte Wolldecke auf dem Boden aus.

„Mir ist, als würde ich träumen." Seufzend legte Noelle sich auf den Rücken und schloss die Augen – jedoch nicht ganz, um Henrik unbemerkt betrachten zu können.

Wie unglaublich attraktiv er doch war! Das dichte dunkle Haar, in dem sie einfach die Hände vergraben wollte, das kantige Gesicht, der leichte Bartschatten auf den Wangen und am Kinn, die ausdrucksvollen, von dunklen Wimpern umrahmten blauen Augen …

Das Herz ging ihr auf vor lauter Zuneigung zu ihm. Die Intensität ihrer eigenen Gefühle irritierte und beunruhigte sie. Sie hatte so etwas noch nie zuvor erlebt. Henrik schaffte, was keinem anderen Mann vor ihm gelungen war: Er ließ Noelle die

Welt um sich herum vergessen. Wenn sie bei ihm war, rückten all ihre Sorgen und Probleme, so groß sie im Moment auch sein mochten, plötzlich in den Hintergrund, und sie lebte nur noch für das Hier und Jetzt.

Dieser Zustand absoluter Zufriedenheit war verlockend und gefährlich zugleich. Die Realität für eine Weile zu vergessen, schaffte Noelles Schwierigkeiten nicht aus der Welt. Niemand durfte erfahren, dass sie sich mit Henrik traf, weil es das Ende ihres großen Traums von einer Karriere in Frankreich bedeuten würde.

„Was ist mit dir?“, fragte Henrik. „Du siehst plötzlich so nachdenklich aus.“

Erst jetzt bemerkte sie, dass er sie anschaute, und schüttelte den Kopf. „Nichts weiter“, erwiderte sie lächelnd. „Was meinst du, können wir nicht endlich etwas essen?“

„Gute Idee, ich sterbe vor Hunger! Und außerdem kann ich es kaum erwarten zu erfahren, was für Köstlichkeiten du in deinem Korb versteckt hältst.“

„Na, dann will ich dich nicht länger auf die Folter spannen!“

Neben Tellern, Gläsern und Besteck zauberte Noelle nach und nach alle möglichen Köstlichkeiten hervor. Es gab *Gravad lax* und *Musselsallad* – marinierten Lachs und Muschelsalat –, dazu *Kanelbullar* – köstlich duftende Zimtschnecken – und eine Schale mit frischen Erdbeeren und Sahne.

Auch beim Essen konnte Noelle den Blick einfach nicht von Henrik abwenden. Nach ein paar gemeinsamen Stunden mit ihm wusste sie eines ganz genau: Wenn sie sich aus seinem Zauberbann befreien wollte, war dies ganz eindeutig der falsche Weg. Jeder Augenblick, den sie zusammen verbrachten, ließ die magische Anziehungskraft, die er auf sie ausübte, nur noch wachsen.

Rasch nahm sie eine Erdbeere aus der Schale und tauchte sie

in die Sahne. Als sie spürte, dass er sie dabei beobachtete, entglitt die pralle rote Frucht ihren Fingern und versank in der luftigen weißen Masse.

„Wie mir scheint, hast du Hilfe nötig“, stellte er schmunzelnd fest. Ehe sie etwas erwidern konnte, hatte er die Erdbeere schon aus der Sahneschüssel gefischt. „Mund auf!“

„Wie?“

Sein Lächeln wurde noch eine Spur breiter. „Du hast mich schon richtig verstanden. Also, was ist? Oder traust du dich nicht?“

„Nennst du mich etwa einen Feigling?“

„Das kommt ganz darauf an.“ Herausfordernd hielt er ihr die saftige Beere hin. „Beweise es mir.“

Du bist verrückt, wenn du dich darauf einlässt, warnte sie die Stimme der Vernunft. Doch sie wollte nicht vernünftig sein. Zum ersten Mal in ihrem Leben ließ sie einfach alle Zweifel hinter sich und tat, was ihr gerade durch den Kopf ging.

Sie umschloss die rote Frucht, die Henrik ihr entgegenhielt, mit den Lippen und hörte ihn scharf einatmen. Seufzend schloss sie die Augen, als die köstliche Geschmackskomposition aus Sahne und Erdbeere auf ihrer Zunge explodierte. Als sie die Lider wieder hob, bemerkte sie, dass Henrik sie anstarrte.

Ihr Herz fing an, wie verrückt zu hämmern. „Was ist los? Stimmt etwas nicht?“, fragte sie unsicher.

„Nein, ganz im Gegenteil. Es ist perfekt. Vielleicht schon zu perfekt.“

„Ich …“ Sie räusperte sich mühsam. „Ich weiß nicht, wovon du redest.“

Anschließend fing sie an, das Geschirr einzuräumen.

„Warum tust du das?“, unterbrach Henrik sie.

Um mich von den irritierenden Gefühlen abzulenken, die du in mir auslöst, antwortete sie stumm. Laut sagte sie: „Es wäre besser, wenn wir jetzt wieder aufbrechen würden.“

Mit einem Blick, der keine Widerrede duldete, nahm er ihr das schmutzige Geschirr ab und stellte es in den Sand. Dann zog er Noelle an sich.

Es war ein erregendes und zugleich beängstigendes Gefühl, in seinen starken Armen zu liegen. Sie spürte, dass sie kurz davor stand, die Welt um sich herum zu vergessen. Die Zeit schien stehen zu bleiben, während sie in den Tiefen seiner dunkelblauen Augen versank, in denen das Feuer der Leidenschaft loderte.

Wie Feuer spürte sie seinen heißen Atem auf ihrer Haut, und ein Schauer schüttelte ihren Körper. Hatte sie tatsächlich geglaubt, seiner Anziehungskraft etwas entgegensetzen zu können? Was für eine Närrin sie doch war!

Ein ersticktes Stöhnen entrang sich Noelles Kehle, als er seinen Mund auf ihre Lippen senkte. Sie schloss die Augen und fasste mit beiden Händen in sein dichtes schwarzbraunes Haar. Ihr ganzer Körper schien in Flammen zu stehen. Sie konnte nicht mehr klar denken, wusste aber ganz genau, was sie wollte: ihn.

Und obwohl es ihr gelang, sich selbst zu bremsen, bevor sie sich zu etwas hinreißen ließ, das sie am Ende nur bereuen würde, war jedes Leugnen zwecklos: Sie hatte ihr Herz an Henrik verloren und wünschte sich, den Rest ihres Lebens an seiner Seite zu verbringen. Doch dazu würde es nie kommen.

Der Himmel mochte ihr gnädig sein, sie hatte sich schon wieder in den falschen Mann verliebt!

Matilda stand an der Reling der schnittigen Motorjacht im Hafen von Stockholm, die einem alten Freund von ihr gehörte. Sie hatte Henrik gegenüber am Frühstückstisch behauptet, sich mit ein paar ehemaligen Schulfreundinnen zu treffen. Auch wenn sie sich ziemlich sicher war, dass es ihn nicht interessierte, mit wem sie ihre Zeit verbrachte, hielt sie es doch für besser, ihm einige Dinge zu verschweigen.

Die bereits über sechs Monate andauernde Affäre mit Joakim Öman, mit dem sie sich in regelmäßigen Abständen traf, gehörte ganz eindeutig dazu.

Ein zufriedenes Lächeln umspielte ihre Mundwinkel, als Joakim von hinten die Arme um sie legte und ihren Nacken küsste. Sie sah keine Veranlassung dazu, auf dieses kleine Vergnügen zu verzichten, auch wenn sie wusste, dass ihr Vater es nicht gutheißen würde. Dass sie Henrik heiratete, stand ohnehin ganz außer Frage. Doch niemand konnte von ihr verlangen, dass sie einem Langweiler wie ihm auf Dauer treu blieb.

„Komm, lass uns nach unten gehen", raunte Joakim ihr ins Ohr und nahm ihre Hand. Bereitwillig wollte Matilda ihm folgen, als sie plötzlich erstarrte.

Der Mann an Deck des Segelbootes, das gerade in den Jachthafen einlief, war ganz eindeutig Henrik. Aber bei der dunkelhaarigen Frau, die Matilda den Rücken zuwandte, handelte es sich eindeutig nicht um den Geschäftspartner, von dem er heute Morgen beim Frühstück gesprochen hatte.

Gleich darauf drehte die Brünette sich um, und Matilda erkannte, dass sie mit ihrem Verdacht die ganze Zeit über richtig gelegen hatte. Den Detektiv konnte sie sich sparen.

Heiße Wut stieg in ihr auf. Wie konnte Henrik es wagen, sie so zu demütigen, indem er sich in aller Öffentlichkeit mit einer anderen Frau zeigte?

„Was ist los?", fragte Joakim ungeduldig. „Kommst du?"

„Lass mich", fauchte Matilda und funkelte ihn wütend an. Als sie ihren Blick wieder aufs Wasser richtete, konnte sie Henriks Boot unter all den kleinen Segeljachten und Jollen, die im Hafen lagen, nicht mehr ausmachen.

Doch sie hatte auch so schon genug gesehen.

Obwohl sie Henrik nicht liebte, ja, nicht einmal Zuneigung für ihn empfand, versetzte ihr allein die Tatsache, dass er eine andere bevorzugte, einen eifersüchtigen Stich. Vor allem, da es sich bei dieser Person, wie bereits befürchtet, um eine einfache Angestellte am Königshof handelte.

Eine Konditorin!

Sie zückte ihr Telefon und hatte die Nummer des Mobilfunkanschlusses ihres Vaters bereits gewählt, als sie es sich plötzlich anders überlegte. Nein, so leicht würde sie es Henrik nicht machen. Ihr Vater mochte ihm vielleicht den gewünschten Kredit verweigern, doch das reichte ihr nicht.

Sie würde ihm und seiner kleinen Freundin eine Lektion erteilen, von der sie sich nicht so rasch erholten.

7. KAPITEL

Skeptisch betrachtete Noelle am nächsten Vormittag das zerbrechliche Gebilde aus gefärbter Zuckermasse, das vor ihr auf der Arbeitsplatte lag. Im nächsten Moment beförderte sie es mit einem resignierenden Seufzen kurzerhand in den Mülleimer.

Nein, nein, nein! So würde das nie etwas werden!

Sie schloss die Augen und massierte sich mit den Fingerspitzen die Schläfen, doch der dumpfe Druck hinter ihrer Stirn verschwand einfach nicht.

Was war bloß mit ihr los? Ausgerechnet sie, die sonst so energiegeladen und voller Tatendrang war, schien auf einmal jeglichen Elan verloren zu haben. Sie erkannte sich selbst kaum wieder. Und das ausgerechnet jetzt! Wenn sie so weitermachte, würde der Auftrag für die Verlobungstorte von Matilda Gunvaldsson ganz schnell in einer Katastrophe enden. Ihr blieb nur noch sehr wenig Zeit, und ausgerechnet mit dem kreativen Teil ihrer Arbeit, der ihr für gewöhnlich am meisten Freude machte, hatte sie plötzlich Schwierigkeiten. Dabei brauchte sie diesen Erfolg so dringend, um Fridtjof Lundgren zu beweisen, was sie konnte. Aber so würde das nie etwas werden.

Und natürlich war einzig und allein Henrik an allem schuld!

Sein Angebot von gestern, sie vom Jachthafen aus im Wagen mit nach Kronborg zu nehmen, hatte sie unter einem Vorwand abgelehnt. Und obwohl sie bereits am übernächsten Nachmittag wieder miteinander verabredet waren, konnte sie kaum an etwas anderes denken als an ihn. Ganz fest presste sie die Lider zusammen, doch auch damit gelang es ihr nicht, sein Gesicht, das sie ständig und überall vor Augen hatte, zu vertreiben. Immer wieder musste sie an ihn denken und daran, wie sie sich geküsst hatten. Sie fragte sich, wo er jetzt wohl gerade war und was er tat. Am liebsten hätte sie einfach alles stehen und liegen lassen, um sich zu erkundigen, welches der unzähligen Gästezimmer im Schloss er bewohnte. Dann würde sie plötzlich vor seiner Tür stehen und …

Und was dann? Willst du ihm sagen, dass du ihn die ganze Zeit über belogen und dich für jemanden ausgegeben hast, der du gar nicht bist?

Genau so verhielt es sich ja. Zumindest war sie bisher zu feige gewesen, um ihm zu gestehen, dass sie weder ein Gast des Hauses noch eine gute Freundin der Kronprinzessin war, sondern einfach nur Noelle Rosenblad – Konditorin und zurzeit auf Schloss Kronborg beschäftigt.

Und wenn du es ihm gesagt hättest? Was dann? Hätte er dich dann auch geküsst? Glaubst du das wirklich?

Nein, das glaubte sie nicht. Aber …

„Nun, wie kommen Sie mit der Torte für Matilda Gunvaldsson voran?"

Noelle zuckte erschrocken zusammen, als Fridtjof Lundgren sie ansprach. Sie hatte gar nicht bemerkt, dass er an ihren Arbeitsplatz getreten war.

„Ganz gut", erwiderte sie hastig.

„Dann haben Sie sicher auch nichts dagegen, wenn ich mir Ihren ersten Entwurf einmal ansehe. Es geht hier immerhin um den guten Ruf der gesamten Konditorei. Ich möchte absolut sicher sein können, dass alles glatt läuft."

Mit klopfendem Herzen holte Noelle ihren Skizzenblock und reichte ihn Lundgren. Insgeheim konnte sie kaum abwarten, was er dazu sagte. Sie selbst war sehr zufrieden mit dem Rohdesign und hoffte, dass es ihrem Vorgesetzten genauso ging.

Dann würde er vielleicht doch noch auf ihren Entwurf für die königliche Hochzeitstorte zurückkommen!

Lundgrens Miene blieb unbewegt, während er Noelles Zeichnung betrachtete. Auch als er die Zutatenliste durchlas, regte sich bei ihm kein Muskel.

Schließlich reichte er ihr die Mappe zurück.

„Und?“ Sie konnte ihre nervöse Anspannung kaum mehr verbergen. „Was sagen Sie?“

„Wollen Sie das wirklich hören?“ Er runzelte die Stirn. „Also gut: Ich bin entsetzt!“

Fassungslos starrte Noelle ihn an. „Was? Aber ich ...“

„Wenn Sie sich Ihrer Verantwortung, die Sie hier am königlichen Hof tragen, nicht gewachsen fühlen, sollten Sie sich vielleicht eine andere Anstellung suchen!“

„Aber ich ...“ Sie schüttelte den Kopf. „Ich verstehe nicht, was Sie meinen.“

„Nein, bitte keine Ausflüchte. Sehen Sie sich bitte einmal Ihre Zutatenliste an. Was fällt Ihnen auf?“

Mit vor Aufregung zitternden Fingern blätterte Noelle die entsprechende Seite auf, doch sie konnte nicht nachvollziehen, worauf der Hofkonditormeister anspielte. „Schokolade, Sahne“, las sie laut vor, in der Hoffnung, dass ihr doch noch ein Geistesblitz käme – doch der blieb aus. „Geriebene Haselnüsse.“

„Stopp!“ Fridtjof Lundgren musterte sie forschend und schnalzte missbilligend mit der Zunge. „Sie erkennen es immer noch nicht, oder? Geriebene Haselnüsse, Noelle! Wenn man einen wichtigen Auftrag wie diesen annimmt, sollte man sich immer auch über seine Kunden informieren. Wenn Sie das getan hätten, müsste ich Ihnen jetzt nicht sagen, dass Matilda Gunvaldsson an einer Haselnussallergie leidet.“

„Sie – was?“ Noelle fühlte sich, als hätte man ihr den Boden unter den Füßen weggerissen. „Aber davon hat sie mir nichts gesagt!“, protestierte sie.

„Anscheinend haben Sie aber auch nicht danach gefragt, und das hätten Sie tun müssen!“

Als ihr klar wurde, dass ihr Vorgesetzter recht hatte, senkte

Noelle den Blick. Sie konnte nicht fassen, dass ihr so ein grober Schnitzer unterlaufen war. Dabei arbeitete sie sonst immer so gewissenhaft!

„Es tut mir leid“, sagte sie leise.

„Das sollte es auch“, gab Lundgren zurück und entfernte sich ohne ein weiteres Wort. Hatte er ihr deshalb diesen Auftrag zugeschanzt? Weil er um die Allergie der Auftraggeberin wusste und geahnt hatte, dass Noelle vor lauter Aufregung vergessen würde, sich danach zu erkundigen?

Mit einem leisen Stöhnen rieb sie sich über die Augen, bis bunte Sterne auf ihren Netzhäuten explodierten. Selbst wenn alles nur eine Falle von ihrem Chef gewesen war, spielte das absolut keine Rolle. Das Wichtigste war, dass er das Schlimmste verhindert hatte, denn eines stand fest: Wenn Matilda Gunvaldsson durch ihre Schuld etwas zugestoßen wäre, hätte sie sich das niemals verziehen!

Von ihrem großen Ziel, der Mitarbeit an der königlichen Hochzeitstorte, war sie nun wohl weiter entfernt als je zuvor.

Riss ihre Pechsträhne denn gar nicht mehr ab? Sie konnte nur hoffen, dass ihre Verabredung mit Henrik morgen Nachmittag nicht in einem ähnlichen Fiasko endete!

„In Ordnung, dann verbleiben wir so. Ich danke Ihnen. *Adjö*!“

Henrik beendete das Gespräch und ließ sein Handy zurück in die Hosentasche gleiten.

„Wer war das?“, wollte Matilda wissen, die gerade aus dem Bad ins angrenzende Gästezimmer trat.

„Nur ein Geschäftspartner, nichts Wichtiges“, log Henrik und überlegte gleichzeitig, wie er ihr erklären sollte, dass er morgen Nachmittag nicht im Schloss sein würde.

Ohne es selbst zu ahnen, bewahrte Matilda ihm mit ihrem nächsten Satz vor einer weiteren Lüge – und machte es ihm damit zugleich sehr leicht. „Übrigens, morgen wirst du auf mich verzichten müssen", informierte sie ihn. „Ich bin den ganzen Tag mit einer alten Bekannten unterwegs. Wir wollen uns die Umgebung ansehen und anschließend shoppen gehen."

Bemüht, sich seine Erleichterung nicht anmerken zu lassen, erwiderte Henrik: „Nur zu, ich wünsche euch viel Spaß."

Er trat ans Fenster, um die frische Abendluft zu genießen. Gleichzeitig hoffte er, so den Kopf ein wenig freizubekommen. Doch tief in seinem Innern wusste er, dass das sowieso nicht klappen würde. Ganz egal, was er auch anstellte – in seinem Kopf spukte immer nur eine ganz bestimmte Frau herum.

Noelle.

Nachdem sie sich gestern erneut geküsst hatten, war es noch schlimmer als zuvor. Und seit sie sich voneinander verabschiedet hatten, verging er förmlich vor Sehnsucht nach ihr. Er konnte es kaum abwarten, sie endlich wiederzusehen. Jede Minute kam ihm wie eine Ewigkeit vor, und der unbändige Drang, sie wieder und wieder zu küssen, raubte ihm schier den Verstand.

Zugleich verabscheute er sich für sein Verhalten. Wie leid er die ganzen Lügen und Ausflüchte Matilda gegenüber war! Das sah ihm eigentlich gar nicht ähnlich! Zeit seines Lebens war er ein ehrlicher Mann gewesen, doch seit Kurzem erkannte er sich selbst nicht wieder.

Schuld daran war einzig und allein Noelle. Noelle, die ihn vom ersten Augenblick an verzaubert hatte und die ihn jetzt nicht wieder losließ.

Aber konnte er ihr wirklich die Schuld dafür geben? Nein! Entschieden schüttelte er den Kopf. Er selbst trug die Schuld. Und wenn er tief in sich hineinhorchte, musste er zugeben, dass er schon lange nicht mehr ehrlich war. Nicht zu sich und auch nicht zu Matilda. Oder wie sonst wollte er erklären, dass er bereit war, eine Frau zu heiraten, die er gar nicht liebte?

Genau das war aber der Fall. Er liebte Matilda nicht, und er wusste, dass auch sie ihn nicht liebte. Sie wollte einen Adelstitel, und er konnte durch die Hochzeit das Familienhotel vor dem Aus bewahren.

War es das wirklich wert?

Denk an Vater, wies er sich sogleich zurecht. Er würde einen Ruin der Familie nicht überleben.

Aus diesem Grund durfte Hendrik die bevorstehende Hochzeit keinesfalls gefährden. Daher wäre es das Beste, den Mann, mit dessen Hilfe er soeben telefonisch die morgige Überraschung für Noelle vorbereitet hatte, gleich wieder anzurufen und die ganze Sache abzusagen.

Doch das wollte er auch wieder nicht. Nein, er wollte Noelle wiedersehen, auch wenn es allen Regeln der Vernunft widersprach. Denn er wusste genau, dass das zwischen ihnen einfach nicht funktionieren würde.

Wenn Noelle erst einmal erfuhr, was mit ihm los war, würde sie wahrscheinlich ebenso handeln wie Ingrid. Inzwischen konnte er ihr das nicht einmal mehr verübeln. Er fragte sich, wie er sich an ihrer Stelle verhalten hätte. Wäre seine Liebe zu Ingrid stark genug gewesen, um eine solche Nachricht, die alles mit einem Schlag veränderte, zu überstehen?

Er war sich keineswegs sicher, dass es sich so verhielt. Davon abgesehen, verdiente Noelle einfach einen besseren als ihn. Jemanden, der sie glücklich machte und der ihr alles geben konnte, wonach sie sich sehnte. Jemand, mit dem sie eine Familie gründen konnte.

Sein Gesicht verzog sich zu einer Maske des Schmerzes, als er an jenen Tag vor fünf Jahren zurückdachte, an dem er die bittere Wahrheit erfahren hatte. Wegen diffuser, nicht zu spezifizierender Schmerzen war er zum Arzt gegangen, der daraufhin eine Reihe von Tests und Untersuchungen durchführte.

Die Diagnose war niederschmetternd gewesen.

Mit beiden Händen fuhr Henrik sich durchs Haar, als die

Erinnerungen auf ihn einstürzten. Nein, er durfte keine weiteren Hoffnungen in Noelle schüren, die er nicht einhalten konnte. Es gab einfach keine gemeinsame Zukunft für sie beide. Er würde Matilda heiraten und das Kind, das sie unter dem Herzen trug, als sein eigenes annehmen. Damit löste er auch einen kleinen Teil der Schuld ein, die er mit Kristians Tod auf sich geladen hatte.

Er war nur ein halber Mann, und Noelle verdiente mehr als das. Darum würde er ihr einen wunderschönen Tag bereiten und ihr dann sagen, dass sie sich nie wieder treffen durften – selbst, wenn es ihm das Herz brach.

Am nächtlichen Himmel über Kronborg Slott glitzerten die Sterne, und der Mond tauchte die Landschaft in silbrigen Glanz. Der Wind fuhr raschelnd durch die Kronen der altehrwürdigen Linden. Alles war friedlich und still.

Wirklich alles?

Nein, nicht ganz. Hinter einem der Fenster im Dienstbotentrakt des Schlosses brannte trotz der fortgeschrittenen Stunde noch Licht. Und durch den menschenleeren Korridor, der zur königlichen Hofschneiderei führte, hallte das gleichmäßige Klappern einer Nähmaschine.

Noelles Freundin Eva Tusmundsson saß mutterseelenallein so spät noch bei der Arbeit. Sie warf einen Blick auf die große Bahnhofsuhr an der Wand und unterdrückte ein Gähnen.

Schon nach halb zwei.

Normalerweise würde sie jetzt schon längst in ihrem Bett liegen und tief und fest schlafen. Aber dies waren keine normalen Umstände, denn es ging darum, einer Freundin zu helfen. Dafür, fand Eva, konnte man ruhig einmal die Nacht zum Tag machen. Seit sie gehört hatte, dass Noelle sich erneut mit ihrem Henrik treffen würde, konnte sie an nichts anderes mehr denken. Ihre Freundin liebte diesen Mann, davon war Eva ebenso überzeugt wie davon, dass Noelle es für den Rest ihres Lebens bereuen würde, wenn sie jetzt nicht auf die Stimme ihres Herzens hörte.

Natürlich fürchtete sie um ihren Arbeitsplatz! Wem ginge das an ihrer Stelle wohl anders? Aber so weit es Eva betraf, gab es im Leben wichtigere Dinge, und die Liebe gehörte zweifelsfrei dazu.

Was nützte einem der beste Job auf der Welt, wenn es am Ende niemanden gab, mit dem man seine Freude teilen konnte? Wie leer und einsam war ein Leben, das allein aus Arbeit und Karriere bestand? Allein die Vorstellung ließ Eva erschauern. Nein, so etwas kam für sie überhaupt nicht infrage. Und Noelle war, so sehr sie sich auch noch dagegen sträubte, ganz ähnlich veranlagt.

Das Problem bestand darin, dass sie immer noch unter dem katastrophalen Ende der Beziehung zu ihrem Exfreund Felix litt. Dieser Schuft hatte Noelle nach Strich und Faden ausgenutzt, dreist ihre Ideen als die seinen verkauft und sich damit bei seinen Vorgesetzten eingeschmeichelt. Sein Plan ging tatsächlich auf, er bekam einen Posten als Geschäftsführer einer kleinen Konditorei in Nordschweden, und Noelle begleitete ihn. Doch das reichte ihm noch nicht. Er trieb das Spiel weiter, bis man ihm schließlich eine verantwortungsvolle Stelle in Göteborg anbot. Am Ziel seiner Karrierewünsche angelangt, dachte er nicht im Traum daran, nun seinerseits Noelle bei ihren Zukunftsplänen zu unterstützen. Ganz im Gegenteil: Er beendete von einem Tag auf den anderen die Beziehung.

Kurz darauf kam Noelle nach Stockholm und trat die Stellung in der königlichen Hofkonditorei an. Über die Demütigung durch ihren Exfreund war sie jedoch nie so richtig hinweggekommen, wie sie Eva einmal gestand. Aber so gemein und hinterhältig Felix auch gewesen sein mochte, das rechtfertigte in Evas Augen noch lange nicht, dass Noelle sich seitdem generell von den Männern und der Liebe distanzierte.

Wer nicht wagt, der nicht gewinnt! Manchmal muss man etwas riskieren, um zum Schluss als Sieger aus dem Rennen zu gehen.

Es stimmte schon, dass Noelle Gefahr lief, ihre Anstellung zu verlieren, wenn irgendjemand herausfand, dass sie sich mit einem Gast eingelassen hatte. Auf der anderen Seite konnte Eva sich nicht vorstellen, dass es wirklich dazu kommen würde. Schließlich waren auch Arbeitgeber nur Menschen mit Gefühlen – da bildete auch der schwedische Königshof keine Ausnahme.

Gerade vor dem Hintergrund, dass die Kronprinzessin in Kürze ihren Liebsten heiraten würde, durfte man doch wohl ein wenig Verständnis und Wohlwollen in Herzensangelegenheiten erwarten – oder?

Ein zufriedenes Lächeln umspielte Evas Mundwinkel. Sie jedenfalls wollte ihr Möglichstes tun, um Noelle dabei zu unterstützen, ihr Glück zu finden. Ihre Freundin würde ganz schön Augen machen, wenn sie sah, was Eva im Laufe einer einzigen Nacht für sie gemacht hatte.

Eva seufzte verträumt.

In dem Kleid, das sie geschneidert hatte, würde Noelle aussehen wie eine Prinzessin. Zumindest das wollte Eva für ihre Freundin tun, wenn sie ihr auch sonst nicht helfen konnte.

Danach blieb ihr nur noch zu hoffen, dass alles so verlief, wie sie es sich vorstellte.

Am nächsten Morgen fuhr Henrik in aller Frühe nach Stockholm. Nun wartete er schon seit über einer Stunde im Vorzimmer des Direktors einer namhaften schwedischen Bank darauf, vorgelassen zu werden. Er wusste, es war im Grunde reine Zeitverschwendung, die Bank um einen Kredit zu ersuchen. Aber er wollte einfach jede Möglichkeit ausschöpfen und suchte nach einer Alternative zu dem, was ihm ansonsten bevorstand. Es war verrückt – eigentlich hatte er sich längst damit abgefunden, Matilda zu heiraten, um von ihrem Vater das Geld zu bekommen. Doch seit Kurzem wurden die Zweifel an diesem Vorhaben immer stärker. Auch daran trug vor allem eine Person die Schuld.

Noelle.

Seit er sie kennengelernt hatte, drehten sich seine Gedanken nur noch um sie. Die Aussicht, Matilda zu heiraten, belastete ihn immer mehr. Gleichzeitig fragte er sich inzwischen, ob er diese Hochzeit überhaupt mit seinem Gewissen vereinbaren konnte. Immerhin machte er dabei nicht nur sich selbst, sondern auch Matilda etwas vor. Konnte so etwas überhaupt auf Dauer gutgehen?

Um sich abzulenken, blätterte er in einer der Wirtschaftszeitschriften, die auf einem kleinen Tisch für Besucher lagen. Allerdings konnte er sich nicht auf den Text konzentrieren.

„Henrik Albrektson?"

Als Henrik aufsah, stand ein relativ kleiner Mann mit schütterem Haar vor ihm, dessen einnehmendes Lächeln für einen Banker überraschend sympathisch wirkte.

„Mein Name ist Greger Claesson, ich bin der Filialleiter", stellte er sich vor, und obwohl Henrik ihn um gut zwei Köpfe überragte, war sein Händedruck sehr kräftig. „Bitte entschuldigen Sie, dass Sie so lange warten mussten." Er seufzte. „Termine – Sie kennen das sicher."

Henrik folgte Claesson in sein Büro, nahm auf dem Besucherstuhl Platz und trug ohne lange Vorrede sein Anliegen vor. „Ich wende mich an Sie, weil ich für das Benningklint Slotthotell einen Überbrückungskredit benötige."

Der Bankier presste die Finger gegeneinander und nickte nachdenklich. „Offen gesagt, das habe ich mir bereits gedacht. Natürlich gibt es in Schweden ein Bankgeheimnis, aber einige

Dinge sprechen sich eben schnell herum. Wie zum Beispiel, dass Ihr Hotel in erheblichen finanziellen Schwierigkeiten steckt."

„Dabei handelt es sich nur um einen zeitlich begrenzten Engpass", erklärte Henrik, der bereits ahnte, welchen Verlauf das Gespräch nehmen würde. Er hatte das schon zu oft mitgemacht, als dass ihn noch ein Banker überraschen konnte. „Aber auch darüber sind Sie, wie ich annehme, bereits informiert." Er seufzte. „Lassen Sie uns am besten offen sprechen: Ich werde von Ihrem Haus keine Kreditbewilligung bekommen, nicht wahr?"

Claesson lächelte verlegen. „Sie wünschen sich Offenheit? Also gut, damit kann ich dienen: Es dürfte tatsächlich nicht leicht werden, Ihren Kreditantrag beim Vorstand durchzuboxen. Aber ich will es dennoch versuchen – und zwar aus einem einzigen Grund: Ich kann Menschen, die ihre Position ausnutzen, um andere zu manipulieren, nicht ausstehen. So etwas bezeichne ich als Erpressung, und die ist, ganz gleich aus welchen Motiven, immer verwerflich." Er zuckte mit den Schultern. „Wie die Sache ausgeht, kann ich allerdings nicht vorhersagen. Garantieren kann ich gar nichts."

Henrik konnte kaum glauben, was er da hörte. Bisher war er bei allen Banken wie gegen eine Mauer angerannt. Es hatte eine Weile gedauert, bis ihm klar wurde, dass der Grund hierfür Göran Gunvaldsson hieß.

Es war ein offenes Geheimnis, dass Matildas Vater die Entscheidung, ob es für das Benningklint Slotthotell einen Kredit gab oder nicht, für sich beanspruchte. Da er in der Branche großen Einfluss besaß, hielten sich die anderen Bankmanager aus falsch verstandener Solidarität zurück.

Doch Greger Claesson ließ sich offenbar nicht so einfach einschüchtern. Als Henrik ihm zum Abschied herzlich die Hand schüttelte, keimte zum ersten Mal seit vielen Wochen wieder Hoffnung in ihm auf.

Gab es vielleicht doch noch einen anderen Weg, als Matilda zu heiraten, eine Frau, die er nicht liebte?

Noch war es zu früh, um sich darüber den Kopf zu zerbrechen. Auch die Frage, warum er dabei sofort wieder an Noelle denken musste, schob er für den Moment lieber noch ganz weit von sich weg. Aber ihm war klar, dass er damit nur ein wenig Zeit gewann.

Früher oder später musste er der Wahrheit ins Gesicht sehen.

8. KAPITEL

Kann das nicht bis morgen warten?", seufzte Noelle, als sie Eva am nächsten Tag quer durch das halbe Schloss folgte. Es war früher Nachmittag, und sie hatte Stunden damit verbracht, ihren Auftrag für die Verlobung von Matilda Gunvaldsson zu vollenden. Ganz zufrieden war sie mit dem Ergebnis immer noch nicht – und ihr blieb nur noch der morgige Tag für letzte Verbesserungen. „Ich bin ziemlich erledigt, außerdem muss ich mich noch auf mein Treffen mit Henrik nachher vorbereiten."

„Jetzt komm schon, gönn mir die kleine Freude. Ich bin sicher, meine Überraschung wird dir gefallen." Eva lächelte. „Vertrau mir einfach, okay?"

Als sie kurz darauf vor einer eher unscheinbar aussehenden Tür stehen blieben, verkündete Eva: „So, da wären wir. Mach bitte die Augen zu."

„Ich soll – was?" Noelle schüttelte energisch den Kopf. „Kommt gar nicht infrage, ich bin doch kein kleines Kind!"

„Also gut, dann eben nicht", seufzte Eva, öffnete die Tür und betrat den dahinterliegenden Raum, der wie eine düstere Abstellkammer aussah.

„Was soll das? Ich bin wirklich nicht in der richtigen Stimmung für dumme Scherze. Ich …" Noelle verstummte, als Eva mit einem Ruck die Vorhänge aufzog, die bis dahin alles Licht ausgesperrt hatten. Ihre Augen weiteten sich. „Du liebe Güte, was ist denn das?"

Der Grund für ihr fassungsloses Staunen war das zartviolette Kleid, das über eine Schneiderpuppe drapiert vor dem Fenster stand. Es war schmal geschnitten wie ein Etuikleid, mit kurzen Ärmeln und einem runden Ausschnitt. Der blass schimmernde lavendelfarbene Stoff erinnerte Noelle an …

„Ich habe es gestern Nacht aus Stoffresten der Brautjungfernkleider für dich zusammengeschneidert", erklärte Eva stolz. „Gefällt es dir?"

„Ob es mir gefällt?" Noelle umarmte ihre Freundin stürmisch. „Gefallen ist gar kein Ausdruck! Und du hast das wirklich für mich gemacht?"

„Natürlich. Du sollst doch hübsch aussehen, wenn du dich heute Abend mit deinem Traumprinzen triffst."

Noelle holte tief Luft. Träumte sie, oder passierte das alles hier gerade wirklich? „Danke", stieß sie gerührt aus, und ohne dass sie etwas dagegen tun konnte, stiegen ihr Tränen in die Augen. „Ich weiß gar nicht, womit ich das verdient habe."

„Wozu sind Freundinnen schließlich da? Und jetzt sollten wir uns beeilen, dein Henrik erwartet dich um halb sechs, und wir haben noch jede Menge zu tun!"

Als Noelle sich eine halbe Stunde später im Spiegel betrachtete, umspielte ein Lächeln ihre Lippen. Die Veränderung konnte größer überhaupt nicht sein. Eva hatte mit kleinem Aufwand wirklich eine große Wirkung erzielt. Noelles sonst nur so schwer zu bändigende Locken fielen ihr in glänzenden Wellen über die Schultern. Lipgloss ließ ihre Lippen verführerisch schimmern, etwas Rouge betonte die Wangenknochen.

Das Kleid passte wie angegossen und betonte Noelles schlanke und doch weibliche Figur perfekt. Sie fühlte sich wie eine Märchenprinzessin, und für einen Moment wagte sie zu hoffen, dass sich tatsächlich alles zum Guten wenden würde.

Doch dann ließ sie plötzlich die Schultern hängen.

Natürlich bemerkte Eva den plötzlichen Stimmungsumschwung ihrer Freundin. „Was ist los? Du wirkst auf einmal so bedrückt", fragte sie mit gerunzelter Stirn.

„Ich weiß nicht recht. Glaubst du wirklich, dass das eine gute Idee ist? Ich meine, das Kleid ist wirklich wunderschön, und ich danke dir auch sehr dafür."

„Aber?"

„Das bin ganz einfach nicht ich", erwiderte Noelle traurig. „Du hast mir doch selbst gesagt, dass ich Henrik endlich die Wahrheit sagen muss. Aber was macht es dann für einen Sinn, sich noch länger zu verstellen? Wäre es nicht besser, ich würde ganz einfach als ich selbst zu dieser Verabredung mit ihm gehen?"

„Papperlapapp!" Eva schüttelte den Kopf. „Was ist daran auszusetzen, sich für ein Treffen mit dem Mann seiner Träume ein bisschen hübsch zu machen? Du musst aufhören, das alles so furchtbar verkrampft zu sehen! Wenn dein Henrik wirklich so ein toller Typ ist, wie du denkst, würde es mich doch sehr wundern, wenn ihm deine gesellschaftliche Stellung nicht im Grunde völlig egal ist."

„Meinst du wirklich?"

„Aber sicher. Außerdem siehst du einfach hinreißend aus." Eva grinste. „Falls er ein echter Mann ist, wird er dir gar nicht widerstehen können, selbst wenn er wollte. Und wenn er nicht erkennt, was er an dir hat, ist ihm einfach nicht zu helfen."

Die Freundinnen umarmten sich innig.

„Du schaffst das! Ganz sicher. Und jetzt komm, lass uns aufbrechen. Mein Wagen steht draußen auf dem Parkplatz. Ich nehme dich natürlich mit in die Stadt."

Eine Stunde später saß Noelle neben Henrik in dessen Mietwagen und schaute zum Seitenfenster hinaus.

So muss das Paradies aussehen, dachte sie verträumt. Saftig grüne Wiesen und leuchtend gelbe Rapsfelder, so weit das Auge reichte. Schwarz-weiß gefleckte Kühe, die friedlich im Schatten hoher Linden grasten, und über allem spannte sich der strahlend blaue Himmel, an dem sich lediglich ein paar harmlose Schäfchenwolken tummelten. Die Luft war lau, es herrschten mehr als angenehme Temperaturen.

Es war perfekt, einfach perfekt.

Kaum zu glauben, dass sie nur wenige Kilometer außerhalb von Stockholm waren. Es war ein Gefühl, als hätten sie eine vollkommen andere Welt betreten – eine Märchenwelt.

Verstohlen wanderte ihr Blick zu Henrik. Seit sie in Stockholm am verabredeten Treffpunkt in seinen Wagen gestiegen war, hatte er kaum ein Wort mit ihr gesprochen. Aber ihr entging nicht, dass er immer wieder bewundernd zu ihr herüberschaute, wenn er glaubte, dass sie es nicht bemerkte. Ansonsten gab er vor, sich auf die Straße zu konzentrieren. Doch sie ahnte, dass es nicht der kaum nennenswerte Verkehr oder die wunderbare Landschaft waren, die ihn beschäftigten.

„Da wären wir“, erklärte er plötzlich und riss sie damit aus ihren Gedanken. Am Fuße eines sanft ansteigenden Hügels lenkte er den Volvo an den Wegesrand. Als er Noelles irritierten Gesichtsausdruck bemerkte, lachte er leise. „Lass dich einfach überraschen.“

Er stieg aus und kam – ganz Gentleman – zu ihr herum, um ihr die Wagentür zu öffnen. Anschließend half er ihr den Hügel jenseits der Straße hinauf. Als sie oben ankamen, atmete Noelle scharf ein. Zu ihren Füßen erstreckten sich sanft abfallende Hügel mit dunklen Wäldern, grünen Wiesen und einem kleinen See, dessen Oberfläche im Sonnenlicht silbern glitzerte. Dazwischen standen, als kleine Farbtupfer in rotbraun, blau und gelb, die typisch schwedischen Holzhäuser und Bauernhöfe.

„Schau mal, dort hinten“, sagte Henrik und deutete nach Westen.

Auf einer großen Wiese, etwa einen halben Kilometer entfernt, bereiteten einige Männer den Start eines Heißluftballons vor. Die farbenfrohe Hülle, die in allen Regenbogenfarben erstrahlte, blähte sich langsam auf.

„Das möchte ich mir gern aus der Nähe ansehen“, rief Noelle begeistert. Sie seufzte. „Es muss ein herrliches Gefühl sein, in so einem Ballon durch die Lüfte zu schweben. Grenzenlose Freiheit …"

Einen Moment musterte Henrik sie ganz seltsam, dann glitt ein Lächeln über sein Gesicht und er ergriff ihre Hand. „Komm."

„Was hast du vor?", fragte Noelle lachend.

„Es ist eine Überraschung, schon vergessen?", antwortete er und zog sie mit sich. Als sie die Wiese erreichten, war der Ballon schon fast startbereit. Einer der Männer hatte die kleine Gondel bereits bestiegen.

„Was geht hier vor?", wollte Noelle argwöhnisch wissen, als sie den Startplatz des Luftschiffs erreichte. „Du führst doch etwas im Schilde!"

„Hast du nicht gerade gesagt, du würdest gern mal in so einem Ballon mitfahren?", lächelte Henrik.

„Ja sicher, aber …"

Er schüttelte den Kopf. „Nein, kein Aber. Das hier ist die versprochene Überraschung. Komm, ich helfe dir beim Einstieg."

Noelles Augen wurden groß. „Das ist nicht dein Ernst, oder? Du hast *das hier* für mich organisiert." Sie spürte, wie ihr das Herz überging vor Freude und Rührung.

„Sieht ganz so aus, oder?" Henrik lächelte noch immer. „Und jetzt komm. Oder hat dich etwa der Mut verlassen?"

Sie atmete tief durch. „Ich habe dir bei unserem Bootsausflug schon einmal bewiesen, dass ich kein Feigling bin."

„Dann beweise es mir noch einmal."

Das Herz klopfte ihr bis zum Hals, als sie in den Korb des Heißluftballons kletterte – was in ihrem Kleid gar nicht so einfach war. Doch mit Henrik neben sich ging es gleich wieder besser. Einer der Männer kam ebenfalls mit, um die Steuerung zu übernehmen.

„Mein Name ist Emil", stellte er sich beiden vor. „Sind Sie bereit?", fragte er dann.

Obwohl ihre Knie sich wie Pudding anfühlten, nickte Noelle. Es war eine Sache, von einer Ballonfahrt zu träumen, jedoch eine völlig andere, diesen Traum tatsächlich in die Tat umzusetzen. Skeptisch betrachtete sie den dünnen Stoff der Ballonhülle. Wollte sie ihr Leben wirklich einer so anfälligen Konstruktion anvertrauen?

Doch jetzt war es zu spät, um noch einen Rückzieher zu machen. Ihr Steuermann warf einige Säcke Ballast ab, und der Ballon stieg in die Höhe.

Noelles Hände schlossen sich so fest um die Brüstung der Gondel, dass die Fingerknöchel weiß hervortraten. Henrik, dem ihr innerer Aufruhr offenbar nicht entging, legte von hinten die Arme um sie und zog sie an sich.

Sofort fing ihr Herz an, noch heftiger zu klopfen – doch dieses Mal nicht wegen des Ballons oder der Höhe.

Dieses Mal lag es ganz allein an Henrik.

Sie stiegen höher und immer höher, bis die Landschaft unter ihnen wie ein Flickenteppich wirkte. Die Männer auf der Wiese waren nur noch als kleine schwarze Punkte zu erkennen, bevor sie schließlich ganz verschwanden.

Hier oben war es kühl, und es blies ein kräftiger Wind, doch Noelle störte es nicht. Sie bemerkte nicht einmal, dass sie fröstelte – ganz im Gegensatz zu Henrik.

„Du frierst ja", stellte er fest, und zog sie noch enger an sich, um sie mit seinem Körper vor der Kälte zu schützen. Er ahnte ja nicht, welch verheerende Wirkung seine Nähe auf sie ausübte.

All ihre Sinne waren bis aufs Äußerste geschärft, und sie schloss die Augen, um gegen den Ansturm der Gefühle anzukämpfen, die sie zu überwältigen drohten.

Sie drehte sich zu ihm um, schaute ihm tief in die Augen, die blau wie der Mälarsee an einem sonnigen Sommertag schimmerten. Wie von selbst hob sich ihre Hand, und sie fuhr mit den Fingern durch sein dunkles seidiges Haar. Sie sah, wie sein Blick sich umwölkte. Dann griff er nach ihren Armen und hielt sie fest.

„Nicht!“, stieß er heiser aus. „Ich weiß nicht, ob das eine gute Idee ist, ich …“

Aber Noelle schüttelte den Kopf. „Nicht reden“, flüsterte sie. „Küss mich, Henrik.“

Sie spürte, wie sein Widerstand brach, und dann – endlich! – zog er sie in seine Arme. Dieser Kuss war anders als alles andere zuvor. Wild, leidenschaftlich und erfüllt von bittersüßer Verzweiflung und unstillbarem Verlangen.

Für kurze Zeit vergaß Noelle die ganze Welt um sich herum: den Ballon, ihren Begleiter, einfach alles. Diesen flüchtigen Moment lang gab es nur Henrik und sie, und nichts anderes war von Bedeutung. Sie dachte nicht an die Zukunft und nicht an die Vergangenheit. Und sie wünschte sich nichts sehnlicher, als dass dieser Augenblick niemals enden mochte.

Dennoch war sie es selbst, die sich schließlich von ihm löste und das Gesicht an seiner Schulter barg. Er umschlang sie mit den Armen und streichelte ihr sanft über den Rücken.

„Ist alles in Ordnung?“, fragte er.

„Ich bin mir nicht sicher. Was denkst du?“

Er lächelte traurig. „Ich weiß nur, dass ich mich in letzter Zeit nur dann gut fühle, wenn du bei mir bist.“ Zärtlich strich er Noelle eine Haarsträhne, die sich aus ihrem Zopf gelöst hatte, zurück hinters Ohr. „Es ist lange her, dass ich so für jemanden empfunden habe. Und ich möchte nicht, dass dieses Gefühl jemals aufhört.“

Als er sie dann erneut küsste, tat er es mit so viel Hingabe und Zärtlichkeit, dass Noelles Herz sich ihm ganz von selbst öffnete. Die letzten Schutzmauern, die sie nach der Enttäuschung mit Felix um sich herum errichtet hatte, brachen zusammen, und ihr Innerstes war Henrik vollkommen ausgeliefert.

Für einen winzigen Augenblick stieg Panik in ihr auf. Auf was hatte sie sich da bloß eingelassen? War sie wirklich bereit dafür? Und was war aus ihrem Vorhaben geworden, ihm endlich die Wahrheit über sich zu sagen?

Dann aber wurden alle Zweifel von einer warmen Woge der Zuneigung hinweggerissen, und sie vertiefte seinen Kuss.

Was nützte es, sich jetzt über das Morgen den Kopf zu zerbrechen? Es war ohnehin zu spät, an dem, was gerade geschah, noch etwas zu ändern.

Dazu sehnte sie sich einfach viel zu sehr nach ihm.

Als der Heißluftballon knapp eine halbe Stunde später holpernd auf dem Boden landete, hatte Noelle einen Entschluss gefasst: Sie würde ihr kleines Geheimnis noch eine Weile für sich behalten. Natürlich wusste sie, dass das eigentlich nicht richtig war und dass Henrik ein Recht auf die Wahrheit hatte. Ihr war auch klar, dass es für sie keinesfalls leichter werden würde, ihm hinterher alles zu beichten. Das genaue Gegenteil war der Fall: Je länger sie den Moment hinauszögerte, umso schwerer würde es ihr fallen. Aber wie sie es auch drehte und wendete – sie konnte es ihm im Augenblick einfach nicht sagen. Sie konnte und wollte den schönen Moment mit ihm nicht zerstören.

Henrik half ihr, aus der Gondel des Ballons zu klettern. Ohne Scheu und ohne Gewissensbisse ließ sie sich in seine Arme fallen und genoss schlicht und einfach das herrliche Gefühl, ihm nah zu sein. Ihm ging es ganz offensichtlich nicht anders.

„Danke“, sagte sie, als sie kurz darauf Hand in Hand weiterschlenderten.

„Wofür?“ Fragend sah er sie an. Die Zärtlichkeit in seinem Blick raubte ihr schier den Atem. „Die Ballonfahrt? Dafür brauchst du dich doch nicht zu bedanken. Es hat mir mindestens ebenso viel Freude bereitet wie dir.“

„Für alles“, erwiderte Noelle ernst. „Es mag albern klingen, aber dies ist der schönste Tag in meinem ganzen Leben, und ich wünschte, er würde niemals zu Ende gehen!“

Zum Zeichen, dass er verstanden hatte, drückte Henrik ihr stumm die Hand.

„Wollen wir zurück zum Wagen?“, fragte er.

„Muss das wirklich schon sein? Ich würde viel lieber hierbleiben! Weißt du, woran ich gerade denken musste?“ Als er den Kopf schüttelte, sprach sie weiter: „Wäre es nicht schön, wenn wir einfach weitergehen könnten, bis zum Horizont und noch viel weiter? Wenn wir nie wieder zurückkehren müssten?“ Sie schloss die Augen und malte sich ihren Traum weiter aus. „Wir könnten uns ein kleines Häuschen suchen, mit einem weißen Zaun drum herum. Es würde einen Garten haben, in dem Rittersporn und weißer Flieder blühen, und direkt am Ufer eines Sees liegen, der im strahlenden Sonnenschein glitzert. Rundherum hohe Bäume, die im Sommer Schatten spenden und sich im Winter unter der Last des Schnees biegen.“

Als sie die Augen wieder öffnete, war Henriks Gesicht dem ihren ganz nah. Sie wusste, dass er sie küssen würde, und sehnte es sich mit aller Macht herbei. Doch dann nahm er bloß ihre Hand und führte sie zu einem lichten Birkenwäldchen, das in der Nähe in einer kleinen Bodensenke lag.

Im Schatten der Bäume herrschte angenehme Kühle, und ein würziger Duft lag in der Luft. Leise raschelnd fuhr der Wind durch die Kronen der Birken, ansonsten war es herrlich friedlich und still.

Henrik blieb stehen. Einen Moment schaute er sie einfach nur an, dann strich er ihr mit einer Hand zärtlich eine Haarsträhne aus dem Gesicht. „Du bist so wunderschön, weißt du das?“, stieß er heiser aus, und Noelles Herz fing an, heftiger zu klopfen.

Sie drängte sich fest an ihn, fieberte seiner Berührung entgegen wie ein Verdurstender dem lebensrettenden Schluck Wasser. So hatte sie noch nie für einen Mann empfunden – nicht einmal für Felix.

Plötzlich bekam sie es mit der Angst zu tun und wich hastig einen Schritt zurück. Hatte sie den Verstand verloren?

Auf einmal war sie sich absolut sicher, dass diese Sache kein gutes Ende nehmen konnte. Das Feuer der Leidenschaft, das zwischen ihnen loderte, brannte so heiß, dass sie fürchtete, darin zu verbrennen, wenn sie sich tatsächlich auf Henrik einließ. War sie bereit, dieses Risiko einzugehen? Würde sie eine weitere Enttäuschung ertragen können?

„Was ist mit dir?“ Er sah sie fragend an. „Stimmt etwas nicht?“

Noelle atmete tief durch. Was sollte sie ihm antworten?

Vielleicht bleibst du zur Abwechslung einfach einmal bei der Wahrheit.

Sie seufzte. „Es tut mir leid, aber ich weiß nicht, ob ich das kann. Ich …“ Ihre Wangen fingen an zu glühen, und sie senkte verlegen den Blick. „Ich habe Angst.“

Er legte eine Hand unter ihr Kinn und hob ihr Gesicht an. „Angst? Aber doch nicht vor mir, oder?“

„Davor, verletzt zu werden“, antwortete sie aufrichtig. „Sei ehrlich: Was willst du eigentlich von mir? Ein Mann wie du kann doch ganz andere Frauen bekommen. Warum interessierst du dich ausgerechnet für mich?“

„Weil du die bezauberndste, hinreißendste und liebenswerteste Frau bist, der ich in meinem ganzen Leben begegnet bin. Weil ich mich zu dir hingezogen fühle wie noch zu keiner anderen vor dir.“ Seine Stimme klang belegt. „Bevor ich dich kennenlernte, war mein Leben leer und trostlos.“

Noelles Herz machte einen aufgeregten Satz. „Ich …“ Sie schluckte schwer. „Meinst du das wirklich ernst?“

„Du bist enttäuscht worden, das spüre ich.“ Henriks Augen

verengten sich zu Schlitzen. „Was muss dir dieser Schuft angetan haben, dass du glaubst, keinem Mann mehr vertrauen zu können?“ Er schloss sie in die Arme, und Noelle gab sich ganz dem tröstlichen Gefühl hin, das in ihr aufstieg.

In diesem Moment spürte sie, dass Henrik nicht so war wie Felix. Henrik ging es darum, sie glücklich zu machen. In seiner Nähe fühlte sie sich sicher und geborgen, begehrt und geliebt. Wenn sie jetzt zurückdachte, konnte sie sich nicht daran erinnern, jemals bei Felix so etwas empfunden zu haben. Nein, Henrik würde ihr nie wehtun, das wusste sie plötzlich ganz sicher.

Als er sie jetzt küsste, erkannte sie, dass sie die Vergangenheit hinter sich lassen musste. Für einen kurzen Augenblick überwältigte sie noch einmal Furcht, als sie merkte, dass sie kurz davor stand, den Punkt ohne Wiederkehr zu überschreiten. Doch die köstliche Süße seines Kusses ließ die Stimme der Vernunft augenblicklich verstummen. Ein Strudel der Leidenschaft, aus dem es kein Entkommen gab, riss sie mit sich.

Es tat so gut, sich in seine männlichen Arme sinken zu lassen und die Welt um sich herum zu vergessen. Leise seufzend bog sie sich ihm entgegen, und er reagierte, indem er seinen Kuss vertiefte. Das erotische Spiel seiner Zunge ließ sie fast den Verstand verlieren vor Sehnsucht. Hitzewellen pulsierten durch ihren Körper und setzten ihre Nervenenden in Flammen.

Henriks Berührungen waren sanft wie der Flügelschlag eines Schmetterlings, als seine Hand ihr Kinn und den Hals hinabwanderte. Seine Fingerspitzen strichen quälend langsam über die zarte Haut ihrer Kehle, und Noelle glaubte vergehen zu müssen vor Lust.

Nie zuvor hatte sie mit einem Mann etwas Derartiges erlebt. Wie plump und unbeholfen war dagegen das Liebesspiel mit Felix gewesen!

Sämtliche Gedanken zerstoben in einem Funkenregen aus

purer Leidenschaft, als Henrik sie mit sich auf den weichen mit Moos und Laub bedeckten Boden des Wäldchens zog. Nicht eine Sekunde hörte er dabei auf, sie zu küssen.

Grüngolden sickerte das Sonnenlicht durch die Kronen der Bäume, es war wie in einem Märchen, und genau so fühlte Noelle sich auch. Das alles war wie ein schöner Traum, aus dem sie jeden Moment erwachen würde.

All ihre Sinne waren auf Henrik ausgerichtet, und als er sich sanft von ihr löste, seufzte Noelle protestierend. Doch er richtete sich nur kurz auf, um sein Hemd auszuziehen.

Noelles Brust hob und senkte sich heftig, als ihre Hände zum ersten Mal über seinen nackten Oberkörper glitten.

„Bitte“, flüsterte sie atemlos. „Ich brauche dich, Henrik.“

Das Feuer in seinen Augen loderte hell, als er ihr das lavendelfarbene Kleid auszog. Sie stöhnte, als er mit beiden Händen ihre Brüste umfasste. So sehr hatte sie sich nach seinen Berührungen gesehnt, und nun war es endlich so weit.

Das heiße Pulsieren zwischen ihren Schenkeln wurde immer stärker, bis sie glaubte, vor Verlangen zu vergehen.

Doch Henrik dachte nicht daran, sie so bald zu erlösen. Er brachte sie bis an die Grenze zur Erfüllung, nur um sich dann wieder zurückzunehmen, und trieb dieses zugleich quälende und erregende Spiel immer weiter, bis sie völlig die Kontrolle über sich verlor.

Als er mit den Lippen nacheinander die aufgerichteten Knospen ihrer Brüste umschloss, schien ein Funkenregen über ihr niederzugehen. Hitze jagte durch ihren Leib, und sie sehnte sich mit jeder Faser ihres Körpers nach Henrik.

Ihr Puls raste. Sie erbebte unter seinen zärtlichen und zugleich fordernden Berührungen, immer und immer wieder. Ihre Finger krallten sich in seinen Rücken, sie zog ihn an sich, wollte ihn ganz nah spüren.

Endlich drängte er sich zwischen ihre Beine, die sie ihm

nur zu bereitwillig öffnete. Mit einer einzigen kraftvollen Bewegung drang er in sie ein, und das Gefühl, das Noelle dabei durchfuhr, übertraf selbst ihre kühnsten Träume.

Einen Moment verharrte Henrik bewegungslos und hielt ihren Blick mit seinem gefangen. Dann begann er sich in ihr zu bewegen, langsam zunächst, aber schon bald immer schneller und leidenschaftlicher.

Vom Feuer der Leidenschaft erfüllt klammerte Noelle sich an ihn, bis sie schließlich im selben Augenblick den Gipfel der Lust erreichten und anschließend schwer atmend und erschöpft nebeneinander auf dem weichen Waldboden liegen blieben.

Es dauerte einen Moment, ehe sie wieder in die Wirklichkeit zurückfand. Sie spürte Henriks Atem, der ihre Schulter streifte. Die Wärme seines Körpers direkt neben ihrem. Ihre Zuneigung zu ihm schnürte ihr fast die Kehle zu.

Das hätte nicht geschehen dürfen! Wie konntest du es nur so weit kommen lassen – und das auch noch, ohne ihm vorher zu sagen, wer du wirklich bist?

Die Antwort war so einfach wie niederschmetternd: weil sie ihn liebte und fürchtete, ihn zu verlieren, wenn sie ihm die Wahrheit sagte.

Doch mit ihrem Schweigen hatte sie alles nur noch schlimmer gemacht.

Schweigend lag Henrik da, die Augen geschlossen, und lauschte Noelles ruhigen und regelmäßigen Atemzügen. Sie war so süß, so unschuldig und liebenswert. Was für ein Mann musste das sein, der ein so engelsgleiches Wesen wie sie verletzt hatte?

Ein Mann wie du! Schau dich doch an, du hast mit ihr geschlafen, ohne auch nur einen Gedanken an die Konsequenzen zu verschwenden. Hast du auch nur eine Sekunde überlegt, was du damit möglicherweise anrichtest?

So bitter es auch war, sich das eigene Versagen einzugestehen, die Antwort auf diese Frage konnte nur Nein lauten.

Noelle gehörte sicher nicht zu den Frauen, die die Fähigkeit besaßen, Liebe und Sex so einfach voneinander zu trennen. Sie war nicht wie Matilda, die für einen Adelstitel bereit war, einen Mann zu heiraten, den sie nicht liebte.

Henriks Herz zog sich schmerzhaft zusammen. Er würde Noelle niemals das geben können, was sein Körper ihr versprochen hatte. Wie sollte es jetzt weitergehen?

Als sie kurze Zeit später zum Wagen zurückkehrten, klingelte sein Handy. Widerwillig nahm er das Gespräch an. Eigentlich stand ihm der Sinn momentan gar nicht nach – höchstwahrscheinlich geschäftlichen – Gesprächen, aber es konnte etwas Wichtiges sein.

Mit dieser Annahme lag er durchaus richtig, denn bei dem Anrufer handelte es sich um Greger Claesson.

Gespannt hielt Henrik die Luft an. Was für Neuigkeiten würde der Banker für ihn haben?

„Es tut mir wirklich leid", begann Claesson, „aber es gibt schlechte Nachrichten: Der Vorstand hat den Kreditantrag für Benningklint Slott abgelehnt."

Obwohl er im Grunde nichts anderes erwartet hatte, traf die Nachricht Henrik unerwartet hart. Vielleicht, weil damit auch sein letzter Hoffnungsschimmer dahin war, das Schlosshotel ohne die Hilfe von Matildas Vater retten zu können.

Nach dem Gespräch gingen ihm tausend Dinge durch den Kopf. Wie sollte er sich jetzt entscheiden? Für sein eigenes Glück und gegen Matilda – oder für die Familie?

Er hatte mit Noelle geschlafen und wusste, dass seine Gefühle für sie grenzenlos waren. Doch was war mit seiner Verpflichtung den Menschen gegenüber, die sich auf ihn verließen?

Und vor allem: Durfte er überhaupt so egoistisch sein, Noelle seine Liebe zu gestehen? Immerhin gab es da noch etwas, das ihn seit Langem belastete und von dem sie nichts wusste. Er konnte keine Kinder zeugen.

Nie würde Henrik den Augenblick vergessen, in dem er diese Nachricht bekommen hatte. Dass mit ihm etwas nicht stimmte, war bei einer Routineuntersuchung herausgekommen. Zunächst war es natürlich ein Schock für Henrik gewesen. Aber dann hatte er sich gesagt, dass es nicht das Ende der Welt bedeuten müsste – bis er mit Ingrid darüber gesprochen hatte. Ihre Reaktion war ernüchternd gewesen. Sie war davongelaufen und hatte kurz darauf per SMS ihre Beziehung beendet. Sie könne nicht mit einem Mann zusammen sein, der nicht in der Lage sei, ihr das zu bieten, wonach sie sich sehne, hatte in der kurzen Nachricht gestanden.

Lange hatte er sie für dieses Verhalten regelrecht gehasst. Inzwischen verstand er sie im Grunde sogar. Auch wenn ihn die Art, wie sie Schluss gemacht hatte, noch immer aufregte. Genau deshalb durfte er es nie wieder so weit kommen lassen, eine Frau vor die Wahl zu stellen. Denn sich für ihn zu entscheiden bedeutete zwangsläufig, für alle Zeiten auf eine Familie zu verzichten.

Wollte er Noelle das wirklich antun? Nein, das durfte er ganz einfach nicht von ihr verlangen! Aber wie sollte er es ertragen, den Rest seines Lebens ohne sie zu verbringen?

Er wusste es nicht – und das beunruhigte ihn mehr, als er sagen konnte.

9. KAPITEL

Hochkonzentriert modellierte Noelle am nächsten Vormittag aus warmer leuchtend rot eingefärbter Zuckermasse ein letztes hauchzartes Rosenblatt und formte es zusammen mit vier gleichartigen Blättern zu einer prächtigen Blüte. Diese legte sie vorsichtig auf die mit Schokoladenpulver bestäubte Torte, die bereits mit einer weiteren Blüte und zwei miteinander verschlungenen Blütenstängeln dekoriert war.

Ein zufriedenes Lächeln umspielte ihre Mundwinkel, als sie das Ergebnis betrachtete.

Die Torte sah genau so aus, wie sie es sich vorgestellt hatte. Edel und zugleich geschmackvoll traf sie die Erwartungen ihrer Auftraggeberin genau auf den Punkt. Das zumindest hoffte Noelle, doch Matilda Gunvaldsson hatte sich ja bereits als äußerst anspruchsvolle Kundin erwiesen.

Sie strich sich eine der dunklen Locken aus dem Gesicht, die unter ihrer weißen Konditorenmütze herausgerutscht war, und warf einen Blick auf die Uhr. Im selben Moment öffnete sich die Tür der Konditorei, und einer der Küchenhelfer kündigte Matilda Gunvaldsson an.

Als Noelle zu ihrer Kundin auf den Korridor hinaustrat, kam diese sofort zum Thema. „Kann ich sie sehen? Die Torte?"

„Natürlich", erwiderte Noelle nicht ohne Stolz und führte sie zu ihrem Arbeitsbereich. Aufgeregt beobachtete sie ihre Kundin. Doch deren Miene blieb unergründlich, während sie die Verlobungstorte von allen Seiten begutachtete.

„Nett", sagte sie schließlich. „Wirklich, sehr nett. Ein bisschen einfach vielleicht, aber ich denke, mehr kann man wohl nicht erwarten."

Diese Reaktion enttäuschte Noelle zwar, dann aber sagte sie sich, dass solche Worte aus dem Munde einer Matilda Gunvaldsson wahrscheinlich schon ein mehr als großes Lob bedeuteten.

Also machte sie gute Miene zum bösen Spiel und zwang sich zu einem Lächeln.

„Die Verlobungsfeier findet heute Nachmittag statt, nicht wahr?", erkundigte sie sich. „Werden Sie jemanden schicken, der die Torte für Sie abholt?"

„Ich?", erwiderte Matilda Gunvaldsson kühl. „Aber Kind, wo denken Sie denn hin? Ich nahm an, dass Sie selbst …"

Damit überraschte sie Noelle völlig. „Ich? Nein, ich bin hier nur als Konditorin angestellt, vom Auftragen und Servieren habe ich keine Ahnung. Aber ich könnte sicher jemanden aus dem Servicebereich für Sie organisieren."

Matilda Gunvaldsson kniff die Augen zusammen. „Nein, dass kommt überhaupt nicht infrage!", wehrte sie ab. „Ich verlange, dass Sie persönlich die Torte hereinbringen, haben Sie verstanden?"

Irritiert runzelte Noelle die Stirn. Ihr gefiel der Ton, den ihre Kundin plötzlich anschlug, überhaupt nicht. Außerdem gehörte das Servieren nun wirklich nicht zu ihren Aufgaben.

Doch sie schluckte ihren Ärger herunter. Sich mit Matilda Gunvaldsson anzulegen war keine gute Idee. Einen Augenblick würde Noelle sich vielleicht besser fühlen, wenn sie ihr die Meinung sagte, aber sie konnte im Moment wirklich nicht noch mehr Probleme gebrauchen.

Warum tust du ihr nicht einfach den kleinen Gefallen? Damit wirst du dir schon keinen Zacken aus der Krone brechen!

Schließlich nickte sie. „Also gut, wenn Sie darauf bestehen …"

Mit einem Mal war ihre Auftraggeberin wie ausgewechselt. Sie schenkte Noelle ein strahlendes Lächeln. „Ach, ich wusste doch, dass wir uns einigen würden. Wissen Sie, es ist ja auch nur zu Ihrem Besten. Die Verlobungsfeier findet zwar nur in einem kleinen Kreis statt, aber es werden einige hochrangige Persönlichkeiten anwesend sein. Und ich werde Ihre Kreativität und Ihren Arbeitseifer ganz bestimmt lobend erwähnen."

„Das ist sehr nett von Ihnen", erwiderte Noelle erstaunt, der die plötzliche Freundlichkeit von Matilda Gunvaldsson nicht ganz geheuer war. Ein solches Verhalten passte einfach nicht zu dieser Frau, die Noelle bisher bei jeder Gelegenheit hatte spüren lassen, wie überlegen sie sich ihr gegenüber fühlte.

Du bist einfach zu misstrauisch. Sie ist zufrieden mit deiner Arbeit. Warum kannst du dich nicht einfach darüber freuen?

„Gut", bemerkte ihre Kundin. „Dann erwarte ich Sie um Punkt sechzehn Uhr im Blauen Salon. Und denken Sie bitte daran, vorher nichts von der Verlobung herumzuerzählen. Es soll ja eine Überraschung für meinen zukünftigen Mann sein, und bisher weiß niemand außer mir, Ihnen und Ihrem Vorgesetzten davon. Und so soll es auch bleiben, bis die Torte hereinkommt!" Mit diesen Worten nickte sie ihr noch einmal knapp zu und verließ dann den Raum.

Irritiert sah Noelle ihr nach. Wirklich schlau wurde sie aus dieser Frau nicht. Zwar hatte sie am Schluss ziemlich freundlich getan, aber da war etwas in ihrem Blick gewesen, das Noelle nicht deuten konnte, das sie aber beunruhigte.

Wahrscheinlich bildete sie sich das bloß ein! Aber wenn sie an den armen Kerl dachte, mit dem diese Matilda sich heute Nachmittag verloben würde, so bedauerte sie ihn jetzt schon. Und er ahnte zum gegenwärtigen Zeitpunkt noch nicht einmal etwas von seinem Glück!

Im Grunde hatte sie gar kein Recht, sich darüber ein Urteil zu bilden. Vielmehr sollte sie sich Gedanken über ihre eigenen Probleme machen. Sofort kam ihr Henrik in den Sinn und das, was gestern passiert war. Was er jetzt wohl gerade machte? Ob er ebenfalls an sie dachte? Er war ein wenig schweigsam gewesen, als er sie gestern am frühen Abend in Stockholm abgesetzt hatte. Bereute er vielleicht bereits, mit ihr geschlafen zu haben?

Sie selbst bedauerte nichts davon. Es war so wunderschön mit ihm gewesen, dass sie die Erinnerung daran für alle Zeiten fest in ihr Herz einschließen würde.

Trotzdem musste sie ihm jetzt endlich reinen Wein einschenken, wenn sie in Zukunft noch in der Lage sein wollte, in den Spiegel zu blicken. Sie liebte ihn so sehr, und er schien ihre Gefühle zu erwidern. Doch sie wollte, dass er sie so liebte, wie sie war. Darum musste er wissen, dass er es nicht etwa mit einer guten Bekannten der Kronprinzessin zu tun hatte, sondern einfach nur mit Noelle.

Mit Noelle Rosenblad, einer einfachen Konditorin.

Vorher musste sie allerdings noch den Job für Matilda Gunvaldsson erledigen. Doch direkt danach wollte sie Henrik aufsuchen und tun, was sie tun musste. Seltsamerweise war ihr großer Traum, nach Frankreich zu gehen, mittlerweile völlig in den Hintergrund gerückt. Vielleicht lag es daran, dass sie sich plötzlich gar nicht mehr vorstellen konnte, Schweden zu verlassen.

Sie wollte einfach nur dort sein, wo Henrik war.

Am frühen Nachmittag stand Henrik im Gästezimmer vor dem Garderobenspiegel und band sich seine Krawatte um. Matilda war bereits vorgegangen, um die letzten Vorbereitungen für das Kaffeetrinken zu überwachen, das sie für enge Freunde und die Familie organisiert hatte. Er seufzte. Heute würde er kommen: der Moment der Wahrheit – und zwar in mehr als einer Hinsicht.

Henrik betrachtete sein Gesicht im Spiegel und suchte nach Zeichen von Zweifeln und Unentschlossenheit. Er entdeckte nichts dergleichen. Sein Entschluss stand fest: Nach dem Nachmittagskaffee würde er mit Matilda reden und ihr sagen, dass er sie nicht heiraten konnte. Auch wenn er im Augenblick noch nicht wusste, wie es danach weitergehen sollte, war es die einzig vernünftige Entscheidung.

Er liebte Matilda nicht, und das würde sich auch nie ändern. Und ganz gleich, was seine Mutter behauptete, niemand konnte von ihm verlangen, dass er den Rest seines Lebens an der Seite einer Frau verbrachte, für die er nicht einmal so etwas wie Sympathie empfand, geschweige denn Liebe und Zuneigung. So sehr ihm Benningklint Slott auch am Herzen lag, dieses Opfer konnte er einfach nicht bringen. Und gleich nachdem er die Sache mit Matilda geklärt hatte, würde er zu Noelle gehen, denn auch ihr hatte er einiges zu erklären. Er konnte nur hoffen, dass sie ihm seine Lügen verzieh. Dass er bis eben noch vorgehabt hatte, eine andere Frau zu heiraten, musste ein Schock für sie sein, wenn sie es erfuhr.

Aber auch über eine dritte Person machte Henrik sich jetzt Gedanken – über seinen Vater. Was soll aus ihm werden, wenn wir das Schlosshotel verlieren, mahnte die leise, aber beharrliche Stimme seiner Vernunft. Dieser Verlust konnte Konrad Albrektson den Todesstoß versetzen, das wusste er. Und es stand kaum zu erwarten, dass Matildas Vater sich auch weiterhin für Henrik einsetzte, wenn er die geplante Heirat absagte.

Dennoch – es ging hier um sein Leben und seine Zukunft! Spätestens die gestrige Nacht mit Noelle hatte ihm bewiesen, dass er so wie bisher einfach nicht weitermachen konnte.

Die Gefühle für sie waren so intensiv, wie er es noch bei keiner Frau zuvor erlebt hatte – nicht einmal damals bei Ingrid. Auch wenn er wusste, dass es für sie keine gemeinsame Zukunft geben konnte, fühlte er sich nicht länger imstande, aus reinen Vernunftgründen mit Matilda vor den Traualtar zu treten. Er musste das Versprechen, das er an Kristians Grab gegeben hatte, auf andere Art und Weise einlösen. Für Matilda konnte er auch sorgen, ohne dass er sie heiratete – und das galt ebenso für ihr ungeborenes Kind.

Das Kind seines Cousins.

Ein leises Klopfen an der Tür riss ihn aus seinen Gedanken. Als er öffnete, erlebte er eine Überraschung.

„Mutter, was tust du denn hier?"

„Du wirkst nicht gerade erfreut, mich zu sehen." Ohne eine Aufforderung abzuwarten, ging Maja Albrektson an ihm vorbei ins Zimmer. „Ich bin gekommen, um nach dem Rechten zu sehen. Außerdem wollte ich dir persönlich mitteilen, dass dein Vater sich auf dem Weg der Besserung befindet."

Henrik fiel ein Stein vom Herzen. Das waren gute Nachrichten. Gleichzeitig jedoch musste er seiner Mutter insgeheim recht geben – er war tatsächlich nicht besonders erfreut über ihr Erscheinen. Aber vielleicht sollte er ihr unerwartetes Auftauchen als Wink des Schicksals betrachten. Früher oder später musste er sie ohnehin über seinen Entschluss in Kenntnis setzen. Warum also nicht gleich jetzt, auf der Stelle?

„Ich bin wirklich froh, das zu hören", erwiderte er ehrlich. Dann atmete er tief durch. „Allerdings habe auch ich dir etwas Wichtiges mitzuteilen. Etwas, was dir ganz sicher nicht gefallen wird."

„Und das wäre?"

„Ich werde Matilda nicht heiraten."

Maja Albrektson sah ihn ungläubig an. „Das ist doch hoffentlich nicht dein Ernst!" Sie schüttelte den Kopf. „Nein, das kannst du nicht machen, dein Vater und ich, wir verlassen uns auf dich und ..."

„Ich weiß, ich weiß!", fiel Henrik ihr ins Wort. „Das hast du mir alles schon oft genug gesagt, und glaube mir: Ich verstehe, dass du dich sorgst. Aber es geht hier auch um mein Leben, siehst du das nicht? Matilda und ich passen nicht zusammen, wir empfinden nichts füreinander. Ich habe lange Zeit geglaubt, es könnte funktionieren, aber inzwischen weiß ich, dass ich mich getäuscht habe. Und darum werde ich sie nicht heiraten, ob du das nun gutheißt oder nicht. Ich hätte mir nur gewünscht, dass dich neben dem Familienbesitz auch die Gefühle deines Sohnes interessieren", fügte er mit enttäuschter Stimme hinzu.

Kopfschüttelnd sank seine Mutter auf den Rand des großen Doppelbetts. Sie wirkte auf einmal viel älter als achtundfünfzig.

„Findest du die Vorstellung, Matilda zu heiraten, denn tatsächlich so unerträglich?", fragte sie schließlich.

Henrik nickte. „Ich habe lange versucht, mir einzureden, dass ich es tun kann. Für euch und das Kind. Immerhin trage ich die Schuld daran, dass es ohne seinen Vater aufwachsen muss. Hätte ich mich an jenem Abend nicht mit Kristian gestritten ..."

Unausgesprochen hing sein Selbstvorwurf in der Luft, doch Maja sah ihren Sohn eindringlich an. „Kristians Tod war ein Unfall. Er war betrunken, wie so oft, und verlor die Kontrolle über seinen Wagen. Du darfst dir dafür nicht die Verantwortung geben. Es war abzusehen, dass es früher oder später ein schlimmes Ende mit ihm nehmen würde."

„Aber ich hätte ihm keine Vorwürfe machen dürfen! Ich war nur so schrecklich wütend, weil er immer wieder zu euch ging, wenn er in finanziellen Schwierigkeiten steckte, anstatt endlich seinen wilden Lebenswandel in den Griff zu bekommen."

„Hör zu, Henrik, ich kann verstehen, dass es kein gutes Gefühl für dich ist, dass ihr im Streit auseinandergegangen seid. Aber deshalb ist es noch lange nicht deine Schuld, dass er gestorben ist. Kristian war ein schwacher Mensch, er hat nie gelernt, für etwas zu kämpfen. Wenn du schon jemandem die Verantwortung geben willst, dann uns, deinem Vater und mir. Er ist nach dem Tod deines Onkels immerhin bei uns aufgewachsen. Wären wir strenger zu ihm gewesen, könnte er heute vielleicht noch am Leben sein." Sie wandte den Blick ab, doch

Henrik sah, dass ihre Schultern bebten.

Ohne nachzudenken, tat er etwas, dass er zuletzt als kleiner Junge getan hatte: Er setzte sich zu seiner Mutter und umarmte sie.

Ein paar Minuten saßen sie einfach nur schweigend da, bis Maja Albrektson sich wieder im Griff hatte und sich aus der Umarmung ihres Sohns löste.

„Du musst Matilda natürlich nicht heiraten“, erklärte sie und lächelte – für Henrik ein ungewohnter Anblick. „Es war ein Fehler, dich zu etwas zu drängen, hinter dem du nicht wirklich stehst. Das Kind, das sie unter dem Herzen trägt, ist so oder so ein Albrektson – immerhin ist es Kristians Sohn. Alles andere ist unwichtig.“

„Und Vater?“

„Ich werde es ihm schon schonend beibringen, mach dir keine Gedanken. Im Grunde geht es ihm, genau wie mir, doch vor allem darum, dass du glücklich bist.“ Fragend sah sie ihn an. „Wann willst du es ihr sagen? Du solltest nicht allzu lange damit warten.“

„Gleich heute nach dem Nachmittagskaffee, den Matilda für uns alle organisiert hat.“

„Das wird das Beste sein.“ Maja zögerte. „Wenn du Hilfe brauchst …“

Er schüttelte den Kopf. „Nein. Das ist etwas, das ich ganz allein hinter mich bringen muss.“

Nervös zupfte Noelle an der hellblauen Bluse, die sie sich von einer Kollegin geliehen hatte, um beim Hereinbringen der Verlobungstorte eine einigermaßen präsentable Figur abzugeben. Sie wartete mit dem Servierwagen, auf dem die Verlobungstorte für Matilda Gunvaldsson und den Grafen Pilkvist stand, auf dem Korridor vor dem Blauen Salon. Ihre Kundin hatte sie gebeten, noch einen Moment vor der Tür zu warten, damit sie das große Ereignis ankündigen konnte. Mit jeder Sekunde, die verstrich, wuchs Noelles innere Anspannung.

Inzwischen bereute sie ihre Zusage, die Torte persönlich in den Saal zu bringen, längst wieder. Sie stand nicht gern im Mittelpunkt der Aufmerksamkeit. Aber nun war es zu spät, um noch einen Rückzieher zu machen. Und zu allem Überfluss musste sie auch noch ständig an Henrik denken. Heute Abend, das hatte sie sich fest vorgenommen, würde sie ihm endlich die Wahrheit sagen. Nach allem, was geschehen war, durfte es keine Geheimnisse mehr zwischen ihnen geben.

Als plötzlich die Tür zum Salon aufging und Matilda sie heranwinkte, schrak Noelle zusammen.

„Kommen Sie“, rief sie mit einem Lächeln auf den Lippen, das Noelle ganz und gar nicht gefiel. Sie fand, es wirkte so echt und ehrlich wie das Lächeln eines Haifischs, doch wahrscheinlich bildete sie sich das nur ein. „Ihr großer Auftritt wartet.“

Noelle holte noch einmal tief Luft, dann schob sie den Wagen in den Salon, begleitet von den entzückten *Ohs* und *Ahs* der anwesenden Gäste, die an drei langen, u-förmig angeordneten Tischen saßen. Das Herz klopfte ihr bis zum Hals, und sie wagte nicht, aufzublicken, aus Angst, über die eigenen Füße zu stolpern, wenn ihre Konzentration auch nur für einen Augenblick nachließe.

Als sie es schließlich doch tat, traf sie fast der Schlag. Alles Blut wich aus ihrem Gesicht.

Nein, nicht das!

Henrik stand, nur ein paar Meter von ihr entfernt, am Kopf der Kaffeetafel, direkt neben Matilda Gunvaldsson. Sein ungläubiger Blick war starr auf Noelle gerichtet. Er starrte sie an, als hätte er sie noch nie zuvor gesehen. Ganz langsam schien er zu begreifen, und in seinen Augen spiegelte sich eine Mischung aus Unverständnis, Enttäuschung und Verbitterung, die Noelle fast das Herz zerriss.

Sie wollte zu ihm laufen, vor ihm auf die Knie fallen und ihn um Vergebung bitten. Ihr Stolz war ihr in diesem Moment vollkommen gleichgültig. Ein einziger Gedanke beherrschte ihr Denken: dass sie Henrik verlieren würde, wenn sie nichts unternahm.

Doch bevor sie etwas tun konnte, räusperte Matilda sich und ergriff das Wort.

„Liebe Gäste", begann sie und ließ ihren Blick mit einem selbstgefälligen Lächeln durch den Salon schweifen. „Ihr fragt euch sicher, warum ich euch heute hergebeten habe. Nun, ich will euch nicht länger auf die Folter spannen." Besitzergreifend hakte sie sich bei Henrik unter. Noelle runzelte irritiert die Stirn, dann sprach Matilda weiter: „Henrik Albrektson, Graf Pilkvist, und ich, Matilda Gunvaldsson, möchten heute offiziell unsere Verlobung bekannt geben."

Ein Raunen ging durch den Saal, doch Noelle bekam es gar nicht mit. Ungläubig starrte sie Henrik an.

Er war Graf Pilkvist? Ihr Henrik?

Nein, das konnte nicht sein!

Aber warum sagte er nichts, um dieses Missverständnis richtigzustellen? Wieso wandte er einfach den Blick ab, als würde er sie nicht mehr kennen? Was ging hier eigentlich vor?

Was dann geschah, holte Noelle schlagartig auf den Boden der Tatsachen zurück: Henrik zog Matilda in seine Arme und küsste sie!

Wie erstarrt stand Noelle noch einen Augenblick da, bevor sie herumwirbelte und davonrannte.

10. KAPITEL

Henrik lehnte die Stirn gegen das kühle Fensterglas des Gästezimmers und zwang sich zur Ruhe. Nach einem schier endlosen Marathon aus Glückwünschen und Gratulationen – unter anderem von Matildas Vater – war es ihm gelungen, sich davonzustehlen, während die Feier im Blauen Salon weiterging. Doch er wusste, dass er nicht allzu lange fortbleiben konnte. Immerhin handelte es sich um seine eigene Verlobungsparty! Verzweifelt schüttelte er den Kopf. Auf was hatte er sich da bloß eingelassen? Er erinnerte sich an den irritierten Gesichtsausdruck seiner Mutter. Ihre Verwirrung war mehr als verständlich, nachdem er ihr noch kurz zuvor mitgeteilt hatte, dass er Matilda auf gar keinen Fall heiraten wolle.

Und nun das!

Einerseits war er wütend auf Matilda. Wie konnte sie ihn nur derart mit der offiziellen Verkündung ihrer Verlobung überrumpeln? Vor allem aber richtete sich seine Wut gegen sich selbst: War er denn von allen guten Geistern verlassen gewesen, sich darauf einzulassen? Er hätte protestieren sollen, die Sache klarstellen – irgendetwas! Sicher wäre das peinlich und unangenehm gewesen, sowohl für Matilda als auch für ihn. Aber wenigstens hätte er dann nicht sein Leben verkauft.

Am meisten sollte er sich jedoch über Noelle aufregen – ihretwegen hatte er die Sache mit der Verlobung nicht klargestellt. Als sie plötzlich im Saal aufgetaucht war und er begriff, dass sie ihn die ganze Zeit über angelogen hatte, war ihm alles andere egal gewesen. So hatte er sich in sein Schicksal gefügt und vor allen Gästen den glücklichen Verlobten gespielt.

Auch jetzt konnte er nur an Noelle denken. Als sie mit der Torte dagestanden hatte, war ihr das schlechte Gewissen ins Gesicht geschrieben gewesen. Zu Recht!

Lügnerin! Henrik ballte die rechte Hand zur Faust. Noelle war weder eine der Brautjungfern der Kronprinzessin noch Gast der königlichen Familie – sie *arbeitete* auf Kronborg!

Nicht, dass er mit der Tatsache an sich ein Problem gehabt hätte. Es war ihm völlig gleichgültig, womit sie ihr Geld verdiente, denn das änderte nichts an seinen Gefühlen für sie. Vielmehr schmerzte ihn die Tatsache, dass sie ihm nicht die Wahrheit gesagt hatte.

Warum musste sie ihn unbedingt belügen?

Seine Ernüchterung war grenzenlos. Er begriff Noelles Verhalten einfach nicht. Offenbar hatte er sich sehr in ihr getäuscht. Jedenfalls war sie ganz augenscheinlich nicht die Frau, für die er sie gehalten hatte. Sich aus Enttäuschung auf eine Verlobung mit Matilda einzulassen, ging jedoch zu weit. Viel zu weit!

Verzweifelt raufte Henrik sich das Haar. Wie sollte er aus dieser Sache bloß wieder herauskommen? Er hatte doch vorgehabt, Matilda heute noch zu sagen, dass er sie nicht heiraten würde!

Ein schöner Plan – dumm nur, dass du ihn mit deinem überstürzten Verhalten selbst zunichte gemacht hast!

Ganz gleich, was zwischen Noelle und ihm vorgefallen war, er hätte vorhin einfach die Karten offen auf den Tisch legen müssen. Stattdessen hatte er Matilda aus einem Rachegefühl heraus sogar geküsst!

Plötzlich fragte er sich, wie er es wagen konnte, Noelle überhaupt irgendwelche Vorwürfe zu machen. Immerhin war er keinen Deut besser als sie! Hatte er sie nicht auch belogen, wo es nur ging? Ihren entsetzten Gesichtsausdruck, als sie begriff, dass es sich bei Matildas Verlobten um ihn handelte, würde er jedenfalls Zeit seines Lebens nicht vergessen.

Aber das alles war jetzt nebensächlich. Er musste sich dringend seine nächsten Schritte überlegen – und zwar schnell! Durch die Verlobung mit Matilda war ihm der Kredit für

Benningklint Slott nun sicher. Göran Gunvaldsson hielt sein Wort, daran bestand kein Zweifel.

Die Frage war, ob Henrik ebenfalls sein Wort halten konnte. Würde er in der Lage sein, den Rest seines Lebens an der Seite einer Frau zu verbringen, die er nicht liebte? Und was, wenn nicht?

Wenn er die Verlobung auflöste, würde es einen fürchterlichen Eklat geben, so viel stand fest. Er sah die Schlagzeilen bereits vor sich: *Graf lässt seine Verlobte vor dem Traualtar sitzen.* Das sorgte zwar für viel Publicity, wirkte sich aber auf ein Unternehmen wie das Benningklint Slotthotell eher negativ aus. Doch darüber brauchte er sich dann höchstwahrscheinlich ohnehin keine Sorgen mehr zu machen. Göran Gunvaldsson würde diese Schmach gewiss nicht auf sich sitzen lassen. Den Kredit konnte Henrik in so einem Fall vergessen, und bestimmt fiel Matildas Vater darüber hinaus noch etwas anderes ein.

Womöglich musste die ganze Familie am Ende darunter leiden, wenn er jetzt einen Rückzieher machte. Er sollte sich also besser ganz genau überlegen, was er als Nächstes tat. Mit seinem impulsiven Verhalten hatte er schon genug Schaden angerichtet – mehr als genug.

Problematisch war nur, dass er trotz allem, was passiert war, unentwegt an dieselbe Person dachte.

An Noelle.

„Und du glaubst, er wird diese andere Frau wirklich heiraten?“ Zweifelnd runzelte Eva die Stirn. „Ich kann mir das gar nicht vorstellen.“

„Aber ich war doch selbst dabei, als die Verlobung offiziell verkündet wurde“, schluchzte Noelle. „Außerdem hat er sie geküsst!“

Zwei Stunden waren seit jenem schrecklichen Moment vergangen, der sich wohl für alle Zeiten in ihr Gedächtnis eingebrannt hatte. Nie würde sie vergessen, wie Henrik diese andere Frau geküsst hatte. In dieser Sekunde war etwas in Noelle zerbrochen, und sie wusste nicht, ob es jemals wieder zusammenwachsen würde.

Nach ihrer Flucht aus dem Blauen Salon hatte sie Eva im Korridor getroffen. Jetzt saßen sie schon seit zwei Stunden zusammen im Umkleideraum für die weiblichen Hofangestellten, und Noelle hatte der Freundin ihr Herz ausgeschüttet.

„Ist es nicht eine seltsame Ironie des Schicksals, dass ich die ganze Zeit an der Torte für seine Verlobungsfeier gearbeitet habe, während wir uns langsam näherkamen?“ Noelle lächelte unglücklich. „Wenn es nicht so traurig wäre, könnte man fast darüber lachen.“

„Dieser Schuft!“ Eva seufzte. „Und ich habe dir auch noch immer gut zugeredet, dich mit ihm zu treffen, und dich bedrängt, ihm die Wahrheit zu sagen. Dabei hat er die ganze Zeit viel mehr gelogen als du! Es tut mir so leid, Süße. Kann ich irgendwas für dich tun?“

„Nein, da muss ich ganz allein durch. Ich …“

Ein leises Klopfen an der Tür ließ sie verstummen. „Noelle, sind Sie da drin?“

Es war Fridtjof Lundgren. Als Eva aufstehen und gehen wollte, hielt Noelle sie zurück. Hastig wischte sie sich die Tränen aus dem Gesicht und straffte die Schultern, bevor sie die Tür öffnete. Irgendwie schaffte sie es sogar, ein schwaches Lächeln zustande zu bringen, als sie vor ihrem Vorgesetzten stand.

„Ja?“

„Ich nehme an, Sie können sich bereits denken, um was es geht?“, fragte Lundgren ernst.

Spielte er auf die peinliche Szene vorhin im Blauen Salon an? Etwas anderes konnte es doch nicht sein – es sei denn …

„Der Hofzeremonienmeister möchte Sie sprechen. Es geht um Sie und Graf Pilkvist.“

Fridtjof wusste es also!

Verzweifelt suchte sie nach einer Ausflucht, bis sie erkannte, dass das vollkommen sinnlos war. Die Information konnte nur von Henrik selbst oder von jemandem stammen, der sie zusammen gesehen hatte.

Somit war jedes Leugnen zwecklos.

„Das wird nicht nötig sein", erwiderte sie. „Ich bin mir meines Fehlverhaltens bewusst und werde die Konsequenzen daraus ziehen. Bitte richten Sie dem Zeremonienmeister aus, dass ich meinen Dienst am Königshof quittiere. Würden Sie das für mich tun? Ich will es rasch hinter mich bringen. In spätestens einer Stunde bin ich fort."

Lundgren seufzte. „Es tut mir wirklich leid, dass ich nichts für Sie tun kann, Noelle. Sie sind seit langer Zeit meine beste Mitarbeiterin, auch wenn Sie einige Schwierigkeiten haben, sich an die Regeln zu halten."

Überrascht schaute Noelle ihn an. „Ist das Ihr Ernst?"

„Natürlich. Was denken Sie denn, warum ich immer besonders streng zu Ihnen war? Sie hätten hier am Königshof eine glänzende Karriere machen können, aber unter den gegebenen Umständen konnte ich leider nichts für Sie tun." Er zuckte bedauernd mit den Schultern. „Vielleicht ist es auch meine Schuld, dass es so weit gekommen ist. Ich hätte Sie warnen sollen, damals, als ich Sie zusammen mit dem Grafen in dem Restaurant in Gamla Stan gesehen habe."

Damit hatte Noelle nun wirklich nicht gerechnet. „Sie … Sie haben mich dort gesehen?"

„Nun ja, zumindest ganz kurz." Er lächelte. „Sie hatten es verständlicherweise sehr eilig, das Lokal zu verlassen. Daher hätte ich Ihnen vielleicht hinterher sagen sollen, dass der Graf bald heiraten wird. Aber ich wusste ja nicht, wie … Nun, Sie wissen schon – wie eng Ihr Verhältnis zu ihm ist. Außerdem wollte ich niemanden in Verlegenheit bringen."

„Ich danke Ihnen“, sagte Noelle ehrlich. Sie konnte es noch immer kaum glauben. Wie sehr sie sich doch in ihrem Vorgesetzten getäuscht hatte! Sie war davon überzeugt gewesen, er würde sofort für ihre Entlassung sorgen, wenn er sie in dem Restaurant entdeckt hätte. Stattdessen hatte er nichts davon nach außen dringen lassen. „Vielen Dank für alles. Aber eine letzte Frage habe ich noch: War es Henrik, der mich … Hat er mich verraten?“

Lundgren schüttelte den Kopf. „Nein, Graf Pilkvist hat nichts damit zu tun. Seine Verlobte hat sich über Sie beschwert.“

Noelle nickte. Das hatte sie sich beinahe gedacht. Und trotz allem war sie erleichtert, das zu hören. Obwohl sie sich fragte, wie Matilda Gunvaldsson von Henrik und ihr erfahren haben konnte.

Als Noelle nicht einmal zwei Stunde später mit einer Tasche, in der all ihre Sachen lagen, durch den Dienstboteneingang ins Freie trat, dämmerte es bereits. Der Himmel über dem Park von Kronborg Slott erglühte rotgolden, und die letzten Strahlen der sinkenden Sonne ließen die zartgelbe Fassade des Schlosses in feurigem Orange erstrahlen.

Sie stellte die Tasche ab, trat an die Balustrade und ließ ihren Blick über die märchenhafte Gartenanlage schweifen. Fast sechs Monate hatte sie hier gearbeitet, Bekanntschaften geschlossen und Erfahrungen gesammelt. Sie konnte kaum glauben, dass dieser Abschnitt ihres Lebens nun zu Ende gehen sollte. Was war aus den Träumen geworden, mit denen sie ihre Stellung hier angetreten hatte? Allesamt zerplatzt wie Seifenblasen. Mit diesem dunklen Punkt in ihrem Lebenslauf würde Michel Lejeune sie gewiss nicht in seinen Mitarbeiterstab aufnehmen, und eine gemeinsame Zukunft mit Henrik in Schweden stand auch nicht mehr zur Diskussion. Überhaupt schmerzte das am meisten: die Vorstellung, ihn vielleicht nie mehr wiederzusehen.

Eine einzelne Träne rollte ihre Wange hinunter, doch Noelle wischte sie mit einer unwilligen Handbewegung fort. Seufzend löste sie den Zopf und schüttelte ihre Locken, bis sie ihr frei über die Schultern fielen. Sie hatte genug Zeit damit verschwendet, sich selbst zu bemitleiden. Jetzt musste sie in die Zukunft blicken und versuchen, Vergangenes hinter sich zu lassen – auch wenn sie bezweifelte, dass ihr das in Hinblick auf Henrik tatsächlich gelingen würde.

Plötzlich hörte sie hinter sich jemanden leise weinen. „Ach, Noelle, ich werde dich fürchterlich vermissen!", drang Evas Stimme an ihr Ohr. „Wir alle hier auf Kronborg Slott werden dich vermissen!"

Ein Lächeln huschte über Noelles Gesicht, als sie die Stimme ihrer Freundin hörte. Sie drehte sich um und wollte Eva umarmen, doch dann verharrte sie mitten in der Bewegung, und ihre Augen weiteten sich vor Überraschung.

Eva war nicht allein gekommen, um sie zu verabschieden. Bei ihr standen Noelles Kollegen aus der Konditorei und auch einige andere Angestellte des Königshofs. Sogar Fridtjof Lundgren war gekommen, wie sie gerührt bemerkte. Und als der Küchenhelfer Jonas Bengtsdotter plötzlich das alte schwedische Abschiedslied *Vem kan segla förutan vind?* – Wer kann segeln ohne Wind? – anstimmte und alle anderen einfielen, war es endgültig um Noelles Selbstbeherrschung geschehen.

Tränen strömten ihr über die Wangen, sie konnte gar nicht mehr aufhören zu schluchzen. Ihr war gar nicht bewusst gewesen, wie viele Freunde sie während der kurzen Dauer ihrer Anstellung auf Kronborg Slott gewonnen hatte. Umso mehr schmerzte sie nun der Gedanke, alles hinter sich lassen zu müssen.

Als das Lied zu Ende war, trat ihr Vorgesetzter – *ehemaliger* Vorgesetzter, korrigierte Noelle sich selbst in Gedanken – auf sie zu und reichte ihr die Hand. „Es hat mir wirklich viel

Freude gemacht, mit Ihnen zusammenzuarbeiten. Ich wünsche Ihnen alles erdenklich Gute für die Zukunft. Vielleicht kann ich ja einmal mit der Kronprinzessin über Ihren Fall sprechen. Ich bin sicher, dass sie Ihre Situation verstehen und ein gutes Wort für Sie beim Zeremonienmeister einlegen würde."

Immer noch sichtlich bewegt, schüttelte Noelle den Kopf. „Nein wirklich, das ist nicht nötig. Ich habe mir diese Sache selbst eingebrockt, und die Prinzessin hat zurzeit wirklich andere Dinge im Kopf." Sie lächelte. „Ich komme schon irgendwie zurecht. Macht euch um mich bitte keine Sorgen."

Mühsam schluckte sie den Kloß herunter, der sich in ihrer Kehle gebildet hatte. Sie blinzelte heftig, um nicht wieder in Tränen auszubrechen. Nach Lundgren kam Eva an die Reihe und schloss sie leise schluchzend in die Arme. Und so schüttelte Noelle nacheinander gut ein Dutzend Hände und wurde mit Zuneigung und Herzlichkeit förmlich überschüttet.

„Danke", flüsterte Noelle gerührt. „Es war mir eine Ehre, euch alle kennenzulernen. Und nur, weil ich jetzt nicht mehr hier arbeite, bin ich ja nicht aus der Welt und …" Sie brach ab, als Fridtjof Lundgren sich vernehmlich räusperte und verkündete: „Wir haben noch eine kleine Überraschung für Sie."

Er trat zur Seite und machte Platz für einen Servierwagen, auf dem ein Kuchentablett mit einer Miniaturtorte stand. Noelles Augen weiteten sich vor Überraschung, als sie Teile ihres Entwurfs für die Hochzeitstorte der Kronprinzessin darin wiedererkannte.

„Aber das ist ja …" Sie schluckte heftig.

Lundgren lächelte. „Die Zeit war reichlich knapp, aber wir haben alle zusammengearbeitet. Sie ist nicht ganz perfekt, aber ich denke, es ist vor allem der gute Wille, der zählt."

Während sie zusammen mit ihren Kollegen die Torte anschnitt und alle ein Stück verspeisten, schaffte sie es sogar für eine Weile, nicht an Henrik zu denken.

Doch sie ahnte schon, dass dieser Augenblick nicht lange währen würde.

„Mein Vater hat uns eingeladen, nachher mit ihm nach Stockholm zu fahren, um unsere Verlobung so richtig schick zu feiern", sagte Matilda, als sie aus dem Badezimmer trat. „Ich will doch sehr hoffen, dass du dich bis dahin ein bisschen besser im Griff hast. Diese Leichenbittermiene hält ja kein Mensch aus!"

„Das dürfte kein Problem werden", erwiderte Henrik. „Ich werde nämlich nicht mitkommen."

Er trat ans Fenster und schaute hinaus auf den abendlichen Schlossgarten, während er sich innerlich auf den Wutanfall vorbereitete, der nun zwangsläufig folgen würde. Dabei bemerkte er die kleine Menschenansammlung auf der Terrasse unter ihm. Erst auf den zweiten Blick entdeckte er Noelle unter all den Leuten, und sein Herz zog sich schmerzhaft zusammen.

Sie zu sehen, und sei es auch nur aus der Entfernung, weckte sofort wieder die altbekannte Sehnsucht in ihm. So sehr er sich auch dagegen zu wehren versuchte, die Anziehungskraft, die sie auf ihn ausübte, war nach wie vor ungebrochen.

„... du mir überhaupt zu?" Wütend funkelte Matilda ihn an. „Was gibt es denn da draußen so Fesselndes?" Nach einem Blick aus dem Fenster lachte sie. „Ach, jetzt verstehe ich. Du willst die kleine Rosenblad noch einmal sehen, ehe sie endgültig verschwindet, hab ich recht?"

Henrik fuhr herum. „Was willst du damit sagen?"

„Was ich damit sagen will? Dass die dumme Gans ihren Job los ist, natürlich. Das will ich damit sagen! Oder dachtest du etwa, ich lasse mir eine solche Frechheit von einer einfachen Angestellten bieten? Sich einfach an meinen zukünftigen Ehemann heranzumachen, das ist ja wohl die Höhe!" Sie schüttelte den Kopf. „Nein, nein, mein Lieber, ich sag dir was: Ich bin euch schon länger auf die Schliche gekommen, als du denkst.

Was glaubst du, weshalb ich darauf bestanden habe, dass sie die Torte hereinbringt. Ich …"

„Sag, dass das nicht wahr ist!", fiel Hendrik ihr ins Wort. Einen Moment sah er sie einfach nur an. Fassungsloses Entsetzen erfüllte ihn, als er erkannte, wie abgrundtief gemein und hinterhältig Matilda wirklich war. „Sag, dass du Noelle nicht bei ihrem Vorgesetzten angeschwärzt hast!" Als sie nicht antwortete, schloss er kurz die Augen. „Warum?", fragte er, als er sie wieder öffnete. „Wie konntest du das tun? Ist dir denn gar nicht klar, was du da angerichtet hast? Du bist zu weit gegangen!"

„Ach, und was ist mit dir?", fauchte sie. „Immerhin hast du dich mit einer anderen Frau herumgetrieben, obwohl du mir versprochen hast, mich zu heiraten! Also tu jetzt bloß nicht so edelmütig! Hätte ich die Sache mit der Schwangerschaft nicht erfunden, wärst du doch nie auf den Gedanken gekommen, mich zu heiraten. Ich …" Als ihr klar wurde, was ihr da soeben im Eifer des Gefechts herausgerutscht war, verstummte sie.

Henrik brauchte einen Moment, um zu begreifen. Ungläubig sah er die Frau an, mit der er sich vor ein paar Stunden verlobt hatte. „Nein, das kann nicht wahr sein!", brachte er heiser hervor. „Du hast nur erfunden, dass du ein Kind von Kristian erwartest? Aber warum? Das ergibt doch …" Er hielt inne. „Natürlich! So konntest du mich am besten an dich binden, habe ich recht? Irgendwann nach der Verlobung hättest du mir dann gesagt, dass du eine Fehlgeburt erlitten hast … Ich kann nicht glauben, dass du zu so etwas fähig bist!"

Matilda schwieg, doch Henrik hatte auch schon genug gehört. Wütend nahm er sein Jackett und zog es hastig an.

„Was hast du vor?", fragte Matilda misstrauisch. „Du gehst zu ihr, nicht wahr?" Ihre Augen verengten sich zu schmalen Schlitzen. „Wage es nicht, jetzt zu ihr zu gehen, oder ich werde dafür sorgen, dass du es für den Rest deines Lebens bereust!"

Aber Henrik achtete nicht auf sie. Erst als er die Tür erreichte, drehte er sich noch einmal zu ihr um. „Ich bereue jetzt schon – und zwar, dich kennengelernt zu haben. *Adjö*, Matilda. Lebewohl!"

Sie tobte, als er das Zimmer verließ. Doch ihre Wut und ihre Drohungen ließen ihn seltsam kalt. Sollte sie doch zu ihrem Vater gehen, er konnte sie nicht davon abhalten. Sein Entschluss stand fest – endgültig.

In Windeseile durchquerte Henrik das prachtvolle Treppenhaus von Kronborg Slott, ohne auch nur einen Blick an die kunstvollen Stuckverzierungen und Skulpturen zu verschwenden. Er konnte nur an Noelle denken. Seltsam, aber plötzlich war es ihm vollkommen gleichgültig, dass sie ihn angelogen hatte. Sicher gab es dafür gute Gründe, und er war schließlich auch nicht ehrlich zu ihr gewesen.

Jetzt wollte er nur noch eins: Bei ihr sein und sie in die Arme schließen. Hoffentlich war es noch nicht zu spät!

Durch die breite Flügeltür, die zur Terrasse hinausführte, stürzte er ins Freie. „Noelle!", rief er und lief zu der Stelle, wo er sie vorhin von seinem Fenster aus gesehen hatte. Doch es war niemand mehr da.

Noelle war fort.

11. KAPITEL

Um Himmels willen, Kindchen, wozu denn all diese Tränen?"

Die Beine bis zum Kinn angezogen, saß Noelle auf einer kleinen Bank im Garten und weinte bitterlich. Nichts schien sie trösten zu können, weder der Mond und die funkelnden Sterne am samtschwarzen Firmament noch der wohlklingende Gesang der Nachtigall. Es sah aus, als hätte die Welt für sie alles Fröhliche und Liebenswerte verloren.

So aufgelöst fand ihre Vermieterin sie vor, als sie vom Besuch bei einer Freundin nach Hause zurückkehrte. Die gute Seele des Mietshauses spürte sofort, dass Noelle jemanden zum Reden brauchte, und setzte sich zu ihr.

„Was immer auch passiert ist, ich bin sicher, dass es sich schon irgendwie wieder einrenken lässt", versuchte die ältere Frau Noelle zu trösten. „Meine Mutter pflegte immer zu sagen: Es wird nichts so heiß gegessen, wie es gekocht wird – und in der Regel hatte sie damit recht."

Der Kummer in Noelles Augen machte Lisbet Östberg traurig. Sie mochte die junge Frau, die seit ein paar Monaten in der Dachgeschosswohnung ihres Hauses lebte, sehr. Noelle war ein herzensguter Mensch, immer hilfsbereit und optimistisch. Sie hatte es gewiss nicht verdient, so zu leiden.

„In meinem Fall gibt es nichts mehr einzurenken", stieß Noelle schluchzend aus. „Es ist zu spät, ich habe alles kaputt gemacht! Jetzt stehe ich ohne Arbeit da, mein großer Traum, nach Frankreich zu gehen, ist geplatzt, und …" Sie holte tief Luft.

„Und?" Lisbet lächelte aufmunternd. „Es geht um einen Mann, stimmt's?"

Für einen kurzen Moment hielt Noelle den Atem an, dann fingen ihre Schultern wieder heftig an zu beben. „Ach, Lisbet – ich liebe ihn so sehr!", schluchzte Noelle.

Sanft legte Lisbet einen Arm um sie. „Na hör mal, Kindchen, dann ist doch alles in bester Ordnung."

„Nichts ist in Ordnung. Henrik hasst mich!"

„Na, na", widersprach sie. „Ihr mögt euch gestritten haben, schön, aber das ist doch kein Weltuntergang. Du wirst sehen, morgen früh sieht die Welt schon wieder ganz anders aus."

Betrübt schüttelte Noelle den Kopf. „Er wird eine andere Frau heiraten."

Erstaunt hob Lisbet den Kopf. „Was sagst du da? Aber ich dachte …" Sie holte tief Luft. „Weißt du was? Am besten wir unterhalten uns darüber bei einer schönen Tasse Kaffee. Und da meine Kaffeemaschine kaputt ist, gehen wir am besten rauf zu dir."

Ein paar Minuten später saßen sie sich in Noelles gemütlicher Wohnung gegenüber. Nach dem ersten Schluck von dem Kaffee, den Lisbet in Noelles Küche aufgesetzt hatte, sprudelten die Worte nur so aus Noelle heraus. Lisbet unterbrach sie nicht, sondern ließ sie einfach erzählen. Manchmal half es schon, wenn man jemanden hatte, der einfach nur zuhörte, das wusste sie aus Erfahrung.

Im Zuhören war sie schon immer sehr gut gewesen. Und danach würde sie gemeinsam mit Noelle nach einer Lösung für ihre Probleme suchen. Es gab nämlich immer eine Lösung, auch das wusste sie aus Erfahrung. Vor allem, wenn es um die Liebe ging.

„Entschuldigung, können Sie mir sagen, wo ich Noelle Rosenblad finde?"

Erwartungsvoll blickte Henrik die junge Frau vor ihm an. Inzwischen hatte er schon halb Kronborg Slott nach Noelle abgesucht – ohne jede Spur. Dann war ihm die Idee gekommen, einfach jemanden von den Angestellten zu fragen, die mussten Noelle schließlich kennen.

Die kleine, ein wenig pummelige junge Frau mit dem modischen Kurzhaarschnitt, die gerade das Gebäude verlassen wollte, war die erste Person, die er erblickte. Zögernd sah sie ihn an. Henrik war fast sicher, sie vorhin bei Noelles Verabschiedung gesehen zu haben.

„Noelle?“, erwiderte sie mit skeptischem Blick. „Die müsste längst zu Hause sein. Was wollen Sie denn von ihr?“

„Zu Hause?“, wiederholte Henrik hoffnungsvoll. „Können Sie mir sagen, wo sie wohnt? Ich muss unbedingt mit ihr sprechen. Bitte, es ist sehr wichtig!“

Plötzlich änderte sich der Gesichtsausdruck der Frau, er wirkte auf einmal richtiggehend abweisend. „Sie sind das, nicht wahr? Sie sind Graf Pilkvist!“

Henrik, der sich nicht erklären konnte, warum diese Unbekannte ihm gegenüber irgendeinen Groll hegen sollte, nickte irritiert. „Ja, der bin ich, aber woher ...“

„Was fällt Ihnen ein, nach Noelle zu fragen?“, fiel sie ihm aufgebracht ins Wort. „Sie sind an dem ganzen Unglück doch überhaupt schuld! Und ich habe ihr noch dazu geraten, sich mit Ihnen zu treffen! Was bin ich bloß für eine dumme Gans!“

Da begriff Henrik. „Sie sind eine Freundin von Noelle!“

„Und wenn es so wäre?“, entgegnete sie kurz angebunden. „Sie glauben doch nicht wirklich, dass ich Ihnen sage, wo sie jetzt ist. Sie und Ihre Verlobte haben schon genug Schaden angerichtet!“

„Hören Sie, ich muss aber wirklich dringend mit ihr sprechen. Ich weiß, ich habe mich mies verhalten, und das tut mir leid. Es war ein Fehler, und den möchte ich unbedingt wieder gutmachen – aber dazu muss ich Noelle erst einmal finden.“

„Warum sollte ich Ihnen glauben, dass Sie ihr nicht gleich wieder wehtun?“

Obwohl sie ihn noch immer misstrauisch ansah, spürte Henrik, dass sie langsam auftaute. Er beschloss, alles auf eine Karte zu setzen. „Weil ich sie liebe.“

„Ist das wirklich wahr?“, fragte sie, jetzt deutlich zaghafter. „Aber Ihre Verlobte …“

Henrik seufzte. „Das kann ich Ihnen jetzt nicht erklären. Und natürlich verstehe ich, dass Sie mir gegenüber zurückhaltend sind, das ist ja auch vollkommen klar. Aber ich kann nur noch einmal betonen, dass ich Noelle von ganzem Herzen liebe. Ich will sie glücklich machen, ihr die Sterne vom Himmel holen. Bitte helfen Sie mir dabei.“

„Also gut.“ Die junge Frau zögerte noch einmal kurz, dann reichte sie Henrik die Hand. „Ich bin Eva Tusmundsson“, stellte sie sich vor. „Merken Sie sich den Namen, denn sollte mir je zu Ohren kommen, dass Sie Noelle schlecht behandeln, bekommen Sie es mit mir zu tun!“ Sie bedachte ihn mit einem vorwurfsvollen Blick. „Sie hat Ihretwegen schon genug durchgemacht.“

„Ich weiß, und genau deshalb muss ich ja auch zu ihr. Meine Reaktion vorhin, als ich Noelle mit dem Kuchen in den Salon kommen sah, war unverzeihlich. Aber ich war in diesem Moment einfach zutiefst enttäuscht. Und um ehrlich zu sein, verstehe ich auch jetzt noch nicht, warum sie mich die ganze Zeit über belogen hat.“ Er schüttelte den Kopf. „Ich meine, sie hätte mir doch ruhig die Wahrheit sagen können. Es ist mir doch vollkommen egal, was sie beruflich macht. Ich hätte mich auch in sie verliebt, wenn sie bei der Müllabfuhr arbeiten würde!“

„Noelle hatte niemals vor, Sie zu belügen“, verteidigte Eva ihre Freundin. „Das ist halt alles nur irgendwie ganz dumm gelaufen.“

„Aber sie hätte doch mit mir reden können!“

„Sicher, aber zuerst war sie einfach nur völlig überrumpelt, und dann hat sich die passende Gelegenheit einfach nicht ergeben. Außerdem – hat sie je behauptet, eine Freundin der Kronprinzessin zu sein oder zu den Brautjungfern zu gehören, die am 19. Juni bei der Hochzeit dabei sein werden?“

Nachdem Henrik einen Moment darüber nachgedacht hatte,

musste er den Kopf schütteln. Es stimmte, was Eva sagte: Noelle hatte ihm gegenüber nie etwas Derartiges erwähnt. Dass er aus dem, was er gesehen und gehört hatte, die falschen Schlüsse gezogen hatte, konnte er ihr wohl kaum anlasten. Außerdem erinnerte er sich, dass sie mehr als einmal versucht hatte, ihm etwas zu sagen. Nur war sie in den entscheidenden Momenten nie zu Wort gekommen.

„Ein anderer Grund war, dass sie um ihren Job fürchten musste. Niemand durfte erfahren, dass sie sich mit Ihnen traf. Sie hatte einfach Angst vor den Konsequenzen, wenn sie als Angestellte bei Hofe mit einem Gast des Hauses erwischt würde. Sie sehen also, sie steckte in einer mehr als kniffligen Situation."

Jetzt verstand Henrik Noelle schon viel besser. Zugleich musste er sich die Frage gefallen lassen, ob sein eigenes Verhalten auch so schlüssig zu erklären war. Er hatte Noelle nicht einmal von Matilda erzählt, aus Sorge, dass sie ihn danach möglicherweise nicht mehr wiedersehen wollte. Unter diesen Umständen konnte er es sich wohl kaum erlauben, ihr irgendwelche Vorwürfe zu machen, und das wollte er auch längst nicht mehr.

Er liebte sie und konnte sich nicht mehr vorstellen, auch nur einen Tag ohne sie zu sein. Aber bevor er sie bitten konnte, seine Frau zu werden, musste er ihr erst noch die Wahrheit über sich sagen. Darüber, was ihn seit nunmehr fünf Jahren so stark belastete und auch ein Grund für seine Absicht gewesen war, Matilda zu heiraten.

Wenn Noelle nun hinterher gar nichts mehr von ihm wissen wollte? So wie Ingrid …

Doch es musste sein, und er hoffte von ganzem Herzen, dass das, was er ihr bieten konnte – seine Liebe, seine Zuneigung und sein grenzenloses Vertrauen –, ausreichte, um sie glücklich zu machen.

„… Dachgeschosswohnung in der Högatan Nummer 6, das leuchtend orangefarbene Haus auf der rechten Straßenseite."

Eva runzelte die Stirn. „Sagen Sie mal, hören Sie mir überhaupt noch zu?"

„Was?" Henrik blinzelte. „Entschuldigung, ich bin gerade nicht ganz bei der Sache gewesen. Was haben Sie gesagt?"

„Sie sind in Gedanken wohl schon bei Noelle, was? Also, Noelle wohnt in … Nein, warten Sie, ich schreibe es Ihnen lieber auf." Sie holte Stift und Papier aus ihrer Umhängetasche und notierte eine Adresse in Gamla Stan. „Hier", sagte sie und reichte ihm den Zettel.

„Danke, vielen Dank!"

Eva lächelte. „Keine Ursache. Und jetzt machen Sie endlich, dass Sie wegkommen!"

Das musste sie Henrik nicht zweimal sagen. Doch auf dem Weg hinaus drehte er sich noch einmal um. „Sie wissen nicht zufällig, wo ich um diese Zeit noch Blumen bekomme, oder?"

Noelle saß noch immer mit Lisbet in ihrem Wohnzimmer, als es an der Tür klingelte.

„Soll ich aufmachen?", fragte die ältere Dame.

„Ja, bitte", antwortete Noelle und trocknete mit einem Taschentuch die letzten Tränen. „Das wird sicher Eva sein, um zu sehen, wie es mir geht."

Lisbet verließ das Zimmer, und Noelle hörte, wie sie die Tür öffnete und dann ein paar Worte mit jemandem wechselte. Als sie nicht zurückkehrte, stand Noelle auf. „Eva?", rief sie.

Doch bei der Person, die kurz darauf ihr Wohnzimmer betrat, handelte es sich weder um Eva noch um Lisbet. Noelle atmete scharf ein, als Henrik mit einem riesigen Strauß roter Rosen vor ihr stand.

Sofort fing ihr Herz an, wie verrückt zu klopfen. Vor Aufregung, vor Wut – oder vor Sehnsucht?

„Was hast du hier zu suchen?", fragte sie betont kühl, wobei das leichte Zittern in ihrer Stimme den gewünschten Effekt zunichte machte. „Woher weißt du überhaupt, wo ich wohne? Und wo ist Lisbet?“

„Meinst du die freundliche Dame, die mich hereingelassen hat? Sie hatte es plötzlich sehr eilig zu gehen, nachdem sie meinen Namen wusste. Und was deine Adresse betrifft: Deine Freundin Eva war so freundlich, sie mir zu verraten.“

Lächelnd hielt er ihr die Rosen hin. Es war der größte Blumenstrauß, den Noelle je gesehen hatte! Zweifellos hatte er ein kleines Vermögen gekostet. Doch an Geld fehlte es einem Grafen Pilkvist vermutlich nicht. Wenn er glaubte, dass sie sich von ihm kaufen lassen würde, täuschte er sich jedoch gewaltig.

Sie verschränkte die Arme vor der Brust. „Wo hast du denn deine Verlobte gelassen?“ Herausfordernd reckte sie das Kinn. „Lass mich raten, sie weiß gar nicht, dass du gerade bei mir bist, nicht wahr? Was hast du ihr gesagt? Dass du eine geschäftliche Verabredung hast?“

Langsam schüttelte er den Kopf. „Nein“, erwiderte er. „Ich habe ihr gesagt, dass ich sie nicht heiraten werde.“

„Du hast …“ Noelle schluckte. Schon stiegen ihr wieder die Tränen in die Augen, doch sie wollte nicht weinen. *Verdammt! Kann ich nicht einmal in meinem Leben stark sein?* „Ist das … Ist das wirklich wahr?“ Sie atmete tief durch. „Henrik, ich muss dir auch etwas erklären.“

„Wenn es darum geht, warum du mir verheimlicht hast, dass du auf Kronborg Slott arbeitest – das habe ich bereits von deiner Freundin Eva erfahren.“

„Und du bist mir nicht böse?“

„Zuerst war ich es vielleicht ein wenig, aber inzwischen verstehe ich, warum du so gehandelt hast. Und du sollst auch mich verstehen: Ich liebe Matilda nicht“, sagte er, und es klang vollkommen ehrlich. „Es stimmt, dass ich sie heiraten wollte – aus rein geschäftlichen Gründen. Meine Familie besitzt ein Schloss in der Provinz Jämtland, das sie bereits seit Generationen als

Hotel betreibt – Benningklint Slotthotell. Durch eine Fehlinvestition meines Vaters ist es in finanzielle Schieflage geraten. Er erlitt einen Herzinfarkt, sodass ich praktisch über Nacht die Leitung übernehmen musste."

Noelle runzelte die Stirn. „Und was hat das mit Matilda zu tun?"

„Sie war mit meinem Cousin Kristian verlobt, als er vor einigen Monaten bei einem Autounfall ums Leben kam. Ich habe mich für den Unfall verantwortlich gefühlt, weil wir kurz vorher Streit hatten. Matilda behauptete, von Kristian schwanger zu sein."

„Behauptete?"

Henrik lachte bitter auf. „Heute Abend ist sie endlich mit der Wahrheit herausgerückt. Sie wird kein Kind bekommen. Sie hat die Schwangerschaft nur erfunden, um mich damit unter Druck zu setzen. Ihr ging es die ganze Zeit nur um den Titel der Gräfin Pilkvist. Dafür war sie bereit, alles zu tun. Und ihr Vater, ein angesehener und einflussreicher Bankier, hat versprochen, einen Kredit für Benningklint Slott zu beschaffen …"

„Aber heutzutage muss sich doch niemand mehr auf eine Vernunftehe einlassen!" Noelle war fassungslos. „Es hätte doch sicher noch andere Möglichkeiten gegeben, das Hotel deiner Familie zu retten."

„Die Lage war aussichtslos, außerdem glaubte ich, es Kristian schuldig zu sein, mich wie ein Vater um sein ungeborenes Kind zu kümmern. Und …" Er hielt kurz inne. „Noelle, es gibt da etwas, das ich dir sagen muss, bevor wir weitersprechen."

Fragend sah sie ihn an. Er wirkte auf einmal wie versteinert, sie erkannte ihn kaum wieder. Eine Welle des Mitgefühls stieg in ihr auf. Ganz gleich, was in der Vergangenheit zwischen ihnen vorgefallen war – sie liebte ihn, und daran würde sich auch nie etwas ändern.

Erst jetzt nahm sie ihm die Rosen ab, legte sie auf die Couch und schloss ihn in die Arme. „Sag es mir, und dann küss mich. Es ist mir ganz egal, warum du dich auf Matilda Gunvaldsson eingelassen hast. Wichtig ist nur, dass du jetzt bei mir bist!"

Mit einem gequälten Stöhnen löste Henrik sich von ihr und trat einen Schritt zurück. „Nein!", widersprach er. „Triff keine voreilige Entscheidung, bevor du nicht alles über mich weißt!"

Noelle lächelte. „Ich weiß, dass ich dich liebe, das ist alles, was mich interessiert." Doch ihre Worte schienen ihn gar nicht zu erreichen. Mit ernstem Gesichtsausdruck nahm er ihre Hände und drückte sie sanft.

„Ich liebe dich", begann er, und das Herz ging ihr über vor Freude und Erleichterung. Dies war der Moment, den sie insgeheim schon so lange herbeisehnte. Jetzt würde endlich alles gut werden. Sie würde nicht zulassen, dass irgendetwas sie auseinanderbrachte.

„Oh Henrik, ich ..."

Mit einem knappen Kopfschütteln unterbrach er sie. „Hör mich erst zu Ende an, bevor du etwas sagst, okay? Ich liebe dich, Noelle, und es wäre für mich das größte Glück, wenn du meine Frau werden und mit mir nach Jämtland kommen würdest."

Jetzt konnte Noelle einfach nicht mehr still bleiben. „Ja!", platzte es aus ihr heraus. „Ich kann gar nicht sagen, wie glücklich du mich damit machst!"

„Bitte!", stieß Henrik heiser aus. „Du weißt noch nicht alles, und ich will, dass du es dir gut überlegst, bevor du mir sagst, ob du mich heiraten willst." Nach einer kurzen Pause sagte er: „Ich kann keine Kinder zeugen."

Fragend sah Noelle ihn an. „Das ist es also? Das dunkle Geheimnis, das du schon die ganze Zeit mit dir herumschleppst?" Sie lächelte. „Hältst du mich wirklich für so oberflächlich? Glaubst du tatsächlich, ich ... Lass dir eins gesagt sein, Henrik: Ich liebe dich, und ich will mit dir zusammenleben. Daran kann nichts und niemand etwas ändern! Du bist das größte Glück, das mir je widerfahren ist!" Überglücklich flog sie ihm in die Arme, und Henrik hielt sie so fest, als wollte er sie nie wieder loslassen.

„Das muss gefeiert werden!", rief sie strahlend. „Ein paar Straßen weiter ist ein Laden, der um diese Zeit noch auf hat. Was meinst du, soll ich uns eine Flasche Champagner holen?"

„Das ist doch nicht nötig. Aber wenn du darauf bestehst, dann hole ich ihn oder komme wenigstens mit."

„Glaubst du etwa, das schaffe ich nicht allein?" Sie lächelte. Er brauchte ja nicht zu wissen, dass sie vorhatte, unterwegs einen Tisch in dem Restaurant zu reservieren, in dem sie zum ersten Mal zusammen gegessen hatten. Das sollte eine Überraschung werden. „Bleib du schön hier und rühr dich bloß nicht von der Stelle, ich bin in zehn Minuten zurück!"

Als Noelle die Treppe zur Straße hinuntereilte, hatte sie das Gefühl, vor Glück zu schweben. Nichts konnte mehr zwischen Henrik und sie treten.

Noelle war noch keine zwei Minuten fort, da stellte Felix Hallström seinen Koffer auf dem Gehweg vor dem Haus Högatan Nummer 6 ab. Stirnrunzelnd überflog er die Namen auf den einzelnen Klingelschildern. Beim obersten Namen lächelte er triumphierend.

Na also, wer sagt's denn!

Er drückte auf den Klingelknopf, und es dauerte nur Sekunden, bis die Tür leise summend aufsprang. Sie war also zu Hause! Vielleicht fand die Pechsträhne, die ihn nun schon seit Wochen verfolgte, damit endlich ein Ende. *Das wurde aber auch Zeit!*

Innerhalb von ein paar Wochen hatte er seinen Job in Göteborg, seine Wohnung und seine neue Flamme Hanna verloren. Ohne Job, ohne Ersparnisse und ohne Bleibe hatte er sofort an Noelle denken müssen.

Bestimmt würde sie ihm aus der Klemme helfen. Noelle gehörte einfach zu der Sorte Frau, die einem Mann immer wieder verzieh, wenn er reuig zurückkehrte. Felix nannte das den „Helferkomplex", und bisher hatte er mit Frauen dieses Schlags nur gute Erfahrungen gemacht. Vielleicht war es nicht immer ein reines Vergnügen, mit ihnen zusammen zu sein, aber ihr unschätzbarer Nutzen wog die kleinen Nachteile mehr als auf.

Er nahm seine Tasche und betrat das dunkle Treppenhaus. Als er das oberste Stockwerk fast erreicht hatte, ging die Wohnungstür auf und ein dunkelhaariger Mann erschien in dem hell erleuchteten Rechteck.

„Hast du etwas vergessen?", fragte er, und die Zuneigung in seiner Stimme gefiel Felix ganz und gar nicht. „Warum machst du dir denn kein Licht an?" Im nächsten Moment flutete Helligkeit durchs Treppenhaus, und das Lächeln auf den Lippen des Fremden verschwand. „Oh Entschuldigung, ich dachte …"

„Schon in Ordnung." Felix winkte ab, stieg die letzten Stufen hinauf und stellte seinen Koffer auf dem Treppenabsatz ab. „Mein Name ist Hallström", sagte er und reichte dem anderen Mann die Hand. „Felix Hallström. Ich möchte zu Noelle. Ist sie da?"

„Nein, sie ist gerade … Was wollen Sie denn von ihr?"

Da sein Gegenüber keine Anstalten machte, die Hand zu ergreifen, ließ Felix sie wieder sinken. Er spürte, wie der andere Mann ihn abschätzend musterte, doch er gab sich gelassen. Die Atmosphäre der Feindseligkeit, die in der Luft hing, bewies eindeutig, dass Felix in gegnerisches Territorium eindrang. Offenbar machte der Fremde ebenfalls Ansprüche auf Noelle geltend. Besser, er wurde den Typen ganz schnell los.

„Entschuldigen Sie bitte, aber das würde ich gern mit meiner Verlobten persönlich besprechen." Er versuchte an dem Mann vorbei einen Blick in die Wohnung zu erhaschen. „Und sie ist wirklich nicht da?"

Offenbar war er auf dem richtigen Weg, denn der Unbekannte wirkte plötzlich verunsichert. „Sie meinen Noelle Rosenblad?", fragte der Mann verwirrt.

„Natürlich!“, entgegnete Felix, der merkte, dass er fast am Ziel war. „Aber vielleicht verraten Sie mir jetzt lieber mal, was Sie in der Wohnung der Frau zu suchen haben, die ich in etwas mehr als zwei Monaten heiraten werde!“

Der Mann erbleichte. „Ich ...“ Dann stürmte er ohne ein weiteres Wort an Felix vorbei die Treppe hinunter.

Ein triumphierendes Lächeln stahl sich auf Felix’ Gesicht, als er die Wohnung betrat und die Tür hinter sich zuzog. Dann machte er es sich auf der Couch im Wohnzimmer bequem, um auf Noelle zu warten.

Hoffentlich ließ sie sich nicht allzu lange Zeit. Er brauchte dringend etwas zwischen die Zähne.

Henrik lief zu seinem Wagen, ohne sich noch einmal umzublicken.

Aus, vorbei!

Er würde jetzt zurück zum Schloss fahren, seine Koffer packen und auf der Stelle nach Hause fahren. Hier in Stockholm hielt ihn nichts mehr.

Nicht zu glauben, dass er tatsächlich noch einmal auf sie hereingefallen war! Sie hatte ihn von Anfang an belogen. Anzunehmen, dass sie nun plötzlich ihre ehrliche Ader entdeckt hatte, war mehr als naiv gewesen.

Wie unsäglich dumm von ihm, sich so wortreich bei ihr zu entschuldigen! Aber war das nicht eine erstaunliche Ironie des Schicksals? Er hatte soeben die Verlobung mit Matilda gelöst, um frei für Noelle zu sein – und nun stellte sich heraus, dass sie ebenfalls liiert war.

Sollte sie doch mit diesem Felix glücklich werden. Sie verdiente es nicht, dass er ihr auch nur eine Träne nachweinte!

12. KAPITEL

Noelle strahlte noch immer vor Glück, als sie mit einer Hand die Wohnungstür aufschloss. In der anderen hielt sie die Flasche, die die Verkäuferin im Laden um die Ecke mit Seidenpapier umwickelt hatte.

„Ich bin wieder da!", rief sie und schleuderte ihre Schuhe achtlos in die Ecke. „Entschuldige, dass es so lange gedauert hat, aber stell dir vor: Der Champagner war in einem Schrank eingeschlossen, und der Inhaber des Geschäfts musste extra kommen, weil er als Einziger den Schlüssel hat."

„Habe ich da gerade Champagner gehört?"

Als Felix plötzlich im Türrahmen stand, erschrak Noelle so sehr, dass ihr fast die Flasche aus der Hand rutschte.

„Was machst du denn hier?", stieß sie entsetzt aus. „Und wie bist du überhaupt in meine Wohnung gekommen?"

Lächelnd kam Felix auf sie zu. „Na, na, na, was ist denn das für eine Begrüßung? Freust du dich denn gar nicht, mich zu sehen?"

Fassungslos starrte sie ihn an. „Ob ich mich freue? Wie kommst du denn auf den Gedanken, ich könnte mich freuen? Als wir uns das letzte Mal gesehen haben, sagtest du mir, dass ich gefälligst aufhören soll, mich so an dich zu klammern! Du hast mich eiskalt abserviert, schon vergessen?"

„Sei doch nicht so schrecklich nachtragend", versuchte Felix sie zu beschwichtigen. „Machen wir nicht alle einmal Fehler?"

„Raus!"

„Aber Noelle, ich ..."

Sie schüttelte den Kopf. „Kein Aber! Wenn du jetzt nicht auf der Stelle aus meiner Wohnung verschwindest, rufe ich die Polizei und zeige dich wegen Hausfriedensbruch an."

Seine Augen verengten sich zu kleinen Schlitzen. „Früher hättest du es dir nicht erlaubt, so mit mir zu reden. Dein neuer Freund hat dich nicht besonders gut im Griff, wie mir scheint!"

„Henrik? Was ist mit ihm? Wo ist er überhaupt?"

„Mach dir mal keine Sorgen. Ich habe ihm klar gemacht, dass er besser nicht in meinem Revier wildern sollte."

„Du hast – was?" Noelle hatte das Gefühl, den Boden unter den Füßen zu verlieren. „Was hast du ihm getan?", fragte sie heiser. „Welche Lügen hast du ihm aufgetischt?"

Er grinste frech. „Ich will es mal so ausdrücken: Er weiß jetzt, dass du bereits vergeben bist und bald heiraten wirst."

„Oh nein!" Sie konnte nicht glauben, was Felix da angerichtet hatte. Was musste Henrik jetzt von ihr denken?

„Nimm es nicht so schwer, Liebes." Felix legte ihr einen Arm um die Schulter. „Du hast schließlich immer noch mich."

„Nein!" Wütend stieß sie ihn von sich. „Wofür hältst du dich eigentlich? Denkst du wirklich, dass du dich nach allem, was zwischen uns vorgefallen ist, einfach wieder ins gemachte Nest setzen kannst? Hat deine neue Freundin dich sitzen lassen? Stehst du deshalb wieder bei mir vor der Tür? Brauchst du Geld? Ist es das, was du von mir willst?"

Zum ersten Mal, seit sie ihn kannte, wirkte Felix leicht verunsichert. „Was redest du denn da? Ich habe eingesehen, dass ich einen Fehler gemacht habe, das ist alles. Warum musst du in allem, was ich mache, immer bloß das Schlechte sehen?"

Früher wäre er mit dieser Masche bei ihr vielleicht durchgekommen, doch sie hatte sich verändert. Henrik hatte sie verändert. Ihm verdankte sie es, dass sie wieder selbstbewusst und mit hoch erhobenem Haupt durchs Leben gehen konnte. Nie wieder würde sie sich von einem Mann so dominieren und ausnutzen lassen wie von Felix.

„Spar dir die Mühe", fauchte sie zornig. „Ich falle auf deine Tricks nicht mehr herein. Wenn du wieder eine Dumme brauchst, die alles für dich aufgibt und dich bei deiner Karriere unterstützt, dann such dir gefälligst eine andere. Und jetzt verschwinde endlich!"

„Aber …“

„Hörst du schlecht? Ich sagte: verschwinde. Und wage es ja nicht, mir noch einmal unter die Augen zu treten.“

Einen Moment zögerte Felix, dann wirbelte er auf dem Absatz herum und stürmte aus der Wohnung.

Noelle atmete erleichtert auf, als die Tür hinter ihm ins Schloss fiel. Aber das Hochgefühl schwand, sobald sie an Henrik dachte. Sie musste zu ihm und ihm alles erklären, auf der Stelle!

Hoffentlich war es noch nicht zu spät.

Als das Taxi eine halbe Stunde später über die Kronborgsbron in Richtung Schloss raste, klopfte Noelle das Herz bis zum Hals.

„Können Sie nicht noch ein bisschen mehr Gas geben?“, trieb sie den Fahrer an.

Der Mann schob seine Mütze hoch und kratzte sich am Kopf. „Tut mir leid, aber noch mehr Tempo geht wirklich nicht.“

Noelle seufzte. Dreißig Minuten waren vergangen, seit sie Felix aus ihrer Wohnung geworfen hatte. Verlorene Zeit, in der so viel passiert sein konnte. Sie wagte gar nicht darüber nachzudenken!

Endlich fuhr der Wagen vor dem Schloss vor. Noelle zahlte und lief sofort los. Sie hatte gerade die Hälfte der Treppe zur Eingangspforte des Schlosses erklommen, als die Tür aufschwang und Matilda Gunvaldsson ins Freie trat.

„Sie?“, keifte Henriks blonde Exverlobte wutentbrannt, als sie Noelle erblickte. „Dass Sie es wagen, mir nach allem, was Sie angerichtet haben, noch einmal unter die Augen zu treten!“ Heftig schluchzend klammerte sie sich an den Arm des älteren Manns in ihrer Begleitung. „Sorg dafür, dass dieses Flittchen verschwindet, Papa! Ich ertrage ihren Anblick einfach nicht!“

Der Blick des Manns verfinsterte sich. „Gehen Sie bitte", bat er. „Henrik und Sie haben meiner Tochter bereits genug Schmerz bereitet!"

Noelle war hin und her gerissen. Einerseits wollte sie keine Schwierigkeiten machen, auf der anderen Seite war ihr das scheinheilige Verhalten dieser Frau derart zuwider, dass sie einfach nicht stillhalten konnte.

„Schmerz?" Sie schüttelte den Kopf. „Ihre Tochter weiß doch gar nicht, was das bedeutet – ebenso wenig wie sie die Bedeutung der Worte Mitgefühl und Anstand kennt." Mit zornig funkelnden Augen wandte sie sich an Matilda. „Ich weiß, dass Sie von Anfang an nur auf Henriks Titel aus waren, also hören Sie gefälligst auf, die Leidende zu spielen! Sie haben die Schuldgefühle ausgenutzt, die Henrik nach dem Unfall seines Cousins quälten, und ihn damit regelrecht erpresst. Und als wäre das noch nicht verwerflich genug, haben Sie ihm auch noch vorgespielt, schwanger zu sein! Schämen Sie sich denn überhaupt nicht?"

Matildas Vater runzelte die Stirn. „Was sagen Sie da?" Er sah erst Noelle und dann seine Tochter an. „Matilda, ist das wahr?"

Die schüttelte hastig den Kopf. „Glaub dieser Frau kein Wort, Papa! Die lügt doch schon, wenn sie nur den Mund aufmacht!"

„Fahren Sie zur nächsten Nachtapotheke und lassen Sie Ihre Tochter einen Schwangerschaftstest machen, wenn Sie mir nicht glauben", entgegnete Noelle eisig. „Ich jedenfalls zweifle keine Sekunde daran, dass Henrik mir die Wahrheit gesagt hat."

Der alte Gunvaldsson drehte seine Tochter zu sich um und packte sie an der Schulter. „Lüg mich jetzt nicht an, Kind!", forderte er. „Stimmt es, was diese Frau sagt? Hast du deine Schwangerschaft nur vorgetäuscht, damit Henrik dich heiratet?"

Matilda zögerte, doch dann brach ihre Selbstbeherrschung

in sich zusammen und sie fing an, bitterlich zu schluchzen. Doch so herzzerreißend ihre Vorstellung auch sein mochte, Noelle konnte beim besten Willen kein Mitleid mit ihr empfinden. Vielleicht lag es daran, dass sie der berechnenden Lady ihre Verzweiflung einfach nicht abkaufte.

„Damit bist du wirklich zu weit gegangen." Gunvaldsson schüttelte fassungslos den Kopf. „Was hast du dir dabei bloß gedacht? Bei Gott, ich wollte doch auch, dass du diesen Titel bekommst – aber doch nicht um jeden Preis!" Er wandte sich an Noelle. „Richten Sie Henrik bitte aus, dass er seinen Kredit bekommen wird – und zwar zu fairen Konditionen. Das bin ich ihm schuldig."

Noelle fühlte sich wie benommen. Bedeutete das etwa die Rettung für das Schlosshotel von Henriks Familie? Aber um ihm das mitzuteilen, musste sie ihn zunächst einmal finden!

Müde fuhr Henrik sich mit der Hand über die Augen. Es fiel ihm schwer, sich auf die Straße vor ihm zu konzentrieren. Seine Erschöpfung war nicht körperlicher, sondern seelischer Natur. Seit er vor etwas mehr als einer Stunde von Noelles Wohnung in Gamla Stan aufgebrochen war, fuhr er ziellos durch die Gegend und versuchte, einen klaren Kopf zu bekommen.

Zwecklos. Noch vor ein paar Wochen war er fest entschlossen gewesen, für immer allein zu bleiben. Aber jetzt …

Er konnte nur an Noelle denken.

Seine Wut war mittlerweile verraucht. Doch die Enttäuschung, die zurückblieb, ließ sich kaum leichter ertragen. Warum hatte sie ihm nichts von ihrem Verlobten erzählt? Er war doch auch vollkommen ehrlich zu ihr gewesen und hatte ihr sogar sein größtes und dunkelstes Geheimnis anvertraut, das außer dem engsten Familienkreis niemand kannte.

Und sie? Er verstand es einfach nicht! War es wirklich möglich, dass er sich so sehr in ihr getäuscht hatte?

Hör auf, darüber nachzugrübeln, und schlag sie dir aus dem Kopf! Du wirst jetzt nach Hause fahren und versuchen zu retten, was noch zu retten ist. Das sollte dich mehr als genug beschäftigt halten.

Seufzend fuhr er sich durchs Haar. Es war sinnlos, Noelle nachzutrauern. Sie würde in ein paar Monaten diesen anderen Mann heiraten und dann vermutlich keinen Gedanken mehr an ihn verschwenden. Er sollte wirklich versuchen, sie zu vergessen. Allerdings zweifelte er daran, dass ihm das jemals gelingen würde.

Zu tief hatte sich seine Liebe zu ihr bereits in sein Herz eingegraben.

Die Umrisse von Kronborg Slott ragten im letzten Schimmer der Dämmerung empor. Vor dem eindrucksvollen Panorama des Mälarsees hob es sich wuchtig gegen den leuchtend roten Abendhimmel ab. Alles an diesem Anblick erinnerte ihn an Noelle. Es wurde Zeit, dass er nach Hause kam. Hatte er sich nicht genau das vor noch gar nicht langer Zeit gewünscht? Doch mit welch düsteren Aussichten für die Zukunft fuhr er jetzt zurück?

Der Kredit für das Schlosshotel war unwiederbringlich verloren, sodass es nur eine Frage der Zeit war, bis die Zwangsversteigerung drohte. Ob sein Vater diese Demütigung ertrug? Henrik war sich dessen nicht sicher.

Kies spritzte unter den Reifen seines Wagens auf, als er auf den Parkplatz des Schlosses vorfuhr. Aber was war das? Litt er jetzt etwa schon unter Halluzinationen?

Henrik blinzelte, doch das Trugbild verschwand einfach nicht.

Konnte es wirklich sein, dass …

Er bremste scharf und sprang aus dem Wagen. Träumte er, oder war sie tatsächlich da. „Noelle?“

Lächelnd kam sie die Stufen vor dem Eingangsportal von

Kronborg Slott herunter auf ihn zu. Er musste träumen, es gab keine andere Erklärung. Sicher feierte sie gerade in ihrer Wohnung in Stockholm das Wiedersehen mit ihrem Verlobten – oder? Aber nein, sie war es tatsächlich!

„Du bist mir gefolgt? Aber warum? Ich dachte, dein Verlobter und du …“

Noelle stand jetzt direkt vor ihm, ihr Blick hielt den seinen gefesselt. „Felix und ich sind nicht miteinander verlobt“, erklärte sie. Es klang ehrlich, doch er wusste nicht, ob er seinem Urteilsvermögen noch trauen durfte. Dabei wollte er ihr so sehr glauben!

„Aber er sagte, ihr werdet heiraten!“

„Das war gelogen. Felix und ich haben uns schon vor Monaten getrennt. Dass er jetzt plötzlich zu mir zurückkehren wollte, lag einzig und allein daran, dass er sich von mir ein Dach über dem Kopf und finanzielle Unterstützung erhoffte. Aber die Zeiten sind vorbei – endgültig. Ich habe ihn vor die Tür gesetzt.“

„Ist das wirklich wahr?“ Instinktiv wusste Henrik, dass sie die Wahrheit sagte. Überglücklich zog er sie an sich und hielt sie so fest in seinen Armen, als würde er befürchten, sie könnte sonst wieder davonlaufen. „Mein Gott, Noelle, ich war so dumm! Die ganze Zeit fürchtete ich, mich in dich zu verlieben, dabei war es doch schon um mich geschehen, als wir uns zum ersten Mal auf Kronborg Slott begegneten.“ Er schaute sie an. „Ich liebe dich!“

Als er sie sanft küsste, öffnete sie mit einem verhaltenen Seufzen die Lippen. Da breitete sich Wärme in Henriks Körper aus und verdrängte mit einem Schlag die eisige Kälte, die sein Leben so lang erfüllt hatte.

EPILOG

Der Tag der königlichen Hochzeit am 19. Juni.

Der Himmel über der St. Nikolai Kyrka, der Nikolaikirche, erstrahlte in einem märchenhaften Blau, als die Kronprinzessin mit ihrem frisch angetrauten Ehemann hinaus auf den *Stortorget* trat. Frenetischer Jubel erfüllte die Luft, als die Tausenden von Schaulustigen das zukünftige Königspaar von Schweden erblickten.

Und auch Noelle klatschte begeistert, genau wie ihre Schwester Milla, die zusammen mit ihrem Liebsten Mårten und ihrer Tochter Janna gekommen war.

„Sieht sie nicht wunderschön aus?", schwärmte Noelle mit Tränen in den Augen und konnte den Blick gar nicht von der Kronprinzessin wenden.

„Nicht halb so schön wie du", entgegnete Henrik, und die Zärtlichkeit, die in seinem Blick lag, ließ ihr Herz überquellen vor Liebe. Sie konnte es kaum erwarten, in etwas mehr als vier Wochen endlich selbst mit ihm vor den Traualtar zu treten.

Ihre ganze Familie würde kommen und natürlich auch Henriks Eltern, die sehr glücklich darüber waren, dass ihr Sohn endlich die Richtige gefunden hatte. Da Matildas Vater Wort gehalten hatte, brauchten sie sich nicht mehr um die Zukunft von Benningklint Slott zu sorgen.

Der Kredit war anstandslos bewilligt worden, und das Unternehmen florierte mehr denn je – nicht zuletzt dank Noelles tatkräftiger Mithilfe, die mit ihrer Kreativität und ihren speziellen Kenntnissen für frischen Wind im Restaurant des Hotels gesorgt hatte.

Sie folgten dem Rest der Hochzeitsgesellschaft nach Kronborg Slott, wo die offizielle Feier für das Kronprinzenpaar stattfand. Noelle würde nicht nur als Henriks zukünftige Ehefrau und Gast der königlichen Familie daran teilnehmen, sondern auch als Angestellte des Königshofs. Denn Fridtjof Lundgren hatte sich über Noelles Kopf hinweg direkt an die Kronprinzessin gewandt, um ihr persönlich alles zu erklären.

Und das Wunder geschah tatsächlich: Noelle wurde in Gnaden wieder bei Hofe aufgenommen, und einige ihrer Vorschläge fanden beim endgültigen Entwurf der königlichen Hochzeitstorte Anwendung.

Außerdem erwies man ihr die große Ehre, dass sie selbst die Torte in den Festsaal bringen sollte. Vor Nervosität klopfte ihr Herz wie verrückt, als sie zusammen mit Henrik vor der Eingangspforte stand.

„Ich weiß nicht, ob ich das wirklich kann!“, stöhnte sie. „Wenn ich mich nun vor all den Leuten vollkommen lächerlich mache!“

Henrik lächelte aufmunternd. „Sei unbesorgt, ich bin sicher, du wirst ganz wunderbar sein.“

Und tatsächlich, als sie die Torte kurz darauf auf einem Servierwagen in den Festsaal schob, war ihre Anspannung wie weggezaubert, und sie genoss die begeisterten Ausrufe beim Anblick der Torte.

Noelle war stolz und sehr, sehr glücklich. Dies war ein Moment, auf den sie lange hingearbeitet hatte. Ihr ursprüngliches Ziel, nach Frankreich zu gehen und für Michel Lejeune zu arbeiten, war inzwischen bedeutungslos geworden. Sie träumte längst nicht mehr davon, Schweden zu verlassen. Ihr Platz war genau hier, an Henriks Seite. Mit ihm wollte sie den Rest ihres Lebens verbringen.

Mit ihm – und ihrem kleinen Sohn oder ihrer kleinen Tochter.

Nervöse Aufregung erfasste Noelle, als sie an die Nachricht dachte, die sie selbst erst heute früh erhalten hatte. Die Diagnose ihres Arztes ließ keinen Spielraum für Zweifel: Sie war schwanger.

So viel also zu Henriks angeblicher Zeugungsunfähigkeit, dachte sie lächelnd. Sie konnte es kaum erwarten, sein Gesicht zu sehen, wenn er die Neuigkeiten erfuhr.

„Gehen wir ein Stück spazieren?", fragte sie, nachdem das Kronprinzenpaar die Hochzeitstorte feierlich angeschnitten hatte.

„Was ist los? Du wirkst plötzlich so nachdenklich", stellte Henrik besorgt fest, als sie in den Park hinaustraten. „Ich weiß, dass du heute beim Arzt warst. Es ist doch hoffentlich alles in Ordnung mit dir?"

„Noch besser als das", erwiderte Noelle strahlend. „Henrik, wir bekommen ein Baby!"

Wie angewurzelt blieb er stehen und schaute sie fassungslos an. „Damit scherzt man nicht", ermahnte er sie streng. „Das ist doch ein Scherz, oder?"

„Nein, es ist wirklich wahr, ich bin schwanger. Offenbar ist deinem Arzt bei seinen Untersuchungen damals ein Fehler unterlaufen. Es kann kein Zweifel bestehen: Du bist nicht zeugungsunfähig!"

Ein seliges Strahlen erhellte sein Gesicht, als ihm klar wurde, dass sie es tatsächlich ernst meinte. Ungestüm zog er sie in die Arme und küsste sie.

„Damit machst du mich zum glücklichsten Mann auf der ganzen Welt", stieß er noch immer ungläubig hervor. „Ich kann es noch gar nicht fassen. Ich werde tatsächlich Vater!"

Noelle ergriff seine Hand. „Wie es scheint, haben zwei der Rosenblad-Schwestern ihr Glück bereits gefunden. Fehlt nur noch Lotte, unser Nesthäkchen, und dann ist das Trio komplett."

„Nun, wenn sie genauso wundervoll ist wie du, zweifle ich keine Sekunde daran, dass auch sie schon bald ihren Traumprinzen finden wird", erwiderte Henrik strahlend.

– ENDE –

Pia Engström

Der Kuss der wilden Rose

Roman

MIRA®

PROLOG

Damals

Die Kronprinzessin von Schweden stand neben ihren Eltern und ihren jüngeren Geschwistern auf dem Balkon des Kungliga Slott in Stockholm. Die sandsteinfarbene Fassade des imposanten Gebäudes hob sich gegen den strahlendblauen Sommerhimmel ab. Die Familie winkte ihren versammelten Untertanen zu, die sich in den Straßen rund um das Schloss versammelt hatten. Anlässlich des Nationalfeiertags am 6. Juni flatterten Fähnchen und Wimpel in den schwedischen Landesfarben im Wind.

Die vierzehnjährige Lotte Rosenblad hatte bereits geahnt, dass es Schwierigkeiten geben würde, als ihre Lehrerin ihr ein Foto reichte, über das sie einen Aufsatz zum Thema „Mein Schweden" schreiben sollte. Ausgerechnet über die königliche Familie! Lotte gehörte nicht zu der Sorte von Mädchen, die lächelnd einfach das sagten, was die Erwachsenen gern hören wollten. Sie schrieb den verlangten Aufsatz – und zwar so, wie sie wirklich dachte. Entsprechend schlecht fiel die Note aus, die sie dafür bekam.

Es war so ungerecht! Ihr Aufsatz war gut, auch wenn sie darin eine andere Ansicht vertrat, als man von ihr erwartete. Aber Lotte dachte gar nicht daran, sich in irgendwelche Schubladen stecken zu lassen. Dazu liebte sie ihre Freiheit einfach viel zu sehr.

Sie steckte das Heft mit dem Aufsatz und der Fotografie zurück in ihren Rucksack, stieg auf ihr Fahrrad und trat in die Pedale, um zu ihren beiden älteren Schwestern Milla und Noelle aufzuschließen. Die beiden hatten bereits einen beachtlichen Vorsprung. Links des Pfades begann der Wald, kühl und schattig, während sich zu Lottes Rechten, so weit das Auge reichte, endlose saftig grüne Wiesen und goldene Weizenfelder erstreckten. Die Sonne stand noch niedrig am Himmel, doch man konnte bereits erahnen, dass dem nordschwedischen Forsjö-Tal ein schöner, sonniger Tag bevorstand.

An einer Abzweigung folgten die drei Rosenblad-Schwestern dem Weg, der in den Wald hineinführte. Sie fuhren zu der Stelle, an der sie sich bereits zweimal versammelt hatten – zu Millas und Noelles vierzehntem Geburtstag.

Heute war Lottes großer Tag. Sie würde es ihren älteren Schwestern gleichtun, den feierlichen Eid ablegen und einen Gegenstand als Symbol in die kleine Metallkiste legen, die sie unter der alten Eiche im Wald vergraben hatten. Ein Symbol für das, was sie in ihrem Leben auf gar keinen Fall wollten.

In Lottes Fall handelte es sich um ihr Aufsatzheft. Es stand dafür, dass sie sich nie verbiegen lassen, niemals ihre Meinung verheimlichen wollte, nur weil sie damit möglicherweise aneckte.

Ihr großer Traum war es ohnehin, Schweden eines Tages zu verlassen. Südamerika, ja, dort wollte sie irgendwann einmal leben.

Doch der Tag, an dem sie sich entscheiden musste, entweder ihr großes Ziel zu verfolgen oder auf die Stimme ihres Herzens zu hören, lag noch in weiter Ferne …

1. KAPITEL

Vierzehn Jahre später –
zwei Jahre nach der königlichen Hochzeit ...

„Jetzt nur nicht in Panik geraten", versuchte Lotte Rosenblad sich selbst Mut zuzusprechen. „Du schaffst das!"

Sie stand an der Reling des Motorboots, das sie vom Festland zu der kleinen schwedischen Ostseeinsel Kärlekholmen brachte. Möglicherweise die Insel ihrer Träume – oder aber auch die ihrer Albträume, je nachdem, wie sich alles für sie entwickelte.

Der Wind spielte mit ihrem kupferfarbenen Haar, während das Boot durch das glitzernde Wasser schoss und eine Spur weißer Gischt hinter sich herzog. Es war ein traumhafter Sommertag. Die Sonne strahlte, und es war trotz des Fahrtwinds, der ihr ins Gesicht schlug, herrlich warm.

Dennoch konnte Lotte sich nicht wirklich daran erfreuen. Düstere graue Wolken hätten viel eher ihrer augenblicklichen Stimmung entsprochen.

Seufzend fuhr sie sich mit der Hand über die Augen und versuchte für einen Moment all die Sorgen und Probleme zu verdrängen, die sie in letzter Zeit ständig mit sich herumschleppte. Dies war womöglich ihre große Chance, alles wieder ins Reine zu bringen. Trotzdem konnte sie sich nicht so recht darauf freuen. Sie hatte ja keine Ahnung, was sie auf Kärlekholmen erwartete. Welche Ansprüche würde man an sie stellen? Und war sie überhaupt in der Lage, diese zu erfüllen?

Unsinn! Sie beherrschte ihren Job, und das wusste sie auch. Sonst hätte man ihr wohl kaum dieses Angebot unterbreitet und ...

Der Klingelton ihres Handys riss sie aus ihren fruchtlosen

Grübeleien. Sie warf einen Blick aufs Display und erkannte die Nummer ihrer Freundin und Mitbewohnerin Clarissa, die in Deutschland geblieben war, um sich um Lottes Gärtnerei zu kümmern.

Als ob das nötig wäre, so wie die Geschäfte derzeit liefen …

„*Hej*“, meldete sie sich gespielt fröhlich. „Hast du etwa schon Sehnsucht nach mir?“

„Vorhin war ein Geldeintreiber hier“, sprudelte es aufgeregt aus Clarissa heraus. „Als ich ihm sagte, dass du nicht da bist, ist er wieder abgezogen, aber er wird garantiert wiederkommen.“ Sie atmete zitternd ein. „Mir ist echt nicht wohl bei der Sache. Was soll ich denn machen, wenn er nicht locker lässt?“

Lotte holte tief Luft. „Jetzt beruhige dich erst mal“, bat sie. „Und dann erzähl noch einmal genau, was eigentlich passiert ist.“

Mit jedem Satz, den Clarissa sagte, sank Lottes Stimmung weiter dem Nullpunkt entgegen. Sie hatte ja gewusst, dass ihr nicht mehr viel Zeit blieb, aber dass es schon so schlimm stand …

Vor zwei Jahren hatte sie endlich ihren großen Traum in Angriff genommen und ihr Heimatland Schweden verlassen. In Deutschland betrieb sie seitdem eine kleine Gärtnerei, die auch recht gut anlief – bis zu dem Tag, an dem sie den größten Fehler ihres Lebens beging. Lotte stellte jemanden ein, der ihr zum Dank für ihr Vertrauen das Bankkonto leer geräumt und mit ihrem gesamten Vermögen das Weite gesucht hatte.

Nein, korrigierte sie sich selbst. Dies war ihr zweitgrößter Fehler. Der allergrößte lag schon länger zurück. Fünf Jahre, um genau zu sein. Damals hatte sie ebenfalls einem Mann vertraut, wenn auch in völlig anderer Hinsicht, und es kurze Zeit später bitter bereuen müssen.

Lorenz …

Sie schüttelte den Kopf, weil sie jetzt lieber nicht darüber nachdenken wollte. Das Thema Lorenz gehörte endgültig der Vergangenheit an, sie würde ihn nie wiedersehen, und das war gut so.

Energisch lenkte sie ihre Gedanken wieder in die Gegenwart. Deutschland hatte auf ihrer großen Reise eigentlich nur die erste Station von vielen sein sollen. Sie hatte so viele Pläne gehabt! Die ganze Welt wollte sie sehen und dann nach Brasilien gehen, um dort endlich die Parks und Gärten zu gestalten, von denen sie schon ihr ganzes Leben lang träumte.

Doch wie es aussah, war gleich die erste Station zur Endstation geworden.

„Hör zu", informierte sie Clarissa. „Ich regle das alles, sobald ich wieder zurück bin. Und wenn noch einmal einer von diesen Kerlen in der Gärtnerei auftaucht, rufst du mich sofort an, verstanden?"

Lotte beendete das Gespräch und schloss gequält die Augen. Ihre Knie waren plötzlich ganz weich, und ihr Herz hämmerte wie verrückt. Was sollte sie nur tun? Sie besaß keinerlei finanzielle Rücklagen mehr, und selbst wenn alles optimal lief, würde sie kaum vor Ablauf des Monats wieder über Geld verfügen. Ob sich ihre Gläubiger in Deutschland so lange vertrösten ließen? Sie konnte es nur hoffen.

Eines stand jedenfalls fest: Sollte es ihr nicht gelingen, die Aufgabe, für die sie zurück nach Schweden gekommen war, zu erfüllen, brauchte sie sich keine Hoffnungen mehr zu machen. Dann war alles aus.

Als sie die Augen wieder öffnete, hatte sie Kärlekholmen fast erreicht. Wie ein grünes Juwel ragte die kleine Insel aus den blaugrauen Fluten der Ostsee. Über die Wipfel der Bäume hinweg konnte sie einen ersten Blick auf Kärlekholmen Slott erhaschen – dem Schloss, das in den nächsten Wochen ihr neuer Wirkungskreis sein würde und das geradewegs einem Märchenbuch entsprungen zu sein schien. Die Fassade schimmerte in einem zarten Rosa, und fast das gesamte untere Stockwerk des dreigeschossigen Hauptgebäudes bedeckten üppig blühende Kletterrosen. Vier schlanke Türme, deren blaugrüne Kupferdächer im strahlenden Sonnenschein schimmerten, begrenzten den Mittelbau. Ein großer Schlossgarten umgab die Gebäude. Jahrzehntelang in Vergessenheit geraten, sollte er jetzt im Auftrag der königlichen Familie wieder zu neuer Pracht erweckt werden.

Lotte holte tief Luft. Sie konnte noch immer nicht glauben, dass ausgerechnet sie für das schwedische Königshaus arbeiten sollte. Wo sie doch die Monarchie für das beste Beispiel einer hoffnungslos altmodischen und verstaubten Institution hielt. Was für eine Ironie des Schicksals!

Nachdem sie Schweden vor zwei Jahren endgültig den Rücken gekehrt hatte, war sie fest entschlossen gewesen, nie wieder zurückzukehren. Doch nun war sie wieder da, und es gab keinen Grund, sich darüber zu beklagen. Denn dieses Angebot gab ihr die einmalige Chance, ihre Existenz zu retten, und sie konnte es sich nicht erlauben, wählerisch zu sein. Wenn sie hier scheiterte, würde ihr keine andere Wahl bleiben, als ihre Träume endgültig zu begraben.

Dann müsste sie Deutschland verlassen, für immer zurück nach Schweden kommen und ihren Eltern gegenüber eingestehen, versagt zu haben.

Doch das wollte sie nicht, und genau deshalb hatte sie die Chance dankbar ergriffen.

Jetzt konnte sie nur noch hoffen, dass alles gut lief.

„Gleich sind wir da, *fröken*", rief Henner, der Kapitän des Motorboots. Er war ein alter Schwede mit wettergegerbter Haut und hellblauen Augen, der immer wieder mit einer Hand unter seine marineblaue Schiebermütze fasste, um sich am Kopf zu kratzen. „Wenn Sie mir die Frage erlauben: Was will eine so bezaubernde junge Dame wie Sie auf diesem gottverlassenen Steinbrocken mitten im Meer?"

Lotte lachte leise. „Mir eine neue Zukunft aufbauen", erwiderte sie und wurde gleich wieder ernst. „Zumindest mit ein bisschen Glück."

Darauf brummte der alte Schwede irritiert, hakte jedoch nicht weiter nach. Lotte wandte ihren Blick wieder Kärlekholmen zu und beschirmte die Augen mit der Hand gegen die blendende Sonne. Sie sah eine Person am Ende des Anlegestegs, von der sie allerdings lediglich Umrisse erkennen konnte.

Das wird dann wohl mein Begrüßungskomitee sein …

Henner legte an und half ihr von Bord. Dann reichte er Lotte ihren Koffer.

„Na dann, alles Gute und viel Glück!", verabschiedete er sich freundlich.

„*Tack!*", bedankte sie sich lächelnd. „Das kann ich brauchen!"

Noch einmal winkte sie ihm mit der freien Hand zu, dann drehte sie sich um und ging den Steg hinunter. Noch immer blendete sie die Sonne, und sie wusste nicht, wer sie am anderen Ende des Anlegers erwartete. Allerdings wunderte sie sich schon ein wenig darüber, dass die Person ihr nicht entgegenkam, um ihr mit dem schweren Koffer zu helfen. Aber vielleicht erwartete sie auch einfach zu viel.

Inzwischen hatte sie das Ufer beinahe erreicht. Irritiert blinzelte sie gegen die Sonne an. Etwas an der Person vor ihr kam ihr merkwürdig bekannt vor.

Kein Zweifel, es handelte sich um einen Mann. Und die Art und Weise, wie er die Hände in den Taschen vergrub, die leicht zur Seite geneigte Haltung … Nein, unmöglich! Die Person, an die sie unwillkürlich dachte, konnte es nicht sein.

Und dennoch, für einen kleinen Moment …

„Willkommen auf Kärlekholmen", sagte eine tiefe raue Stimme, in der kaum verhohlene Feindseligkeit mitschwang.

„Schauen Sie sich ruhig um – und dann kehren Sie am besten gleich wieder dorthin zurück, wo Sie hergekommen sind!"

Unwillkürlich zuckte Lotte zusammen. Was sollte das? Diese Stimme …

Nein, dachte sie entsetzt. Das kann nicht sein. Das *darf* einfach nicht sein!

In diesem Moment schob sich eine Wolke vor die Sonne – und beseitigte auch den letzten Zweifel.

Vor Schreck glitt ihr der Griff des Koffers aus der Hand.

„Lorenz!"

„Lotte?" Ungläubig starrte Lorenz die Frau an, die gerade mit dem Motorboot vom Festland angekommen war. Zuerst hatte er ihr Gesicht nicht richtig erkennen können, da sie mit einer Hand ständig ihre Augen beschirmte. Dann war er im ersten Moment überzeugt gewesen, sich zu täuschen, aber nun, als sie direkt vor ihm stand, gab es keine andere Möglichkeit mehr: Es war Lotte.

Seine Lotte!

Wie lange mochte es her sein, seit sie sich zum letzten Mal gesehen hatten? Das musste er sich jedoch gar nicht fragen, denn er wusste es genau. Fünf Jahre und einen Monat – eine unendlich lange Zeit.

Sie war noch immer wunderschön. Nein, sogar noch schöner als früher. Ihr kupferfarbenes Haar, das im goldenen Sonnenlicht schimmerte, fiel ihr in weichen Wellen bis auf die Schultern, und die türkisfarbenen Augen glänzten wie das Meer an einem sonnigen Sommertag.

Er hatte sie nie vergessen können. Wie auch, schoss es ihm durch den Kopf. Dann, mit einem Mal, schwang seine Stimmung um. Der winzige Anflug von Freude über das unerwartete Wiedersehen wich einer grenzenlosen Wut.

Wut, die einzig und allein dieser Frau galt, der er nie mehr hatte begegnen wollen. Die ihm das Schlimmste angetan hatte, was eine Frau einem Mann antun konnte.

„Was hast du hier zu suchen?“, machte er seinem Ärger Luft. „Kärlekholmen ist in Privatbesitz, unbefugtes Eindringen ist strengstens verboten. Ich könnte die Polizei rufen, ist dir das eigentlich klar?“

Lotte verschränkte die Arme vor der Brust, und ihre Augen verengten sich. „Tut mir leid, dich enttäuschen zu müssen, aber ich werde erwartet. Doch wenn ich gewusst hätte, dass ich ausgerechnet dich hier treffe ...“

„Was soll der Unsinn? Du wirst ganz bestimmt nicht erwartet! Heute soll niemand mehr kommen, außer ...“ Als sich die einzelnen Puzzleteilchen plötzlich zu einem einheitlichen Ganzen zusammenfügten, verstummte er. Der Schock hätte größer nicht sein können. „Nein, nicht ausgerechnet du! Sag, dass das nicht wahr ist!“

Auch Lotte schien eins und eins zusammengezählt zu haben und erbleichte. „Heißt das etwa, *du* bist der Gartenarchitekt, mit dem ich zusammenarbeiten soll?“

Lorenz konnte es nicht fassen. Vor nicht einmal einer Stunde hatte Viggo Tjaderborg, der Verwalter der königlichen Güter, ihm völlig unerwartet eröffnet, dass er einen Landschaftsgärtner eingestellt hatte. Dieser solle ihn bei der Arbeit unterstützen und sei bereits auf dem Weg hierher.

Unterstützen! Allein bei dem Gedanken stieg heiße Wut in Lorenz hoch. Er brauchte niemanden! Jeder, der ihn kannte, wusste, dass er grundsätzlich immer allein arbeitete. Er eignete sich nun mal nicht besonders gut zum Teamplayer, auch wenn er sich ansonsten für ziemlich flexibel hielt. So konnte er sich auf die verschiedensten Situationen einstellen. Und wenn einmal etwas Unerwartetes eintraf, gelang es ihm nahezu meisterhaft, solche Zwischenfälle zu bewältigen.

Nur eine Voraussetzung musste stets erfüllt sein: dass man

ihm niemanden zur Seite stellte, mit dem er sich die Kompetenzen teilen sollte. Selbst wenn es sich dabei lediglich um einen Landschaftsgärtner handelte, der ihm nur zuarbeiten würde.

Er war eben der geborene Einzelgänger. Der letzte Versuch, mit jemandem zusammenzuarbeiten, hatte in einer persönlichen und privaten Katastrophe geendet.

Ausgerechnet sein eigener Vater war dabei betroffen gewesen …

Lorenz seufzte. Nach dem Gespräch mit Tjaderborg war er sofort zum Bootsanleger geeilt, um von Anfang an klarzustellen, dass er keineswegs für eine kollegiale Zusammenarbeit zur Verfügung stand. Er brauchte keinen Kollegen, der ihm in seine Arbeit hineinredete – und ganz gewiss keine *Kollegin*!

Wen er aber als allerletztes auf Kärlekholmen gebrauchen konnte, war Lotte Rosenblad!

Eine Zusammenarbeit mit ihr konnte nur in einem Desaster enden. Am liebsten hätte er das Motorboot zurückbeordert, damit es sie auf der Stelle wieder zum Festland brachte.

Doch dazu war es leider zu spät.

„Was ist denn nun?“, riss Lotte ihn aus seinen Gedanken. „Bringst du mich jetzt zum Schloss?“

„Vergiss es!“, stieß er wütend aus. „Wenn du schlau bist, fährst du gleich morgen mit dem nächsten Boot dorthin zurück, wo du hergekommen bist. Hier ist jedenfalls kein Platz für dich!“

Mit diesen Worten drehte er sich entschlossen um und ließ sie einfach stehen.

2. KAPITEL

Lorenz!" Nachdem Lotte den ersten Schock überwunden hatte, schnappte sie sich ihren Koffer und lief dem Mann hinterher, den sie am allerwenigsten auf der ganzen Welt hatte wiedersehen wollen. „Verdammt, Lorenz, was soll das? Du kannst doch jetzt nicht einfach so abhauen!"

Doch er war bereits im Wald, der das Ufer säumte, verschwunden. Also blieb Lotte frustriert und verärgert zugleich zurück. Fassungslos schüttelte sie den Kopf. Was bildete er sich ein, so mit ihr umzuspringen? Nach allem, was er ihr angetan hatte, wäre eine Entschuldigung fällig gewesen! Das fand sogar ihre Schwester Milla, die immerhin viele Jahre eng mit ihm befreundet gewesen war. Sein rücksichtsloses Verhalten rundete das Bild von ihm, das Lotte im Laufe der Jahre gewonnen hatte, eigentlich nur ab. Er war ein Egoist, der immer nur an eines dachte: an sich selbst!

Ausgerechnet mit ihm sollte sie in den kommenden Wochen zusammenarbeiten? Wie sollte das funktionieren?

Sie stellte den Koffer ab, setzte sich auf ihn und barg das Gesicht in den Händen. Schlimmer hätte es wirklich nicht kommen können. Warum gerade Lorenz?

Aber jetzt war nicht der richtige Zeitpunkt, um in Selbstmitleid zu baden. Sie musste an die Zukunft denken, nicht an die Vergangenheit. Dies war ihre große Chance, alle Probleme auf einen Schlag zu lösen, und die würde sie sich von nichts und niemandem kaputt machen lassen.

Schon gar nicht von einem unzuverlässigen und rücksichtslosen Mann wie Lorenz Bengtsson!

Da offenbar niemand mehr kommen würde, um sie abzuholen und zum Schloss zu bringen, beschloss sie, die Sache selbst in die Hand zu nehmen. Von neuer Entschlossenheit erfüllt, stand sie auf, nahm den Koffer und folgte dem schmalen Pfad, der durch ein kleines Waldstück führte. Golden sickerte das Sonnenlicht durch die Kronen der Bäume. Am Wegesrand blühten blaue Kornblumen und leuchtend roter Klatschmohn. Die Luft roch nach Erde, Meer und süßem Jasmin.

Und dann tauchte Kärlekholmen Slott vor ihr auf, und sie holte tief Luft.

Wie in einem Märchen …

Stolz ragten die vier von Zwiebelkuppeln gekrönten Türme des Schlosses in den strahlendblauen Sommerhimmel, und die zahllosen weiß umrahmten Fenster des Hauptgebäudes glitzerten im Sonnenlicht.

Kletterrosen rankten fast bis unter das geschwungene Dach aus blaugrünem Kupfer empor. Es war ein traumhafter Anblick. Genau so hatte sie sich als kleines Mädchen ein echtes Märchenschloss vorgestellt.

Fast rechnete sie damit, dass jeden Moment ein Ritter hoch zu Ross aus dem Unterholz brechen würde, um sie in sein Zauberreich zu entführen. Dabei glaubte sie schon lange nicht mehr daran, dass es so etwas wie einen Traumprinzen tatsächlich gab.

Nicht, nachdem Lorenz sie einfach …

Unwillig schüttelte sie den Kopf. Du wolltest doch nur noch nach vorn blicken, rief sie sich in Erinnerung.

„Lotte? Lotte Rosenblad?“

Der Mann, der ihr ziemlich außer Atem entgegenkam, entsprach gewiss nicht ihrer Vorstellung vom Traumprinzen, an den sie eben beim Anblick des Schlosses noch gedacht hatte. Er war Mitte bis Ende fünfzig und trug einen dichten weißgrauen Vollbart, der gut und gern sein halbes, von Wind und Wetter gegerbtes Gesicht bedeckte. Sein Lächeln war so einnehmend, dass er Lotte auf Anhieb sympathisch war. An seiner Seite trottete ein großer dunkler Hund, der bei Lottes Anblick freudig mit dem Schwanz wedelte. „Mein Name ist Petter. Petter Svensson, und das ist mein Hund Odin. Ich bin hier so etwas wie der Hausmeister und sollte Sie eigentlich abholen, aber ich komme wohl etwas zu spät." Er holte tief Luft. „*Välkommen* auf Kärlekholmen!"

Dabei reichte er ihr die Hand, und Lotte lächelte erleichtert. Diese freundliche Begrüßung versöhnte sie fast damit, dass es sich bei dem ersten Menschen, dem sie auf Kärlekholmen begegnet war, ausgerechnet um Lorenz Bengtsson gehandelt hatte. „*Tack så mycket!*", bedankte sie sich. „Ich freue mich, Sie kennenzulernen!"

„Sie müssen von der Anreise ziemlich erschöpft sein. Kommen Sie", sagte er und nahm ihr den Koffer ab. „Ich bringe Sie zum Schloss und zeige Ihnen das Gästezimmer, in dem Sie für die Dauer Ihres Aufenthalts wohnen werden."

Lotte nickte. Wieder kam ihr Lorenz in den Sinn. Bei dem Gedanken daran, ihn schon bald wiedersehen zu müssen, stieg ein beklemmendes Gefühl in ihr auf. Gleichzeitig war ihr klar, dass sie sich ihm früher oder später stellen musste. Aber jetzt galt es erst einmal, all die neuen Eindrücke, die auf sie einstürzten, zu verarbeiten.

Während Petter sie durch den Schlosspark führte, bekam sie einen ersten Eindruck von dem, was sie in den nächsten Wochen erwarten würde: eine Menge knochenharter Arbeit.

Dass die Gärten von Kärlekholmen Slott in keinem besonders guten Zustand waren, hatte sie natürlich gewusst. Dass sie allerdings so verwildert sein würden, damit hatte sie nicht gerechnet.

Die großen Hoffnungen, mit denen sie vor zwei Tagen in Deutschland aufgebrochen war, schwanden. Ihr blieben nur wenige Wochen, um den Auftrag zu erfüllen, Kärlekholmen Slott Gården in einen traumhaften Landschaftsgarten zu verwandeln. Es mangelte keinesfalls an Potenzial – aber waren all diese Arbeiten in der kurzen Zeit, die ihr zur Verfügung stand, überhaupt zu bewältigen?

Als sie jedoch kurz darauf die imposante Eingangshalle von Kärlekholmen Slott betrat, waren ihre Zweifel und Sorgen für einen Moment vergessen. Der Anblick verschlug ihr fast den Atem.

„Das ist einfach wunderschön!“, stieß sie entzückt aus und schaute sich mit großen Augen um. Den Boden bedeckte derselbe strahlend weiße Marmor, aus dem auch die sanft geschwungene, sich nach oben hin verbreiternde Treppe war. Eine Galerie umgab die ganze Halle in etwa vier Metern Höhe, und von der Decke hing ein gewaltiger Kronleuchter herab, dessen Kristalllüster in allen Regenbogenfarben glitzerten. „Und dieses prachtvolle Anwesen steht wirklich die meiste Zeit des Jahres leer?“

Petter lachte. „Nicht ganz“, antwortete er. „Ich wohne ja hier und Viggo Tjaderborg und Lorenz ebenfalls – und in den kommenden Wochen auch Sie. Und wenn Ihre Arbeiten abgeschlossen sind und die Kronprinzessin mit ihrer Familie ihren Sommerurlaub hier verbringt, wird schon bald wieder fröhliches Kinderlachen durch dieses alte Gemäuer hallen.“

Sie konnte es nicht fassen. Mit seinen herrlichen Stuckarbeiten, den goldenen Ornamenten und kostbaren Antiquitäten war Kärlekholmen Slott wie ein wahr gewordener Kleinmädchentraum.

„Bitte folgen Sie mir“, bat Petter lächelnd. „Ihr Gästezimmer liegt im oberen Stockwerk von Kärlekholmen Slott mit Ausblick auf den Garten.“

Als er ihr kurz darauf die Tür zu ihrem künftigen Domizil öffnete, raubte ihr das zum zweiten Mal innerhalb kürzester Zeit den Atem.

Das Zimmer war so großzügig geschnitten, dass es fast größer war als ihr kleines Apartment in Deutschland. Durch die bodentiefen Bogenfenster fiel goldenes Tageslicht, und die zartgelben Seidentapeten verliehen ihm eine warme Atmosphäre.

Die dem Fenster gegenüberliegende Wand nahm fast komplett ein wuchtiger, mit kunstvollen Schnitzarbeiten verzierter Kleiderschrank ein. Außerdem standen ihr ein Schreibtisch und eine mit gelbem Chintz bezogene Sitzgarnitur zur Verfügung. Das Herzstück des Raums aber bildete das große vierpfostige Bett mit einem Himmel aus luftigem weißem Chiffon.

„Und hier soll ich wohnen?“, wandte sich Lotte ungläubig an Petter. Als er nickte, glitt ein Strahlen über ihr Gesicht. „Ich werde mich fühlen wie eine Prinzessin!“

„Freut mich, dass es Ihnen gefällt.“ Er stellte ihren Koffer neben dem Bett ab. „Dann lasse ich Sie jetzt allein, damit Sie sich ganz in Ruhe einrichten können. Viggo Tjaderborg, der Gutsverwalter, musste kurzfristig zu einem Geschäftstermin nach Stockholm. Er wird nach seiner Rückkehr mit Ihnen sprechen wollen, aber ich erwarte ihn nicht vor dem frühen Nachmittag. Ihnen bleibt also noch ein wenig Zeit, um sich einzugewöhnen.“ Er lächelte. „Noch einmal herzlich willkommen bei uns auf Kärlekholmen. Ich hoffe, Sie werden sich bei uns wohl fühlen.“

Lotte bedankte sich noch einmal überschwänglich und sank anschließend mit einem glücklichen Seufzen aufs Bett. Sie war so überwältigt, dass sie fast gar nicht mehr an Lorenz dachte. Aber nur fast, denn so richtig war er ihr die ganze Zeit über nicht aus dem Kopf gegangen. Einmal mehr überlegte Lotte, ob Kärlekholmen sich am Ende als die Insel ihrer Träume erwies – oder ob sich ihr Aufenthalt dank Lorenz zu einem Albtraum entwickeln würde.

Wütend und frustriert rammte Lorenz die Schaufel in den weichen Boden und schleuderte die Erde auf einen stetig anwachsenden Haufen neben der Grube, aus der einmal das Bett für einen kleinen Bachlauf entstehen sollte.

Eigentlich beschränkten sich seine Aufgaben als Landschaftsarchitekt darauf, Gärten zu entwerfen und die Umsetzung seiner Entwürfe zu überwachen. Doch im Moment half ihm jede Form von anstrengender körperlicher Arbeit dabei, wieder einen klaren Kopf zu bekommen.

Auf etwas anderes konnte er sich angesichts der Tatsache, dass er künftig mit Lotte Rosenblad zusammenarbeiten sollte, auch gar nicht konzentrieren.

Lotte! Wieder trieb er den Spaten in den Boden. Warum mussten sich ihre Wege nach all den Jahren ausgerechnet hier auf Kärlekholmen wieder kreuzen? Warum mussten sie sich überhaupt kreuzen? Er hatte versucht, sie zu vergessen – vergeblich. Schließlich nutzte er die Erinnerungen an sie dazu, sich stets vor Augen zu halten, dass es so etwas wie die wahre Liebe in Wahrheit gar nicht gab.

Er schüttelte den Kopf, wie um die lästigen Gedanken abzuschütteln. Doch so leicht ließen sich die Erinnerungen nicht vertreiben. Ebenso wenig wie dieses seltsame Gefühl, das ihn erfüllte, seit er Lotte vorhin am Anlegesteg gegenübergestanden hatte, und das ihn seitdem einfach nicht mehr los ließ.

War es Sehnsucht? Aber wie konnte das möglich sein, nach allem, was zwischen ihnen vorgefallen war?

Kein Wunder, dass er es nicht aushielt, einfach still in seinem Büro zu sitzen und über irgendwelchen Plänen zu brüten! Ihm schwirrte der Kopf – und daran war ganz allein Lotte schuld. Wer gab ihr das Recht, plötzlich wieder aufzutauchen und alles durcheinander zu wirbeln?

Seufzend wischte Lorenz sich mit dem Handrücken den Schweiß von der Stirn. Was er im Moment am allerwenigsten gebrauchen konnte, war eine Frau, die sein Leben noch komplizierter machte, als es ohnehin schon war.

Zumindest wusste er genau, wem er das zu verdanken hatte: Viggo Tjaderborg.

Kaltschnäuzig hatte der Mann ihm vorhin zwischen Tür und Angel mitgeteilt, dass eine Gartendesignerin auf dem Weg nach Kärlekholmen sei, um ihn bei seiner Arbeit zu unterstützen. Nach einer lautstarken Auseinandersetzung war Lorenz zur Anlegestelle gelaufen, um dem Neuankömmling den Empfang zu bereiten, der ihm gebührte.

Da hatte er natürlich nicht ahnen können, dass er ausgerechnet Lotte begegnen würde.

Tjaderborg war als Verwalter der königlichen Güter faktisch gesehen sein Vorgesetzter. Jedoch nicht er, sondern ein der Königsfamilie nahestehendes Mitglied des Hofstabs hatte persönlich über seine Einstellung entschieden. Anderenfalls wäre ich wohl nicht hier, dachte Lorenz kopfschüttelnd.

Das Problem bestand darin, dass Viggo Tjaderborg und er sich von früher kannten – und schon dieses erste Zusammentreffen war nicht gerade von gegenseitiger Sympathie geprägt gewesen. Ganz im Gegenteil sogar: Lorenz, der damals als Nachtwächter an der Uni arbeitete, um sich sein Studium zu finanzieren, hatte einen Mitstudenten auf frischer Tat ertappt, als dieser in das Büro eines Professors eindringen wollte. Er war auf die Bestechungsversuche des Kommilitonen nicht eingegangen, und dieser war kurze Zeit später von der Uni geflogen.

Bei dem Kommilitonen handelte es sich um niemand anderen als Viggo Tjaderborg.

Vermutlich lag es daran, dass Tjaderborg seit Lorenz' Ankunft vor einer Woche jede noch so kleine Gelegenheit nutzte, um ihm das Leben und die Arbeit auf Kärlekholmen möglichst schwer zu machen: Er wollte sich an ihm rächen.

Doch so sehr Tjaderborg ihn auch reizte, bisher war es Lorenz gelungen, ruhig zu bleiben. Er wusste, dass sein Vorgesetzter nur darauf wartete, dass er aus der Haut fuhr und ihm damit einen Grund lieferte, ihn von seinen Aufgaben zu entbinden und nach Hause zu schicken. Mit Lotte war ihm ein ganz besonderer Glücksgriff gelungen, wobei Tjaderborg unmöglich wissen konnte, dass sie sich von früher kannten.

Aber nicht mit mir!

Es war sein Job, den Schlossgarten von Kärlekholmen Slott in altem Glanz erstrahlen zu lassen, und er beabsichtigte gewiss nicht, die Lorbeeren dafür mit irgendjemandem zu teilen. Schon gar nicht mit einer Frau, die ohnehin nur mit irgendwelchen pseudomodernen Konzepten aufwarten und ihm ansonsten unnütz im Weg herumstehen würde.

Nein, das kam überhaupt nicht infrage! Es ging hier einfach um zu viel. Er konnte es sich nicht leisten, irgendwelche Experimente zu wagen. Wenn er Fjälldal Gard, das Erbe seiner Familie, vor dem endgültigen Aus bewahren wollte, musste er seine Aufgabe auf Kärlekholmen zu einem erfolgreichen Ende bringen. Anderenfalls würde er sich an den Gedanken gewöhnen müssen, dass der Gutshof, der nun schon seit Generationen im Besitz seiner Familie war, von den Gläubigern seines verstorbenen Vaters zwangsversteigert wurde. Dazu durfte es auf keinen Fall kommen, ganz egal, was zwischen ihm und Kristof Bengtsson vorgefallen war.

Schon wieder spürte er, wie es in ihm zu brodeln begann. Es machte ihn furchtbar wütend, dass Tjaderborg sich nicht an die Abmachungen hielt, die man mit ihm vereinbart hatte. Doch für den Augenblick schien er nichts daran ändern zu können. Doch eines stand fest: Er würde Lotte das Leben auf Kärlekholmen Slott zur Hölle machen – und sobald sich ihm eine Chance bot, sie loszuwerden, würde er keine Sekunde zögern, sie zu ergreifen.

Das Herz klopfte ihr bis zum Hals, als Lotte in den verwilderten Garten von Kärlekholmen Slott hinaustrat. Inzwischen war es später Nachmittag. Die Sonne stand hoch am strahlendblauen Himmel, den kein Wölkchen trübte. Es war herrlich mild, aber nicht zu heiß. Ein perfekter Tag – wenn man davon absah, dass er ihr eine Konfrontation mit dem Mann beschert hatte, den sie schon so lange zu vergessen versuchte.

Als er vorhin vor ihr gestanden hatte, waren all die Erinnerungen und widerstrebenden Gefühle wie eine riesige Welle über sie hereingebrochen. Schon als Elfjährige war Lotte über beide Ohren in den besten Freund ihrer großen Schwester verliebt gewesen. Doch für ihn war sie nur ein kleines Mädchen. Daran änderte sich auch nichts, als sie älter wurde. Erst, als sie sich viele Jahre später auf einem Treffen von Millas Abschlussklasse wiedertrafen, funkte es zwischen ihnen, und ihr großer Traum wurde war – und verwandelte sich in einen Albtraum.

Deshalb hatte sie ihn vorhin am liebsten anschreien wollen. Er sollte am eigenen Leib erfahren, wie es sich anfühlte, verletzt zu werden.

Jetzt, nachdem sie in Ruhe über alles nachgedacht hatte, war ihr klar geworden, dass sie es sich nicht leisten konnte, wählerisch zu sein. Es ging einfach um zu viel für sie. Darum sollte sie ihr Möglichstes tun, um die Vergangenheit endgültig hinter sich zu lassen und stattdessen in die Zukunft zu blicken.

Und die Zukunft würde sich in den nächsten Wochen genau hier, auf Kärlekholmen, abspielen. Zusammen mit Lorenz, ob ihr das nun gefiel oder nicht. Sie konnte von Glück reden, dass man ihr überhaupt so eine Gelegenheit bot!

Der Anruf von Viggo Tjaderborg vor drei Tagen war völlig überraschend für sie gekommen. Als er ihr vorschlug, als Landschaftsgärtnerin an einem Projekt für das schwedische Königshaus mitzuarbeiten, hatte sie es erst gar nicht glauben können. Worum ging es genau? Und warum wollte man ausgerechnet sie für diesen Job?

Inzwischen wusste sie, dass Tjaderborg auf Empfehlung eines ehemaligen Auftraggebers auf sie aufmerksam geworden war, der ihr große Kreativität und unbedingte Zuverlässigkeit attestiert hatte. Bei dem Vorhaben, an dem sie nun auf der Insel mitwirken sollte, handelte es sich um die komplette Neugestaltung des Schlossparks. Kärlekholmen Slott, ehemals als Sommerresidenz für Königin Hedvig Eleonora erbaut, war über Jahrzehnte hinweg immer weiter in Vergessenheit geraten.

Erst jetzt war ein Mitglied der königlichen Familie wieder auf dieses kostbare Juwel mitten in der rauen Ostsee aufmerksam geworden – aus einem ganz besonderen Grund: Der Ehemann der Kronprinzessin hatte den Auftrag für den Wiederaufbau des Schlossgartens gegeben, um seine Frau nach der Geburt ihres ersten Kindes damit zu überraschen.

Deshalb war Lotte hier. Dasselbe traf – sehr zu ihrem Leidwesen – auch für Lorenz zu. Folglich musste sie versuchen, sich irgendwie mit ihm zu arrangieren.

Sie brauchte das Geld, das ihr im Fall eines fristgemäßen Abschlusses der Umbauarbeiten winkte, dringend, wenn sie ihre Gärtnerei nicht verlieren wollte. Von dem Traum, nach Brasilien zu gehen, einmal ganz abgesehen. Sollte sie es schaffen, noch schneller fertig zu werden, würde sie sogar noch einen Bonus bekommen.

Das bedeutete leider auch, dass sie in den kommenden Wochen eng mit Lorenz zusammenarbeiten müsste. Und genau darüber wollte sie jetzt noch einmal mit ihm sprechen. Denn aufgeben kam für sie nicht infrage. Dieser Job war ihre große Chance. Nein, genau genommen war er sogar ihre einzige Chance. Selbst wenn man ihr den Teufel persönlich zur Seite stellen würde, sie würde keinen Rückzieher machen.

„Und wenn Lorenz das nicht gefällt, kann er von mir aus gern verschwinden!“, sprach sie ihren Gedanken laut aus, ohne es zu merken.

„Das könnte dir wohl so passen, was?“, erklang direkt hinter ihr eine wütende Stimme.

Erschrocken wirbelte Lotte herum – und atmete scharf ein, als sie Lorenz erblickte. Ihr Herz hämmerte plötzlich noch heftiger als zuvor.

Schweiß glänzte auf seinem entblößten Oberkörper. Neben

ihm im Gras lag eine Axt, mit der er offenbar den Stamm einer umgestürzten Birke zerteilt hatte. Sein Blick war finster. Während er sich mit dem Handrücken über die Stirn fuhr, ließ er sie nicht aus den Augen.

„Ich …" Lotte atmete einmal tief durch. „Ich habe nach dir gesucht."

„Ach, und weshalb? Um mir zu sagen, dass ich verschwinden soll? Gib dir keine Mühe, damit erreichst du bei mir nichts. Ich werde mich von dir ganz bestimmt nicht vertreiben lassen."

„Tut mir leid, das ist mir einfach so rausgerutscht. Eigentlich wollte ich mit dir darüber sprechen, wie es nun weitergehen soll."

Er trat auf sie zu. Sein männlich herber Geruch machte sie schwindelig, und es überlief sie heiß und kalt zugleich. Ein Teil von ihr sehnte sich danach, die Hände auszustrecken und die muskulöse männliche Brust zu berühren. Seine heiße Haut unter ihren Fingern zu spüren.

Kurz hielt sie die Luft an, um sich zu beruhigen. Dass sie sich zwingen musste, die Kontrolle über sich selbst zu behalten, irritierte sie. Wie konnte es möglich sein, dass Lorenz nach all den Jahren noch eine so überwältigende Wirkung auf sie ausübte? Hatte sie aus der alten Geschichte von vor fünf Jahren denn gar nichts gelernt?

„… Mann so anstarrst?"

Seine Stimme riss sie aus ihren Gedanken. „Wie bitte?"

„Ich habe gefragt, ob du jeden Mann so anstarrst oder ob nur mir die zweifelhafte Ehre zuteil wird."

Seine arrogante, selbstverliebte Art ärgerte sie, doch sie schluckte die bissige Erwiderung, die ihr auf der Zunge lag, herunter.

Du musst mit ihm zusammenarbeiten, vergiss das nicht!

„Hör zu", sagte sie und bemühte sich um einen versöhnlichen Tonfall. „Da wir in den nächsten Wochen wohl oder übel miteinander auskommen müssen, würde ich vorschlagen, dass wir so eine Art Burgfrieden schließen." Hier machte sie eine kleine Pause und musterte ihn fragend. „Ich nehme nämlich an, dass du ebenso wenig bereit bist wie ich, auf diese Chance zu verzichten."

Er verschränkte die Arme vor der Brust und nickte. „Worauf du dich verlassen kannst! Aber deshalb werde ich mich noch lange nicht einfach mit deinem plötzlichen Auftauchen abfinden. Ich bin bislang hervorragend allein zurechtgekommen und brauche niemanden, der mir in meine Arbeit pfuscht!"

„Und ich werde hierbleiben, ganz gleich, was du davon hältst", hielt Lotte dagegen. „Ich lasse mich von dir nicht vertreiben! Der königliche Gutsverwalter hat mich persönlich kontaktiert und als Gartendesignerin für den Schlossgarten von Kärlekholmen Slott engagiert."

Lorenz winkte ab. „Ach, vergiss Tjaderborg! So weit es mich betrifft, ist das letzte Wort in dieser Angelegenheit noch nicht gesprochen. Eine Zusammenarbeit mit dir kommt für mich jedenfalls nicht infrage."

„Dann solltest du dich besser schnellstmöglich an den Gedanken gewöhnen, denn ich werde definitiv nicht von hier fortgehen, bevor ich die mir anvertraute Aufgabe erfüllt habe."

„Einer von uns *muss* aber auf jeden Fall gehen", beharrte Lorenz. Dann sagte er etwas, das Lotte völlig überraschte: „Ich schlage vor, wir lassen die Münze entscheiden."

„Was?" Ungläubig starrte sie ihn an. „Das ist doch nicht dein Ernst!"

„Warum nicht? Komm schon, ich überlasse dir sogar die Auswahl: Kopf oder Zahl? Wer gewinnt, darf bleiben, der Verlierer packt seine Koffer und fährt nach Hause." Herausfordernd sah er sie an. „Also? Wie entscheidest du dich?"

3. KAPITEL

Du hast ja den Verstand verloren!“, fauchte Lotte, nachdem sie sich vom ersten Schreck erholt hatte. Erwartete Lorenz tatsächlich, dass sie sich auf dieses alberne Spielchen einließ?

Er zuckte mit den Schultern. „Mein Angebot steht, und ich würde es mir an deiner Stelle durch den Kopf gehen lassen. Denn eines kann ich dir versichern: Ich werde alles in meiner Macht Stehende unternehmen, um dich loszuwerden!“

„Tu, was du nicht lassen kannst. Und nur zu deiner Information – ich habe einen Vertrag mit Viggo Tjaderborg. Das heißt, selbst wenn ich es wollte, könnte ich nicht einfach so gehen.“ Ungerührt begegnete sie seinem herausfordernden Blick. „Und ich will es ganz gewiss nicht.“

Das stimmte – allerdings musste sie zugeben, dass der Vorstellung, Lorenz auf eine so einfache Weise wieder aus ihrem Leben zu verbannen, durchaus ein gewisser Reiz anhaftete. Immerhin bestand eine fünfzigprozentige Chance, dass sie als Gewinnerin aus dieser Sache hervorging.

Bist du verrückt, ein solches Risiko auch nur in Erwägung zu ziehen? Hast du schon vergessen, was für dich auf dem Spiel steht?

Sie unterdrückte einen Fluch. Natürlich würde sie sich nicht auf diese dumme Wette einlassen. Eine Zusammenarbeit zwischen Lorenz und ihr würde sich mit Sicherheit schwierig gestalten – doch die Alternative bedeutete, ihr kleines Geschäft in Deutschland aufzugeben und mit einem riesigen Berg Schulden im Gepäck nach Schweden zurückzukehren.

Würden ihre finanziellen Sorgen sie nicht jede Nacht um den Schlaf bringen, gäbe es für sie vielleicht eine Wahl. Aber unter den gegebenen Umständen …

„Was ist jetzt?“, drängte Lorenz ungeduldig. „Wie lautet deine Entscheidung?“

Lotte holte noch einmal tief Luft. „Ohne mich", erwiderte sie dann energisch. „Und jetzt würde ich vorschlagen, dass wir uns gemeinsam an einen Tisch setzen und besprechen, wie es mit den Arbeiten hier auf Kärlekholmen weitergehen soll."

„Da gibt es nichts zu besprechen!", entgegnete Lorenz zornig. „Ich bin hier der Landschaftsarchitekt, und ich treffe die Entscheidungen. Wenn dir das nicht passt, kann ich dir auch nicht helfen. Dann musst du gehen. Einer von uns beiden ist auf Kärlekholmen zu viel, das dürfte doch wohl selbst dir klar sein und …"

„Lotte Rosenblad?", erklang in diesem Moment eine Stimme hinter ihnen. Lotte wandte sich um und erblickte einen dunkelblonden Mann, der in seinem eleganten hellgrauen Maßanzug inmitten des verwilderten Schlossgartens irgendwie fehl am Platze wirkte. „Viggo Tjaderborg", stellte er sich vor und reichte ihr die Hand.

Lotte lächelte. „Freut mich, Sie kennenzulernen. Und noch einmal vielen Dank, dass Sie mich eingeladen haben, bei den Umbauarbeiten mitzuwirken. Zwar kam alles etwas plötzlich, aber ich werde mein Möglichstes tun, um Ihre Erwartungen zu erfüllen."

„Davon bin ich überzeugt. Ihr guter Ruf eilt Ihnen voraus. Was ich über Ihre Arbeiten für den Schlosspark von Sanssouci bei Potsdam gehört habe, spricht eindeutig für Sie." Mit einem Seitenblick auf Lorenz fügte er hinzu: „Außerdem brauchen wir auf Kärlekholmen dringend jemanden, der ein bisschen Schwung in die Arbeiten bringt." Er hakte sich bei Lotte unter. „Aber jetzt zeige ich Ihnen erst einmal Ihr künftiges Betätigungsfeld, kommen Sie!"

Im Weggehen drehte Lotte sich noch einmal zu Lorenz um. Aufrecht stand er da, die Hände tief in den Taschen seiner Jeans vergraben, die Stirn gefurcht.

Schon als sie längst außer Sichtweite war, glaubte sie noch, seinen bohrenden Blick im Rücken zu spüren.

„Und? Haben Sie schon eine Idee für die Umgestaltung des Parks? Den Grundriss habe ich Ihnen ja vorab bereits per E-Mail zukommen lassen."

Tjaderborgs Frage brachte Lotte zum Lachen. „Eine? Ich habe bereits Hunderte! Aber bevor ich zu viel verrate, möchte ich gern mit Lorenz das weitere Vorgehen besprechen. Immerhin ist er hier als Architekt beschäftigt, ich bin nur eine kleine Landschaftsgärtnerin und …"

„Papperlapapp", fiel Tjaderborg ihr ins Wort. „Ich habe Sie eingestellt, weil ich Sie für eine energische und willensstarke junge Frau halte – oder habe ich mich da etwa getäuscht?"

„Nein", erwiderte Lotte überrascht. „Natürlich nicht, aber …"

„Gut, dann will ich gleich klarstellen, was ich von Ihnen erwarte: Sie sollen Bengtsson nicht um Erlaubnis bitten, sondern Ihre eigenen Ideen und Vorstellungen in das Projekt einbringen." Er lächelte. „Am besten, Sie gewöhnen sich schon einmal an die Vorstellung, dass Sie ihm auf dieser Baustelle gleichgestellt sein werden."

„Gleichgestellt?", fragte Lotte staunend. „Ich dachte, er sei …"

„Das meint er vielleicht, ich sehe das anders. Für mich unterstehen Sie ihm nicht, sondern arbeiten mit ihm auf Augenhöhe. Immerhin bin ich hier vor Ort derjenige, der das Sagen hat. Er sollte sich also besser mit den Gegebenheiten abfinden."

„Dann vielen Dank, ich werde alles tun, um Sie nicht zu enttäuschen!" Mehr wusste Lotte nicht zu sagen. Ungläubig sah sie Tjaderborg nach, wie dieser zum Schloss zurückkehrte. Sie hatte bei größeren Projekten schon öfter mit Gartenarchitekten zusammengearbeitet. Erfahrungsgemäß reagierten die wenigsten von ihnen sonderlich begeistert, wenn sich jemand ohne ihren Ausbildungsstand in ihre Arbeit einmischte. Das war also nichts Neues für sie.

Bei Lorenz jedoch verhielt sich die Sache noch ein wenig

anders. Jedenfalls glaubte sie, dass er es ernst meinte, wenn er sagte, dass er alles tun würde, um sie von hier zu vertreiben.

Na und? Soll er es doch versuchen! Du hast wohl kaum einen Grund, auf ihn Rücksicht zu nehmen, oder? Nach allem, was er dir angetan hat! Nutze diese Chance! Wenn es dir gelingt, mit deinem Konzept für den Schlossgarten richtig Eindruck zu machen, kann bei diesem Job weit mehr herausspringen als nur eine kräftige Finanzspritze!

Zum ersten Mal seit Langem schöpfte sie wieder ein wenig Hoffnung, dass sich ihr allergrößter Traum vielleicht doch noch erfüllen könnte. Der Traum von Südamerika. Wenn es ihr gelang, sich mit diesem Auftrag einen Namen zu machen, standen ihr alle Türen offen. Natürlich wusste sie, dass das schwedische Königshaus enge Verbindungen nach Brasilien pflegte, dem Heimatland der Mutter der Königin. Wer konnte schon sagen, was mit den entsprechenden Kontakten noch alles möglich war?

Sofort fing ihr Herz an, heftiger zu klopfen, doch sie ermahnte sich zur Ruhe. Besser sie blieb mit den Gedanken in der Gegenwart. Denn diese hielt mit Sicherheit noch genug Herausforderungen für sie bereit.

Dennoch würde sie natürlich alles tun, um die Erwartungen zu erfüllen, die Viggo Tjaderborg in sie setzte.

Das, und noch viel mehr!

Voller Tatendrang machte sie sich auf den Weg zu ihrem Zimmer, wo sie Skizzenblock und Stifte holte, um ihre Ideen weiter auszuarbeiten.

Glutrot sank die Sonne dem Horizont entgegen und verwandelte das Meer in flüssiges Feuer. Ein herrliches Naturschauspiel – doch Lotte, die im Schneidersitz am Strand saß, den Block auf dem Schoß, bemerkte es kaum.

Sie feilte konzentriert an einer Idee für den Schlosspark,

die ihr vorhin gekommen war, als sie bei ihrem Rundgang unter einem wild wuchernden Dornenstrauch die Überreste einer römischen Heldenstatur entdeckt hatte. Wenn sie die Augen schloss, sah sie das fertige Ergebnis bereits vor sich – ein Garten im Stil der Hadriansvilla bei Tivoli, mit Kolonnaden, an denen sich Efeu und wilder Wein emporrankten, kleinen Springbrunnen und Wasserbecken mit Seerosen. In ihrer Vorstellung gab es Statuen und Skulpturen, große Kübel mit Rosmarin und immergrünem Oleander, dazu violett blühende Azaleen und einheimische Pflanzen wie Rittersporn und Phlox.

Vor allem die herrliche Umgebung inspirierte sie. Auch jetzt noch, als sie die Lider wieder hob und die Dunkelheit über Kärlekholmen hereingebrochen war, fühlte sie die Ideen tief in ihrem Inneren sprudeln. Es war eine herrliche Nacht. Der Himmel war sternklar, und silbernes Mondlicht tauchte die Landschaft in einen märchenhaften Glanz. Der Wind fuhr raschelnd durch die Kronen der Bäume, ansonsten hörte man nur das leise Rauschen der Brandung, die ans Ufer rollte.

Noch einmal holte sie tief Luft, dann stand sie auf, um zum Schloss zurückzukehren.

Als sie sich umdrehte, erblickte sie Lorenz, der direkt hinter ihr gestanden hatte. Für einen winzigen Augenblick schien ihr Herz stillzustehen, gleich darauf klopfte es so heftig, dass sie fürchtete, es würde zerspringen.

Ihre Blicke trafen sich. In der Dunkelheit wirkten seine grünen Augen beinahe schwarz. Lotte konnte nicht atmen, nicht denken, nicht handeln. Wie gebannt stand sie da und schaute ihn einfach nur an. In diesem Moment wurde ihr klar, dass sie sich all die Jahre etwas vorgemacht hatte.

Sie war nicht über die alte Geschichte hinweg – keineswegs! Sie hatte sie verdrängt, irgendwo im hintersten Winkel ihres Bewusstseins verborgen, in der Hoffnung, dass die Geister der Vergangenheit sie niemals wieder heimsuchen würden.

Doch nun musste sie erkennen, dass kein Mensch vor seinem eigenen Schicksal davonlaufen konnte.

Diese Erkenntnis erschütterte sie zutiefst.

„Lorenz", stieß sie heiser hervor. „Was … Wie lange stehst du schon da? Hast du etwa nach mir gesucht?"

Er schien einen Moment zu brauchen, um ihre Frage zu erfassen, dann verfinsterte sich sein Gesichtsausdruck, und er schüttelte den Kopf.

„Nein, natürlich nicht", erwiderte er brüsk. „Glaub mir, ich verspüre nicht das geringste Verlangen, dich zu sehen." Mit einem knappen Nicken deutete er auf ihren Zeichenblock. „Was ist das?"

Sie zuckte mit den Schultern. „Nur ein paar Entwürfe, nichts Besonderes. Ich …"

„Zeig her!" Damit nahm er ihr den Block einfach aus der Hand und musterte ihre Skizze im Mondschein. Anfangs runzelte er die Stirn, dann nickte er andeutungsweise. Schließlich blickte er auf und musterte sie forschend. „Nette Idee – aber ich habe bereits andere Pläne."

„Andere Pläne?" Lotte schüttelte den Kopf. „Nein, mein Lieber, nicht mit mir! Tjaderborg hat mir gesagt, dass wir als gleichberechtigte Partner zusammenarbeiten werden. Du bist nicht mehr allein derjenige, der die Entscheidungen trifft!"

„Wie bitte?" Mit einem kleinen Lachen sah er sie ungläubig an. „Nein, auf keinen Fall! Ich lasse mir von einer kleinen Gartendesignerin wie dir nicht auf der Nase herumtanzen!"

„Das wirst du wohl müssen. Dieser Job ist für mich eine einmalige Chance, Lorenz. Wenn du das Gefühl hast, nicht mit mir zusammenarbeiten zu können, solltest du vielleicht besser gehen. Ich werde dich ganz bestimmt nicht zurückhalten."

„Niemals!" Er umfasste ihren Oberarmen und zwang sie, ihn anzusehen. „Es wird dir nicht gelingen, mich von hier vertreiben, hörst du?"

Einen Moment standen sie so da und blickten einander fest in die Augen. Keiner von beiden war bereit, auch nur einen Schritt zurückzuweichen. Und dann – Lotte konnte nicht sagen, wann und warum – veränderte sich die Stimmung urplötzlich. Die Luft zwischen ihnen knisterte förmlich, und sie verspürte den unwiderstehlichen Drang, in die Arme des Mannes zu sinken, bei dem sie sich einst so sicher und geborgen gefühlt hatte.

Lorenz schien es ganz ähnlich zu ergehen. Er stieß ein heiseres Stöhnen aus, zog sie an sich und verschloss ihren Mund mit seinen Lippen.

Es war ein harter, grober Kuss – zunächst. Der Kuss eines Eroberers, der seine Gegenspielerin bezwingt. Doch Lotte dachte gar nicht daran, sich dagegen zu wehren. Ganz im Gegenteil. Jede Faser ihres Körpers sehnte sich danach, von ihm in Besitz genommen zu werden. In diesem Moment waren alle Zweifel und Vorbehalte, die sie tief in ihrem Inneren empfand, ausgelöscht. So, als hätte es sie niemals gegeben.

Sie schlang die Arme um seinen Nacken, presste sich an ihn und erwiderte das leidenschaftliche Spiel seiner Zunge voller Hingabe. Es war lange her, dass sie so heftig auf einen Mann reagiert hatte.

Im Vergleich zu Lorenz verblassten die Männer, mit denen sie nach ihm ausgegangen war. Sie waren nur farblose Kopien, überhaupt nicht in der Lage, ihr das zu geben, was sie wirklich brauchte.

Erst sein Kuss öffnete ihr die Augen für die Wahrheit. Durch die eine Nacht, die sie vor fünf Jahren mit ihm verbracht hatte, hatte sie für den Rest ihres Lebens das Interesse an anderen Männern verloren. Kein Wunder, dass all ihre Versuche, eine neue Beziehung aufzubauen, regelmäßig in Enttäuschungen endeten. Niemand reichte an Lorenz heran.

„Oh Lorenz!“, stieß sie atemlos aus, als er sich von ihrem

Mund löste und ihren Hals mit einer Spur heißer Küsse überzog. Sie schloss die Augen und gab sich ganz den köstlichen Gefühlen hin, die er in ihr auslöste. Dabei musste sie sich an Lorenz festklammern, um nicht kraftlos zu Boden zu sinken.

Es war, als hätten sie einander niemals verloren. Als lägen keine fünf Jahre zwischen heute und ihrer letzten Begegnung. Wenn sie es wollte, konnte sie den Faden von damals wieder aufnehmen und genau dort weitermachen, wo sie beim letzten Mal aufgehört hatten.

Aber wollte sie das wirklich?

Du bist verrückt, meldete sich eine leise, aber beharrliche Stimme in ihr zu Wort. Hast du schon vergessen, wie es damals zwischen euch zu Ende ging?

Nein, natürlich erinnerte sie sich noch daran! Und dennoch konnte sie der süßen Verlockung nicht widerstehen, die Lorenz auf sie ausübte. Sie konnte nicht …

„Nein!"

Abrupt stieß er sie von sich und stolperte zwei Schritte zurück. In seinem Blick lag eine Mischung aus Erstaunen, Sehnsucht und Wut, bei der Lotte ein Schauer über den Rücken jagte.

Ihr war, als hätte man einen Eimer mit Eiswasser über ihrem Kopf ausgeleert.

Entsetzen breitete sich in ihr aus, als sie realisierte, was sie gerade getan hatte.

Sie räusperte sich angestrengt. „Ich … Wir …"

„Spar dir deine Ausflüchte", fiel Lorenz ihr ins Wort. „Ich weiß genau, was du damit beabsichtigt hast. Aber ich kann dir versichern: Damit kommst du bei mir nicht durch."

Lotte blinzelte irritiert. „Was? Ich … Wovon sprichst du eigentlich?"

„Du dachtest, indem du mich verführst, bringst du mich dazu, dich hier auf Kärlekholmen zu akzeptieren, was?" Er schüttelte den Kopf. „Aber da kennst du mich schlecht. Lass dir eines gesagt sein: So leicht lasse ich mich von dir nicht an der Nase herumführen!"

Mit diesen Worten wandte er sich ab und ging mit steifen Schritten in Richtung Schloss davon.

4. KAPITEL

Als Lotte am nächsten Morgen die Küche von Kärlekholmen Slott betrat, wappnete sie sich innerlich für eine erneute Konfrontation mit Lorenz. Doch ihre Befürchtung erwies sich als unbegründet. Lediglich Petter saß am Frühstückstisch, vor sich eine dampfende Tasse Kräutertee und ein mit Marmelade bestrichenes Brötchen. Odin lag neben ihm auf dem Fußboden und begrüßte Lotte mit einem Schwanzwedeln.

„*Guten Morgen*", sagte er fröhlich. „Haben Sie gut geschlafen? Gefällt Ihnen Ihr Zimmer?"

Obwohl sie sich ganz und gar nicht danach fühlte, zwang Lotte sich zu einem Lächeln. Sie hatte eine ziemlich unruhige Nacht hinter sich, und entsprechend müde und zerschlagen fühlte sie sich heute Morgen. Doch Schuld daran trug gewiss nicht das wunderbare Zimmer in einem der Türme des Schlosses – und auch nicht das herrliche Himmelbett, das einer Prinzessin würdig gewesen wäre.

Nein, die Verantwortung dafür trug einzig und allein Lorenz.

Nachdem sich ihre Wege gestern Abend getrennt hatten, war sie fest entschlossen gewesen, nicht mehr an ihn zu denken. Doch dann tauchte ständig sein Gesicht vor ihrem geistigen Auge auf. Selbst, als es ihr endlich gelang, etwas Schlaf zu finden, schlich er sich noch in ihre Träume.

Was stimmte nur nicht mit ihr? Sie sollte wütend auf Lorenz sein, ihn hassen – stattdessen verursachte seine Nähe immer noch das berühmte Kribbeln in ihrem Bauch, und ihre Gedanken spielten verrückt. Und dann dieser Kuss!

Seufzend schüttelte sie den Kopf. Wie konnte es nur sein, dass sie sich noch immer zu Lorenz hingezogen fühlte? Sie wusste doch genau, wohin das führte. Außerdem hatte sie einfach viel zu lange damit zugebracht, ihre gemeinsame Vergangenheit zu verarbeiten, um erneut ein Risiko einzugehen.

Wenn sie das zuließ, würde er ihr nur wieder das Herz brechen. Deshalb durfte sie ihm ab sofort einzig und allein auf beruflicher Ebene begegnen, nicht mehr und nicht weniger!

„Sie scheinen mit Ihren Gedanken ganz schön weit weg zu sein“, stellte Petter amüsiert fest und brachte Lotte damit zurück auf den Boden der Tatsachen.

Verlegen senkte sie den Blick. *„Förlåt“*, entschuldigte sie sich. „Das war sehr unhöflich von mir. Ich wollte nicht …“

Er machte eine abwehrende Handbewegung. „Ach was! Die erste Nacht in fremder Umgebung – da haben die meisten Menschen Schwierigkeiten. Aber warten Sie ab, in ein paar Tagen fühlen Sie sich auf Kärlekholmen bereits wie zu Hause.“ Fragend sah er sie an. „Und, was steht heute für Sie auf dem Programm?“

Lotte war froh, dass Petter das Thema auf ihre Arbeit brachte. „Ich habe gestern Abend noch an einigen Entwürfen gearbeitet“, erklärte sie begeistert. „Heute werde ich mich nach einem geeigneten Platz umsehen, wo ich diese umsetzen könnte.“ Sofern es noch ein paar Quadratmeter Garten gibt, die Lorenz noch nicht für sich vereinnahmt hat, fügte sie in Gedanken hinzu. Damit wurde sie sich wieder der Tatsache bewusst, dass es unweigerlich zu Konflikten und Auseinandersetzungen kommen würde. Zwei Dinge standen fest: Freiwillig würde Lorenz ganz bestimmt keine seiner Kompetenzen mit ihr teilen, und sie fühlte sich noch immer körperlich zu ihm hingezogen, ob ihr das nun gefiel oder nicht. Umgekehrt schien es sich ebenso zu verhalten, auch wenn Lorenz sich das kaum eingestehen würde.

Das machte eine Zusammenarbeit mit ihm nicht gerade leichter. Vor allem, da sie auf einer kleinen Insel wie Kärlekholmen kaum Gelegenheit hatten, sich aus dem Weg zu gehen.

Aber deshalb aufgeben? Nein, das kam überhaupt nicht infrage!

„Lorenz ist vermutlich schon bei der Arbeit?", erkundigte sie sich, obwohl die Antwort auf der Hand lag, so ehrgeizig wie er darauf bedacht war, seine Autorität zu wahren.

„Ich nehme an, dass er bereits draußen im Park ist. Er muss heute Morgen in aller Herrgottsfrühe aufgestanden sein." Petter schüttelte missbilligend den Kopf. „Nicht einmal gefrühstückt hat er!" Plötzlich huschte ein Lächeln über sein Gesicht. „Apropos – was darf ich Ihnen bringen? Das Frühstück ist die wichtigste Mahlzeit des Tages, das wissen Sie doch."

Obgleich sie nicht den geringsten Appetit verspürte, hütete Lotte sich davor, das freundliche Angebot auszuschlagen. Es reichte, dass sie bereits mit einem der derzeitigen Bewohner von Kärlekholmen Slott auf Kriegsfuß stand.

Unter den gegebenen Umständen konnte sie einen Verbündeten wirklich gut gebrauchen.

Staub und Steinsplitter spritzten auf, als Lorenz die Spitzhacke auf die Felswand niedersausen ließ.

Schon seit den frühen Morgenstunden arbeitete er wie ein Besessener. Offiziell traf er erste Vorbereitungen für das Anlegen eines Steingartens im Park von Kärlekholmen Slott. In Wahrheit versuchte er sich von dem abzulenken, was gestern Abend zwischen Lotte und ihm vorgefallen war.

Er wusste, dass es nicht fair gewesen war, ihr Vorwürfe zu machen. Zu einem Kuss gehörten immer zwei Personen, und im Nachhinein musste er sich eingestehen, dass die Initiative von ihm und nicht von ihr ausgegangen war.

Trotzdem war er wütend. Auf sie, aber vor allem auf sich selbst.

Wie konnte es sein, dass er sich nach allem, was er erlebt hatte, noch so nach ihr verzehrte? Er wusste doch inzwischen verdammt gut, dass es besser war, die Finger von den Frauen zu lassen. Am Ende stand man ja doch immer als der große Verlierer da.

Er musste nur an Tatjana denken. Und natürlich an Lotte.

Erstere hatte ihm die List und Heimtücke gezeigt, zu der eine Frau fähig sein konnte, um an ihr Ziel zu gelangen, die zweite hatte enormen Wankelmut und Charakterlosigkeit bewiesen.

Er musste Lotte loswerden, irgendwie. Eine Zusammenarbeit konnte unmöglich funktionieren, das hatte der gestrige Abend nun wirklich bewiesen. Außerdem bestand jetzt, wo sie als Ersatz für ihn jederzeit verfügbar war, die Gefahr, dass Tjaderborg die erste Gelegenheit nutzte, um ihn auszubooten. Der Mann wartete doch nur auf eine passende Gelegenheit. Und wenn das geschah, war alles aus. Genau deshalb versuchte Lorenz nun schon seit den frühen Morgenstunden, Henk Wilfridsson zu erreichen.

Sein ehemaliger Kommilitone, der heute als direkter Assistent des Kronprinzenpaars arbeitete, hatte ihm den Auftrag zur Neugestaltung des Schlossparks vermittelt. Dank Henk arbeitete Lorenz nun seit knapp einer Woche auf der kleinen Ostseeinsel und entwickelte Pläne für einen im japanischen Stil angelegten Garten. Doch jetzt war Lotte da, und Lorenz brauchte schon wieder die Hilfe seines Freunds. Wenn er sich dafür einsetzte, dass man ihr ein anderes Betätigungsfeld zuwies, wäre Viggo Tjaderborg zwar alles andere als begeistert, doch einer direkten Anweisung aus dem unmittelbaren Umfeld der königlichen Familie konnte er sich unmöglich widersetzten.

Aber dazu musste Lorenz Henk erst einmal erreichen. Bisher hatte er vier Mal auf seine Mailbox gesprochen und einen Rückruf seiner Sekretärin erhalten, dass Henk sich bei ihm melden würde, sobald es sich einrichten ließ.

Um dem Zorn tief in seinem Inneren Luft zu machen, hob

Lorenz die Spitzhacke, als er plötzlich spürte, dass er nicht mehr allein war. Und seltsamerweise wusste er, noch bevor das erste Wort fiel, dass Lotte hinter ihm stand.

„*Hej*", sagte sie. „Ich muss mit dir sprechen."

Kräftig schlug er mit der Hacke einen kleinen Felsbrocken aus der Wand, dann ließ er das Arbeitswerkzeug sinken und drehte sich zu ihr um. „Ich aber nicht mit dir", erwiderte er kühl. „Und falls es wegen der Sache von gestern Abend sein sollte: Vergiss es."

Lotte seufzte, und er kam nicht umhin festzustellen, wie müde und erschöpft sie aussah. Dunkle Ringe umschatteten die sonst so strahlenden türkisfarbenen Augen, und ihre helle Haut wirkte noch blasser als sonst. Selbst ihr herrliches kupferfarbenes Haar sah kraftlos und stumpf aus. Doch es gab keinen Grund, Mitleid mit ihr zu empfinden. Sie verdiente es auch gar nicht!

„Darum geht es nicht", erwiderte sie, schüttelte dann aber nach kurzem Überlegen den Kopf. „Oder doch? Ich weiß es im Augenblick selbst nicht so genau."

Lorenz nickte ernst. „Dann siehst du also endlich ein, dass wir auf keinen Fall hier auf Kärlekholmen zusammenarbeiten können?"

„Das wollte ich damit nicht sagen!", widersprach sie energisch. „Ich werde jedenfalls nicht einfach kampflos das Feld räumen, falls es das ist, was du dir erhoffst. Ich wollte mit dir reden, um dir mitzuteilen, dass ich nicht freiwillig gehen werde. Wenn du also glaubst, es mit mir auf der Insel nicht aushalten zu können, wirst du selbst die Konsequenzen daraus ziehen müssen." Sie verschränkte die Arme vor der Brust. „Ich allerdings bleibe, und darum werden wir uns wohl oder übel miteinander arrangieren müssen."

„Also gut." Er legte die Spitzhacke beiseite. „Ganz wie du willst. Aber ich warne dich: Komm mir besser nicht in die

Quere und tu einfach, was man dir sagt."

„Womit wir bereits beim Thema wären: Ich habe mir deine Pläne angesehen, und ..."

„Du hast – was?", fuhr er sie zornig an. „Wer hat dir erlaubt, in meinen Unterlagen herumzuschnüffeln?"

Noch einmal seufzte sie, aber dieses Mal deutlich entnervt. „Um eins klarzustellen: Ich bin auch nicht gerade begeistert, mit dir im Team zusammenarbeiten zu müssen. Aber ich lasse auch nicht zu, dass du alle Befugnisse an dich reißt. Viggo Tjaderborg sagte, wir ..."

Mit einer wütenden Handbewegung brachte er sie zum Schweigen. „Hör zu, es interessiert mich nicht, was dieser Kerl gesagt hat! Du bist Gartendesignerin, ich Landschaftsarchitekt, und das bedeutet, dass ich die Entscheidungen treffe und du sie einfach nur ausführst."

Energisch schüttelte sie den Kopf. „Und jetzt hörst *du* mir einmal zu: So funktioniert das nicht! Viggo Tjaderborg ist hier auf Kärlekholmen der Boss, und wenn er sagt, dass ich mit dir auf Augenhöhe arbeiten soll, dann werde ich das auch tun! Abgesehen davon, deine Entwürfe sind gut, keine Frage – aber was spricht dagegen, dass auch einige meiner Ideen in die Umgestaltung des Gartens einfließen?"

„Wie ich schon sagte, ich ..."

In diesem Moment fing das Walkie-Talkie, das er seit seiner Ankunft auf Kärlekholmen immer bei sich trug, an zu knistern und zu knacken. Dann drang Petters Stimme aus dem Lautsprecher des Geräts.

„Lorenz?", rief er. „Hörst du mich? Bitte melde dich! Eine Katastrophe ist passiert! Die Agentur, die uns Leute für die Umgestaltung des Schlossparks schicken sollte, hat sich gemeldet: Sämtliche Männer sind in Streik getreten. Wo sollen wir auf die Schnelle jetzt bloß Ersatz herbekommen?"

Entsetzt riss Lorenz die Augen auf. Ohne die Arbeiter waren all seine schönen Pläne und Skizzen nichts als Schall und Rauch. Und jede Verzögerung drohte den ohnehin schon engen Zeitrahmen zu sprengen. Er nahm das Funkgerät und drückte die Sprechtaste. „Ich bin schon unterwegs", sagte er und machte sich auf den Rückweg zum Schloss. Zu seinem Erstaunen folgte Lotte ihm. „Was willst du denn noch? Ich habe jetzt wirklich keine Zeit, mich um dich zu kümmern!"

„Sei nicht albern!" Sie erwiderte seinen wütenden Blick fest. „Du vergisst wohl, dass ich von diesen Arbeitern genauso abhängig bin wie du. Wenn du denkst, ich halte mich stillschweigend zurück, während du alles allein in die Hand nimmst, hast du dich getäuscht."

Weiße Gischt schäumte rechts und links des kleinen Motorboots auf, das pfeilschnell durch die bleigraue See in Richtung Festland schoss. Lotte saß auf einer schmalen Sitzbank hinter Lorenz, der am Steuer stand, und ließ sich den salzigen Wind ins Gesicht wehen.

Seit sie vor etwas mehr als einer Viertelstunde von Kärlekholmen aufgebrochen waren, hatten sie kaum mehr als zwei Worte miteinander gesprochen. Natürlich wusste Lotte, dass es Lorenz absolut nicht gefiel, dass sie ihn begleitete. Doch sie dachte gar nicht daran, sich von ihm so einfach das Ruder aus der Hand nehmen zu lassen. Auch ihr eigener Erfolg oder Misserfolg stand und fiel mit der Antwort auf die Frage, ob es ihnen gelang, kurzfristig neue Arbeiter für das Projekt Kärlekholmen Slott Gården zu gewinnen.

Ohne qualifizierte Helfer war es so gut wie unmöglich, ein so großes Projekt wie dieses zu stemmen. Sie brauchten die Arbeiter, um ihre Entwürfe in die Tat umzusetzen – und zwar je schneller, desto besser. Wenn sie den Umbau fristgemäß zum Abschluss bringen wollten, zählte jeder Tag. Verzögerungen konnten sie sich absolut nicht leisten.

„Willst du mir nicht endlich verraten, was du jetzt vorhast?“, fragte Lotte, als sie den Hafen des kleinen Fischerdorfs Bysvik erreichten und aus dem Boot stiegen. „Wäre es nicht sinnvoller gewesen, es zuerst anderswo zu versuchen?“

„Prinzipiell keine schlechte Idee“, entgegnete Lorenz kühl. „Das Problem ist nur, dass wir alle geeigneten Arbeiter aus der Umgebung nach Bysvik haben holen lassen. Du dürftest also im Umkreis von mehr als zweihundert Kilometern große Schwierigkeiten bekommen, geeignetes Personal aufzutreiben.“

„Oh!“, stieß sie überrascht aus. „Und was machen wir jetzt?“

„Uns wird nichts anderes übrig bleiben, als mit den Leuten zu reden und herauszufinden, was eigentlich los ist. Denn ohne diese Männer ist der Umbau des Schlossparks vorbei, ehe er richtig begonnen hat. Wir werden den Termin nicht halten können, wenn wir das nicht in Ordnung bringen.“

Lotte musste sich beeilen, um mit ihm Schritt zu halten, als er durch die verwinkelten kopfsteingepflasterten Gassen von Bysvik eilte. Das kleine Fischerdorf schien einem Bilderbuch entsprungen zu sein, so hübsch war es mit den gedrungenen mittelalterlichen Häusern und den kleinen Plätzen. Vor einer Schenke, über deren Tür ein Holzschild mit einem Weinfass darauf im Wind hin und her schaukelte, blieb Lorenz stehen.

„Da wären wir“, verkündete er.

Verständnislos sah Lotte ihn an. „Und was wollen wir hier?“

„Uns mit dem Mann unterhalten, der uns mit den streikenden Arbeitern helfen kann. Während du dich vorhin bei Tjaderborg über mein rüpelhaftes Benehmen beschwert hast, habe ich die Zeit genutzt, um mich über die gegenwärtige Lage zu informieren. Der Mann, der den Streik der Arbeiter anführt, heißt Carl Nörström. Ich habe mir erlaubt, ihn zu einem Gespräch hierher zu bitten. Oder hast du vielleicht etwas dagegen?“

„Nein“, erwiderte Lotte kleinlaut. Zu ihrer Schande musste

sie zugeben, dass sie auf diesen Gedanken überhaupt nicht gekommen war. „Natürlich nicht."

Dennoch ärgerte sie das überhebliche Lächeln, das er zur Schau trug.

„Na siehst du", höhnte er und hielt ihr die Tür zum Schankraum auf.

„Dann sind wir uns also einig?", fragte Lorenz knapp zwei Stunden später und reichte Carl Nörström, der gemeinsam mit ihnen auf der Sonnenterrasse im Garten des Gasthofs saß, die Hand. Lotte kam gerade aus dem Waschraum des Lokals zurück.

Der grobschlächtige Mann mit dem weißblonden Haar zögerte nicht lange und schlug ein. „Mit jemandem wie Ihnen macht es wirklich Freude, Verhandlungen zu führen", erwiderte er mit einem strahlenden Lächeln. „Meine Männer und ich werden wie besprochen zur Arbeit antreten. Wir verlassen uns darauf, dass Sie die Angelegenheit mit der Agentur klären. Es geht nicht, dass uns plötzlich weniger gezahlt werden soll, als vorher abgesprochen war. Das verstehen Sie doch hoffentlich."

„Natürlich." Lorenz nickte. „Und keine Sorge, ab sofort arbeiten Sie direkt für uns."

„Wird die Agentur da keine Schwierigkeiten machen?", fragte Lotte, verblüfft, in welche Richtung sich die Verhandlungen während ihrer kurzen Abwesenheit entwickelt hatten. „Schließlich sind die Männer doch an People4Work vertraglich gebunden, oder?"

Doch Lorenz winkte ab. „Ich habe mich informiert, es handelt sich hier um keine Zeitarbeitsfirma im eigentlichen Sinne. Du musst dir das so vorstellen: Die Agentur hat keinen eigenen Mitarbeiterstamm. Sie akquiriert Arbeiter je nach den Vorgaben des Auftraggebers, wofür sie eine Prämie erhält, aber keinen Teil des vereinbarten Lohns einbehalten darf. Die Bezahlung läuft normalerweise auch über die Agentur. Und genau hier liegt der Knackpunkt, denn mit uns sind ganz andere Löhne vereinbart worden als die, die man den Arbeitern zahlen wollte. Das ist eindeutig Betrug, von daher kann die Agentur froh sein, wenn wir keine rechtlichen Schritte gegen sie einleiten." Er wandte sich wieder an Nörström. „Bitte sagen Sie Ihren Männern, dass alles genau so geschehen wird, wie wir es vereinbart haben."

Überrascht stellte Lotte fest, dass der andere Mann verlegen den Blick senkte. „Nichts für ungut", erwiderte er. „Wir versuchen nur, unsere Interessen und die unserer Familien zu wahren. Wenn wir uns so eine Behandlung gefallen lassen, gehen diese Leute beim nächsten Mal noch einen Schritt weiter. Und irgendwann …"

„Aber selbstverständlich", erwiderte Lorenz und klopfte Nörström auf die Schulter. „Ich hätte mich an Ihrer Stelle ganz ähnlich verhalten." Nachdem der Mann sich verabschiedet hatte, lehnte Lorenz sich zurück. „So, das wäre geschafft."

„Erstaunlich, wie du das alles in den Griff bekommen hast", bemerkte Lotte, und sie meinte es wirklich ernst. Zu Beginn des Gesprächs war sie absolut sicher gewesen, dass ihnen lange und zähe Verhandlungen bevorstanden. Sie konnte Lorenz nur dafür bewundern, wie er die Angelegenheit geregelt hatte. Es war ihm gelungen, das Vertrauen des Arbeiterführers zu gewinnen.

Dass sie selbst diese Aufgabe ähnlich souverän gemeistert hätte, bezweifelte sie stark.

„Das war im Grunde kein Kunststück", entgegnete Lorenz. „Man muss sich eigentlich nur in die Leute hineinversetzen. Es ist schließlich kein Wunder, dass es ihnen nicht passt, wenn sich die Vermittlungsagentur plötzlich nicht mehr an die vereinbarten Vertragskonditionen halten will." Seine Miene verfinsterte sich. „Ich für meinen Teil kann das nur allzu gut nachvollziehen."

„Lass mich raten." Lotte sah ihn an. „Du spielst darauf an, dass Viggo Tjaderborg mich engagiert hat, ohne dich zuerst davon in Kenntnis zu setzen, nicht wahr?"

Unwirsch winkte er ab. „Ach, darum geht es doch gar nicht! Tjaderborg wusste ganz genau, dass ich nicht einverstanden sein würde. Deshalb hat er es ja überhaupt getan. Er legte es schon vom ersten Moment an darauf an, mir das Leben schwer zu machen. Wahrscheinlich kommt er nicht darüber hinweg, dass man mich ihm einfach vor die Nase gesetzt hat. Er arbeitet lieber mit Leuten zusammen, bei denen er auf der Gehaltsliste steht, wenn du verstehst, was ich meine."

Lotte hob eine Braue. „Nein, tut mir leid, das verstehe ich nicht. Und wenn du damit andeuten willst, dass ich Tjaderborg dafür bezahlt habe, dass er mich einstellt ..."

„War es denn nicht so?"

Wütend funkelte sie ihn an. „Selbstverständlich nicht! Zu deiner Information: Ich bin verdammt gut in meinem Job. Daher habe ich ein solches Vorgehen überhaupt nicht nötig!"

„Natürlich", säuselte er, doch das süffisante Lächeln, das seine Worte begleitete, ließ keinen Zweifel daran, was er wirklich dachte.

Was bildete sich dieser arrogante Kerl eigentlich ein? Lotte musste sich zwingen, nicht aus der Haut zu fahren. Wenn sie eines nicht ausstehen konnte, dann waren es Männer, die glaubten, alle Weisheit und alles Können für sich gepachtet zu haben.

Woher nahm Lorenz das Recht, über sie zu urteilen? Sie hatten sich seit mehr als fünf Jahren nicht mehr gesehen. Er kannte sie im Grunde überhaupt nicht!

Das galt umgekehrt natürlich ebenso für sie. Lorenz war ganz eindeutig nicht der Mann, für den sie ihn einmal gehalten hatte. Unglaublich, dass sie seit damals sämtliche Männer mit ihm verglichen hatte. Er war es doch überhaupt nicht wert, dass sie ihm auch nur eine Sekunde nachtrauerte!

Und dennoch musste sie versuchen, zumindest für die nächsten Wochen mit ihm auszukommen. Der Erfolg ihrer Arbeit hing davon ab – und damit die Frage, ob es ihr gelingen würde, sich ihren großen Traum zu erfüllen.

Folglich musste sie sich zusammenreißen – so schwer ihr das auch fallen mochte.

„Hör zu“, begann sie. „Das macht doch alles keinen Sinn. Ich finde, wir sollten aufhören, uns gegenseitig das Leben unnötig kompliziert zu machen. Im Grunde wollen wir doch beide dasselbe: unseren Job machen.“

„Was schlägst du also vor?“

„Dass wir unsere Feindseligkeiten begraben – zumindest für eine Weile.“ Sie zwang sich zu einem Lächeln. „Was sagst du?“

Er schien einen Moment darüber nachdenken zu müssen, nickte aber schließlich. „Also gut, ich kann nicht leugnen, dass dein Vorschlag vernünftig klingt. Wir sollten es zumindest probieren – unter einer Bedingung.“

„Und die lautet?“

„Dass wir unsere Vereinbarung anständig besiegeln.“

„Du willst mit mir anstoßen?“

Das Lächeln auf seinen Lippen gefiel ihr nicht. „So etwas in der Art“, entgegnete er geheimnisvoll. „Mach dich schon einmal zum Aufbruch bereit – ich muss nur noch kurz etwas erledigen, dann können wir los.“

„Los? Wohin denn? Was meinst du?“

Doch er schüttelte den Kopf. „Warte es ab, du wirst es noch früh genug erfahren.“

5. KAPITEL

Knapp eine Viertelstunde später saßen sie auf dem Rücksitz eines Taxis, das immer weiter an der Küste entlangfuhr. Die Aussicht war einfach herrlich, trotzdem gelang es Lotte nicht, sich zu entspannen.

Nicht, ehe sie nicht wusste, was Lorenz mit ihr vorhatte.

„Was soll das?", fragte sie nun sicher schon zum dritten Mal, seit sie vom Restaurant aufgebrochen waren. „Wohin fahren wir?"

Doch er lächelte nur. „Kannst du dich nicht einfach mal überraschen lassen?"

„Ich konnte Überraschungen noch nie ausstehen", murmelte Lotte, während der Wagen anhalten musste, weil eine Herde Schafe die Straße blockierte. Sie mussten knapp zehn Minuten warten, bis auch das letzte Tier vorüber war, dann erst ging es weiter. Lotte kamen diese zehn Minuten wie eine Ewigkeit vor. Ob es daran lag, dass ihr Herz in Lorenz' Nähe noch immer heftig klopfte?

Aber das wilde Klopfen ihres Herzen war längst nicht die einzige Reaktion ihres Körpers auf ihn. Ihre Haut kribbelte, und in ihrem Bauch schien ein ganzer Schwarm Schmetterlinge umherzuflattern.

Und das alles nur, weil Lorenz neben ihr saß.

Sie wollte es nicht, alles in ihr sträubte sich dagegen, doch seine Anziehungskraft auf sie war noch immer ungebrochen.

„So, jetzt sind wir gleich da", sagte Lorenz und riss sie damit aus ihren Gedanken.

Als sie aus dem Seitenfenster sah, erstreckten sich rechts und links der Straße nur scheinbar endlose Felder und Wiesen, auf denen Kühe grasten. Erst auf den zweiten Blick entdeckte Lotte einen Bauernhof, der sich leuchtend rot gegen das Gold und Grün seiner Umgebung abhob.

Überrascht runzelte sie die Stirn. „Du fährst mit mir auf einen Bauernhof?"

Lorenz lächelte. „Warte es doch einfach ab. Ich bin sicher, du wirst begeistert sein."

Das bezweifelte Lotte ernsthaft. Und tatsächlich: Nur wenige Minuten später wusste sie endlich, was er mit ihr anstellen wollte – und es gefiel ihr ganz und gar nicht.

„Das ist nicht dein Ernst, oder?", fragte sie ungläubig, als das Taxi vor einer großen, mit bunten Bändern geschmückten Scheune anhielt. „Du schleppst mich zu einer Hochzeitsgesellschaft?"

„Nein, keine Hochzeit – nur eine Geburtstagsfeier", erwiderte Lorenz ungerührt. „Unser Freund Nörström hat uns vorhin dazu eingeladen, als du kurz fort warst, um dein hübsches Näschen zu pudern. Das Geburtstagskind ist sein Neffe und gleichzeitig einer unserer Arbeiter – übrigens ebenso wie die meisten der anwesenden Gäste. Weißt du etwa eine bessere Gelegenheit, um uns mit allen bekannt zu machen?"

„Aber ich kenne hier doch niemanden", stöhnte Lotte und sah unglücklich an sich herunter. Es passierte ihr nicht oft, dass sie ihre schlichten Bluejeans gegen ein hübsches Sommerkleid austauschen wollte – doch dies war einer solcher Augenblick. „Lorenz, bitte, ich kann doch so nicht auf einer Geburtstagsparty auftauchen!"

„Ach was, du siehst ganz zauberhaft aus", widersprach er, stieg aus und kam zu ihr herum, um ihr beim Aussteigen zu helfen.

In diesem Moment hasste Lotte ihn förmlich, weil er sie in eine solche Situation brachte – und mehr als deutlich zeigte, wie sehr er sich darüber amüsierte.

Vor Verlegenheit schoss ihr das Blut in die Wangen, als sie unter den neugierigen Blicken von gut zwei Dutzend elegant gekleideter Geburtstagsgäste aus dem Taxi stieg.

„Es freut mich, dass Sie wirklich gekommen sind", begrüßte Carl Nörström sie fröhlich. „Sie werden heute unsere ganz besonderen Ehrengäste sein. Kommen Sie, ich stelle Sie allen vor." Was er damit genau meinte, erkannte Lotte erst, als es bereits zu spät war und sie auf der kleinen Bühne stand, auf der kurz zuvor noch die Kapelle zum Tanz aufgespielt hatte. „Hört mal alle her", rief Nörström und zog damit die Aufmerksamkeit aller Anwesenden auf sich. „Das hier sind die Herrschaften, von denen ich euch erzählt habe: Lotte Rosenblad und Lorenz Bengtsson. Die beiden werden die Arbeiten auf Kärlekholmen leiten und haben dafür gesorgt, dass wir zu unserem Recht kommen."

Applaus brandete auf, und Lotte wäre am liebsten im Erdboden versunken, so unangenehm war ihr die Situation. Sie war unter anderem Gärtnerin geworden, weil sie sich lieber mit Pflanzen als mit Menschen beschäftigte. Es störte sie nicht im Geringsten, sich bei der Arbeit die Hände schmutzig zu machen. Mit öffentlicher Aufmerksamkeit hingegen konnte sie überhaupt nicht umgehen. Es machte sie nervös, ja schlimmer noch, sie wurde furchtbar verlegen. So war es schon immer gewesen – und das wusste Lorenz auch ganz genau.

Na warte, dachte sie zornig. Das zahle ich dir heim!

Sie hatte das Gefühl, mindestens hundert Hände geschüttelt zu haben, als endlich die Kapelle wieder aufspielte und jemand zum Tanz aufrief.

Ohne zu zögern, ergriff sie Lorenz' Hand und zog ihn mit sich in Richtung Tanzfläche.

Wenn sie eines ganz sicher über ihn wusste, dann, dass er niemals tanzte. Wahrscheinlich, weil er es ganz einfach nicht konnte. Jedenfalls hatte ihre Schwester Milla das immer vermutet. Erfahrungsgemäß stellten sich die meisten Männer, was Walzer, Tango und Co. betraf, mehr oder minder ungelenk an. Und genau darum sah Lotte nun die perfekte Gelegenheit, sich an Lorenz zu rächen. Umso mehr überraschte es sie, als er sie mit einem breiten Lächeln in seine Arme zog und anfing, sich im Rhythmus der Musik zu bewegen.

Sofort erwachten die Schmetterlinge in ihrem Bauch zu neuem Leben, und ihr Herz klopfte wie verrückt. Sie war wie elektrisiert. Es fühlte sich so gut an, in seinen starken Armen zu liegen, dass sie für einen Moment einfach die Welt um sich herum vergaß.

Wie gebannt schaute sie zu Lorenz auf, der Blick seiner klaren dunkelgrünen Augen hielt sie gefangen. Es war, als würde die Zeit stillstehen. Die Musik und die Gespräche der anderen Gäste traten in den Hintergrund. Sie hörte nur ihren eigenen Herzschlag und das Rauschen des Bluts in ihren Ohren.

Ganz von selbst schmiegte sie sich enger an Lorenz. Ihr Kopf war wie leer gefegt, all ihre Zweifel und Vorbehalte ihm gegenüber schienen sich in Luft aufgelöst zu haben.

„Ich dachte …" Sie räusperte sich angestrengt, denn ihre Kehle fühlte sich ausgetrocknet an. „Du hast doch früher nie … Woher kannst du so gut tanzen?"

Bei seinem Lächeln bekam sie augenblicklich weiche Knie. „Es gibt einiges, was du über mich nicht weißt." Er wirbelte sie einmal um ihre eigene Achse und zog sie dann sofort wieder an sich – so dicht, dass sie das Spiel seiner Muskeln unter dem dünnen Stoff seines Flanellhemds spürte. „Du vergisst offenbar, dass es mehr als fünf Jahre her ist, seit du mich damals abserviert hast."

„Abserviert?" Mit einem Mal waren alle warmen Gefühle wie weggeblasen, und Lotte fiel unsanft auf den Boden der Realität zurück.

Hastig wand sie sich aus Lorenz' Umarmung, trat einen Schritt zurück und funkelte ihn erbost an. „Sag mal, wovon sprichst du eigentlich? Das ist doch wohl die Höhe!"

Lotte war fassungslos. Die Musik spielte weiter, die Partygäste feierten ausgelassen, es wurde gegessen, getanzt und gelacht. Alles war wie zuvor – außer, dass die Atmosphäre zwischen ihr und Lorenz plötzlich von sprühenden Funken erfüllt war.

Was bildete er sich ein, so einen Unsinn zu erzählen? Wollte er sich etwa über sie lustig machen?

„Nun rede schon!", forderte sie ihn wütend auf. „Was hast du damit gemeint? Das ergibt doch überhaupt keinen Sinn!"

Vollkommen ruhig sah er sie an. Seine Miene wirkte unergründlich, und Lotte begann sich zu fragen, ob er seine Worte tatsächlich ernst gemeint hatte. Sie – ihn abserviert? Lächerlich! Offenbar litt er an Realitätsverlust! Er war es doch gewesen, der sich nach ihrer gemeinsamen Nacht einfach stillschweigend aus dem Staub gemacht hatte! Ihr wochenlanges Hoffen und Warten auf ein Lebenszeichen von ihm war unerfüllt geblieben.

Und da wagte er es jetzt tatsächlich, ihr einen Vorwurf zu machen?

„Vergiss es", winkte er schließlich ab. „Ich will mich nicht schon wieder mit dir streiten."

Doch so einfach wollte sie ihn nicht davonkommen lassen. „Nein, mein Lieber, so nicht!" Sie baute sich in voller Größe vor ihm auf und verschränkte die Arme vor der Brust. Dabei erwiderte sie seinen Blick so fest und unnachgiebig wie möglich. „Ich will jetzt auf der Stelle erfahren, wie du das gemeint hast!"

Als die Tanzkapelle ein beliebtes schwedisches Volkslied anstimmte, erklang begeisterter Applaus. Lorenz musste die Stimme erheben, um den Lärm zu übertönen. „Das ist doch jetzt nicht mehr wichtig", erwiderte er. „Es war dein Vorschlag, die Vergangenheit ruhen zu lassen, schon vergessen? Wir sollten wirklich versuchen, miteinander auszukommen, so lange es nötig ist. Danach trennen sich unsere Wege wieder, und wir …"

Er kam nicht dazu, den Satz zu beenden, denn eine blonde junge Frau drängte sich an Lotte vorbei und forderte Lorenz zum Tanz auf. Der zögerte zunächst, doch die dralle Blondine duldete ganz offensichtlich kein Nein. Sie nahm ihn bei der Hand und zog ihn mit sich auf die Tanzfläche.

Wie gelähmt blieb Lotte am Rand stehen und beobachtete, wie Lorenz zusammen mit seiner hübschen Verehrerin ausgelassen über das Parkett wirbelte. Und mit jeder Minute, die verstrich, sank ihre Stimmung weiter dem Nullpunkt entgegen.

Sie hätte sich nie darauf einlassen sollen, Lorenz zu begleiten, und stattdessen gleich nach der Verabredung mit Nörström nach Kärlekholmen zurückkehren sollen! Damit hätte sie sich zumindest diese lächerliche Farce erspart.

Das hellblaue Kleid der Blondine, das hervorragend mit ihrem hellen Haar harmonierte, bauschte sich bei jeder Drehung auf, und sie lachte schon beinahe übertrieben herzlich über etwas, das Lorenz ihr ins Ohr flüsterte.

Es war geradezu peinlich, mit anzusehen, wie ungeniert diese Frau sich an ihn heranmachte. Und Lorenz fiel offensichtlich auch noch auf ihre plumpe Vorgehensweise herein! Zumindest schien er sich ganz prächtig zu amüsieren.

Nanu, das ist doch nicht etwa ein Anflug von Eifersucht?

Unsinn! Sie schüttelte den Kopf. Ganz gewiss war sie nicht eifersüchtig – auf wen denn auch schon? Trotzdem stand ihr keineswegs der Sinn danach, den beiden länger beim Tanzen zuzuschauen.

Energisch wandte sie sich ab und ging zum Buffet. Sollte Lorenz sie doch suchen, wenn er damit fertig war, sich mit einer wildfremden Frau zu amüsieren! Sie würde jedenfalls nicht brav und artig am Rand der Tanzfläche auf ihn warten. Nein, das kam überhaupt nicht infrage!

Mit ernstem Gesicht schlenderte sie an den Tischen entlang, die sich unter der Last herrlicher Köstlichkeiten bogen. Hier gab es alles, was das Herz begehrte. Trotzdem verspürte Lotte bei diesem herrlichen Anblick keinen Appetit. Zwar lag ihre letzte Mahlzeit schon eine ganze Weile zurück, doch solange Lorenz ihr immerzu im Kopf herumspukte, konnte sie nicht einmal ans Essen denken.

Doch schon Sekunden später lief ihr das Wasser im Mund zusammen, und als sie vor der prachtvollen mehrstöckigen Geburtstagstorte stand, verharrte sie plötzlich und betrachtete versonnen das Kunstwerk aus süßer Creme und Zuckerguss. Einen Moment musste sie an ihre Schwester Noelle denken, die als Zuckerbäckerin an der Hochzeitstorte der Kronprinzessin mitgewirkt hatte, kehrte aber rasch wieder ins Hier und Jetzt zurück. Warum störte es sie eigentlich so, was Lorenz trieb? Ging es sie überhaupt noch etwas an? Die Sache zwischen ihnen lag schließlich bereits eine halbe Ewigkeit zurück. Und sie hatte weiß Gott schon zu viel Zeit ihres Lebens damit verschwendet, auf ein Zeichen seiner Zuneigung zu warten.

Wollte sie sich das wirklich noch einmal antun?

Nein, natürlich wollte sie das nicht. Aber warum fiel es ihr dann so schwer, zuzusehen, wie er sich mit einer anderen Frau vergnügte? Wie sollte sie dieses Gefühl deuten, dass sie fast verrückt machte? Dieses Kribbeln im Bauch, wenn er sich in ihrer Nähe aufhielt, und die Sehnsucht, die sie erfüllte, sobald sie getrennt waren?

Es war schon so lange her, dass sie Lorenz als Teil ihres Lebens betrachtet hatte. Sie sollte über diesen Punkt wirklich längst hinaus sein. Und dennoch versetzte es ihr einen Stich, ihn zusammen mit dieser drallen Landschönheit zu sehen.

War es also doch Eifersucht? Konnte das wirklich sein? Nach all den Jahren?

Lächerlich! Eifersüchtig kann man nur sein, wenn man jemanden mag. Und du willst ja wohl kaum behaupten, dass zwischen Lorenz und dir noch so etwas wie Zuneigung besteht – oder?

Dass sie diese Frage nicht ohne einen letzten Zweifel beantworten konnte, gefiel Lotte überhaupt nicht. Ein Teil von ihr fühlte sich durchaus noch zu ihm hingezogen, das ließ sich nicht leugnen. Aber mit ihren achtundzwanzig Jahren war sie doch wohl alt genug, um sich nicht einfach nur von ihren Gefühlen leiten zu lassen.

Verflixt, sie musste mit Lorenz zusammenarbeiten! Doch wie sollte das funktionieren, wenn sie schon jetzt in seiner Gegenwart immer nur an eines denken konnte: in seine Arme zu sinken und die Welt um sich herum zu vergessen?

Das musste aufhören, und zwar schnellstmöglich. Sie war kein Teenager mehr und hoffentlich auch nicht dumm genug, sich noch einmal in den Mann zu verlieben, der ihr die größte Demütigung ihres Lebens bereitet hatte. Sie …

„Sag nichts – du versuchst vor mir zu verbergen, dass du dich wunderbar amüsierst, stimmt's?“, unterbrach Lorenz, der unbemerkt von hinten an sie herangetreten war, ihre Gedanken.

Sie drehte sich zu ihm und bedachte ihn mit einem finsteren Blick. „Ganz gewiss nicht. Und selbst wenn, was ginge es dich an?“

„Warum so schlecht gelaunt? Du bist doch nicht etwa eifersüchtig, weil ich mit Svea …?“

„Eifersüchtig?“, unterbrach Lotte ihn sogleich. „Du bist ja verrückt! Es ist mir vollkommen gleichgültig, was du treibst. Du bist ein erwachsener Mann und musst selbst wissen, was du tust.“

„Ach wirklich? Das sah mir vorhin aber ganz anders aus.“

„Ja, wirklich!“, erwiderte sie ärgerlich. „Offen gestanden tut mir jede Frau, die sich von dir und deinem aufgesetzten Charme blenden lässt, einfach nur leid!“

Schon in dem Moment, in dem sie sie ausgesprochen hatte, bereute Lotte ihre Worte. Zugleich fühlte sie sich aber auch erleichtert und fast ein wenig stolz, weil sie ihm endlich einmal die Meinung gesagt hatte. Schließlich verdiente er es nicht anders!

Doch als sie das bedrohliche Aufblitzen seiner Augen sah, ahnte sie, dass sie es zu weit getrieben hatte. Instinktiv wich sie einen Schritt zurück, stieß dabei aber mit dem Rücken gegen den Buffettisch. Im selben Moment ergriff Lorenz sie am Arm und zog sie zu sich. Für einen winzigen Augenblick sah er sie einfach nur an, dann drückte er seine Lippen auf ihren Mund, und aller Widerstand in Lotte schmolz dahin.

Es war ein Gefühl, als würde die Welt den Atem anhalten. Sie hörte die Geräusche um sich herum und wusste, dass das normale Leben weiterging. Doch Lorenz und sie befanden sich in einer Dimension, in der Raum und Zeit vollkommen bedeutungslos waren.

Natürlich sollte sie sich sträuben, ihn von sich stoßen – irgendetwas unternehmen, damit er sie nicht weiter küsste! Doch sie tat nichts dergleichen.

Nicht, weil sie es nicht konnte, nein! Sie wollte es auch gar nicht. Die Kontrolle über die Situation war ihr längst entglitten. Sie dachte nicht nach, sondern gab sich einfach nur den köstlichen Gefühlen hin, die Lorenz in ihr auslöste. Sie sehnte sich so sehr danach, ihm ganz nah zu sein, dass es beinahe schmerzte.

Bist du wirklich so verzweifelt, dass du dich noch einmal auf einen Mann wie ihn einlassen willst? Hast du denn wirklich schon vergessen, was passiert ist, als du dich zum letzten Mal von ihm hast verführen lassen?

Die mahnende Stimme ihrer Vernunft verhallte ungehört. Sie war längst über den Punkt hinaus, an dem sie das Verhängnis noch hätte stoppen können. Sie wollte Lorenz nah sein, von ihm begehrt werden. Wen interessierte es, was der morgige Tag bringen mochte? In diesem Moment zählte nur die Gegenwart und …

Mit einem Mal spürte sie, wie jemand sie am Arm packte, und in der nächsten Sekunde wurde sie von Lorenz weggezogen. Lotte blinzelte irritiert, während sie einem jungen Mann, den sie noch nie zuvor gesehen hatte, hinterherstolperte. Sie brauchte einen Augenblick, bis sie realisierte, dass sie inmitten einer langen Reihe von Geburtstagsgästen steckte, die alle zusammen eine ausgelassene Polonaise tanzten.

Als sie sich suchend umblickte, entdeckte sie Lorenz ein paar Meter hinter sich, zwischen einer älteren Dame und einem halbwüchsigen Jungen. Er wirkte mindestens ebenso irritiert, wie sie selbst sich fühlte. Doch so langsam dämmerte ihr, dass sie dankbar sein sollte, denn das Schicksal hatte sie davor bewahrt, einen Fehler zu begehen.

Etwa eine Stunde später hatte das Motorboot, das sie zurück nach Kärlekholmen brachte, bereits den halben Weg zur Insel zurückgelegt. Die Fahrt verlief schweigend. Lotte blickte starr hinaus aufs Wasser, das in der Abendsonne rotgolden glitzerte.

Was sollte sie auch sagen? Im Grunde war zwischen Lorenz und ihr schon vor vielen Jahren das letzte Wort gesprochen worden. Der einzige Grund, warum sie sich überhaupt auf dieses merkwürdige Arrangement eingelassen hatte, war der Auftrag des schwedischen Königshauses, den sie dringend brauchte.

Als Halbbrasilianerin hatte die Königin die Verbindung zu ihren beiden Heimatländern – Brasilien und Deutschland – nie abreißen lassen. Auch die Kronprinzessin und ihre Geschwister kannten und pflegten ihre Wurzeln. Eine Empfehlung von höchster Stelle konnte den Beginn eines ganz neuen Lebens für Lotte bedeuten. Sie wartete schon so lange auf diese Chance, dass sie jetzt einfach nicht scheitern durfte.

Unwillkürlich fragte sie sich, was wohl Lorenz' Antrieb sein mochte. Solange sie ihn kannte, hatte er eigentlich immer nur eines werden wollen: Landwirt. Im Grunde wunderte es sie, dass er sich stattdessen ganz offenbar für eine Karriere als Landschaftsarchitekt entschieden hatte. Sie war überzeugt gewesen, dass er eines Tages den Hof seines Vaters übernehmen und weiterführen würde. Was mochte geschehen sein, dass daraus nichts geworden war?

„Warum bist du eigentlich Landschaftsarchitekt geworden?“, sprach sie ihre Frage aus einem plötzlichen Impuls heraus laut aus. „Wolltest du nicht eigentlich immer den Hof deines Vaters übernehmen?“

Sein finsterer Blick ließ sie bereuen, das Thema überhaupt angesprochen zu haben.

„Das geht dich nichts an“, erklärte er unfreundlich, drehte sich um und würdigte sie für den Rest der Überfahrt keines Blickes mehr. Als sie ein paar Minuten später am Steg von Kärlekholmen festmachten, half Lorenz ihr nicht von Bord.

Lotte entschloss sich, das Thema Bengtsson-Hof vorerst fallen zu lassen. Gleichzeitig nahm sie sich vor, herauszufinden, was Lorenz' Leben so aus der Bahn geworfen hatte.

Natürlich nur, um sich selbst die Zusammenarbeit mit ihm zu erleichtern.

Das zumindest versuchte sie sich einzureden, während sie dem gewundenen Weg nach Kärlekholmen Slott folgten.

„Was soll das heißen, wir sind draußen?“, fragte Viggo Tjaderborg ungläubig ins Telefon. Es war Abend, und er hatte bis eben an seinem Schreibtisch gesessen. Jetzt sprang er ruckartig auf und begann, wütend im Raum auf und ab zu gehen. „Das ist ja wohl nicht zu fassen!“

Ohne sich von seinem Gesprächspartner zu verabschieden, beendete er das Telefonat und legte den Hörer zur Seite. Dann trat er zum Fenster, riss es auf und atmete die kühle Abendluft ein, um sich zu beruhigen. Was nichts half.

Er hatte gleich geahnt, dass Lorenz Bengtsson Schwierigkeiten machen würde. Dieser Mann besaß einen geradezu penetranten Sinn für Gerechtigkeit, das wusste er aus Erfahrung.

Bengtsson und er waren auf dieselbe Uni gegangen. Als Viggo kurz vor einer wichtigen Prüfung stand, hatte er versucht, sich die Ergebnisse aus dem Büro seines Professors zu beschaffen. Dabei ging so ziemlich alles schief, was schiefgehen konnte. Er wurde erwischt, und Bengtsson hatte nichts Besseres zu tun, als auf direktem Wege zum Dekan zu laufen.

Viggo war von der Universität geflogen und hatte sein Studium an einer anderen Hochschule fortsetzen müssen. Obwohl die ganze Sache nun schon Jahre zurücklag, hatte er die Demütigung nie wirklich verwunden. Und nun kreuzten sich ihre Wege sehr zu Viggos Missfallen schon wieder. Dieser Mann mischte sich in alles ein und drohte auch jetzt wieder, seine Pläne zu durchkreuzen.

Schon seit mehreren Jahren engagierte Viggo für sämtliche Projekte, die er betreute, immer dieselbe Agentur, wenn Facharbeiter benötigt wurden. Niemand ahnte, dass der Geschäftsführer der Firma People4Work mit Hauptsitz im Ausland nur ein Strohmann für den wirklichen Inhaber Viggo Tjaderborg war.

Als Verwalter der königlichen Güter wurde er zwar nicht schlecht bezahlt, doch Viggo strebte schon seit jeher nach Höherem. Und wenn er in naher Zukunft sein großes Ziel erreichen wollte, dann brauchte er Geld – viel Geld.

Eine Beteiligung an einem riesigen Luxushotel in Dubai war es, wovon er schon lange träumte. Damit ließ sich das richtig große Geld verdienen, und er müsste nie wieder einen Finger rühren. Dafür brauchte er natürlich das notwendige Kapital, und dank People4Work hatte er auch schon eine stolze Summe zusammen. Doch damit war nun Schluss – und das verdankte er Lorenz Bengtsson.

Gerade hatte sein Stellvertreter bei People4Work angerufen und ihm erklärt, dass Lorenz ihm mitgeteilt habe, dass er keinen Wert auf eine weitere Zusammenarbeit mit der Agentur lege. Stattdessen wolle er die benötigten Arbeiter einfach selbst unter Vertrag nehmen.

Damit hatte Bengtsson natürlich seine Kompetenzen überschritten, und es stand Viggo frei, die Vereinbarungen rückgängig zu machen. Allerdings würde er damit eine Menge Fragen aufwerfen. Fragen, die er lieber nicht beantworten wollte. Die Agentur berechnete dem Königshaus nämlich stets weit höhere Beträge, als sie den Arbeitern in Wahrheit zahlte. Das mochte nicht illegal sein, aber ganz sauber war es auch nicht.

Viggo seufzte frustriert. Eines stand fest: Er musste Lorenz davon abbringen, sich andauernd in Angelegenheiten einzumischen, die ihn nichts angingen. Und er würde schon noch einen Weg finden, um diesen Störenfried loszuwerden – schon allein, um es ihm endlich heimzuzahlen.

6. KAPITEL

Als Lotte am nächsten Morgen vom fröhlichen Zwitschern eines Zaunkönigs geweckt wurde, der auf ihrem Fensterbrett saß, fühlte sie sich richtig erholt. Doch als sie sah, dass die Sonne bereits hoch am strahlendblauen Himmel stand, wurde ihr klar, dass sie nicht nur gut, sondern auch lange geschlafen hatte. Ein Blick auf ihren Wecker bestätigte ihr dies nur.

Schon fast zehn Uhr!

Mit einem unterdrückten Fluch sprang sie auf und eilte ins Badezimmer, wo sie sich hastig wusch und kämmte. Dann schlüpfte sie in ihre Arbeitskleidung und verließ ihr Zimmer. Mit ihren Gummistiefeln polterte sie die Treppe von Kärlekholmen Slott hinunter. Dabei machte sie offenbar so viel Lärm, dass Petter sie hörte, denn er streckte den Kopf aus der Küche, als sie gerade vorüber kam.

„*God Morgon!*“, rief er fröhlich. „Na, haben Sie gut geschlafen?“

„Das kann man wohl sagen“, erwiderte Lotte verdrießlich. „Aber vor allem viel zu lang!“ Sie warf Petter einen leicht vorwurfsvollen Blick zu. „Warum hat mich denn niemand geweckt?“

„Lorenz und ich dachten, Sie würden vielleicht gern ausschlafen. Er sagte, gestern war ein anstrengender und langer Tag für Sie beide.“

Lottes Miene verfinsterte sich. Lorenz also! Wenn es nach ihm ginge, könnte sie sicher auch noch den Rest des Tages im Bett verbringen. Auf diese Weise käme sie ihm bei seiner Arbeit wenigstens nicht in die Quere.

Das konnte ihm so passen!

„Ich nehme an, Lorenz ist bereits draußen und feilt fleißig an der Umsetzung seiner Pläne?“

Der alte Schwede nickte lächelnd. „Er ist immer schon mit

dem ersten Hahnenschrei aus den Federn. Aber jetzt kommen Sie erst einmal mit, und wir frühstücken ganz in Ruhe zusammen."

Energisch schüttelte Lotte den Kopf. „Nein", erwiderte sie fest. „Kommt überhaupt nicht infrage. Ich habe bereits genug Zeit verloren!" Als sie Petters verdutzten Gesichtsausdruck bemerkte, zwang sie ein Lächeln auf ihre Lippen. „Tut mir leid, Petter, das hat nichts mit Ihnen zu tun. Wir sehen uns spätestens beim Mittagessen."

Die Luft draußen im Schlossgarten war mild und duftete nach Jasmin und Lavendel. Es versprach, ein herrlicher Sommertag zu werden. Während Lotte auf der Suche nach Lorenz durch den Park streifte, schwirrten Bienen am Wegesrand von Blüte zu Blüte, Vögel zwitscherten und bunte Schmetterlinge flatterten durch die Luft.

So muss das Paradies aussehen …

Rasch schlug Lotte sich diesen Gedanken wieder aus dem Kopf. Nein, dieser zugegebenermaßen recht hübsche Garten erfüllte im Grunde überhaupt nicht ihre Kriterien von einem echten Paradies. Hier gab es keine tropischen Blumen, keine exotischen Pflanzen, keine blendend weißen Sandstrände, gesäumt von hohen Palmen, keinen türkisfarbenen Ozean, der im Sonnenlicht glitzerte wie ein Meer aus Diamanten.

Es war Südamerika, wovon sie träumte, und ganz gewiss keine kleine schwedische Insel in der Ostsee. Dennoch musste sie zugeben, dass dieser Ort eine geradezu magische Ausstrahlung besaß. Es war wie in einem Märchen.

Und wenn sie nicht gestorben sind …

Aufhören, rief Lotte sich zur Ordnung. Wer wusste besser als sie, dass es in Wahrheit keine Traumprinzen gab? Wenn man etwas erreichen wollte, musste man es aus eigener Kraft schaffen. Darauf, dass eines Tages Mr. Right ihren Weg kreuzte, wollte sie lieber nicht warten, denn sie glaubte nicht daran, dass es dazu wirklich kommen würde.

Du solltest endlich aufhören, mit dem Kopf in den Wolken zu schweben. Denk daran, warum du wirklich hier bist und fang endlich an, deinen Job zu machen!

Ärgerlich sah sie sich im Schlossgarten um. Die Arbeiter mussten bereits in den frühen Morgenstunden eingetroffen sein. Jetzt waren sie bereits dabei, Gruben für die Teiche und Wasserläufe nach Lorenz' Plänen auszuheben.

Typisch, dachte sie aufgebracht. Lorenz riss das Kommando an sich, ohne auch nur eine Sekunde daran zu denken, dass noch gar nicht feststand, wessen Pläne nun verwirklich werden sollten. *Warte, wir sprechen uns noch!*

Entschlossen lief sie los, um ihn zur Rede zu stellen. Sie würde für ihre Entwürfe kämpfen und sich von ihm nicht so einfach ausbooten lassen. Ganz im Gegenteil, sie nahm sich vor, gleich heute Nachmittag im Internet nach Springbrunnen, Säulen und Skulpturen zu suchen.

Doch jetzt musste sie sich erst einmal Lorenz vorknöpfen. Wo er bloß steckte? Sie fragte ein paar Arbeiter, doch niemand wusste, wo er sich aufhielt. Ihr blieb also nichts anderes übrig, als weiter zu suchen.

Plötzlich hörte sie ganz in der Nähe ein Rascheln im Unterholz. „Lorenz?", rief Lotte. „Bist du das?"

Im nächsten Moment schoss ein dunkler Schatten zwischen den Sträuchern hervor und raste direkt auf sie zu.

Erschrocken wich sie einen Schritt zurück, stolperte dabei über eine Baumwurzel und knickte mit dem Fuß um. Ein scharfer Schmerz zuckte durch ihren Knöchel, dann wurde ihr schwarz vor Augen.

„Odin? Odin, alter Junge, wo steckst du?"

Lorenz blieb stehen und drehte sich einmal im Kreis, wobei er angestrengt Ausschau nach Petters altem Labrador Retriever hielt, der ihm schon nachlief, seit er am frühen Morgen das Schloss verlassen hatte.

Vor ein paar Minuten hatte er plötzlich die Ohren angelegt und gewinselt und war dann wie von der Tarantel gestochen losgerannt und seitdem spurlos verschwunden.

Zwar konnte der Hund auf der Insel schlecht verloren gehen, trotzdem fühlte Lorenz sich für ihn verantwortlich. Außerdem würde Petter sich bestimmt große Sorgen machen, wenn er ohne Odin zum Schloss zurückkehrte.

„Odin!"

Ein lautes Bellen erklang, gar nicht so weit entfernt. Lorenz lief los und erreichte nur wenige Minuten später eine kleine Lichtung.

Petters Hund saß neben einer reglosen Gestalt im knöchelhohen Gras und stieß ein klägliches Winseln aus, als er Lorenz erblickte.

„Du meine Güte, Lotte!" Für einen Moment war Lorenz, als würde plötzlich Eis statt Blut durch seine Adern fließen. Sofort war er bei ihr und fühlte ihren Puls, der zu seiner Erleichterung fest und gleichmäßig ging. Als er sie berührte, stieß sie ein leises Stöhnen aus, dann flatterten ihre Lider, und sie öffnete die Augen.

„Lorenz ..." Einen Augenblick musterte sie ihn verständnislos, dann huschte ein Lächeln über ihre Lippen, das Sekunden später wieder verblasste. Stattdessen verzog sie schmerzerfüllt das Gesicht. „Autsch!"

„Was ist passiert? Hast du Schmerzen?" Er half ihr, sich aufzusetzen.

„Mein Fuß! Ich glaube, ich habe mir den Knöchel verstaucht. Ich kann mich nur noch erinnern, dass ein dunkler Schatten auf mich zugesprungen kam und dann ..." Lotte verstummte, als sie Odin erblickte, der schuldbewusst den Kopf senkte und sie mit der Schnauze anstupste. „Ach, du warst das!", lachte sie.

„Ich hätte besser auf ihn aufpassen müssen“, räumte Lorenz ein. Er fühlte sich verantwortlich für das, was passiert war. Auch wenn es zwischen Lotte und ihm unüberbrückbare Differenzen gab, wollte er doch nicht, dass ihr irgendetwas zustieß.

In dem Moment, als er sie bewusstlos am Boden liegen gesehen hatte, war ihm ein eisiger Schreck durch die Glieder gefahren. Einen winzigen Moment hatte er befürchtet, sie wäre …

Unsinn, rief er sich zur Ordnung. *Du siehst doch, dass es ihr gut geht. Und dass du besorgt um sie gewesen bist, bedeutet noch lange nicht, dass sich an der Situation zwischen euch beiden irgendetwas geändert hätte.*

„Kannst du aufstehen?“, fragte er.

Während sie es probierte, verzog Lotte schmerzerfüllt das Gesicht. „Es tut ziemlich weh.“

„Warte“, meinte er. „Ich schau mir das mal an.“ Vorsichtig zog er ihr den Gummistiefel vom Fuß. Jedes Mal, wenn sie zusammenzuckte, glaubte er, ihren Schmerz ebenfalls zu spüren. Als der Schuh endlich herunter war, folgte der Strumpf. „Das sieht aber gar nicht gut aus. Ich bringe dich am besten zum Schloss zurück, dann kann Petter die Wundersalbe auftragen, von der er mir erzählt hat.“

Beim Aufstehen stützte Lotte sich auf ihn, wobei sie ihm zwangsweise sehr nah kam. Sofort war es wieder da, dieses verräterische Knistern zwischen ihnen, und Lorenz musste sich zusammenreißen, um nicht auf falsche Gedanken zu kommen.

Sie ist deine Konkurrentin, vergiss das nicht!

Behutsam schob er seinen Arm unter ihre Achsel, dann sah er sie fragend an. „Meinst du, es wird so gehen?“

Lotte lächelte leicht gequält. „Komm, bringen wir es hinter uns.“

Weil Lotte nur humpeln konnte, kamen sie nur sehr langsam voran. Außerdem mussten sie immer wieder kurze Unterbrechungen einlegen.

„Du hast die Arbeiter ja schon ziemlich mit Beschlag belegt", bemerkte sie irgendwann bei einer dieser Pausen.

„Je schneller wir mit der Umgestaltung vorankommen, umso eher sind wir fertig." Lorenz musterte sie argwöhnisch. „Wieso, hast du etwas dagegen?"

Seufzend schüttelte sie den Kopf. „Da fragst du noch? Wir haben uns noch nicht einmal geeinigt, wessen Pläne nun verwirklicht werden können, und du beginnst schon mit der Umsetzung deiner eigenen Entwürfe. Findest du das nicht ein bisschen dreist?"

Das warme Gefühl, das ihre Nähe in ihm auslöste, verschwand so abrupt, wie es gekommen war. „Ich dachte, das wäre längst geklärt", warf er ein.

„Da hast du falsch gedacht", erklärte sie. „Ich werde es mir nicht bieten lassen, dass du mich einfach so übergehst. Was ist mit meinem römischen Garten?"

Lorenz verspürte den unbändigen Drang, sie bei den Schultern zu packen und zu schütteln, doch natürlich tat er nichts dergleichen. Dennoch – er war es nicht gewohnt, dass man so mit ihm sprach. Für gewöhnlich wurde das getan, was er sagte, und zwar ohne Diskussionen. Doch damit war er bei Lotte offenbar an der falschen Adresse, sie würde nicht so einfach nachgeben.

Ein Kompromiss musste her.

„Also gut", lenkte er schließlich ein. „Ich schlage vor, dass wir den Garten in zwei Bereiche einteilen. Einer wird nach meinen Entwürfen umgestaltet, der andere ist dein Zuständigkeitsbereich. Uns wurde schließlich vollkommen freie Hand bei der Neugestaltung gelassen, und ich könnte mir vorstellen, dass mein japanischer und dein römischer Garten gut miteinander harmonieren. Die Arbeiter werden je nach Bedarf verteilt. Was sagst du dazu?"

Ein Strahlen glitt über Lottes Gesicht. „Einverstanden!"

In diesem Moment klingelte sein Handy, das er in einer der Taschen seiner praktischen Cargohose aufbewahrte. Fragend sah er Lotte an. „Du kommst doch kurz allein zurecht, oder?“

Sie nickte. „Geh ruhig ran. Mir geht es gut.“

Bevor er das Gespräch annahm, ging Lorenz ein paar Schritte zur Seite. „*Hej* Harald“, begrüßte er den Verwalter von Fjälldal Gard, der ihn während seiner Abwesenheit auf dem väterlichen Hof vertrat. „Was gibt es?“

„Einer der Gläubiger deines Vaters war hier“, kam Harald sofort zur Sache. „Gustaf Söberg. Er sagt, er hätte einen Käufer bei der Hand, der dir einen anständigen Preis für den Hof zahlen würde. Du sollst es dir gut überlegen, ehe du ablehnst. Er weiß, dass eine Zwangsversteigerung des Besitzes droht, wenn du nicht endlich den Verbindlichkeiten deines Vaters nachkommst.“

„Dieser Blutsauger!“ Lorenz schluckte den Fluch, der ihm auf der Zunge lag, herunter. „Fjälldal Gard wird nicht verkauft. Niemals!“

„Ich habe mir fast gedacht, dass du das sagen würdest“, erwiderte Harald. „Weißt du, dass du mich manchmal sehr an deinen Vater erinnerst, Gott hab ihn selig?“

Schlagartig verfinsterte sich Lorenz’ Miene. „Sag so etwas nicht. Du weißt genau, wie schlecht die Beziehung zwischen Vater und mir war. Er war ein herrschsüchtiger alter Mann, der es nicht ertragen konnte, wenn etwas nicht nach seinem Willen ging.“

„Deinen Dickkopf hast du jedenfalls von ihm“, beharrte sein Verwalter. „Du willst immer mit dem Kopf durch die Wand, genau wie er. Trotzdem bin ich froh, dass du den Hof nicht verkaufen willst. Obwohl ich mich frage, ob du dir da nicht eine zu große Bürde auflastest. Du weißt genau, dass es Jahre dauern kann, bevor der Hof wieder Gewinne erwirtschaftet.“

„Fjälldal Gard ist mein Leben.“ Lorenz atmete tief durch.

„Der Hof ist ein Teil von mir, ganz gleich, wie viele Jahre ich auch fort gewesen sein mag. Meine Wurzeln liegen dort, ich kann es einfach nicht verleugnen." Er seufzte. „Richte Söberg bitte meine Antwort aus und melde dich wieder, sobald es Neuigkeiten gibt, ja? *Adjö!*"

Nachdem Lorenz das Gespräch beendet hatte, stand er noch einen Moment einfach da und hing seinen Gedanken nach.

Er schloss die Augen und sah Fjälldal Gard vor sich. Das in leuchtendem Rot getünchte Haupthaus mit den weißen Fenstern und den schiefergrauen Dachschindeln, in dem er aufgewachsen war. Das angrenzende Gesindehaus, das heute verwaist war – genau wie die großen Stallungen. Die ausgedehnten Weiden, die goldenen Weizenfelder. Das alles gehörte schon seit vielen Generationen seiner Familie. Und Lorenz war fest entschlossen, dafür zu sorgen, dass es auch so blieb – auch wenn sein Vater den Hof im Laufe der vergangenen Jahre so weit heruntergewirtschaftet hatte, dass er kurz vor dem Ruin stand.

Kristof Bengtsson war zu stolz gewesen, den verlorenen Sohn um Hilfe zu bitten. Nach einem schlimmen Streit hatten sie den Kontakt miteinander abgebrochen. Sein Vater hatte versucht, ihn zu zwingen, eine Frau zu heiraten, die er nicht liebte. Als Lorenz sich weigerte, stand er plötzlich ganz allein da. Erst nach dem Tod seines Vaters war Lorenz wieder nach Fjälldal Gard zurückgekehrt.

Jetzt musste er es irgendwie schaffen, den Hof zu retten.

Dazu musste er das Projekt Kärlekholmen Slott Gården zu einem erfolgreichen Abschluss bringen, koste es, was es wolle.

Und zwar so schnell wie irgend möglich! Darum sollte er vernünftigerweise aufhören, seine Kraft und Energie darauf zu verschwenden, Lotte vergraulen zu wollen. Denn damit schadete er vor allem sich selbst.

„Schlechte Nachrichten?"

Er hatte nicht gemerkt, dass sie hinter ihn gehumpelt war.

Als sie ihm jetzt eine Hand auf die Schulter legte, durchfuhr es ihn wie ein Blitz, und er atmete scharf ein.

Der Drang, sie in seine Arme zu ziehen und zu küssen, wurde fast unwiderstehlich. Es war wie ein innerer Impuls, der von Stunde zu Stunde immer stärker wurde. Er wusste, dass er ihm auf keinen Fall nachgeben durfte.

Sie am Abend nach ihrer Ankunft zu küssen, war falsch gewesen. Es gestern auf der Geburtstagsfeier noch einmal zu wiederholen, grenzte an Dummheit.

Es jetzt noch einmal zu tun, wäre einfach nur verrückt. Lotte und er, das konnte niemals gut gehen.

Aber warum war es dann so furchtbar schwer, ihr zu widerstehen? Und warum fühlte er sich so sehr zu ihr hingezogen, als wäre niemals etwas zwischen ihnen vorgefallen?

„Was ist los?“, fragte Lotte, als er nicht antwortete, und umfasste seinen Arm.

Lorenz schluckte, als ihre Blicke sich trafen. Ihre Augen waren von einem hellen Türkisblau mit goldenen Sprenkeln rund um die Pupillen. Diese ungewöhnliche Farbkombination kannte er von keinem anderen Menschen. Sie trug ihre Arbeitskleidung – einfache Jeans und ein schlichtes smaragdgrünes T-Shirt – mit einer Eleganz wie andere Frauen eine kostbare Abendrobe. Das kupferrote Haar hatte sie zu einem lockeren Zopf im Nacken zusammengefasst, aus dem sich einige Strähnen gelöst hatten, die ihr Gesicht umschmeichelten.

Wie schön sie doch war! Aber bei aller Bewunderung durfte er nicht vergessen, was hinter dieser attraktiven Fassade steckte. Er musste sich vor Augen halten, dass sie nicht die liebenswerte, freundliche Frau war, die sie vorgab zu sein.

Wer wusste das besser als er?

Rasch wandte er sich ab. „Ich bin okay“, erwiderte er brüsk und vermied es, sie anzusehen. „Und da es dir offensichtlich auch wieder gut geht, schlage ich vor, dass wir uns jetzt beide um unsere Arbeit kümmern. Ich für meinen Teil habe jedenfalls mehr als genug zu tun. Und wenn du deinen römischen Garten wirklich realisieren willst, solltest du langsam damit anfangen!"

Für einen Moment spürte er Lottes Blick noch auf sich ruhen, dann zuckte sie mit den Schultern und humpelte langsam und mühsam davon. Als Lorenz ihr seine Hilfe anbot, wehrte sie ab, obwohl sie heftige Schmerzen haben musste. Doch warum kümmerte ihn das eigentlich?

Er schüttelte den Kopf. Ihm war klar, dass es so nicht weitergehen konnte.

Aber was sollte er tun? Er konnte nicht gehen, sonst würde er Fjälldal Gard verlieren.

Irgendwie musste er sich mit der Situation arrangieren.

Fragte sich nur – wie?

Wenn doch nur Henk endlich zurückrufen würde!

„Ach, hier sind Sie!"

Am späten Nachmittag stand Lotte, auf einen Gehstock gestützt, den Petter ihr gegeben hatte, im Schlosspark und beaufsichtigte die Arbeiter, die die ersten Vorbereitungen für den geplanten römischen Garten trafen. Sie war überrascht, als Viggo Tjaderborg plötzlich auf der Baustelle auftauchte.

Der Verwalter der königlichen Güter war wie immer elegant gekleidet. Lotte dachte, dass er bei Hofe in seinem maßgeschneiderten Anzug und den glänzenden Lederschuhen sicher eine gute Figur abgab. Hier, im verwilderten Garten von Kärlekholmen Slott, wirkte er jedoch vollkommen fehl am Platze.

Fragend schaute sie ihn an. „Sie haben nach mir gesucht?"

„Ganz recht. Ich wollte Sie bitten, mich morgen Nachmittag aufs Festland zu begleiten. Es gibt da etwas, dass ich gern in Ruhe mit Ihnen besprechen würde."

Erstaunt hob sie eine Braue. „Kommt Lorenz ebenfalls mit?"

„Nicht, wenn ich es verhindern kann." Er lachte leise, als

er Lottes verblüfften Gesichtsausdruck bemerkte. „Sie haben sicher bereits bemerkt, dass es zwischen uns einige Reibungspunkte gibt."

„Das ist mir tatsächlich nicht entgangen. Aber wenn das, was Sie mit mir besprechen wollen, etwas mit dem Schlossgarten zu tun hat, halte ich es für besser, wenn wir Lorenz mit einbeziehen. Immerhin ..."

„Es hat nichts mit dem Schlossgarten zu tun", fiel Tjaderborg ihr ins Wort. „Wenigstens nicht im direkten Sinne."

„Morgen ist es leider eher schlecht. Es gibt noch sehr viel zu tun, und Sie wissen ja, unser Zeitplan ist mehr als knapp bemessen."

Tjaderborg seufzte. „Nun gut, ich gebe mich geschlagen. Aber dann essen Sie wenigstens mit mir zu Abend." Offenbar merkte er, dass Lotte noch immer zögerte, denn er lächelte einnehmend. „Sie werden es gewiss nicht bereuen. Ich habe Ihnen einen Vorschlag zu machen, von dem wir beide am Ende profitieren werden. Alles Weitere können wir dann später besprechen. Sie kommen doch, nicht wahr?"

Da sie für ihre Zukunftspläne jede Hilfe gebrauchen konnte, die man ihr anbot, willigte Lotte schließlich ein. „Also gut", nickte sie. „Aber jetzt habe ich zu tun."

Leise, um Lotte nicht auf sich aufmerksam zu machen, zog Lorenz sich zurück. Er war zu ihr gegangen, um sich noch einmal mit ihr auszusprechen. Dabei hatte er sie zufällig zusammen mit Tjaderborg gesehen.

Merkwürdig, was hatte Tjaderborg allein mit Lotte zu besprechen? Die Sache kam ihm komisch vor, und er spürte, dass Tjaderborg etwas gegen ihn im Schilde führte.

Er wusste nur noch nicht, um was es sich handelte.

7. KAPITEL

Zufrieden ließ Lotte am frühen Abend des nächsten Tags ihren Blick über das Grundstück schweifen. Natürlich lagen noch mehrere Wochen harter Arbeit vor ihnen, dennoch waren bereits erste Fortschritte zu erkennen.

Bald schon musste sie sich auf die Suche nach den richtigen Pflanzen, Blumen und Bäumen machen. Diese Aufgabe fand sie immer ganz besonders spannend und aufregend, denn in ihrem Kopf existierte bereits eine ganz genaue Vorstellung davon, wie der Schlossgarten einmal aussehen sollte. Und genau dieses Bild galt es zu verwirklichen, alles andere würde sie nicht zufriedenstellen.

„So, Leute, Schluss für heute“, rief sie den Arbeitern zu. „Es ist fast sechs, ihr könnt jetzt Feierabend machen.“

Die Männer brummten zustimmend und fingen an, ihre Arbeitsutensilien zusammenzuräumen, während Lotte sich nur noch leicht hinkend auf den Rückweg zum Schloss machte. Petters Salbe hatte tatsächlich Wunder gewirkt.

Beim Rückweg wanderten ihre Gedanken zu der Verabredung mit Viggo Tjaderborg. Sie hatte noch immer keine rechte Vorstellung davon, was sie erwartete. Was der Gutsverwalter wohl von ihr wollte? Und warum machte er ein so großes Geheimnis daraus?

Um was auch immer es gehen mochte, es konnte keinesfalls schaden, sich gut mit Tjaderborg zu stellen. Der Mann besaß gute Kontakte, und die konnten ihr unter Umständen einmal sehr nützlich werden – wenn sie es richtig anstellte.

Langsam ging sie zum Schloss zurück. Im Schloss ließ sie sich schwer aufs Bett sinken, denn nach dem Fußmarsch schmerzte der Knöchel doch wieder. Dann ergriff sie ihr Handy und wählte die Nummer ihrer besten Freundin, um sich zu erkundigen, wie in Deutschland alles lief. Aber im Grunde diente das eher als Vorwand. In Wahrheit brauchte sie einfach dringend jemanden zum Reden.

„Lotte!", rief Clarissa erfreut. „Ich dachte schon, du meldest dich überhaupt nicht mehr!"

Schuldbewusst senkte Lotte den Kopf, weil sie sich schon längst bei Clarissa hätte melden sollen. „Tut mir leid, aber ich hatte wirklich jede Menge um die Ohren."

„Kann ich mir vorstellen. Und, wie ist es so?"

„Der Park von Kärlekholmen Slott ist wirklich ein Traum. Ich sehe förmlich vor mir, wie er in ein paar Wochen aussehen wird, wenn alles fertig ist."

„Aber dich bedrückt etwas, stimmt's?"

Clarissa kannte sie einfach zu gut. Lotte konnte ihr nie lange etwas vormachen. „Ja, du hast recht. Es geht um Lorenz."

„Deinen Ex? Wie kommst du gerade jetzt auf ihn?"

„Weil er hier ist, hier bei mir!", platzte es aus Lotte hervor, und sofort spürte sie, wie die Last auf ihren Schultern ein wenig leichter wurde. „Er ist der Landschaftsarchitekt, mit dem ich zusammenarbeiten soll. Kannst du dir das vorstellen?"

„Das ist ja ein Ding!" Einen Moment herrschte am anderen Ende der Leitung schockiertes Schweigen. Dann räusperte Clarissa sich. „Oje, das hat dir gerade noch gefehlt, was?"

„Das kannst du laut sagen!"

„Und? Geht es denn einigermaßen?"

„Ich weiß nicht recht. Es ist schon ziemlich komisch, ihm plötzlich wieder gegenüberzustehen. Nach allem, was damals zwischen uns passiert ist ..."

„Hat er dich wenigstens um Verzeihung gebeten?", wollte Clarissa wissen. „Das wäre ja wohl das Mindeste, wenn man bedenkt, wie unmöglich er sich damals benommen hat!"

Lotte lachte bitter. „Nein, entschuldigt hat er sich nicht gerade. Ganz im Gegenteil sogar: Er scheint zu glauben, dass ich an allem schuld bin!"

„Das ist doch lächerlich!", rief Clarissa. „Wenn jemand einen Grund hat, wütend zu sein, dann ja wohl du!" Sie zögerte kurz, bevor sie schließlich weitersprach: „Sag mal, da bahnt sich doch hoffentlich nicht wieder etwas zwischen euch an?"

Erst wollte Lotte das empört verneinen, dann begann sie zu schluchzen. „Ach, Clarissa, es ist alles so fürchterlich kompliziert!"

„Ihr habt doch nicht etwa …"

„Wir haben uns geküsst", gab sie zu. „Zweimal!"

„Obwohl er …"

„Ich weiß ja, ich weiß! Meinst du etwa, ich habe vergessen, was er mir angetan hat? Es ist nur so, dass … Ich weiß es selbst nicht so genau. Zwischen uns knistert es irgendwie noch immer ziemlich heftig. Wenn er in meiner Nähe ist, setzt mein Verstand einfach aus. Ach, Clarissa, ich weiß einfach nicht, was ich tun soll!"

„Und jetzt willst du einen Ratschlag von deiner besten Freundin, stimmt's?" Clarissa lachte leise. „Dabei dürfte dir doch bekannt sein, dass meine Beziehungen regelmäßig in Katastrophen enden. Glaubst du also wirklich, dass ich mich zum Partnerschaftsberater eigne?" Sie seufzte. „Aber wenn du meine Meinung wirklich hören willst: Hör einfach auf dein Herz. Es wird dir sagen, was du tun sollst."

Plötzlich fiel Lottes Blick auf ihren Wecker neben dem Telefon auf dem Nachttisch. Es war bereits kurz nach sieben. Sie bedankte sich bei Clarissa, beendete das Gespräch, sprang vom Bett auf und eilte ins Bad. Jeden Moment konnte Viggo Tjaderborg vor ihrer Tür stehen, um sie abzuholen.

Nachdem sie sich sparsam mit ein wenig Make-up und einem glänzenden Lipgloss zurecht gemacht hatte, stand Lotte ratlos vor ihrem Kleiderschrank. Sie gehörte nicht zu der Sorte von Frauen, die für jede Gelegenheit gerüstet waren. Für gewöhnlich bevorzugte sie schlichte und praktische Outfits. Das einzige Kleid, das sie besaß, hatte sie zu Hause in Deutschland gelassen. Wie hätte sie auch ahnen können, dass sie ausgerechnet auf Kärlekholmen Slott Gelegenheit finden würde, es zu tragen?

Andererseits gab es eigentlich keinen Grund, sich besonders schick zu machen. Sie war schließlich nicht an Tjaderborg interessiert. Und da es sich um ein rein geschäftliches Dinner handelte, gab es auch keinen Grund, sich besonders herauszuputzen.

Außerdem gingen ihr Clarissas Worte einfach nicht mehr aus dem Sinn.

„Hör einfach auf dein Herz …"

Lotte wusste nicht, was sie davon halten sollte. Natürlich liebte sie Lorenz schon lange nicht mehr. Also konnte es sich bei der Sache zwischen ihnen wohl kaum um eine Herzensangelegenheit handeln – oder?

Dass sie nicht sagen konnte, welcher Art ihre Gefühle für Lorenz waren, irritierte sie. Hätte sie noch vor ein paar Tagen jemand danach gefragt, hätte sie genau gewusst, wie ihre Antwort ausgefallen wäre.

Aber jetzt …

Außerdem fragte sie sich noch immer, wie er eigentlich dazu kam, ihr Vorwürfe zu machen. Dass es zwischen ihnen nicht geklappt hatte, lag wohl kaum in ihrer Verantwortung!

In diesem Moment klopfte es an der Tür, und Lotte schüttelte die lästigen Gedanken ab. Jetzt war nicht der richtige Zeitpunkt, um sich den Kopf über ihre Beziehung zu Lorenz zu zerbrechen. Jetzt galt es erst einmal herauszufinden, was Viggo Tjaderborg von ihr wollte.

Sie setzte ein, wie sie hoffte, professionelles Lächeln auf und öffnete die Tür. „Ich bin noch nicht ganz fertig, aber Sie …" Als sie sah, dass Lorenz vor ihr stand, atmete sie scharf ein. „Du?"

Sein Blick war, wie so oft, unergründlich. „Das hast du wohl nicht erwartet, wie?"

„Wie bitte?“ Verständnislos sah sie ihn an. „Was meinst du, ich …“

„Was hast du mit Viggo zu schaffen, sag schon!“, forderte er sie auf.

„Woher weißt du …?“

„Du gestattest?“ Er drängte sich an ihr vorbei ins Zimmer. „Ich möchte das nur ungern zwischen Tür und Angel mit dir besprechen. Also, sag schon: Was läuft da zwischen euch?“

Lotte schloss die Tür, dann verschränkte sie die Arme vor der Brust. „Was fällt dir eigentlich ein, dich so aufzuführen?“, wollte sie wissen. „Du stürmst in mein Zimmer und …“

„Ich warte noch immer auf eine Antwort!“, überging er ihren Protest. „Also, sag schon!“

„Nichts!“, erwiderte sie. „Ich habe nichts mit ihm zu schaffen, was denkst du denn? Er hat mich lediglich für meine Arbeit gelobt, das ist alles.“

„Natürlich!“ Lorenz lachte, doch es klang nicht besonders humorvoll. „Hör zu, ich kenne ihn mittlerweile gut genug, um zu wissen, dass Mitarbeitermotivation für ihn ein absolutes Fremdwort ist. Außerdem hätte er mich dann genauso mit einbeziehen müssen, schließlich arbeiten wir doch jetzt auf Augenhöhe, nicht wahr?“

„Bist du etwa neidisch?“ Sie setzte ein Lächeln auf, wandte sich dann aber ab. So selbstsicher, wie sie sich nach außen hin gab, war sie nämlich ganz und gar nicht, und das lag einzig und allein an Lorenz. Es war wie immer: In seiner Nähe bekam sie weiche Knie, ihr Herz begann zu hämmern, und in ihrem Bauch schienen plötzlich Tausende von Schmetterlingen wild umherzuflattern. Was war bloß mit ihr los?

Warum sagst du ihm nicht einfach, dass Viggo dich eingeladen hat? Es ist schließlich nicht verboten, mit einem Vorgesetzten zu Abend zu essen. Es gibt nichts, aber auch gar nichts, dessen du dich schämen müsstest!

Aber obwohl Lotte das alles wusste, wollte sie doch nicht, dass Lorenz von ihrer Verabredung erfuhr. Warum, konnte sie sich selbst nicht so recht erklären.

„Ich bin ganz bestimmt nicht neidisch", stellte er mit fester Stimme klar. „Worauf denn schon?"

„Was geht dich das dann alles überhaupt an?" Jetzt drehte sie sich wieder zu ihm und warf ihm einen herausfordernden Blick zu. „Ich glaube kaum, dass ich mich vor dir rechtfertigen muss!"

„Dann stimmt es also." Lorenz nickte, als hätte sie ihm soeben bestätigt, was er bereits vermutete. „Ihr schmiedet irgendein Komplott gegen mich, stimmt's? Viggo versucht schon seit dem Tag meiner Ankunft, mich loszuwerden, und jetzt will er dich für seine Zwecke benutzen." Er sah ihr tief in die Augen. „Sag mir jetzt die Wahrheit! Was geht hier vor?"

Wie er sie so ansah, raubte es ihr fast den Atem. Das zornige Funkeln in den dunkelgrünen Augen wirkte abweisend. Seine ganze Haltung verströmte eine unglaublich ursprüngliche, archaische Männlichkeit, mit der sie kaum umzugehen vermochte.

Die geradezu unwiderstehliche Anziehungskraft, die seit ihrem ersten Tag auf Kärlekholmen immer wieder zwischen ihnen aufflammte, brannte plötzlich lichterloh.

Dann zog er sie plötzlich an sich und küsste sie, hart und voller Leidenschaft. Dieser Kuss fühlte sich anders an als die zwei ersten. Es war, als würden sich in ihm die aufgestauten Emotionen der letzten fünf Jahre eine Bahn brechen.

Und Lotte wurde von diesem Strudel einfach mitgerissen, ohne dass sie etwas dagegen tun konnte.

Aber das wollte sie auch gar nicht. Das Gefühl, in seinen starken Armen zu liegen, war einfach zu wunderbar. Sie erwiderte seinen Kuss voller Inbrunst. Ihre Zungen vollführten einen uralten Tanz, während Wellen der Erregung durch ihre ganzen Körper tosten.

Lotte stieß ein protestierendes Seufzen aus, als Lorenz den Kuss unterbrach. Sie schmiegte sich noch enger an ihn, zog das Hemd aus seinem Hosenbund und ließ die Hände über seine nackte Brust gleiten. Das Spiel seiner Muskeln unter ihren Händen zu spüren, verdrängte auch die letzten Zweifel: Sie wollte Lorenz. Sie sehnte sich so sehr nach ihm, dass es schon fast schmerzte.

Die plötzliche Erkenntnis schockierte und erstaunte sie – zugleich wurde ihr klar, dass sie es tief in ihrem Herzen schon immer gewusst hatte. Bereits in dem Moment, in dem sie Lorenz zum ersten Mal wieder in die Augen geblickt hatte, hatte sie gespürt, dass es nicht anders kommen konnte.

Aber wollte sie sich wirklich darauf einlassen und das Risiko eingehen, erneut verletzt zu werden?

Lorenz überzog ihren Hals und ihr Dekolleté mit einer Spur glühender Küsse und wischte damit alle Bedenken beiseite. Lotte gab sich ganz den köstlichen Gefühlen hin, die er in ihr auslöste, und verlangte nach mehr.

„Liebe mich", stieß sie atemlos hervor. „Ich will dich!"

Zur Antwort zog Lorenz sie noch enger an sich, so fest, als wollte er sie nie wieder loslassen.

Da klopfte es an der Tür.

„Lotte?", erklang gleich darauf Viggo Tjaderborgs Stimme vom Korridor. „Sind Sie so weit?"

Lotte erstarrte. Es war, als hätte jemand einen Eimer mit Eiswasser über ihrem Kopf ausgeleert. Lorenz ließ sie so abrupt los, dass sie einen Schritt zurücktaumelte. Sie brauchte einen Moment, um wieder zur Besinnung zu kommen. Dann ordnete sie hastig ihre Kleidung und ihr Haar und ging zur Tür.

Vorher warf sie noch einen letzten Blick zurück zu Lorenz, der reglos am Fenster stand und ihr den Rücken zuwandte.

Viggo Tjaderborg begrüßte sie strahlend. „Da sind Sie ja! Ich dachte schon, Sie hätten unsere Verabredung vergessen."

Innerlich wand Lotte sich. Ihr war mehr als bewusst, dass Lorenz drüben am Fenster jedes Wort mit anhören konnte. Was mochte er jetzt wohl denken? Und warum interessierte sie das überhaupt? Es war schließlich nicht ihr Problem, dass er überall Verschwörungen witterte.

Sie fuhr sich mit der Hand durch ihr kupferrotes Haar und öffnete die Tür so weit, dass Viggo Tjaderborg in den Raum schauen konnte. Als er Lorenz erblickte, hob er eine Braue. „Was macht der denn hier?“, fragte er abfällig.

Jetzt wandte Lorenz sich vom Fenster ab und kam auf sie zu. Seine Miene verriet in keiner Weise, was hinter seiner Stirn vor sich ging. Dennoch spürte Lotte, dass es hinter seiner kühlen Fassade brodelte.

„Es gab noch ein paar wichtige Dinge für die morgigen Arbeiten zu besprechen“, erklärte er, und Lotte staunte darüber, wie leicht ihm diese Lüge über die Lippen ging. Sie bezweifelte, dass sie selbst es so überzeugend hätte vorbringen können. „Aber jetzt will ich nicht weiter stören.“ Er warf ihr einen durchdringenden Blick zu. „Einen schönen Abend noch.“

Mit diesen Worten drängte er sich an ihnen vorbei und trat hinaus auf den Flur. Lotte blieb allein mit dem königlichen Gutsverwalter zurück. Bei dem Gedanken daran, was beinahe zwischen Lorenz und ihr vorgefallen wäre, schoss ihr unwillkürlich das Blut ins Gesicht.

„Schmeckt Ihnen das *Elkstek* nicht? Ich habe es extra frisch zubereitet von einem Feinkosthändler mit dem Boot anliefern lassen. Petter musste es nur noch kurz aufwärmen.“

Seit etwas mehr als einer Stunde saß Lotte nun zusammen mit Viggo Tjaderborg im Speisesaal von Kärlekholmen Slott. Es war alles sehr hübsch hergerichtet mit silbernen Lüstern, Stoffservietten und gedämpfter Hintergrundmusik. Dennoch fühlte sie sich mit jeder Minute, die verstrich, unbehaglicher.

Tjaderborg verhielt sich ihr gegenüber wie ein perfekter Gentleman. Doch hinter der Maske verbarg sich ein arroganter und hochmütiger Charakter, das spürte sie inzwischen deutlich. Außerdem wurde sie das Gefühl nicht los, dass er irgendetwas von ihr wollte und sich ihr gegenüber nur so lange zuvorkommend zeigte, bis er es bekommen hatte.

„Das Essen ist ganz vorzüglich", antwortete sie nach kurzem Zögern. „Es ist nur ... Ich überlege die ganze Zeit, warum Sie mich überhaupt eingeladen haben. Ich hoffe doch, dass Sie mit der Arbeit, die ich hier auf Kärlekholmen leiste, zufrieden sind?"

Lachend strich er sich über das makellos frisierte dunkelblonde Haar. „Natürlich, was denken Sie denn! Ich wusste von Anfang an, dass die Zusammenarbeit mit Ihnen ein echtes Vergnügen werden würde!"

„Warum wollten Sie dann so dringend unter vier Augen mit mir sprechen?"

Er legte Messer und Gabel zur Seite, stützte die Ellbogen auf den Tisch und faltete die Hände. „Wissen Sie, es geht um eine recht delikate Angelegenheit. Je weniger Personen eingeweiht sind, desto besser."

„Sie machen mich wirklich neugierig", entgegnete Lotte – was nur zum Teil der Wahrheit entsprach. Ein wenig fürchtete sie sich auch davor, dass ihr das, was er zu sagen hatte, nicht gefallen würde. Sie wusste selbst nicht, warum sie so ein schlechtes Gefühl hatte. Anfangs war ihr Tjaderborg sympathisch erschienen, aber inzwischen ...

„Wie es scheint, ist dies wohl mein letzter Einsatz in meiner Funktion als Verwalter der königlichen Güter", erklärte er und lenkte das Gespräch damit in eine für Lotte vollkommen unerwartete Richtung.

„Sie hören auf?", fragte sie überrascht.

Viggo nickte. „Ich trage mich schon länger mit dem Gedanken, dass ich mit meinen Fähigkeiten in der freien Wirtschaft weitaus besser aufgehoben wäre. Vor einigen Wochen habe ich ein verlockendes Angebot bekommen: Es geht um eine Beteiligung an einem großen Luxusressort in Dubai. Mir wurde eine Anstellung als Hotelmanager in Aussicht gestellt, in Verbindung mit der Möglichkeit, selbst Unternehmensanteile zu einem wirklich fairen und günstigen Preis zu erwerben. Ich habe mich entschieden, die Stelle anzunehmen. Wissen Sie, ich spiele schon lange mit dem Gedanken, Schweden zu verlassen."

Als Lotte an ihre eigenen Träume und Hoffnungen dachte, musste sie ein Seufzen unterdrücken. „Und was hat das mit mir zu tun?", wollte sie wissen.

„Nun, ich möchte, dass Sie mich begleiten."

Ihre Augen wurden groß. „Sie möchten – was? Aber … warum? Ich meine, Sie kennen mich doch gar nicht. Was versprechen Sie sich davon?"

„Sie kommen immer gleich zum Punkt, Lotte, das schätze ich sehr an Ihnen. Also gut, dann will ich Sie nicht länger auf die Folter spannen: Es geht um Lorenz."

„Ich glaube, ich verstehe nicht …"

„Machen wir es uns doch nicht so schwer: Würden Sie gern mit mir nach Dubai kommen? Sie wären allein für die Gestaltung der Gärten und Parks des Hotels verantwortlich. Nun, was sagen Sie?"

„Natürlich." Lotte hatte geantwortet, ohne darüber nachzudenken. Dieses Angebot war ebenso verlockend wie überraschend, und es würde sie im Nu ans Ziel ihrer Träume bringen. Außerdem wären ihre Probleme damit auf einen Schlag gelöst. Dennoch blieb sie misstrauisch. „Ich meine, eigentlich wollte ich ja immer nach Südamerika und nicht in den arabischen Raum", sagte sie deshalb. „Aber das wäre sicher eine große Chance. Nur …"

„Ja?"

Sie beschloss, nicht länger herumzudrucksen. „Was erwarten Sie dafür von mir?", brachte sie es auf den Punkt.

„Nicht viel", erwiderte Viggo Tjaderborg und lächelte süffisant. „Nur, dass Sie mir dabei helfen, Lorenz loszuwerden."

8. KAPITEL

Wie bitte?" Geschockt sah Lotte ihren Vorgesetzten an. „Was genau meinen Sie damit?"

Er winkte ab. „Keine Sorge, ich erwarte nichts Unmögliches von Ihnen. Sie sollen lediglich bei Gelegenheit die Wahrheit für mich ein wenig zurechtbiegen – das wäre auch schon alles. Um was genau es geht, erkläre ich Ihnen später."

Lotte wusste einfach nicht, was sie von Tjaderborgs Angebot halten sollte. Nicht, dass sie daran zweifelte, dass er es ernst meinte. Er würde sie mit nach Dubai nehmen, das stand für sie fest.

Dubai …

Das war zwar nicht das, was sie sich immer schon erträumt hatte, doch es bedeutete eine riesige Chance. Die Verantwortung für die Gartengestaltung eines ganzen Hotels zu übernehmen – traute sie sich das überhaupt zu?

Ja, das tat sie. Und wenn sie tief in sich hineinhorchte, traute sie es sich nicht nur zu, sondern sehnte sich geradezu danach – nach einer echten Herausforderung.

Seufzend schüttelte sie den Kopf. Sie wusste einfach nicht, wie sie sich verhalten sollte. Das Angebot war verlockend, keine Frage, aber wenn sie darauf einging, musste sie Lorenz opfern.

Warum zögerst du? Lorenz hat damals auch nicht lange überlegt, als sich ihm eine bessere Chance bot! Tu, was Viggo Tjaderborg von dir verlangt, und du musst dir nie wieder Gedanken über deine Zukunft machen.

Es stimmte, im Grunde schuldete sie Lorenz überhaupt nichts. Er hatte sie in der Vergangenheit schlecht behandelt, warum sollte sie ihn jetzt schonen? Dennoch konnte sie nicht einfach über ihren Schatten springen. Ein solches Verhalten entsprach einfach nicht ihrem Charakter. Es widerstrebte ihr sogar, auch nur darüber nachzudenken.

„Und, was sagen Sie?“, fragte ihr Vorgesetzter ungeduldig.

„Ich … Ich brauche Bedenkzeit.“

Er nickte. „In Ordnung. Denken Sie in Ruhe darüber nach – aber zögern Sie nicht zu lange. Die Angelegenheit eilt.“

Diese Worte gingen ihr noch durch den Kopf, als sie später am Abend an der Brüstung der Terrasse lehnte, die ganz Kärlekholmen Slott umgab, und in den nächtlichen Schlosspark hinausschaute. Der fast volle Mond stand hell am wolkenlosen Himmel und tauchte die Landschaft in seinen silbrigen Glanz.

Doch Lotte realisierte die Schönheit ihrer Umgebung kaum. Dazu war sie viel zu tief in Gedanken versunken.

Sie wusste einfach nicht, was sie tun sollte. Es stimmte ja, dass sie Lorenz absolut nichts schuldete. Nicht, nach allem, was zwischen ihnen vorgefallen war.

Und dennoch.

Ein Teil von ihr sträubte sich vehement dagegen, auf Tjaderborgs Angebot einzugehen. Es würde bedeuten, gegen all ihre Grundsätze zu verstoßen. Doch hatte Lorenz auch nur eine Sekunde auf sie Rücksicht genommen?

Wie von selbst wanderten ihre Gedanken zurück in die Vergangenheit …

Aufgeregt lief Lotte in ihrem ehemaligen Kinderzimmer auf und ab. Es war schon kurz nach vier. Jeden Moment würde Lorenz mit seinem Wagen vor dem Haus vorfahren, um sie abzuholen.

Unglaublich! Ihr Herz klopfte wie verrückt. Nach langen Jahren der heimlichen Schwärmerei war das Wunder tatsächlich geschehen: Lorenz hatte sie endlich bemerkt.

Und noch mehr als das …

Mit einem glücklichen Strahlen ließ Lotte sich auf ihr altes Bett fallen. Ihre Mutter hatte es zur Feier ihres Besuchs mit dem Bettzeug bezogen, in dem sie auch schon als junges Mädchen am liebsten geschlafen hatte. Es war über und über mit bunten Blumen bedeckt und gab Lotte das Gefühl, mitten in einer duftenden Sommerwiese zu liegen.

Sie war so glücklich, sie hätte die ganze Welt umarmen mögen. Dass sie Lorenz ausgerechnet auf dem Klassentreffen ihrer Schwester Milla wiedersehen würde, zu dem sie anfangs gar nicht hatte mitgehen wollen, übertraf selbst ihre kühnsten Träume. Doch dann stand er plötzlich vor ihr, sie kamen ins Gespräch und …

Ach, dieser Abend war der schönste in ihrem ganzen Leben gewesen! Lorenz war so lieb, charmant und zuvorkommend gewesen. Irgendwann hatten sie die Party verlassen und waren in seinem Wagen vor die Tore der Stadt gefahren. Dort hatte er sie geliebt, unter dem silbernen Glanz der Sterne auf einer Wiese inmitten von Blumen.

Als er sie nach Hause brachte, dämmerte es bereits. Sie verabschiedeten sich mit einem langen Kuss. Lorenz versprach ihr, sie am Nachmittag abzuholen, damit sie einen Ausflug miteinander unternehmen konnten.

Sie freute sich so auf ihn.

Wo blieb er bloß?

Eine Stunde verging, dann noch eine. Schließlich wurde es draußen vor ihrem Fenster schon langsam dunkel. Doch noch immer glaubte Lotte fest daran, dass Lorenz kommen würde.

Ihre Hoffnung erfüllte sich nicht. Lorenz kam weder an diesem noch am nächsten Tag. Er meldete sich nicht, und wenn sie versuchte, ihn zu erreichen, ließ er sich von seinem Vater verleugnen.

Eine Woche später hörte Lotte, dass Lorenz heiraten würde. Tatjana Borman aus dem Nachbardorf, deren Vater mit Bengtsson Senior befreundet war, war die Auserwählte.

Die Neuigkeit traf Lotte wie ein Schlag ins Gesicht. Konnte das wirklich wahr sein? Lorenz hatte Tatjana ihr gegenüber mit keinem Wort erwähnt. War sie für ihn nur ein einmaliges Abenteuer gewesen? Hatte er eiskalt gelogen, als er ihr von seinen überschwänglichen Gefühlen erzählte?

Nach der Geschichte mit Lorenz fiel Lotte in ein tiefes schwarzes Loch, aus dem sie es aus eigener Kraft womöglich nicht herausgeschafft hätte. Sie verdankte es vor allem dem unermüdlichen Einsatz und der Liebe ihrer Familie, dass sie wieder auf die Beine gekommen war. Ihre Schwestern kümmerten sich geradezu rührend um sie, während ihre Eltern ihr immer wieder versicherten, dass sie ohne Lorenz besser dran war.

Am Ende glaubte ein Teil von Lotte sogar selbst daran.

Doch ein anderer Teil kam nie über ihn hinweg und sehnte sich auch Jahre später noch nach ihm …

„Willst du darüber reden?"

Als sie die Stimme hinter sich vernahm, wirbelte sie herum und kehrte zurück in die Gegenwart. Lorenz stand im Durchgang zur Terrasse, mit der Schulter entspannt gegen den Türrahmen gelehnt, und beobachtete sie.

„Wie lange stehst du schon da?", fragte sie.

„Lang genug, um zu erkennen, dass dich etwas bedrückt." Er trat auf sie zu. „Mein Angebot steht immer noch. Wenn du darüber – um was auch immer es sich handelt – reden willst, dann …"

„Nenn mir einen Grund, warum ich mich ausgerechnet dir anvertrauen sollte!"

Warum sie so giftig auf sein Angebot reagierte, wusste Lotte selbst nicht. Vielleicht lag es daran, dass sie nicht wollte, dass er sie freundlich behandelte. Das machte es nämlich nur noch schwerer, sich zu entscheiden. Außerdem rechnete sie damit, dass er sie jeden Augenblick danach fragen würde, was Tjaderborg mit ihr besprochen hatte. Und sie wusste beim besten Willen nicht, was sie ihm darauf antworten sollte.

Doch er zuckte nur mit den Schultern. „Es ist deine Entscheidung. Eigentlich bin ich auch nur gekommen, um dich zu fragen, ob du mich morgen aufs Festland begleiten willst. Ich muss einige Besorgungen machen, und vielleicht brauchst du ja auch noch etwas. Pflanzen für deinen römischen Garten zum Beispiel."

Misstrauisch sah sie ihn an. „Warum bist du plötzlich so freundlich zu mir? Was führst du im Schilde?"

Seine Miene verfinsterte sich. „Hör zu, so geht das nicht weiter. Wir sind gezwungen, miteinander auszukommen – wenigstens für die nächsten Wochen."

„Ach!" Lotte stieß einen ungläubigen Laut aus. „Das sind ja ganz neue Töne! Bisher hatte ich eigentlich immer das Gefühl, dass du mich gar nicht schnell genug loswerden kannst. Woher rührt der plötzliche Stimmungsumschwung? Du befürchtest, dass ich mich mit Tjaderborg gegen dich verschworen haben könnte, stimmt's?"

Er trat noch einen Schritt auf sie zu und stand jetzt direkt vor ihr, sodass sie zu ihm aufblicken musste. „Und? Hast du?", wollte er wissen.

„Was soll das?", fragte sie und ärgerte sich selbst darüber, wie unsicher und zittrig ihre Stimme klang. „Ist das etwa ein Verhör?"

Ohne zu antworten, schaute er sie einfach nur aus seinen klaren dunkelgrünen Augen an. Unwillkürlich fing Lottes Herz an, heftiger zu klopfen. Halbherzig versuchte sie, sich an ihm vorbeizudrängeln, doch er verstellte ihr den Weg.

Sein männlich herber Geruch hüllte sie ein, verwirrte ihre Sinne. Sie konnte nicht mehr klar denken, das Blut rauschte ihr in den Ohren, ihr Mund wurde trocken. „Lorenz, ich …" Die Stimme versagte ihr, doch sie wusste ohnehin nicht mehr, was sie sagen sollte. Die ganze Situation war einfach nur verrückt.

Nicht nur war Lorenz der Mann, der ihr vor fünf Jahren die größte Demütigung ihres Lebens beschert hatte, er war auch noch ihr direkter Konkurrent. Schon seit ihrer Ankunft auf Kärlekholmen versuchte er, sie zu vergraulen. Er verhielt sich ihr gegenüber unausstehlich, nur um sie im nächsten Augenblick an sich zu ziehen und zu küssen.

Und das Schlimmste daran war, dass sie es auch noch genoss! Um ehrlich zu sein, musste sie immerzu daran denken, wie es wäre, wenn Lorenz und sie …

„Nein!", rief sie gegen ihren Willen laut aus.

Er musterte sie fragend. „Nein? Soll das heißen, ihr habt euch nicht gegen mich verbündet?"

„Nein … Ich meine – ja!" Sie schüttelte den Kopf, schob sich seitlich an Lorenz vorbei und blieb mit dem Rücken zu ihm stehen. „Ach, ich weiß auch nicht. Du bringst mich völlig durcheinander! Hör auf damit!" Sie atmete schwer, ihr ganzer Körper bebte. Was stellte Lorenz bloß mit ihr an? Wie schaffte er es, sie so mühelos völlig die Kontrolle über sich selbst verlieren zu lassen?

Als sich von hinten eine Hand auf ihre Schulter legte, zuckte sie zusammen. Wie von selbst drehte sie sich um, legte die Arme um seinen Nacken und sah Lorenz an. In seinen Augen spiegelte sich zuerst Überraschung, dann aufflammende Leidenschaft. Er zog sie an sich, hielt sie fest. Seine Hände wanderten ihren Rücken hinunter, bis zu ihrem Po.

Leise stöhnte Lotte auf, dann zog sie sein Hemd aus dem Hosenbund und fuhr mit den Fingern darunter. Das Gefühl, seine Haut zu spüren, heiß und glatt, jagte Wogen des Verlangens durch ihren Körper. In seinen Armen zu liegen, seine Berührungen zu spüren, war wie nach Hause zu kommen und zugleich überraschend und neu.

Als er sie küsste, schmolzen die letzten Reste von Zweifel dahin wie Schnee in der Sonne. Lotte stand in Flammen. Ohne jede Scham drängte sie sich ihm mit den Hüften entgegen und spürte seine heftige Erregung.

Sie dachte nicht einmal daran zu protestieren, als er den Kuss für einen Moment unterbrach und mit geschickten Fingern die Knöpfe ihrer Bluse öffnete, deren Seiten locker zur Seite fielen und den Blick auf einen BH aus smaragdgrüner Spitze freigaben. Es kümmerte sie nicht, dass sie auf der Terrasse standen und für jeden, der zufällig aus dem Fenster blicken mochte, zu sehen waren. Im Grunde kam ihr der Gedanke noch nicht einmal.

Die Welt um sie herum versank in Bedeutungslosigkeit, es zählte nur noch dieser Augenblick. Lotte interessierte weder die Vergangenheit noch die Zukunft.

Hastig öffnete Lorenz den Verschluss ihres BHs und bedeckte ihre Brüste mit einer Spur heißer Küsse. Gefühle von nie gekannter Intensität durchfluteten Lotte. Sie hatte das Gefühl, den Verstand zu verlieren, wenn er so weitermachte.

Zugleich erschien ihr der Gedanke, er könnte damit aufhören, unerträglich.

Ein tiefes Stöhnen entrang sich ihrer Kehle, als sich seine Lippen nacheinander um ihre hoch aufgerichteten Knospen schlossen und er sanft daran zu saugen begann. Ihr ganzer Körper pulsierte, und in ihrem Schoß brannte ein Feuer, das nur Lorenz wieder zum Verlöschen bringen konnte.

Du bist verrückt! Willst du dich wirklich freiwillig ins Unglück stürzen? Dreh dich um und verschwinde, so lange du es noch kannst!

Doch dieses eine Mal wollte sie nicht auf die mahnende Stimme ihrer Vernunft hören. Sie wischte alle Einwände beiseite und gab sich ganz den köstlichen Gefühlen hin, die Lorenz' Liebkosungen in ihr auslösten. Über die Konsequenzen konnte sie sich später noch Gedanken machen.

„Nicht hier", stieß er irgendwann heiser aus, löste sich von Lotte und nahm ihre Hand. „Komm!"

Sie folgte ihm in den Schlossgarten. Silbriges Mondlicht fiel durch die Kronen der Bäume, und der Wind fuhr leise raschelnd durch die Blätter. Über allem lag das allgegenwärtige Rauschen der Brandung. Ansonsten war es vollkommen still, sodass Lotte ihr eigenes heftiges Atmen beinahe ohrenbetäubend laut erschien.

Erst als sie direkt vor dem mit Kletterrosen überwachsenen Pavillon im hinteren Teil des Gartens standen, erkannte sie, wohin Lorenz mit ihr wollte. Der überwältigende Duft wilder Rosen erfüllte die Luft, und als sie auf dem weichen mit Laub bedeckten Boden niedersank, meldete sich ihr Gewissen noch einmal kurz zu Wort.

Dies konnte nur eine einmalige Episode werden, das wusste Lotte. Für Lorenz und sie gab es keine gemeinsame Zukunft. Ganz abgesehen von dem, was zwischen ihnen vorgefallen war, passten sie einfach nicht zueinander.

Während Lotte Schweden lieber heute als morgen den Rücken kehren wollte, hing Lorenz mit Leib und Seele an seiner Heimat. Wie sollte das gut gehen?

Doch auch dieses Mal verhallte die Stimme ihrer Vernunft ungehört, und als sie kurz darauf nackt und schutzlos vor ihm im Sternenglanz dalag, wusste sie sicher, dass es jetzt kein Zurück mehr gab.

„Ich will dich", stieß sie mit bebender Stimme hervor. „Liebe mich, nur dieses eine Mal!"

Einen Moment zögerte er noch, dann kniete er sich neben sie.

Als er die zarte Haut der Innenseite ihrer Schenkel liebkoste und dann die Hand langsam höherschob, erbebte sie vor Erregung. Mit geschickten Fingern löste er die köstlichsten Gefühle in ihr aus – Gefühle, die sie nicht für möglich gehalten hatte. Voller Sehnsucht streckte sie die Arme nach ihm aus, zeigte ihm, dass sie ihn ganz und gar wollte.

Und dieses Mal zögerte auch Lorenz nicht. Mit einer Lottes Sinne vollends berauschenden Bewegung drang er in sie ein, bis sie völlig eins miteinander waren.

Außer sich vor Lust drängte Lotte sich ihm entgegen, nahm ihn noch weiter in sich auf. Und als er sich in ihr zu bewegen begann, zuerst langsam, dann immer schneller und leidenschaftlicher, entrang sich ihrer Kehle ein tiefes Stöhnen.

So lange hatte sie, ohne es sich selbst einzugestehen, auf diesen Augenblick gewartet. Wie von selbst passte sie sich Lorenz' Rhythmus an, bis sie gemeinsam den Gipfel erreichten und unglaubliche Glücksgefühle ihren Körper durchströmten.

Lorenz lag da, Lotte in seinen Armen, und blickte durch den offenen Eingang des Pavillons hinaus auf den mit Sternen übersäten Nachthimmel. Er spürte den Atem der Frau, die ihm seit mehr als fünf Jahren nicht aus dem Kopf gegangen war, und konnte nicht anders, als unendlichen Frieden zu empfinden.

Zugleich plagte ihn auch sein schlechtes Gewissen.

Mit Lotte zu schlafen war unvernünftig, riskant und verrückt gewesen. Er hätte sich zusammenreißen sollen. Doch jetzt war es zu spät, um daran noch etwas zu ändern.

Was geschehen war, war nun einmal geschehen. Jetzt mussten sie beide zusehen, wie sie mit der neuen Situation zurechtkamen.

Aber so neu war diese Konstellation ja im Grunde nicht einmal. Sie hatten schon einmal eine wunderbare Nacht miteinander verbracht. Und was war daraus geworden?

Unwillkürlich brachen die Erinnerungen über ihn herein, und er fühlte sich zurückversetzt in jene schreckliche Zeit vor fünf Jahren.

Damals, als sein Leben eine ganz neue und unerwartete Wendung genommen hatte …

„Kommt überhaupt nicht infrage, Vater! Ich werde Tatjana nicht heiraten. Auf keinen Fall!"

Kristof Bengtsson, der gerade den Kuhstall ausmistete, hob drohend die Mistgabel. „Wage es nicht, dich gegen mich zu stellen!“, warnte er. „Du hast dich mit der Tochter meines Geschäftspartners vergnügt, jetzt musst du die Konsequenzen tragen!“

„Was soll das?“ Ungläubig schaute Lorenz seinen Vater an. Ihr Verhältnis zueinander war nie das beste gewesen, aber so hatte er ihn bisher noch nie erlebt. Der alte Mann war wirklich wütend. „Ich habe nicht mit ihr geschlafen, zum Teufel!“, protestierte er. „Wir sind nur ein paarmal miteinander ausgegangen!“

„Und jetzt ist sie schwanger.“ Der Blick seines Vaters war durchdringend.

„Aber nicht von mir!“

„Willst du damit sagen, dass sie lügt?“, brauste Kristof Bengtsson auf.

„Ja, verdammt!“ Er atmete tief durch und zwang sich zur Ruhe. „Warum glaubst du Tatjana mehr als mir? Ich hatte nichts mit ihr!“

Kurz zögerte sein Vater, dann schüttelte er den Kopf. „Sie hat gesagt, dass das Kind von dir ist. Du heiratest Tatjana – keine Widerrede! Der Ruf unserer Familie hat durch deine Schuld bereits genug gelitten!“

Lorenz konnte nicht fassen, was sein Vater da von ihm verlangte. Er sollte eine Frau heiraten, nur weil diese behauptete, von ihm schwanger zu sein? Dabei wusste er ganz genau, dass Tatjana log. Er war auf Drängen seines Vaters ein paarmal mit ihr Tanzen gegangen, mehr war zwischen ihnen nicht gelaufen. Er mochte sie nicht einmal sonderlich. Tatjana war ein oberflächliches Mädchen, dessen einziges Interesse darin bestand, sich zu amüsieren.

Doch das kümmerte seinen Vater ganz offensichtlich nicht. Er schien tatsächlich zu erwarten, dass Lorenz sich stillschweigend fügte – doch das würde er ganz gewiss nicht tun.

„Vergiss es“, erwiderte er wütend. „Das kannst du von mir nicht verlangen! Tatjana und ich, wir mögen uns nicht einmal besonders.“

„Du bleibst also dabei?“, fragte sein Vater drohend.

Er nickte energisch.

„Dann packst du besser deine Koffer und verschwindest.“

„Was sagst du da? Du setzt mich vor die Tür?“

„Ganz recht! Wer nicht bereit ist, die Konsequenzen für sein Handeln zu tragen, der hat unter meinem Dach nichts zu suchen.“

Der Blick von Kristof Bengtsson machte deutlich, dass er es absolut ernst meinte. Lorenz holte tief Luft. „Also gut, ganz wie du willst. Ich werde meine Sachen heute Nachmittag abholen, wenn du auf dem Feld bist.“

Sein Vater sagte kein Wort, als er durch die Tür ging und den Stall verließ.

Während Lorenz durch das breite Gatter trat, das das Grundstück von der Straße abtrennte, wurde ihm zum ersten Mal bewusst, dass es für ihn jetzt kein Zurück mehr gab. Er hatte seine Familie verloren. Sein Zuhause. Seine Zukunft.

Seit jeher war es sein Traum gewesen, Fjälldal Gard eines Tages zu übernehmen. Doch so, wie es jetzt zwischen seinem Vater und ihm stand, konnte er das vergessen. Und solange er keine Bereitschaft signalisierte, Tatjana zu heiraten, würde sich daran auch nichts ändern.

Er kannte seinen Vater nur zu gut. Kristof Bengtsson war der sturste Mensch auf der Welt. Niemals würde er auch nur einen Schritt von seinem Standpunkt abweichen. Nicht einmal, wenn ihn diese Entscheidung seinen einzigen Sohn kostete.

Lorenz beschloss, jetzt erst einmal zu Lotte zu gehen. Alles Weitere würde sich schon von selbst ergeben.

Er ahnte ja nicht, welche Enttäuschung dieser Tag, der einen so schlechten Anfang genommen hatte, noch für ihn bereithalten würde.

Er ahnte ja nicht, dass Lotte …

„Wir hätten das besser nicht tun sollen."

Lottes gemurmelte Worte rissen ihn zurück in die Gegenwart. „Was?"

„Wir hätten nicht miteinander schlafen dürfen", sagte sie, löste sich aus seiner Umarmung, stand auf und begann, ihre im Pavillon verstreuten Kleidungsstücke einzusammeln. „Es war ein großer Fehler."

Lorenz setzte sich auf und fuhr sich mit der Hand über die Augen, um die letzten Erinnerungen an die Vergangenheit abzuschütteln. Was bildete Lotte sich eigentlich ein? Es war gerade einmal ein paar Minuten her, seit sie ihn förmlich angefleht hatte, sie zu lieben. Und jetzt das!

Aber warum wunderte ihn das eigentlich? Schließlich hatte sie ihm bereits vor fünf Jahren bewiesen, dass man sich bei ihr nur auf eines verlassen konnte, und zwar auf ihre Wankelmütigkeit!

„So ist das also", stieß er wütend aus. „Jetzt, wo ich meinen Zweck erfüllt habe, möchtest du wohl am liebsten vergessen, was gerade zwischen uns passiert ist, was?"

Sie hielt inne und sah ihn aus großen Augen an. „Lorenz, bitte, du weißt selbst, dass es nicht funktionieren wird. Wir passen einfach nicht zusammen."

„Bilde dir bloß nichts ein! Mir geht es ganz gewiss nicht darum, etwas mit dir anzufangen. Ich mag es einfach nicht besonders, manipuliert und benutzt zu werden, das ist alles."

„Aber …"

„Spar dir die Ausflüchte", herrschte er sie an. „Und glaube nur nicht, dass ich meinen Argwohn dir gegenüber aufgeben würde, nur weil …"

„Weil wir Sex hatten?" Lottes türkisfarbene Augen sprühten Funken. „So denkst du also von mir? Keine Sorge, ich habe gelernt, keinerlei Erwartungen an einen Mann zu stellen."

Wie unglaublich sexy sie wirkt, wenn sie wütend ist!

Verdammt, er musste sich zusammenreißen, um nicht schon wieder schwach zu werden. Diese Frau hatte etwas an sich, dem er einfach nicht widerstehen konnte – und er hasste es, so die Kontrolle über sich zu verlieren. Dennoch gelang es ihm nicht, den Blick von ihr abzuwenden, als sie ihre Bluse anzog und zuknöpfte. Am liebsten hätte er sie auf der Stelle wieder von dem ganzen störenden Stoff befreit.

Aufhören! Sofort!

Um zu verbergen, wie aufgewühlt er war, atmete er tief durch und wandte sich ab.

„Wir sollten wirklich versuchen, unsere Beziehung auf einer rein geschäftlichen Ebene zu halten", sprach Lotte weiter, die jetzt vollständig angekleidet vor ihm stand.

„Wovor fürchtest du dich eigentlich?" Lorenz runzelte die Stirn. „Sind wir nicht beide alt genug, um damit umgehen zu können, dass wir uns körperlich zueinander hingezogen fühlen? Das sollte eigentlich kein Problem sein, oder? Immerhin geht es doch nur um Sex."

Fassungslos schaute sie ihn an. „Schlägst du mir jetzt etwa allen Ernstes vor, dass wir weiter miteinander schlafen?"

Scheinbar gleichgültig zuckte er mit den Schultern. „Warum nicht? Was wäre schon dabei?"

Lorenz wusste selbst nicht, warum er das sagte. Vielleicht versuchte er damit zu kaschieren, wie sehr ihn das Knistern, das zwischen ihnen in der Luft lag, irritierte.

Aber das war noch lange kein Grund, Lotte eindeutige Angebote zu machen!

„Du spinnst ja!", fauchte sie aufgebracht, wandte sich brüsk ab, verließ eilig den Pavillon und kehrte mit steifen Schritten zum Schloss zurück.

Nachdenklich sah er ihr nach, bis sie außer Sichtweite war. Lotte ahnte ja nicht, wie sehr sie ihm aus dem Herzen gesprochen hatte. Er musste tatsächlich den Verstand verloren haben!

Als Lorenz ein halbe Stunde später sein Zimmer auf Kärlekholmen betrat, warf er einen Blick auf sein Handy und sah, dass er eine Nachricht hatte. Sie stammte von Henk Wilfridsson, seinem ehemaligen Kommilitonen. Dieser erkundigte sich, was Lorenz so Dringendes von ihm wollte, und bat um Rückruf bis zum nächsten Morgen, da er danach mit der königlichen Familie für drei Wochen nach Brasilien fahren würde.

Lorenz unterdrückte einen Fluch. Henk hatte er total vergessen. Und was jetzt? Er hatte zusammen mit seinem Freund nach einem Weg suchen wollen, um Lotte loszuwerden. Aber war das überhaupt noch nötig? Wollte er wirklich noch immer, dass sie Kärlekholmen verließ?

In seinem Kopf herrschte ein heilloses Chaos, er wusste einfach nicht, wie er sich verhalten sollte. Einerseits wusste er, dass sich generell an der Situation zwischen Lotte und ihm nichts geändert hatte. Dass es von Tag zu Tag heftiger zwischen ihnen knisterte, war eigentlich nur ein weiterer Grund, das Ganze endgültig zu beenden.

Und doch …

Er konnte diese Entscheidung jetzt einfach nicht treffen. Nicht, nachdem Lotte gerade noch in seinen Armen gelegen und sich voller Ekstase an ihn geschmiegt hatte. Er brachte es einfach nicht übers Herz, jetzt einfach so ihre Abreise zu fordern.

Bist du verrückt geworden? Du hast dich schon einmal von ihr hinters Licht führen lassen! Sie ist nicht mehr das unschuldige, liebenswerte junge Ding, das Milla und dir so schrecklich auf die Nerven gefallen ist, als ihr noch jung wart. Alles, was sie tut, geschieht nur aus Berechnung – vergiss das nicht!

Nachdem er das Handy ausgeschaltet hatte, hielt er es weiterhin in der Hand. Vielleicht könnte es mit Lotte und ihm ja doch funktionieren – natürlich nur, was die Zusammenarbeit mit ihr betraf. Sie machte bei dem, was sie auf Kärlekholmen bisher geleistet hatte, jedenfalls eine recht gute Figur. Gemeinsam würden sie es vielleicht schaffen, den Termin für die Fertigstellung des Schlossgartens noch zu unterbieten.

Wenn es ihm nur endlich gelingen würde, Arbeit und Privates voneinander zu trennen! Doch bislang schaffte er diesen Spagat nur äußerst unzulänglich.

Er durfte nicht noch einmal mit Lotte schlafen, ja, er durfte nicht einmal daran denken! Was geschehen war, ließ sich nicht mehr ändern. Außerdem waren sie erwachsene Menschen und konnten damit doch sicher umgehen – oder?

So ganz überzeugt war Lorenz allerdings nicht. Es war schwer, die Vergangenheit einfach so hinter sich zu lassen. Genau das versuchte er, wenn er ganz ehrlich war, schon seit Jahren. Doch wirklich gelungen war es ihm nie.

Er hatte Lotte niemals wirklich vergessen können, so sehr er sich auch bemühte. Und das, obwohl sie ihn so gedemütigt hatte.

Bei dem Gedanken daran verfinsterte sich seine Miene. Vielleicht hätte er Henk doch bitten sollen, seinen Einfluss geltend zu machen, um Lotte loszuwerden. Sie verdiente es gar nicht, dass er sich ihretwegen den Kopf zerbrach!

Aber womöglich tat er ihr unrecht. So langsam wusste er nicht mehr, was er eigentlich glauben sollte. Nur eines stand fest: Er bekam Lotte einfach nicht aus dem Kopf, ganz gleich, was er anstellte.

„Verdammt, Lotte!“ Wütend feuerte er sein Telefon aufs Bett. Er wusste einfach nicht mehr, wie es weitergehen sollte.

9. KAPITEL

Als Lotte sich am nächsten Morgen in aller Frühe aus dem Bett quälte, hatte sie die ganze Nacht über kein Auge zugetan. Wie auch, wo ihr Lorenz unentwegt im Kopf herumspukte? Sie fand einfach keine Ruhe und musste ständig daran denken, was er ihr vorgeschlagen hatte.

War er völlig verrückt geworden, ihr anzubieten, weiter miteinander zu schlafen? Es einmal zu tun, war bereits ein Fehler gewesen. Wie konnte er auch nur glauben, dass es ein weiteres Mal geschehen würde?

Und dennoch ...

Seufzend quälte sie sich ins Bad und wusch ihr Gesicht mit eiskaltem Wasser. Doch auch danach fühlte sie sich nicht wesentlich besser, allenfalls ein wenig wacher. Zudem grauste ihr davor, gleich am Frühstückstisch womöglich auf Lorenz zu treffen. Sie fühlte sich einer solchen Begegnung einfach nicht gewachsen.

Aber würde sie das überhaupt jemals sein?

Mittlerweile war sie sich da nicht mehr so sicher. Es gab da etwas zwischen ihnen, dass sie mit Worten einfach nicht beschreiben konnte. Und damit meinte sie nicht allein dieses Knistern, das in der Luft lag, immer wenn sie aufeinander trafen. Nein, was sie meinte, ging tiefer. Viel tiefer.

Dass sie jetzt mit Lorenz geschlafen hatte, machte es auch nicht leichter. Ganz im Gegenteil! Wie sollte sie jetzt mit ihm umgehen? Konnte sie einfach so tun, als wäre überhaupt nichts geschehen?

Außerdem stand immer noch das Angebot von Viggo Tjaderborg im Raum. Unter den gegebenen Umständen konnte sie es auf keinen Fall mehr annehmen. Unmöglich!

Trotzdem klopfte ihr das Herz bis zum Hals, als sie eine

halbe Stunde später die Küche von Kärlekholmen Slott betrat. Doch zu ihrer Erleichterung traf sie lediglich Petter an, der mit einer dampfenden Tasse Kaffee am Küchentisch saß.

„Wo ist Lorenz?"

„Ich weiß auch nicht", erwiderte er, stand auf, nahm eine weitere Tasse vom Regal, füllte sie mit Kaffee und reichte sie Lotte. „Einer der Arbeiter war vorhin hier, weil es offenbar irgendein Problem auf der Baustelle gibt. Daraufhin ist Lorenz sofort auf und davon. Nicht einmal zu Ende gefrühstückt hat er!"

„Ein Problem?" Alarmiert stellte Lotte die Tasse so ruckartig auf der Arbeitsplatte ab, dass der Kaffee überschwappte. „Was ist denn passiert?"

Petter zuckte mit den Schultern. „Keine Ahnung, aber ich bin sicher, dass Lorenz das allein in den Griff bekommt. Sie frühstücken jetzt erst einmal in aller Ruhe, einverstanden?"

„Tut mir leid, aber solange ich nicht weiß, was los ist, habe ich keine ruhige Minute." Sie nickte Petter noch einmal zu und lief hastig durch die offen stehende Hintertür ins Freie. Schon von Weitem erblickte sie Lorenz, umringt von einigen Arbeitern, vor dem Lagerhaus.

„Was ist los?", rief sie. „Petter sagte, es gibt Schwierigkeiten?"

Als Lorenz sie bemerkte, tat er so, als wäre überhaupt nichts zwischen ihnen vorgefallen. „Könnte man so sagen", erwiderte er und gab den Blick auf den Schuppen frei, in dem sie alles Material aufbewahrten, das sie bei den Umbauarbeiten noch nicht brauchten. „Obwohl ich es eher als mittlere Katastrophe bezeichnen würde."

Lotte atmete scharf ein, als sie das Malheur erblickte. Einer der großen Behälter mit Süßwasser, die erst gestern Nachmittag per Boot gekommen waren und mit denen sie später die Wasserflächen und Flussläufe befüllen wollten, hatte offenbar ein Leck. Der Inhalt war über Nacht ausgelaufen und stand jetzt knöchelhoch auf dem mit Beton ausgegossenen Boden der

Hütte – wo auch die Elektrowerkzeuge und Holzelemente für den Umbau lagerten.

„Oh nein!", stieß Lotte entsetzt aus. „Und jetzt?"

Lorenz seufzte. „Die Werkzeuge sind jedenfalls hinüber und die Holzelemente total aufgeweicht. Wir sollten lieber zusehen, dass wir so schnell wie möglich Ersatz heranschaffen, damit die Umbauarbeiten weitergehen können."

„Na, dann los", erwiderte sie, und als er protestieren wollte, warf sie ihm einen Blick zu, der keinen Widerspruch duldete. „Kein aber – ich werde dich natürlich begleiten."

Zum ersten Mal an diesem Morgen sah sie Lorenz lächeln. „Also gut." Er straffte die Schulter. „Wenn wir unseren Terminplan noch einhalten wollen, haben wir keine Zeit zu verschwenden!"

Zwei Stunden später hatten sie die wichtigsten Besorgungen erledigt und die am dringendsten benötigten Werkzeuge bereits wieder an Bord des kleinen Motorboots verstaut. Die Holzelemente zum Abgrenzen der Beete würden spätestens morgen angeliefert werden, das hatte der Lieferant ihnen versprochen.

„So, das war's", verkündete Lorenz, der gerade das letzte Paket an Bord gebracht hatte, mit einem kurzen Blick auf seine Uhr. „Wir liegen besser in der Zeit als erwartet. Etwa eine halbe Stunde von hier entfernt gibt es ein bezauberndes kleines Fischerdörfchen mit einer erstaunlich gut sortierten Gärtnerei. Was meinst du? Lust auf einen kurzen Abstecher dorthin, ehe wir nach Kärlekholmen zurückkehren?"

Da Lotte für den Schlosspark ohnehin noch einige Pflanzen benötigte, die ihr der ortsansässige Gärtner nicht besorgen konnte, sagte sie spontan zu, wenn ihr auch der Gedanke, noch mehr Zeit allein mit Lorenz zu verbringen, nicht ganz geheuer war.

Kurze Zeit später erreichten sie mit dem Geländewagen,

den der Hafenmeister – ein Freund von Petter – ihnen überlassen hatte, die kleine Ortschaft Västerhamn. Entzückt blickte Lotte sich um, während sie durch die engen, gewundenen Gassen fuhren, die farbenprächtige mittelalterliche Häuser säumten. Als sie zu einem kleinen Platz gelangten, ging es plötzlich nicht mehr weiter, da Marktwagen und Zelte den Weg blockierten.

„Wie hübsch!", stieß Lotte begeistert hervor. „Was meinst du, können wir uns hier einmal umsehen? Ich weiß, wir haben für solche Dinge eigentlich keine Zeit, aber vielleicht gibt es ja auch einen Blumenstand, bei dem wir ein paar hübsche Accessoires für den Schlossgarten erstehen können."

Lorenz lächelte. „Warum eigentlich nicht."

Schon nach ein paar Schritten vergaß Lotte ihre innere Anspannung. Die Luft war erfüllt von den verschiedensten Gerüchen. Exotische Gewürze vermischten sich mit dem Duft frisch gebackener Kuchen, mal roch sie geräucherte Würste, mal eingelegten Hering, dann süßen Lavendel und Jasmin, als sie an einem Stand vorbeikamen, der Parfums und Seifen aus eigener Produktion anbot.

Fasziniert trat sie unter das Vordach des Wagens, nahm eine der Seifen in die Hand, schloss die Augen und atmete ihren verführerischen Duft ein.

„Nelke und Orangenschale", flüsterte sie verträumt. „Herrlich." Als sie die Lider wieder hob, überreichte Lorenz ihr eine kleine braune Papiertüte. Sie blinzelte überrascht. „Was ist das?"

„Warum schaust du nicht einfach nach?", erwiderte er lächelnd.

Als sie einen Blick ins Innere der Tüte warf, stieg ihr eine betörende Duftkombination aus Vanille, Lavendel und Zitrusfrüchten in die Nase. Lorenz hatte eine bunte Mischung der handgefertigten Seifen für sie gekauft. Es überraschte sie selbst, wie sehr sie sich über dieses kleine Geschenk freute. Vielleicht lag es daran, dass sie schon lange keine derartige Geste der Zuneigung mehr erfahren hatte.

Zumindest nicht von einem Mann.

„Danke!“, stieß sie freudig strahlend hervor, stellte sich auf die Zehenspitzen und hauchte Lorenz einen Kuss auf die Wange. Ein Fehler, wie sie kurz darauf feststellte, denn plötzlich zog er sie an sich und verschloss ihren Mund mit seinen Lippen.

Im ersten Moment war sie zu schockiert, um zu reagieren, dann wollte sie ihn empört von sich stoßen – doch sie brachte es einfach nicht über sich. Dazu genoss sie es viel zu sehr, ihm so nah zu sein. Obgleich es nicht einmal vierundzwanzig Stunden her war, seit sie in seinen Armen die Erfüllung gefunden hatte, kam es ihr vor wie eine halbe Ewigkeit. Und sie sehnte sich mit einer solchen Intensität nach ihm, dass es ihr regelrecht Angst einjagte. Vor allem, da sie inzwischen manchmal völlig vergaß, was in der Vergangenheit zwischen ihnen vorgefallen war.

Das leidenschaftliche Spiel seiner Zunge löste Gefühle in ihr aus, denen sie einfach nichts entgegenzusetzen hatte. Die Stimme ihrer Vernunft war längst zu einem leisen Flüstern verklungen, verglichen mit dem heftigen Hämmern ihres Herzens.

Erst das Kichern einiger Passanten machte ihr wieder bewusst, dass sie mitten auf einem belebten Marktplatz standen.

Die Schamesröte stieg Lotte ins Gesicht, und sie wand sich hastig sich aus Lorenz’ Umarmung. „Verflixt, was tust du da?“, stieß sie verärgert aus.

„Nichts, das dir nicht ebenso gefallen würde wie mir“, antwortete er mit einer Überheblichkeit, die ihr Blut zum Kochen brachte.

„Ich lege ganz gewiss keinen Wert darauf, noch einmal von dir geküsst zu werden, hast du mich verstanden? Unterlass solche Übergriffe in Zukunft gefälligst, sonst …“

„Ja?“ Lächelnd hob er eine Braue. „Tut mir leid, aber bis vor ein paar Minuten hatte ich keineswegs den Eindruck, etwas gegen deinen Willen unternommen zu haben – ganz im Gegenteil.“

„Du solltest deine Wirkung auf Frauen nicht überbewerten“, fauchte sie wütend. „Und jetzt komm, die Leute starren uns bereits an.“

Ohne seine Antwort abzuwarten, drängte sie sich an einer Gruppe Passanten vorbei und eilte dann so rasch davon, dass es schon beinahe einer Flucht glich.

Und im Grunde handelte es sich auch genau darum. Lotte brauchte einfach einen Augenblick für sich allein, um wieder einigermaßen die Kontrolle über sich zurückzugewinnen.

Sie ärgerte sich. Über die ganze verworrene Situation, über Lorenz – aber vor allem über sich selbst. Sie wusste einfach nicht mehr, was eigentlich mit ihr los war. Sie war auf dem besten Wege, den größten Fehler ihrer Vergangenheit zu wiederholen und sich in Lorenz zu verlieben.

Der Gedanke ließ Panik in ihr aufsteigen. Die Erinnerung an den Schmerz und die Demütigung saß noch immer verdammt tief. Doch das änderte nichts an den Gefühlen, die er in ihr auslöste.

Gefühle wie Zuneigung, Sehnsucht, Leidenschaft und – ja, Liebe.

Sie liebte ihn nun schon, solange sie zurückdenken konnte, und wenn sie ehrlich zu sich selbst sein wollte, hatte sie wohl auch niemals wirklich damit aufgehört. Ganz gleich, was zwischen ihnen vorgefallen war.

Seinetwegen waren all ihre Versuche, Beziehungen zu anderen Männern aufzubauen, von vorneherein zum Scheitern verurteilt gewesen.

Er war ihre große Liebe, der Mann, mit dem sie den Rest ihres Lebens verbringen wollte, das wurde ihr in diesem Augenblick schmerzhaft und in aller Deutlichkeit bewusst.

Das Problem war nur, dass sie ihm einfach nicht mehr vertraute. Schon einmal hatte sie ihm bereitwillig ihr Herz geschenkt und sich ihm ganz und gar ausgeliefert – und dann? Nach ihrer herrlichen gemeinsamen Nacht vor fünf Jahren war Lorenz einfach verschwunden, ohne sich auch nur noch ein einziges Mal bei ihr zu melden. Keine Erklärung. Keine Entschuldigung. Nichts.

Damals war eine Welt für sie zusammengebrochen. Von einer Minute zur anderen stürzte sie aus einem Himmel voller Geigen brutal in die tiefsten Tiefen der Depression.

Sie gab sich längst keinen Illusionen mehr hin. Lorenz liebte sie nicht, hatte sie nie geliebt. Doch ganz offensichtlich fühlte er sich noch immer genauso stark zu ihr hingezogen wie es umgekehrt der Fall war.

Vielleicht sollte sie endlich aufhören, sich dagegen zu wehren, und es einfach nur genießen. Was gab es für einen Grund, auf seine Zärtlichkeiten zu verzichten? Sie musste sich lediglich darüber im Klaren sein, dass die Sache zwischen Lorenz und ihr nicht von Dauer sein konnte.

Aber konnte sie das? Würde sie es ertragen können, wenn er ihr erneut das Herz brach?

„Da bist du ja endlich, ich habe schon überall nach dir gesucht!“

Die geliebte Stimme riss Lotte aus ihren beunruhigenden Überlegungen. Sie atmete tief durch, bevor sie sich zu ihm umdrehte. „Also gut“, verkündete sie. „Ich habe es mir anders überlegt.“

Er blinzelte irritiert. „Tut mir leid, aber ich kann dir nicht folgen.“

„Du hast angeboten, dass wir weiter miteinander schlafen – ganz ohne Bindungen und Verpflichtungen“, erwiderte sie ernst. „Und ich bin einverstanden.“

Das Erstaunen in seinem Blick konnte unmöglich gespielt sein, und für einen Moment glaubte sie sogar Entsetzen in den dunkelgrünen Augen aufblitzen zu sehen.

Doch er hatte sich schnell wieder im Griff, und so wusste Lotte im Nachhinein nicht einmal, ob sie sich nicht doch getäuscht hatte.

„Meinst du das ernst?", fragte er.

Mit einem Mal bekam sie Angst vor ihrer eigenen Courage, doch sie nickte stumm.

„Komm", sagte er und ergriff ihre Hand. „Wir haben bereits genug Zeit verschwendet."

Ob er von ihrem Ausflug auf den Wochenmarkt von Västerhamn sprach oder von den vergangenen fünf Jahren, konnte Lotte unmöglich sagen.

10. KAPITEL

Lorenz hielt das Steuerrad des Motorboots fest umklammert. Die Überfahrt zurück nach Kärlekholmen kam ihm wie eine Ewigkeit vor – und die ganze Zeit über konnte er nur daran denken, was Lotte ihm gerade gesagt hatte.

Sie wollte mit ihm schlafen, ganz ohne jede Verpflichtung. Er konnte das Zusammensein mit ihr genießen, ohne sich Sorgen über die Konsequenzen zu machen. Was wollte er mehr? Im Grunde hatte er sich doch die ganze Zeit nichts anderes gewünscht – warum konnte er sich dann bloß nicht einfach darüber freuen?

Unauffällig warf er einen Blick hinter sich, wo Lotte auf der Sitzbank saß und aufs Meer hinausblickte. Der Wind spielte mit ihrem Haar, ihre Wangen waren leicht gerötet und ihre Augen glänzten. Nicht zum ersten Mal fiel ihm auf, wie wunderschön und anziehend sie war.

Die perfekte Frau – eigentlich.

Wäre da nicht die Tatsache, dass er schon einmal die Erfahrung gemacht hatte, wie wankelmütig sie war.

Noch sehr gut erinnerte er sich an die größte Demütigung, die ihm je im Leben widerfahren war. Damals, vor fünf Jahren …

„Kann ich bitte Ihre Tochter sprechen?“ Obwohl Lorenz längst kein Teenager mehr war, fühlte er sich nervös wie ein kleiner Junge, als er kurz nach dem Streit mit seinem Vater an die Tür von Lottes Elternhaus klopfte. Vielleicht lag das aber auch ein wenig an dem abschätzenden Blick, mit dem ihr Vater ihn musterte.

„Milla ist nicht da“, erwiderte er schließlich.

Lorenz lächelte. „Das ist ein Missverständnis – ich will nicht zu Milla, sondern zu Lotte.“

„Lotte?“, wiederholte Herr Rosenblad überrascht, dann verfinsterte sich seine Miene, und Lorenz rechnete bereits damit, dass er ihm einfach die Tür vor der Nase zuschlagen würde. Doch schließlich entschied er sich offenbar dagegen und sagte stattdessen: „Warte kurz“, ehe er wieder im Haus verschwand.

Das Verhalten von Lottes Vater irritierte ihn. Bevor er sein Studium in Stockholm begonnen hatte, war er praktisch Dauergast im Hause Rosenblad gewesen. Man hatte ihn behandelt wie einen Sohn der Familie – und nun kam er sich plötzlich unerwünscht vor. Ob er sich das bloß einbildete?

Zwei Minuten später wurde die Tür wieder geöffnet. „Tut mir leid“, erklärte Sören Rosenblad unfreundlich, „aber Lotte ist für dich nicht zu sprechen.“

„Was?“ Lorenz schüttelte den Kopf. „Aber warum denn nicht?“

„Ich glaube kaum, dass ich dir eine Erklärung schuldig bin – und jetzt verschwinde!“

„Wenn Lotte möchte, dass ich gehe, soll sie mir das gefälligst selbst sagen“, beharrte Lorenz. Er spürte, wie sich eine furchtbare Wut in ihm regte. Im Grunde war er kein sehr aufbrausender Mensch – außer, wenn man ihn wirklich bis zur Weißglut trieb. Und Sören Rosenblad stand kurz davor, diese Grenze zu überschreiten.

„Hörst du schlecht? Du gehst jetzt besser auf der Stelle, ehe ich mich vergesse! Dies ist immer noch mein Grund und Boden, und ich denke gar nicht daran, mir von einem dahergelaufenen Burschen wie dir etwas vorschreiben zu lassen!“

Lorenz atmete tief durch und zwang sich zur Ruhe. „Wie lange kennen wir uns jetzt?“, versuchte er es noch einmal im Guten. „Ich bin schon als kleiner Junge bei Ihnen ein- und ausgegangen. Was ist denn nur plötzlich in Sie gefahren?“

„Ich gebe dir fünf Minuten“, entgegnete Lottes Vater, ohne

auf seine Frage einzugehen. „Wenn du bis dahin nicht verschwunden bist, rufe ich die Polizei."

Forschend musterte Lorenz den älteren Mann. Meinte er es wirklich ernst? Offenbar, denn Sören Rosenblad wirkte zu allem entschlossen. Aber warum? Wieso behandelte er ihn plötzlich wie einen Wildfremden?

Er wandte sich halb ab und stieg drei Stufen herab, sodass er über das Dach der Veranda hinweg das obere Stockwerk des Hauses sehen konnte. Dann formte er mit seinen Händen einen Trichter und rief: „Lotte? Lotte, kannst du mich hören?"

„Zum Teufel!" Die Fäuste drohend erhoben, stürmte Lottes Vater auf ihn zu. Geschickt wich Lorenz ihm aus, doch der alte Rosenblad war schneller und wendiger als erwartet und setzte ihm nach. Da Lorenz nicht mit ihm kämpfen und ihn möglicherweise am Ende noch verletzen wollte, trat er widerwillig den Rückzug an. „Mach, dass du weg kommst!", rief der alte Mann ihm noch nach. „Und lass dich bloß nie wieder hier blicken!"

In dem Moment, in dem Lorenz das Tor zur Straße erreichte, drehte er sich noch einmal um und erstarrte.

War das Lotte gewesen, dort hinter dem Fenster, dessen Vorhänge jetzt hastig zurückgezogen wurden?

Wusste sie wirklich, dass er hier war, und wollte ihn einfach nicht sehen? Die gemeinsame Nacht mit ihr war so wunderbar und einzigartig gewesen, dass er sich das gar nicht vorstellen konnte. Und dennoch! Es musste einen Grund geben, warum sich ihr Vater so merkwürdig benahm. War es wegen Lotte?

Wollte sie ihn wirklich nicht sehen?

Nein, beruhigte er sich selbst, das kann überhaupt nicht sein! Es ist erst ein paar Stunden her, dass sie in deinen Armen gelegen und dir die ewige Liebe geschworen hat.

Warum sollte sie sich jetzt plötzlich von ihm abwenden?

Immerhin hatte er sich nicht zuletzt auch ihretwegen den

Anweisungen seines Vaters entgegengestellt. Wie könnte er eine andere Frau heiraten, wenn sein Herz doch einzig und allein für Lotte schlug?

Kurz entschlossen schlug er den Weg zurück zum Ort ein. Für ein paar Tage konnte er es sich leisten, ein Zimmer in der Pension zu nehmen. Er würde einfach noch einmal versuchen, Lotte zu erreichen. Er musste mit ihr reden, ihr sagen, was zwischen ihm und seinem Vater vorgefallen war. Sie war der einzige Mensch auf der Welt, der ihn verstehen würde – wenigstens glaubte Lorenz das ganz fest.

Doch als er drei Tage später, nach weiteren erfolglosen Anläufen, Lotte ans Telefon zu bekommen, in seinem Pensionszimmer saß, war er sich dessen nicht mehr so sicher. Er wollte nicht so über Lotte denken, doch inzwischen fragte er sich immer häufiger, ob sie sich nicht tatsächlich einfach nur verleugnen ließ.

Einen weiteren Tag später war er davon fest überzeugt, und als er am Ende der Woche seine Koffer packte und sich auf den Weg machte, um eine Mitfahrgelegenheit nach Stockholm zu suchen, schwor er sich, dass er nie wieder zulassen würde, dass eine Frau ihn so behandelte.

Seitdem war Lotte Rosenblad für ihn der Inbegriff von Wankelmut und Unzuverlässigkeit. Er würde die Erinnerung an sie für immer mit sich tragen, um so einen gravierenden Fehler nicht noch einmal zu begehen.

„Ist das dort drüben nicht Viggo Tjaderborg?"

Lottes Frage riss Lorenz zurück in die Gegenwart. Es dauerte einen Moment, bis die Geister der Vergangenheit ihn aus ihren Klauen entließen, und er blinzelte angestrengt.

Sie hatten Kärlekholmen beinahe erreicht, nur ein paar hundert Meter trennten sie noch von der schroffen Ostseeinsel. Am Ende des Anlegers stand tatsächlich Viggo Tjaderborg und schien sie bereits zu erwarten. Was er wohl wollte?

„Ja, er ist es“, erwiderte Lorenz, ohne Lotte anzuschauen, und lenkte das Motorboot in die Bucht. Er wollte nicht, dass sie merkte, wie aufgewühlt er war – nicht wegen Viggos Anwesenheit, sondern weil ihm die Sache von vor fünf Jahren einfach nicht mehr aus dem Kopf ging.

Ob es wirklich so eine gute Idee war, sich auf eine lockere Affäre mit Lotte einzulassen? Keine Frage, dass er das Zusammensein mit ihr mehr als genoss. Doch lief er nicht Gefahr, wieder sein Herz an sie zu verlieren? Wollte er dieses Risiko wirklich eingehen?

Tief durchatmend horchte er in sich hinein und stellte fest, dass es auf diese Frage nur eine Antwort geben konnte: Ja. Er wollte mit Lotte zusammen sein, ohne an die Konsequenzen denken zu müssen. Sie schaffte es, dass er sich nach all der Zeit endlich wieder gelöst, ja, glücklich fühlte. Ausgerechnet sie, die ihn damals in die tiefste aller Krisen gestürzt hatte!

Keine zwei Minuten später legten sie an, und Lorenz half Lotte von Bord des Motorboots. Viggo Tjaderborg kam direkt auf sie zu. Ohne Lorenz auch nur eines Blickes zu würdigen, schloss der Verwalter der königlichen Güter sie in die Arme und drückte sie an sich.

„*Hej* Liebes, da bist du ja endlich!“, rief er und presste seine Lippen auf Lottes Mund.

Lorenz fühlte sich wie erstarrt. Er konnte nicht glauben, was da gerade passierte. Tjaderborg und Lotte …? Natürlich, warum war er nicht eher darauf gekommen? Warum sollte sie sonst mit ihm gegessen haben? Jetzt wurde ihm plötzlich alles klar. Dumm, wie er war, hatte er nur an eine Verschwörung gegen sich gedacht. Dabei ging alles noch viel weiter!

Energisch machte sich Lotte aus Tjaderborgs Umarmung los, und ihre Blicke begegneten sich. Offenbar verstand sie, dass er alles durchschaut hatte, denn sie schüttelte den Kopf.

„Nein, Lorenz, du verstehst das vollkommen falsch!"

„Sicher", erwiderte er, wandte sich mit einem letzten wütenden Blick ab und ging mit steifen Schritten davon.

Sie wollte nur, dass du aufhörst, sie zu bekämpfen. Deshalb hat sie mit dir geflirtet. Deshalb ist sie mit dir ins Bett gegangen! Hast du wirklich geglaubt, sie hätte sich geändert?

Ja, genau das hatte er geglaubt. Wahrscheinlich, weil er ihr unbedingt hatte glauben wollen.

Aber warum? Wie hatte es so weit kommen können?

Weil du mehr für sie empfindest, als du dir selbst einzugestehen bereit bist.

Entsprach das der Wahrheit? Und wenn ja, wie sollte es dann bloß weitergehen?

Auf beide Fragen wusste er keine Antwort.

„Verdammt!" Zornig wandte Lotte sich an Tjaderborg. „Haben Sie den Verstand verloren? Was sollte das?"

Tjaderborg lächelte süffisant. „Wieso? Hat es Ihnen nicht gefallen?"

„Nein, zum Teufel!", erwiderte Lotte heftig.

Was bildete sich dieser Mann ein, sie zu küssen? Das war einfach nur unverschämt, und außerdem fragte sie sich, was er damit bezweckte. Denn obwohl sie Viggo nicht besonders lang kannte, wusste sie doch, dass er nichts ohne guten Grund tat. Sie brannte darauf, zu erfahren, was er vorhatte.

Gleichzeitig ging ihr einfach nicht aus dem Kopf, wie Lorenz sie vorhin angesehen hatte. Sein Blick machte mehr als deutlich, was er dachte. Lotte konnte es ihm nicht übel nehmen. Es würde nicht leicht werden, sein Vertrauen wieder zurückzugewinnen – so sie es überhaupt jemals besessen hatte.

Doch darum würde sie sich erst später kümmern können. Jetzt galt es erst einmal herauszufinden, welchen gemeinen Plan Tjaderborg verfolgte.

Sie zwang sich zur Ruhe. „Ich verlange eine Erklärung!", forderte sie dann.

„Haben Sie sich meinen Vorschlag mit Dubai durch den Kopf gehen lassen?"

Der plötzliche Themenwechsel irritierte Lotte. „Ich weiß nicht. Es ist sicher eine einmalige Chance, aber ..." Sie schüttelte den Kopf. „Sie weichen mir aus!"

„Ganz im Gegenteil: Ich mache Ihnen ein Angebot, für das mir die meisten Frauen in Ihrer Situation dankbar wären. Ich weiß von den finanziellen Schwierigkeiten Ihrer Gärtnerei und ..."

„Woher wissen Sie davon?", fiel Lotte ihm ins Wort.

Lächelnd zuckte er mit den Schultern. „Das tut doch überhaupt nichts zur Sache. Wichtig ist nur, dass ich es weiß – und dass mir ferner bekannt ist, dass Sie schon lange von einer Zukunft außerhalb Schwedens träumen. Ich biete Ihnen diese Gelegenheit. Warum greifen Sie nicht einfach zu – ohne lange darüber nachzudenken?"

Ja, warum eigentlich nicht? Ganz einfach, weil Tjaderborg im Gegenzug von ihr verlangte, dass sie gegen Lorenz intrigierte, und das wollte sie nicht.

Aber verdiente er es überhaupt, dass sie so viel Rücksicht auf ihn nahm? Immerhin war er damals auch einfach verschwunden und hatte nicht einen Gedanken an sie verschwendet. Warum also sollte sie ...?

Aufhören! Denk nicht einmal darüber nach! So bist du nicht! Wenn du Lorenz verrätst, wirst du niemals wieder in einen Spiegel schauen können! Entweder schaffst du es aus eigener Kraft oder eben gar nicht!

„Verlangen Sie immer noch von mir, dass ich Ihnen helfe, Lorenz loszuwerden?", erkundigte Lotte sich.

„An meinen Erwartungen hat sich nichts geändert. Bringen Sie ihn dazu abzureisen, und Sie werden schon in ein paar Wochen zusammen mit mir nach Dubai fliegen. Alle Sorgen und finanziellen Probleme würden dann endlich hinter Ihnen liegen. Na, klingt das nicht verlockend?"

„Was soll das Ganze?", fragte Lotte. „Sie setzen alles daran, Lorenz fertigzumachen. Aber warum? Das vorhin mit dem Kuss, das haben Sie doch auch nur gemacht, um ihn zu demütigen, oder?" Sie schüttelte den Kopf. „Sie werden doch ohnehin in Kürze nach Dubai abreisen, es kann Ihnen also egal sein, was aus Lorenz wird. Warum sind Sie so besessen von der Vorstellung, ihm zu schaden?"

„Sagen wir, Lorenz und ich haben noch eine alte Rechnung miteinander offen", erwiderte Tjaderborg. „Mehr brauchen Sie nicht zu wissen. Also, was ist nun? Ich biete Ihnen eine einmalige Chance."

„Erst muss ich wissen, was genau Sie von mir erwarten."

„Eine Kleinigkeit", lächelte Tjaderborg. „Sie müssen lediglich behaupten, Lorenz hätte Sie belästigt. Damit dürften sämtliche Probleme aus der Welt geschafft sein."

Entsetzt blickte Lotte ihn an. Ihr erster Impuls war es, dieses unverschämte Angebot rundweg abzulehnen. Was er von ihr verlangte, war empörend! Erwartete er tatsächlich von ihr, dass sie Lorenz verleumdete? Doch dann entschied sie sich, zuerst mit Lorenz darüber zu sprechen, bevor sie etwas unternahm.

„Ich brauche noch etwas Bedenkzeit", sagte sie deshalb.

Tjaderborg nickte. „Denken Sie ruhig darüber nach, aber zögern Sie nicht zu lange. Ich gebe Ihnen noch eine Frist bis morgen Mittag, dann will ich Ihre Entscheidung hören."

Nach dem Gespräch mit Tjaderborg fühlte Lotte sich wie vor den Kopf geschlagen. Eines stand fest: Tjaderborg meinte es bitterernst, und er würde nicht zögern, Lorenz zu bestrafen. Wofür, das konnte sie sich beim besten Willen nicht erklären.

Doch das war jetzt auch nicht wichtig. Sie musste mit Lorenz sprechen und ihn warnen. Er ahnte noch immer nicht, wie weit der Gutsverwalter zu gehen bereit war.

Als Lotte kurz darauf an Lorenz' Zimmertür klopfte, erhielt sie keine Antwort, obwohl sie deutlich hören konnte, dass er da war.

„Ich bin es, Lotte", rief sie. „Bitte lass mich rein, ich muss dringend mit dir reden."

Keine Reaktion.

Mit heftig pochendem Herzen griff sie nach der Klinke, drückte sie herunter und betrat den Raum, ohne eine Aufforderung abzuwarten. Lorenz stand reglos am Fenster. Er drehte sich auch nicht um, als er schließlich das Wort an Lotte richtete.

„Was willst du noch?", fragte er. „Zwischen uns dürfte endgültig alles gesagt sein. Aber wenn du glaubst, dass ich jetzt einfach gehe und dir das Feld überlasse, dann hast du dich getäuscht!"

Gequält schloss sie die Augen. „Glaub mir, es war nicht so, wie es für dich vielleicht ausgesehen hat", erwiderte sie leise. „Willst du mich nicht wenigstens kurz erklären lassen?"

Er lachte bitter auf. „Was hätte das für einen Sinn? Ich kann nicht glauben, dass ich schon wieder auf dich hereingefallen bin! Ich hätte wissen müssen, dass du dich nicht geändert hast. Du bist noch immer genau so berechnend und kaltherzig wie früher!"

Sein Vorwurf traf Lotte vollkommen überraschend. „Kaltherzig? Berechnend? Ich verstehe nicht, was du meinst!"

Doch Lorenz winkte ab. „Vergiss es, das gehört der Vergangenheit an. Einer Vergangenheit, an der ich lieber nicht hätte rühren sollen. Verdammt, wie konnte ich so dumm sein? Ich hätte niemals mit dir schlafen dürfen! Aber los wirst du mich deshalb noch lange nicht. Wenn ich ginge, würde ich den Hof meiner Familie verlieren, und das lasse ich nicht zu!"

„Du verlierst Fjälldal Gard? Warum?"

„Weil mein Vater den Hof in den Ruin gewirtschaftet hat, nachdem ich damals fortgegangen bin. Der Besitz ist bis unters Dach verschuldet. Dieser Auftrag hier ist meine einzige Chance, genug Geld zusammenzubekommen, um die Gläubiger meines Vaters auszuzahlen. Wenn ich es nicht schaffe, kommt es zu einer Zwangsversteigerung."

Lottes Kehle wurde eng. „Aber du liebst den Hof!"

„Was bedeutet das schon?" Er bedachte sie mit einem seltsamen Blick. „Ich habe schon vor langer Zeit gelernt, dass Liebe nur etwas für hoffnungslose Romantiker ist."

„Wenn du damit auf uns anspielst, ich … Ich habe nichts mit Tjaderborg."

„Dann lässt du dich also von jedem dahergelaufenen Mann küssen?"

Ärgerlich verschränkte sie die Arme vor der Brust. „Natürlich nicht! Er hat mich einfach überrumpelt, das ist alles. Aber deshalb bin ich nicht zu dir gekommen. Es geht um etwas anderes: Tjaderborg hat mir eine Führungsposition für ein Luxushotel in Dubai angeboten, wenn ich ihm im Gegenzug dabei helfe, dich loszuwerden."

Einen Moment starrte Lorenz sie fassungslos an, dann hieb er mit der Faust so fest gegen den Fensterrahmen, dass Staub herunterrieselte. „Dieser Mistkerl!" Er musterte Lotte misstrauisch. „Und warum erzählst du mir das alles? Bist du an seinem Angebot denn überhaupt nicht interessiert?"

„Was denkst du denn von mir?", fragte sie empört.

„Dass es eine einmalige Chance für dich wäre. Oder willst du mir etwa weismachen, dass du nicht eine Sekunde mit dem Gedanken gespielt hast, auf seinen Vorschlag einzugehen?"

„Es wäre tatsächlich eine große Chance", gab sie zu. „Aber ich möchte nicht auf deine Kosten die Karriereleiter hochklettern – schon gar nicht auf eine so unlautere Art und Weise. Ich will es aus eigener Kraft schaffen, verstehst du? Es geht hier nicht darum, um jeden Preis zu gewinnen, sondern darum, mir selbst zu beweisen, dass ich es kann. Wenn ich mir meinen Traum erfülle, Schweden zu verlassen, dann möchte ich mich nicht für den Rest meines Lebens fragen müssen, ob ich das nur einer Gefälligkeit zu verdanken habe. Ich möchte mit meinen Leistungen überzeugen und deshalb engagiert werden." Sie senkte den Blick. „Außerdem bedeutest du mir zu viel, als dass ich auf Tjaderborgs Angebot eingehen könnte."

„Ist das dein Ernst?"

Als sie stumm nickte, zog Lorenz sie in seine starken Arme. Es war ein so schönes Gefühl, ihm wieder nah zu sein, dass Lotte am liebsten die Zeit angehalten hätte. Sie legte den Kopf an seine Brust, hörte seinen regelmäßigen Herzschlag und schloss die Augen. Es war ein Moment voller Frieden, doch sie wusste, dass er bald vorbei sein würde. Und was dann?

Das zwischen Lorenz und ihr mehr war als nur Lust, daran zweifelte sie nicht länger. Aber selbst wenn die Geschehnisse der Vergangenheit nicht zwischen ihnen stehen würden, waren sie doch viel zu unterschiedlich, als dass es mit ihnen funktionieren konnte – oder?

Sie wollte am liebsten so schnell wie möglich weg aus Schweden, die Welt sehen, sich etwas aufbauen. Und Lorenz? Er war bodenständig und heimatverbunden. Für ihn zählten ganz andere Werte, er wollte den Hof seiner Familie weiterführen.

Konnte sie sich wirklich vorstellen, den Rest ihres Lebens als Bäuerin in der schwedischen Provinz zu fristen? Nein, ganz sicher nicht! Und wenn dem so war, dann musste sie das, was immer sich da zwischen ihnen anbahnte, so schnell wie möglich beenden. Das Problem war nur, dass sie es einfach nicht wollte. Es fühlte sich zu gut an, ihm so nah zu sein. Sie konnte das nicht aufgeben – nicht ausgerechnet jetzt!

Darum wehrte sie sich nicht, als er sich sanft von ihr löste, ihr einen Finger unters Kinn legte und ihr Gesicht anhob, sodass sie ihn direkt ansehen musste.

„Ich weiß nicht, was es ist, Lotte, aber du hast etwas an dir, dem ich einfach nicht widerstehen kann", stieß er mit rauer Stimme aus. „Ich kämpfe dagegen an, doch es ist stärker als ich. Was stellst du bloß mit mir an?"

Dann zog er sie an sich und küsste sie wild und ungestüm. Sofort schossen Hitzewellen durch ihren Körper, und als seine Lippen über die ihren strichen, vergaß sie die Welt um sich herum. Sie weigerte sich darüber nachzudenken, dass sie erneut im Begriff stand, sich auf einen Mann einzulassen, von dem sie nicht wusste, ob sie ihm vertrauen konnte.

In diesem Augenblick wollte sie ihm nur nah sein.

Ungestüm küsste er sie, und als sich ihre Zungen berührten, spürte Lotte, wie Wärme ihren Körper erfüllte. Aufstöhnend schlang sie die Arme um seine Schultern und zog ihn an sich.

Ihr Herz klopfte wie verrückt, und sie konnte längst nicht mehr klar denken, als Lorenz ihr T-Shirt packte und es ihr kurzerhand über den Kopf zog. Achtlos ließ er es auf den Boden fallen und öffnete dann geschickt den Verschluss ihres schwarzen Spitzen-BHs.

Er hielt ihren Blick gefangen, während er ihr die Träger von den Schultern schob. Ein Schauer der Erregung durchlief ihren Körper. Sie wollte seine Hände auf ihrer erhitzten Haut spüren, wollte, dass er sie berührte und jeden Zentimeter ihres Körpers erkundete. Doch stattdessen löste sich Lorenz von ihr und kniete nieder, um ihr die Stiefel auszuziehen. Dann griff er nach ihrem Gürtel, öffnete die Schnalle und den obersten Knopf der Hose und zog den Reißverschluss auf.

Lottes Herz klopfte so heftig, dass sie sich fragte, ob Lorenz es wohl hörte. Als er den Daumen unter den Bund ihres Slips schob und ihn langsam zusammen mit der Jeans hinunterzog, war es endgültig um sie geschehen.

Sie spürte seine dunkelgrünen Augen auf sich ruhen, und es war, als würde er sie mit seinen Blicken zärtlich berühren. Es überraschte sie selbst, dass sie weder Scham noch Verlegenheit verspürte. Ganz im Gegenteil. Sie fühlte sich attraktiv und begehrenswert wie noch nie zuvor in ihrem Leben.

„Du bist die schönste Frau, der ich je begegnet bin", raunte Lorenz, ergriff ihre Hände und legte sie auf seine Brust. „Jetzt bist du an der Reihe."

Ihre Finger zitterten, als sie die Knöpfe seines Hemds öffnete. Sie ließ die Hände unter den weichen Stoff gleiten und fühlte seine heiße Haut, die harten Muskeln.

Beinahe hastig befreite sie ihn von seinen Jeans, die er mit einem Fußtritt zur Seite beförderte. Wie gebannt stand sie da und schaute zu, wie er sich auch das letzte bisschen Stoff vom Leib streifte. Seine Nacktheit raubte ihr den Atem. Ein lustvolles Prickeln durchlief sie, und sie konnte nur noch daran denken, ihn endlich ganz zu spüren.

„Lorenz", flüsterte sie atemlos, dann trat sie zu ihm und drängte sich an ihn. Endlich gab es keine störende Barriere mehr zwischen ihnen, und wieder spürte Lotte dieses verräterische Ziehen zwischen ihren Schenkeln. „Ich will dich. Jetzt sofort!"

Lorenz küsste sie voller Leidenschaft und steigerte die Sehnsucht in ihr, bis es fast unerträglich wurde. Nach einem langen und innigen Kuss zog er sie in Richtung Bett, wo er sich auf der Kante niederließ. Lotte setzte sich rittlings auf seinen Schoß.

„Leg die Beine um mich", stöhnte er rau und hob sie hoch.

Sie tat, um was er sie gebeten hatte. Als ihre Körper sich miteinander vereinigten, glaubte sie, vergehen zu müssen vor unglaublicher Lust. Es fühlte sich einfach wunderbar an. Etwas Ähnliches hatte sie noch mit keinem Mann erlebt.

Für einen Moment bewegten sie sich nicht, genossen einfach nur dieses wunderbare Gefühl, sich so nah zu sein. Lotte legte die Arme um ihn, vergrub die Hände in seinem dichten dunklen Haar. Sie fühlte den überwältigenden Drang, ihm zu sagen, dass sie ihn liebte und dass sie ihn nie hatte vergessen können. Doch da sie wusste, dass er anders empfand, schwieg sie. Ihr Körper würde ihm zeigen, was sie fühlte.

„Schlaf mit mir, Lorenz“, flüsterte sie und schaute ihm dabei tief in die Augen. Er stöhnte leise auf, dann begann er, sich in einem langsamen Rhythmus zu bewegen. Doch ihre erhitzten Körper forderten mehr.

Lotte warf den Kopf in den Nacken und gab sich ganz den köstlichen Empfindungen hin, die Lorenz in ihr auslöste. Er spürte, wie sie sich dem Höhepunkt näherte und steigerte das Tempo.

Vor Wonne erschaudernd schloss Lotte die Augen, als er ihre empfindsame Halsbeuge mit den Lippen liebkoste. Seine Bewegungen wurden immer schneller und stärker, bis sie sich unter ihm aufbäumte und heftig erbebend gemeinsam mit ihm den Gipfel der Lust erreichte.

11. KAPITEL

Lotte lag in Lorenz' Armen und lauschte seinem ruhigen, gleichmäßigen Atem. Es war ein so herrliches Gefühl, ihm so nah zu sein. Gleichzeitig machte es sie auch traurig, denn sie wusste genau, dass dieser Augenblick nicht lange anhalten würde.

Sie mussten Entscheidungen treffen.

Entscheidungen, die unmöglich noch länger aufgeschoben werden konnten, auch wenn sie es sich noch so sehr wünschte.

„Was hast du jetzt vor?", fragte sie leise. „Du willst doch nicht aufgeben, oder?"

Mit einem Seufzen setzte Lorenz sich auf und sah sie an, die ihrerseits den Kopf auf die Hand stützte und seinen Blick erwiderte.

„Natürlich nicht", antwortete er. „Außerdem lautet die Frage doch wohl eher, ob Viggo mir überhaupt eine Wahl lassen wird. Du weißt selbst, dass er mich unbedingt loswerden will und ihm dafür jedes Mittel recht ist. Wie lange kann das überhaupt noch gut gehen?"

Die ganze Zeit über brannte Lotte schon etwas auf der Seele, doch sie zögerte noch immer, ihn darauf anzusprechen. Schließlich fasste sie sich aber doch ein Herz. „Lorenz, warum bist du einfach wieder weggegangen, damals vor fünf Jahren?"

Kurz verdüsterte sich seine Miene, dann seufzte er. „Dass mein Vater mich vor die Tür gesetzt hat, dürfte sich im Ort doch schnell herumgesprochen haben."

Das stimmte – ebenso, wie sich kurz danach die Nachricht verbreitet hatte, dass Tatjana Borman sein Kind erwartete. Lotte war entsetzt gewesen, als sie davon hörte. Dennoch hatte sie noch lange gehofft, dass sich der Tratsch der Dorfbewohner als Lügenmärchen entpuppen würde.

Doch nichts dergleichen geschah. Lorenz kam nicht, um ihr zu erklären, was wirklich geschehen war. Kurz darauf hörte sie von ihren Eltern, dass Lorenz weggegangen sei – offenbar ohne Tatjana zu heiraten, denn sie war von ihrem Vater zu einer entfernten Tante nach Stockholm geschickt worden. Wirklich überrascht hatte Lotte das damals, nach allem was passiert war, nicht mehr.

„Ich verstehe das nicht", brach es jetzt aus ihr heraus. „Du bist damals einfach abgehauen, ohne ein Wort, ohne jede Erklärung. Dabei habe ich gedacht, du liebst mich!"

Lorenz sah sie an, als sähe er sie heute zum ersten Mal. „Was?", stieß er ungläubig aus. „Du wirfst mir vor, dass ich mich nicht bei dir gemeldet hätte? Ich habe wochenlang jeden verdammten Tag versucht, dich zu erreichen, aber du hast dich doch immer durch deine Eltern verleugnen lassen!"

Seine Worte drangen nur mit Verzögerung zu Lotte durch. Sie verstand nicht, was er da sagte. Er wollte angeblich mehrfach versucht haben, Kontakt mit ihr aufzunehmen? Aber wie konnte das sein? Ihre Eltern hätten doch …

Mit einem Mal begriff sie. Plötzlich ergab alles einen Sinn. Ihr Vater hatte schon am Morgen nach ihrer gemeinsamen Nacht mit Lorenz von den Gerüchten über Tatjanas Schwangerschaft gehört. Sie liebte ihren Vater, traute ihm aber durchaus zu, dass er über ihren Kopf hinweg entschieden hatte, dass Lorenz nicht der Richtige für sie war.

Oh Vater … Nicht doch!

„Ich …", begann sie mit zittriger Stimme, dann holte sie tief Luft. „Ich wusste nichts davon. Meine Eltern haben mir nie etwas gesagt. Ich … Ich dachte, du hättest alles von mir bekommen, was du wolltest, und …"

Für einen Moment wirkte Lorenz wie erstarrt, dann stieß er einen wütenden Schrei aus, der Lotte zusammenzucken ließ, und sprang vom Bett auf. „Das ist nicht dein Ernst! Du dachtest, ich sei nur an einem One-Night-Stand interessiert? Mit der kleinen Schwester meiner besten Freundin?"

„Was sollte ich denn denken? Du bist nach unserer gemeinsamen Nacht einfach abgehauen, und kurze Zeit später haben alle erzählt, dass du und Tatjana Borman …"

„Du hast das doch nicht etwa für bare Münze genommen, oder?" Er schüttelte den Kopf. „Tatjana und ich … Unfassbar! Aber im Grunde kann ich dir kaum einen Vorwurf machen, wenn nicht einmal mein eigener Vater mir geglaubt hat." Mit einem wütenden Schnauben trat er ans Fenster. „Sie hat behauptet, dass ich der Vater ihres Babys wäre, weil es bequem so für sie war und sie wusste, dass ich eines Tages Fjälldal Gard erben würde. Und mein Vater hat mir die Pistole auf die Brust gesetzt. Entweder ich heirate Tatjana oder ich verlasse auf der Stelle seinen Grund und Boden. Kannst du dir das vorstellen? Mein eigener Vater!"

Wütend hieb er mit der Faust gegen die Wand.

Lottes Herz hämmerte wie verrückt. Innerhalb von Minuten war eine ganze Welt für sie zusammengebrochen. Alles, was sie in den vergangenen fünf Jahren als Tatsache akzeptiert hatte, stellte sich nun als Lüge heraus.

Lorenz war nicht einfach so gegangen, weil er sich nicht für sie interessierte. Er war überhaupt nicht freiwillig gegangen. Lotte fragte sich plötzlich, wie sie daran auch nur eine Sekunde hatte glauben können. Ausgerechnet Lorenz, der schon – solange sie zurückdenken konnte – nie etwas anderes gewollt hatte, als den väterlichen Hof zu übernehmen.

Ich war so blind!

Noch immer stand er am Fenster und starrte schweigend hinaus. Die Luft im Zimmer vibrierte vor Anspannung. Seufzend fuhr Lotte sich durchs Haar, dann stand sie auf, trat hinter ihn und umschloss ihn mit den Armen.

„Es tut mir leid", flüsterte sie heiser, und Tränen traten ihr in die Augen. „Ich hätte wissen müssen, dass du so etwas niemals tun würdest."

Als er sich umdrehte, umspielte ein trauriges Lächeln seine Lippen. „Nein, mir tut es leid. Wie konnte ich bloß annehmen, dass du deine Eltern vorschieben würdest, um mir aus dem Weg zu gehen? Ich war so wütend auf dich ... Und zugleich habe ich nie eine Frau gefunden, die es mit dir aufnehmen konnte."

„Ist das wahr?"

Er nickte und küsste sie zuerst auf die Stirn, dann auf den Mund. Gleich darauf stolperten sie, ohne den Kuss zu unterbrechen, zurück zum Bett. Dort machten sie genau dort weiter, wo sie erst vor ein paar Minuten aufgehört hatten.

„Ich nehme an, Sie haben verstanden, was ich von Ihnen will?" Viggo Tjaderborg musste gegen den Lärm im Schankraum der Kneipe anschreien, um sich Gehör zu verschaffen. Es war schon kurz nach elf, und er sollte sich besser bald auf den Rückweg nach Kärlekholmen machen. Doch vorher musste er noch etwas erledigen.

Er würde die Angelegenheit Lorenz Bengtsson jetzt einfach selbst in die Hand nehmen, denn er glaubte nicht mehr daran, dass Lotte Rosenblad auf sein Angebot eingehen würde. Höchste Zeit für Plan B.

Die Blondine neben ihm auf dem Barhocker nickte eifrig. „Klar. Ich soll zum Schein drüben auf der Insel als Hausmädchen anfangen und so einen Typen, der Ihnen ständig in die Quere kommt, beschuldigen, zudringlich geworden zu sein."

Ein zufriedenes Lächeln erhellte Tjaderborgs Gesicht. „Exakt. Und, was sagen Sie?"

Die junge Frau strahlte. „Kein Problem – Hauptsache, die Bezahlung stimmt."

„Nun, dann sind wir uns ja einig. Ich schlage vor, dass Sie mich gleich zurück nach Kärlekholmen begleiten. Dort starten wir so bald wie möglich mit unserem Plan."

Er winkte den Wirt heran und zahlte für die Blondine – ihr

Name war Linda. Gemeinsam verließen sie das Lokal.

Es wäre doch gelacht, wenn er es nicht auch ohne Lottes Hilfe schaffen würde, Lorenz endgültig zugrunde zu richten.

Nach den ersten vier gemeinsam verbrachten Nächten wunderte Lotte sich noch immer darüber, wie natürlich es ihr erschien, neben Lorenz aufzuwachen. Die Sonne stand strahlend am makellos blauen Himmel, die Vögel begrüßten fröhlich zwitschernd den neuen Tag, und sie lag in den Armen des Mannes, den sie über alles liebte.

Im Grunde ihres Herzens hatte sie ihn all die Jahre geliebt. Doch jetzt, wo sie wusste, dass er ihre Gefühle erwiderte, konnte sie es sich selbst gegenüber endlich eingestehen.

Ganz gleich, was die Zukunft auch bringen mochte, es kam nur darauf an, dass Lorenz und sie zusammen waren.

„*Guten Morgen*", sagte sie leise, denn er begann sich zu rühren. Als er ihre Stimme hörte, schlug er die Augen auf und lächelte.

„*Hej.*" Er streichelte mit dem Handrücken über ihre Wange, so als wollte er sich versichern, dass sie tatsächlich da war. „Jeden Morgen, wenn ich aufwache, fürchte ich, dass es nur ein schöner Traum gewesen sein könnte. Aber du bist wirklich da."

„Ja – auch wenn es mir selbst noch immer ganz unwirklich vorkommt."

Als er sie an sich zog, bis sie rittlings auf ihm saß, lachte sie. „Du bist ja unersättlich!", schimpfte sie scherzhaft und rollte von ihm herunter. „Aber wir sollten jetzt wirklich zusehen, dass wir an die Arbeit kommen. Es ist schon nach acht, und wir wollen es Tjaderborg doch nicht leichter machen als unbedingt nötig, dich von Kärlekholmen zu vertreiben."

Ein wenig dauerte es dann aber doch noch, bevor Lorenz und sie nach einer ausgiebigen gemeinsamen Dusche das Gästezimmer verließen und hinunter in die Küche gingen, wo Petter sie bereits mit frischem Kaffee und herrlich duftenden Brötchen erwartete.

„Ihr seht aber heute ganz besonders gut gelaunt aus", stellte er lächelnd fest. „Habe ich etwas verpasst?"

„Könnte man so sagen", erwiderte Lorenz so leise, dass nur Lotte ihn hören konnte. Nach dem Frühstück machten sie sich an die Arbeit. Während Lorenz das Anlegen eines kleinen Wasserfalls im rückwärtigen Bereich des Parks überwachte, legte Lotte weiter vorn einen Rosengarten für den römischen Garten an. Es war beinahe Mittag, und sie klopfte gerade an der Stelle, wo sie soeben einen Rosenbusch gepflanzt hatte, die Erde fest, als sie hörte, wie sich Schritte näherten.

Mit einem freudigen Strahlen rammte sie die Schaufel in die Erde und drehte sich um – in der Annahme, dass es sich um Lorenz handelte, der sie zum Lunch abholen wollte. Doch ihr Lächeln gefror, als sie Viggo Tjaderborg erblickte.

„Wenn Sie gekommen sind, um mich zu fragen, ob ich Lorenz für Sie ans Messer liefern will – meine Antwort lautet nein, und nochmals nein!"

Sie rechnete mit allem. Dass er vor Wut tobte, sie anschrie oder ihr einfach mit irgendetwas drohte – nicht jedoch damit, dass überhaupt nichts passierte.

Viggo Tjaderborg zuckte nur gleichgültig mit den Schultern. „Das habe ich mir bereits gedacht. Deshalb komme ich auch erst heute und nicht, wie vereinbart, schon vor einigen Tagen. Nun, es ist Ihre Entscheidung. Schade, ich dachte, Sie wären aus einem anderen Holz geschnitzt", erwiderte er, wandte sich ab und ging zurück zum Schloss.

Ungläubig sah Lotte ihm nach und stützte sich auf den Griff ihrer Schaufel. Was war denn das gewesen? Irgendwie konnte sie nicht glauben, dass die Angelegenheit für Tjaderborg so einfach erledigt war.

Aber vielleicht sah sie auch nur Gespenster, und er hatte

eingesehen, dass er bei seinem Vorhaben nicht mit ihrer Unterstützung rechnen konnte.

„Ich verstehe das immer noch nicht", sagte Lorenz, als er zusammen mit Lotte eine halbe Stunde später die Küche von Kärlekholmen Slott betrat, wo Linda, die dralle Blondine, die Tjaderborg vor ein paar Tagen überraschend eingestellt hatte, gerade dabei war, den Tisch zu decken. „Die Arbeiten auf Kärlekholmen sind doch noch gar nicht abgeschlossen. Wozu brauchen wir da jetzt schon ein Hausmädchen?"

Petter, der am Herd stand und Spiegeleier briet, stellte die Pfanne zur Seite und kam zu ihnen. „Da musst du Tjaderborg schon selbst fragen. Seit er sie vom Festland mitgebracht hat, habe ich schon ein paarmal versucht, ihn danach zu fragen. Doch was dieses Thema betrifft, gibt er sich ungewöhnlich wortkarg." Er blickte zur Tür. „Ach, wenn man vom Teufel spricht."

Mit einem selbstzufriedenen Lächeln betrat Viggo Tjaderborg die Küche. „Ich würde gern kurz mit Ihnen sprechen", wandte er sich an Lorenz. „Kommen Sie?"

Lotte warf ihm einen fragenden Blick zu, doch Lorenz zuckte bloß mit den Schultern. Er wusste selbst nicht, was sein Vorgesetzter von ihm wollte – aber ihm schwante, dass es nichts Positives sein würde.

Sie gingen in Tjaderborgs Büro, wo der Verwalter sich sofort auf den Stuhl hinter seinem Schreibtisch setzte und Lorenz mit einer gönnerhaften Handbewegung ebenfalls einen Platz anbot.

„Vielen Dank, aber ich stehe lieber."

„Ganz wie Sie wollen. Es wird ohnehin nicht lange dauern. Ich möchte, dass Sie Ihre Koffer packen und innerhalb der nächsten Stunde von Kärlekholmen verschwunden sind."

„Wie bitte?" Anfangs glaubte Lorenz, sich verhört zu haben. „Sie wollen mich feuern? Aber warum?"

Lächelnd griff Tjaderborg nach einem Kugelschreiber und ließ ihn zwischen den Fingern herumrollen. „Mir wurde eine Beschwerde über Sie zugetragen, die ich einfach nicht ignorieren kann."

„Würden Sie bitte endlich zum Punkt kommen? Worum geht es?"

„Sie wurden beschuldigt, eine weibliche Mitarbeiterin belästigt zu haben. Sie verstehen sicher, dass ich ein solches Verhalten bei meinen Angestellten nicht tolerieren kann."

Lorenz war, als hätte man ihm den Boden unter den Füßen weggerissen. Wovon sprach Tjaderborg eigentlich? Lotte hatte doch abgelehnt, Tjaderborg bei dem Plan zu unterstützen – oder?

„Sie lügen", stieß er zornig aus. „Lotte würde sich nicht gegen mich stellen. Niemals!"

Sein Vorgesetzter schüttelte den Kopf. „Ihren Lohn für die Zeit Ihres Aufenthalts auf Kärlekholmen werden Sie innerhalb der nächsten Wochen erhalten. Wenn ich Sie jetzt bitten dürfte zu gehen? Ich habe noch einige wichtige Dinge zu erledigen. *Adjö!*"

Lorenz schüttelte den Kopf. „Oh nein, so einfach lasse ich mich nicht von Ihnen abspeisen. Ich verlange auf der Stelle zu erfahren, wer mich verleumdet hat!"

Mit einem süffisanten Lächeln lehnte Tjaderborg sich auf seinem ledernen Bürosessel zurück. „Können Sie sich das wirklich nicht denken?"

„Nein, das glaube ich nicht. Das ist wieder eins Ihrer miesen Spielchen!"

„Glauben Sie, was immer Sie wollen. Aber jetzt verlassen Sie bitte mein Büro."

In Lorenz' Kopf herrschte ein heilloses Durcheinander, als er sich ohne ein weiteres Wort abwandte und ging.

Konnte es wirklich sein, dass Lotte …?

Ein Teil von ihm weigerte sich, diese Möglichkeit auch nur in Betracht zu ziehen. Andererseits: Lotte hatte schon einmal bewiesen, dass man sich auf sie nicht verlassen konnte. Wer sagte, dass sie nicht auch dieses Mal nur an sich dachte?

Überleg doch mal! Sie hat dir erst alles über Tjaderborgs Angebot gesagt, als ihr praktisch keine andere Wahl mehr blieb …

Außer sich vor Zorn ballte Lorenz die Hände zu Fäusten. Verdammt, er hatte sich tatsächlich schon wieder von ihr vorführen lassen!

Er ging auf direktem Weg hinauf in sein Zimmer. Es war besser, wenn Lotte ihm nicht noch einmal über den Weg lief.

Ansonsten konnte er für nichts mehr garantieren.

12. KAPITEL

Da sich das Gespräch zwischen Lorenz und Tjaderborg länger hinzuziehen schien, war Lotte in den Garten gegangen, um die Arbeiten am Rosengarten zu beaufsichtigen. Hier und da packte sie mit an, sodass sie gar nicht bemerkte, wie die Zeit verging.

Als sie zwei Stunden nach dem Mittagessen einen Blick auf die Uhr warf, runzelte sie die Stirn. Wo Lorenz nur steckte? Er konnte doch unmöglich noch immer oben in Tjaderborgs Büro sitzen!

„Jungs, ihr müsst mal eine Weile ohne mich zurechtkommen", wandte sie sich an die Arbeiter und machte sich auf den Weg zum Schloss. Auf halben Weg kam ihr ein finster dreinblickender Petter entgegen.

„Petter, was ist los?", rief sie und beschleunigte ihre Schritte. „Ist etwas passiert?"

„Es geht um Lorenz", erwiderte der alte Schwede betroffen. „Tjaderborg hat ihn gefeuert!"

„Was?" Sie konnte es einfach nicht glauben. „Wo ist er? Ich muss unbedingt mit ihm sprechen!"

„Das ist es ja gerade: Er ist vorhin zu mir runter in die Küche gekommen, hat sich verabschiedet und ist dann gleich in unser kleines Motorboot gestiegen. Ich habe noch versucht, ihn aufzuhalten, um noch einmal mit ihm zu sprechen, aber …"

„Er ist schon weg? Das kann doch nicht sein! Er wäre doch nicht einfach gegangen, ohne sich von mir zu verabschieden!"

Sie ließ Petter einfach stehen und lief hinunter zur Anlegestelle. Doch Lorenz war längst auf und davon. Ein frischer Wind wehte vom Meer her und brannte ihr in den Augen. Aber er war es nicht, der ihr die Tränen in die Augen trieb.

Was war passiert? Vorhin beim Frühstück war doch noch alles in Ordnung gewesen! Und jetzt verschwand Lorenz plötzlich, ohne ein Wort des Abschieds oder der Erklärung?

Ja, ohne ein Wort des Abschieds oder der Erklärung – genau wie damals, vor fünf Jahren! Hast du wirklich geglaubt, er hätte sich verändert?

Einen Moment fühlte Lotte sich wie gelähmt. Der Schmerz darüber, erneut von ihm verlassen worden zu sein, ausgerechnet jetzt, wo sie ihm ihr Herz geöffnet hatte, traf sie vollkommen überraschend.

Warum tat Lorenz ihr das an? Dann schüttelte sie den Kopf und befreite sich aus ihrer Erstarrung. Nein, hier stimmte etwas nicht! Sie konnte einfach nicht glauben, dass Lorenz einfach so gegangen war. Irgendetwas musste vorgefallen sein!

Aber was? Tjaderborg – natürlich! Von Petter wusste sie, dass Lorenz gefeuert worden war. Bestimmt hatte der Gutsverwalter da irgendein krummes Spiel mit ihm gespielt.

Und trotzdem – fest stand auch, dass Lorenz gegangen war, ohne sich von ihr zu verabschieden!

Entschlossen wischte sie sich die Tränen aus dem Gesicht und kehrte zum Schloss zurück. Als sie vor der Tür zum Arbeitszimmer des Gutverwalters stand, trat sie ohne anzuklopfen ein.

Viggo Tjaderborg, der zurückgelehnt hinter seinem Schreibtisch saß, richtete sich auf, als Lotte so überraschend ins Zimmer stürmte. „Was zum Teufel …?“

„Warum ist Lorenz fort?“, verlange sie zu wissen. „Was haben Sie getan?“

„Ich habe ihn entlassen“, erwiderte er mit einem süffisanten Lächeln. „Aber wollen Sie sich nicht setzen? Ich würde gern einiges mit Ihnen besprechen, was unsere gemeinsame Zusammenarbeit in Dubai betrifft.“

„Dubai?“ Lottes Augen weiteten sich vor Überraschung. „Was soll das? Ich habe Ihnen doch bereits gesagt, dass ich für Ihre Intrige gegen Lorenz nicht zur Verfügung stehe!“

„Das war auch gar nicht nötig – für dieses kleine Problem habe ich eine andere Lösung gefunden. Nichtsdestotrotz steht mein Jobangebot noch immer. Nach allem, was Sie hier bisher geleistet haben, bin ich überzeugt, dass Sie mir in Dubai hervorragende Dienste leisten werden."

„Was heißt das, Sie haben eine andere Lösung gefunden? Lorenz hat sich nichts zu Schulden kommen lassen, das wissen Sie ebenso gut wie ich. Sie können Ihn nicht einfach so entlassen!"

„Und ob ich das kann!", erwiderte er grinsend. „Sehen Sie, unser neues Hausmädchen war so freundlich, Ihre Rolle in meinem kleinen Stück zu übernehmen. Lorenz hat eingesehen, dass es keinen Sinn macht, dagegen anzukämpfen – und das sollten Sie ebenfalls tun. Ich werde selbstverständlich alles abstreiten, wenn Sie versuchen sollten, mit der Sache an die Öffentlichkeit zu gehen. Und wem wird man wohl eher Glauben schenken: einer kleinen Gärtnerin, deren Betrieb kurz vor der Pleite steht, oder mir? Na, was meinen Sie?"

„Sie …!" Dieser Mann kannte wirklich keine Skrupel, wenn es darum ging, sein Ziel zu erreichen. Aber im Grunde war sie selbst schuld: Hätte sie gleich reagiert, als Tjaderborg ihr dieses unmögliche Angebot gemacht hatte, wäre es vielleicht noch möglich gewesen, das Schlimmste abzuwenden. Jetzt war es zu spät.

Lorenz war fort.

In ihrer Verzweiflung setzte sie alles auf eine Karte. „Ich kündige", schleuderte sie dem königlichen Gutsverwalter wütend entgegen. „Wenn Lorenz geht, werde ich auch nicht weiter für Sie arbeiten."

Doch Tjaderborg zuckte nur mit den Schultern. „Tun Sie, was immer Sie für richtig halten. Ich werde ohnehin spätestens Ende der Woche meine Zelte hier abbrechen, und dann heißt es: Goodbye Schweden, hello Dubai!"

Ungläubig sah Lotte ihn an. „Sie gehen jetzt schon? Noch

vor Abschluss der Arbeiten am Schlosspark?"

„Ich habe ein einmaliges Angebot erhalten, das ich unmöglich ablehnen kann. Miteigentümer und geschäftsführender Präsident eines Luxushotels direkt am Persischen Golf. Klingt das nicht verlockend? Wissen Sie was, ich halte Ihre Stelle für eine Woche frei, bis dahin können Sie es sich noch überlegen. Ach, übrigens", fügte er dann noch mit einem breiten Lächeln hinzu: „Eines sollten Sie vielleicht noch wissen, bevor Sie eine Entscheidung treffen. Als Lorenz aus meinem Büro stürmte, schien er ziemlich wütend auf Sie zu sein. Ich fürchte, es hat ein kleines Missverständnis gegeben, was unsere Zusammenarbeit betrifft."

Sofort fingen in Lottes Kopf sämtliche Alarmsirenen an zu schrillen. Was Tjaderborg da andeutete, konnte nur eines bedeuten: Lorenz glaubte, dass sie ihn verraten hatte. Das erklärte auch, warum er einfach verschwunden war, ohne sich von ihr zu verabschieden.

Ohne ein weiteres Wort wirbelte sie herum und stürmte aus Tjaderborgs Büro. Sie konnte das hämische Lachen des Gutsverwalters noch hören, als sie die Eingangshalle schon fast erreicht hatte. Doch sie nahm es gar nicht richtig wahr. Sie dachte nur daran, dass Lorenz sie für eine Verräterin hielt und sie unbedingt zu ihm musste, um ihm alles zu erklären.

Ihr gemeinsames Glück war ihr vor fünf Jahren schon einmal wie Sand zwischen den Fingern zerronnen. Das durfte nicht noch einmal geschehen!

„Und jetzt?", fragte Harald, Lorenz' väterlicher Freund, der ihn während seiner Abwesenheit auf Fjälldal Gard vertreten hatte, als sie am nächsten Morgen in der rustikal eingerichteten Küche des alten Bauernhauses zusammensaßen. „Ohne das Geld für deinen Auftrag wirst du die Schulden deines Vaters nicht zahlen können. Der Teil, den du jetzt von Tjaderborg bekommst, reicht nicht. Du hättest das Angebot von Söberg doch annehmen sollen. Bei einer Zwangsversteigerung wirst du allenfalls einen Bruchteil dessen bekommen, was der Hof wirklich wert ist."

Lorenz, der nach seinem überstürzten Aufbruch auf direktem Wege zum Hof seiner Familie zurückgekehrt war, fuhr sich seufzend durchs Haar. „Ich habe auf Anhieb auch keine Patentlösung parat, aber eines steht für mich noch immer fest: Fjälldal Gard darf auf gar keinen Fall unter den Hammer kommen!"

„So nimm doch endlich Vernunft an, Junge! Du kannst an den Gegebenheiten nun mal nichts ändern. Dein Vater hat den Besitz in den Ruin gewirtschaftet. Du hast alles getan, um das Erbe deiner Familie zu retten. Aber irgendwann musst auch du einsehen, dass es hoffnungslos ist."

„Nein", gab Lorenz stur zurück. „Ich gebe nicht auf. Niemals!"

Tief in seinem Inneren wusste er längst, dass er auf verlorenem Posten kämpfte, aber er konnte einfach nicht anders. Fjälldal Gard war alles, was er noch besaß. Wenn er den Hof verlor, gab es nichts mehr, für das es sich noch zu leben lohnte. Auf der anderen Seite fragte er sich, für wen er das eigentlich alles tat.

Spätestens heute war ihm klar geworden, dass er niemals eine Familie haben würde. Auf Kärlekholmen hatte er für kurze Zeit dem Traum nachgehangen, Lotte und er könnten gemeinsam …

Er schüttelte den Kopf. Was für ein unsinniger Gedanke! Ihm hätte von Anfang an klar sein müssen, dass Lotte nicht die richtige Frau für ihn war. Sie hatte sich überhaupt nicht verändert.

Heiße Wut kochte in ihm hoch, wenn er daran dachte, dass er tatsächlich dumm genug gewesen war, ihr noch einmal auf den Leim zu gehen. Aber ihre Geschichte, dass ihre Eltern versucht hätten, ihn von ihr fernzuhalten, war wirklich überzeugend gewesen. Als Schauspielerin besaß sie eindeutig Talent.

Doch damit war nun Schluss!

Und Aufgeben kam für ihn nach wie vor nicht infrage. Auch wenn die Chancen, Fjälldal Gard zu retten, mehr als schlecht standen: Er würde bis zum bitteren Ende um den Erhalt des Familienbesitzes kämpfen.

Plötzlich kam ihm eine ebenso einfache wie geniale Idee. Dass sein Kreditantrag von der Bank bisher immer abgelehnt worden war, lag vor allem daran, dass allgemein bekannt war, wie schwierig sich die Lage für kleinere landwirtschaftliche Betriebe darstellte.

Wenn er nun einen Weg fand, diese Problematik zu umgehen und …

Von neuer Energie erfüllt sprang Lorenz von der grob gezimmerten Sitzbank auf, die sein Vater vor vielen Jahren selbst gebaut hatte. „Ich fahre noch mal zur Bank", erklärte er knapp.

Mit einem zweifelnden Blick kratzte Harald sich am Kopf. „Das hast du doch vor deiner Abreise schon einmal versucht, und an unserer Situation hat sich nichts geändert. Warum sollte man über deinen Kreditantrag heute anders entscheiden?"

„Ganz einfach, weil ich ein neues Konzept vorlegen werde", entgegnete Lorenz fest entschlossen und nahm seine Jacke vom Garderobenhaken hinter der Tür. „Ich muss es wenigstens versuchen. Es ist die einzige Chance, die ich noch sehe."

Harald nickte nachdenklich. Der alte Mann war ein echtes schwedisches Urgestein und hatte den größten Teil seines Lebens auf Fjälldal Gard gearbeitet und gelebt. Daher würde es ihn kaum weniger hart treffen als Lorenz, wenn der Hof verkauft werden musste.

„Also gut", sagte er und erhob sich schwerfällig. „Aber ich werde dich begleiten – und unterwegs erklärst du mir, was genau du nun vorhast."

Zusammen machten sie sich in Lorenz' Wagen auf den Weg in die Stadt. Keinem von beiden fiel der klapprige weiße Volvo auf, der ihnen auf der von weiten Wiesen und Feldern gesäumten Landstraße entgegenkam. Und als er auf den schmalen Feldweg in Richtung Fjälldal Gard abbog, waren sie längst außer Sichtweite.

„Sie können mich hier rauslassen", sagte Lotte und drückte dem Taxifahrer, der am Straßenrand anhielt, einen großen Schein in die Hand. „Der Rest ist für Sie."

Sie stieg aus, schulterte ihre Tasche und atmete tief durch.

Willkommen zu Hause.

Ihr letzter Besuch lag fast zwei Jahre zurück, doch als sie von oben auf das Tal hinabblickte, in dem sie aufgewachsen war, schien es, als wäre sie nie fort gewesen. Als wäre die Zeit nach ihrer Abreise einfach stehen geblieben.

So gut wie nichts hatte sich verändert. Der Ort mit dem mittelalterlichen Rathaus und der kleinen Kirche, deren Turm sich hoch in den strahlendblauen Sommerhimmel reckte, lag eingebettet inmitten weiter Wiesen und Felder, auf denen goldener Weizen heranreifte. Rings um die Stadt lagen die Gehöfte der Bauern wie bunte Farbtupfer in Blau und Falunrot in der Landschaft.

Einer davon war Fjälldal Gard, der Hof von Lorenz' Familie.

Noch einmal ließ sie ihren Blick über das Tal schweifen, dann machte sie sich auf den Weg. Natürlich hätte sie sich auch von dem Taxi direkt bis ans Ziel bringen lassen können. Denn einerseits konnte sie es kaum erwarten, Lorenz wiederzusehen, doch ein Teil von ihr fürchtete sich auch vor dieser Begegnung.

Wie würde er reagieren, wenn sie ihm plötzlich gegenüberstand? Noch dazu hier, wo alles begonnen hatte?

Ihr Herz fing an zu rasen, und sie musste sich zwingen, tief und ruhig durchzuatmen. Es wird schon alles gut werden, sagte sie sich. So recht daran glauben konnte sie aber selbst nicht. Den Weg nach Fjälldal Gard kannte Lotte fast im Schlaf, doch mit jedem Schritt, den sie sich dem Gutshof näherte, wurde ihr mulmiger zumute. Wenn Lorenz nun überhaupt nicht hier war? Immerhin hatte sie nach seiner überstürzten Abreise nichts mehr von ihm gehört und war nur einer inneren Eingebung gefolgt.

Und jetzt war sie hier.

Schmetterlinge flatterten in ihrem Bauch, als sie die Hand hob und an die weiß getünchte Holztür des Haupthauses klopfte. So viel hing davon ab, dass er ihr eine Chance gab, alles zu erklären. Sie konnte sich ein Leben ohne ihn einfach nicht mehr vorstellen. Darum war sie völlig überstürzt von Kärlekholmen aufgebrochen. Die königliche Familie, der Schlosspark, das alles war jetzt gleichgültig. Wenn sie Lorenz verlor, hatte nichts mehr einen Sinn.

„Lorenz?“, rief sie verzweifelt, als niemand öffnete. „Bitte, mach auf! Ich muss unbedingt mit dir sprechen!“

Wieder erhielt sie keine Antwort. Und nun? Sollte sie hier warten oder lieber in den Ort gehen und sich umhören, ob jemand Lorenz gesehen hatte? Kurz entschlossen nahm sie ihren Notizblock aus der Tasche und kritzelte rasch ein paar Zeilen darauf. Dann faltete sie das Papier zusammen und schob es unter der Haustür durch.

„Kann ich Ihnen irgendwie helfen?“, fragte auf einmal jemand hinter ihr.

Lotte drehte sich um – und atmete scharf ein, als sie die dunkelhaarige Frau erkannte, die gerade hinter dem Gebäude hervorgetreten war.

„Tatjana“, stieß sie heiser aus. „Was machst du denn hier?“

„Kennen wir uns?“ Tatjana runzelte die Stirn, dann erhellte sich ihre Miene. „Lotte Rosenblad, nicht wahr? Millas kleine

Schwester! Mensch, ist das lange her! Was machst du so?"

Zuerst konnte Lotte sie nur ungläubig anschauen, dann räusperte sie sich mühsam. „Ich …"

„Mama!", erschallte da plötzlich eine helle Kinderstimme. Als Lotte sich umblickte, sah sie ein kleines hellblondes Mädchen, das auf sie zugelaufen kam. In der pinkfarbenen Latzhose mit den passenden Gummistiefeln sah es einfach allerliebst aus. „Mir ist langweilig. Wann kommt denn der Papa zurück?"

Zärtlich strich Tatjana dem Mädchen, das ihr Bein mit beiden Armen umklammerte, übers Haar. „Es dauert bestimmt nicht mehr lange, Lilly. Komm, sei lieb und sag fein *Hej* zu Lotte."

Doch Lilly barg ihr Gesicht an der Hüfte ihrer Mutter und sagte keinen Ton. Tatjana lachte. „Du kennst Lilly noch nicht, oder? Sie ist meine und Lorenz' Tochter, weißt du? Ich …"

Den Rest des Satzes hörte Lotte nicht mehr. Immer wieder hallten Tatjanas Worte in ihrem Kopf wider. *Sie ist meine und Lorenz' Tochter … Lorenz' Tochter … Lorenz' Tochter …*

„Ist alles in Ordnung?", fragte Tatjana nach einer Weile besorgt und riss Lotte damit aus ihrem tranceähnlichen Zustand. „Du bist auf einmal so blass. Möchtest du vielleicht einen Schluck Wasser trinken?"

Lotte schüttelte den Kopf. „Wo ist Lorenz?", fragte sie mit zittriger Stimme.

„Du hast Glück", erwiderte Tatjana. „Er ist gestern Abend wohl überraschend früher von einem Auftrag zurückgekehrt. Ich habe es heute zufällig gehört und bin gleich zusammen mit Lilly rausgefahren, um ihn zu begrüßen. Weißt du, Lorenz und ich, wir hatten uns eine Weile nicht gesehen. Aber vor Kurzem haben wir unsere Liebe füreinander wiederentdeckt. Und außerdem ist da ja auch noch unsere kleine Tochter." Sie lachte. „Aber warum bleibst du nicht einfach hier und wartest gemeinsam mit uns? Wir haben uns so viel zu erzählen. Weißt du was, warum kommst du nicht einfach zu unserer Verlobungsfeier? Du bist doch bestimmt noch ein paar Tage hier und …"

„Nein!", stieß Lotte entsetzt aus. Dann holte sie tief Luft und fuhr etwas ruhiger fort: „Nein, das wird nicht nötig sein. Ich war einfach gerade in der Nähe und dachte … Ich …"

Da sie spürte, wie ihr die Tränen in die Augen traten, wandte sie sich rasch ab und ging einfach davon.

„Lotte? Lotte, jetzt lauf doch nicht weg!", hörte sie Tatjana noch rufen, doch sie hielt nicht an und drehte sich auch nicht um. Stattdessen stolperte sie blind vor Tränen immer weiter voran.

Sie musste einfach fort von hier. Weg von Fjälldal Gard, weg von Tatjana – und vor allem weg von Lorenz.

Er hatte sie belogen und gesagt, dass das Kind, das Tatjana vor fünf Jahren erwartet hatte, nicht von ihm sei! Dass zwischen ihnen niemals etwas gewesen wäre!

Die Enttäuschung steckte wie ein schmerzhafter Stachel in ihrem Fleisch. Wie dumm sie doch gewesen war! Sie hatte Lorenz bereitwillig jede seiner Lügen abgekauft, weil sie ihm unbedingt glauben wollte.

Weil sie ihn noch immer liebte.

Als Lotte die Ortschaft erreichte, wischte sie sich die Tränen aus dem Gesicht und straffte die Schultern. Am Marktplatz stieg sie in eine der bereitstehenden Taxen und ließ sich zurück zum Bahnhof in die Nachbarstadt fahren.

Auch wenn ihr Herz gebrochen war, würde sie es sich nicht anmerken lassen. Diesen Triumph gönnte sie Lorenz nicht. Als sie den Bahnhof erreichte, holte sie ihr Handy hervor und tippte eine Nummer ein.

„Viggo Tjaderborg", meldete sich nach kurzem Warten der Teilnehmer am anderen Ende.

Lotte atmete tief durch. „Lotte Rosenblad am Apparat. Gilt Ihr Angebot mit Dubai noch?"

13. KAPITEL

Als Lorenz etwas später ohne Harald, der im Ort geblieben war, um einige Besorgungen zu erledigen, von seinem Gespräch mit dem Bankdirektor zum Hof zurückkehrte, sah er nach langer Zeit endlich wieder einen Lichtstreifen am Horizont. Wenn alles gut ging, würde man ihm in den nächsten Tagen den Kredit bewilligen, den er so dringend benötigte.

Und dann würde er Fjälldal Gard zu einem Urlaubsparadies für Familien umbauen.

Dass er nicht schon viel früher auf diese Idee gekommen war! Kinder liebten Tiere, und davon gab es auf dem Hof nun wirklich genug. Und es war nicht einmal ein besonders großer Aufwand notwendig, denn die Zimmer im ehemaligen Gesindehaus konnten problemlos zu Gästezimmern umgebaut werden. Es sah also tatsächlich so aus, als würde am Ende doch noch alles gut werden.

Abgesehen von der Geschichte zwischen Lotte und ihm.

Kopfschüttelnd schob er den Gedanken an sie beiseite. Seine ganze Konzentration sollte jetzt Fjälldal Gard gelten, alles andere war unwichtig.

Als er den Wagen die Auffahrt zum Hof hinauflenkte, bemerkte er den fremden Wagen sofort. Lorenz runzelte die Stirn. Wer mochte das sein?

Im nächsten Moment trat eine junge Frau mit einem kleinen blonden Mädchen an der Hand hinter dem Haus hervor, und Lorenz bremste scharf ab.

„Das darf ja wohl nicht wahr sein!“, stieß er ungläubig aus und sprang aus dem Wagen. „Tatjana? Was hast du denn hier zu suchen?“

„*Hej* Lorenz“, begrüßte sie ihn fröhlich. „Lilly und ich haben schon auf dich gewartet.“

Nur dem kleinen Mädchen zuliebe zwang Lorenz sich zur Ruhe. „*God dag, Lilly!*", sagte er und ging vor der Kleinen in die Knie. „Im Stall dort hinten steht ein kleines Lämmchen. Hast du Lust, es dir einmal anzusehen?"

„Ja!", rief das Mädchen begeistert und stürmte sofort los.

Als die Kleine außer Hörweite war, wandte Lorenz sich wieder an ihre Mutter. „Nun sag schon: Was willst du hier? Dass du es überhaupt wagst, mir noch einmal unter die Augen zu treten, nach allem, was du damals gesagt und getan hast!"

Mit einem Lächeln ging Tatjana über seinen Vorwurf hinweg. „Freust du dich denn gar nicht, mich zu sehen – und Lilly?"

„Was soll das? Brauchst du wieder jemanden, der als Vater für deine Tochter herhält, oder was willst du von mir?" Als Tatjana den Blick senkte, begriff er. „Das ist es, natürlich! Du hast gehört, dass ich einen großen Auftrag an Land gezogen habe, und jetzt bist du hier, um zu sehen, ob für dich vielleicht etwas dabei herausspringt!"

„So wie du das sagst, klingt es aber nicht sehr nett", schmollte Tatjana. „Dabei habe ich inzwischen längst eingesehen, dass ich einen Fehler gemacht habe. Weißt du, mein Vater hat mich damals ziemlich unter Druck gesetzt. Er wollte einen Namen von mir bekommen und da …" Sie zuckte mit den Schultern. „Wir waren ja ein paarmal miteinander aus, und da dachte ich …"

„Da dachtest du, du könntest einfach mich als Vater deines Kindes ausgeben!", vollendete Lorenz den Satz für sie. Er schüttelte den Kopf. „Verschwinde, Tatjana", sagte er mit erzwungener Ruhe. „Geh und tritt mir nie wieder unter die Augen. Ich will dich nie mehr wiedersehen!"

„Aber Lorenz, kannst du mir denn nicht noch einmal eine Chance geben? Lilly und ich wohnen im Moment wieder bei meinem Vater, aber …"

„Tut mir leid, aber von mir kannst du keine Unterstützung

erwarten. Dazu ist einfach zu viel passiert."

„Es ist wegen Lotte, nicht wahr?" Ihre Augen verengten sich. „Du hast was mit Millas kleiner Schwester, gib's doch zu! Ich hab gleich gesehen, dass da was läuft, so wie die geguckt hat, als ich ihr von uns erzählt habe."

„Willst du damit sagen, Lotte war hier? Gerade eben?", fragte Lorenz fassungslos.

Tatjana lachte höhnisch. „Und ob sie hier war! Du hättest sehen sollen, was sie für Augen gemacht hat, als ich ihr gesagt habe, dass wir verlobt sind!"

„Du hast *was* gesagt?" Er konnte es nicht fassen. „Geh, Tatjana! Verschwinde, ehe ich mich vergesse!"

Einen Moment erwiderte sie seinen wütenden Blick noch trotzig, dann holte sie ihre Tochter, setzte sie in den Wagen und fuhr mit quietschenden Reifen davon.

Stirnrunzelnd sah Lorenz ihr nach. Er wurde nicht ganz schlau aus dem, was sie gesagt hatte. War Lotte wirklich hier auf Fjälldal Gard gewesen, um mit ihm zu sprechen? Aber warum?

Wie auch immer, im Grunde sollte er Tatjana sogar dankbar sein, denn sie hatte ihm die Begegnung mit Lotte erspart. Er öffnete die Haustür und betrat den Hausflur. Dabei fiel ihm ein zusammengefalteter Notizzettel auf, der auf dem Boden lag.

Als er Lottes Handschrift erkannte, wurde seine Kehle eng, und er schluckte mühsam.

Lorenz,
ich weiß, was du jetzt von mir denkst, aber ich schwöre dir, es stimmt nicht. Ich habe dich nicht an Tjaderborg verkauft, das musst du mir glauben!
Bitte melde dich bei mir.
Ich liebe dich!
Deine Lotte

Er konnte einfach nicht glauben, was er da las. Liebte Lotte ihn wirklich – oder war das auch wieder eines ihrer kleinen Spielchen?

Ohne lange nachzudenken, kramte er sein Handy hervor. Es war ihm egal, wenn er sich jetzt vollkommen zum Narren machte, er musste einfach wissen, woran er war. Denn eines stand fest: Seine Gefühle für Lotte waren echt. Deshalb musste er wenigstens versuchen, sie zurückzugewinnen, sonst würde er seines Lebens nie mehr froh werden.

Doch Lotte nahm nicht ab.

Kurz dachte Lorenz nach, dann lief er zu seinem Wagen.

Am Bahnhof studierte Lotte den Fahrplan. Doch die Zahlen und Buchstaben verschwammen vor ihren Augen. Sie suchte eine direkte Verbindung nach Stockholm, wo sie sich mit Viggo Tjaderborg treffen wollte, um mit ihm gemeinsam nach Dubai zu fliegen.

Dort wollte sie noch einmal ganz von vorn anfangen und all die Sorgen und Tiefschläge der Vergangenheit hinter sich lassen. Vielleicht würde es ihr in dem Wüstenstaat endlich gelingen, Lorenz zu vergessen.

Doch irgendwie zweifelte sie daran, dass ihr das überhaupt jemals gelingen würde.

Ihr Herz gehörte Lorenz, ganz gleich, was er ihr angetan hatte.

Tränen traten ihr in die Augen, doch sie blinzelte sie fort. Ganz kurz hatte sie mit dem Gedanken gespielt, zu ihren Eltern zu gehen, um ihnen ihr Herz auszuschütten. Doch im Moment war sie nicht sicher, ob sie es ertragen könnte, ihrem Vater gegenüberzutreten, nach allem, was sie inzwischen wusste. Darum hatte sie stattdessen Clarissa angerufen und ihr gesagt, dass sie sich um das Finanzielle keine Sorgen mehr zu machen brauchte – dass sie aber so schnell wohl nicht mehr nach

Deutschland zurückkehren würde.

Dubai. Sie atmete tief durch, dann schüttelte sie den Kopf. Verdammt, warum musste ausgerechnet bei ihr immer alles schiefgehen? Und das gerade jetzt, wo sie geglaubt hatte, dass endlich alles gut werden würde! Der Traum von einer gemeinsamen Zukunft mit Lorenz war jedenfalls endgültig ausgeträumt. Er liebte sie nicht, er hatte ihr lediglich etwas vorgemacht und würde schon bald Tatjana Borman heiraten, mit der er eine gemeinsame Tochter hatte.

In diesem Moment fuhr ein Zug in den Bahnhof ein. „Entschuldigen Sie", wandte sie sich an den Schaffner, als dieser ausstieg. „Fahren Sie nach Stockholm?"

Der Mann lächelte freundlich. „Ganz recht, *fröken*! Haben Sie schon einen Fahrschein?" Als sie den Kopf schüttelte, sagte er: „Dann beeilen Sie sich besser, denn wir fahren in etwa fünf Minuten ab, und der nächste Zug in Richtung Stockholm kommt erst morgen früh."

Eilig lief Lotte zum Verkaufsschalter für die Tickets, als plötzlich ein Mann die Bahnhofshalle betrat. Sie erstarrte.

„Lorenz?"

Als er sie erblickte, fingen seine Augen an zu leuchten. Er trat auf sie zu und ergriff ihre Hände. „Ich bin so froh, dass ich dich gefunden habe! Ich habe die ganze Umgebung nach dir abgesucht, bis mir jemand sagte, dass er dich hier gesehen hat. Bitte, komm mit, ja? Wir müssen miteinander reden."

Doch Lotte schüttelte den Kopf und entwand sich seinem Griff. „Nein, es gibt nichts mehr zu bereden! Mein Flug nach Dubai wartet. Bitte lass mich in Ruhe." Damit wandte sie sich ab, doch Lorenz folgte ihr.

„Lotte, ich liebe dich!"

Langsam drehte sie sich um. „Was hast du gesagt?", stieß sie heiser aus.

„Ich sagte, ich liebe dich", wiederholte er. Doch obwohl sie sich genau nach diesen Worten schon seit einer kleinen Ewigkeit sehnte, konnte sie nicht daran glauben. Dasselbe hatte er vor fünf Jahren schon einmal zu ihr gesagt – und was war geschehen? Außerdem – wie konnte er ihr sagen, dass er sie liebte, wo er doch schon bald heiraten würde?

„Und was ist mit Tatjana und deiner kleinen Tochter?“, fragte sie mit von Tränen erstickter Stimme. Es war, als würde ihr das Herz in der Brust entzweigerissen. „Sie und du …“

„Nein“, antwortete er mit ernster Stimme. „Tatjana hat gelogen. Sie hat von meinem Auftrag für das Königshaus gehört und angenommen, dass ich zu Geld gekommen wäre. Darum stand sie heute vor meiner Tür. Sie wollte sehen, ob bei mir etwas zu holen ist, und als du plötzlich aufgetaucht bist …“

„Heißt das, ihr seid nicht …?“

„Genau das heißt es!“ Lächelnd nahm er wieder ihre Hand. „Du hast dafür gesorgt, dass ich für alle Zeiten blind für andere Frauen bin. Es gab nie eine andere für mich.“

„Für mich auch nicht“, erwiderte Lotte leise. „Und ich habe dich auch nicht an Viggo Tjaderborg verraten, das musst du mir glauben!“ Lotte schluckte mühsam. In ihrem Kopf schwirrte es, während sie in Lorenz’ Augen sah. Als er sie dann plötzlich, mitten in der belebten Bahnhofshalle, in seine Arme zog, klopfte ihr Herz so heftig, als wollte es zerspringen.

„Ich liebe dich, Lotte. Ich liebe dich und kann mir ein Leben ohne dich nicht mehr vorstellen.“ Er küsste sie sanft auf den Mund, und sie öffnete die Lippen, als er sie leicht mit der Zungenspitze berührte. Unbeschreibliche Wärme durchflutete sie und schwemmte die Kälte und den Kummer davon, die sie bis dahin erfüllt hatten. „Und deshalb frage ich dich jetzt: Willst du meine Frau werden?“

Einen Moment konnte sie ihn nur ungläubig anschauen, dann glitt ein Strahlen über ihr Gesicht. „Ja!“, stieß sie überglücklich aus. „Ja, ich will!"

Nach dieser Antwort küsste sie ihn so stürmisch, dass die Passanten, die an ihnen vorbeieilten, spontan stehen blieben und applaudierten. Doch das hörten Lotte und Lorenz überhaupt nicht, dazu waren sie viel zu sehr mit sich beschäftigt.

EPILOG

Sechs Monate später

Als Lotte an diesem Morgen erwachte, ging die Sonne gerade über dem Forsjö-Tal auf. Neben ihr im Bett lag Lorenz, der noch friedlich schlummerte. Im Schlaf lag ein Lächeln auf seinem Gesicht, und sie verspürte den unwiderstehlichen Drang, ihn zu berühren, doch sie hielt sich zurück.

Dies würde der schönste Tag ihres Lebens werden. Ihre ganze Familie und all ihre Freunde waren seit gestern auf dem Anwesen ihrer Eltern versammelt, um heute mit Lorenz und ihr Hochzeit zu feiern. Doch vorher musste Lotte unbedingt noch etwas erledigen.

Leise, um den Mann, mit dem sie nachher vor den Traualtar treten würde, nicht zu wecken, stieg sie aus dem Bett und zog sich an. Dabei glitt ein Lächeln über ihr Gesicht. Noch vor Kurzem wäre Lorenz unter dem Dach ihrer Eltern unerwünscht gewesen. Doch inzwischen hatten sie sich ausgesprochen. Sogar ihr Vater hatte seinen Fehler eingesehen und sich bei Lorenz entschuldigt.

Jetzt stand ihrem gemeinsamen Glück wirklich nichts mehr im Weg. Sie würden auf Fjälldal Gard, das inzwischen teilweise zu einer Ferienpension umgebaut worden war, leben und arbeiten. Ihre kleine Gärtnerei in Deutschland hatte sie ihrer Freundin Clarissa überlassen – schuldenfrei. Das hatte sie sich, nachdem Viggo Tjaderborg nach Dubai abgereist und seine Entscheidung, Lorenz zu kündigen, von höchster Stelle revidiert worden war, problemlos leisten können.

Mit seinem großen Traum war Tjaderborg, wie Lotte und Lorenz inzwischen wussten, gescheitert. Das Hotel in Dubai, in das er sich eingekauft hatte, konnte aufgrund baulicher Mängel gar nicht erst eröffnet werden. Der ehemalige Verwalter der königlichen Güter war nach Schweden zurückgekehrt, wo er wegen Betrugs angeklagt worden war.

Die Arbeiten am Schlosspark von Kärlekholmen hatten Lorenz und Lotte vor vier Wochen abgeschlossen, und das Ergebnis konnte sich wirklich sehen lassen.

Lorenz' japanischer Garten mit den sanft geschwungenen Hügeln, den kleinen Teichen, Bachläufen und Wasserflächen war eine echte Oase der Ruhe und Erholung geworden. Der römische Garten nach Lottes Entwürfen mit seinen Springbrunnen, Skulpturen und Säulengängen wirkte um einiges verspielter, aber nicht weniger paradiesisch.

Sie konnten beide mehr als zufrieden sein – vor allem, da die zwei unterschiedlich gestalteten Bereiche des Gartens bei der Kronprinzessin sehr gut angekommen waren. Sie hatte sich persönlich bei Lorenz und ihr bedankt, als sie bei der feierlichen Einweihung des Parks zusammen über die sanft geschwungenen Wege geschlendert waren.

Der Lohn für die Umgestaltung von Kärlekholmen Slott Gården hatte am Ende sogar gereicht, um sämtliche Arbeiten auf Lorenz' Hof zu finanzieren.

Lotte verließ das Zimmer, huschte auf Zehenspitzen den Flur entlang und klopfte leise an die Türen der Räume, in denen ihre Schwestern Noelle und Milla mit ihren Männern übernachteten.

Gleich darauf traten die beiden zu ihr hinaus auf den Korridor.

„Kommt", sagte Lotte. „Wir haben schließlich nicht den ganzen Tag Zeit!"

Gemeinsam machten sie sich auf den Weg in den Wald, so wie sie es zum ersten Mal an Millas Geburtstag vor mehr als sechzehn Jahren getan hatten.

Es war so lange her, dass es Lotte fast wie ein Traum vorkam. Sie durchquerten den Wald, bis sie zu der Lichtung gelangten, auf der die alte Eiche stand, unter der sie vor so vielen Jahren die kleine Metallkiste vergraben hatten.

Jetzt war es an der Zeit, sie wieder hervorzuholen.

Als die drei jungen Frauen nebeneinander im Gras saßen und den Behälter öffneten, war es für sie alle ein merkwürdiges Gefühl. Milla war die Erste, die ihren Gegenstand aus der Kiste nahm.

Versonnen betrachtete sie die alte gerahmte Fotografie, die ihre Eltern bei der Hochzeit des Königspaars vor inzwischen mehr als dreißig Jahren zeigte. Dann lächelte sie. „Erinnert ihr euch noch? Ich wollte damals unbedingt aus Schweden weg, frei sein – und jetzt …?"

Nun griff auch Noelle beherzt in die Kiste. Sie hatte damals das Titelbild einer Zeitschrift hineingelegt, auf dem die Kronprinzessin mit ihrem Vater zu sehen war. „Ich wollte Freiheit und Unabhängigkeit – und jetzt …?"

Lotte schüttelte den Kopf. Als letzte der drei Schwestern nahm sie ihr Symbol – den Schulaufsatz über die Kronprinzessin – aus der Kiste. Nachdenklich betrachtete sie das alte Schreibheft, dann lächelte sie. „Ihr wollt wissen, was aus unseren Träumen geworden ist?", wandte sie sich an ihre Schwestern. „Ich sage es euch: Sie sind in Erfüllung gegangen."

„Aber wir sind immer noch hier", entgegnete Milla.

„Ja – und zwar, weil wir es wollen. Unsere Freiheit und Unabhängigkeit besteht darin, dass wir entschieden haben, genau dort zu bleiben, wo wir unser Glück gefunden haben: in Schweden."

Mit Tränen in den Augen fielen sich die drei Schwestern in die Arme, bis Lotte den intimen Moment unterbrach, indem sie sagte: „So, genug geheult – heute wird geheiratet!"

Dann machten sie sich auf den Rückweg zum Ferienhaus ihrer Eltern.

Zurück zu den drei Männern, die für sie das größte Glück auf Erden bedeuteten.

– ENDE –